秦绍德 著

复旦大学出版社

目录

自序：文箧遗墨　　　　　　　　　　　　　　　　　　1

正襟危坐

新时期高校党的宣传工作杂谈　　　　　　　　　　　　3
试论校园文化　　　　　　　　　　　　　　　　　　　8
抓住战略机遇期，创建一流大学　　　　　　　　　　　14
顺应现代高教规律　大力推进教育创新　　　　　　　　16
百年校庆与复旦精神　　　　　　　　　　　　　　　　28
以市场为主导，合理配置和开发人才资源　　　　　　　31
运筹帷幄　求真务实　情系教育　殚精竭虑
　　——读《李岚清教育访谈录》　　　　　　　　　　37
如何提高高等教育质量　　　　　　　　　　　　　　　42
加强党的建设是高校发展稳定的根本保证　　　　　　　49
大学是什么　　　　　　　　　　　　　　　　　　　　54
关于大学校长职业化的若干思考　　　　　　　　　　　58

论上海近代报刊的诞生　　　　　　　　　　　　　　　65
改革开放以来各地区新闻事业发展的轨迹（1978—2000）　78

比较发现差异，认识共同规律	118
有关"新闻舆论"的核心概念	121
尽快编制地方新闻史目录	
——写在《日本情报中的近代中国报刊史料汇编》出版前夕	135
关于各省市编修地方新闻志（报刊志）的一点浅见	141
一个不能忘却的历史人物——史量才	144
《申报》和史量才"左转"的原因	147
史量才和宋庆龄的交往	163
毕生向学是吾师	
——忆宁树藩先生	169

高谈阔论

大学文化的精髓	175
在复旦大学师生迎接新千年仪式上的讲话	184
大学的软环境建设	186
反思马加爵案	201
中国大学教育的使命	204
演讲与辩论	206
关于高校党的意识形态工作的几点思考	210
当前大学发展中的若干问题	217
通识教育之我见	244
完善学术管理体系　转变行政管理职能	
——谈大学中的学术权力和行政权力	250
理想与现实	
——给2010届毕业研究生党员上的党课	253
党史工作面临的形势和任务	266

在离任复旦大学党委书记时的讲话	275
漫谈高等教育面临的问题	279
沟通与理解：全球化背景下的信息传播对称与文化融合	294
纪念邓正来	297
构架具有中国特色的经济理论	301
理论工作要敢于担当社会责任	303
什么是大学	305
大力推进地方新闻史研究	310

画龙点睛

为三位壮士送行	
——《321国道行》序	315
报纸和传统	
——《解放日报老同志回忆录》序	316
论文与创新	
——《复旦大学本科生论文集》序	318
创新	
——《〈申〉报关键》序	320
复旦和《毛泽东自传》	
——《毛泽东口述传》代序	323
历史的翅膀	
——《狮城舌战（十年珍藏本）》序	326
把学术的种子撒向社会	
——祝贺《文汇报》"讲座一览"栏目创办200期	330
加强和改进研究生德育工作	
——《研究生德育论》序	**332**

新闻的艺术
　　——《人物新闻摄影谈》序　　334

当一个普通的好记者
　　——《本报讯——乐缨新闻作品选》序　　337

勇敢的探究
　　——《镜头中的国会山》序　　339

好学力行的教育家
　　——《陈望道传》再版序　　341

师者
　　——《我心目中的好老师》代序　　343

为什么复旦会成为方永刚的人生转折点
　　——《情牵永刚》代序　　346

诗言情
　　——《春天的色彩》序　　350

道德的自觉
　　——《道德是否可以虚拟》序　　353

理想和忠诚
　　——《向父辈致敬》序　　356

城市的灵动
　　——《城市与人：崔益军摄影作品集》序　　358

失而复得　报业遗珍
　　——《世界报业考察记》重印版序　　361

在地球村行走　用记者眼观察
　　——《我的百国行》代序　　366

从远处传来的声音：海边听涛
　　——《流言研究》代序　　370

"摇篮"的奥秘
　　——《国球之"摇篮"——上海乒乓名将访谈录》序　　373

乒乓与文化
　　——《我的乒乓生涯》代序　　　　　　377
通则灵：编者·读者·作者
　　——《编辑力十讲》代序　　　　　　　381
春秋纵横
　　——《头版春秋》代序　　　　　　　　385

指陈东西

啊，墨西哥　　　　　　　　　　　　　　393
学府的魅力　　　　　　　　　　　　　　403
作业　　　　　　　　　　　　　　　　　405
家有好锅　　　　　　　　　　　　　　　407
节约用纸　　　　　　　　　　　　　　　409
有感于大学校长上思政课　　　　　　　　411
奢侈品当白菜卖　　　　　　　　　　　　414
鞋和楼的比较　　　　　　　　　　　　　416
人性的归来　　　　　　　　　　　　　　418
在三亚跳广场舞　　　　　　　　　　　　420
澳大利亚小镇的邮局　　　　　　　　　　422
排球，复旦的文化印记　　　　　　　　　425
自行车往事　　　　　　　　　　　　　　427
"抗日雷剧"的负面作用不可轻视　　　　430

往事回眸

自撰小传　　　　　　　　　　　　　　　435

我所经历的《解放日报》改革	436
我与复旦这些年	
——与任重书院学生座谈	447
十年春秋（2011—2021）	461

附录·访谈

加强学术道德建设，纠正学术不正之风	495
秦绍德：在媒介管理者、教育管理者和学者之间	498
坦言"大学排行榜"	517
中国如何建设自己的世界一流大学	528
办大学也要讲究"生物多样性"	535
坚守大学阵地　传承人文精神	546
寂寞出学问	555
我们需要破解难题的勇气	570
质量，大学的生命	586
清华带了个好头	602
追求教育公平，不等于搞"平均主义"	605

后记："杂碎"的利用

自序：文箧遗墨

十八年前，我在一次演讲中把大学比作天空和海洋，说的是大学在文化上的包容性。大海无边无际，深不可测。大学如同海洋，容得下各种不同的学派、各色人才。他们在这里研究学问，探索真理，无拘无束，争鸣竞赛。包容性造就了多样性的生态环境。这就是大学。

按古人的说法，我已至古稀之年。其中在大学就达四十多年，从做学生，到当老师、当领导，目睹大学种种现象，并置身于学习、教学、科研、党政管理各种活动之中，体会到身处大海的欢愉和自由。

收拢在本集子里的，则是历年来散落在旮旯角落里的文稿，可以为读者提供从各个角度观察大学文化的素材。大致有以下几类。

任公职，当干部，开会、讲话就是工作。每天都要在不同场合讲话。该讲官话的时候就得讲官话，有时代表一级组织发言的就得讲长篇——那叫报告。也有不少迎来送往、纪念祝贺非讲不可的应酬性讲话。我们那时候不如现在有的领导顶真、谨慎，什么讲话都得有秘书起草的文本，多半照着念而不是讲。我喜欢随意一点，自由发挥的机会不少。过去那些正规的讲话已载入会议记录，比较重要的也已编入《协力促改革》（复旦大学出版社 2013 年版）一书中。还有一些不适合在校内发表的，以及兴之所至、随意发挥的讲话，原稿便扔到了抽屉里。

本人出身教师，教了一二十年书，踏上讲台就要讲话，俗称"吃开口饭"。久而久之，工作变成习惯，不讲则"痒"，好为人师。一开口便滔滔不绝，语不惊人誓不休。朋友引荐、兄弟单位邀请，不便回绝。在本单位不便发表的言论，便到校外发挥，以享一吐之快。更有

"好事"的新闻单位，专找我这样在新闻界混过的"老人"，提一些尖刁的问题"钓鱼"，我便乐意"上钩"，借题发挥。一问一答，喋喋不休，指陈天下，臧否是非，忘乎所以。这类现场记录、采访通讯好在也保存着。

2011年以后，离职并未退休。研究，成了新的生活内容。不仅研究专业课题，那些社会百态、新闻舆论热点，也成了我关注、研究的兴奋点。我突发奇想：何不拿起笔写些杂文小品，练练笔。于是就有了2014年以后的写作小热潮。杂文也不是那么好写的，我写惯了严肃文章，知识面又不宽，做不到随手拈来，谈古论今，只算是一种尝试吧！也收在这里。

还有一类是为他人作序。请名人、要人为自己的作品写序是世间常事。我为二十多本书写过序言，并非把自己当作名人、要人，而是为朋友、同事做点推荐工作。我猜想朋友、同事之所以请我写，是因为有共同的经历、志趣，相知相熟。所以我不作空洞的吹捧、敷衍，动笔之前一定认真研读，力求理解作者，点出真谛。

有人说，人老了容易回忆过去。其实，一个认真活着的人，经常检视着自己的过去：机遇和遗憾，成功与失败等，这样才能自省、自信。收在本书里的几篇，是我不同时期的回忆，最后一篇是我自己对退职退休后第一个十年的回顾。现在还远未到写回忆录的时候（也可能不写），但厘清一生经历，自编一个年谱什么的，还是可以做的。

正襟危坐

　　本部分共 21 篇，大都已正式发表，属于严肃文章。大致分两类，一类议论事关大学建设的大课题，如教育质量、教育创新、党的领导、校园文化建设等；一类是新闻学术类的命题，如理论概论、历史总结、人物评介等。回忆导师宁树藩先生的文章也收在这里。

新时期高校党的宣传工作杂谈

三百六十行,行行有一本难念的经。几个在高校做党的宣传工作的同行凑到一起,感叹工作"跟不上趟,摸不着边,使不上劲,见不到效。"新时期高校党的宣传工作究竟——

难 在 哪 里?

依我所见,难就难在近十年来,高校党的宣传工作的环境、对象、内容都发生了很大的变化。

过去高校党的宣传工作是在一个相对封闭的环境中进行的。任何新的消息、思想、精神,在单一的渠道中进行单向的传播,由上而下,先党内后党外,层层传达,层层进行宣传和教育。宣传工作在一个可控的范围里进行,往往是有效的。现在根本不同了。当今的高校处在一个相当开放的环境之中。信息的传播,人际的交流冲破了高校的围墙。可以说,高校是没有"围墙"的。群众从多渠道、多方面得到信息、受到影响,大道小道、国内国外一齐来。全国两千多种报刊,众多的电视台、广播台,每时每刻对校内的师生发布新闻,施加影响。我们复旦大学又比一般院校更开放。我校同世界上七个国家七十多个大学建立校际交流关系,历年来已有六七百人出国深造或讲学,接纳近四百名留学生,二百多名外籍教师、学者前来讲学。订有两千四百多种外文报刊(原版一千一百种)供师生阅览。学生几乎人人备有"耳目"——收录机,收听着国内外中外文广播节目。在如此开放的条件下，高校党的宣传工作面临的首要问题是信息的匮乏和迟缓。结果造成了在实际工作中信息慢的受到了信息快的挑战，信息少的遇到了信息多的挑战。宣传工作总是慢一步。如此开放的环境决定了我们所进行的宣传教育，只能仅仅是群众接受渠道中的一个渠道，是整个传播系统结构中的一个部分，因此群众很容易会对党的宣传进行纵向、横向的比较和评价。这是过去从来没有出现过的情况。这就对宣传工作提出了更高的要求。

宣传的对象——高校的师生员工也发生了很大变化。这里仅指出一点：群众接受宣传教育的心理状态变了。一个首长报告引起一大批人激动、昂奋的时代已经过去。80年代的年轻人是思考的一代，迷惘尚未消失。经过十年浩劫、亲历拨乱反正的中老年，以深沉的审慎的眼光对待一切宣传教育。表现为：一是相信实在的内容，厌恶空泛的道理。这正是实事求是的思想路线深入人心的表现。二是相信自己的判断，不轻信别人的"教导"。在一部分人中间，怀疑多于相信。有些人还持有一种逆反心理。你越宣传，他越不信，他认为事实和宣传互为反证。这是一种短时期难以消除的畸形的社会心理，是对"文革"中"强化宣传"的惩罚。"文革"中有一种理论被滥用了："推翻一个政权必定要先造舆论"变成了"凡事都要先造舆论"。于是，报刊上可以整版整版地"狂轰滥炸"，高音喇叭可以整天价"大声疾呼"。这种违背民意、强奸舆论的做法使群众厌恶到了极点。违反规律的做法必定要受到规律的惩罚。人们对宣传的怀疑和不信任态度由此生长。现在的宣传正处在一个畸形的逆反心理尚未消除、正常的信任感尚未建立的时期。要度过这个时期，无疑是不容易的。

新时期党的宣传内容更是发生了根本性变化。在"以阶级斗争为纲"的时代，宣传内容以"阶级斗争天天讲、年年讲、月月讲"为主线，要紧跟每一次政治运动。党的工作重心转移到经济建设上来之后，宣传工作自然也要随之而转移，要为改革、开放鸣锣开道。这一新的历史任务给宣传工作带来了新的困难，即不容易跟上形势的发展。因为我们正处在一个大变动的时代。整个国家的经济生活处在一个新旧体制交替的过渡时期，旧的体制尚未退出历史舞台，新的体制还未完全发挥作用，还不完善。在这个时期，除了既定的目标不变之外，一切都在变。变是绝对的，正常的，不变才是反常的。包括政策在内，由于我们系统工程和科学预测的水平不高，缺乏一贯性和不断修改的情形是经常发生的。而我们目前的宣传工作缺乏应"变"能力，表现为贴得近，讲得绝。这样，当形势发生变化，政策有新的变更的时候，宣传口径调不过头，非常被动。形势往往就走到了宣传的前头，而不是宣传走到形势的前头。难怪一些群众说："你们只会在后面跟。"宣传失去了威信。

综上所述，环境变了——宣传不能有效控制，群众心理变了——宣传不可能一下子使人相信，内容变了——宣传跟不上形势，这就是宣传工作困难的原因。我们的宣传工作者和宣传机构对此都很不适应。但我相信，事物一定会转化。正因为难，才会有探索的天地，开拓的机会。或许，就在这难做的历史阶段中，会造就出一大批重实践、讲科学的成功的宣传家。

为了尽快适应变化着的形势，使宣传工作越做越好，我以为党的领导机关和宣传部门首先——

要转变若干观念

人们常说："宣传工作就是要宣传党的方针政策。"这一观念的前提是对的，党的宣传部门不宣传党的方针政策还宣传什么？但是，这一说法也有缺陷，很少有人对此再深究一下：宣传党的方针政策究竟宣传什么？怎样宣传？所以人们常常简单地列出了一个等式：宣传党的方针政策＝宣传其正确性。如前所说，在改革的年代，在政策不断需要完善修改的过程中矛盾就暴露了，昨天还在宣传甲政策如何正确、完善，今天只得宣传乙政策比甲更完善，有时还有完全相反的宣传。群众讽刺说:"你们是摇头电风扇——什么方向都对。"我认为,宣传的目的是为了有利于党的方针政策的执行和完善,并非单纯是为了证明政策的好与坏、成功与失败。宣传若为裁判员,必定会犯判断性错误。因为宣传是一个过程,不是一两次终极裁判。正确地宣传党的方针政策,可以有三个不同的层次。第一层次是宣传其内容,使群众了解、熟悉。这是浅层宣传。第二层次是宣传制定方针政策的背景情况、指导思想及强调重点,使干部群众逐步统一思想,增加执行动力,这是中层宣传。第三个层次是宣传执行的结果(包括成功与失败),提出思考的问题,使干部保持清醒的头脑,找出完善的办法。宣传的方法是留有余地,因势制宜。大张旗鼓的宣传有时能成功,例如关于"双禁"的宣传,非如此不能造成声势;"静悄悄"的宣传有时也能奏效,如关于农村家庭承包责任制的宣传,是干了两年之后初见成效,才开始的,不造声势,拿出事实。

还有一种传统的看法即认为宣传部门的主要职责是"把好关"。党的宣传部门要坚持和维护马克思主义,这是毋庸置疑的。开放以后,也应当对资本主义的腐朽思想的侵袭保持足够的警惕。但是,仅仅认识到"把关",未免太消极了。消极地"把关",有可能扼杀意识形态领域里有生命力的东西。马克思主义的战斗力表现在善于用新的实践丰富自己、发展自己,社会主义精神文明的建设应当表现于"立",而不是"破"。近几年,在我校社会科学、人文科学领域里,思想空前活跃,一大批老中青教师、研究生勇敢地向新的领域进军,新思想、新观点不断涌现,新的学科不断涌现,新的学派正在酝酿诞生。这正是中华人民共和国成立以来从未有过的繁荣时期,是马克思主义得以丰富和发展的广阔的基础。在这种形势下,党的宣传部门应当成为"百花齐放,百家争鸣"方针的忠实执行者,学术自由探讨的宽松环境的维护者,各种探索、开拓的支持者和引路人。只有这样,才能使哲学社会科学繁荣起来,党才能真正担负起领导社会主义精神文明建设的重任。

如此等等，还有一些传统的观念值得研究和辨析。观念的转变是宣传工作转变的前提。只有将原先不熟悉的逐渐熟悉起来，将以前认为反常的逐渐正确认识起来，才有可能打开思路，创造新局面。

(原载《复旦教育》1986年第3期)

试论校园文化

一、问题的提出

这是一个否定者说无,辩之者说有的问题。大家都朦朦胧胧感觉到,可是谁又无法说得很清楚。笔者姑妄论之,以期抛砖引玉。

有一个现象经常容易碰到:每年都有不少人希望到复旦读书、工作,问其原因,回答说是"复旦环境好"。复旦的环境确实不错,布局整齐,花木茂盛,安静优雅。但人们所指的"环境"恐怕不只是这个,而是指复旦有丰富的藏书和资料,有众多声望卓著的专家教授,有灵通的信息和活跃的思想交流,以及孜孜攻读的良好风气。这个环境是怎样形成的呢?

另外还有一个现象。到学校外面,到毕业生的使用单位去听听对复旦毕业生的印象,常常会听到有人说,"复旦的学生就是这个风格"。什么风格?仔细一问,人家罗列的优点是事业心强,学习勤奋,思想敏锐,大胆直言。可是缺点呢?书生气足,不愿从政,优越感强,有个别的眼高手低。复旦的毕业生成千上万,当然不可能是一个模式。上面的印象只是指用人单位对复旦学生的一种直觉,但却告诉我们,复旦的毕业生在大学四年生活的熏陶下,具有某种"共性"。

上面两种现象不能不引起人们深思:复旦的环境、复旦的生活,究竟给每个复旦人以什么样的影响?这种影响来自哪些方面?有无规律可循?我们能不能主动地设计这种影响,使之为培养社会主义第一流建设人才服务?

这样，就提出了校园文化的问题。

二、什么是校园文化？

文化的定义，正如它包蕴的内涵一样，广袤无边，千奇百怪。宏博的思想理论体系是文化，人人离不开的食物及用膳方式也体现着文化，有人称之为"吃的文化"。所以，有人说，有一千个"文化"论者，就有一千种定义。《辞海》云："文化，从广义来说，指人类社会历史实践过程中所创造的物质财富和精神财富的总和。从狭义来说，指社会的意识形态，以及与之相适应的制度和组织机构。"

按照逻辑的定义，校园文化属于文化中的一种门类。如果要突出其地域特点的话，称之为社区文化也未尝不可。

依我所见，校园文化是指知识密集、人才集中的高等学府所具有的特定文化氛围。

校园文化也有广义和狭义之分。从广义上说，校园内的实践活动（主要是教学、科研）及其所创造的精神财富就是校园文化；从狭义上说，除了教学、科研以外的一切文化活动、文化交流、文化设施以及由此而产生的思想文化成果，称为校园文化。

三、校园文化的特点

校园文化是社会文化的一部分，与整个社会文化有不可割裂的联系。孤立地谈论校园文化自然是不对的。然而，校园文化又是在一个专门从事人才培养和精神产品生产的高等学府中形成、发展的，其主体又是整个社会中具有较高文化层次的教师和学生。所以，它的特点也是显而易见的。

不可遏制的开放性。校园的围墙是有形的。人们在校内的活动

(教学、科研、办公、生产等)有一定的秩序和限制。但思想和文化的交流早已越过围墙。校内的师生通过各种新闻文化媒介(报纸、刊物、书籍、广播、电视)、各种集体活动(讲学、会议)、各种人际活动(访问、接待、谈话)获得信息,交流思想。校园文化就是在这种全方位的开放中形成的。由于校内的师生在全社会中文化程度较高,又在从事精神活动,所以对外界信息的吸收、交流,比社会上一般人更敏锐、更集中,交流更频繁。特别是实行开放政策以来,思想和文化的交流已经越过国界。仅以1986年为例,我校接待了54批外国代表团,214位来访学者,短期主请或顺访专家224人,长期在校专家学者达121人,据不完全统计,来校的外国专家学者达1 907人次。我校派出教师参加国际会议、短期训练、考察、讲学、进修、读学位的共有326人,学生留学71人。还有若干个国际会议在我校召开(引自谢希德校长在1986年度第二学期教职工大会上的讲话)。另外我校每年订有2 400多种外文报刊,校图书馆的外文藏书已近100万册(见拙文《新时期高校党的宣传工作杂谈》)。这种情况是我校历史上任何一个时代未出现过的。这样,就带来了中外文化的频繁交流。国外许多科学、技术、学说、思潮等往往是首先通过我校的讲学、专著、报告等传到国内的,而我国文化上许多成就也通过出国人员、校际交流传到国外。所以,可以毫不夸张地说,我校已成为我国中西文化的一个重要交汇点。我校的文化氛围就在这样一种开放的情形下形成的。忽略这一因素,就谈不清校园文化的建设。

生生不息的创造性。高校是一个精神产品的生产单位。以我校来说,数以千计的教师、研究生每日每年在进行科学研究活动,各种各样的科学、技术、思潮、学说在这里得到探索、交流,触角伸向各种各样的领域,一批批文化成果不断涌现。据很不完全的统计,每一学期我校开出的新课就达七八十门。校出版社自1981年5月成立以来,就出版了主要由我校教师撰写的著作、教材100多种,事实上,数量更多的著作教材被送到国内其他出版社出版。仅在1986年一年中,经过鉴定评审的科研项目就有72项,达到国际水平的34项,获奖项目数不胜举（见拙文《新时期高校党的宣传工作杂谈》）。推动这种文化创造活动的一个重要潜在推动力是，我校每年要有二三千名学生进校培养，又有二三千名毕业生要被送向使用单位。实际上，高校担负着人才培育的任务。正是这一任务，给校园文化注入一种生命力和创造力。

强烈的吸收、撞击、辐射和宣泄。高校集结了一批文化人。从整个社会来看，哪一个地域或单位团体也不如高校，有那样庞大的文化群（这一点连社会科学院也比不上）。而这个文化群又是以日复一日的教学、科研和其他文化活动相联系的。再加上这个文化群中有着数以万计的青年。青年对于文化的渴求，他们那旺盛的精力、创造欲、表现欲，都给这个文化群带来与社会其他文化群不同的色彩。在这里，文化的吸收、交流，思想的撞击、争鸣，激起了一阵又一阵浪潮。回顾近几年，复旦园内掀起了种种"热"，从"弗洛伊德热"到"琼瑶热"，到"读社科书热"，无不是这种特点的表现。《精神分析导论》《性格组合论》《小逻辑》《领袖们》以及在市区柜台上无人问津的书籍，在复旦新华书店可以在几小时内销售一空，表现了复旦园内的文化需求特色。所以在复旦园内，可以用到这样一些词语来形容文化的交流、撞击、辐射和宣泄，那就是：思潮澎湃激荡。

主客体的不可分性。一般人以为，在高校，教师自然是文化创造的主体，而学生只是客体，受教育者。另有一种极端的观点认为，学生是校园文化的主体。这两种观点都有相当的片面性。事实上，在校园的文化氛围中，无论是教师还是学生，既是文化的接受者，也是文化的创造者，主客体是不可分的。作为教师，他主要是在培养人才，进行文化创造活动。但他又无时无刻不从文化氛围中吸收新的有用的东西。在本学科，他可能处于创造的前沿，但对于其他学科，他可能就是他人成果的受益者。在复旦这样的综合性大学中，一个聪明的教师从不囿于本学科的活动，而善于加入各种文化交流，从相关学科中吸取营养。作为学生，他的主要任务是接受教育、学习、占有一切有用的文化。但作为学生的整体来讲，也在进行已有文化的咀嚼、消化，进行着新的创造。

四、建设校园文化的几点思考

认识事物的目的是为了把握规律，改造事物。提出校园文化这一命题，也是为了把握它的特点，更自觉地建设它，为学校培养更多更好的人才，出更多更好的科学成果服务。

第一，要从校园文化的角度重新认识人才培养的目标、人才的素质结构。进复旦读书的学生，多数是各省市中学的优秀者。一批那样的学生，跨进复旦园，经过四个春秋，在人才素质结构上会起什么样的变化，将以什么样的规格毕业出去适应四化建设的需要呢？显然，仅仅以为课堂教学对学生产生决定性影响，仅仅以三十多门课的成绩来衡量，具有相当的片面性。如果从校园文化的角度来看，学生在知识、才能结构、思想政治素质、文化道德素质等多方面，四年中都会有较大的变化。如果能加强这方面的专题研究，作出一些定量定性的分析，就能掌握影响学生成分的几个关键领域、几条主要渠道，就能将人才培养的要求具体落实到这些方面去，有意识地施加学校教育的影响。

第二，要从校园文化的角度，探寻加强和改善学生思想政治工作的新路子。提高学生的社会主义觉悟，是社会主义大学人才培养的不可缺少的任务。正面的理论教育与灌输是必要的。但我们要看到，文化的影响是潜移默化的，多方面的。有时，一两次文化交流、文化活动会在许多根本思想政治观点上对学生产生影响。如果我们能掌握种种"文化热""思潮热"的规律，了解文化影响的有效渠道，将思想政治教育渗透到校园文化建设中去，就能克服目前学生对正面教育的种种心理障碍，收到较好的效果。

第三，要从校园文化的角度来正确理解和执行"双百方针"，促进理论学术繁荣。如前所述，开放、交流、撞击、辐射等既是校园文化的特点,也是校园文化得以存在发展的生命力所在。正确地执行"百花齐放,百家争鸣"的方针,是繁荣校园文化的必要条件之一。我们要鼓励学术探索和文化创造活动,鼓励在各学科中形成基础雄厚、富有特色的"复旦学派",鼓励健康的批评和反批评空气的形成,鼓励正当的竞争和集体协作。我们既要摒弃用行政手段干预学术争鸣、随意将学术问题上纲为政治问题等"左"的做法;又要坚持四项基本原则,反对用资产阶级腐朽反动的文化来污染我们的校园,在校园文化建设中高举马克思主义的鲜明旗帜,还要提倡良好的学术道德,克服文人相轻、门户之见、人身依附等封建思想残余。

第四,校园文化的形成、发展是不以人的意志为转移的。但了解了它的作用以后,进行校园文化建设,使之循着健康的轨道发展,就应当是有意识的。这应当看作是我校精神文明建设的一项内容。在这方面应当采取一些措施。例如建设必要的文化设施,如科学会堂、学生活动中心,扩建新工会等,为师生文化活动创造条件。又如结合学校基本建设,设计与环境和谐的建筑群,建造一批艺术雕塑和花圃,创造一个能净化人的心灵的、高雅的文化环境。又如,加强图书馆、出版社、电教中心的建设,创建艺术教研室、复旦电视中心等,促进文化交流与辐射。又如加强社团文化建设,重视办好一批学生、教工业余文化社团,每年举办艺术节、戏剧节、体育节等大型文化交流活动。

总之,关于校园文化还有许多问题有待于进一步探讨、认识,校园文化建设也有许多事情可做。本文难免挂一漏万,期待更多的人来关心它。

(原载《复旦教育》1987年第1期)

抓住战略机遇期,创建一流大学

党的十六大是我们党在新世纪新阶段召开的一次十分重要的代表大会。大会科学地判断了国际国内形势,强调21世纪头20年对于我国来说,是重要的战略机遇期,并在此基础上,提出了全面建设小康社会的奋斗目标。未来20年,也恰好是复旦大学全面提升办学水平、向世界一流大学迈进的关键时期。复旦要完成"三步走"战略,跻身世界一流大学行列,必须紧紧地抓住这一战略机遇期。

复旦的发展始终与国家的发展紧密相连。改革开放以来,特别是党的十三届四中全会以来,我国社会长期保持安定团结、政通人和的局面,综合国力显著增强,中国特色社会主义事业取得伟大成就。在这样的大背景下,复旦也实现了历史性跨越。从"七五"到"九五",从"211工程"到"985工程",在国家和上海市重点建设投入的支持下,学校规模逐步扩大,整体实力明显提升,办学水平稳步提高,国际影响日益扩大,已经打下了坚实的基础,具备了向世界一流大学迈进的条件。今年夏天,复旦大学制定了"创建世界一流大学战略发展规划",明确提出要用20年或者稍长一段时间,实施"三步走"战略,跻身世界一流大学行列。这与十六大的战略构想是完全吻合的。实施科教兴国战略,全面建设小康社会,为高校的发展创造了良好的外部环境,更加坚定了我们朝着世界一流大学目标迈进的信心和决心。

一流大学要培养一流的人才。这样的人才,应该具有高尚的道德、远大的理想,应该具有宽广的知识面、创新思维、研究能力和国际视野,应该是中国特色社会主义事业需要的拔尖创新人才。学校应该为他们的成长、发展创造良好的环境。我们要坚持"以学生为中心"的理念，不断深化高等教育改革，切实提高教育教学质量，尊重学生的个性发展，调动学生内在的积极性，全面推进素质教育，努力培养学生的创新能力、创业能力和实践能力。

一流大学要出一流的科研成果。高校是知识创新和科技创新的重要基地。源源不断地为社会提供高科技成果，推进高新技术产业化，不断用先进科技改造和提高国民经济，是高校的一项重要任务，更是一流大学的历史使命。我们要坚持以科学研究为主导，跟踪学科发展的前沿，紧密结合先进生产力的发展要求，积极承担国家基础研究的重大项目和重要技术开发项目，争取取得一批重要的突破性成果，积极促进科技成果产业化，要以高水平的科学研究带动学校的整体发展。一流大学还要有一流的软环境。一所大学的软环境就是指它的人文氛围和整体精神风貌，它体现在学校的教育思想、办学理念、管理制度、学术氛围、校园文化和历史传统等各个方面，对教师和学生有着潜移默化的影响。建设好软环境，是大学发展的内在要求，也是创建一流大学的重要保证。我们要高度重视校园软环境建设，积极营造良好的教风、学风和校风，铸就新时期的复旦精神。

创建世界一流大学，最重要的还是要不断地解放思想，在解放思想中统一思想，要把思想从束缚我们的旧体制、旧观念中解放出来，统一到为创建世界一流大学而奋斗上来。我们一定要认真学习贯彻党的十六大精神，以十六大精神和"三个代表"重要思想为指导，加快学校改革发展的步伐，坚定不移地朝着创建世界一流大学的目标迈进，以创一流的实际行动，为实施科教兴国战略，全面建设小康社会作出我们应有的贡献。

（原载《思想·理论·教育》2002年第12期）

顺应现代高教规律　大力推进教育创新

江泽民同志在庆祝北京师范大学建校100周年大会上的讲话,从国家发展的全局性战略高度,全面深刻地阐述了教育创新的基本思想和主要内涵,为新时期我国高等教育事业的发展指明了前进方向,同时也对全面贯彻党的教育方针,与时俱进,不断推进教育创新提出了明确要求。这与江泽民同志近年来一系列关于教育和创新问题的论述,构成一个思想连贯的整体。这个讲话,对于我们按照"三个代表"的要求,以创建世界一流大学为目标,实现复旦大学的跨越式发展,有着重要的指导意义。

一、面对新时代新形势,必须
与时俱进开展教育创新

"创新是一个民族进步的灵魂,是国家兴旺发达的不竭动力。"[①]江泽民同志在理论创新、制度创新和科技创新基础上提出的关于教育创新的论断,丰富了创新理论,也是对科教兴国战略思想的新阐述,是马克思主义教育思想在中国的新发展,我们应当认真学习,深刻领会,充分认识教育创新的必要性、重要性和紧迫性。

1. 综合国力的竞争将高校推到了时代的前沿。要从民族复兴、综合国力竞争、科教兴国的战略高度来认识教育创新的重大意义

江泽民同志在《讲话》中,把教育摆在了重要的地位,对教育创新作了深刻而系统的阐发。他提出:教育是培养人才和增强民族创新

能力的基础,必须放在现代化建设的全局性、战略性的重要地位上来。培养大批具有丰富创新能力的高素质人才,是实现中华民族伟大复兴的必然要求,也是我国社会主义教育事业的历史任务②。

世界多极化和经济全球化在曲折中发展,科技进步日新月异,综合国力竞争日趋激烈。尤其是在我国加入WTO之后,科技资源的争夺和人才的争夺将更趋激烈。国家的发展、民族的振兴,越来越依赖于高素质的劳动者和大量的创新人才,越来越依赖于教育,尤其是高等教育发展的质量和水平。大学在国家战略中的地位和作用日益突出。综合国力的竞争将高校推到了时代的前沿。"大学应该成为科教兴国的强大生力军。"③在这样的背景下,国家重点建设的大学理所当然地被推到了时代的前沿。在参与世界范围内综合国力的竞争中,在实现中华民族伟大复兴的历史进程中,我们理应肩负起更大的责任,做出更大的贡献。

为了担负起这一历史使命,就要大力推进教育创新。教育创新不仅是教育事业自身发展的要求,教育创新与理论创新、制度创新、科技创新同样重要,而且是其他方面创新的条件和基础。这就使得教育创新成为国家发展的全局性和战略性的大问题。这是我们的时代和我们的使命所提出的必然要求。

新世纪,中国的发展是在全球化、信息化的背景中进行的。在全球化、信息化的当代社会,国际竞争日趋激烈。各国之间的竞争,根本上是人才的竞争,是民族创新能力的竞争。教育则是培养人才和增强民族创新能力的基础。实施科教兴国战略,造就大批具有创新能力的高素质人才,是实现中华民族伟大复兴的必然要求,也是我国高等教育的历史使命。

"国际竞争力",是在经济全球化过程中出现的一个新词,它是衡量或反映一个国家社会经济整体可持续发展的综合竞争能力的概念。它的基本指标,如国家经济实力、国际化、政府管理、金融体系、基础设施、企业管理、科学技术、国民素质等,都与人力资源密切相关。早在党的十五大报告中,江泽民同志就指出:"我国现代化建设的进程，在很大程度上取决于国民素质的提高和人力资源的开发。"④人才是国家社会和经济发展最重要的战略资源，关系到国家的兴衰存亡。在当今国际竞争日趋激烈的情况下，针对国际竞争的迫人形势，作为后发国家的我们，由于起跑线不同，任务也就更加艰巨。

人力资源的来源，当然与高等教育密不可分。高校理应成为科教兴国的主力。江泽民同志指出："全党同志一定要用马克思主义的宽广眼界来观察世界。所谓宽广的眼界，一是要有历史的深远眼光，一是要有世界的全局眼光。"⑤当前，国际上教育观念、教育内容、教育手段、教育制度，都在发生着深刻的变化，我们要想缩小与发达国家的差距、跻身于世界一流的行列，没有教育创新，是根本不可能实现的。发展中国家要优先发展教育，已经成为国际共有的理念。

由世界银行 2000 年出版的《发展中国家的高等教育：危机与希望》报告，提出发展中国家高等教育需要新的视野，结合更好的规划和更高的管理标准来达到这些要求，发展中国家要利用各方面力量包括国际社会的力量来加快自己的高教发展⑥。我们要想实现跨越式发展，奋起直追，在知识经济和信息技术迅速崛起的条件下，就要把教育放到优先发展的地位，改变在全球化竞争中作为发展中国家所处的不利地位。步入新世纪，我们也要以世界的眼光和全局的眼界来观察分析我们的高等教育所面临的形势，认识教育创新将会产生的长远和重要的影响，以明确我们的目标和任务。

2. 知识经济社会、学习型社会要求把培养学习能力和创新能力作为重点

当代社会，科技进步日新月异，知识数量迅速膨胀，知识更新周期缩短，要求教育从知识积累型的"接受性"学习，转变为知识创新的"发展性"学习，高校通过课内外的教育传授，让学生在学会知识的同时，掌握学习的方法，掌握更新知识的本领，拥有自主学习的能力，学会对信息的接受、辨析、综合、判断、处理和运用。

随着 21 世纪的到来，世界经济正在悄然而坚定地由工业经济向知识经济转变。知识创新是经济发展的主要动力。知识社会的一个重

要特征是知识老化周期变短，使得人们在学校学的知识很快过时，不适应创新的需要。社会要求人们从"终身职业"变成"终身教育"。在知识经济时代，教育将发挥着比以往任何时代都更为关键的作用。这就使得学习与教育将是终身教育，使得当今的社会，已是学习型社会。这就要求学校把学会学习作为培养重点，把专业教育与通才教育、人文教育结合起来。我校作为教育部设立的国家文化素质教育基地，近年来一直在朝着这个方向努力，也取得了一些经验。

二、更新观念，深化改革，是高等教育创新的客观要求和强大动力

教育创新，包括教育思想、教育体制、人才培养模式的创新。在教育创新中，更新观念是前提，体制创新是关键，素质教育是目的，现代化信息化技术是手段，"三个面向"是途径。

1. 更新观念是教育创新的前提

创新，就是要打破常规，做前人没有做过的事情。要进行创新，思想观念必须先行。教育是一项主体意志很强的工作。培养什么样的人？怎样培养？时代的要求，教育的规律，社会的想法，教育者的认识，等等，都会强烈地表现出来，影响到教育体制和教育过程。因此，教育要创新，教育界及全社会更新教育观念显得特别重要。

江泽民同志指出："进行教育创新，首先要坚持和发展适应国家和社会发展要求的教育思想。"[7]那么这个发展的"要求"是什么呢？

要看这个发展要求是什么，首先要问教育是干什么的？在科技飞速发展、国力竞争日趋激烈的条件下，教育该为我们国家的现在和未来提供什么、准备什么？这些任务就是对教育的要求。

这个"要求"就是，要确立适应我国经济和社会发展、适应国际竞争所需要的教育观和人才观。

人才质量的核心，就是人才的创新意识、创新思维、创新方法和

创新能力。而要培养出高素质的创新人才，没有合理的知识结构，就不可能使他的各种潜能得到充分发挥，也不可能使其综合素质水平不断得到提高。办学的理念应当在创新，这是我们办大学的灵魂，是大学的价值所在。而这一切，都向我们高校提出了重要的任务。

其次，要更新不符合受教育者成长发展规律的观念，树立正确的教育观和成才观。那么这个成才"规律"是什么，它要求我们如何看待当今时代的高等教育和人才培养呢？

当时代显示出综合国力竞争的实质是国民素质的竞争时，如何培养出能够胜任世界挑战的人才，就成了全新的、压倒性的课题。培养高素质的人才，实施教育创新，根本上是实施素质教育。素质教育，是我们在世纪之交面临的新情况、新问题。据资料介绍，在最近的世界科技实力总评价中，美国是100分，日本是72分，德国有54分，俄罗斯为25分，中国仅得20分[⑧]。而问题的严峻性还在于，我们不仅是科技实力排位落后，还在于走出这一困境的关键手段尚不完善，确切地说，关于如何实施素质教育、如何推进教育创新，我们的理论准备还相当不足。

素质教育是以培养学生创新精神和实践能力为重点。这就要求我们的教学内容和教学方法着眼于学生创造性思维的培养和分析解决问题的能力的培养。由于我国高等教育长期的计划体制，使得我们习惯于接受政府的直接管理，缺乏自主办学的意识，加之多年与世界隔绝、近乎封闭式的办学方式，使我们在教育思想、教育观念、教育理论方面，与国际一流的大学相比，都显得非常落后。

因而我们面临着艰巨的任务。实施教育创新，实施素质教育，就要求我们必须转变那种妨碍学生创新精神和实践能力发展的教育观念、教育模式，特别是由教师单向灌输知识，以考试分数作为衡量教育成果的唯一标准，以及过于划一呆板的教育教学制度，改革教学内容和人才培养模式，改革教学方法，提高教育教学质量，建立符合学习者身心发展规律，激发学习者主动性和创造性的教育教学模式，推进包括教育观念、教育模式、教学内容、教学方法、教育评价、教育教学制度创新在内的教育创新。

2. 深化改革，扫除体制性障碍，解放高校"生产力"，是教育创新的关键

教育制度创新，就是要通过深化改革，不断健全和完善与社会主义现代化建设要求相适应的教育体制。

这种教育体制，要适应现代高等教育规律，适应国际竞争的要求，适应社会主义现代化的要求。但多年来积淀下来的传统观念、习惯惰性、既得利益，使得管理体制改革成为教育改革的重点和难点。但没有制度创新，就不可能实行教育创新，也就不可能培养出创新的高素质人才。这就要求我们以体制创新为动力，深入推进各项改革。

解放高校"生产力"，释放所有的创造性教育教学潜能，就要大力推进各项改革。这种改革，体现在宏观和微观两个层面：

在宏观方面，是国家和地方政府层面的，进行宏观布局调整，按照办现代高等教育的规律和国际上成功的作法，进行必要的组合调整，改变计划经济条件下的受苏联办学模式影响、不利于发挥教师综合潜力和培养学生综合素质的办学模式。我国经过"九五"期间的努力，这一步已经基本完成。

在微观方面，则是各高校内部的管理体制改革。各高校应在已经取得的成绩基础上，把改革的重点由宏观整体布局调整转向学校内部管理体制的完善，使学校内部体制更加适应社会主义市场经济和高等教育发展的需要。

学校要获得大的发展，就必须依靠改革，大胆探索新的体制和机制。通过深化改革，不断创新，建立起一种学科结构调整比较灵活、科研资源容易聚散、办学积极性能充分发挥、运行有效能出成果的体制和机制，这是教育创新能否成功的关键所在。在高等教育领域，大学争创一流的竞争，表现的是优质师资、优质生源、科研结果的竞争，但是，核心则是大学制度的竞争。表现在怎样的制度可以培养出最好的人才，可以留住人才，可以使人才发挥最大的作用。反过来，更要考察一下，现行教育的哪些制度不利于人才发挥作用，不利于培

养优秀人才。在目前条件下，怎样才能让有限的资源得到更合理的分配和更有效的利用，使我国的高等教育与世界一流大学缩短距离的进程更快一点，制度建设是关键。

就国家重点建设的规模较大的高校的管理模式来说，需要逐步理顺校、院（系）两级管理体制。校、院、系架构主要适合于教学的学术组织，成型于五六十年代。在学校规模已有了极大的扩展的背景下，已越来越不适应一系列的改革要求、因此，高校要明确校、院（系）两级职权，下移管理重心，使学院（系）在组织教学、科研、对外交流等方面拥有更多的自主权，逐步实现两级管理，发挥院系办学积极性、自主性。

体制改革和创新是一项系统工程，牵一发而动全身。高校要以有利于为国家作出贡献，有利于学校综合实力提高，有利于调动全校办学积极性为衡量标准，解放思想，勇于探索，不怕失败，不畏艰难，坚韧不拔地闯出一条路来。

这方面，值得探索和总结的方面很多。比如，在办学体制上，在完善决策体系方面，在实行党委领导下的校长负责制，党委集体决策，管大事方向，充分支持校长行使行政权力的要求下，常委会、党委会、书记办公会、校长办公会、党政联席会如何分工，就需要完善大学议事规则，以程序保证既是集体领导，又是分工负责；如何做到充分发挥教授、专家、学者在建设世界一流大学中的作用；如何实行两级管理，既调动两级积极性，又能够集中力量办大事，实现跨越式发展；如何学习国外一流大学的先进办学经验，联系实际，稳步推进制度创新；在学校与社会的关系上，如何形成有效的机制，与社会相结合，推动社会发展，利用社会资源。又如，在教育制度创新方面，如何实行学分制，打破学年制，实行弹性学制；在教学制度创新方面，本科生研究生考试制度如何创新，如何实行跨专业联合培养研究生；在科研体制方面，如何不受院系体制带来的隔绝状态，加强学科交叉，如何运作跨学科的研究中心；如何组织结构创新，组成科研平台，整体引进，整体突破；如何理顺教学和科研的关系；如何解决老学科发展和新学科发展的矛盾，等等，都有很大的探索空间。

三、以"三个面向"培养人才，实施素质教育，是高等教育创新的途径

高等教育要推进教育创新，就要大力推进素质教育，进一步深化教育教学改革和内部管理体制改革，加快教育现代化、国际化和信息化进程，为创新人才的成长和创新成果的涌现营造良好的环境。

1. 瞄准世界一流大学，开放办学，提高办学水平和国际竞争力

高等教育发展是推动经济、社会与文化发展的重要力量，直接关系到先进生产力与先进文化的建设与发展。从这个意义上说，一个国家的综合国力和国际竞争力的强弱，就与其是否拥有一批具有世界一流水平的大学密切相关了。世界一流大学，也就成为一个国家国际竞争力强弱的一项指标。因此，我们要根据国家发展和民族振兴对我们提出的要求，认真梳理办学理念，明确自己承担的使命，以创建世界一流大学为目标，锐意进取，开拓前进，实现学校的跨越式发展。

教育必须面向现代化、面向世界、面向未来。加强对外交流与合作，特别是与世界一流大学建立深入的合作关系，扩大合作领域，探索新的合作方式，充分利用国际教育资源和先进教育技术与经验，对于提高办学层次和办学水平，扩大在国际上的影响，具有重要意义。

我们说，只有放开眼量，才能准确定位。只有解放思想，才能有更大作为。解放思想，就是从束缚我们的旧体制、旧观念中解放出来，将我们的思想解放到世界一流大学共有的、符合现代大学办学规律的理念上去，对于创建世界一流大学，建立现代大学制度，我们还有很多不适应的地方，同时也在不断地修正办学理念。与国际一流大学相比较，我们的差距可以概括为以下几个方面：

（1）从人才培养上看，我们的本科教育基础扎实，差距在创新能力培养；研究生教育，主要差距不在于规模，而在于结构和质量。本

科生培养可能最早达到世界一流水平，研究生教育可能成为建设一流大学的瓶颈。

（2）从学科而言，存在重要的学科缺门；缺乏享有世界盛誉的学科；缺乏具有世界影响的创新性科研成果；缺乏持续有效的大量投入。

（3）从学术队伍而言，缺乏一流的师资队伍，没有建立起遴选一流人才的机制。

（4）从国际化程度来说，国际合作与交流层次、结构很不平衡；外国留学生的比例有明显差距。

（5）投入强度上的差距。

（6）管理效率与水平的差距，规划决策的科学性有待提高。

这就要求我们扩大开放，积极利用国际资源。比如，可以选择5—6所世界一流大学作为借鉴、比较、追赶的对象，加快国际合作步伐，积极引进教师、教材和课程，迅速提升学科水平，鼓励学院与国外高水平大学建立长期、稳定、深入的合作关系，包括一批高水平、有影响的合作办学项目；建立一批高水平的联合实验室；建立国际交流基金，推进师资队伍国际化水平，提升学生国际化视野，等等。

2. 改革教育培养模式，全面实施素质教育

教育创新的根本目的、宗旨是推进素质教育，全面提高教育质量。这就要我们通过培养模式的改革和完善来达到。

江泽民同志在谈到教育创新时，特别强调了"完善人才培养模式"的问题。当前高校教育教学的内容和方法，是关系到学生创新精神和实践能力的培养，关系到学生求知、成长和成功的最主要的问题之一。

我国《高等教育法》明确规定，高等教育的任务是培养具有创新精神和创新能力的高级专门人才。马斯洛在《人性能达的境界》一书中说："我们必变得对创造过程、创造态度、有创造力的人更感兴趣，而不单是对创造产品感兴趣"[9]所以，教育规律要求我们实行知识与能力并重，理论与实践结合，注重培养学生理解、掌握、灵活运用学

习知识的能力和实践动手能力。

要对教育目标准确定位,加大对学生学习观、成才观教育引导的力度,大胆探索,培养高层次创新人才,明确人才培养的使命:他们是未来的领导者、开拓者和创造者;他们要关注社会发展,关注人类命运,关注百姓疾苦。我们要敢于向学生和社会提出,国家重点建设的大学,要建设最好的专业,但我们不是职业教育,不是职业培训班;我们要教给学生的,是成为国家栋梁之材所要求的全面的素质培养,而不仅仅是谋生的技能;我们要培养的是一流的专业人才,但他们首先是高尚的人,而不是胸无大志、贪图功利、孤僻冷漠的学生。

实施全面的素质教育,符合人才成长规律。事物原本是普遍联系的,学科的分类,只是为了研究上的方便,并不意味着这个世界是支离破碎的。机械式的课堂教学将知识割裂开来,难以培养完整的人,使教育不是根本性的,而成了工具性的。课程设置要科学合理,要保证学生接受不同的课程及观念、思想方法,从而巩固或开拓学生的学习兴趣,"以文理教育为特色,以通才教育为目标",以课程结构调整为抓手,进行学分制建设,全面提高学生的综合素质,培育德智体美全面发展的合格人才。

3. 完善公共服务体系,实现教学手段创新,建设开放的信息化现代化校园,为全面实施素质教育提供新平台

当今时代,科学技术迅猛发展,日新月异,它从来没有像今天这样,以巨大的力量和超乎人们想象的速度,深刻影响着人类经济和社会的发展,改变着我们的学习、工作和生活方式。纵观世界大学史,一个高水平的大学,不管处于什么时代,科技水平如何,都决定着它的地位和命运。

在这样的背景下,我们要敏锐地把握世界高等教育发展和科技进步的潮流与趋势,不失时机地推进学校的信息化、现代化,使学校站到科学的前沿,使科学研究追踪世界先进的步伐,使培养的人才适应科技进步的要求,使办学理念、管理模式、体制架构符合高水平大学发展的规律,使人文精神的培育与科技进步同步协调,为科技进步提

供精神支撑——所有这些，都要求以"三个面向"为建设途径，推进学校教育的国际化、信息化。首先可以以校园网络建设为基础，构建功能齐全、结构合理、信息畅通的校园数字化平台，逐步实现管理现代化和资源信息智能化；不断完善公共服务体系如改善学校的技术条件、图书馆、网络建设，整合相关资源，利用现代化手段，为教学、科研、医疗和管理提供良好的服务。

4. 确立"以学生为中心"的教育理念，全面提高学生创新能力

以学生为中心，符合受教育者全面发展规律，是以人为本的理念的体现，目的是为全面提高学生的综合素质，培养学生的创新能力、实践能力和创业能力创造一个良好的环境。

要实现教育创新，就要尊重学生的个性发展，使其最大限度地发挥潜能。学生有自我设计和选择的权利。学校要做引导工作，因材施教，提升学生优良的个性，为学生创造培养创新能力的环境。第一课堂要立足于教给学生学习方法，"授人以鱼，不如授人以渔"。要立足于培养其各种能力，如自学能力（包括通过各种途径获取知识的能力）、选择能力、思维能力、探索能力、信息筛选处理能力、表达能力等。要重在培养学生的创新观念，激发学生的创新兴趣，锻炼学生的创新毅力，培养创新所需的观察力和思维能力。大学生是具有创新潜能的，只要采取适当的方式方法，他们的创新能力是可以大幅度提高的。以前的传统教育方式重视对前人成果的记忆，常常忽视创新能力的培养，造成重知识而轻能力。高校要培养其科学的批判精神和怀疑精神，启发学生用已有知识去探索未知的世界。

注释

① 江泽民：《论科学技术》，中央文献出版社 2001 年版，第 70 页。
②⑦ 江泽民：《在庆祝北师大建校 100 年大会上的讲话》，《人民日报》2002 年 9 月 9 日第 1 版。
③ 江泽民：《在庆祝北京大学建校一百周年大会上的讲话》，《人民日报》1998 年 5 月 5 日第 1 版。
④ 江泽民：《高举邓小平理论伟大旗帜，把建设有中国特色社会主义事业全面

推向二十一世纪——在中国共产党第十五次全国代表大会上的报告》,《中国共产党第十五次全国代表大会文件汇编》,人民出版社1997年版。
⑤ 江泽民:《论"三个代表"》,中央文献出版社2001年版,第129页。
⑥ 世界银行:《发展中国家的高等教育:危机与希望》,华盛顿,2002年。
⑧ 《中国教育报》2002年10月10日。
⑨ 马斯洛:《人性能达的境界》,林方译,云南人民出版社1987年版,第103页。

(原载《复旦学报(社会科学版)》2002年第6期)

百年校庆与复旦精神

2005年5月，也就是两年后，复旦大学将迎来她的一百周年校庆。这将是一个隆重的节日庆典，复旦大学全体师生员工及海内外校友都期待着这一天的到来。然而，百年校庆不仅是一个节日、一个庆典，更应当是历史的发掘和总结，是力行进取的阶梯和机缘。正是由于一代又一代复旦人的努力开拓，复旦才有了今日的影响及规模，并被国家列为中国高等教育发展的重中之重，确立了建设世界一流大学的奋斗目标。所谓承前启后之枢轴，事业进退之关键，正当此时。因此，这次百年校庆的意义应当更加深远和广大。

当我们面对复旦这一百年的历史并试图对其进行回顾与总结时，我们总是发现有太多的内容和材料，有太多的事件和侧面。这是一件好事，它意味着我们积累的丰厚和资源的富有；但同时也带来一个问题，即无论是从纵向还是横向来看，这样一些内容和材料往往还是头绪纷杂、支离破碎的，因此我们将以何种方式来对它们进行总体的把握与综合呢？不仅如此，由于历史的回顾和总结一般说来总是与未来相关联，对复旦百年的回顾和总结直接关系到复旦未来的发展，所以总体上的把握与综合不仅显得必要，而且是至关重要的。那么，究竟根据什么来使各个不同的内容与材料、彼此相异的事件与侧面形成一个清晰连贯的总体？究竟依据什么来使过往的历史能够通达未来的筹划，并对发展的定向产生影响呢？我的回答是："复旦精神。"

所谓"复旦精神"，其实就是复旦人在近百年的奋斗中凝练形成的理想追求和价值判断，就是复旦大学充满活力、不断发展的活的灵魂，就是经过百年积淀而成的复旦历史底蕴和品格特征。唯有依靠这种"复旦精神",我们的事业才能持续前进。

但这样说来,关于"复旦精神",我们是否已经有了一个明确的概念或答案呢?我看既有又还没有。说它有,是因为我们过去也曾总结过历史,复旦的先贤们也曾在当时情形下概括过"复旦精神"的总体原则或特征;说它还没有,是因为时代在发生改变,我们总是立足于一个时代而对我们的历史有所述说,对我们的基本精神有所领会、有所概括。一位哲人说过:一切历史都是当代史。同样,所谓"复旦精神"也并不是一经提出便被固定下来且恒久不变的东西,而是不断与时俱进地审视自己、总结自己而作出的概括。

因此,事实上,我在这里只是提出一个问题,提出一个关于"复旦精神"的问题,并把它交到每一位复旦人(以及关心复旦事业的人)的手里,希望大家广泛地参与到这一问题的思考与讨论中来。而我个人目前只能就此讨论提出以下几点建议。

第一,"复旦精神"是深深地扎根于复旦百年历史之中,也因此而深深地扎根于中国近现代历史之中的精神,我们绝不可能脱开这样的历史来抽象地谈论"复旦精神"。复旦诞生于中华民族积贫积弱,刚刚废除科举、开启现代教育之时;复旦成长于外侮内乱不断,风雨飘摇的环境之中,一部复旦创业史,其实也就是一部中国近代教育史的缩影,追求学术自由的努力和追求爱国民主的奋斗,交织成复旦的初创史;复旦发展于新中国成立之后,尤其是改革开放之后,复旦的崛起是新中国教育事业发展的象征。没有对历史的认真发掘和切近体悟,没有由历史而来的性格描述和特征概括,所谓"复旦精神"也就成了无源之水,无本之木。

第二,历史的传承和未来的发展要很好地结合起来,并且通过这一结合使"复旦精神"既体现深厚的积淀,又体现生机勃勃的活力。一方面,在近百年的历史传承中,复旦不仅以其爱国进步、民主科学的精神积极参与并有力推进了我们民族的解放事业和现代化事业,并且以其"博学而笃志,切问而近思"的治学态度铸造了取精用宏的学术思想,陶冶了一代又一代颇具特色的复旦学人。另一方面,我国目前正处于一个重大的社会转型时期，其转变之巨，意义之深远，前所未有。这对于我国高等教育事业、对于复旦未来的发展既提出挑战，又形成机遇。根植于深厚历史传承中的"复旦精神"若不能应对挑战、抓住机遇，就不可能延续光大。传承历史和不断发展这两者的关系，实际上也就是恒久与变通的关系。举例来说，大学之所以为大学，除了传授专门知识外，还在于成为学术之津梁，思想之摇篮——这是恒久的东西，是不可改变也不应改变的，否则，大学就不成其为大学了；但是思想之对象、学术之题材、传授专门知识之方式或方法，却应当而且可以适势变通，否则，我们的知识和学问就完全与时代脱节了。总之，上述两者不可偏废："复旦精神"既深刻浸润于百年历史之滋养中，又应当能够是积极进取的和有所作为的。

第三，关于"复旦精神"的讨论和概括也许需要有一些步骤和分工。首先需要材料的集中和研讨，人物的采访和调研。全体复旦师生员工都来参与，老、中、青三代复旦人都应发表意见。如此才能基础更宽、内容更广。其次，需要有多方面的归纳和提炼，而且这样的归纳和提炼不是和具体性相脱离的。"复旦精神"并不是枯燥的概念词藻，也不是什么空中楼阁，而是在多方面的事例、活动和经历中具体地显现出来的。只有在这样的基础上，才能谈得上某种形式的适当的概括。这样的概括不应当是僵硬乏味的，而应当在上述背景中并且通过我们的积极参与而成为生动活泼的、深入人心的和有感召力的。

我相信，在"复旦精神"的讨论中我们形成的共识将成为复旦未来发展的强大凝聚力，它将在百年庆典之际成为所有复旦人共同的心声与口号，并推动和引导我们的事业进一步走向辉煌。

(原载《复旦校庆专刊》第 4 期，2003 年 5 月 27 日)

以市场为主导，合理配置和开发人才资源

高校是吸纳和汇聚人才的高地，是培养高素质人才的摇篮。一支高素质的师资和管理队伍，对于办好一所学校具有决定性的作用。人才问题，始终是高校改革与发展的核心问题，建设高水平大学，必须高度重视人才资源的培养、开发和使用，解放思想，创新机制，建立与市场经济相适应的人才资源配置体制。

一、人才资源配置必然会走市场化的道路

长期以来，我国高校的人事制度和人事工作一直与计划经济体制相适应，人才资源配置的计划痕迹很深。在这一制度下，教师是"单位人"，教师队伍在"铁饭碗"和"大锅饭"的基础上"自产自销"。由于缺乏竞争，教师既无激励，又无约束和淘汰之虞。随着社会主义市场经济体制的建立，教育改革滞后，在市场经济大潮的冲击之下，高校人才流失严重，优秀大学生留在高校的不多，高校吸引其他各界优秀人才的局面更远未形成。随着市场经济的发展和社会进步，市场对人才配置的作用日益凸显。高校只有适应市场的规则，树立人才市场化的理念，在市场机制的主导作用下建立一支开放、流动、竞争、择优的高素质师资队伍。

我们对这个问题也有一个认识的过程，从 1999 年起，我们开始进行大规模的人才引进的工作，转变观念，坚定不移地实施"敞门引才工程"，大力引进优秀人才。4 年多来，我们共引进了 200 多名骨干

人才，同时对人才引进的认识也有了质的飞跃。首先，将人才引进提高到战略的高度认识。从最初为解决某些学科出现的人才断层现象，不得不从外引进补充队伍，到现在更多地从学科建设的需要出发，主动引进人才。实践证明，引进高层次人才，特别是引进领军人才，有助于从根本上改变此学科的面貌，实现跨越式发展；有助于改变师资队伍的学缘结构，改变"近亲繁殖"的现象；有助于在师资队伍中形成竞争的态势，打破一潭死水的状况。人才引进的最大效应就是打破了计划配置人才资源的局面，引进了市场配置人才的要素。从某种意义上说，引进人才是一流大学永恒的主题。一流大学的师资队伍要一直处于流动状态，不断引进、淘汰，才能保持先进的水平。其次，努力采用适应市场经济的多种灵活的手段与方式，去解决人才引进中的资金"瓶颈"和体制机制"瓶颈"。我们采用了与市场经济相契合的全新的准入机制、薪酬机制和管理机制。实行"户口不迁、身份保留、来去自由"的柔性引进政策，采用"成组引进"、"哑铃方式"（一头在国内，一头在国外）、"球链方式"（系列人才集聚）等方式筑巢引凤，不仅有一般教授和学科带头人的引进，还有学院院长的全球招聘。此外，我们还试行了吸纳企业资金引进领军人才，扩大外聘兼职教师等。

人才资源配置，要有进有出，才能形成一池活水。如果说引进人才不易，那么建立教师退出机制更难。随着全社会市场机制的逐步确立和人事改革的实施，确立退出机制的困难逐步减小。近几年我们实行了人事代理制度和全员聘用合同制，不仅使受聘的教师摆脱了过去以人事档案为核心的对学校的依附关系，保证他们个人有充分的选择权，而且也落实了学校的用人自主权，变终身雇用为聘期雇用，初步建立起一种退出机制，使得人员"能进能出"，从而达到流动、竞争、择优的目的。当然这一机制实行的对象，目前还是新人。随着老人退出历史舞台，这一退出机制就完全确立了。

总之，以市场机制为主导，进行人才资源配置是总的趋势。流动既是师资补充的需要，也是优化队伍结构的需要。但目前，在发挥市场配置人才资源作用方面仍存在不少问题和难点：从外部市场来看，充足的人才资源是人才流动的前提，完善的市场环境是人才流动的必要条件。目前，高端人才资源的外部市场还没有形成，整个社会还没有形成按质论价的教师人才资源市场评估机制；学校间薪酬差异没有充分体现市场原则；高端人才流动的中介机构鲜见；在与高校以外的高薪酬行业以及海外高校的人才竞争中，国内高校处于不对称的弱势地位。从现行有关政策上看，高校办学自主权还不够大，职称比例控制、编制总量控制等行政性干预过于刚性，现行工资制度无法适应新要求，社保体系还不健全（不同地区、不同单位之间存在着社保制度壁垒），外籍人士无国民待遇（如无法申请大型科研项目、没有社保福利等）等，限制了高校在人才资源合理配置和优化基础上的规模适度扩大。从高校自身角度讲，一些干部教师的思想观念还没有转变，不同类别人员的分类管理尚未实现，分配机制不能完全柔性地体现市场原则，教师退出和合理分流机制还需进一步完善。

最终建立符合现代大学规律、符合时代发展要求的高校人才资源管理体制，归根到底，还是要把市场机制作为人才资源配置的主导方式，进一步理顺市场、政府和学校的关系。高校也要学会用适应市场的办法去思考和解决师资队伍建设中的问题。

二、人才资源开发的核心是改革体制机制

进行人才资源优化配置，仅仅是高校师资队伍建设的第一步，实施人才资源的开发，才是师资队伍建设的根本。实施人才资源开发，就要充分调动和发挥各种人才的积极性，坚持把实现学校的发展目标作为人才资源配置及其开发的根本出发点，从着眼于管人到着眼于人才资源的开发与管理，并努力扩展战略性人才资源的总量。

第一，人才队伍建设战略规划要服从服务于学科发展战略。学科建设是学校建设和发展的龙头，是管布局、管结构的。学科建设的状

况是体现一所高校实力和水平的重要标志。一所大学的发展首先应该着眼于学科发展战略。学科的发展依赖于人才的支撑，有人才学科兴，没人才学科衰。制定人才发展规划，必须服从于学科发展规划。一定要在人才队伍建设和学科发展之间建立某种机制。我们在职务评聘时强调"按需设岗"，就是指学科建设之需。最近，我校从美国匹兹堡大学成组引进了一个"脑保护"方面的 5 人创新团队，目的就是进一步巩固我校神经生物学重点学科的领先地位，同时进一步组织力量成立脑科学研究院，构筑一个新的科研平台。

第二，人才资源开发与管理要着眼于建立有效的激励机制。实行激励机制的前提是建立科学的社会化的人才评价机制。现在高校人才评价机制的普遍缺陷，一是重量不重质；二是心态急躁，评价周期短，只评眼前成绩，不看长远效果；三是校内、圈内、国内自我封闭，结果也助长了一些不正之风。针对这些问题，全国高校应当联手研究如何建立科学的社会化的人才评价机制，建立科学的激励机制。没有物质激励不行。物质激励不是毫无根据、互相攀比的报酬制度，而是对骨干人才实行的、与他的社会价值和地位相称的体面的报酬。同许多兄弟院校一样，复旦大学从 1999 年开始建立并逐步完善的岗位聘任和岗位津贴制度取得了良好的效果，对稳定高校人才、调动人才的积极性起到了重要作用。今后，我们还将进一步完善岗位津贴制度，建立合理和长效的分配激励机制。如探索实行年薪制度；对顶尖人才，参照市场价格进行招聘；吸引企业投资科研，以解决高层次人才的待遇。激励机制不能没有精神激励。否则，物质激励的效应也是不能持久的。知识分子重义讳言利的现象还是普遍存在的，精神激励是社会承认的标志。

第三，人才资源要实行分类管理制度，疏通互相转换渠道。学校发展需要多种多样的人才。不同类型的人员应该进行分类管理，按照不同岗位需求配置人才，按照不同岗位特点评价和考核人才。除了分类管理之外，还有几支队伍相互沟通的问题，特别是教师队伍和管理队伍的沟通。在高校，不可能将两支队伍划分得太清楚。双肩挑的历史经验不会过时,关键要有配套政策保证两支队伍可以方便转换。

第四,建立灵活多样的人才聘用制度。高校的人才聘用制度应该体现稳定性和流动性的结合,允许灵活多样。比如,可以通过不同岗位聘期的合理组合,建立长期聘用、短期固定聘用、临时岗位聘用、项目聘用等多种岗位聘用制度。2003年,复旦大学推出的科研协议制,就是一个教师在承担院系的教学科研的同时,可以到某个研究中心从事科研工作。他同时被两个校内的单位聘任,以协议的方式确定各自的职责和权利。同样,在教学方面也可以实行这种联聘制,鼓励不同领域的教师,特别是科研或教学方面有专长的教授,承担教学工作。在实施了主聘的同时,可以进行兼聘、联聘,以院系协议确定职责、权利和待遇,鼓励专业课教师到公共课教学部门兼聘,特别是鼓励名教授兼任本科生基础课教师等。

三、整体设计,循序渐进,寻求高校人事制度改革的好途径

有效的改革不仅要考虑制度创新的收益,也要考虑制度创新的组织和交易成本。由于信息不完全,以及个人、学校、社会(市场)、政府都有一个认识时滞和决策时滞,缺乏整体设计和政策配套的改革方案会产生极大的制度成本,甚至导致改革失效。因此统筹兼顾的制度改革方案必然是一个渐进的过程。中国25年改革开放所取得的伟大成就充分证明了,正确处理好改革发展和稳定的关系,进行渐进改革,是决定改革能否最终成功、取得成效的关键。渐进改革,既需要强烈的创新意识、锐意进取的胆识和勇气,更需要建立在科学决策基础上的智慧。

毫无疑问,高校人事制度改革,是一项系统工程,任务艰巨,难度很大,牵一发而动全身。这一改革最终能否取得成功,既取决于高校内部人才资源管理的各个环节,还取决于外部制度环境是否具备。

因此，高校的人事制度改革应该是一个渐进的过程，应该妥善处理好改革、发展、稳定三者之间的关系。出思路订计划时应该坚持改革、发展、稳定的次序，具体实施时则应该坚持稳定、发展、改革这样的次序。

去年，北大人事改革"一石激起千层浪"。学习北大的精神，结合我校的实际情况，在新一轮高级专业技术职务聘任中我们也进行了悄悄的改革。这次改革的要旨在于打破以往脱离事业发展的封闭做法，引进竞争的机制。关键点有三处：一是按需设岗，即按照学科发展的需要设岗，不再因人设岗。二是面向社会公开招聘，学校人事处向校内外公布高级专业技术职务招聘信息，校内外、海内外所有符合专业条件的人员均可报名，不承认先来后到，放"菜篮子"排队。三是同行评议和院系聘任分离。同行只认定岗位候选人的资格和学术水平，不管人数，院系根据评定条件最终决定聘任人选；没有合适人选的岗位可以保留，一年期间始终开放，并随时启动同行评议和院系聘任程序。这次改革的成败在于公开向校内外招聘能否真正落到实处。结果应聘人数几倍于招聘数，最终正教授中11%、副教授中12%的人员来自校外、国外。这次改革，只是我校人事制度全面改革的前奏。我们将在系统规划、整体设计的基础上，从实际出发，本着先易后难、循序渐进的原则，坚定不移地将我校人事制度改革进一步推向前进。

一流的大学应该有一支一流的人才队伍，应该形成一种造就一流队伍的体制和机制。树立以人为本的观念，努力做到目中有人，心中想人，工作从人着手，资源要朝着干得出事业、容易出成果的人那里集中，政策要朝着有利于调动人的积极性的方向制定和调整。充分调动和发挥各类人才的积极性，齐心协力推进学校的改革与发展，为实施科教兴国战略和人才强国战略做出应有的贡献。

（原载《中国高等教育》2004年第3、4期）

运筹帷幄　求真务实　情系教育　殚精竭虑
——读《李岚清教育访谈录》

《李岚清教育访谈录》出版后，我校领导班子专门组织了学习和讨论。大家一致认为，《访谈录》读来非常亲切，收益良多。日前，我们又收到了岚清同志亲笔题赠母校的《李岚清教育访谈录》一书，在赠书的扉页上岚清同志深情地写道："赠给我的母校复旦大学图书馆——李岚清。"

作为第三代中央领导集体的重要成员和两届国务院副总理，岚清同志主管全国教育工作整整十年。这个十年，是新中国教育事业发展最快的时期。十年间，在党中央、国务院的正确领导下，在岚清同志的直接指挥下，我们克服了一个又一个困难，取得了世人瞩目的辉煌成绩，迎来了教育事业发展的新局面。

《李岚清教育访谈录》以访谈的形式，真实而全面地记录了十年来中国教育改革与发展的完整历程，生动详细地阐述了我国教育工作一系列重大决策、政策产生和出台的背景及形成过程，深刻地总结了过去十年我国教育工作的宝贵经验，对我国教育的一系列重大问题作了精辟、深刻的论述。这是一本中国十年教育发展的"史记"，对当前和今后一段时期的教育工作具有重要的现实指导意义。该书提到的一系列重要思想、决策和理念，如"百年大计，教育为本""对上层多讲增加投入，对基层多讲改革""发展教育是政府的责任""政府不能以'教育产业化'思想来指导教育发展""共建、调整、合作、合并""高等学校不能千校一面""促进多学科融合，提高我国医学教育水平""不能盲目建'大学城'""破除'近亲繁殖'和'论资排辈'""应当提高大学党委书记、校长的政治待遇和社会地位""不能丢掉汉字这个国宝"等，既体现了党的第三代领导集体高瞻远瞩、洞察全局，也是岚清同志英明果断、卓有成效地指挥教育战线贯彻中央决策的最好见证。

《李岚清教育访谈录》用很大篇幅回顾了高校管理体制改革和布局结构调整问题。"共建、调整、合作、合并"，是党中央、国务院对高等教育进行体制改革和结构调整的重大战略决策。原复旦大学和原上海医科大学的合并就是这次调整的重要一着。原复旦大学和原上海医科大学都是全国重点大学，"九五"期间，两校都列入了"211工程"建设计划。2000年4月，两校强强合并。并校后，我们努力发挥学科综合的优势，以高素质医学人才培养为核心，从课程计划调整入手，统一师资、教学设施、教学机构以及管理制度，医科类所有新生实行全校统一培养，公共基础课和部分医学基础课由学校统一开设，使医科学生能更好地接受人文、社会与自然科学的基础教育以及综合性大学校园氛围的熏陶。同时加强基础医学与临床医学教育的结合，整合原基础医学院和临床医学院的教育资源，组建复旦大学上海医学院，形成条块结合的管理体制，增强了医学教育管理的整体性，有效促进了基础医学与临床医学、跨医院学科之间的合作。在各项投入上采取了积极的倾斜政策，加大了对医学学科建设的支持力度，加快医学教育发展，近三年（至2002年底），学校在医学教育科研上投入资金总计约2.88亿元，年均经费投入约0.96亿元，相当于合并前上海医科大学年教育及基建经费拨款的159.4%。学校还加紧医学教育基本建设，新建了8000平方米的教学大楼以及多媒体教室、临床技能学习中心、形态学科教学实验室等，改造修缮了年久失修的医学教学用房、实验室、医学图书馆、办公室等，使医学院面貌有了较大改变。学校设立了"Med-X"科研融合基金，积极促进医学学科与其他学科之间的交叉和融合，在"211工程"二期建设项目中，医学和生命科学方面的学科建设项目占近一半左右。四年来，在全体师生的共同努力下，我们已经实现了实质性融合，教学、科研、管理、医院发展等各方面都取得了可喜的成绩。实践是检验真理的唯一标准，两校的成功合并，证明了党的第三代领导集体和岚清同志对高等教育改革决策和领导的正确与英明。事实证明，这是一条高校宏观体制调整、改革的成功之路。

《访谈录》向我们展现了一个马克思主义者求真务实的思想作风和工作作风。为了教育的改革和发展，岚清同志在基层作了大量的调查研究，走过了数不清的县市和地区，掌握了大量第一手资料，在此基础上，认真研究工作对策，并扎实推进。比如《访谈录》中提到的解决教师住房问题，1993年全国教师的人均住房面积只有6.9平方米，低于同期城镇居民人均7.5平方米的水平，住房问题成为教师的主要生活困难之一。而到了2002年底，教师人均住房面积已达11.9平方米，高于城镇居民人均11.4平方米的水平。1994年至2000年，全国共计投入资金1 144亿元，建造教师住房1.5亿平方米，相当于1949年至1993年的1.9倍。这是一连串令人吃惊的数字。岚清同志把自己定位于全国教育的"后勤处长"，正是因为他在调查研究中了解到大连市解决教师住房的典型事例，及时总结、推广，并推动国务院有关部门制定相应的优惠政策，部署在全国实施为教师建造住房的"广厦工程"，才取得了这样的成果。他明确提出"少建一些楼堂馆所，多建一些教师住房"，用了五年的时间基本解决了教师住房问题，为全国教师办了一件大实事、大好事，"安得广厦千万间"的千年梦想终于在今天实现了。同样的例子还有解决教师工资待遇问题、解决筒子楼问题等。岚清同志说："牢牢抓住推动教育改革与发展的'尚方宝剑'，把握好推动工作的机遇，着眼未来、继承发展，力戒空谈、多干实事、锲而不舍、一抓到底，努力把党和国家有关教育的一系列重大决策落到实处。"求真务实，扎实工作，力戒空谈，心系人民群众，正是我们每一个共产党人应当学习和具备的工作作风。

读完《访谈录》，我不由深深为岚清同志情系教育的赤子之心所感动。从1993年怕分管教育，到1998年主动请缨分管教育，岚清同志的心态发生了很大的转变，而这个转变的根本就在于从把教育作为一项有很大压力和负担的工作，到把教育作为富国强民的根本举措、作为实施科教兴国的基本战略来看待。"教育事业关乎民族国家的根本，地位之重，战线之长，困难之大，尤为甚也。"岚清同志真正领悟了教育对于国家民族的重要意义，明白了其中的艰难险阻、甜酸苦辣，他感到自己再也离不开教育了，在他的心中从此有了深深的教育情结。这个情结也同样深深地扎根在我们每个投身教育、献身教育的同志心中。岚清同志说："一些重大的工作思路已与同志们形成了共识，大家合作共事很默契，很愉快，与教育界的同志们有了感情，可以说已是情系教育了。"共同的教育情结使岚清同志和教育战线许多同志结下了深厚的情感和友谊。十年来，岚清同志为了中国教育事业的发展奔走呼吁，殚精竭虑，挥洒汗水和心血，付出辛劳和智慧，最终赢得了人民的尊敬和爱戴。虽然已经从领导岗位上退了下来，但岚清同志依然思考着中国教育问题，这本30余万字的《访谈录》是岚清同志对中国教育事业的又一重要贡献，是对中国特色社会主义教育理论的提炼和丰富，值得我们每个从事教育工作的同志认真学习、研究。

"中国是一个人口大国，也是一个教育大国。无论从我国本身的需要来说，还是从对人类的贡献来讲，我国都应当办出若干所世界一流大学。"岚清同志的话道出了我们许多高等教育工作者的心声。1995年江泽民同志在复旦大学90周年校庆之际题词"面向新世纪，把复旦大学建设成为具有世界一流水平的社会主义综合性大学"，从那时起，创建世界一流的社会主义综合性大学就成为复旦人的奋斗目标。应该承认，我们和世界一流大学比较还存在着较大的差距，但随着国家的日益重视和持续增长的教育投入，人才强国战略的实施，体制机制的创新，包括复旦在内的中国知名高校近年来发展迅速，特别是经过"211工程""985工程"的重点建设，我国知名大学与世界一流大学的距离已经明显缩小。我们分析了复旦自身的情况，提出了"分三步走，跻身世界一流大学行列"的战略目标。我们知道这是个十分艰巨的任务，但我们认为，依靠党和政府的正确领导和教育改革的不断深入，依托上海"科教兴市"战略对学校发展强有力的支持，依赖全体师生员工的智慧和努力，我们有信心一步一步实现我们的既定目标。

岚清同志是复旦大学的校友，在《访谈录》中他多次提到了复旦，多次回忆母校的学习与生活，流露出对母校的深情厚谊。岚清同志对母校的发展一直非常关心。他曾到母校视察工作，有两件事情给师生留下了深刻影响：一是对当时学生自己办超市的勤工俭学方式予以了高度肯定，对复旦大学的学生勤工助学工作起到了积极的推动作用；二是岚清同志参加了一个大学生英语演讲赛，结果岚清同志自己走上讲台，用英语作了演讲，赢得在场师生经久不息的掌声，给大家留下了深刻印象。

《李岚清教育访谈录》几乎涉及了教育的所有方面，内容博大精深，既反映了岚清同志的渊博学识、过人智慧，也反映了岚清同志对中国教育的倾情投入和深邃思考，值得我们认真学习和研究。我们将《访谈录》一书送发给全校中层干部，将其作为中层干部学习、参考的读本。我们希望通过《访谈录》一书的学习，让每一位干部都能了解中国教育十年发展的历史成就，了解一些教育决策出台的背景和重要意义，了解高等教育改革的必要性和我们面临的任务，了解建设世界一流大学的先进理念。我们还希望通过该书的学习，教育、号召各级干部学习岚清同志处理问题的马克思主义的立场、观点和方法，学习岚清同志求真务实、力戒空谈、锲而不舍、一抓到底的工作作风，学习岚清同志甘当人民公仆、为教育殚精竭虑、呕心沥血的高尚品德，学习岚清同志心系教育、情系教育的赤子之心。我们希望通过《李岚清教育访谈录》的学习，进一步统一思想，认清形势，扎实工作，推动学校的各项工作更上一个台阶，以出色的成绩向即将到来的2005年复旦百年华诞献礼。

（原载《复旦教育论坛》2004 年第 2 卷第 4 期）

如何提高高等教育质量

党的十七大以来,党中央、国务院要求高等教育战线学习实践科学发展观,注重内涵发展,提高高等教育质量。借此直属高校咨询会之际,就这个问题作些探讨,抛砖引玉,请教同行。

一、什么是高等教育质量?

当今中国的大学,负担不轻:人才培养,科技创新,社会服务,文化辐射。忙活半天,反而把大学的本质、大学的根本使命忘却了。当今中国的大学校长,压力不小:形形色色的排行榜冲击着大学校长们的心理。排名有各种权重,究竟什么是衡量一所大学质量的标准?

综观世界高等教育史,大学的功能因为不同时代的要求而有所拓展,但其核心功能——人才培养始终没有变。作为一个社会机构,大学是因为培养人才而存在的。我们常说,大学是长寿的。最早的欧洲大学有六七百年历史,一直存活到现在,就是因为社会永远需要人才的繁衍,如同人类的繁衍一样。许多教育先哲们都说,大学的本质是教育。许多著名大学之所以声誉日隆,是因为他们成功地培养了在历史上可以留名的科学家、政治家、企业家和文化人。大学可能承担其他社会功能,譬如科技创新、科技成果转化、文化产品生产,等等。但这都是其核心功能的延伸,也就是人才培养的结果。大学不是因为这些社会功能的需求而存在的。否则,我们去办研究所、公司和文化团体就是了。

大学对于社会的最大贡献，不在于它能拉动 GDP 几个百分点，也不在于它能生产多少篇 SCI 文章，而是人才的培养——为社会源源不断地培养能够推动社会进步的人才。因此，高等教育质量的核心是人才培养的质量。我们要提高高等教育质量，就是要花极大的力气提高人才培养的质量。

从受教育家庭这个微观的层面看，他们关心高等教育，主要也就是关心人才培养质量。许多家庭都把子女接受良好的高等教育视作最重要的长远的投资，一个贫困学生受到良好的高等教育就会改变整个家庭的境遇。随着我国高等教育毛入学率的迅速提高，广大群众对高等教育的需求，已从"能上大学"逐渐变为"上好大学"。提高人才培养质量，办好各类各层次高质量的大学，满足广大群众的要求，是我们的职责。

再深入分析一下，由于大学的种类很多，因此对人才培养质量的认识和衡量标准也是各不相同的。有什么样的办学理念，就有什么样的质量观。有什么样的办学特色，就提出什么样的人才培养要求。以基础学科见长的大学很看重培养学生的思辨能力，以工程技术学科见长的大学很重视培养学生的动手能力，而高等职业学校则重视职业技能的训练。不同层次的大学对人才培养质量更有着不同的参照系和要求。所以，高等教育的质量观应当是既有共同的基本要求，更应该包含多样的全面的质量观。衡量大学人才培养质量的，应该是多把"尺子"，而不是一把"尺子"。

二、政府部门和大学如何抓质量

我国的各级政府是勤政的、强势的政府。我国的社会是政府主导型社会。政府的计划、统筹、指挥能力很强，成就了很多伟业，也包办了许多不该由政府做的事。这在许多工作中已成惯性，当然抓高等教育质量也不例外。凡事总有两面性，上面的积极性高了，就抑制了下面的积极性；整齐划一的多了，生动有效的就少了。我以为，抓高等教育质量，政府部门和大学应各司其职，各尽所能，工作重心落在各大学。提高高等教育质量，归根结底是提高各大学的培养质量。政府部门要着重做好投入、监测、引导工作，少抓一点自己掌控、让大学围着转的所谓"工程"。

首先要加大对人才培养经费的投入。公立大学的日常运行经费主要是按学生数核拨的。目前生均经费很低，没有随物价指数的上涨而增加，多少年没有变，去年涨了不少，但主要是还欠账，而且生均经费远达不到生均培养成本（以地处上海的部属学校为例，生均培养成本是2.2万元，2008年生均经费增加后大致达到8 500元）。更重要的是，由于经费短缺，大学的各种开支都要用这笔经费，因此直接投入用于人才培养的费用更少。图书经费短缺，教学实验设备落后，实验经费不足，课程建设经费少得可怜，实习经费得过且过等，在各校都是普遍的现象。这些直接用在学生身上的、能发挥作用的、最有意义的经费严重不足，真是匪夷所思。投入不足，何谈质量！我呼吁，在不减少科技创新专项的前提下，逐年增加生均经费。

对大学办学质量的监测，是政府的职责。问题是采取什么方式。谈监测必然涉及评估，评估是监测手段之一。问题也在于应怎样评估，以及由谁来评估。教学评估是为了促进大学的人才培养，不仅有评价的功能，还应有咨询的功能；不仅应告诉大学你在什么水准上，更大的意义在于指出人才培养中存在的问题和改进的方向。当前应弱化评价功能，强化咨询功能，不搞奖励和评估挂钩。由于学校种类、层次不一样，应该不搞划一的评估，而搞分类或个性化的评估（如抽评）。评估的标准有很大的导向意义，因此这要体现国家的要求，比如，不以办学规模、数量为标准，而以质量为标准。教学评估应交给中介机构（如教育评估院、中心等），政府机构自己不组织，这样有利于保证评估公正客观，评估结果和资源分配不挂钩、和官员政绩不挂钩。当然中介机构要相对独立，不依附于政府。政府以第三方评估结果为参考，制定相应的政策，统筹教育的资源。这在世界各国都是通行的做法。

政府对大学提高办学质量的引导也很重要。政策就是导向。要引导各类各层大学办出特色，抑制规模盲目扩张的冲动，改变重科研轻教学的倾向等。引导的手段就是政策导向，支持倡导的，抑制不倡导的。相比之下，提高教育质量的主要责任落在各大学身上，是校长操心的事。提高教育教学质量是大学根本的责任、永恒的主题，也是耗费精力多、见效不明显、但长远起作用的内涵建设。

提高教育教学质量在学校是一项系统工程。需要从树立先进的教育理念、建立规范的教育体系、改进课程设置和教学方法、建设好教师队伍、改进教学管理等方面全面着手加以努力。我们的教育教学体系是从20世纪50年代学习苏联一路走过来的，与计划经济体制相适应，为国家工业化道路服务的痕迹比较浓，专业化的教育比较成功，在当时的情况下为共和国的建设培养了大批骨干人才。但是，这一体系显然不适应今天经济社会发展的需要。尽管经过30年改革开放，这一体系有了不少进步，但还需要进一步改造。这就需要不断解放思想，进行教育教学改革。

提高人才培养质量的关键在教师队伍。有高质量的教师队伍，才能培养出高质量的人才。要保证高质量的教师队伍，一是要有足够数量称职的教师，生师比不能过高，这样才能要求教师的课程质量；二是要千方百计激励、动员教师在教学、人才培养上增加投入。现在教师负担很重，几副担子一肩挑。要减少教师的行政兼职，校内设立专司科研的研究员系列，要求教授多上本科生课程。许多优秀教师的身上有着天生的热爱学生、培养学生的责任感和积极性（这样的例子不胜枚举），对此要奖励倡导，以良好的师德师风熏陶日益增多的新教师；三是要提高教师的学术水平。高水平的课程因为有高水平的学术支撑，得以紧跟国际前沿科技进展。教师的科研和教学在这一点上是统一的，这是大学教学和中学教学的根本区别。

提高教育质量还要树立以学生为本的教育理念。学生是受教育者，但不是被动的机器。因此，人才培养要着眼于为学生提供一个有利于学生的生动活泼发展的成才环境,最大限度地调动他们的内在积极性。要为他们开设尽可能多的选修课程;允许学生根据自己的兴趣和发展方向转专业,得到"第二次选择"的机会;接受外校的插班生;增加在校学生出国交流机会;增加学生课外与教授通过科技活动等进行接触的机会;为个别学生提供个性化教育;等等。总之,要因材施教,发扬个性。公共服务和后勤保障设施也要树立"用在学生身上最值得"的观念,舍得投入建设。

三、通识教育是提高教育质量的途径之一

为了提高教育教学质量,2005年我校借百年校庆之机,展开了新一轮本科教学改革——探索通识教育。

我们之所以提出通识教育,是因为深感今天的大学人才培养面临着诸多挑战。经济体制向市场化转型,也带来社会的普遍的功利心理。社会和家长对学生的期望,更多地和职业、收益联系在一起,如果大学不自觉地跟着走,就会使教学成为知识叠加和技能操练,忽视品德的培养和思维的训练。在高等教育大众化的背景下,对优质教育的需求转化为愈演愈烈的应试教育,这严重束缚了青少年的身心发育。而社会发展对人才的要求已不满足于单一知识和技能,希望人才具有综合素质,特别是在人的一生都在进行知识结构、综合素质调整的今天,希望人才具有自觉调整的能力。有鉴于此,我校在20世纪80年代以来进行文理交叉、完全学分制改革、分大类培养学生的教学改革的基础上,提出了实施通识教育这一本科教育教学新的探索。

通识教育在国外一些高水平大学早就实行了几十上百年,并且卓有成效,这一理念也深入人心。我们的探索也可以说是一种学习和借鉴,但不是单纯的模仿,因为实施的背景条件和课程内容是很不一样的。我们的理解是,通识教育实质上是一种全面素质教育。所谓全面

素质教育,有几层意思。第一,培养学生不仅有知识,而且有能力,会动手,会交往,素质多样。这是浅层的理解。第二,这种教育不仅使学生成为人才,而且要成为一个完整的人。通识的"识",不只是知识的"识",而更指识科学、识社会、识文化、识人类。我校的一些教授认为,在当今科技进步日新月异、市场经济影响深入的情形下,人一定不能丧失自己。由此可见,通识教育和过去多年倡导的文理教育还是有区别的。通识教育也不是像有人误解的那样是外来教育。我觉得,深厚的中华文化是中国大学推行通识教育的宝贵财富,改革开放以后外来文化中的先进内容也可以为我所用。通识教育作为一种先进的教育理念,可以引进,实施中加入中国的内容,就变成有中国特色的通识教育。

通识教育在我校的实行,其核心部分是通识教育核心课程。经过教授委员会的顶层设计,核心课程初步确定为"文史经典与文化传承""哲学智慧与批判性思维""文明对话与世界视野""科技进步与科学精神""生态环境与生命关怀""艺术创作与审美体验"等六大板块。这些课程具有综合性、思辨性、批判性的特点,规划建设300门,经过三年的努力,已经开到110门。在一个学生的本科课程中,通识教育课程有14个学分,占总学分的10%左右,可以贯穿大学四年,一年级集中些。

辅之以核心课程的措施是组建本科生学院——复旦学院。一年级学生进入复旦学院,各专业学生混合居住,分属四个以我校老校长的名字命名的书院。书院旨在打破专业藩篱,建立各具特色的文化氛围,引导新生设计大学生活,开展阅读经典的读书活动。

实施通识教育在学校里实际上是一项系统的改革。从教育理念到教学管理体制,到学生管理方式,都需要有很大的转变。为了推进这一改革,我校在2007年上半年开展了通识教育大讨论。通过讨论,大多数教师从先进的理念出发都对实施通识教育持赞成态度,一些有识之士更是态度坚决。但在实施中还是遇到观念上(与专业教育的关系)、体制上(谁来建设通识课程)的困难,最关键的是,能够担当通识课程的师资远远不够,需要下功夫培养。通识教育在我校只是初步探索。我们并不认为它适用于各种类型的学校。通识教育的效果是否有利于人才培养质量的提高,有待实践来检验。

(原载《中国高等教育》2009 年 5 月号,原题"提高高等教育质量的几点思考")

加强党的建设是高校发展稳定的根本保证

改革开放以来,特别是迈入21世纪以后,我国高等教育事业实现了跨越式的发展。在中央的正确领导下,全国高校连续20多年保持总体稳定,一心一意办教育、稳定和谐谋发展的方针深入人心。回顾这段历程,我们深刻体会到,加强党的建设是高校发展稳定的根本保证。

高校是大基层单位,又是比较特殊的基层单位:人数多,知识层次高,国内外影响大。因此高校发展、改革和维护稳定的任务非常繁重。高校各级党组织作为党在高校的执政力量,如何通过加强自身建设,增强对正确办学方向和科学办学规律的把握力,对改革发展的推动力,对广大师生的号召力和凝聚力,从而保障高校长期稳定,事关大局,十分重要。我们有如下体会。

第一,把握社会主义办学方向,发挥党委领导核心作用。

高校把握办学方向,关键要保证党委在学校各种组织和各项工作中发挥领导核心作用。20多年来,高校之所以持续保持稳定并实现跨越式发展,最根本的一条就是始终坚持社会主义办学方向不动摇,始终坚持党委领导下的校长负责制不动摇。这是马克思主义党建理论与我国高教事业实际紧密结合的产物。

党委在高校的领导核心作用主要表现为总揽全局、协调各方。总揽全局,就是要把握方向、决定大事、管好干部;协调各方,就是要调动发挥校长和行政班子、各级党组织和广大党员干部、各民主党派、各群众团体和广大教职工的积极性。党委把各种力量组织起来,把各种共识凝聚起来,在平时团结广大群众,在复杂特殊情况时也能控制住局面。党中央号令明确，高校党委执行坚决，稳定队伍忠诚得力，这是高校稳定的基本经验。

坚持社会主义办学方向是一项系统工作，时刻考验着高校党委的执政能力和领导水平。具体指向三个方面。一是把握育人方向。这始终是高校党组织的首要职责。能不能把大学生培养成为决定未来命运的中国特色社会主义事业所需要的接班人和建设者，不仅有指导思想问题，更多的是实践问题。二是把握发展改革方向。要紧紧围绕中央要求，贯彻落实好中央战略部署，要坚持走中国特色办学之路。世界上没有超越国界、普世适用的现代大学制度。我们不能照抄照搬西方，必须坚持中国特色。三是把握意识形态主导权。意识形态领域的安全是最大的国家安全。高校是意识形态领域必争之地，竞争对手来自全世界，学术性、政治性交叉，历来处在风雨最前沿。要把握主导权，必须敏锐觉察一些思潮、动向，把握好引领意识形态和维护学术自由、争鸣的关系，并将主流意识形态通过各种渠道、方式影响到广大师生。

第二，抓基层、打基础，锐意创新高校党组织建设。

加强基层党组织建设始终是高校党建的根本任务。实践证明，基层党组织坚强，党员的先锋模范作用发挥得好，高校的发展稳定就有了基本保证。如何抓好基层，打好基础，我们的做法如下：

一是优化基层党组织设置。随着高等教育改革与发展，高校原有的教学科研组织方式发生了很大变化，学生管理模式也出现了新情况。高校必须适应新变化、新情况，优化基层党组织设置，扩大党组织覆盖。在实践中我们积极探索在学科团队、课题组、实验室，以及跨院系、跨学科的科研机构中建立党组织，在学生社区、公寓楼、学生社团中建立党组织；并根据重大临时性任务，设立临时党组织。例如2010年世博会，我们有五千多名师生（其中有一千多名党员）参加志愿者服务，我们就成立临时党委，将支部建到每一个服务场馆。在高校里真正做到哪里有党员，哪里就有党组织，哪里就有健全的组织生活。

二是创新基层党组织活动方式。要根据不同单位、不同岗位的党组织和党员特点，创新党组织活动内容和方式，开展有特色的党建活动。院系党组织处于承上启下的关键位置。当前，院系党组织最重要的任务就是落实《中国共产党普通高校基层组织工作条例》的要求，进一步坚持和完善党政联席会议制度，坚持民主集中制，健全领导班子的工作和决策机制。

三是激发党员队伍的活力。高校的党员群体层次高、影响大，应该尊重党员的主体地位，让他们的模范带头作用和个人价值得到体现，激发出为党和人民工作的热情。要完善党的组织生活制度，加大在优秀青年教师和优秀学生中发展党员的力度，推进基层党务公开，加强对党员的关心、服务，使党组织真正成为"党员之家"。

第三，坚持育人为本、德育为先，加强和改进大学生思想政治教育。

高校的根本任务是育人，育人必须以德为先。坚持"育人为本，德育为先"的方针，进行大学生思想政治教育就是其中的应有之义。实践证明，大学生思想政治教育越进行得积极有效，大学生的精神面貌就越积极向上，这一群体就越稳定。高校稳定必须要以平时工作作为基础。

一是要坚决不断落实中央关于加强大学生思想政治工作的各项要求，形成一个全员育人、全过程育人的良好环境。2004年中央颁布关于进一步加强和改进大学生思想政治教育的16号文件以后，我们狠抓文件的贯彻落实，并结合学校实际，制定了相关政策和措施。重中之重是加强学生思想政治工作队伍建设。历史的经验表明，这是一支党可以信赖的、有战斗力的队伍。加强这支队伍，高校稳定就有保证；削弱这支队伍，必然将增加不稳定因素。与此同时，还要发动广大教师教书育人，教书先育人，将育人的各项要求体现到教学的环节中，以教师正确的价值观潜移默化地影响学生。

二是学生思想政治工作要坚持思想性与有效性相结合。思想性是魂，有效性是体。既要树旗子、有主题，也应不断利用、创造新的形式，做到切实可行、有滋有味。

三是坚持解决思想问题与解决实际问题相结合。思想问题的产生，是有其主客观因素的。帮助解决实际问题，也是在做思想工作；解决了思想障碍，具体困难也容易克服。要提高我们的管理水平和服务意识，关注学生个体和特殊群体，将很多不安定因素消解在萌芽状态。

第四，贯彻党的知识分子政策，做好高校知识分子工作。

大学是知识分子集中的地方，知识分子是党和国家宝贵的财富。党在高校中落实"尊重知识、尊重人才"的指导方针，贯彻人才强国战略，究其根本，都是做知识分子的工作。

我们党和知识分子历来有良好的关系，有做知识分子工作的优良传统。在高校中，流传着很多党的干部与知识分子坦诚相见、肝胆相照的佳话。改革开放以后，知识分子爱国报国的基本面没有变，但知识分子群体内部的价值观变得比较复杂。这就要求我们的工作要不断作新的探索。

一是办学必须全心全意信任、依靠知识分子，调动全体教职工的积极性和创造力，实现民主决策、民主管理、民主监督。二是努力营造一个事业激励人、文化培育人、关心温暖人、各类人才心情舒畅干事业的良好氛围。各级党组织和党的干部都应广交、深交知识分子朋友。当前应当特别重视中青年知识分子的培养。三是引导广大知识分子向实际学习、向人民群众学习，鼓励他们将个人的奋斗与经济社会发展的现实要求紧密结合，与国家富强、民族复兴的历史重任紧密结合，实现自己的理想抱负。四是在意识形态工作中加强对知识分子的教育、引导。我们要本着理解和宽容的精神，团结、教育好知识分子，将广大知识分子紧紧团结在党的周围。

第五，加强骨干队伍建设，为高校党的建设提供坚强保证。

在高校党建格局中，条块工作是"目"，队伍建设是"纲"；纲举目张，抓队伍就是抓落实。辅导员、思政课教师、党务干部是其中三支骨干队伍。他们同样是党的宝贵人才资源。

辅导员是高校教师队伍的重要组成部分，是大学生日常思政教育的骨干力量，也是各级干部的后备力量。近年来，各高校的辅导员队伍得到了健康规范的建设，同时也出现了一些新情况。他们年纪轻、学历高、阅历浅，工作在最基层，经受各种考验。我们应该从政治上、工作上、生活上关心他们，帮助他们解决实际问题，引导他们尽快成长。

思想政治理论课是大学生思政教育的主渠道，体现了社会主义大学的本质要求。思政课教师在引导大学生坚定马克思主义信仰和社会主义信念，增强对改革开放的信心，提高对党和政府的信任等方面发挥了不可替代的作用。近年来，我校涌现了一些教学深入浅出，为学生喜爱的思政课教师。我们还要不断推进教学改革，编写精品教材，推广精彩教学，使思政课成为大学生真心喜欢、终身受益的课程。

建设高素质的党务干部队伍是高校党建工作的战略需要。干部能担重任、经得起风浪考验，党才能在高校稳固执政，党的建设才能顺利推进。高校党建的发展和创新，也迫切需要一大批朝气蓬勃、勇于开拓的党务干部，而且对干部的整体素质提出了很高要求。我们要让每一名党务干部都自觉提高政治水平和党性修养，自觉在能力、作风、品德上锤炼自己，坚持爱岗敬业、实事求是，坚持走群众路线。

高校党建是党的建设新的伟大工程的重要组成部分。当前，我国高等教育事业站在了新的历史起点上。高校要提高办学质量、推进教育改革、建设和谐校园、保持长期稳定，不能离开党的坚强领导，必须加强党的建设。我们要居安思危、与时俱进，努力提高党的建设科学化水平，推动高校党建工作再迈上新台阶。

（本文为2011年7月2日在由中组部、中宣部、中央党校、中央文献研究室、中央党史研究室、教育部、中国社会科学院、解放军总政治部联合召开的"纪念建党90周年理论研讨会"上的交流发言）

大学是什么

大学是什么？这是一个无法简单回答的复杂问题，也是一个永远可以探究的有趣问题。

几年前，也就是2006年6月的一个下午，许智宏院士、陈希教授和我，到解放日报社参加"文化讲坛"，主题就是"大学精神的文化力量"。许智宏和陈希都是我尊敬的同行，也是交往多年的老朋友。一见面，他们都戏称是被我"拽"来的。事实确实如此，因为我曾担任过《解放日报》总编辑，这两位嘉宾也是文化讲坛负责人"拽"着我去请的。他们认为，北大、清华、复旦都是国内知名大学，谈论大学文化更有代表性；而我们三个，当时正担任这三所学校的领导。由于谈的话题很有意思，而且包容性大，还没上讲坛，在准备会上，在饭桌上，议论就展开了。

在讲坛上，我们都作了演讲。我演讲的题目是"文化的角度：大学是什么"。我从四个方面作了发散性的阐述，分别是——大学是天空，是海洋；大学是深深的水，静静地流；大学是传统的，也是创新的；大学是世界的，更是民族的。这实际上是从大学的包容性、学术性、历史性、开放性等几个角度来探寻大学的特征和品格，许多内容吸纳了前辈们精彩的思想，并非是我的创新。演讲反响很好。意想不到的是，其中"大学是深深的水，静静地流"的阐述，激起了许多人的共鸣。

"大学是深深的水，静静地流"，首先是对大学追求真理、崇尚学术的精神的形象描述。大学是创造知识、探索规律的地方。知识在这里得到总结、传承；规律在这里得到发展、把握，上升为科学。大学崇尚的就是对知识的无止境的追求，对规律的不懈的探寻。大学不喜好张扬，因为知识需要积累，而真理的发现更要经过无数次探寻的失败以及实践的检验。科学研究不在乎社会是否关注你。匆匆宣布"创新发现"的，往往是没有结果的研究。大学不盲从任何外在的力量——金钱或是权力，只服膺真理。因为唯有真理，才能永恒；唯有真理，才能传人。"吾爱吾师，吾更爱真理"，学生对老师尚且如此，何论其他。大学不轻言放弃，无论是困难，还是压力，都改变不了对真理的矢志不渝的追求。在上述意义上，用"深深的水，静静地流"比喻大学，是再确切不过的。这深深的水，是知识的海洋，是容得下科学探索遨游的大洋，是容得下各种学术流派、各种文化交流交锋的大洋。大洋并不总是掀起滔天大浪，更常见的是底下潜流涌动，表面上风平浪静。静静流，是充满生命力的活流，是冲刷山河、侵蚀岁月的最能持久的涓流。

"大学是深深的水，静静地流"，更广阔意义上拓展为对大学应有特征和品格的表述。以往，社会对大学都有一些敬语——科学殿堂、人文渊薮……这既是对大学的敬重，也是对大学的期许。大学确实应该是一个体现深厚底蕴的地方，一代又一代的学子在这里接受科学的训练和人文的熏陶。大学也确实应该是一个远离喧闹的地方，改变世界的科学实验在这里悄然进行，改造社会的方案蓝图在这里潜心设计。大学如若保持深水静流的状态，坚守自己的品格，一定能为社会做出长远而且巨大的贡献。

然而，遗憾的是，我现在觉得，总有一股浮躁之气笼罩在大学的上空。有人说笑话："当今大学，容不下一张安静的书桌。"形成浮躁之气，是各种原因综合造成的，有政府的原因，有社会的原因，也有大学自身的原因。

政府总是把过多的职能赋予大学。过去常说，大学是两个中心，即教学中心和科研中心。后来又说大学有服务社会的功能，要尽快把科研成果转化为生产力，于是全国大学一窝蜂地办起了许多公司。再后来又说大学要担负起文化辐射的功能。最近，又听说大学要办一些政府的"智库"。政府过于青睐大学！大学是担负不起这么多社会职能的。如果大学要完成这么多社会职责，那么大学肯定是"静"不下来的。大学的根本任务其实只有一条，那就是育人，同时，为了用最新的科学成果教育学生，要开展科学研究。

　　社会上一部分人简单地把大学看成是职业养成所。上大学是为了谋求可靠的职业，上名牌大学是为未来就业增加资本。对每个学生及其背后的家庭而言，你不能说这样的人生设计有什么错。但是，大学一旦和就业功利地挂钩，社会对大学的要求、期望就扭曲了。大学排行榜到处风行，其实它不是为促进大学办学质量服务的，而是为考生及其家长提供选择参考的一种商业行为罢了。要求大学的专业设置紧密和职场挂钩，也是这种社会要求的反映。

　　就大学自身而言，也有谋求快速发展的"急躁症"。迫于争取政府和社会资源的压力，迫于激烈竞争的形势，许多大学始终不能进入持续健康发展的常态。大学被各种评价体系搞得心神不宁。在大学内，急躁症也会相互传染——从争着兴办新学科新专业到没完没了的教学科研评估，从人才培养到学术职称评定，无不表现出这种症状。其实，大学的教学和科研都是有其自身发展规律的。一门成熟的经典课程，不经过一二十年的锤炼，成不了经典。一项原创性科研成果，更需要"十年磨一剑"。舍弃了执着的追求、扎实的工作、不懈的奋斗，提高大学质量只能成为一句空话。

　　针对急躁浮华的风气，大学要倡导踏实求进、持之以恒。养成"深深的水，静静地流"的品格岂不是很好？这就是我将本书定名为"大学之水"的主要原因。期待所有的大学，在自己的办学道路上如涓涓溪水，百折不回，永远向前，如千万支流汇入大海，任凭鸟飞，任凭鱼跃！

　　本书其实不是一本论大学文化的书，只是把作者十余年在大学领导岗位上的实践和思考奉献给大家。或许，读者会从中体会到：哦，这就是大学。

　　任何比喻总是有缺陷的，"大学之水"也一样。而个人的实践和体会往往有很大的局限性，远不能描绘出大学的整体面貌。本书若能给正在大学工作的同行提供一点教训与借鉴，足矣。

（本文为秦绍德《大学之水》前言，商务印书馆2013年版）

关于大学校长职业化的若干思考

近几年,大学教育成为社会的热门话题。而大学校长则又处于被议论的中心,什么样的校长是社会所需要的,现在的校长是否胜任。各种议论都有。国家教育部提出了一个科研题目——大学校长管理专业化,不知是管理大学校长专业化,还是大学校长管理学校专业化,抑或两者都是。无论是管理校长不够专业化,还是校长管理学校不够专业化,问题均出在制度上,核心是我们缺少一个大学校长职业化的制度。

一、大学校长的职责

大学校长为什么那么重要?社会赋予他的职责是什么?俗话说,角色决定职责。一个人在社会上扮演什么样的角色,他就被赋予什么样的职责。对于大学校长的角色,大家的认识都不一样。历史对他的定位不一样,世界各国对大学校长的定位不一样,当代中国对大学校长的定位也不一样。从国内来看,党和政府、校内教师和学生对大学校长的定位不一样,公众心目中对大学校长的定位也不一样。党和政府对大学校长的要求很高,定位是政治家、教育家;校内教师希望大学校长最好是科学家,许多大学教师都有这样的文化情结;而学生们希望大学校长是一位教育家,有声望、有思想,能给他们引路;公众对大学校长的定位,首先是高级知识分子,其次是名人,尤其是名牌大学的校长最好是名人;还有相当一部分人认为,大学校长就是官员。这就是不同的定位。大学校长被社会各方面从不同的角度定位，因而他被赋予的职责也是多方面的。

大学校长应当有以下职责。第一，大学校长是大学教学与科研的领导者和组织者。大学是一个教育和科学研究的单位，也有人称之为学术共同体。教育、育人是大学的根本任务；科研也是大学的主要活动。因此，校长应该是大学基本活动的领导者和组织者。这种领导和组织是在宏观层面上，或叫大学层面上，通过一定的组织或机构实现的，不是他个人的行为。第二，大学校长是行政管理的决策者。行政管理的范围很广，包括资源的配置，计划、制度、规定的制定和监督执行等。行政管理主要是靠校长，很多具体决策应该由校长担当。第三，校长还应该是大学的经营者。大学校长不仅要与政府、社会打交道，为大学争取资源，还要和国内外交流，甚至要争取国际资源。大学需要经营，要用心经营，没有这样一个经营者是不行的。第四，大学校长是社会公众人物。这是大学校长的隐性职责。因为在人们心目中大学校长代表大学，一定程度上代表高等教育，一定程度上也代表知识分子，所以社会对校长的要求会很高。例如，大学校长在开学典礼、毕业典礼上一讲话，互联网传播得很快，大家评头论足，让大学校长压力很大。

职责决定权力，承担什么样的职责，就应当赋予什么样的权力，权责应该相当。大学校长可以行使的权力是他的职责所规定的。《中华人民共和国教育法》中所说的"校长负责"为大学校长职责范围内享有的权利提供了法律上的保障。限权是不对的，滥权当然也不行。

大学校长的角色定位和职责还有一个重要外在因素必须考虑进去，那就是我国实行的党委领导下的校长负责制这一大学领导体制。在现行制度环境下，校长行使职权是有规定范围的。对党委领导下的校长负责制怎么理解，《中华人民共和国高等教育法》是有明确规定的，但实际执行中，还有不少问题和争议，文章恕不展开。在这样的制度环境下，大学校长的职权该怎么划定呢？第一，校长是党委决策的重要参与者。现在，公办大学由党委会作重大决策、最终决策，校长是参与者。但由于校长的特殊地位，他是重要参与者。校长可以在大学的目标定位、大学的规划、大学的重要决策、大学的政策制定等方面相关决策过程中发挥积极和主导的作用。第二，校长是重大决策的执行者。大学党委的重大决策，除了党建、思想政治工作等外，许多是有关事业规划、学科发展、校园建设、人才引进、师生福利方面的，具体执行的还是校长。第三，大学校长应是干部人事的重要提名者。党委要特别尊重校长的提名权，包括对副校长的提名权。在现行制度当中，要让校长更好地发挥负责的作用，实施细则要完善；党政主要领导的配对要合适，就是党委书记和校长的配对要合适；如果发生了问题，要及时解决。这里是对上级党委和教育行政部门的希望，发生问题要及时解决；久拖不决，就会错过一个学校的发展机遇。

二、大学校长的职业要求

大学校长是职业化的岗位，而不是兼职的岗位。担任大学校长，应当具备以下条件。一是熟悉教学、科研的规律，懂得育人，懂得科研。一个好市长，一个好省长，不一定是好校长。我们不能随意任命行政官员（哪怕他经过多个岗位的历练）来担任大学校长。因为具备政府工作经验，并不一定能胜任大学管理工作。政府工作和大学工作有很大的区别。大学是一个学术共同体，它的育人涉及百年树人，它的科学研究涉及国家未来的发展方向，一定还是要懂行的人当大学校长。二是有一定的行政管理能力。大学校长要具备"三个善于"：善于通过调查研究掌握实情，善于决策推动，善于处理难题。以前的实践中，有一种"著名的大学校长非院士不行"的论断，这有很大的片面性，不成功的事例很多。大学行政管理也是一门学问，要学习、遵循其客观规律，在实践中逐步积累经验。大学管理不可能无师自通。科学家不等于天然就是好管理者。一所大学有许多学科，"隔行如隔山"。如果没有一点战略思维，没有一点管理经验，哪怕是院士也当不好大学校长。比较成功的是"小专家大校长"。为什么是"小专家"？因为他有教学和科研的经验，懂得其中的规律，搞行政管理不会违背规律。小专家小有成就，护摊子的意识不强。而如果是大专家，放掉自己的科研方向和团队很可惜，当大校长就不能专心一致。在大校长和大科学家的层面上，"双肩挑"是不行的，一头必受影响，或两败俱伤。

除了上面的基本条件外，还有一些重要的条件不能忽视。首先，大学校长必须做到"三全"，即全职、全心、全力。笔者在担任复旦大学党委书记期间，对这个问题百思不得其解，专门请教了耶鲁大学、麻省理工学院的校长，询问其在任职期间是否保留自己的专业。他们对笔者提出的问题感到很奇怪，后来他们分别告诉作者，他们当了校长以后，基本上就不做专业了。耶鲁大学校长莱文（Richard Charles Levin）是很著名的经济学家，是一位对华非常友好的人士，他曾经是总统咨询委员会的成员，包括对华的政策都可以向总统建言，但他担任校长后就不再做专业研究。麻省理工学院的校长苏珊（Susan Hockfield）原来是耶鲁大学的学术副校长、生物化学专家，后被选任为麻省理工学院校长，到波士顿就任后也不搞原来的科研了。因此，大学校长不应该兼职搞科研，否则不仅当不好校长，而且会带来很多的副作用。如果他的实验室在自己学校，如果他的重大项目、重点学科都在本校，别人会怎么看这个校长？一碗水怎么端平？所以作为校长要全职、全心、全力。其次，校长要德才兼备，德重于才。这里的"德"具体指有理想，敢担当。校长没有理想，大学就难以有奋斗目标。但校长的理想不是他个人的理念和想法，而是继承和归纳了历史传统的、全校师生的共同理想。理想不是空讲。校长还要为理想的付诸实现亲自实践，遇到困难和挫折敢于担当。这里的"德"，还指公道正派，气量大度。校长身为一校之长，身教重于言教。公利在前还是私利在先，下面看得清清楚楚。校长还要尊重教授，尊重下属。只有这样，才能团结全校，发动全校，为实现共同目标而奋斗。

三、大学校长的遴选制度

现在的大学校长遴选制度有很大的缺陷，不成功的有相当比例，而且不成功对许多大学的稳定发展有决定性的影响。现在的制度是一种什么制度呢？没有单独书面行文的制度。校长遴选都是参照一般干部选拔制度来做的。笔者把它归纳为一句话：上级组织部门调查研究基础上的领导点将制。按照现有的制度，按照党管干部的程序，现在是"三民主义"，即民主推荐、民主考察、民主选举。民主推荐是"海选"，大家摸不着边；民主考察，就是上级从基层推荐的人中遴选一两个人之后定向考察；接着是民主选举，不是"全民公投"，而是在几百人的骨干范围里选；然后由组织部门考察，上级任命。这样的程序是形式上的民主，实际上容易走过场，根本不可能深入了解教师们、教授们或者过去曾经在这个学校工作过的老同志们的意见。现在的趋势是，直接任命的外派校长越来越多。我们不简单否定外派校长，有的时候可能还是需要的。但对完全是任命制来的外派校长，所在学校不了解选派标准、选派意图；选派去的校长难以很快融入学校，甚至会有一定隔阂。为了打破圈子的局限，避免腐败，也有必要对干部进行适当的调动，但现在的调动是不是太多了呢？而且任命制还有扩展的趋势。上级组织部门调查基础上的领导点将制有怎样的弊病呢？第一，所在学校教师干部的民意得不到体现。他们希望怎么建设学校，学校今后往怎样的方向发展，选派的校长不了解。第二，组织部门考察任务重，考察工作不专业，来去匆匆，流于形式。由于工作量大，组织部门根本来不及对意见进行深入的、符合实际的分析。第三，所在学校党组织的意见没有得到重视，不要说校长没有提名权，实际上党委书记也没有提名权，更没有否决权。第四，上级领导在知人不深的情况下，往往是拍脑袋办事，感到可配置校长的资源很匮乏，捉襟见肘，拆东墙补西墙。一个校长在一所学校做得很好，正在大展宏图,不料一纸调令,就调动到另一所学校。这样实际就伤了两所学校。

综上所述,我们的制度需要创新。我们是不是可以试行一下大学校长职业化的遴选制度?这个职业化遴选制度的核心是解决大学校长资源的市场化配置。

第一,我国要形成大学校长的职业圈,建立人才库。政府能做的工作主要是确立校长系列,制定相关政策,取消行政级别,建立校长级别及其相应的薪酬范围。薪酬不一定很死板,年薪可以从50万到150万不等,留有一定的余地。另外,学校恐怕还要实行无套级的"旋转门"制度。难以取消大学行政级别,原因就是没有大学单列的校长系列,如果人事部门建立了校长系列,行政级别就可以取消。我们不赞成行政官员被随便任命到大学任职,但不否认好的干部可以当大学校长,而这可以通过"旋转门"制度来实现。这样的"旋转门"制度在国外很流行,但我们却没有。学校内行政部门要实行教育职员制,使管理人员有职业认同和制度保障,因为教育职员制度是产生具有丰富经验校长的来源之一,当然不是唯一来源。

第二,市场遴选校长人选。具体来讲就是委托人力资源公司进行大学校长遴选。市场反应需求,市场决定性价比,市场形成优胜劣汰。从宏观上看,以市场配置人力资源相对比较公正合理,它考虑的完全是大学校长的专业化条件,而不是其他条件。

第三,高校应建立遴选委员会主导遴选过程。遴选委员会可以由教职工代表、学校董事会成员、校友代表、所在学校党组织代表、教育行政机构(公办学校出资方)代表、所在地地方政府代表等组成。党委书记任遴选委员会主席,主持制定遴选规则、启动程序、招标遴选、与候选人洽谈,最后投票表决人选。遴选委员会的设置及运作应充分体现校内民主,所有的遴选会要以代议制方式决定校长遴选。

第四,政府部门审核批准。"政府部门"实际上包含了党委组织部,这体现了党管干部的中国特色,在政治品德上对大学校长考察把关,组织部门的工作从决定"选什么人"转变为决定"选定的人选是否合适",可以一票否决,但不要自己去做"选什么人"的工作。

此外,大学校长的任期应变"最多任两届"为"无限届任期"。大家都知道,如果一个非常称职的校长、得到大家认可的校长,任两届对学校的发展有巨大的好处,最怕的是当一届就走了,对大学发展很不利。职业化制度成熟以后,我国应向国外开放,利用国际校长的资源进行配置。现在一些民办学校已经有了从国外招聘的校长,当然这里面也有很多水土不服的问题,大学校长遴选国际化可能是未来趋势。因为当大学校长有共同的规律,他既然能够在国外当很好的大学校长,到中国也许会带来一些新的东西。

大学校长职业化制度的建立,是一种制度创新,难点在于要突破原有制度的束缚,涉及人事制度、干部制度、薪酬制度、选举制度等。因而它也是一项系统工程,需要各方面的支持、配合、协调。制度创新的前提是转变观念,这往往又需要耐心等待。即使新制度已试行,职业群的形成尚待时日,任重而道远。愿有识之士携手共进,不懈推进这一改革。

(原载《高校教育管理》2016年第10卷第4期)

论上海近代报刊的诞生

一、殖民者带来了新的传播媒介

近代报刊是资本主义经济发展的产物。上海近代报刊的诞生，就是和西方资本主义入侵我国联系在一起的。鸦片战争之前，上海本来存在着产生近代报刊的若干经济的和社会的条件。嘉庆年间，上海已是一个商品经济非常活跃的城市，每年进出于上海港口的船只不下几万艘。县城内街巷六十三条，钱庄几十家，商店甚多，居民人口达53万，人称"江海之通津，东南之都会"[①]。交通运输的发达，商品交流的频繁，人口的增殖，日益滋长着对信息交流和新的传播媒介的潜在需要。

近代报刊所需的印刷条件已大体具备。我国的印刷业和造纸业具有悠久的历史，雕版印刷在唐代就已诞生，适合报刊印刷用的活字印刷在明代就很普遍。我国古代官报——邸报，从明末起就开始采用活字印刷[②]。

近代报刊所需的信息传递和发行网络，也相当成熟。夏商之交产生的邮驿制度，发展到清代，已十分完善。全国有2 000个驿站、7万多名驿夫、1.4万个递铺、4万多名铺兵，规模庞大，网路纵横，四通八达[③]。通信传递的速度相当惊人，一般为日行400—500里，最高达到600里[④]。与官方邮驿并行的民信业也相当发达，全国民信局大小共有几千家，一般以商业城市上海、广州、汉口、天津等为中心，设置总号，分号遍布各地，连僻远之地如云南昭通、甘肃天水都设有信局[5]。

需要和条件同时存在，却没有产生出我国自己的近代报刊。主要原因在于封建统治的严重束缚。清雍正年间，就有两个名叫何遇恩、邵南山的小报编撰人，因为报道了皇帝游圆明园的消息，被刑部捉拿审讯，依律斩决[6]。清王朝的专制统治，扼杀了我国一切可能萌生近代报刊的嫩芽。

新闻传播的这种窒息氛围被西方殖民者的东来打破了。中英鸦片战争以后，上海被确定为五大通商口岸之一。1843年11月上海正式开埠。殖民者带来了商品倾销，同时也带来了资本主义文明。上海开埠后七年，即1850年，上海历史上第一张近代报纸《北华捷报》诞生了。1856年，第一份中文报刊《六合丛谈》问世。这标志着上海新闻事业的历史揭开了第一页。

率先踏上上海滩的外国殖民者，主要是商人和传教士，首批出现的近代报刊是适应他们需要而办的。

《北华捷报》就是一份为上海开埠后最初的商业发展服务的英文周刊。创办人亨利·奚安门原是英国一拍卖商，来自爱德华亲王岛。他自称是波佛梅公司的广告代表。奚安门来到上海后，认为上海是大有发展希望的市场，便购买了一部手摇印刷机，出版每期仅四页的周刊。

《北华捷报》上刊登的主要内容是在华商人所关心的一周新闻概要和商业消息，还摘登在沿海城市澳门、香港所办的报纸的若干内容。由于为在华商业活动服务，《北华捷报》很重视新闻报道，尤其注意报道中国政局的变化和上海周围地区的情况。创办伊始，正逢太平天国和上海小刀会起义。《北华捷报》详细地报道了太平天国两次进军苏南和小刀会起义的过程，对著名的"嘉定之战""青浦之战"还有专题报道。从总体上看，这些报道都比较客观，成了今天近代史研究的可贵资料。

客观报道不等于没有立场和倾向性。《北华捷报》对时局的看法以在华外商，主要是英国商人的利益为转移。其对太平天国起义的态度就是一个明显的例证。在太平天国势力强盛、兵临上海郊区的时候，《北华捷报》主张保持中立，有些评论甚至表示出某种友好的姿态。可是，当起义的锋芒直逼租界，有可能影响外人在华贸易特权的时候，《北华捷报》也发表了许多反对太平天国的文章和评论，甚至主张联合清朝政府，共同镇压起义。

由于忠实地代表了在华外商的共同利益，《北华捷报》赢得了当时上海那个不大的外侨圈⑦内人们的好感与信任，并且吸引了一批人做它的通讯员，其中有官员、传教士和商人。租界工部局和英国领事馆一度将《北华捷报》以及此后的《字林西报》作为自己的发言机构，重要的公告都交其独家发表。《北华捷报》的这一地位又引起了外界对它刊载的消息评论的重视，清政府不少官员，如李鸿章等都经常通过翻译阅读该报。

如果说《北华捷报》是为在沪外商的商业活动需要而办的话，那么中文月刊《六合丛谈》的出版则是为了传教士的传教和扩大文化影响。《六合丛谈》创刊于1857年，发行人是英国伦敦布道会派到上海的传教士伟力亚力牧师。伦敦布道会属基督教差会的公理宗，19世纪来华活动十分活跃，而且尤其重视通过印刷书籍、开办报刊来进行传教活动。伟力亚力是伦敦布道会派遣的第三位擅长编辑、印刷业务的传教士。他于1847年来到上海，接替麦都思管理"墨海书馆"。在他主持的几年中，他与有自然科学专长的李善兰、蒋剑人、管小异、郭友松等人通力合作，编译出版了中国近代最早的数学、物理学、植物学等读本。《六合丛谈》的出版同伟力亚力等人的其他文化布道活动是协调一致的。其目的是为了感化只懂中文的中国人，通过介绍西方的历史、地理、文学知识，以及天文学、地质学等多门类自然科学内容，以证明"凡此地球中生成之庶汇，由于上帝所造而考察之，名理亦由于上帝所界，故当敬事上帝，知其聪明权力无限无量"⑧。原来，归根结底还是要人们相信上帝的至高权威。这实质上是殖民者的一种精神文化渗透。在上海最初出现的上述报刊都不是从中国的土壤中生长出来的，而是殖民者从他们的母国本土移植过来的。19世纪50年代,当上海的居民为眼前新出现的报刊感到惊诧的时候,在英、美、法等资本主义国家近代报刊已有一百多年发展的历史了。近代报刊成为西方人生活中不可缺少的一个组成部分,在这样的环境中生活习惯了的西方商人和传教士,踏上上海的土地后便将他们母国所办报刊的那一套,几乎原封不动地搬过来,这是十分自然的事。

近代报刊代表着一种文明。这种文明是伴随着殖民者的大炮、船舰、鸦片和商品倾销输入进来的。文明与侵略同来,对中国人来说,这是十分痛苦但又不能不接受的事实。这毕竟预示着一种新的社会事业——新闻事业的诞生,并将对整个社会产生越来越大的影响。

二、新闻中心的形成

上海近代都市的形成,以对外贸易的迅猛发展为起点,以商业的繁荣为标志。五口通商之后,外国对华贸易的重心由广州逐渐移到上海。1853年上海进出口总值跃增至1 720万元,首次超过广州。此后,上海的进出口总值直线上升,长期占据全国总额的50%以上[①]。上海取代广州,成为我国对外贸易的中心。对外贸易刺激了上海商业。上海县城东门外黄浦江沿岸的所谓"南市",在原有的基础上继续发展北面的租界,又形成了以大马路(今南京路)为主干的新的商业区。这南北二市的发展,奠定了近代上海城区的轮廓。

繁荣的贸易和商业背后,必然存在着频繁的信息交流,蕴藏着对信息媒介的巨大需要。在众多的新闻媒介产生之前,这种交流已经客观存在着。美国人罗兹·墨菲所著的《上海——现代中国的钥匙》一书描述道,当时一些经营中国商品外销的洋行,是通过鸦片飞剪船获得国外市场的准确信息的。鸦片飞剪船载重轻,速度快,它们带来了由伦敦经印度孟买和加尔各答的信件。鸦片交易在1842年《南京条约》签订后被视为非法行为,飞剪船只能停泊在吴淞口,在卸下鸦片的同时也卸下了邮件。然后"由小马快递急送到上海,快递专差骑着马沿外滩飞奔，沿途把分发给各家洋行的邮袋投在各该宅院的场地上"。一些有实力的洋行如怡和洋行，为了在商业竞争中获胜，还特地安排了自己的快递路线，当船只在香港和新加坡加煤时，取出邮件用特雇的船只以更快的速度秘密送到上海的事务所。即便如此，伦敦和欧洲的市场信息最快也得经过七个星期才能到达上海，这无论如何也不能满足贸易和商业的需要。贸易和商业的繁荣紧迫地提出了加快发展上海新闻事业的要求。

上海贸易和商业的发展吸引了人口的汇聚。外地人纷纷来到上海从事商业活动和出卖劳动力。太平天国和小刀会起义时期的战乱，又使许多居民纷纷涌进租界。上海城区（主要是租界）人口骤然膨胀。1845年，外国人居留地刚划定时，外国侨民不过100多人，当地居民仅数千人。1865年租界人口已有9.2万余人，1885年达12.9万多人，1900年达到35.2万余人，加上上海县城人口50多万人，上海的人口已近百万[⑩]。人口的聚居造成了错综复杂的社会关系，加速了人际交往和各种信息的流动。近代中国还没有一个城市具有像上海这样复杂的人口构成。每天每时在他们中间有多少大大小小的事件发生。这为新闻媒介的涌现创造了极好的新闻来源，造就了庞大的读者群。

上海的交通、通讯也迅速发展起来。轮船航运在19世纪60年代以后，已有北洋航线（至牛庄、天津、芝罘）、南洋航线（至浙、闽、台、粤）、长江航线、内河航线、国外航线等五大航线同国内外发生联系。国外采用不久的先进通讯手段——电报也在上海率先得到发展。1871年2月，由丹麦大北电报公司铺设的海底电报线由俄国海参崴接到上海，海参崴连接着欧洲线路。大北公司开始在上海开局营业，创编四位号码的汉字电报。这是外国电报输入我国的开始。从欧洲发电报至上海只需要一天时间[⑪]。1876年初，由伦敦经新加坡、香港到上海的海底电缆敷设完成，英商大东电报公司开始在上海营业。南北两条电报线的贯通，大大缩短了上海同欧洲的距离，给上海带来了欧洲以及世界的大量信息。在国外潮流的推动下，国内1881年建成了天津至上海的电报线，此后几年内架通了上海至广州、南京至武昌等多条线路，正式在上海设立电报总局。上海名副其实地成为全国的电讯中心。

上述各项因素推动了上海近代新闻事业的形成。从19世纪60年代起，上海报刊如雨后春笋不断出现，无论在数量上、种类上，还是社会影响上，都冠全国之首，上海成为全国的新闻中心。

第一，总体上看，1860年至1895年，上海新创办的报刊（含更名者）达86种之多，差不多占同期全国新办报刊总数的二分之一。

第二，这一时期，上海的外文报刊十分兴盛，各国侨民，英国人、美国人、法国人、葡萄牙人、法国人都涌到上海来办报。上海成为外人在华报刊中心。

《北华捷报》扩展为一个报业系统。《北华捷报》股份公司1856年又创办了《每日航运消息》，主要刊登广告和船期消息。这张报纸经过八年的发展，1864年正式改名为《字林西报》，变成了大型综合性日报。《字林西报》后来办了整整87年，直至1951年才终刊，是在我国出版历史最悠久的外文报纸之一。股份公司1863年又出版了为满足欧洲商人对远东市场信息需要的《北华和日本报道》（后改名为《北华海外捷报和市场报道》）。1870年买下了一家英文报纸《最高法庭和领事公报》，改名为《北华捷报和最高法庭及领事公报》，作为《字林西报》的海外版。1861年又办了中文《上海新报》。这是上海历史上第一张中文报纸。《上海新报》终刊以后，1882年再次办了一张中文报纸《沪报》（后改名为《字林沪报》）。

另一个有影响的报业系统是《华洋通闻》系统。这个系统包括著名的《上海差报和中国公报》（1875—1890）、《华洋通闻》（1874—1927）、《文汇报》（1879—1930）等10家报纸。早期的《上海差报》主要代表美国殖民者的在华利益，鼓吹建立一个美国的远东海军基地，主张美商务领事要成为真正的美国代表。而后的《华洋通闻》和《文汇报》则标榜奉行独立的方针，同《字林西报》对峙，成为《字林西报》的主要竞争对手。《华洋通闻》刊载的新闻内容十分丰富，广泛报道有关中国人的信息、在华外人信息、上海进出口统计资料、茶叶出口报表等。当时的上海中文报刊经常译载它的消息。《文汇报》发行人1890年购进《华洋通闻》，实力倍增，《文汇报》也成了上海报界的权威报纸。

除了近10个系统30多种英文报纸外，这个时期在上海创办的还有葡文、法文和德文报纸。葡文报有1867—1868年出版的《北方报》、1888—1889年出版的《前进报》，发行时间都很短。法文报纸是除英文报纸外声势最壮的外文报纸，前后有过两个小小的出版高潮。19世纪70年代初出版的《上海报界》和《上海差报》同属于一个系统，而《进步报》的办报方针则与此对立。80年代中出版的日报《上海回声报》从日本横滨迁来，它的前身是《日本回声报》，主编因对中国感兴趣而将报社搬到上海。《上海回声报》还同时出版一个专为欧洲读者服务的周刊《远东信使报》。德文报纸出版较迟，直至1887年上海才有第一家德文报纸《德文新报》问世，而且该报依附于《华洋通闻》报系，早期是作为《上海差报》的增刊出版的，在《文汇报》的印刷所内印刷，《文汇报》的一位董事一度还充当了《德文新报》的主编。

短短三十多年中，上海为什么会涌现出这么多外文报刊？单从侨民人数是很难加以解释的。直至1895年，上海公共租界、法租界及越路筑界地域内的外侨没超过5 000人，他们不至于需要这么多报刊。事实上，这些报刊不仅面向上海侨民，而且面向海外读者发行。不少英文报纸都另外出版海外版或邮版。如《北华捷报》有《北华海外捷报和市场报道》，《上海载记》有海外版《商业载记》，《华洋新闻》则是《上海差报和中国公报》的邮版，等等。这些海外版或邮版英文报纸随商船、邮船运往欧洲、美洲，向它们的欧美各国读者提供有关中国的新闻，特别是市场情况。这深受希望到中国来推销商品的商人，以及关心中国情况的政界、宗教界人士的欢迎。出版在上海，发行到海外，这种情况更增添了上海报业活动的国际性色彩。

第三，中文报刊在上海崛起，上海成为我国中文报刊最发达的城市。与广州、香港相比，上海的中文报刊出现较迟，但发展的势头却远远超过前者。

首先有较大社会影响的是中文宗教报刊。上海开埠以后，来华的各国传教士逐渐把他们的传教中心和基地移到上海。无论是各国基督教差会，还是天主教，在上海都办了教会报刊。1860年至1895年，在上海出版的教会报刊达19种之多，远远超过其他城市[12]。1877年和1890年有两次讨论到办报活动的在华基督教传教士大会都在上海举行。几乎所有的与会者都认为，进一步办好宗教的和非宗教的报刊，是"在华传教工作的最重要的问题"[13]。一些最有影响的宗教报刊先后在上海出版。林乐知所主编的《中国教会新报》和《万国公报》就是这样的刊物。《中国教会新报》和前期《万国公报》基本上还是宗教性刊物，主言教务，兼论时政。它们的影响及于全国各地。后期《万国公报》是以传教士为骨干的在华外人的团体——广学会的机关刊物，它的内容以时政为主、教务为辅，对我国的维新启蒙运动产生直接而深远的影响。除了教会刊物而外，还出现了相当数量的中文日报和刊物。如果说整个19世纪60年代是《上海新报》一统天下的话，那么进入70年代之后，就出现了创办日报的一个热潮。先是1872年4月有《申报》诞生，《申报》所走的完全是一条商业化的道路（这一点将在后面论述），紧接着1874年6月又有《汇报》问世。《汇报》是上海县令叶固之、轮船招商局总办唐廷枢（景星）以及容闳（纯甫）等人倡议创办的，对外称招募商股而办，实由官府出资维持。这是上海第一种中国人自办的报纸，也是我国近代官办报纸之嚆矢，其主要背景是清政府中那一派办洋务的官员大概因为碍于清政府禁止中国人办报，仅过了两个多月，《汇报》便更名《彙报》，推出一个名叫葛理的外国人（原在馆中任翻译）作为发行人，实际上报纸背景并未变更。《彙报》出版以后，即同《申报》就中外时势、造火车轮船等一系列问题展开论战，给初兴的上海报界增添了一些热闹的气氛。1875年7月，《彙报》又易名《益报》。《益报》转载《万国公报》文章甚多,大约与主编朱莲生曾在《万国公报》担任过编辑有关。《益报》继续《彙报》之后与《申报》论战,但论理不足,人身攻击颇多,格调日趋低下,反映了报纸在走下坡路,未几,即告停刊。《益报》之后,1876年11月又有《新报》出版。创办《新报》的是上海道台冯焌光,他于1874年到任,1876年便用道库经费办《新报》。《新报》有一与众不同的特点,就是在报纸头版刊登一两篇中国新闻的英文译稿,这样做的目的在于"以便西士之省览,亦以便中国博学多识之士日渐观摩,以期中外一家,同轨同文"⑭。当时的上海道是兼办洋务(即兼办外交)的,这种设计反映了他希望中西交通、不受文字阻隔的想法。在新闻史上这是一个创造,实开中国人办外文报纸之先河。报纸是道台办的,道台的更迁便决定了报纸的命运。1882年冯焌光去职,新任道台宣布《新报》停办。70年代中国人所办的中文报纸寿命都不长,除了因政治上报禁未开,办报有所顾忌而外,单纯依靠官府补贴,不按照报纸商品化的规律经营,造成经济困难难以为继,也是一个重要的原因。

19世纪八九十年代,上海又有两家重要的中文报纸创刊。一家是字林洋行所办的《沪报》(后改名《字林沪报》),这仿佛是《上海新报》的复出。1872年《上海新报》停刊后,《字林西报》馆沉默了10年,未参与上海中文报纸的竞争,1882年5月终于又重办《沪报》,直接争夺中国读者。《沪报》内容有些译自《字林西报》,同时也登杂俎、诗词等,以适合中国文人的口味,这一点和《上海新报》有很大不同。另一家是1893年创刊的《新闻报》。创办人虽是不谙报务的中外商人,创刊之初也不起眼,后来却成为在上海同《申报》并驾齐驱的大报。

中文报刊在上海的崛起具有重要的意义。这不仅标志着近代报刊同生活在这个都市的绝大多数人——中国人开始发生联系,进入他们的生活;而且势将带动全国新闻事业的发展。这是其他城市所不能取代的。

三、商业性报纸在上海的生根和发展

近代报刊是外国新闻媒介在中国的移植。移植不等于成功,它要真正能开花结果,还需适应中国的国情,才能在这块土地上深深地扎下根来。这里有两个必要条件:第一,这样的报刊能满足读者,归根结底是中国读者的广泛需要,成为中国社会生活不可分割的一部分;第二,经济上能长期支撑,不是依赖外来的补贴(官方的或宗教的),而是依靠符合商品经济运行规律的经营。

商业性报纸就是具备这些条件的报纸。1872年创刊的《申报》是上海商业性报纸的典型。这家报纸后来成为中国新闻史上出版时间最长、影响最大的中文大报绝非偶然,同它的商业性特点有必然的联系。对它的初期发展加以剖析,有助于我们认识近代报纸在上海立足生根的过程。

《申报》创办者安纳斯脱・美查是一位商人。出版《申报》,仅是他商业活动的一部分,他同时还经营着燧昌火柴厂、江苏药水厂、图书集成公司。创办《申报》的目的在于赢利,在上海经商的美查鉴于《上海新报》销路很好,便集资出版报纸。关于这一点,1875年《申报》有一篇自述。这篇题为"论本馆作报生意"的言论公开申明:"夫新报之开馆卖报也,大抵以行业营生为计。故其疏义以仅谋利者或有之,其谋利而兼仗义者亦有之。……若本报之开馆,余愿直言不讳焉,原因谋业所开者耳。"不加掩饰地宣布办报是为了赚钱,这代表着一种新的办报观念。

为了要赢利,为了成功,便不能不考虑满足读者的广泛需要。读者需要,这是商业性报纸的重要出发点。《申报》在创刊号的"本馆告白"中指出,新闻报纸与古已有之的书籍不同,"纪述当今时事,文则质而不俚,事则简而能详,上为学士大夫,下及农工商贾,皆能通晓"。美查在办报之初关照馆内同事:"这报是给华人看的,文字应从华人方面着想。"⑮他聘请中国人任主笔,负责具体办报,放手让他们去搞,自己不多过问。这不但是因为本人语言上的隔膜,而且着眼于让通晓中国事的人去办给中国人看的报。在《申报》筹备期间,他没有让办报人模仿上海出版的外文报刊,而派主笔钱昕伯不远千里去已有中文报纸的香港学习,也是出于这种考虑。

为了满足读者需要,《申报》将为读者提供"新"和"广"的新闻放在第一位。这正是商业性报纸的一大特点。1875年,《申报》在北京、南京、杭州、武昌、汉口、宁波、扬州等地已专门招聘访员采访,1887年又扩大到天津、广州、长沙、济南、保定、营口等32个地方。外地访员的增加,扩大了新闻的报道面和信息量。对于上海和外地的社会新闻,《申报》更是不遗余力连篇累牍加以报道,如1873年12月的"杨月楼案"和1874年1月的"杨乃武案"。前者报道了六个月,后者报道了三年多,轰动一时。这是我国报纸早期出现的连续报道和最有影响的社会新闻。对于读者关切的中外交涉事件,《申报》也设法从多处获取信息加以披露。1874年的日本侵犯台湾和1884年的中法战争,《申报》都派遣访员亲临事件发生第一线采访,发表了独家新闻,这也是我国报刊最早的特派记者的活动。为了争取新闻报道的时效,《申报》又首先采用电讯。1881年年底,我国天津至上海的电报线架通,1882年1月16日,《申报》即发表来自北京的一则上谕。这是在我国报刊上发表的第一条通过我国电报线传送的电讯⑯。

《申报》对京报内容是以新闻的重要与否来编排的。为了满足社会的需要,重视刊载各类广告、商业行情和船期消息,也是商业性报纸的一个特点。广告对于商业性报纸的意义是双重的。一方面,由于满足了商业信息的需求,才扩大了读者和广告客户;另一方面,广告成了报纸收入的主要来源,也是继续发展的经济基础。正是依赖广告,商业性报纸才能维持下去。

一张报纸要在读者心目中占有一席地位,融合到他们的日常生活中去,适应读者的阅读习惯和阅读心理也是一个重要的因素。迎合读者心理，是商业性报纸的第三个特点。从这点出发或许可以解释《申报》为什么会刊登文艺小品和鬼神故事。《申报》的读者中有相当一批是文人学士，即旧式知识分子。办报人也恰恰产生于这一阶层，所以他们深知读者的爱好习惯。文人有文人的嗜好，喜吟诗弄文，附庸风雅。《申报》除刊载新闻、告白外，还特地征稿刊登文人们的诗词文章，并以"概不取其刻资"来招徕[17]。《申报》上的这一部分给报纸增添了某种文学色彩，吸引了不少读者，成为后来报纸副刊之先声。像推销商品一样做好发行工作，以扩大销数作为办好报纸的衡量标准和最终目标，这是商业性报纸的第四个特点。扩大发行的关键，在于有低廉的报价和简便易行的发行渠道，如《申报》所说："新闻纸一事，欲其行之广远，必先求法之简，价之廉。[18]"《申报》一开始就定价为每份八文（外地十文，批发六文），这是一个读者能够接受的价格，比先期出版的《上海新报》每份三十文要低得多。这样一来引起了《申报》和《上海新报》的竞争。《上海新报》不得不忍痛也降价至每份八文，半年多以后，由于亏蚀太多而停刊。这是我国商业性报纸首次在售价上的竞争，并且按照商品竞争的规律决出胜负。《申报》同时很注意打通发行渠道。《申报》的本市发行依靠报贩零售，外埠发行则同时有几种方式：通过信局订阅；利用京报发行渠道发售；通过商号、店铺代售；设立《申报》分馆，同时承担发行和采访事务。由于重视发行，《申报》创刊不久，销数便达到3 000份[19]。这在当时是一个很了不起的数字。

从《申报》初期的特点可以看到，商业性报纸走的是这样一条道路：为了要赢利，就必须在新闻、广告等各方面满足读者的广泛需要；为了深入社会，就得了解读者，研究读者，适应在中国土地上生活的读者的心理。这样就形成了适合中国国情的若干特点，使新闻纸这种外国引进的媒介带上了某种中国色彩。这样，商业性报纸才能在上海获得赖以生存的经济基础和读者的支持。商业化报纸的出现和发展，完成了外国引进的新闻媒介同中国国情结合的演化过程，近代报刊开始在中国的土地上生根发芽。

注释

① 清嘉庆《上海县志·序》。
②⑥ 《简明中国新闻史》,福建人民出版社1986年版。
③④⑤ 刘广生主编:《中国古代邮驿史》,人民邮电出版社1986年版,第347、321、388页。
⑦ 据刘惠吾编著《上海近代史》（华东师范大学出版社1985年版）统计,1850年前后,上海租界的外侨人数在200人左右,十年以后即1860年也不过569人。
⑧ 《〈六合丛谈〉小引》,转引自戈公振:《中国报学史》,中国新闻出版社1985年版。
⑨ 黄苇:《上海开埠初期对外贸易研究（1843—1863年）》,上海人民出版社1979年版。
⑩ 见刘惠吾编著:《上海近代史》。
⑪ 《交通史·电政篇》第一章。
⑫ 《近代报刊录（晚清·中文）》,复旦大学新闻系油印本,1981年。
⑬ 《基督教传教士大会记录,1890》,第583页。
⑭ 《本馆告白》,《新报》第一号,1876年11月23日。
⑮ 《创办初期的〈申报〉》,《新闻研究资料》第一辑,中国社会科学出版社1979年版。
⑯ 《申报》1882年1月16日所载三条消息。
⑰ 中国古代出版书籍与今天不同,作者非但拿不到稿酬,而且自己要出钱刻印。所以《申报》概不取资的做法,对作者已很优惠了。
⑱ 《本馆自叙》,《申报》1872年6月。
⑲ 《申报》1872年9月。

（原载《学术季刊》1990年第2期）

改革开放以来各地区新闻事业发展的轨迹
（1978—2000）

1978年至2000年是我国各地区新闻事业历史上发展最快、变化最大的时期。结束了"文革"十年浩劫以后，进入改革开放新时期，各地新闻事业"井喷式"发展，报刊、通讯社、广播电视全面进步。市场经济的引入，给各地新闻业注入强劲的动力，通过竞争，地区新闻业市场格局形成。科技进步，给新闻业插上飞翔的翅膀，新的传播技术的普及，新媒体的涌现，缩短了各地新闻事业的差距。可以说，从此，我国的新闻事业真正成为现代新闻事业。

一、各地新闻事业"井喷式"发展

"文革"十年，我国新闻事业受到了沉重的打击。机构萎缩，新中国成立后积累起来的骨干队伍被打散，新闻报道和言论受到禁锢。好在"浩劫"终于结束了。打倒"四人帮"以后，虽然头两年新闻战线仍比较沉闷，但已是蓄势待发，准备迎接新的发展时期。

1978年关于"实践是检验真理的唯一标准"的讨论，以及稍后召开的党的十一届三中全会，开启了改革开放的大门。如同各条战线破除迷信、解放思想、奋力前进一样，新闻战线也迈出了改革、开放、发展的第一步。

改革是从新闻报道突破"禁区"开始的。从"文革"前"左"的思想路线开始，到"文革"中所谓"无产阶级专政下继续革命"

理论的桎梏,新闻领域形成许多不成文的"禁区",如重视经济报道成了反对"政治挂帅",社会新闻是低俗的资产阶级新闻报道等,政治上的划线、条规更成了新闻工作者头上无形的枷锁。随着思想解放,拨乱反正,新闻"禁区"逐渐被冲破,迎来新闻工作的春天。

首先是社会新闻的破冰。1979年8月12日上海《解放日报》破例在头版刊登了一条社会新闻"一辆二十六路无轨电车翻车"。短短一条社会新闻上了市委机关报的头版,其意义远超出新闻本身,分明是有意试水。两个星期以后,《解放日报》发表评论员文章《社会主义报纸应该有社会新闻》,说"我们社会生活的各个领域每日每时都在产生许多新闻的事情,发生着各种各样值得人们思索的矛盾和问题。在社会主义报纸上及时反映这些,正是社会新闻所应该担当的任务。"(《解放日报》评论员,1979)这是《解放日报》在召开了关于社会新闻的座谈会以后公开正式发表的观点,反映着新闻价值观发生了变化,逐渐回归新闻采写的本来要求。一次突破打开了一个领域。此后,《解放日报》接连发表了若干有重大反响的社会新闻。如1981年7月的《杜芸芸将十万遗产献给国家》,1982年5月的《陈燕飞怀孕五月下水救人》,1986年11月持枪抢劫银行等的报道,1988年1月甲肝在上海流行的报道等(邓续周,2015:p.14)。差不多同时,各地报纸、广播、电视在报道社会新闻方面都有突破,使得新闻报道更加丰富起来,社会新闻在反映、警示、教育等多方面的作用开始为大家所认识。

经济报道比重扩大,走到新闻报道舞台中央。随着国家工作重心由阶级斗争转移到经济建设,各地党报也将新闻报道重心转移到经济报道上来。1980年《南方日报》改版,除第一版为要闻版外,第二版即为经济新闻版。《北京日报》1981年的要闻版稿件中,经济新闻占47%以上。《解放日报》1979年10月起开辟"上海市场"专栏,提供商品市场信息,指导消费。1988年扩版时又创办"上海经济透视""上海乡镇企业"等七个经济系列专刊。各地报刊都重视对经济大潮中的典型经验和先进人物的报道,如1979年对四川省扩大企业自主权试点的报道，1981年对安徽凤阳小岗村实行"联产承包责任制"的报道，1984年对"温州模式"和苏南乡镇企业的报道，以及此后对沿海14个开放城市改革的报道等，搞得有声有色，产生了广泛的社会影响（邓续周，2015：p.15）。自然，正如市场经济和政府调控正在摸索之中一样，如何报道经济建设，如何报道市场，各地媒体也在探索。不少媒体习惯于用先进典型报道的传统方式，不善于用过程延续的方式报道矛盾，提出问题，在当时是难以避免、十分自然的。

报刊的各种副刊、专刊，广播电视的各种节目专栏，纷纷恢复和创办，百花齐放，精彩纷呈。如《解放日报》副刊"朝花"、《文汇报》副刊"笔会"、《新民晚报》副刊"夜光杯"等，都是出版了几十年、有广泛影响的副刊，一朝恢复，新老作家的力作纷纷涌来，读者群不断扩大。新的副刊专刊接连涌现。《新华日报》文艺副刊"钟山"1982年改为每周三期；《湖北日报》副刊"东湖"改为"文化之友"，设置了10个栏目；《四川日报》创办"思想、知识、生活"综合性专版，设置了17个栏目。众多副刊、专刊的恢复和创办，反映了群众中蕴藏着对文化精神生活的多方面需求。

新闻报道"禁区"的被突破，以及媒体内容的多样化，只是新闻事业改革开放的第一步。社会公众对信息日益增长的需求，以及对文化、生活多方面的追求，已经对现有新闻事业的供给感到不满足，只有增加新的新闻机构才能满足这种需求。巨大的社会力量推动各地新闻事业积极发展。

这种发展是"井喷式"的。据统计，报纸种数和发行量大大增加。1978年，全国有邮发报纸253家（方汉奇，1999：p.499），到了2000年，全国的报纸种数达到2 007种（中国社会科学院新闻与传播研究所，2001）。虽然在1997年、1998年，新闻出版署对全国报业进行整顿、治散和治乱的工作，但是报纸的绝对数量还是增长到1 821种；在报纸种数大幅度增加的情况下，报纸的发行量也相应大幅度增长，1978年全国邮发报纸的每期发行总数为5 542.5万份，到了2000

年,全国报纸的每期发行总数为 17 913.52 万份(中国社会科学院新闻与传播研究所,2001)。广播人口覆盖率从 1980 年的 53%提高到 2000 年的 92.74%(国家广播电影电视总局,2001);电视人口覆盖率则从 1980 年的 45%提高到 2000 年的 93.65%(国家广播电影电视总局,2001);期刊在 2000 年共有 8 725 家,发行量达到 294 182 万册(中国社会科学院新闻与传播研究所,2001)。12 年间报纸种数增长了 700%,期发行量增长 220%,广播人口覆盖率增长了 75%,电视人口覆盖率增长 108.1%。当然,增长不是均衡的。报纸创办的高峰有三次,即 1980 年、1985 年、1987 年,特别集中在 1980—1985 年间,全国新创办报纸有 1 008 家,平均不到两天就有一家新的报纸问世(方汉奇,1999:p.504),称之为"井喷式"是一点不过分的。

　　从分省来看,增长得较快的是沿海、报业基础较好的区域。以 2000 年和 1982 年的统计相比,北京新增报纸 198 种(包括中央部委办的和北京市办的),增长 471%;天津新增报纸 22 种,增长 550%;上海新增报纸 59 种,增长 453%;浙江新增报纸 71 种,增长 440%;江苏新增报纸 63 种,增长 217%,福建新增报纸 40 种,增长 571%;广东新增报纸 91 种,增长 910%。原来基础薄弱的省份增长得也很快,如河南新增报纸 67 种,增长 479%;青海新增报纸 15 种,增长 500%;西藏新增报纸 14 种,增长 700%。增长相对较慢的省份,主要因为原有一些大型国有企业的企业报、县级报或是少数民族文字报纸都保留下来了,如东北三省、内蒙古、山西等。即便如此,增长最慢的省份,新办报纸也增长了 50%(中国社会科学院新闻与传播研究所,2001)。

　　不仅报纸的数量有巨大的增长,而且不同品种的报纸也大大发展。这反映各类报纸正在寻找自己的稳定的读者群,办出适合他们口味的、有特点的报纸,报纸的分众化现象日益明显。

　　首先发展的是经济类报纸。这是我国新闻史上过去没有的一个专业品种,完全是适应人们对经济信息的日益增长的需求而诞生的,是各报经济新闻的延伸。从全国报刊市场来看,经济越发达的地区,经济类报纸越繁荣。北京、上海和广东三地的经济类报纸明显比其他省市自治区活跃。而北京的经济类报纸相对全国其他地区来说,更加活跃。1983年,国内首家综合经济类大报《经济日报》在北京创刊。除了这份中央直属党报外,1985年以后,《中华工商时报》《中国经营报》《金融时报》等一批有全国性影响的经济类报纸由北京走向了全国。另外,随着1992年中国股市开盘以来,证券报,①这一经济类报纸的新品种也应运而生,北京的《中国证券报》与上海的《上海证券报》和深圳的《证券时报》成为中国最有影响的证券类报纸。北京报刊市场上经济类报纸种类繁多,各种经济类报纸由于各种原因发展状况不一,整个经济类报刊市场呈现"你方唱罢我登场"的局面。1990年代随着社会主义市场经济的繁荣,经济类报刊竞争更加激烈。北京报刊市场先后创刊的经济类报刊有《中国经济时报》《中国信息报》《中国市场报》《国际金融报》《北京经济报》《北京现代商报》《经济观察报》等。由于北京的大部分经济类报纸都是和国务院直属的部委合办,北京虽然不是经济、金融中心,但却是信息中心,因此在北京报纸市场上全国性经济类报纸居多。

全国其他地区也都纷纷创办了各种各样的经济类报纸。几乎每个省、市、区都有经济报,且都由当地的经济主管部门,如经委主管主办,深圳办的《深圳晚报》则为深圳市政府之机关报。由于所在地区的经济地位,在北京、上海和广州之外的地区,经济类报纸虽然在一段时间、某些地区产生过一定程度的影响,但最终没有产生过有全国影响的经济类报纸。

而拓展数量最大的却是晚报。以面向市民、刊载社会新闻为主的晚报在我国已有近百年的历史,曾经有几次辉煌期②。"文革"前报纸以党报为主干,晚报仅有几家有悠久历史与影响的报纸出版。

晚报的发展也是先从发达城市开始。1980年代中后期,晚报开始兴盛。1980年代初,《新民晚报》《羊城晚报》和《北京晚报》等老牌晚报复刊。其中,以上海的《新民晚报》和《羊城晚报》影响最大。与《新民晚报》相比,《羊城晚报》专刊副刊相对较弱(崔魏,

2000），但更注重精品报道和深度报道；另外，还增辟了港澳版，这在全国晚报中属首家。《羊城晚报》发行量曾一度达到 130 万—140 万份，在全国产生了巨大的影响。在北京地区，1980 年复刊的《北京晚报》到了 1980 年代中期发行量就达到 113 万份（北京日报社委会，2002：p.199）。1984 年创刊的天津《今晚报》，在天津成了发行量最大的报纸。创刊于 1987 年的《钱江晚报》是浙江省唯一的省级晚报，隶属于浙江日报报业集团，是全省发行量最大、广告收入最高的报纸。1986 年创刊的《扬子晚报》到了 1995 年发行量超过了 100 万份（陆宏德等，1995）。100 版之多的《扬子晚报》把重点放在生活服务类信息上，将更多的精力投放到南京以外的发行，短短 9 年内迅速崛起为长江三角洲区域有重要影响的晚报，并进入上海与《新民晚报》争夺市场。江浙两省经济的快速发展、市民文化的发达带来了地市级晚报的繁荣。1993 年的元旦，《金陵时报》（1994 年元旦更名为《金陵晚报》）的创刊，标志着江苏省地市级晚报创办的高潮到来。在其后不到两年的时间内，《盐城晚报》《江南晚报》《淮海晚报》《姑苏晚报》《常州晚报》《彭城晚报》等如雨后春笋般先后创刊。到 2002 年，江苏所有的地级市都拥有了自己的晚报。在版式和内容上，它们大多仿效《新民晚报》的模式，版面犬牙交错，主打市井新闻。除省城南京的《金陵晚报》之外，地市级晚报基本在 20 版左右，这样小的"灶台"，要使国际、国内、省内、市内、副刊、广告六道大餐品种丰富、花色多样，确实勉为其难；1996 年以后，面对新兴都市报的竞争，《成都晚报》在全国晚报中首次提早出版时间；在江苏，是《金陵晚报》率先打出"晚报早出，新闻不晚"的口号，《姑苏晚报》也一度变成"午后报"。2000 年左右，徐州的《彭城晚报》、淮安的《淮海日报》和《扬州晚报》也将上摊时间大大提前。随着晚报的不断发展，一地、一城只有一家晚报的格局已经被打破，特别是在缺乏老牌晚报的地区，如长春市有《长春晚报》和《城市晚报》并立，南京市有《金陵晚报》和《扬子晚报》争雄，内蒙古自治区和河南省分别有各级各类晚报 12 家，河北省的晚报也已达 9 家（中国社会科学院新闻与传播研究所，2001）。由于晚报以贴近市民生活为其特色，所以晚报体现了浓郁的区域文化和区域特色。

1990年全国有46家晚报，1992年为58家，1994年为128家，而到了1997年已达144家。如果以晚报的创办者来划分，则全国的晚报可以划分为三类：一是"身兼双职"的，既是晚报又是机关报，如《成都晚报》《合肥晚报》《乌鲁木齐晚报》《长沙晚报》《海口晚报》等；二是独立建制的晚报，如《新民晚报》《羊城晚报》《今晚报》《武汉晚报》等；三是作为省市机关报的子报创办的，如《北京晚报》《扬子晚报》《钱江晚报》《齐鲁晚报》《新安晚报》《春城晚报》以及众多省辖市机关报创办的晚报（杨步才，1999）。到了后来，随着报业市场竞争越来越激烈，不少晚报成为上午出版、发行的"早报""日报"。

贴近群众生活，为群众休闲生活服务的报纸周末版和由此而发展成的周末报，以及生活服务类报刊开始崭露头角，形成气候。这也是报刊史上过去不多见的品种。早在1982年《中国青年报》就推出了《星期刊》。同年，南京创办了全国首家周末报纸《周末报》；1983年，广东筹备创办了《南方周末》。到了1980年代末和1990年代初，全国从中央党报到地市级报纸多掀起了办周末刊或周末报的热潮。周末报（或周末刊）刚刚问世时以贴近市民生活、注重社会、文化等"软新闻"著称，例如《经济日报》1985年创办《星期刊》着重把握了"反映经济生活中的文化现象，在经济与文化的结合部出题目、做文章"；《工人日报》的星期刊提出了"紧紧贴近工人"，《健康报》周末版提出了"你追星时，我抓健康"的办报方针，《中国消费者报》周末版则打出了"维护消费者合法权益，引导消费者合理消费"的旗帜来作为自己的办报宗旨。但到了1990年代，周末报（或周末刊）渐渐关注政治、经济、社会、文化等重大新闻事件，突出新闻性，并在全国产生了巨大的影响，例如《北京青年报》1991年依靠《青年周末》成为北京报业市场的黑马，并继而在1992年推出了《新闻周刊》，在北京和北京周边的地区产生了重大的影响；广东的《南方周末》在80年代一度以刊登社会、娱乐新闻为主，到了90年代，

《南方周末》开始关注于政治、经济新闻,关注重大新闻和加强舆论监督,成为有全国性影响的新闻周报。

1993年,中国首家购物休闲类报纸《精品购物指南》在北京创办,引领了本地和全国生活服务类报纸市场的开拓。1998年1月1日,《申江报务导报》在上海由《解放日报》创办。这家融新闻性和生活服务性为一体的周报,以新颖性的视角报道新闻,服务于生活消费和文化消费,深受青年读者喜爱,一年内发行量便飚升到30多万份。以此为榜样,全国出现了一批生活类周报。

除了上述几类报纸而外,政法类报纸、科技专业类报纸等也大大发展。

报刊数量"井喷式"增长,报刊种类丰富多样,这就完全冲破了二三十年来形成的单一党报充当新闻事业主干的局面。这件事具有重要的历史意义。多少年来,党报承担了传播新闻、宣传教育等多重功能,各地的党报区别不大,"千报一面"的情形不能令读者满意。改革开放后,这一局面的冲破带来新闻事业的大发展,极大地满足了群众吸纳信息、丰富文化生活、接受教育、受到服务等方面日益增长的需求。新闻媒体同时回归本源,履行多方面的社会功能。各地新闻界出现丰富多彩、生动活泼的局面。

各地广播、电视的发展,表现形态与报纸不同,但总的趋势是一样的。和报刊的改革先从破"禁区",拓宽报道面一样,广播电视新时期的发展也以"新闻改革为突破口"(徐光春,2003:p.215)。首先提高新闻信息传播的时效,充分发挥广播电视能传播现场声音、图像的优势,尽可能采用现场直播等方法,实现"零秒差"。1987年10月25日中央电视台在第一套节目中,现场直播中国共产党第13次代表大会开幕式。这在党代会的报道上尚属首次。这一突破意味着广播电视报道观念的进步。其次是增加新闻节目的次数。上海电台从1983年元旦起,率先在990千赫开办整点新闻,即从清晨5点到午夜零点,每逢整点播出一次新闻节目。1984年5月,广东电台的新闻节目达到45次,基本上实现了每逢整点、半点都有新闻。新闻节目的密度如此之高，在全国的广播电台中首屈一指。1988年1月1日，中央电台第一套节目中的整点新闻开播。北京、浙江、天津、辽宁等许多省级电台在此前后也都推出了整点新闻。中央电台和各省级电台、各大城市电台的整点（半点）新闻，不仅满足了收听习惯不同的听众的要求，而且为对时效性强的重要新闻进行跟踪提供了固定的阵地（徐光春，2003：p.224）。电视也是如此。1982年1月，上海电视台打破了中国电视新闻一天一次的格局，在每天21点开办《晚间新闻》；1986年10月，上海电视台又在全国第一个开办了英语新闻节目。到1987年年底，广东电视台每天从早晨到晚上11点30分，自办新闻节目的次数已经增加到12次；1984年1月，中央电视台开办了《午间新闻》，1985年3月开办了《晚间新闻》，1986年、1987年、1989年又先后开办了《午间新闻》《经济新闻》《体育新闻》《早间新闻》。其他各电视台也纷纷开办新的新闻节目，增加新闻品种和播出次数，电视新闻的播出量成倍增加。1980年代初，中央电视台每年只播出三四千条国内新闻；到1980年代末，上升到两万条左右，国际新闻也增加近50%。1990年代初，国内国际新闻年播出量达到四万条左右。山东电视台1980年播出的新闻只有360条，1985年突破5 000条，到1990年代初已超过一万条（徐光春，2003：p.225）。其他地区的省级电视台每年新闻播出量同山东电视台不相上下。

在新闻节目有所突破的同时，广播电视的经济报道也得到加强，中央电视台与1985年1月1日开办经济报道栏目《经济生活》（后更名为《经济半小时》），其他地方电视台也纷纷创办经济类节目，如上海电视台的《经济信息总汇》，辽宁电视台的《经济博览》，贵州电视台的《经济之窗》等。令人瞩目的是广东创办"珠江经济广播电台"开启了专业电台之先河，先后有10多个省市创办了经济台。这在后来演化成地方广播电台专业台系列化布局，如教育台、文艺台、音乐台、交通台、英语台、少儿台、金融台、股市台等。文艺节目则形成栏目化热潮，特别是综艺节目的兴起。1990年3、4月中央电视台推出的《综艺大观》和《正大综艺》办得非常成功，收视率很高。引起各地电视台仿效,如上海电视台的《今夜星辰》、河北电视台的《万花丛》、浙江电视台的《调色板》等(徐光春,2003:p.268)。广播电视新闻改革和节目内容的拓展,证明在广大群众中蕴藏着巨大的需求。

对各地广播电视事业改革发展起关键性作用的,是1983年3月31日至4月10日召开的第11次全国广播电视工作会议,人称这是一个"里程碑"(徐光春,2003:p.213)。这次会议提出了"四级办广播、四级办电视、四级混合覆盖"的广播电视事业发展方针,具体来说,"除了中央和省(自治区、直辖市)办广播电台和电视台外,凡是具备条件的省辖市(地、州、盟)和县(旗),都可以根据当地的需要和可能开办广播台和电视台(徐光春,2003:p.215)。在我国,广播电视管理体制有特殊性。几十年来,广播电视被视作机密程度高的传播媒介,一直采用集中统一的领导体制,垂直领导,自成系统。这很大地抑制了各地办广播电视的积极性。直至1978年5月1日,北京电视台改名为中央电视台,此后西安、哈尔滨、成都、太原、武汉、兰州、长春、广州、南京、沈阳、昆明、西宁等电视台改成以省名称命名,仍在强化广播电台电视台从中央到地方的行政归属。可是,集中统一的管理却带来另一种效应,就是一旦政策放开,会带来全局性变化。闸门打开,就会"井喷"。第11次广电会议提出三个"四级"以后,极大地调动了全国各地办广播电视的积极性,形成了办台热潮。以1987年同1982年相比,全国广播电台从118座增加到386座,增加近2.3倍;电视台从47座增加到366座,增加近6.8倍。广播人口覆盖率从57%提高到70.5%,电视人口覆盖率从57.3%提高到73%(徐光春,2003:p.327)。短短五年,真是超常增长!自然,促成这增长的,还有采用新技术的原因,这将在以后谈到。

二、地区新闻中心和新闻业市场的形成

改革开放以后,我国的经济体制逐步由计划经济转向市场经济。

新闻事业通过自身的改革，逐步走向市场，成为社会主义市场经济的组成部分。从引入广告到自办发行，从创办子报、子刊、子台到组建报业集团、广播电视集团，从多元经营到资本运作，经过体制机制创新，新闻机构由事业单位演变成市场主体。市场经济给新闻事业的发展提供了巨大的动力，新闻机构普遍壮大了。有市场，必然有竞争。竞争初步打破了几十年一贯制形成的行政区划分割，在全国若干城市形成了地区新闻中心和新闻业市场。这是中国地区新闻事业在新的时代条件下出现的新情况。

广告是新闻业进入市场的入口。新闻媒体引进的第一个市场机制，便是刊登广告。1979年1月4日，《天津日报》第三版下方刊登了一则牙膏广告，通栏，高20行。这是"文革"以后中国内地媒体上的第一则广告。因为刊登在不显眼的地方，篇幅不大，没引起太多注意。同月14日，上海《文汇报》在显著位置刊登了《为广告正名》一文，批判所谓"广告是资本主义生意经"的错误言论。此文实际上是为冲破广告这一禁区作了舆论准备。九天以后，即1月23日，《文汇报》刊出了第一条外商广告。同月28日，《解放日报》在二、三版下部以六分五栏的位置刊登了两家公司八种产品的广告。由于是市委机关报刊载广告，社会反响超出了大家的预料，批评争论不断。三个多月后，中共中央宣传部给上海市委宣传部发文，肯定了新闻媒体恢复广告的做法。

毕竟，广告是市场经济的伴生物，一定会越来越发达。大家都认清了这一趋势，报纸广告率先起步，电视广告后来居上；市场经济基础好的地区领先，其他地区亦紧紧跟上。

上海是报纸广告最早起步的城市，80年代是一个发动的阶段，但增长已很可观。据上海市工商局统计，1983年报纸兼营广告业务的单位共12家，占全市广告经（兼）营单位148家的8.1%；到1991年已发展到54家，占全市517家的9.8%，比例增长不多，绝对增长数字却不低，增加了42家报纸。报纸广告营业额1982年至1991年计3.438 7亿元，占全市广告总额24%，年增长率为31.9%。到1994年全市84家报纸的广告总收入已达6亿元以上。广告收入成为报社的重要经济来源，大大增加了报纸的经济实力，经营广告的地位也随之提高（贾树枚，2000：p.663）。

北京报纸广告发展得也很快。1979年《人民日报》子报《市场报》创刊，创刊号上即刊登了29幅广告，领风气之先。由于北京报刊的数量在全国是最多的，所以其广告总额一直居全国之首，而且报刊在北京广告业中占比也是全国最高（陈季修，2002）。

广东报纸广告起步比上海、北京略晚一点，但发展势头很猛，后来居上。从单个报纸看，《广州日报》《羊城晚报》《南方日报》《深圳特区报》等报纸的广告营业额火箭般上升，1990年代以后纷纷进入全国报纸广告排名前十强、前三名直至占据榜首③。

其他地区发展也不慢。在四川，从1979年二季度开始，四川报纸的广告版面已不能满足客户要求，出现了客户排队等待版面的局面。到1990年代初，随着广告客户的不断增多，广告版面进一步扩大，除开辟"报眼"广告、中缝广告外，一些报纸在一版下部也开始刊登广告；有的大报在出八版时，广告版面仍占近一半篇幅。1989年，《成都晚报》的广告收入达600余万元，较1983年的56万元增长了近11倍；到1992年，《四川日报》《成都晚报》《重庆日报》的广告收入都突破了1 000万元（四川省地方志编纂委员会，1996：p.317）。在湖北，由于开展了广告经营，武汉市21家公开发行的报纸，13家已结束了主管部门和单位的长期补贴，自负盈亏。《湖北日报》《长江日报》1985年已盈余2 000万元以上，《长江日报》1989年纯利润达430万元。

广告业务的迅速展开，得益于改革开放以后经济快速增长，同时与各地报纸广告经营的体制机制创新也有关。1992年9月，中央允许媒体自办广告公司的政策出台后，当年的9月18日，《南方日报》率先在全国办起了第一家媒体广告公司——南方广告有限公司。它与《南方日报》广告部实行"两个招牌，一套班子"的灵活运作方式。在北京，《北京青年报》是很早就把广告经营剥离出去的报社，即广告和报纸和编采完全脱钩，成立北京青年报业总公司、北京青年传媒总公司。1990年代中期，广告代理制在全国各家报社得到普及，1995年《解放日报》试行广告代理制以后，报社广告部与上海具有广告代理权的130多家媒介公司先后签订了代理合约，扩大了广告来源。由于报纸开辟了不少新栏目，1995年该报广告收入为2.0150亿元，突破广告年收入2亿元的大关。上海多家报纸为了开拓境外广告业务，还和日、美以及港澳等国家和地区数百家广告媒介和广告客户建立了长期稳定的合作关系。1997—1998年全国成立多家报业集团后，广告经营开始以集团统一规划来进行。1998年底，文汇新民报业集团广告中心正式运转，在第一次大型洽谈会上，就有56家广告公司与集团广告中心签订了《广告代理协议书》，签约总额达4.68亿元（方汉奇，2007：p.569）。

　　从1980年代后半期开始，各地报纸发生过几次"扩版潮"。报纸扩版，固然是为了满足读者对新闻和其他内容的多方面需求，但实质上扩版的第一动力乃是拓宽广告版面，增加经济收入。在我国的报纸登记制度下，每种报纸每期出版多少版面是固定的，一般不允许随意改变，扩版、缩版、出增刊都要申报批准。因此，在限定的版面内用于刊载广告的版面也是有限的。随着广告业务的增长，版面不敷应用。扩版是必然的选择。1987年1月1日，《广州日报》在全国省、市报纸中，率先由对开四版改出对开8版。1990年代初期，全国报业市场迎来了"扩版大战"：《北京晚报》从1990年7月1日开始由4开4版扩为4开8版，1994年1月1日又由4开8版扩为4开16版。在上海，《新民晚报》在1993年就扩为4开16版；《解放日报》1993年由对开8版扩为对开12版，1994年起逢周三免费赠送对开4版《每周球讯》；《文汇报》1992年扩为8版，1995年扩为对开12版。1998年是上海报纸扩版的"大年"。87家公开发行的报纸中，有近20家报纸扩版或增刊，一些主要报纸几乎都扩了版；《解放日报》从对开16版扩大到20版，而且天天出彩报；《新民晚报》从4开24版扩到32版；《新闻报》从对开8版扩到12版；《劳动报》和《青年报》均从8版扩为16版。《文汇报》虽不扩版，但是在宣传内容上作了调整，以进一步提高报道质量。经过这次扩版，上海报纸几乎增加了40%的版面。陕西报业"黑马"《华商报》由1997年改版初期的对开8版周报，先后改为日报24版、36版，至2001年被批准出版对开40版。陕西省委机关报《陕西日报》由对开4版扩至对开8版，西安市委机关报《西安晚报》扩至对开20版，陕西省第一份都市报《三秦都市报》由对开4版扩至16版。在武汉，1995年，《长江日报》由对开4版扩为8版，1997年，又扩至对开上下午12版。地市级报纸也纷纷扩版。在江苏，自从1985年《无锡日报》改为对开大报后，《常州日报》《南通日报》《扬州日报》《徐州日报》等都改成对开大报。其后，各报几经扩版，大致维持在对开8至12版的规模。

在日益增多的广告压力下，扩版依然不能避免广告版与新闻版的矛盾。但很有意思的是，出于报纸整体经济效益的考虑，"无论是经济部、印刷厂，还是编辑部，无论是社一级领导，还是一般干部和工人，都很关心和支持广告部门的工作。当新闻报道版面同广告版面发生矛盾的时候，编辑部总是想法调剂，腾出版面刊登广告"（解放日报经理部，1990）。

与报纸一样，电台电视台的广告业务在80年代也发展得迅猛，而首先也是从经济比较发达的地区起步的。1979年1月28日下午，上海电视台播出了中国电视史上第一条商业广告，即1分30秒的"参桂补酒"广告，这是我国电视历史上具有重要意义的经营性广告；3月15日，上海电视台又播出了中国内地第一条由外商提供的"瑞士雷达表"广告；1979年4月13日，广东电视台播出第一条收费的商业广告。广东电视台当年制作、播出中外广告30多条，收入人民币12万元，港币120万元。9月30日中央电视台播出第一条广告（徐光春，2003：p.515）。同年10月和11月间，北京电视台和电台分别开始播出商业广告。自此，商业广告在地方性电台电视台开始播出。

自从电视台电台"自主经营、自负盈亏"后，广告成了电台电视台收入的主要来源。广告经营在20年来的发展过程中经历了不同模式。1980年代初，北京电视台广告业务由广播局下属的北京音像公司承办，广告收入绝大部分归音像公司。1984年8月，北京市广播电视局决定，从8月15日起北京音像公司电视广告业务划给北京电视台，成立广告部，正式开办广告业务。1980年代初期和中期，全国各地的电视台和电台都成立了广告部来经营电视台和电台的广告。到了1990年代，各地的广播电视广告经营中出现广告代理制。1992年，广东人民广播电台给系列台以法人身份参与市场竞争，实行以广告部、信息部为主体的代理机制。1996年6月间，中央电视台决定实行"栏目带广告，广告养栏目"的运作机制。1997年陕西电视台对广告经理部进行改革，实行个人承包制，划分四大广告区域。

　　由于电视电台具有图像和声音的优势，受众数量比报刊更多、更广泛，广告投放的效益更高，因此尤其是电视，广告业务扶摇直上，营业额成倍增长。整个1980年代，报纸还是我国广告业的霸主，至1990年代初电视很快取而代之，成了广告业的主角。1995年，全国电视广告的营业额达到64.98亿元，首次超过报纸，全国报纸的广告营业额为64.68亿元。之后，差距逐步扩大。2000年，电视广告总额168.91亿元，而报纸广告总额为146.47亿元（范鲁彬，2009：p.22）。

　　必须指出的是，虽然改革开放以来，各地区传媒的广告都发展很快，但由于经济基础、市场发育程度不同，不同地区、不同城市的传媒广告总额差距巨大，这也就直接影响了当地传媒的发展。广告首先是从上海、北京、广州、重庆、天津、沈阳、武汉等中心城市与沿海经济发达地区起步的。四川、辽宁等地区一度排在前列，但由于北京、上海、广东所处的独特地位，很快跃居广告业的前列。2000年，广告营业额超过100亿的仅三家，即北京147.5668亿，上海111.8324亿，广东101.7768亿。而16个省（区）的总额未达到单位为亿的两位数。甚至《广州日报》一家报社的广告营业额就与河南省全省的广告额相当，是贵州、甘肃、内蒙古、海南、宁夏、青海、西藏六省（区）的总和（范鲁彬，2009：p.185、299）。地区间的差别与不平衡如此严重，是我们比较地区新闻事业必须要注意到的。

　　推动报业进入市场经济的另一只手就是发行。广告和发行是互相依存、互相促进的。发行是广告的基础。报纸的发行量直接影响到广告的投放,广告商在广告市场上首先依据发行量来选择所要投放的媒体。要增长广告营业额,首先要把发行量搞上去。反过来,广告额的增长增强了报纸的经济实力,又能在促进发行上增加投入。以市场的眼光看,发行就是销售——报纸这种新闻文化产品的销售方式。销售上不去,再好的产品也进不了市场。报纸的发行改革是从体制着手的。新中国成立以来,我国报纸发行一直实行"邮发合一"的制度,报社全权委托邮局投送到读者、用户。这种体制的优点是形成了一个覆盖面广,通达穷乡僻壤、边疆海防的完整网络。弊病是邮局垄断,长期形成费率高、回款迟、投递环节时效差等弊病,报纸无可奈何。1985 年,《洛阳日报》开启了"自办发行"的先河,告别邮局,组建了自己的发行网络。该报的改革取得了实实在在的效果,发行量大大增长。前五年每年增长超过 10%,发行费率下降到 18% 左右(邮发至少要 30% 以上),又增加了自有流动资金。

许多报纸闻风而动。1986 年,《太原日报》等 6 家报刊自办发行;1987 年,《武汉晚报》等 11 家报社自办发行;1988 年,《天津日报》等 16 家报社自办发行;1989 年,《长江日报》等 68 家报社加入了自办发行的大潮;1990 年,又有《广州日报》等 26 家报社选择了自办发行。据统计,"截至 2001 年,全国实行自办发行的报纸 800 多家,占全国报纸总数的 40%,全国自办发行的报社已经拥有固定资产和流动资金总计约 20 亿元,年流转额 70 多亿元,自办发行职工总数 17 万多人,发行费率从邮发时的 40% 以上平均降低到 20% 左右。根据中国报协抽样调查,自办发行的报纸送到读者手里的时间平均早于邮发报纸 1 小时零 10 分钟"(中华全国新闻工作者协会,2001:p.331)。在"自办发行"的大潮中,地市一级报纸走在前头。以江苏省为例,《无锡日报》于 1987 年 1 月首次尝试自办发行;《连云港日报》1988 年起自办发行,在区县设立发行站,在乡镇设立发行点,有发行员 160 余人,形成市、县(区)、乡(镇)三级发行网络;《南京日报》1989 年起尝试自办发行。江苏全省自办发行的报纸,1989 年 12 种(全国

108种），数量居全国第一，1991年32家。到1991年，全国计划单列市以及宁夏、西藏、云南之外的所有省会城市的党委机关报都实行了自办发行（方汉奇，2007：pp.494-495）。而省级党报发行改革相对缓慢的主要原因是"自办发行"投入效率比并不高。省级党报要面向全省发行，具有"面广、点散、线长"的特点。既要面向城市读者，也要面向农村读者。以《南方日报》为例，读者遍布广东全省17.8万平方公里范围内的21个地级市、122个县（市、区），1586个乡镇和346个街道办事处。有些地域广阔、地形复杂的省（区），读者分散，报纸发行覆盖密度很小。如《宁夏日报》发行6万份，读者散在全区6.64万平方公里内，平均每平方公里不到一份报纸。有的读者甚至在崇山峻岭之中，人迹罕见的僻壤。邮局为了把党报送到每一位读者手中，投递线路辛苦经营了几十年。省级党报如弃用邮局网络，另起炉灶，势必要面对建网投入大，征订收费难，投递时效难保证等难题。省级党报发行改革没有简单搬用"自办发行"，是实事求是，从实际出发的。

从另一方面看，报社"自办发行"又促进了邮局发行工作的改进和改革，几十年难以改变的规则有所松动。1991年，《河北日报》《河南日报》《山西日报》三家省委机关报分别经省委批准，也拟于1992年退出邮发体系，自办发行。邮政部门得知这一消息，立即派出负责人与三家党报协商，修改发行合同，挽留三家省报继续交邮局发行。邮电部门保证《河南日报》在1991年58万份的发行基础上1992年增加到61万份，《河北日报》在1991年30万份的发行基础上1992年增加到40万份，《山西日报》农村版的发行量，保证在1991年的基础上稳步增长。力争省报25%的发行费率不动，但邮局每年支付报社业务活动费《河南日报》30万元，《河北日报》15万元（按此数换算，实际上降低发行费率2%左右，三家报社所办的子报，发行费率由原来的38%和36%，降至30%和26%）。《河北日报》的读者订报款邮局全年分一月和八月两次付清，《河南日报》的读者订报款，邮局全分1月、7月、10月三次付清。这是数十年来邮电部门首次向报社让利和让步，震动了报界，也标志着邮局从垄断时代走出，将报社视为平等的商业伙伴（武志勇，2013：p.247）。邮局在提早日报投递时间，增加投递班次等方面亦有改进。

随着邮发和自办发行的竞争，自办发行也暴露出若干缺陷，如末梢投递、订阅比较差，而且难以跨省域甚至全国发行。经过探索，许多报纸采取"自主发行"，即在保证自主权的前提下，采用多渠道发行，包括委托邮局、自办发行或者其他方式结合起来。"自主发行"表明报社是发行的市场主体，"自主"和"自办"一字之差，反映在发行方式上更灵活。在自主发行上，各报社不断有创新举措。《解放日报》先后在北京、苏州、无锡、常州、崇明等地，用卫星传送版样，在当地和上海同步开印，同时向国内外发行。《新民晚报》在全国建立了13个卫星接收站，使这些城市能和上海同步印刷、发行。而在当地，则委托邮局投递。1999年10月，解放日报社和上海广播电影电视局共同投资1 200万元组建全日送公司，在全市建立起5家分公司和100多个站点，承担了上海市多家报纸的投递工作。解放日报报业集团、文汇新民联合报业集团、上海市邮政局和上海市新闻出版局1998年11月共同投资组建上海东方书报刊有限公司，"由1 012个书报亭组成了全国最大的书报刊零售体系，供应120多种报纸，500多种期刊图书"（解放日报，2000）。在北京，1996年，《北京青年报》成立了小红帽发行服务公司，使发行不再仅仅是依附于报社的一个附属机构而是自立的发行公司。小红帽下设2个子公司、13个分公司、100余个服务网点，服务半径辐射京城18个区县，在北京形成了四通八达的发行配送网络，并在全国30多个省市自治区设有85个代理发行点，不仅全面代理《北京青年报》的发行工作，而且先后有包括《南方日报》《中国经营报》等百余家报刊社与小红帽签订了北京地区的代理发行协议，同时承接牛奶、饮用水、可口可乐等商品的直投配送业务，图书、音像、票卡、假日商品的直接营销业务并提供消费行为的分析、调研等信息服务。1998年创刊的《北京晨报》不仅后来居上首先抢占了北京的早报市场，在发行上也独辟蹊径，依托北京工会共同组建了"小黄帽"发行服务队伍,并正在力求使之公司化。《天津日报》发行改革走的是股份制的道路,上海复星也是股东之一。四川的《华西都市报》倡导"敲门发行",《精品购物指南》首创"订报送报箱"制度,沈阳《辽沈晚报》与保险公司合作实施"捆绑式发行",南京的《服务导报》利用全市980个奶站发行报纸。有些地区的报纸联合起来组成发行网络:1991年,《重庆日报》《成都晚报》《自贡日报》《南充日报》《涪陵日报》5家报社经过协商后,决定实行联网发行,加快报纸投递和扩大发行量。浙江的《钱江晚报》从2000年7月起整合晚报发行力量,重组成立了"浙江省钱江报刊发行有限公司",坚持自主多渠道发行,在杭州市按照建立"人网、车网、店网、机网"的思路,实行自办发行,初步建成规范高效的发行网络。总之是"八仙过海,各显神通",创造了报纸市场营销的许多新鲜经验。

在广播电视领域,营销就是提高收视率。"广播电视广告的市场占有率与收听收视率有直接关系,所以节目制作人员和广告主共同喊出'收听收视率就是广告'的口号。"(徐光春,2003:p.517)由于收视率统计缺少有效透明的技术手段,以及公认的规则和权威发布机构,全凭各电台电视台的估计和诚信,一度也出现虚报作假行为。为提高收视率,各地电台电视台除改进新闻报道外,开拓了节目制作和节目经营,各地的节目市场逐渐形成。尤其是电视剧制作、发行迅猛发展,到1997年,电视剧产量超过一万部(集),电视节实际上成为电视剧交易会。1986年创办的上海电视节和1991年创办的四川电视节,成为每年交替进行的节目交易盛会(徐光春,2003:p.520)。

比恢复广告和发行改革稍晚一些展开的,是报纸的多种经营。开展多种经营的呼吁来自一些中央级大报。据1987年的一项调查,《人民日报》等首都七家主要报纸亏损。这些报纸希望政府网开一面(张平,1988)。1988年3月新闻出版总署和国家工商管理局联合颁布了《关于报社、期刊社、出版社开展有偿服务和经营活动的暂行办法》,多种经营的闸门打开了。报纸多种经营和主营业务究竟是什么关系,人们的认识随实践而逐步深化。在 1990 年代初的"经商热、公司热"大潮中，各地报社怀着"以实业养报业""堤内损失堤外补"的良好愿望，办了各种各样大大小小的经济实体。有的对外承揽印刷业务，有的开办照相冲印，有的开办饭店宾馆，有的提供信息咨询，甚至还有的开办化工厂、养猪场，少数报社涉足商业、房地产、期货。蜂拥而上的结果是，脱离报纸主业搞多种经营，失败的比成功的多，亏损的比赚钱的多。而围绕主业开展的容易成功，如广州日报社创办的连锁店公司，主营报纸发行，兼营其他，取得了成功。具有中国特点的是，这一时期报业介入房地产的都获得成功。如南方日报社 1980 年代就在深圳办事处建了七层大楼，出租做写字楼、酒家，自办招待所。广州日报社创办了大洋房地产开发公司，四川日报社到 1996 年就已开发房产面积 6 000 多平方米（许中田，1998：p.182），山西日报社 1990 年代中期投资 500 万元在报社临街地带建设酒店，当年就获利 100 万元（许中田，1998：p.191）。

　　随着赢利增多，资产壮大，为了更快地扩张，有些新闻单位开始尝试资本运作。这方面广播电视系统走在前面。早在 1987 年，上海广播电视局就成立了"上海广播电视发展中心"，统一管理局所属的除广告外的多种经营所有单位，并作为局的投资主体，对各单位进行成本核算。在此基础上，1992 年组建了东方明珠股份有限公司，作为 A 股在上海证券市场上市，向社会发行 400 万股，募集资金 2.04 亿元；组建了 39 个二级公司，开展各种经营活动，上马一批重大工程（徐光春，2003：p.529）。至 1998 年，东方明珠以 4.08 亿元认购上海电视广告公司股份，持股 90%。1997 年 6 月 16 日由中央电视台所属的中国国际电视总公司控股的中视基地集团股份公司正式以中视传媒股份有限公司（简称中视股份）挂牌上市。1999 年 3 月 25 日，湖南电广实业股份有限公司（后改名电广传媒）在深圳上市，向社会公开发行 4 500 万股，募集资金 4.43 亿元（徐光春，2003：p.529）。报纸的资本运作略谨慎一些。1994 年 1 月 1 日创刊的《成都商报》是第一个"吃螃蟹"者。《成都商报》在投资体制上的创新是首先将报业的编辑业务和经营业务分开,然后将经营权交给民营公司,将报社全部经营业务(包括发行业务和广告业务)交给民营公司操作。当《成都商报》成为年广告收入为 1.8 亿元的成都报业霸主时,也同时成为那家民营公司即博瑞投资有限公司的控股方。1997 年《成都商报》用博瑞公司出面收购上市公司四川电器,进而成为四川电器的大股东,从而成为中国第一家借壳上市的报社。但总的来看,在新闻业界资本运作的步伐并不大。因为新闻业生产的新闻文化产品同时具有意识形态属性,而新闻机构内部管理体制尚未将内容管理和经济、资产管理分开。改革有待进一步深化。

引进市场经济必然会形成报业和广电业的市场,会产生市场竞争。在我国,区域经济的特征很明显,而新闻传媒的管理又完全按行政区划管理,因此报业、广电业的市场及其竞争也具有区域的特点,而这种特点恰恰又造成了地区间新闻事业新时期的差别。下面简要描述几个报业和广电业的区域市场。

上海是我国最发达的工商业城市,历史上很长时期(半个多世纪)是我国的新闻业中心。改革开放以后,这里的新闻业首先崛起,报业和广电业市场发育得较快、较规范,较少受行政掣肘。1980 年代,《解放日报》和《文汇报》领风气之先,首先在媒介内容、广告发行、子报子刊、技术更新等方面不断创新、拓展。作为市委机关报的《解放日报》和在文化教育界根深叶茂的《文汇报》,可以说是双雄并起,各方面你追我赶。1980 年代中期,1978 年复刊后趋于稳定的《新民晚报》异军突起。这份以市民为发行对象,社会新闻有特色、副刊有传统的晚报,继续发扬"短、广、软"的特色,以"飞入寻常百姓家"为口号,硬是通过每日午后零售,把自己的发行量搞上去。1992 年 7 月 1 日首次扩版至 4 开 16 版,发行量不降反升,达到168 万份,仅次于《人民日报》(丁法章,2015:p.159)。该报从此逐渐进入鼎盛期,发行量和广告收入在此阶段始终排在全国前三位。1995 年,《新民晚报》还发行了美国版,成为我国大陆率先打入北美市场的报纸。这样,上海报界形成三足鼎立。此外,1980 年代中期起，上海相继创办了一大批经济类报纸，如《上海经济信息报》《上海工业报》《世界经济导报》《文汇经济信息报》《经济新闻报》《上海商报》《上海金融报》《上海证券报》和《上海经济报》等，但与北京的大部分经济类报纸不同的是，这些经济类报纸是地区性的，对经济新闻的报道大都局限在上海和长江三角洲地区。特定对象报刊，如《青年报》《劳动报》《少年报》等已形成了历史传统，有些有特色的报纸如《报刊文摘》《广播电视节目报》深受群众欢迎，发行量超过大报。上海报刊市场总的是错位竞争，良性竞争。1990年代以来，以《申江服务导报》为代表的生活类报刊找到市场空隙也发展起来。《新闻晨报》《东方早报》则开拓早报市场。

上海电视台在地方电视台中较为活跃。1986年5月上海电视台增设26个频道，经过两个月试播于7月正式启用，该频道主要用于电视教育。1986年12月1日又主办了"上海友好城市电视节"，这在全国尚属首次。1987年，上海电视台分别成立第一编辑室、第二编辑室，对外呼号为上海电视一台、二台，形成上海本地电视媒体的"双台格局"（并以同样方式成立上海人民广播电台新闻教育台、文艺台、经济台）。1989年还成立电视台新闻中心。同时，成立局发展中心，负责全局事业发展。形成技术中心、服务中心、发展中心"三中心"。

在南方，广州则是另一个报刊市场。自引进广告机制后，媒体间竞争日益激烈，基本上是《南方日报》报系、《羊城晚报》报系和《广州日报》报系三分天下。前两家有悠久的历史传统，根基较深。一是省委机关报，队伍实力强；一是国内知名晚报，在全国有影响。《广州日报》则是新军突起，在竞争中各自形成自己的优势。《广州日报》走的是"党报+都市报"的路子，在广州的发行量第一，还拓展到珠三角。《南方日报》走母报-子报-报系的路子，所创办的《南方周末》《南方都市报》《21世纪经济报道》等逐步在广东乃至全国形成品牌优势。《羊城晚报》坚定地走晚报的路子，由于其历史文化传统特色的影响大，牢固占据着晚报市场。1980年代中期，广东曾出现一批经济类报刊，如《信息时报》《粤港信息日报》《亚太经济时报》

《投资导报》等,一度红火,后被兼并或改名④。离广州报业市场不远的深圳又有一报崛起,这就是《深圳特区报》。这家1992年因率先报道邓小平南方讲话而闻名全国的报纸,在市场道路上迅速壮大,通过多种经营,报业资产进入全国前列。同城的《深圳商报》虽然与之形成竞争关系,似未能撼动它的地位。广东的报刊市场十分活跃,在全国率先扩版竞争,率先创办子报,多种经营也放得很开,或开酒店、书店,或搞房地产,即使在报纸版面上也搞得很活,个人署名专栏和自由撰稿人的稿件也很多。如同改革开放的许多领域走在全国前列一样,广东报业也走在前列。广州的电视发展得不如报业景气,主要原因是毗邻香港,晚间电视节目被香港抢去许多观众。

成都形成了西南地区十分典型的报业市场。1980年代以来,成都的报业市场不断繁荣,并且辐射到整个西南区。特别是进入1990年代,晚报、都市报竞争越来越激烈,主导了整个四川的报业市场,《华西都市报》崛起,《成都晚报》也进入黄金时代。《华西都市报》市场定位非常明确:加强舆论监督,注重市民新闻的报道,新闻报道角度独特;在创办后的短短几年间,改变了成都以及四川报业市场的原有格局,构架了都市报在报业市场的举足轻重的地位。与此同时,《成都商报》由原来的定位精英型报纸变为市民报,以和《华西都市报》相近的风格取得成功。从1995年到1996年,《成都晚报》在成都"发行量高达36万份,广告收入反超《四川日报》一倍","广告收入突破亿元大关(1.37亿元),比《四川日报》当年的3 000多万元高出一大截"(孙燕君,2002)。1998年秋,《蜀报》与《商务早报》等两家市民报也加入了成都报业市场竞争的圈子。1999年夏,《天府早报》和《四川青年报》又奋不顾身地跳入了这个报业竞争圈。成都是一个有几百万人口的大都市,一度存在定位基本相同的7家报纸,由此可见成都报业竞争的激烈程度。报纸竞争首先反映在价格上。一般12—20版的彩印报纸一度只卖0.50元,到后来《商务早报》则用每份0.20元的低价打市场。其次是发行。《华西都市报》给订户赠送"购物金卡"和BP机;《成都商报》则打出"购物订商报"

的口号;《蜀报》则推出"天天看蜀报,日日中大奖"活动,每份资金高达数千元。最后是人才。各报之间的人才流动加剧,各报"互挖墙脚"现象时有发生。就广播电视而言,四川省的广播电视网络南联云南,北联陕西,东联重庆,四环一线,是中国西部国家广播电视网络的枢纽,也是四川省信息化建设的重要基础设施之一。到该年底,全省广播人口覆盖率达到93.66%,电视人口覆盖率达到94.46%,广播和电视的村级通播率分别达到92%和95%。全省有线电视用户达到729.72万户(国家广播电影电视总局,2002:p.105)。在卫星电视接收方面,随着人民生活水平的提高,越来越多的家庭安装了小型卫星接收设备,到2001年底全省共建成卫星地面接收站53 927座,其中属于广电系统外的有34 445座[⑤]。

武汉作为华中地区的中心城市,拥有超过800万的人口,这为武汉新闻事业的生存发展提供了必要的市场环境。武汉存在着两家党报和五家都市报,另外,还有数十家报纸同时在市场竞争,报纸的数量在省会城市中位居前列。《湖北日报》和《长江日报》分属湖北省委和武汉市委,两家党报同在武汉,都在探索一条党报发展的新路。另外,武汉还有《楚天都市报》《武汉晚报》《武汉晨报》等都市报,影响力也辐射到了华中地区。武汉报业激烈竞争的序幕是由《楚天都市报》的创办拉开的。《楚天都市报》1997年元旦创刊,经过两年多时间发行量就突破了70万份,1998年广告收入达4 800万元,盈利1 600万元(方汉奇、陈昌凤,2007:p.526)。面对《楚天都市报》的冲击,1999年,长江日报社创办《武汉晨报》,武汉晚报社创办《今日快报》,一时之间,武汉报业市场上《湖北日报》《长江日报》《武汉晚报》《楚天都市报》《武汉晨报》《今日快报》《市场指南报》7张综合性日报并存,都定位于武汉市民,都是对开24版左右的报纸,内容大同小异,所设专版也差不多,相互间可替代性较强。2002年1月5日,《武汉晨报》推出贺岁价0.1元,《武汉晚报》也将报价降到了0.3元,并提出了"最便宜的报纸,最精彩的内容"的口号。该报1月8日称,降价以来已经两日居武汉地区销售量第一,降价第一天内总销量就飚升到62.6万份,刷新了发行记录。这一次价格战从1月5日开始,到1月9日由于湖北省新闻出版局的干预而结束,一共只持续了5天。经过报纸价格大战后,《楚天都市报》在武汉市场上零售量第一的地位并未被改变,2002年发展达到130多万份(邱沛篁,2002)。

在西北重镇西安,也出现了报业市场竞争。1997年《华商报》改版后,西安掀起了市民综合类报纸的办报热潮,由此西安报业竞争进入全新阶段。发行量最大的3家报纸——《华商报》《西安晚报》《三秦都市报》2002年的日发行量总和接近87万份,占陕西省报纸发行总量的28%,其中,《华商报》占17%左右。西安报业市场的总体特征是:《华商报》《西安晚报》《三秦都市报》三足鼎立,《华商报》居首。《华商报》是侨办系统的报纸,创办人是原《陕西日报》的几位骨干编辑、记者,在西安站住脚后,又去吉林、辽宁异地办报。《华商报》在东北还办有《华商晨报》和《新文化报》两份报纸,通过异地办报,扩大影响力。西安的报业市场不大,竞争也不算激烈,但这毕竟是市场竞争,在计划经济下是不可能出现的。沿海城市和内陆城市的区别只是市场大小,发育程度完善与否。

有市场竞争,一定会发展到企业兼并和垄断。因为这有利于企业扩大规模、占据更多市场份额和降低竞争成本。但这是一个自然发展过程。在西方发达国家,这个过程至少有几十年乃至上百年。在中国新闻传媒领域,这个过程被大大缩短了。从进入市场接受市场机制,到发育市场形成自由竞争,再到出现兼并,形成传媒集团化,竟只有短短十多年!到1990年代中期,这种情况就出现了。

1996年1月15日,《广州日报》成立我国第一家正式挂牌的报业集团,标志着中国报业开始进入集团化时代。1998年5月18日,广州的《南方日报》与《羊城晚报》同时分别挂牌宣布成立南方日报报业集团和羊城晚报报业集团。至此,广州集中了我国最先出现的三个报业集团,领全国报业改革之先。同年6月8日,北京的中央级报纸《光明日报》与《经济日报》也宣布成立光明日报报业集团和经济日报报业集团。

以上五家报业集团都是由一张大报和几家或十几家子报再加上出版社组建而成。但是，1998年7月25日，《新民晚报》与《文汇报》合并成立了文汇新民联合报业集团，这是国内首家强强联合的报业集团，也是中国最大的报业集团，旗下还拥有《文汇电影时报》《文汇读书周报》《新民体育报》《新民围棋》《萌芽》等8个子报子刊。

1999年以后，在北京、上海和广东以及全国其他地区纷纷成立了报业集团。如1999年11月1日，深圳特区报业集团成立。这是在广东成立的第四家报业集团。2000年10月9日，解放日报报业集团也宣告成立。集团拥有大型综合日报《解放日报》，都市报《新闻晨报》《新闻晚报》，文摘类报纸《报刊文摘》，服务性周报《申江服务导报》，外文报纸《上海学生英文报》，还有新加盟的《人才市场报》《上海计算机报》《房地产时报》等报纸，同文汇新民报业集团在上海报业市场展开了竞争。

2000年3月28日北京日报报业集团正式揭牌成立，作为北京唯一的地方性综合性报业集团，包括七报、两刊、一出版社、四海外版、五记者站和一网站。至此，北京的报业市场同时存在地方报业集团和中央报业集团。

2000年9月12日，我国西部第一家报业集团——四川日报报业集团在成都正式挂牌成立。该集团以《四川日报》为核心，同时拥有《华西都市报》《天府早报》《四川农村日报》《文摘周报》等11种子报，是当时西部拥有报刊种类和发行量最多的党报报业集团。截至2000年10月中旬，全国已经有了16个报业集团，遍布东西南北中。在东北有哈尔滨报业集团、沈阳日报报业集团；在中部有河南日报报业集团与大众日报报业集团（方汉奇、陈昌凤，2007：p.584）。

从1996年1月批准试点成立广州日报报业集团开始，中国报业集团化进程就是加速度态势。到了2002年以后，地市级报纸也纷纷加入了报业集团的阵营。特别是江浙一带的地市级报纸，由于经济基础比较雄厚，具备了成立报业集团的实力。2002年9月28日，苏州日报报业集团成立,《张家港日报》《常熟日报》《太仓日报》《吴江日报》正式加盟苏州日报报业集团。2002年12月17日,南京日报报业集团成立。南京日报报业集团以《南京日报》社为核心,所属媒体包括《南京日报》《金陵晚报》《周末报》《今日商报》《江苏商报》《东方卫报》《金陵瞭望》杂志等六报一刊和《南京日报》江宁版、溧水版、高淳版、六合版,报刊期发量超过115万份。

至此,全国的报业集团已超过40家。在一些报业竞争较激烈的城市,都出现了不同级别报业集团之间的竞争。如北京表现为中央级报业集团和北京市级报业集团的竞争,在广州表现为南方日报报业集团和广州日报报业集团、羊城晚报报业集团的竞争,在湖北表现为湖北日报报业集团和长江日报报业集团的竞争,在杭州基本上是浙江日报报业集团和杭州日报报业集团二分天下,而在南京,则是新华日报报业集团和南京日报报业集团之间的竞争。

广播电视领域也掀起集团化大潮,不过与报业集团不同的是,广电集团多数只是将广电局下属的经营单位组成集团,而非多种报刊组成集团,在广电集团内部有将新闻宣传与经营资产分离的趋势。1999年6月无锡广播电视集团首先揭牌,2000年12月第一家省级广播影视媒体集团——湖南广播影视集团成立。在2001年里,山东广播电视总台、上海文化广播影视集团、北京广播影视集团、江苏广播电视总台纷纷成立。2001年12月6日,全国最大的媒体集团——中国广播影视集团挂牌。这样,开始于湖南、上海等地,而后扩大到全国各地的广电集团化趋势,终于形成了。这标志着我国广播影视业管理体制和运行机制重大改革的全面展开,广播影视产业化、集团化运作进入了全新的阶段。它们在优化资源配置,结构合理重组,事业单位企业化管理,宣传与经营分离等原则方面是一致的。

中国广播影视集团由国家广电总局下属的中央人民广播电台、中国国际广播电台、中央电视台、中国电影集团公司、中国广播电视传输网络有限责任公司等单位组成,它依靠国家广电总局、下属各单位的垄断性资源和综合实力,以固定资产214亿元人民币、年收入近百亿元的实力成为中国最大的广播电视集团。

除了中国广播电视集团这个中央级航母外，其他各地都纷纷挂牌成立了地方性的广电集团。2002年，副省级城市广播电视集团也纷纷成立，如杭州广播电视集团和南京广播电视集团。江浙两省的地级市也成立了广播电视集团，如扬州广电集团、苏州广电集团等。各地的模式几近类似，都是依靠当地的政府广播电视管理部门，整合当地所有的广播电视、电影、文化等单位，组成一个拥有多种媒体，兼营相关产业的综合性大型传媒集团。在集团化的过程中，政府在其中扮演了重要的角色，从北广集团整合歌华有线，到上海文广控股东方明珠，再到深圳广电人主天威视讯，都带有行政干预色彩。

从报业市场的发育来看，很大程度上受到行政区划的限制。所形成的报业市场，基本上是区域内的市场。报刊间的竞争基本上也是本区域，或是本地同城的竞争。除了《人民日报》《光明日报》等几家全国性的报纸以及历史传统上发行到各地的报纸外，鲜有异地办报、跨界去参与外地市场竞争的。南京《扬子晚报》创刊以后发行量大增，越过百万份，一度发动打入大上海的攻势，由于《新民晚报》在上海根基很深，《扬子晚报》的异地文化难以适合上海读者口味，还是未能打开局面。有几家在全国颇有影响的报纸，如《南方周末》《21世纪经济报道》等，主要以内容取胜，赢得读者，但也撼动不了各地已有的报业市场。尽管如此，我们高兴地看到，市场经济给全国报刊带来巨大活力和发展动力，除了沿海几个大城市以外，在内地，在西南、西北都已形成了自己的报刊市场，而且发育得很快。这种情况是历史上所没有的。

广播电视和报刊有很大不同。除了有区域和本地市场竞争外，全国竞争的局面已经逐步在形成。这主要得益于传输技术的进步。如果说微波的运用已经将全国联成一个网络，那么卫星转播已经完全打破了区域的分割。从1993年7月，中星5号卫星使用，有些地方节目开始上星传送，到2000年底，中央和省级电视台全都有节目上了卫星，有约50套节目落地，使电视覆盖方式发生了质的变化，即省台节目由区域性覆盖跃进为交叉性覆盖，带来了整个电视行业的竞争（徐光春，2003：p.495）。竞争使广大受众得益，打开中国的电视机，同时有几十个电视台的节目可供选择。竞争促进了节目创新，促进了地方电视台的迅速发展。湖南卫视的崛起就是一个范例。

三、北京——全国新闻中心和舆论中心

在全国地区新闻事业的比较中，有一个城市很特殊，具有其他地区的不可比性，这就是北京。所以我们要专门来阐述这个问题。

历史上的北平，曾经是华北重要的新闻事业中心，是我国新闻事业较发达的城市。1949年10月，中华人民共和国定都北京，这就从根本上改变了北京在我国新闻事业地区格局中的地位。北京不再是地区新闻中心，而是全国的新闻中心和舆论中心。

北京是我国的政治中心，中共中央、国务院和各个部委的办公所在地，国有中央企业和部分跨国大公司的总部也设在北京，因此是新闻媒体最大的消息来源；北京也是我国的文化中心，集中了众多的高校和研究机构，学术文化市场又是全国最发达的，因此也是新闻媒体最大的意见来源。

北京报刊市场的丰富庞杂、竞争激烈是全国其他报刊市场不可比拟的。

这里是中央一级报刊的出版地，不仅党中央、全国人大、国务院、全国政协有自己的出版物，各部委、民主党派中央、人民团体总部也有出版物，再加上北京本地的报刊，以及进京发行的外地报刊，种类繁多，印量巨大，是全国最大的报刊市场。据统计，2000年在北京出版的报纸有240种（其中中央一级206种，北京本地34种），占全国报纸总数的11.96%，光是日报就有30种。2000年在北京出版的期刊有2 352种（中央一级2 194种，北京本地158种），占全国期刊总数的26.96%，其中科技类期刊有1 286种，哲学社会科学类期刊有

571种，文艺类期刊有109种，文化教育类期刊有200种（中国社会科学院新闻与传播研究所，2001）。对如此庞大的报刊规模和市场，全国各地只能望其项背而兴叹，包括上海、广州。

不仅是规模大，更重要的是对全国各地影响大。这种影响已远远超越地域性，是全国性影响。北京的每一新闻事件都引起全国关注，每一新闻与言论动向都会使全国敏感。造成这种重大影响的主要和重要原因在于，全国最重要的中央三大媒体——党中央机关报《人民日报》、世界级通讯社新华社和全天候的中央电视台集中在北京。在中央的直接关心、支持下，三大媒体在市场经济中已成长为"巨人"，这是我国新闻史上所没有的，也是各国不多见的。

《人民日报》这份从解放战争中走来的党中央机关报，经过半个多世纪的发展，特别是改革开放以后的迅速发展，已成为"巨型报业"。它的发行量稳定在230万份左右，高居我国综合性日报之首；在国内设分社33个，有国外分社39个，国内承印点43处，卫星地面接收站130个；在30个省（区、直辖市）首府及许多大中城市，基本上能和北京同步印刷发行，是一份名副其实的全国性报纸。《人民日报》还拥有《环球时报》《京华时报》《证券时报》等25家子报。联合国教科文组织从1992年起就将《人民日报》列为"世界十大报纸之一"。《人民日报》发表的社论、评论员文章以及各种评论意见，具有很大的权威性和公信力。

新华社在"文革"前就完成了国家通讯社的建设，改革开放以后加快了世界性通讯社的建设。新华社在国内设有33个分社、12个支社、8个记者站，还有驻台湾的记者，在国外有140余个分支机构，不间断地采集文字、图片、图表、音频和视频，海内外签约摄影师超过8 000人，每天更新图片、图表2 000多张，成为名副其实的"消息总汇"。与此同时，新华社向国内外用户提供的信息产品多得令人眼花缭乱。新华社通过包括通稿新闻线路、体育新闻专线等6条发稿线路，每天24小时不间断地用中、英、法、俄、西班牙、葡萄牙、日等八国文字发稿600多条；通过全球卫星广播网、互联网，每天24小时实时播发新闻图片 700 余张，全年发稿 20 多万条。近十多年新华社又增加了音视频产品。视频《新华纵横》每天一期，时长 10 分钟。现场录音报道每天 20 条，时长 30 分钟。2003 年起发送新华短信。2005 年 1 月 1 日开始发送手机视频。此外，运用自己的信息优势，新华社还主办了 20 多种报刊，如《新华每日电讯》《参考消息》《经济参考报》《中国证券报》《上海证券报》《瞭望》《半月谈》等，其中《半月谈》发行量高达 360 万份，高居我国时政报刊之首。新华社还创办了"中国新华新闻电视网"（CNC），这是一个跨国新闻电视台，日采 800 分钟新闻，覆盖 200 多个国家。如果把新华社形容为"信息航空母舰"是一点不为过的。新华社基本上垄断了国内通讯社的发稿权[⑥]。国内报纸（尤其是日报）采用新华社稿的比例很高，尤其是重大、权威稿件必须依赖新华社稿。因为多年来，新华社也是国家授权的重大新闻发布机构。在国际上，也已承认新华社为世界五大通讯社之一（另四家为路透社、美联社、俄通社-塔斯社、共同社）。

由于转播技术的突破和电视机生产发展，我国各地电视业发展突飞猛进，而中央电视台一马当先，在新闻宣传报道、节目制作、产业发展方面都引领全国电视业的发展。在新闻改革中，中央电视台得天独厚。1990 年起，按中央领导人的意见，一些重大新闻先在央视《新闻联播》中发布，而后再见报（徐光春，2003：p.389）。这大大提高了央视新闻发布的权威性。这个创办于 1980 年代的新闻栏目成为全国最受重视的新闻栏目。据统计，2000 年全国经常收看（平均一周看三次以上）《新闻联播》的人数有 6.73 亿。每天晚上 19 点至 19 点 30，全国各省市电视台都在一套节目里转播。此外，央视还先后创办了新闻杂志栏目《东方时空》（1993 年 5 月 1 日）、新闻评论性节目《焦点访谈》（1994 年 4 月 1 日）、新闻谈话类节目《实话实说》（1996 年 3 月）等，贴近实际生活，关心社会热点，反映舆论民意，深受观众欢迎。为此还培养出一批观众喜爱的节目主持人。在其他经济、文艺等方面，央视也办出一些很好的栏目、节目。央视的广告等经营更是在电视界雄风不减，地方电视台难以与之竞争。1996 年 6

月,央视提出"栏目带广告、广告养栏目"的政策后,全台上下积极性大增。2000年广告总额53.5亿元,排在第2—6位的五个地方电视台的总额只及央视的二分之一(范鲁彬,2009:pp.284-299)。

三大中央新闻机构对全国各地媒体的影响是多方位的,在新闻报道上是权威信息的来源和依据,在宣传上是方向引领和示范标杆,在经营发展上是榜样。

在进入市场经济以后,北京的市场不仅不保守,相反很活跃,在很多方面开风气之先。在报纸新品种的创办上,北京往往领先。如经济类报刊,北京是数量、品种最多的,这与我国履行经济管理职能的部委集中在北京有很大关系。贴近群众的周末刊、晚报,如《北京青年报》的《青年周末》和1980年复刊的《北京晚报》,办得红红火火,发行量很大。我国首家购物休闲类报纸《精品购物指南》1993年在北京问世后,成为各地同类报纸创办的楷模。报业经济发展以后,北京的传媒广告总额一直高居全国之首。如前所述,北京的报业集团也是全国最多的。《人民日报》、新华社、中央电视台其实也都是巨大的集团。北京一城存在着如此多的巨大传媒集团,可见其市场容量足够大;更重要地表明其市场边界其实已不限于一城,而拓展至全国的大市场。只有这样理解,方能说明北京的特殊性。在新闻传媒的全国格局中,北京的分量之重、影响之大,不同于其他很多国家的首都。这是中国的特殊国情,值得深入研究。

四、新技术的迅速普及缩小了地区差距

先说报纸排版印刷技术的进步。长期以来,全国报纸一直采用铅排铅印技术。各报纸为了方便,自办铅排车间和印刷厂,每天只印一两种报刊,没什么压力。改革开放以后,报纸扩版,子报子刊兴办,多种经营发展,排版难、印刷能力弱成为突出问题。必须运用新技术,把排印能力搞上去。

一般而言，报纸印刷技术进步有四个主要环节：一是由铅印向胶印转变；二是用汉字激光照排技术代替手工捡字、排版；三是报纸生产流程数字化；四是印刷设备的规模扩张。新闻界将这一技术革命俗称为"告别铅与火"与"告别纸与笔"。这一技术革命过程，都是发达地区首先引进新的技术，然后落后地区跟进，时间差并不大。

作为新中国新闻出版中心的北京，一直处在技术革新的领先地位。1980年代初，人民日报印刷厂引进了超高速胶印轮转机，为北京实现报纸胶印化提供了经验。1981年5月创刊的《中国日报》引进美国全套照排系统印刷，成为我国第一张采用"冷排"方式出版的报纸。1985年7月创刊的《人民日报（海外版）》引用日本的照排系统，用繁体字印刷，成为我国第一张用"冷排"技术出版的中文报纸。1987年5月22日，《经济日报》采用"华光Ⅲ"型出版了第一张计算机激光编辑照排、整页输出的中文报纸。（丁淦林，1998：p.519）《经济日报》成为全国第一家探索走进光与电的报纸，并且率先在中央各报中实现全国各分印点卫星传版，加快了出版时效。1980年代初，北京还出现了彩印报纸，人民日报社出版的四开小报《市场报》是国内首家彩色印刷的报纸。到1980年代末期，北京报社印刷厂全部采用了激光照排，实现了由热排到冷排，由铅印到胶印的转变。

广东、江浙沪以及湖北、四川等经济发达地区的报纸也都紧随其后。从1981年起，《湖北日报》《长江日报》先后购进大小双色胶印轮转机，增添胶印制版成套设备。1982年，《浙江日报》添置国产胶印轮机2台，1983年《南方日报》进口瑞典彩色胶印轮转机，同年10月投入生产（杨兴锋，2009：p.234）。1984年5月16日，《长江日报》胶印版问世。《湖北日报》还试行彩印。《湖北日报》《长江日报》积极进行改革，分别加强编排校印环节协作，促进出早报，出好报。地市报也是如此。1984年《无锡日报》就买回电脑，引进计算机专业工程师，开始计算机应用阶段。

到1993年，从中央到地市，全国报纸全面普及了胶印和激光照排系统,全行业淘汰了铅作业。在用计算机改造传统产业方面,其速度之快,普及面之广,是其他行业少见的,这也为日后报业的飞速发展奠定了基础。

报纸印刷新技术的普遍运用,为什么如此迅速?根本的原因是政府的推动,特别是自主研发核心技术,并进行推广。如汉字激光照排是个世界难题。因为市场大,国外厂商都跃跃欲试。作为汉字的母国,当然应该自己研制出核心技术。从1974年起,国家计委、科委和电子工业部就立项予以支持。1980年代中期,自主研发的华光Ⅱ型、Ⅲ型机通过了国家鉴定,经实践胜过美、英、日的照排系统,很快在全国普及。自748工程立项到1994年为止的20年里,国家共为这项工程投入科研开发费6 000万元,技术改造费3亿元,换来了汉字激光照排系统的国产化。事实证明,在市场化的技术改造、应用中,不能缺少政府的作用。

在新技术普及的前提下,各地区报纸运用的快慢和发展规模还是有差异的。这主要取决于所在地区的经济、技术发展水平和报社的经济实力。技术革命的本质是扩大再生产的过程。据统计,在"七五"计划期间,全国报业的技术改造、更新设备需投入5.7亿资金,国家财政仅能补贴5 000万,不到9%,这就需要报纸自筹资金加以解决。进入市场快、广告收入高的地区和报社,技术改造自然就走在前头。1996年12月,广州报业集团启动了广州日报印务中心的建设,建筑面积为52 000平方米,总投资10亿元。1998年11月一期工程建成并投产使用,即成为中国印刷能力最大的报纸印刷厂。2001年12月二期工程投入使用,印刷能力达每小时470万对开张,也就是说,2.5小时内可印报200万份(林如鹏,2004)。1993年底,《解放日报》跨行业兼并了上海申达纺织服装股份有限公司所属上海三十六织布厂,用于建设现代化印务中心,总投资2.4亿元,总面积10 200平方米,印刷能力每小时392万对开报纸。1996年4月,《新民晚报》继1995年现代印刷中心竣工投产后,建成又一印务中心——浦东印务中心,印刷能力为上海报业之冠。1999年,北京日报报业集团投资8亿元新建的彩印中心落成，印刷能力在日产1 200万对开张。

铅排和铅印的问题解决之后，数字传输和编辑网络化的运用又提到改造日程上。《北京日报》在1990年代初就引进了计算机排版系统。1990年8月《经济日报》第一次实现了北京至广州的卫星传版，至上海的电话传版也同时开通。到1992年《人民日报》、《解放军报》、新华社先后建立起自己的卫星传输系统，中央各报在外地的代印点全部实现了卫星、光缆和电话的远程传输。1994年《深圳晚报》是全国首家告别"纸与笔"的报社。《光明日报》1995年5月建成世界一流水平的大型中文采编平台，实现了编采和信息传递的电子化、网络化，在中央各大新闻传媒中率先告别了纸与笔。在上海，《解放日报》1997年创建电脑中心，计算机网络基本建成，采编软件也投入运行。这样，新闻采编人员写稿、传稿基本做到"无纸化"。《文汇报》差不多同时实现"无纸化"采编。在武汉，《长江日报》计算机新闻综合业务网正式运行，实现了稿件编写、签发、组版修改、激光照排、信息存储检索功能一体化，并与卫星版面传输、国际互联网联网。

广播电视新技术的运用，速度比报刊出版更快；而且其特点是在全国的统一规划下，中央和地方一起上，发达地区和贫困地区一起上，几乎消除了地区差异。现在需要继续消除的是中心城市和基层（少数偏远山区、农村）的差别，解决"最后一公里"的问题，实现广播电视全覆盖。

改革开放以后，广播电视技术革新的重点是解决节目传输问题。随着先进技术的突破，逐步实现了"星网结合"的格局，大大提高了覆盖率和传输质量。从地面传输方式看，从中波、调频发展到微波，最后形成有线广播电视网。有线电视技术从1980年代就开始应用，在北京、上海、江苏、山东的一些大型企业建立有线电视系统。到1988年8月，有48个县办起有线电视台。1992年12月上海有线电视台正式开播。几年内北京、上海的有线电视台用户达到250万户。江苏在同一年批准建有线台25座。到1994年，陕西新建有线台78座。

在各地蓬勃建设的基础上，1995年，国家广电部制订出全国联网总体规划，1996年正式启动。这次联网全国统一采用光纤宽带，可同时传输几十套、上百套节目，具有双向传输功能，可提供多种服务。至2000年底，全国有线广播电视网络基本形成，总长271.7万公里，有线电视用户达8 476万户，居世界首位（徐光春，2003：p.498）。

从卫星传输看，从1984年我国自行研制的第一颗试验通信卫星发射成功起，我国广电业就已经开始运用卫星传输节目，特别是许多边远地区也实现了信息覆盖。1989年全国已有卫星地面站12 658座，1991年达20 000余座，增长得很快（郭镇之，1997：p.60）。随着传输技术的进步，从C波段发展到KU波段，从模拟转向数字，以及我国接连发射亚洲1号、2号卫星，卫星转播大大发展。1992年10月，央视第四套节目上天，成为中国第一个国际卫星电视频道，覆盖80多个国家和地区。西藏电视台、贵州电视台和云南电视台成为第一批上星的地方电视台。至1998年，所有省市节目都已上星，从卫星转发向卫星直播发展。

至此，形成了"天地一体、星网结合"的广播电视节目覆盖新格局，卫星电视节目进入了地面有线电视网，地面有线电视网将卫星电视传送节目输送到亿万家庭。这一格局带来的影响是深远的。新闻传播在不同地区几乎没有时间差，而且覆盖到全国。各地节目的制作积极性被调动，通过卫星观众（听众）可以观看不同电视台各具特色的节目。各地具有差异的文化随之交流、融合。广告的竞争在电视上变成全国性的竞争，地区樊篱难以阻挡。

比广播电视更直接消融地区差别的是互联网传媒的登场。中国报刊中第一家上网的是1995年1月开始进入网络发行的《神州学人》。而1995年10月20日《中国贸易报》的正式上网，不仅标志着中国国内第一家日报上网发行，也揭开了国内媒体大批上网的序幕。北京的媒体在1996年以后纷纷上网，其中《人民日报》网络版于1997年7月1日开通，并推出"香港回归""历次党代会""中共十五大"等重大新闻专辑和背景资料库。中国新闻社的《华声报》电子版于1997

年7月全国首家以电子邮件方式向用户免费提供新闻服务。中央电视台的部分著名栏目如《东方之子》《实话实说》《315特别节目》等建立了网页。新华社也于1997年11月7日开通网站。其数据库分为中文和外文两类,包括28个库和100多个子库,数量达80亿汉字,并以日均150万汉字增长。新华社还投资建设商业信息网络国中网(China Wide Web),开辟了国内新闻网站收费服务的先河。北京地区的本地媒体如《北京日报》《北京晚报》《北京青年报》也都在这一时期推出电子版。

发达城市的媒体由于在经济、技术上处于领先地位,所以上网较早。上海是国内网络业较为发达的城市之一,上海的各大新闻媒体也纷纷投入大量人力财力,在网上开辟出新的传播领域。《解放日报》电子版1998年初开始筹建,7月28日正式对外发布,《新民晚报》电子版于1998年12月1日正式开通。

这一时期较大的新闻网站基本完成了由传统媒体电子版向专业新闻网站的转变,并在版面和信息服务上有了新的进步。各大网站加大投入,纷纷改版。如2000年10月《人民日报》网络版更名为人民网,自采新闻占到了所有内容的三分之一,已不再是单纯的报纸内容的加工和摘抄。另外,2000年3月新华通讯社网站改名为"新华网",2000年12月中央电视台网站改名为"央视国际网络",中国新闻社网站改名"中国新闻网",中国青年报网站改名为"中青在线"等。名称的改变意味着新闻网站经营理念的提升,反映出这些有实力的媒体网站已将目标设定为以新闻为主打的大型新闻网站,而不仅仅是网络版、电子版的概念。

同时,国内的一些商业门户网站也开始做新闻业务。比较著名的商业网站如新浪、搜狐、网易、FM365等总部都设在北京。新浪和搜狐在2000年12月27日首先获得了国务院新闻办公室批准的首批商业网站登载新闻业务资格。其他一些商业网站也在2001年陆续获得这一许可。从此商业网站名正言顺地进行新闻的加工、处理和发布。

2000年以后,各地开始整合地方媒体的新闻资源,建立具有地方特色的综合性网站。2000年5月8日，北京千龙网正式开通。它是《北京晨报》《北京日报》《北京晚报》《北京青年报》《北京经济报》，以及北京人民广播电台、北京电视台、北京有线广播电视台和《北京广播电视报》等9家北京市属新闻媒体共同发起和创办，把9家传媒的新闻资源进行整合发布，内容更丰富，表现手段也更多样化。

2000年5月28日，上海东方网正式开通，注册资金为6亿人民币。东方网由上海主要新闻媒体——解放日报社、文汇新民联合报业集团、上海人民广播电台、东方广播电台、上海电视台、东方电视台、上海有线电视台、青年报社、劳动报社、上海教育电视台等，联合上海东方明珠股份有限公司、上海市信息投资股份有限公司，共同发起建立。6月28日上海东方网股份有限公司正式成立，直属市委宣传部领导。

其他各地都开通了自己的综合性网站。如陕西省的古城热线，辽宁省的北国网、东北新闻网，沈阳市的北方热线，大连市的天健网，武汉市的汉网等。

新媒体的登场是一次颠覆性的革命。它以即时、全覆盖、超大容量、互动为特征向传统媒体发起挑战。从地区新闻事业比较的角度看，它已超越了行政限制、地区市场、地域文化，在新媒体上很难寻觅区域特点和文化的痕迹。科技进步是消除地区新闻事业差异和不平衡的巨大力量。

注释

① 中国目前的证券类报纸，一般是指那些由中国证券监管会以及出版总署专门指定的披露上市公司信息的报纸，通常指七报一刊。它们分别是《中国证券报》《上海证券报》《证券时报》《金融时报》《经济日报》《中国改革报》《中国日报》和《证券市场周刊》。

② 据考证，我国第一家中文晚报《夜报》诞生于1895年5月10日的上海，中国人自办的第一家晚报《上海晚报》则于1898年8月17日在上海创刊。从那里起算到1980年代中，一百年不到。见《中国晚报学》，上海辞书出版社2001年版，第27、28页。

③ 按报纸广告营业额排序，1991年全国排名为《羊城晚报》《广州日报》《人

民日报》《解放日报》《深圳日报》《深圳特区报》,1995 年为《广州日报》《羊城晚报》《新民晚报》《北京晚报》《深圳特区报》,2000 年为《广州日报》、文汇新民晚报业集团、《羊城晚报》、《深圳特区报》、《北京青年报》。引自范鲁彬编著:《中国广告全数据》,中国市场出版社 2009 年版,第 284—299 页。
④《粤港信息日报》被《羊城晚报》兼并,《投资导报》被《深圳特区报》兼并,后改名为《晶报》。
⑤ 根据四川省广播电视厅计财处 2002 年 5 月数据。
⑥ 解放以来,私人通讯社已被取消,外国通讯社也停办。除新华社外,中国新闻社是专司对海外华侨宣传报道任务的,对内不是主业,有时也有一些独特视角的拾遗补阙的报道。

参考文献

[1] 评论员:《社会主义报纸应该有社会新闻》,《解放日报》1979 年 8 月 12 日。
[2] 邓续周:《改革开放以来党报的发展轨迹》,复旦大学博士学位论文,2015 年,第 14—15 页。
[3] 方汉奇:《中国新闻事业通史》第三卷,中国人民大学出版社 1999 年版,第 499、504 页。
[4] 中国社科院新闻研究所:《中国新闻年鉴(2001 年)》,中国新闻年鉴社 2001 年版,第 195 页。
[5] 国家广播电影电视总局:《中国广播电视年鉴(2001 年)》,中国广播电视年鉴社 2001 年版。
[6] 崔魏:《京沪粤三地晚报风格探析》,《当代传播》2000 年第 1 期,第 58—61 页。
[7] 北京日报社社委会:《改革开放中的北京日报社》,同心出版社 2002 年版,第 199 页。
[8] 陆宏德、方仕同、祝晓虎:《扬子晚报:崛起及启示》,《新闻战线》1995 年第 10 期,第 6—8 页。
[9] 杨步才:《新时期中国晚报发展趋势初探》,《新闻战线》1999 年第 2 期,第 59—61 页。
[10] 郑兴东:《新闻冲击波——北京青年报现象扫描》,中国人民大学出版社 1994 年版,第 285 页。
[11] 徐光春:《中华人民共和国广播电视简史》,中国广播电视出版社 2003 年版,第 213、215、224、225、268、327 页。

[12] 李雅民:《追溯一段历史的起点——〈天津日报〉发"文革"后第一条商业广告的回顾》,《中国报业》2009年第1期,第25—26页。
[13] 贾树枚:《上海新闻志》,上海社会科学院出版社2000年版,第663页。
[14] 陈季修:《试析北京广告业的发展》,《经济与管理研究》2002年第3期,第63—67页。
[15] 范鲁彬:《中国广告全数据》,中国市场出版社2009年版,第22、185、284—299页。
[16] 四川省地方志编纂委员会:《四川省志·报业志》,四川科学技术出版社1996年版,第317页。
[17] 方汉奇、陈昌凤:《正在发生的历史:中国当代新闻事业》,福建人民出版社2007年版,第569页。
[18] 解放日报经理部:《好的经济效益从何而来》,《新闻战线》1990年第9期,第25—26页。
[19] 中华全国新闻工作者协会:《党报改革途径新探索》,南方日报出版社2001年版,第331页。
[20] 武志勇:《中国报刊发行体制变迁研究》,中华书局2013年版,第247页。
[21] 东方书报亭:《在探索中发展》,《解放日报》2000年3月20日。
[22] 张平:《人民日报等首都七家报社亏损日趋严重》,《新闻出版报》1988年1月30日。
[23] 许中田:《面向21世纪的中国报业经济》,人民日报出版社1998年版。
[24] 丁法章:《我的新闻人生》,复旦大学出版社2015年版,第159页。
[25] 孙燕君:《报业中国》,中国三峡出版社2002年版。
[26] 国家广播电影电视总局:《中国广播电视年鉴(2002年)》,中国广播电视年鉴社2002年版,第105页。
[27] 邱沛篁:《努力开创都市报发展的新局面——2002年中国都市报研究会年会综述》,《新闻界》2002年第6期,第62页。
[28] 丁淦林等:《中国新闻事业史新编》,四川人民出版社1998年版,第519页。
[29] 杨兴锋:《南方报业之路》,南方日报出版社2009年版,第234页。
[30] 林如鹏:《广东报业竞争战略与竞争优势研究》,复旦大学博士学位论文,2004年。
[31] 郭镇之:《中国电视史》,文化艺术出版社1997年版,第60页。

(本文系和沈国麟博士合作,原载《新闻大学》2017年第1期)

比较发现差异，认识共同规律

我们的祖国幅员辽阔，地形复杂，历史悠久，民族、文化多样。

中国是一个政治、经济、文化发展极不平衡的大国。近代以来，外国资本主义的入侵，封建帝国的瓦解和军阀割据，接连不断的抵御外侮的抗战和内战，使得不平衡进一步加重。

这种不平衡导致了中国近现代新闻事业在全国各地区表现出很大的差异性。不仅诞生年代有先后，发展规模有大小，而且运行轨迹也不同，形态特点更是千姿百态。若以为中国新闻史只是几个发达中心城市新闻事业的兴衰演变，只是若干位著名记者、报人的奋斗历史，那就错了，太不全面了。一部中国近现代新闻事业史，包含了全国各地区新闻事业发展的全部历史，既有发达地区、中心城市的，也有落后、边缘地区的，既有先行繁荣的，也有后来崛起的，既有汉族的，也有少数民族的。本书展现了全国各地区、各省份近现代新闻事业沿革发展的历史，从这个意义上说，弥补了以往中国新闻史著作的不足和缺漏。

各地区新闻事业发展的差异性，是由各地不同的经济、政治、文化因素制约决定的。虽然从总体上看，经济是经常起作用的因素，但在历史的某些阶段，政治却往往起着决定性的作用。譬如抗日战争时期三个不同的区域——沦陷区、国统区、敌后抗日根据地的新闻事业，就明显表现出不同的发展轨迹和特点。作为政治的最高形式——战争往往决定着各地区新闻事业的命运，它可以风扫落叶般地摧毁新闻事业，也可以带来重建和勃兴。新中国成立以后，由于全国政令统一和计划经济体制，各地新闻事业的差异性在缩小，同质化在扩大。

改革开放以后，由于社会主义市场经济的推动，各地新闻事业"井喷"式发展，创新争先活力空前增强，又形成了差异性竞争的局面。

有差异，就能比较。有比较，方能接近对规律的认识。中国近现代新闻事业地区发展的不平衡现象，背后存在着深刻的不以人的意志为转移的内在规律性。地区发展的差异是表象，决定地区发展差异的因素却有着许多共同的地方，有某些规律可循。比较，是一种可资认识规律的方法。在其他学科领域，如哲学、文学、经济学、政治学、法学、教育学等，比较研究已展开多年，较为成熟。而在新闻史学领域，尤其是中国新闻史领域，则刚刚开始，还在摸索阶段。本书也是一种尝试，旨在通过比较地区内各省份、全国各地区在同一时段内的发展差异性和相似性，探索形成差异的影响因素及其原因，从而归纳总结我国近现代新闻事业发展的若干规律性思考。与以往新闻史著作不同之处在于，本书更着眼于各地区新闻事业发展规律的思考。

鉴于研究和叙述的方便，本书内容分三个部分，即"总论述""地区评述"和"省、市、自治区新闻事业发展概要"（以下简称"概要"）。

"概要"是本书的基础部分，文字数量也最多，系统地叙述各省、市、自治区近现代新闻事业发展的历史。在此基础上比较本省（市、自治区）内不同地区的差异，新闻出版中心的形成，以及和邻近省份的区别。需说明的是，海南省因建制不久，未独立成篇，有关内容附入广东省。

"总论述"是本书之纲，也是最着力的部分。这部分以历史为线索（划分为十一个时期），以地区为落脚点（这里所说的地区，往往要突破行政区划的概念），以全国为视野，阐述新闻事业发展的地区运行轨迹及政治大变动所造成的地区流向；阐述全国报刊重要基地的出现，新闻出版中心的形成及其地位的历史变化，地区中心的形成及辐射情况；阐述报刊多样化发展中的分流与汇合；阐述军阀割据、国民党地方势力对地区新闻事业的影响；阐述广播电视发展中的网络布局、技术进步的特点以及对各地的影响；阐述中西文化碰撞对不同地区、不同城市新闻事业的不同影响等。

"地区评述"有东北、华北、华东、华中、华南、西北、西南等七篇。地区大致按曾经有过的行政大区与历史习惯划分，台湾列入华东，港澳列入华南。"地区评述"介于"概要"和"总论述"之间，是联系二者的纽带。"地区评述"大致勾画出该地区新闻事业发展的特点，阐述地区新闻出版中心的出现及历史变迁，以及地区内各省的比较。

本书的时间跨度，从鸦片战争前夕中国近代报刊诞生起，截至20世纪末。个别内容延伸至21世纪初。

（本文为宁树藩主编《中国地区比较新闻史》前言，复旦大学出版社2018年版）

有关"新闻舆论"的核心概念

一、舆 论

关于舆论的定义,历来是学者们争论不休的话题。据美国学者哈伍德(C. Harwood)1965年出版的著作称,他收集到有50多个。至今又过去几十年,恐怕远不止这个数字。一般认为,公众对于某一事物的共同意见,就称之为舆论。这里有两个关键词,一曰"公众",我国古代称之为"舆",一曰"意见",即"论"。当然,公众的意见必须有共同的指向——某一事物。某一事物既可指具体的物,也可以指某一现象。进一步的研究将舆论的完整构成区分为主体、客体和本体。主体指发表意见、促使舆论形成的公众。客体是指舆论意见指向的社会现象和问题,有争议的对象才会引起舆论主体——公众注意。本体是指舆论自身,即发表的(或潜在的)意见、倾向本身,进行传播的是信息形态。但也有学者认为,上述三方面还不完整,构成的要素还应包括:(1)舆论的数量,大致在一定范围内三分之一多的人持有某种意见,才会形成舆论。(2)舆论的强烈程度,从言语舆论发展到行为舆论应有调查来确定量级。(3)舆论的持续性(存在时间),短则几小时,长则多少年,都表示存在。(4)舆论影响客体,有影响才算舆论。(5)舆论的质量,同时含有理智和非理智的成分。学界将构成舆论的基本方面和补充要素统称为"舆论八要素"[①]。

从社会学的角度看,舆论是人类社会所特有的一种现象。人是社会的人。舆论伴随社会而生，影响人们的认知和行为。我国古代早就注意到这种现象。春秋时期的《左传》就曾说："听舆人之诵。"（《左传·僖公二十八年》）《晋书·王沈传》中也有言："自古圣贤，乐闻诽谤之言，听舆人之论。"至于舆论影响人的行为，也说得很具体："行能臧否，或素定怀抱，或得之舆论。"（《梁书·武帝纪》）这都还是中世纪之前的事，只说到现象，未确定概念。有学者提出，"舆论"作为一个概念正式组成，是法国启蒙学者雅克·卢梭（J. Rousseau）在《社会契约论》中首次完成的，他将"public""opinion"合成一个词就叫"舆论"[②]。这是在欧洲工业革命的背景下提出的，包含有"人民主权"的理念。也就是说，"舆论"受到关注是和新兴资产阶级争取自由、平等、人权的进程相联系的。大概是由于阅读和接受了西方资产阶级启蒙时期的学说，我国近代的维新人士梁启超等人的文章中也开始频频出现"舆论"一词。

从近代以来，舆论成为一种社会交往形态和精神现象。对于它给社会带来的作用和影响，人们站在各自的立场和角度，有不同的褒贬。黑格尔等人从社会变革的角度加以肯定，他说："公共舆论是人民表达他们意志和意见的无机方式"，"无论哪个时代，公共舆论总是一支巨大的力量，尤其在我们时代是如此"（黑格尔：《法哲学原理》）。英国学者穆勒则说："舆论本身就是一种最大的积极社会力量。"（穆勒：《代议制政府》）有一些学者从社会规范的角度探讨了舆论和法律的关系。英国学者约翰·高尔斯华纳认为："公众舆论总是走在法律的前头。"（约翰·高尔斯华纳：《窗口》）美国学者菲利普斯进一步认为："若是没有公众舆论的支持，法律是没有丝毫力量的。"（菲利普斯：《论共和国的学者》）对舆论持否定态度的学者同样尖锐，法国学者保·瓦莱里说："谎言和轻信交配产生舆论。"（保·瓦莱里：《混合》）英国学者则愤而批判说："最不公道、最反复无常的莫过于舆论。"（威·哈兹利特：《特性》）无论是正面肯定，还是反面否定，都证明了一点：舆论具有和法律、道德一样的巨大精神力量。

政党、政治家敏锐地捕捉到这一点，将操控舆论作为自己政治活动的手段。一个众所周知的反面例证是，20世纪上半叶德国法西斯代表希特勒通过运作，操纵舆论，在德国舆论的拥戴下上台；之后又通过荒谬的宣传扩张了法西斯主义的舆论。"谎言重复一千遍就是真理"，是其操控舆论的真实吐言。舆论可以为反动派利用，同样也可以为人民革命所用。领导中国人民取得民主革命胜利的毛泽东，在1962年提出了他的名言："凡是要推翻一个政权，总要先造成舆论，总要先做意识形态方面的工作。革命的阶级是这样，反革命的阶级也是这样。"③对已经推翻反动阶级统治的革命党和广大人民来说，这是历史经验的结晶。对执政的共产党和人民政权来说，这又是一个不能忘却的真理。舆论权一旦落入他人之手，便是无穷的贻害，乃至会导致亡党亡国。所以江泽民精辟地总结为一句话："舆论导向正确，是党和人民之福；舆论导向错误，是党和人民之祸。"④

从传播学角度看，舆论本质上是信息的流动。无论是流露的情绪，还是表达的意见，都是信息。而信息要在人际间流动，必定要有媒介。媒介是舆论的载体、舆论的工具。自然，媒介也受到舆论的影响。作为舆论载体的传播媒介每一次历史的进步，从人际传播到大众传播到网络传播，都给舆论带来巨大影响。在人际传播时代，社会舆论之所以局限在一定空间（家族、村落），变动缓慢，不那么显性，是因为人们流动性很小，缺乏传播媒介。而到大众传播时代，报刊诞生以后就大不一样了。报刊成为舆论的重要载体，传播范围广泛，影响力增强。马克思把报刊比作驴子，每天驮着公众舆论在社会成员面前出现，让人们评价。马克思又说："报纸是作为社会舆论的纸币流通的。"⑤我国启蒙思想家梁启超观察到，在舆论发生、传播的过程中，报纸和舆论有不同的关系。他说：报纸"其始也，当为舆论之敌；其继也，当为舆论之母；其终也，当为舆论之仆"⑥。如果说，在大众传播时代，人们已强烈感受到舆论通过媒体传播，具有强大的社会影响力。那么，进入网络传播时代，人们更是感到舆论通过网络传播，无处不在，无时不在，对自己的生活有全方位的影响。任何人都不能小视网络舆论的存在。社会舆论问题成为事关社会发展与稳定以及国家治理、国家交往的极其重要的问题,担负着治理社会职能的政府必须高度重视。我国国务院网络信息办公室和各级网信办就是在这样的形势下成立的。

与"舆论"的概念相关,一些重要的概念派生出来,譬如"网络舆论"。这是一个不十分确切但又被广泛运用的概念。所谓"网络舆论",是指通过互联网形成并传播的相对一致的公众意见。严格地讲,应称作"网上舆论"。大众传播媒介报刊和互联网同为舆论的载体,为什么过去无人称报刊上传播的舆论是"报刊舆论"?这是因为普遍认为报刊不是公众,它可以转发公众意见,帮助舆论形成或消解舆论,但它不是舆论本身。而网络不是固定的媒体,它是一个公共平台,信息流通的高速公路,因此人们就将通过网络表现出来的公众舆论,称作网络舆论。值得研究的是,现实社会中的舆论和网络舆论有什么差别。21世纪的第一个十年,中国社会生活跨入网络化阶段。在网络化初期,网民的构成和现实社会的人口结构差别较大。据统计,截至2010年12月,我国网民规模为4.57亿,互联网普及率为34.3%。其中10—19岁占网民比重27.3%,20—29岁占29.8%,30—39岁占23.4%,换言之,40岁以下的网民占80.5%。另有统计,高中学历以上网民占58.9%。网民以年轻、学历较高的为主[7]。代表网上舆论主体、主导话语权的就是这样的群体。因此人们认为网络舆论不代表全部社会舆论,在现实社会中还有不上网的"沉默的多数"。过了十年,情况发生巨大变化。随着互联网的普及,特别是移动终端(如手机)的使用,网民人数急剧增加。截至2020年6月,我国网民规模为9.4亿,互联网普及率达67%(手机网民9.32亿,占网民总数99.3%)。其中40岁以下的网民占58.6%,而40岁以上的网民占41.4%(包括60岁以上的还占10.3%)。高中学历以上的网民占40.3%,高中学历以下的占59.7%[8]。可以明显看到网民构成的变化,年龄向各个年龄段扩散,文化程度向低段扩散。社会网络化的结果是:网民结构已经非常接近人口结构。统计还表明,非网民的近60%在农村,使用技能缺乏、文化程度限制和年龄因素是非网民不上网的主要原因。由于网民的迅速增加，网上的信息交流、社会往来、购物消费已成为整个社会生活不可缺少的内容。毫无疑义，社会舆论的生成与扩散也在网上迅速增加。网上舆论和现实社会中的舆论日益重合。如果说，十年前我们还只是把网络舆论看作是社会舆论中一个不可忽视的存在，那么今天，我们已很难区分网络舆论和现实社会舆论的差别，甚至在很大程度上都只关注网络舆论，并将网络舆论等同于社会舆论来对待。网上传播舆论的平台很多，包括微博、微信、邮件、视频、游戏等。不少学者分别研究这些平台上播散舆论的特点，大大丰富了我们对网络舆论的认识。

另一个派生的概念是"舆论场"。"场"原本是物理学的概念，用于描述揭示物体间相互作用的本质和内在联系。最早将"场"的概念引进舆论学研究的，是学者刘建民。他说："所谓舆论场，正是指包含若干相互刺激因素，使许多人形成共同意见的时空环境。"他认为舆论场是"舆论形成的温室""舆论形成的共振板"。他对舆论场的空间环境（包括人们相邻密度与交往频率）、开放度、环境渲染力三要素作了具体分析⑨。随着网络新媒体的出现，舆论界出现了不同声音。一种是传统主流媒体，更多地代表党和政府的声音；一种是新媒体，更多地反映群众意见、诉求的声音。有人便提出"两个舆论场"的存在，一个是"官方舆论场"，一个是"民间舆论场"。一时间，"两个舆论场"的说法非常流行。从学理上看，"两个舆论场"的提法是不通的。无论是"官方"还是"民间"，处在同一个场域（舆论生成环境）中，无非是意见不同而已。意见不同则不能生成舆论，如要产生舆论（共同意见），一定要增进沟通。从实践上看，"两个舆论场"的提法也是有害的。客观上形成两套舆论价值观，容易造成舆论对立、撕裂乃至冲突，造成党和政府同民众的对立。随着媒体融合的步伐加快，传统媒体和新媒体的界限逐步缩小，一个统一的、有利于正能量占上风的舆论场域正在逐步形成。

二、新闻舆论工作

我们党在宣传和思想工作领域,有几个使用频度很高的工作用语,如宣传、新闻宣传工作、舆论工作、新闻舆论工作等。如果历史地考察,这些用语还是有区别的。在不同历史阶段使用不同的用语,有明确的指向。但这些工作用语之间又是有联系的,有时区分得不那么清楚,常常混用,在正式文件、通知或领导人的讲话中都有这种情况。

从建党之初开始,"宣传"是使用频率最高的词之一。宣传的概念是争议颇多而不确定的。一般而言,指通过阐明某种观点,使人们信服并随之行动的行为。西方也称之为"劝服"。中国共产党成立之初,就以宣传为自己的首要任务和工作之一。党的第一次代表大会通过的决议的第二部分就是"宣传",其中包括由中央执行委员会经办杂志、日刊、书籍和小册子⑩。党的第四次代表大会则专门通过一个《对于宣传工作之议决案》。议决案表明,代表大会审核了几年的宣传工作,提出了批评意见,并指出了改进办法。其中重要的一条,是从中央到各地方成立宣传部。从此,宣传部成为中国共产党各级组织的重要机关、领导党的宣传工作的严密的系统。将宣传工作置于如此重要的地位是毫不奇怪的。因为中国共产党是一个有明确斗争目标的革命党,为完成实现目标的革命斗争任务,就需要向民众作宣传动员。党的早期宣传工作常常和"鼓动""教育"的任务相联系,因此被称作为"宣传鼓动"和"宣传教育"。六届二中全会提出:"要注意对于群众直接要求的鼓动,并要使鼓动与宣传联系起来。"⑪1941年6月中共中央宣传部的一个内部文件更是明确地阐述了宣传与鼓动的不同内涵和联系:"宣传与鼓动是组成我党整个宣传鼓动工作的两个部分,这两个部分是统一的,同时又是有区别的。宣传工作是在于把一个问题从理论上解说得明白,使比较少数的人了解这个问题的原因、结果、前景和发展规律,给比较少数的人以许多观念。鼓动工作是在于从一个问题抓住人人都知道的事实,给广大群众以一个观念,极力激起群众的感情。"⑫宣传与教育相联系,更多地是指向党内宣传,教育培训干部和党员。"党内教育工作是党的宣传鼓动工作中的一个重要的部分。"⑬党内宣传,或党内教育可分为支部教育、党校教育、干部培训几个方面。如果说革命年代党的宣传工作是为了实现推翻帝国主义、封建主义和官僚资本主义,建立人民政权而奋斗的话,那么新中国成立以后的党的宣传工作,则是为实现党在社会主义建设时期不同阶段的任务而奋斗。宣传的任务更繁重、更复杂。党的宣传工作是党领导的伟大事业不可或缺的重要部分。从中央到地方的各级党组织的宣传部门形成了强大的宣传系统,全国几乎每年召开宣传思想工作会议或宣传部长会议,党的几代领袖都在宣传工作会议上发表过重要讲话⑭。宣传工作全党上下一致,统一内容、口径,宣传声势如排浪一波一波向前推进。近些年,党的宣传部门还成为思想文化战线的领导机构,统领新闻、出版、文化、艺术、社会科学等各部门,工作更加广泛,已不限于宣传领域。可以说,强有力的宣传力量和宣传工作,是当代中国的一大特色。

"新闻工作"作为一个独立语汇出现在党的重要文件、文章和讲话中,则要比"宣传"晚得多。最初,新闻工作被称作为党办报刊,包含在宣传工作之中,是宣传工作的一部分。但在旧中国反动政权统治之下,党很难创办公开的报纸与刊物,因而新闻工作没有独立存在的条件和基础。这种情形到了党创立了红色根据地之后,开始有所变化。在自己的红色政权下,党创办报刊,服务于根据地军民。应当看到,早期党的报刊思想完全接受了列宁的思想,即党的报刊不仅是"集体的宣传者、鼓动者",也是"集体的组织者"。进入抗日战争时期,在延安和大后方,党创办了全国性报纸《解放日报》《新华日报》和新华通讯社,新闻机构从宣传部门独立出来。鉴于国统区大批青年进入党领导的新闻机构多少带来了他们所接受的资产阶级新闻观点和作派,如何认识党的新闻工作成为十分重要的问题。1943年9月

1日，陆定一同志在改版一年多后的《解放日报》上发表文章《我们对于新闻学的基本观点》，第一次将"新闻工作"这一命题提到党的议事日程上。他在这篇文章中提出什么是新闻的本源，怎样才能做到新闻的真实。这些问题和以往大家习惯的"宣传"还是有差别的，是党的思想和意识形态工作进入一个新的领域所遇到的问题。在整个抗日战争和解放战争中，党的新闻工作任务还不那么凸显。但到了解放战争后期和中华人民共和国建国初期，新闻工作作为党的一条工作战线正在逐步形成。两件事促成这条战线的形成：一是面向全国的新华通讯社的组成。分散在各根据地和兵团的通讯分社，逐渐由新华社总社统一领导和指挥，总社要求各分社的报道立足本地，但面向全国，并对新闻真实性、时效性以及统一用语发布了一系列指令。二是随着解放战争的步伐，党和军队接管了大量的城市新闻机构，包括报纸、广播、刊物等。如何接管、改造、管理，成为党和政府面临的紧迫工作。从1948年11月26日起至1949年5月9日，中共中央接连发了多个关于接管城市报纸、通讯社的决定⑮。自此以后，在工作用语中出现了"新闻宣传工具""新闻宣传事业"的提法⑯，也开始有希望加紧培训"新闻干部"的说法⑰。新中国成立以后，新闻工作作为具体工作战线正式形成。其标志性事件是，1949年11月中央人民政府新闻总署正式成立，直属政务院领导。1950年3月29日，全国新闻工作会议在北京召开。第一任署长胡乔木在会上作了长篇讲话。紧接着，京津新闻工作会议召开。会议最重要的内容是决定了京津重要报纸《人民日报》《光明日报》《工人日报》和新华通讯社、人民广播电台的分工。另一标志性事件是，新华社成为国家通讯社。第一任社长吴冷西在1950年12月2日的新华社第一次全国社务会议上宣布，新华社是"中央人民政府和我国人民的耳目和喉舌"。这些步骤都表明，我党领导的新闻工作正由非正规走向正规，由局部走向全国。新闻机构的审批成立、新闻发布的统一分工、报刊的统一邮发以及大学新闻系培养未来从业人员，这些也都表明，新闻战线的工作正有条不紊地展开。

　　新闻工作作为一条战线的工作展开，从来都是围绕党的中心工作，为完成党的中心任务而进行宣传。正如吴冷西对新华社的同志所说："新华社是中央人民政府各项政策的宣传者。""我们的新闻报道，必须透过各种各样的复杂的情况来正确地宣传中央的政策。""如何深刻地、融会贯通地了解中央的政策，并把它体现在新闻报道中，是一个头等重要的任务"。[18]此外，它从来也没有脱离过党的领导，而是在党的有力领导下充分发挥作用。1954年7月17日，中共中央政治局通过了《中共中央关于改进报纸工作的决议》。决议指出，"改进报纸工作的决定关键，是加强各级党委对自己机关报的领导。""各省（市）委应建立和加强所属宣传部报刊处的工作。省（市）委宣传部报刊处的职责，是协助党委监督除同级党委机关报以外的报刊、广播台和出版机关以及下级党报及其他新闻出版机构的工作。"[19]

无论从新闻工作所承担的职责看，还是从新闻机构的领导隶属关系看，新闻工作和宣传工作都是紧密联系、不可分割的。因此"新闻"和"宣传"作为工作用语也常常连在一起。"新闻宣传工作"这一用语在我们党的文件、通知、领导人讲话中沿用了整整四五十年。但是到20世纪90年代后期，情况发生令人不易觉察的变化。

一个新的用语"新闻舆论工作"，逐渐频繁地出现在党的文件中，替代了"新闻宣传工作"。

首先提请全党注意"舆论工作"的是江泽民同志。1994年1月24日，江泽民参加了全国宣传思想工作会议，并在会上作了重要讲话。他郑重提出："在党的基本路线指引下，掌握实际情况，正确引导舆论，是党的宣传思想战线非常重要的工作"，"舆论导向正确，人心凝聚，精神振奋；舆论导向失误，后果严重"[20]。为什么会提出这个问题？这是鉴于1989年发生政治风波的严重教训，经过几年深入思考后得出的结论。江泽民说："在一九八九年那场政治风波中，舆论引导上发生的严重失误，给全党同志上了深刻的一课"[21]。这主要是指1989年5—6月，包括《人民日报》在内的许多党报，在政治上一度迷失了方向，在学潮中继而在政治动乱中不能坚持党的基本路线，在舆论引导上失误、失责。江泽民继而在1996年1月召开的全国宣传部长工作会议的讲话中，正式将"以正确的舆论引导人"列为宣传思想战线的四大任务之一。并提出要"加强对舆论宣传的指导、监督和管理"，要不断总结"加强舆论宣传管理的经验"，"要不断提高新闻宣传的质量"[22]。单是这样还不足以引起全党全国重视，同年9月26日江泽民专程视察《人民日报》社，指出："舆论导向正确，是党和人民之福；舆论导向错误，是党和人民之祸。"[23]这就是著名的"祸福论"。江泽民在这次视察中说："舆论工作就是思想政治工作，是党和国家前途命运所系的工作。"要牢牢掌握新闻舆论的领导权，新闻舆论单位要坚持正确的导向，新闻舆论工作要围绕中心，服从和服务大局。这个讲话是在改革开放处于攻坚阶段，香港回归祖国前夕讲的。如何掌握社会舆论动向，此时显得更加重要。讲话中已正式使用"新闻舆论工作""新闻舆论单位"等语汇。

众所周知，新闻媒介是舆论的重要载体。新闻报道、新闻工作能反映舆论、影响舆论、引导舆论。毫无疑义，上述新闻舆论工作、新闻舆论单位自然是指我国现有的新闻媒体及其职能。

进入新世纪以后，有两方面新的情况更引起党中央对社会舆论和舆论引导工作的重视。其一是社会舆论活跃，乃至突发一些舆情事件。这是因为经济体制深刻变革、利益格局深刻调整、思想观念深刻变化、社会结构和组织深刻变动所引起的。引导舆论以维护社会稳定的任务被迫切地提出来[24]。其二是互联网传播新技术的广泛运用引起网上舆论活跃。最初，还是将舆论工作放在宣传工作的大框架下的，随着形势的发展，则将"舆论引导工作"单独列出来，并与新闻工作联系起来。胡锦涛同志在2006年10月召开的党的十六届六中全会第二次会议上，第一次全面论述了舆论引导工作的原则方法、舆论引导工作机制以及要力争形成的舆论引导格局。胡锦涛说："要深入研究新形势下各种受众群体的接受习惯和心理特点，把我们所倡导的和群众所需要的紧密结合起来，从群众的关注点和兴奋点入手，把握好舆论引导的时机、节奏、力度。"他特别提到引导舆论和新闻工作的关系，要"在报道新闻事实中体现正确导向"。他要求，"要从社会舆论多层次的实际出发,发挥各方面作用,努力形成以宣传部门为主导、实际工作部门配合、各类媒体齐心协力的舆论引导工作机制"。他还要求,"要研究媒体分众化、对象化新趋势,坚持以党报党刊、电台电视台为主,有效管理整合都市类媒体、网络媒体等多种宣传资源,努力构建定位明确、特色鲜明、功能互补、覆盖广泛的舆论引导格局"[25]。在这次讲话中,他已提到了"网上媒体"问题,并在此后"加强网络文化建设和管理"的讲话中提出,"要深入研究网上舆论引导的特点和规律","准确判断网上舆情"[26]。

一年半之后,总结舆论引导工作的经验,胡锦涛再一次要求"各级领导干部要充分认识新闻舆论的重要作用",并提出改进新闻舆论工作的要求,"要适应人民群众信息需求,按照更加透明、更加开放的要求,完善新闻发布制度,健全突发事件新闻报道机制,加强舆情分析研判,及时准确发布权威信息,积极主动引导社会热点"[27]。自此以后,"新闻舆论工作"一词越来越多地出现在党内文件和公开的新闻报道中。使用了多年的"新闻宣传工作"一语出现的频率大大降低了。"新闻舆论工作"大有替代"新闻宣传工作"的趋势。

而到了新的发展时期,党的新闻舆论工作更加引起全党的重视,特别是以习近平为核心的党中央多次专门提出这一问题,所涉及的重要会议有五次之多[28]。这在党的历史上是少见的,说明问题已到了足以影响全局的地步。发生这样的变化,说明中央对于新时期我国改革开放发展的舆论环境有清醒的判断和估计。这主要是改革进入深水区,需要解决的都是积累下来最难以解决的问题。国际环境虽然仍处于对我发展有利的机遇期,但不利因素已出现。新技术在互联网的运用普及到各领域,新媒体发展迅猛。上述情况反映在社会舆论上,变得多样、多变,对国家治理提出新的挑战。针对新的情况,以习近平为核心的中央对新闻舆论工作又有许多新的见解、新的工作部署。其主要的方面有:提出了新闻舆论工作职责和使命的48字方针,即"高举旗帜、引领导向,围绕中心、服务大局,团结人民、鼓舞士气,成风化人、凝心聚力,澄清谬误、明辨是非,连接中外、沟通世界";

提出了舆论引导的策略——把握好时（时机、时效、时宜）、度（分寸、火候）、效（讲究效果）；提出特别要重视网上舆论的引导；提出引导舆论要尊重规律、遵循规律，这些规律包括新闻传播规律、舆论传播规律、新兴媒体发展规律、网络传播规律等；提出在舆论引导中，要正确认识舆论监督和正面宣传的辩证关系，舆论监督是和正面宣传相辅相成的一种舆论引导方式；提出了要建立包括主流媒体、新兴媒体在内的覆盖全部舆论空间的舆论引导新格局[29]。像这样，以党的最高领袖为首，对新闻舆论工作如此重视，提出系统的见解，在党的历史上也是少见的。"新闻舆论工作"成为党的工作领域的高频词。

新闻舆论工作不同于单一的新闻工作。单一的新闻工作遵循新闻传播规律，而新闻舆论工作不能停留在新闻传播上，还要研究新闻传播对舆论产生影响的规律，从而改进工作。新闻舆论工作与以往的新闻宣传工作也有区别。新闻宣传是通过新闻报道向着一个目标进行的单向说服。而新闻舆论工作是通过新闻工作在同一环境的多向、反复交流中施加影响。在这里，"新闻媒体是社会舆论的发射器，也是社会舆论的放大器"。进一步思考，新闻舆论工作的提出，是基于新世纪的到来，党中央更敏锐地捕捉到我国所处环境的变化、更高地瞻望我们党未来应立足的高地而作的宣传思想工作重点的调整。新闻宣传工作和新闻舆论工作的侧重点是不一样的。新闻舆论工作更注重于影响人心、社会治理，而不满足于当前宣传任务的完成。做好新闻宣传工作已不易，做好新闻舆论工作则更难。

实际上，在日常工作中，人们是不会意识到从新闻宣传工作到新闻舆论工作的转变的，也不会去严格考证二者的区别。在人们眼里，宣传、新闻宣传、新闻舆论似乎是同义重复，常常混用。谈到新闻宣传的时候，可能也包括引导舆论；谈到新闻舆论工作的时候，可能也承担宣传的任务。

注释

①② 陈立丹：《关于舆论的基本理念》，《新闻大学》2012年第5期，第6页。

③ 毛泽东:《在中共中央八届十中全会上的讲话》,《红旗》1967年第10期。
④ 江泽民:《视察人民日报社时的讲话》(1996年9月26日),《江泽民文选》第一卷,人民出版社2006年版,第564页。
⑤ 《马克思恩格斯全集》第7卷,人民出版社1960年版,第523页。转引自陈立丹:《关于舆论的基本理念》,《新闻大学》2012年第5期,第7页。
⑥ 转引自《简明中国新闻史》,福建人民出版社1986年版,第93页。
⑦ 转引自焦德武:《网民结构与网络舆论的成因、议题与实质探究》,《湖南大学学报(社会科学版)》2015年第6期,第140页。
⑧ 中国互联网信息中心(CNNIC)第46次《中国互联网络发展状况统计报告》,中国新闻网,2020年9月29日。
⑨ 刘建民:《当代舆论学》,陕西人民出版社1990年版,第105—109页。
⑩ 《中国共产党的第一个决议》,《中国共产党新闻工作汇编》(上),新华出版社1980年版,第1页。
⑪ 同上书,第48页。
⑫ 同上书,第104页。
⑬ 同上书,第107页。
⑭ 如毛泽东1957年3月12日在中国共产党全国宣传工作会议上的讲话、江泽民《宣传思想战线的主要任务》(1996年1月24日在全国宣传部长会议上的讲话)、胡锦涛《开创宣传思想工作新局面》(2008年1月22日在全国思想宣传工作会议上的讲话)。
⑮ 见《中国共产党新闻工作文件汇编》(上),新华出版社1980年版,第197—280页。
⑯ 同上书,第189页。
⑰ 同上书,第283页。
⑱ 见《中国共产党新闻工作文件汇编》(中),新华出版社1980年版,第114页。
⑲ 同上书,第328页。
⑳ 《十四大以来重要文献选编》(上),人民出版社1996年版,第653页。
㉑ 江泽民:《宣传思想战线的主要任务》(1996年1月24日),《江泽民文选》第一卷,人民出版社2006年版,第501页。
㉒ 同上书,第502页。
㉓ 江泽民:《舆论导向正确是党和人民之福》,《江泽民文选》第一卷,人民出版社2006年版,第564页。
㉔ 胡锦涛:《扎实做好维护企业和社会稳定工作》,《胡锦涛文选》第一卷,人民出版社2016年版,第537页。

㉕ 胡锦涛:《牢牢掌握意识形态工作领导权和主动权》,《胡锦涛文选》第二卷,人民出版社 2016 年版,第 529 页。
㉖ 胡锦涛:《加强网络文化建设和管理》,《胡锦涛文选》第二卷,人民出版社 2016 年版,第 561 页。
㉗ 胡锦涛:《开创宣传思想工作新局面》,《胡锦涛文选》第三卷,人民出版社 2016 年版,第 63 页。
㉘ 2013 年 8 月,全国宣传思想工作会议;2014 年 8 月,中央全面深化改革领导小组第四次会议;2014 年 2 月 27 日,中央网络安全信息化领导小组第一次会议;2015 年 12 月第二届世界互联网大会;2016 年 2 月,党的新闻舆论工作座谈会。
㉙ 参见丁柏铨:《十八大以来中国共产党新闻舆论观研究论纲》,《中国出版》2016 年第 8 期,第 3—10 页。

(本文节录自秦绍德等《舆论生态与主流媒体建设》第一章第三节,复旦大学出版社 2021 年版。标题为新加)

尽快编制地方新闻史目录

——写在《日本情报中的近代中国报刊史料汇编》出版前夕

史料是历史研究的前提和基础。这一点在新闻史学界得到公认。地方新闻史也不例外。近二三十年，地方新闻史的研究方兴未艾，出版了不少各地新闻通史著作，发表的论文数以百计。在研究与出版的过程中，学者们普遍感到资料的匮乏。其中，许多城市的"家底"尚未盘清，各年份的报刊统计都非常不完整，新闻事业的概貌就非常笼统了。要收集史料，也缺乏具体的方向。这种状况就呼唤要编制各地地方新闻史目录。全国的新闻史目录工作起步较晚，基本上是解放以后开始的，20世纪八九十年代出成果。如《中国近代报刊名录》，所收我国自1822年起的报刊名录，已经很详细了，使用起来很方便，可惜只收集到1911年辛亥革命前。方汉奇先生主编的《中国新闻事业编年史》也可以看作是全国各地报刊的详细名录，十分难得和珍贵。各地开始编制新闻史名录始于各地所修新闻志。但遗憾的是很不完整，只整理了若干年代，并没有完整的目录（上海通志馆所修的新闻志，武汉、广州的新闻志整理得好一些）。其中的原因是多方面的，最主要的是各地缺乏修地方报刊目录的认识和意愿，当然资料缺乏、难度大也是一个原因。

六年前，一个偶然的机会，我们了解到解密的日本历史档案中有一批中国近代新闻事业的珍贵史料。于是我们就申请立项"日本情报中的近代中国报刊史料汇编"（以下简称《史料汇编》），开展研究。经过五年艰苦工作，现已完成，将由复旦大学出版社出版。通过对这批史料的翻译、整理、校勘、研究，我们感到编制各地地方新闻史目录是有希望的。

《史料汇编》转译自复旦大学日本情报史、宣传战研究专家许金生教授主编的《近代日本在华报刊通讯社调查史料集成》（日文影印版，线装书局2014年10月出版），经过翻译整理，并进行校勘而成。全书分成四大册，约180万字。

《史料集成》的资料源自日本外务省外交史料馆已解密之档案。中日甲午战争以后，为全面侵华宣传之需要，日本外务省开始调查中国各地报刊发行情况。1908年下令所有在华外交机构按照规定项目对中国报刊、外国在华报刊展开调查（以后又增加了通讯社及其驻华人员调查）。这是对华报刊普查的开始。第二年，即1909年外务省又下令每年调查一次，指定调查项目，规定报告格式、报告提交时间。这样，普查就变为定期调查。外务省收到报告后，当年或隔年汇编成册内部印发给相关部门。定期报告发行持续到1937年全面侵华战争爆发。除了定期普查报告外，还有一些专题报告，大都为七七事变前后，日本外交机构等为对华战事需要而作的调查，如《有关上海"小报"的调查》《有关七七事变后上海发行的左倾报纸等的调查》等。这些报告很详细，有史料价值，也就一并收入《史料汇编》。

史料整理的第一步是翻译，翻译是基础性工作。收集外文资料，这是一个绕不过去的坎。许多研究者只愿直接研究，不愿在翻译上花时间精力。这是不对的。科研是接力赛，先行者要为后来者创造条件，我们要发扬铺路石精神。《史料汇编》的翻译量之大出乎我们的预料，更大的困难是100多年前的日语与今天的日语已有差别，而且早期各地领事的原始报告基本上都是手写的，字迹潦草，难以辨认。翻译没有十二分的耐心和细致，就会发生差错。好在我们组织了几位精通日语的教授带领研究生团队，圆满完成了任务。

人们往往容易发生误解，以为资料翻译成中文就马上能成为可使用的史料。这是不对的。翻译稿还需要校勘，校勘是不能省却的第二步工作。不加校勘就出版的译本是不负责任的译本。校勘的任务是辨误，然后纠正或存疑（因缺乏依据而存疑，存疑也是一种发现）。日本情报总体上可信度高，但因各地情报人员进驻时间有长短，对当地报刊了解有深浅，加上对中国文化有隔膜，情报的准确程度是参差不齐的，不少地方有差错和偏误。差错是必须纠正的，不纠正就无法让研究者放心使用《史料汇编》。一动手校勘，便遇到不亚于翻译的困难。校勘的对象主要是报刊名、创刊年月、办报人、主笔、办报地点、刊期等这些基本要素。不将这些内容搞准确，就无法深入研究。可供校勘的依据大量的是中国新闻史现有史籍，包括报刊名录、编年史、地方志、资料集、图书馆藏报目录等。严格地讲，这些史籍属于间接证据。最直接的证据是当年的报刊实物和档案材料。由于年代久远，历经战乱，很多报刊也不易寻得。校勘者也没有精力去调查，只能用间接证据。校勘所耗费的精力、其间的艰辛，也是翻译所不能替代的。至于日人情报中的内容偏误，以及敌对立场的叙述，我们没有精力也没有必要去一一辨析纠正，这样一来可以保持情报原来面目，二来可以给研究者留下研究天地。我们认为，校勘中有琢磨研究的功夫，但不能代替研究。校勘只能提供研究的基础。

已翻译、整理、校勘而成的《史料汇编》，是一份难得的、全面的、珍贵的中国新闻史资料，有很大的研究利用价值，对各地新闻史（报刊史）研究尤其有用。

第一，《史料汇编》展现了近代我国主要城市近三十年间的报刊全貌，为准确撰写地方新闻史提供了条件。据统计，日本情报遍及从东北到华北、从华东到广东、从中部到西部的数十个大中小城市（有的甚至是乡镇）。具体到每一个城市，既有同年份报刊（通讯社）的全面统计，又可以看出不同年份的报刊沿革。对几个新闻中心城市北京、上海、天津、汉口、广州叙述尤其详细。现有的中国新闻通史，往往只有重大新闻事件概述的纵向串联，很少有同年份全国新闻界的俯瞰。现有的地方新闻史也往往只有重要报刊的阐述，较少顾及面上各类报刊的情况。如果不是关注到所在城市在特定年份经济、政治、文化发展的全部社会条件，不了解新闻界的全部和概貌，是很难准确叙述新闻事件和新闻人物、新闻史合乎情理的沿革的。正如唯物史观经典论述所说:"唯物史观是以一定历史时期的物质经济生活条件来说明一切历史事变和观念,一切政治、哲学和宗教的。"(恩格斯:《论住宅问题》,《马克思恩格斯选集》第 2 卷,第 537 页)

第二,《史料汇编》佐证了人所已知的报刊史料,补充了大量人所未知的报刊背景和珍贵史料,提出了许多值得研究的问题。一句话,可挖掘的"矿苗"很多。例如,1903 年日俄战争以后日本开始向中国新闻界渗透,用金钱收买报刊股权进行控制,或者直接在华办报。有许多知名的报纸背后都有日资的影子。过去只是猜测,现在日本情报证实了。这样的例子不是个别的。日本在华办报不断扩张。日文报纸实际上是在华出版最多的外文报纸。东北的一些城市,一个时期甚至只有日文报刊,而无中文报刊。又如,1916—1919 年,广州的新办报刊达到一个高潮,但寿命都很短,其背后的原因值得研究。再如,20 世纪 20 年代至 1930 年蒋冯大战前,武汉的新闻界也很活跃。南京不能控制,桂系也十分强势。当地各种报刊时创时灭时更名,变动频繁,也值得研究。再如,日本情报对新闻通讯社在中国的出现、兴起十分关注,有详细的统计。这恰恰是以往新闻史所忽视的。《史料汇编》提供的历史线索千头万绪。后来研究者只要牵住线头,一定能展开新的研究领域。这正是我们所希望的。

第三,《史料汇编》大大补充了在华外文报刊和外国通讯社的基本情况,弥补了中国新闻史的短板。如东北各城市是日文报刊和俄文报刊争夺的要地,情报不仅自我介绍日文报刊布点的情况,而且也详细介绍俄文报刊的情况。后来东北形成了日南俄北的态势,俄文报刊在哈尔滨占据优势,而日文报刊以奉天(沈阳)为中心,分布到小城市甚至边境、乡镇。有些地方过去我们从未关注过,甚至连地名都未听说过,如局子街、龙井村、百草沟、间岛、新民府等。又如,对各国通讯社驻华机构的调查也细致入微。各国通讯员名单、重要通讯员履历、动向都很具体。再如,对德国在山东、青岛、天津的报纸也有详细调查。

今年下半年,《史料汇编》将面世。相信届时将给同道带来许多惊喜。期待各位批评指正。

事实上，日本外务省史料馆所藏远不止上述资料，近期又发现三种史料。一是定期调查的原始报告。1909年定期调查启动。在1909年以前，即有1908年的原始报告。原始报告的内容和篇幅远比定期统计丰富、详细。如北京，1908年的原始报告有几页之多，对《政治官报》《商务官报》《顺天时报》《北京日报》《北京大同日报》《中央日报》《还报》，英文《北京日报》，白话报纸《爱国报》《进化报》《京都日报》《京话实报》《京话北京时报》《女报》等都有较详介绍。除北京外，天津、上海、杭州、汉口、重庆、成都、福州、厦门、长沙、广州、汕头、辽阳、哈尔滨、长春、牛庄、齐齐哈尔等城市的领事都有较详细的报告。二是应外务省的要求，各地领馆所作的临时调查报告。这部分数量更大。据不完全统计，原始档案有可阅读的照片2000张左右，样报85种。翻译成中文至少也在100万字上下。但这部分原始照片的翻译难度更大，基本上是当时领事的手写报告。书写不规范，风格因人而异，有的十分潦草，辨认难度很大。临时报告多为因外务省要求，当地领事所作针对性调查后的报告。根据试译部分看，内容极其丰富，很有史料价值。有的是中国发生政治变动后的报界概况，如1917年北京张勋兵变后，日本公使林权助报告的"政变前后北京中国报界情况"。其中大量的是报纸创办的背景情报，如上海于右任在《民呼日报》被封之后，又于1909年10月3日创办《民吁日报》，日本上海总领事代理松冈洋右便有专门报告，称该报"由速成留学生创办"，有"揣摩臆测日本政策，好指出缺点，自身不慎重"的评价。还有的临时报告侦察其他国家在华办报动向。如济南总领事森安三郎向外务省报告了美国人收购了《山东日报》，打算发行《大民主报》的计划。三是除了外务省之外，日本在华商务机构、民间团体，出自各自的目的、动机，也收集了大量的中国报刊、通讯社的信息。现已知的有满洲铁道株式会社、东亚同文书院、台湾总督府、兴亚院、日系报社等单位。满铁、东亚同文书院都是搞情报的老手，他们的调查报告和外务省的报告互相印证，互为补充。报告有

《满洲的言论机关现状》《中国报纸发展小史》《以上海为中心的报纸、杂志及通讯机关》等多种。

  概言之，日本的档案资料是个"富矿"，可供我们继续发掘。《史料汇编》的续编我们已经在申请立项，等待批准。对待日本的解密档案一定要摒除敌人资料不敢用、不能用的观念。当年日本对我国主要城市的报刊、通讯社长期跟踪调查，完全是为日本侵华战争做准备的。没有哪一个国家会对邻国的新闻事业这么上心。在今天看来，日本人客观上为我们新闻史研究做了一件"大好事"。在战难频仍、四分五裂的旧中国，我们自己对新闻事业的统计少得可怜，是敌人帮我们做了这件事。日本人的情报是当年的即时记载，在间接史料中价值很高。而日本政府对情报的严格要求，恰恰增强了史料的真实可信度。史料是客观事实的反映，并没有政治性、阶级性。敌人的情报也可以为我所用。当然，我们不会偏听偏信，还需要求证、去错、去误，方可使用；对他们观察事物的立场、角度，他们的评价，也要有清醒的认识，不能拿来就用。

  有了这本《史料汇编》的基础，我以为可以结合其他材料，建立起主要城市的报刊史目录的框架，至少是新中国成立前三十年的目录。然后将不断发掘出来的史料充实到框架中去。经过若干年积累，一定可以使地方新闻史目录更加丰满，为后续研究创造条件。这样的工作可能不会有眼前急就的成果，但是可以传世的。

  （本文为 2021 年 6 月 19 日在沈阳举行的中国新闻史学会地方新闻史专业委员会第三届年会上的主题报告）

关于各省市编修地方新闻志（报刊志）的一点浅见

古人说：盛世修史。我国历来有修史志的传统。这是中华民族五千年历史文化传统为什么能延绵不断的重要原因，是值得自豪的世界瑰宝。作为历史学者，这是我们治学的幸运之处。20世纪80年代中期，"文革"动乱结束，改革开放开始。修地方史志的工作提到议事日程上，1983年全国和各地都纷纷成立方志机构，开始新中国成立以后第二轮地方史志的编修工作。地方新闻志（或报刊志）的编修也随之展开。从20世纪80年代后期开始，到21世纪第一个十年大体告一段落。共修了几十部（在全国8 000多部地方志中仅是微小部分），最早出版的是《湖北省志·新闻出版》（1991年6月），最晚的是《江西省志新闻志》（2011年5月）。前后跨二十多年。

这一轮地方新闻志（报刊志）的出版，具有划时代的意义。由于近代新闻事业（包括报刊、通讯社、广播、电视）在中国土地上诞生仅一百多年（如果从1822年澳门出版的《蜜蜂华报》起算的话），是社会发展的一个新生事物。以往的地方志还未来得及将新闻事业归纳为一支专志，而这一轮普遍地将其作为专志来修。各地在修新闻志的时候，必定要追溯本地新闻事业（首先是报刊）的起源。尽管追溯有极大的困难，由于报刊是即时出版的易碎品，现在很难找到最早出版的报刊原物，但各地修志机构毕竟作了考证，力所能及地作了结论。结果，各地新闻志首先成了新闻史（报刊史）的忠实记录。我在阅读各地新闻志的时候，不仅仔细读了"概述"和主要报刊的条目，还饶有兴趣地关注有些省市新闻志所作的"报刊一览""名录"（有的叫

"情况表"），因为那里隐含着我们过去所未知的大量信息，使我们看到当地新闻事业发展的概况，纠正着我们过去形成的错误印象。所以，这一轮的新闻志（报刊志）是开创性的里程碑。

由于历史和环境的原因，参加修第一批新闻志（报刊志）的都不是专业的方志编撰者，多数是在新闻战线工作多年的老同志，也有少数大专院校新闻系的教师。他们参加修志从某种程度上可以说是探索和再学习。有的因此成了新闻史专家，出了专著。在他们手中，完成了新闻志的编修工作。许多人默默无闻而退休，有一些老同志已去世。我们今天研究新闻史，无论如何不要忘记他们的开创性功绩。

毋庸讳言，这一轮新闻志（报刊志）的编修也存在不少问题，值得重视，以利于下一轮编修时改进。这里根据我粗略的翻阅，提出几点供商榷：

1. 修志和撰史有区别。修志的功能更侧重于保存史料，撰史则要理清历史脉络。古人说："当代修志，隔代修史。"这一轮修编新闻志对保存史料强调不够，因此从已出版的各地新闻志看，对新闻志的功能认识比较清楚的、工作认真仔细的，在史料上下了功夫；反之，则比较马虎。例如《浙江省新闻志》是修得最好的。该省从1995年动手到2007年出版，用了12年，成稿160万字，使用史料近千万字。该志附录的"清及民国时期（1897—1949）杭州地区报纸一览""建国前浙江民办通讯社名录"等极具史料价值，该志第十编"人物"收录了近现代新闻史上近500位人物（浙江籍）。而多数省份的新闻志对保存史料注意不够。须知这是历史上第一次修新闻志，跨百余年的新闻史料第一次纳入其中，如果忽视，今后就没有机会了。新闻史料的收集比其他领域要难，许多报刊已湮没，当事人都已辞世。但无论如何要想尽办法挖掘和保存，这是对历史、后代负责。

2. 受"左"的思想影响，真实、客观的原则没有得到全部体现。以往修史志有一些认识误区，不符合真实、客观的要求，例如不讲时间条件地强调"厚今薄古""以我为主"。这些片面错误的认识，在这一轮所修的新闻志中也有体现。例如，中华人民共和国成立前后内容篇幅的比例，按"厚今薄古"原则处理。据不完全统计，一般省份是 1∶2，过分的还有 1∶3，甚至 1∶4。"当代修志"，当代内容多一些，是可以理解的。但正如前文所述，此次是第一次修新闻志，各省市都要从报刊诞生写起，历史跨度大。一旦"薄古"，就不会去更多地着力收集并保存史料了。错过这一次修志，今后的机会更少。"以我为主"，在当代以共产党机关报等党报党刊为主，是不错的。可是在特定的历史时期，并不都是党的报刊唱主角的，如果强调"以我为主"，就不符合历史真实情况了。认识有"误区"，"左"的倾向不清除，会遮蔽我们的视野，影响新闻志的质量。

3. 修志工作人员没经过专业训练，分类原则各省市很不统一。志该怎么修？本身就有很多规矩，加之新闻志又是新修，无既定规矩可循。这就需要全国各省市地方志部门加强交流，逐步统一认识。但这方面的工作做得不够，造成现在我们看到的各地新闻志，分类、体例五花八门。早修成的显得粗糙、简单，如 1991 年就出版的《湖北省志·新闻出版》，晚修的就比较成熟、周全。

修志是一项世代工程，不能停。期望新一轮新闻志（报刊志）早日开始编修。

（本文为 2021 年 6 月 19 日在中国新闻史学会地方史分会第三届年会暨"开掘史料、理论阐释与中国共产党百年新闻传播史研究"学术研讨会上的发言）

一个不能忘却的历史人物——史量才

今年是史量才谢世80周年。史量才是中国近代史，尤其是上海近代史、中国新闻史上的重要人物。对他最好的纪念，就是回顾他的一生，总结他一生不断奋斗、不断进步的规律，作为文化成果以示后人。

一、从一个激进青年到坚定的爱国者

青年时代，史量才就是一个忧国忧民的爱国者。如何改变中国积贫积弱的现状，一直是他心头不能放下的问题。他信"教育救国"，办过蚕桑学校；他关心时政，又入报馆做事，为民请命。在清末各次风潮中结识了上海、江浙地方著名士绅张謇等人。

如果说，清末民初史量才还只是一个激进的爱国青年的话，那么到1932年淞沪抗战前后，他就是一个坚定的爱国者。他坚决主张抵抗侵略我国领土的日本帝国主义，反对国民党政府的妥协政策。他参与了上海地方支持十九路军抗战的行动，以地方维持会会长的身份活跃于社会各界。他又责难国民党所谓"国难会议"，决定在《申报》刊登宋庆龄关于时局的言论，暗中支持"民权保障同盟"。爱国和进步往往是孪生兄弟。爱国的情绪促使史量才走向进步，和社会进步合流，爱国的立场就更加坚定。

二、从一个新闻从业者到成功的报业资本家

在时报馆任职时，史量才不过是一个普通的记者，写报道，组织活动。接办《申报》以后，便开始了他的创业生涯。他没有经验，办报也是边干边学习的。短短十多年，他度过了资金不足、诉讼失败等十分艰难的日子。他在发行、广告、地产、资本运作等方面所闯出的道路，完全成为中国民营报业企业化成功的典范，而为报界所仿效。自办发行、分类广告，这些今天看起来习以为常的做法，在当时都是创新。建造宏伟的申报大厦，购置高速轮转机，广购地产，在20世纪20年代的上海，都是令人咋舌的宏伟之举。至于暗中运作资本，收购《新闻报》股权，更是连外国人都不得不俯首的大手笔，弄得国民党政府大为紧张，以"反托拉斯"为名出面干涉。史量才成功经营《申报》，早在几十年前就提供了报业市场运作的经验。

三、从一个普通文人到地方实力派代表人物

史量才生于江宁，长于江南小镇泗泾，在杭州蚕学馆接受了新式学堂教育。23岁负笈上海时还是一名贫困的青年教师，穿梭任教于几个学校。由于他好交友，精明能干，入报馆，参与公益活动，结交了一批朋友。这些朋友在上海光复后都是地方上的头面人物。这为他日后的事业发展打下了社会基础。

史量才入主《申报》以后埋头苦干，不事张扬，善于用人理财。不几年，就将《申报》带出困境，走上良性发展的道路。《申报》创刊很早，可是办了40年未有大的发展，只是到了史量才手里，才发展成为旧中国发行量最大、实力最雄厚的报纸。

史量才的社会名声随《申报》兴旺而增长。《申报》的发展使史

量才成为上海地方上不容小觑的实力派人物,使他在舆论界更有发言权、影响力。尽管从总体上说《申报》在政治上谨慎保守,但对于国内外大事、上海的新闻,《申报》无所不报,以至于史学家视《申报》为治中国近代史的必读文献。《申报》的言论多数时间虽然不痛不痒,但无所不论,使人不敢忽视。《申报》实业的发展也使史量才成为实业界、银行界的实力派人物。20世纪30年代初《申报》办了许多文化事业如年鉴、月刊、流通图书馆等,使史量才结交了许多文化界朋友,在文化界影响大增。史量才成为地方实力派的标志性事件是在一·二八淞沪抗战中的表现。他任会长的地方维持会做了大量捐款捐物、组织医护人员上前线的工作,起到了国民党地方政府不能起的作用。《申报》俨然成为发布战时新闻、组织社会活动的权威机构。事后,国民党不得不任命他为地方参议会议长。

史量才不幸遇刺逝世,始终是一个充满猜疑的历史事件。史量才对蒋介石说的忌讳的话,被许多人指为使蒋动了杀机的触因。实际上,真实的历史总是要比我们想象的复杂得多。历史的偶然性往往存在于必然性之中。《申报》发了多少让蒋介石、国民党不愉快的言论、史量才讲了哪些令蒋介石不快的话,其实都不重要。真正让国民党、蒋介石感到威胁的是《申报》和史量才实力的增长,构成了对他们的挑战。软硬兼施都不奏效,蒋介石不能失去对上海的控制,于是就采用最极端的方式——消灭肉体来根除威胁,同时也是对其他反对力量的警告。

(本文为2014年11月在"媒体·报人·社会责任——纪念史量才遇害八十周年"学术研讨会上的发言)

《申报》和史量才"左转"的原因*

一张循着旧轨道走了几十年的报纸，"九一八"以后一反常态，表现得比较激进，绝不是没有原因的。

恩格斯教导说："一切社会变迁和政治变革的终极原因，不应当在人们的头脑中，在人们对永恒的真理和正义的日益增进的认识中去寻找，而应当在生产方式和交换方式的变更中去寻找，不应当在有关的时代的哲学中去寻找，而应当在有关的时代的经济学中去寻找。"①

根据这一普遍原则，我们不妨作一些探讨。

第一，《申报》取积极抗日的态度，与其所代表的民族资产阶级的经济地位变化，有着密切的关系。"九一八"前后帝国主义，特别是日本帝国主义加紧对中国的掠夺，同民族资本主义的发展发生了尖锐的冲突。

"九一八"之前，资本主义世界爆发了历史上空前的经济危机。为了摆脱危机，寻找出路，各帝国主义加紧了对半殖民地中国的经济掠夺。这种经济掠夺主要通过向中国市场倾销剩余商品、加快资本输出和进一步控制中国金融市场等方式来实现。

据统计，中国的对外贸易，1928年以前，每年入超平均在3亿元

---

* 作者按：1931年"九一八"事变之后，《申报》和史量才一改过去几十年谨慎的态度，转向积极介入现实政治，主张抗日，反对妥协；主张民主，反对专制。这种政治上转向进步（不少文章中都称之为"左转"）的表现，必有其内在的原因。32年前，我在硕士论文《论史量才经营后期的〈申报〉》中探讨了这一现象。翻拣旧箧，检阅后觉得当时的分析尚可用，遂重印此文第三章，奉给史量才逝世80周年学术研讨会，以求教于同行。

以内。到1931年，竟猛增至8.16亿元②。外国在中国的投资，也由1914年的16.1亿余美元，增至1931年的32.4亿余美元③。外国银行在中国金融市场上一向占据着垄断地位。1931年，光是英国汇丰银行一家的公积金，就等于26家资本百万以上的中国银行公积金之三倍半④。为了转嫁危机，外国银行提高银价，收购白银，使得中国市场上白银大量外流，金融紧缩、利率高涨、物价暴跌，中国银行、钱庄纷纷倒闭。

商品倾销、资本输出、控制金融，就像三根绳索紧紧地套在中国民族资本的头上。

在这种经济掠夺中，日本帝国主义走在最前面。"九一八"前夜，日本已跃居中国对外进出口贸易额首位，占进口的21.55%和出口的31.89%。日本对华投资也跃居外国资本对华输出的首位，达14.1亿多美元⑤。

帝国主义转嫁经济危机，使软弱的中国民族资本蒙受打击。1931年新建的厂家连1929年的一半还不到，资本额更是只及1929年的五分之一⑥。这说明民族资本在萎缩。

对于帝国主义的掠夺和压迫，《申报》一直有强烈的反应。从1929年起，它一再呼吁保护民族工商业，抵制外国资本侵入。它的言论中经常把资本主义比作肺病转入第三期，称经济危机为不可挽救的痼疾。这并非说明《申报》对资本主义社会有什么马克思主义的认识，而是说明民族资产阶级从身受其害的境遇中，意识到世界资本主义日暮途穷。《申报》具体建议全国结成经济战新阵线来对付帝国主义的掠夺。它的主要主张是："第一，全民族应充分发挥爱护民族精神，以提倡国货，防御其倾销政策，并持之以恒，执之以坚；第二，我政府于民族工业应加以提倡爱护，尤应减轻税率，以减轻国货产品之成本；第三，在交通上应充分予以便利，减轻其运费；第四，国产工业应勿作自我之竞争，而集中全力以一致对外；第五，金融家应着眼于整个民族之利益，投资于工业，以培植民族工业之基础；第六，海关应提高税率，以防止外货之倾销。"⑦这六条，围绕一个中心，就是期望政府和社会共同筑起营垒来对付帝国主义的商品倾销和资本侵入。这就说明，由于帝国主义和民族资本主义的矛盾，民族资产阶级报业参加反帝斗争，有着经济的潜动力。

从特定的历史条件来看，日本帝国主义发动"九一八"事变，将战争强加到中国人民的头上，威胁着中华民族的生存，也威胁着民族资产阶级的利益。如果说"九一八"日本帝国主义占据东北，对南方资产阶级影响还不大的话，那么，"一·二八"事变则是将生死抉择直接推到江浙民族资产阶级面前。上海一旦沦入敌手，其后果是可以想象的。《申报》是一家与江浙金融资产阶级关系密切的大报（这一点将在下面谈）。在日军炮火的威胁下，它更多地考虑金融业和自身发展的利益。在前线酣战的时候，它曾为读者这样解释淞沪战争发生的原因："此次日军犯沪，目的即在破坏上海之金融重心，以实现其侵略政策。彼盖深知我旧历年关，为各业结束之期。无论胜负，一经搅乱则人心必慌，慌则提存挤现，一齐拥起，金融即可破产，上海金融一倒，则沿沪杭京沪之金融，一齐牵动。其用意比侵占东北三省土地更为阴险，为祸亦更巨大。"⑧其实日军侵略上海的目的，不在上海金融，而在威胁南京，确保东北。俗话说："仁者见仁，智者见智。"《申报》眼里是金融利益。这说明民族资产阶级是从他们的经济利益出发，来观察、分析日军入侵上海的，也正是从这一点出发，决定他们的对日态度。《申报》和史量才在淞沪抗战中，积极效力于维持地方秩序，保护金融，稳定物价，除了爱国主义的因素而外，根本原因就在这里。

《申报》积极抗日，还有其特殊因素。它长期托庇于上海租界而获得发展。上海公共租界主要是由英美帝国主义控制的。为了立足，《申报》一般不愿意得罪英、美，而对日本帝国主义顾虑较少。在《申报》的历史上，曾积极支持过五四运动中学生反对日本支持的皖系政府卖国行动⑨。可是在五卅运动中，《申报》却公然刊登英美帝国主义的谣言传单"诚言"，与群众运动唱反调⑩。两种表现，迥然相异，何以至此？利害关系不一样。五四运动中《申报》反日不受干涉,五卅运动中却直接受到租界当局的压力。为了自身的利益,《申报》宁可冒着失掉读者、销路大跌的风险,也不愿和租界当局交恶。可见《申报》抗日是有着它的历史传统的,但是它的反帝斗争,也有着局限性。

第二,《申报》对国民党内外政策的批判和抨击,反映了民族资本主义和正在发展过程中的官僚资本主义有着不可调和的矛盾。

1927年民族资产阶级追随大资产阶级叛变革命的时候,把国民党蒋介石当作他们的政治代表。他们期望国民党政府能给他们创造资本主义自由发展的蓬莱仙境。

但是,结果和愿望相反。国民党新军阀给民族资本带来的首先是人祸天灾。从1929年年初的蒋桂战争开始,到1930年旷时三个月、连绵八百里的蒋冯阎中原大战,严重破坏了中国农村经济,民族资本主义工商业的经济基础受到莫大威胁。1929年至1931年,我国遇到历史上空前的水灾和旱灾。国民党政府忙于内战,不顾救灾,使得灾情越发加重。据很不完全的统计,灾民之众,不下1亿,灾区之广,遍及江苏、浙江、湖南、湖北、四川等十六七个省[11]。

人祸临罹,天灾横虐,民族资本岌岌可危。

国民党上台后,还给民族资本带来了官僚资本的倾轧和压迫。以蒋、宋、孔、陈四大家族为代表的官僚资本主义从1927年到1937年正是出现和形成的时期。"四大家族的官僚资本不是在生产发展的基础上的基本积累和集中,而是利用政治特权以发行公债等方式建立起垄断化的金融机构,然后通过银行投资把它的势力伸入产业部门,使金融资本结合产业资本而成为中国式的独占资本——官僚资本主义。"[12]因此,在官僚资本的吞并面前,民族资本的金融业是首当其冲的。"九一八"前后,官资的金融网已初具规模。四大家族诞生了。垄断国库整理、货币发行等特权的中央银行,又以官股渗入、加股并吞的方式,控制了北洋军阀时代遗留下来的实力雄厚的两家大银行——中国银行和交通银行,成立了邮政储金汇业总局。这样,被人们称之为官僚资本主义的金融体系的四行二局已六成其四[13]。民族资本的金融业，受到越来越严重的挤压。

《申报》同民族资本的中南银行（被称为著名的北四行中的一家）有密切的利害关系。中南银行的创办，就是史量才和南洋华侨、巨商黄奕住合作进行的[14]。史量才任中南银行董事会常务董事，虽然不参加银行具体营业事务，但有相当的监察职权[15]。《申报》在1921年以后，所以能迅速获得发展，很大程度上是借助中南银行，得力于资金周转灵活。旧中国办报纸，一靠广告，二靠纸张。招揽广告，取决于报纸质量和发行数量；而储备纸张，则取决于有雄厚的资金。有时，储备纸张不仅能应付印报，还能获得厚利[16]。申报的用纸多数靠从外国进口，如果没有充足的储备，是很危险的。由于史量才和中南银行的特殊关系，以及《申报》长期以来的社会信誉，使得《申报》能够方便地利用中南银行的资金借贷，储存用纸，在同其他报纸的竞争中立于不败之地。因此，国民党蒋介石涉足金融业，不仅危及中南银行，而且也威胁《申报》的生命线。这种经济利益的冲突，必然要影响到《申报》的政治态度。

第三，更加直接的原因是，1928年以后《申报》继续发展事业的要求，同国民党逐步建立法西斯新闻统制产生直接的利害冲突。

1926年大革命的浪潮冲垮了旧军阀对新闻界的控制。国民党新军阀上台之初，忙于内战，无暇顾及报界，也没有能力一下子建立起法西斯宣传网。国内报业一度获得了短时期的发展机会。《申报》的日销量就在此时达到近15万份的历史最高水平[17]。这使史量才和其他一些人对《申报》的发展前途产生了美好的憧憬。1928年11月19日《申报》发行第二万号。在隆重的纪念特刊上，史量才亲自撰写文章，抒发他发展报业的美好理想。他在文末深深地祝愿《申报》"自今以往以一万号为小康世充分之记载，以一万号从事于大同世之新编"，并作歌词曰："消灭战争兮障碍空，努力生产兮重农工，地无弃兮民不穷，人无废才兮治道隆，统一文化兮声气通，精神物质兮合西东，破除国界兮天下公，息争兴让兮太古风，公身公利兮乐大同，乐无极兮愿有终，《申报》四万号兮庆成功。"言论素来谨慎的史量才，这时竟乐陶陶地作起歌来，幻想在《申报》四万号纪念时实现没有战争、实业兴盛、国强民富、文化统一的太平盛世。可见他当时不仅对国民党新军阀的本质缺乏认识，而且对民营新闻事业终将遭到国民党的压制、摧残，也缺乏足够的思想准备。

不久，正当他雄心勃勃实施发展报业的计划时，遭到国民党沉重的打击。

这就是1929年1月发生的轰动一时的新闻托拉斯事件。

在报业托拉斯化的世界潮流的推动下，以及报社内一些留美人员的影响下，史量才早就有组织报业托拉斯的雄心宏图[18]。恰巧当时《新闻报》的主要股东福开森急于出售他在该报的股权[19]。无论从免去《申》《新》两报竞争所需花费的代价来考虑，还是从获取报界垄断地位来考虑，对史量才来说，这都是一个千载难逢的好机会。于是史量才很快通过董显光[20]与福开森谈判成功，并于1929年1月办理了交割手续。

不料，这引出了一场斗争。《新闻报》经理汪伯奇等人发动了收回股权、反对组织托拉斯的运动。他们一方面在《新闻报》上发动历时二十多天的宣传攻势，又是声明，又是声援电，连篇累牍，不惜篇幅；一面又组织临时股东会，筹划收回史量才购去的股份，并授意组织职工联合会，在报社内抵制史量才派人来接受[21]。

汪伯奇等人明明无力购买福开森出售的全部股份，何以又有这样大的魄力发难？这是因为，在后台支持的是国民党当局。史量才发展报业计划的真正反对者是国民党。在事件公开爆发的第二天，国民党以上海特别市指导委员会的名义在报上公开致函《新闻报》，指出福开森的大批股票是"为反动分子齐燮元、顾维钧、梁士诒等等羽党所收买"，警告《新闻报》"仰于函到二星期内将该项落于反动分子手中之股票悉数收回，并将经过情形详细具复，若故意违抗，本会自有严厉处置"[22]。此函名义上写给《新闻报》，其实是对《申报》和史量才的警告，为反动分子收买云云，不过是压《申报》和史量才就范的一种借口，一顶帽子。这封函给《新闻报》的宣传攻势定了基调，为收回股权运动壮了声气。与此同时，隶属国民党宣传部的正式党报上海《民国日报》及其副刊《觉悟》也配合《新闻报》进行反对《申报》和史量才的宣传，鼓吹要"用处理逆产（当时称旧军阀遗留下的产业）的方法来处置军阀在《新闻报》方面的股本"[23]，连远在南京的国民党中央某要人和中央宣传部也表示对此事深切注意，"遇必要时中央将予以相当处置"[24]。

国民党如此关切并着意破坏史量才收买《新闻报》不是偶然的。这个时期正是它开始建立法西斯新闻统制的时候。靠窃取革命果实上台的国民党新军阀，比北洋军阀更加懂得控制舆论的重要性，它的一些重要宣传骨干叶楚伧、陈布雷、潘公展等人也有着制造舆论的丰富经验[25]。从1927年冬天开始，国民党一方面创设中央通讯社、《中央日报》、中央广播电台以及多如牛毛的各地党报[26]，建立了由它控制的庞大的宣传网；另一方面又通过强制检查和建立新闻法制的手段，来限制、打击、控制党外民营新闻事业[27]。但在上海却是个例外。由于租界的特殊环境和历史的原因，国民党控制的新闻工具，一下子无法与资金雄厚、历史悠久的《申报》《新闻报》等几家大报匹敌，真正在上海有影响力的是《申》《新》等报。这种情况对国民党来说无论如何是不能长期容忍的，是一定要改变的。史量才买进《新闻报》股权，更加刺激了国民党。谁都清楚，一家《申报》尚难控制，两家中国销量最大的报纸落到一个资本家手里，将在舆论界有多大的威慑力量。难怪国民党要跳出来激烈反对。破坏史量才收购《新闻报》和筹组托拉斯，实际上是国民党加强法西斯新闻统制的一个重要步骤。

由于国民党的破坏和汪伯奇等人的反对，史量才的计划失败。这个事件对《申报》和史量才来说，是一帖难得的清醒剂。它清楚地表明：国民党究竟能不能代表民族资产阶级报业的利益？在国民党统治下，民族资产阶级报业究竟有多大"自由"发展的天地？

这个事件，仅仅是一次较大的冲突。在"九一八"前后几年里，《申报》同国民党之间控制和反控制的斗争是一直在不断进行的。

1927年以后，国民党当局为控制《申》《新》二报，除了强制检查新闻外,还要派人进驻二报。《新闻报》接受了国民党的派员,将其置居闲职,而《申报》则坚决拒绝了国民党的无理要求㉘。

1928年11月,为发展报业的利益需要,史量才主持的上海日报公会对国民党政府交通会议提出优待报界案,要求在邮政上降低报纸发行所收的费用。这个提案为国民党交通部长王伯群断然拒绝。于是《申报》上展开了反对政府决定的宣传,揭载王伯群对记者蛮横谈话的全部记录,刊登日报公会对此的声明㉙。

1931年12月10日,上海《申报》《新闻报》等因支持学生抗日请愿活动,详细揭露了国民党市公安局绑架学生请愿代表的真相,被市党部全部扣留,不准发行。史量才主持的上海日报公会当即举行紧急会议,派代表向市党部抗议,并发表宣言,公开宣布"决定即日起,绝对不受任何检查,绝对不受任何干涉"㉚。这是以《申报》为代表的上海报界对国民党的言论检查所做的一次公开斗争。《申报》还发表时评指出:"言论者,人心向背之索引,亦即人们公意之显露,如其激而为时代之潮,则澎湃奔放莫之能遏。历来中外各代所兴之文字狱,其效力究如何,往事俱在,吾人今日固不妨回头看一看。"㉛这分明是警告国民党不可压迫舆论,表现了《申报》挣脱国民党的羁绊,争取言论自由的决心。

人们往往通过切身利害关系来认识现实政治。报纸的政治态度也往往和捍卫言论自由、争取自身发展的斗争有着密切关系。从新闻托拉斯事件,到各大报被扣,使《申报》和史量才切身体会到国民党的控制是言论自由和发展报业的障碍。这也促成《申报》在政治上越来越和国民党蒋介石离心离德。

第四,民众抗日运动的裹挟以及进步人士的影响,也是《申报》进步的重要原因。

外来民族的侵略,是最能唤起各个阶级、各种政治态度的人们,在爱国主义的基础上共同起来抗击外侮的。"九一八"以后,以共产党和工农群众为主体的抗日民众运动,风起云涌,一浪高过一浪。除去亲日反对分子以外,全国人民都卷进了这一抗日爱国热潮。坚决抗

《申报》和史量才"左转"的原因

日,反对妥协投降,是全国一致的舆论。特别到了淞沪战争的时候,民众的爱国热情更是高涨到了极点。这是一股历史的潮流,顺之者昌,逆之者亡。

面对民众抗日高潮,《申报》和史量才只能有两种抉择:要么因循守旧,对民族的危机、国民党的腐败卖国熟视无睹,对民众的呼声置若罔闻,其结果只能是《申报》失去读者,堕落下去;要么顺应潮流,迅速转变,弃旧图新,当然这也有不少风险。

由于《申报》和史量才同帝国主义(特别是日本帝国主义)有矛盾,同蒋介石国民党有裂痕,这就决定《申报》不可能和国民党同流合污,更不可能倒向日本帝国主义。《申报》顺应潮流,投入抗日民众运动,是有一定基础的。

同时,《申报》出于本身的利益考虑,也不能不走这一条路,商办报业总是把赢利看得比什么都重要。史量才等人办报多年,当然深深懂得,社会舆论决定着报纸的盛衰与兴亡。违背社会舆论,违背民众意志,报纸一天也办不下去。即使形式上维持着,也不可能有多少读者。正如《申报》在60周年改革宣言中所说:"报纸亦无异于社会一架放音机,传达公正舆论,诉说民众痛苦,也正是报纸所应切实负荷的使命。"即是不敢违背民意的表示。

因此,抗日民主的群众运动是《申报》政治进步的强大推动力。

马克思认为,在肯定历史必然性的同时,<u>丝毫不应当忘记个人在历史上的作用</u>。除了经济的、阶级的、社会的原因以外,《申报》的进步与其主持人史量才也有莫大的联系。而史量才的进步又受到一些进步人士的很大影响,其中著名的有陶行知、黄炎培、戈公振。

陶行知是伟大的人民教育家。1930年,他因为在所办的晓庄师范里容纳了共产党员,遭到国民党通缉,四处逃亡。1931年春,他由日本潜回上海,从此同《申报》史量才发生密切联系。陶行知搞科学下嫁运动(是一种平民教育,向民众普及科学知识)。史量才支持他创办"自然学园""儿童通信学校",出版"儿童科学丛书"[②]。另一方面,陶也为改进申报出谋划策,史聘请陶为申报总管理处顾问,但陶不列入职员名单，外界知陶的不多，陶每周必有一二次秘密到史量才的住宅，商谈革新计划[33]。

陶行知对《申报》的贡献和影响主要有两个方面。一是打破了《申报》言论不触及时弊的保守态度，以激烈的抗日反蒋情绪影响了《申报》舆论。1931年9月2日起，陶行知在《申报》副刊《自由谈》专辟一个名为"不除庭草斋夫谈荟"的专栏。公开宣布这个专栏就是要"不除庭草留生意"，让一些喜欢除草的人不高兴。这隐晦地鞭挞了国民党独裁、扼杀生机，表达了向国民党抗争言论自由的决心。果然，这个专栏的文章以白话小品的形式，辛辣、幽默、通俗地讽刺、抨击了蒋介石的不抵抗主义，发出要抗日，要民主的呼声[34]。这些文章紧密联系政治，冲破了《申报》言论的陈规。虽然出现在副刊，其影响不亚于时评。后来，《申报》的时评受此影响，大放光彩。陶行知还帮助撰写申报重要言论。淞沪战争爆发初，从1月29日至31日申报连发表三篇时评，调子是不一样的。第三篇署名"斋"，即陶行知所写，抗战态度最坚决，对时局的意见也最具体。这说明陶行知对关键时刻的时评非常关注，是积极出了主意的，而决策人史量才也采纳了他的意见，并让他亲自撰写。由此可见陶行知在《申报》的地位，陶是史的高级谋士和重要言论撰写人。

二是陶行知为《申报》开创了联系读者群众的好风气。1931年9月1日，《申报》历史上第一次创设"申报读者通讯"。这个主意就是陶行知出的[35]。"通讯"的简章表示，要"根据服务社会的精神"，作读者的顾问，并以求学、职业、婚姻三项为讨论内容。[36]这个通讯栏是专为下层青年办的。以后，根据读者的要求，"读者通讯"栏又扩大讨论政治，如何抗日救国[37]，发表了许多尖锐激烈的来信。这个"通讯"变成了进步的青年读者呼吁抗日民主的窗口，同时也成为《申报》时评的补充。许多时评不宜讲的话都在"通讯"上发表了。"通讯"受到下层青年的广泛欢迎。在1931年年底前短短四个月中，"读者通讯"栏收到1 459封来信，平均每月364封，最多了一天收到48封[38]。这在当时已是一个可观的数字了。"读者通讯"栏的创设，对

《申报》的进步具有重要意义。《申报》一向以社会上层和知识界的读者为发行对象,自命高雅。"通讯"的设立,使得这家资产阶级的报纸,走上了面向群众、联系群众的坦途,使得《申报》从群众抗日运动中吸取营养,获得力量。后来的《申报》流通图书馆、《申报》业余补习学校等都是以此为起点的。陶行知对史量才的影响,实际上代表着进步的民主派对民族资产阶级报业的影响。陶行知一生的最后十年,"一直跟着毛泽东同志为代表的党的正确路线走,是一个无保留追随党的党外布尔什维克"[39]。"九一八"前后虽然他还没有完全摒弃改良主义思想,但是有着这个进步趋向的。他怀着强烈的抗日反蒋情绪。他的立场是坚定的。他长期在社会下层进行"平民教育",因而更接近人民大众的立场。他还同一些共产党员保持着联系。在30年代的民主力量中,他是比较激进的一员。史量才接受陶行知的一些主张建议,说明他一方面从报纸的销路出发,通过陶联系进步的民主力量,另一个方面也说明他的爱国主义倾向与陶行知有共通之处。而史量才正是在同进步民主派的联系中,受到他们的推动,才不断取得进步的。

黄炎培是著名的民主人士、职业教育家。他是史量才的挚友,同史量才有将近三十年的交往。早在1905年江苏学务总会(后为江苏省教育会)成立的时候,他们就在一起共事[40]。辛亥革命中,张謇等人策划江苏独立,他们又同谋奔走于"息楼"和"惜阴堂"[41]。1914年,黄炎培正式为《申报》工作,充任旅行记者,"游览山川名胜,考察民生疾苦",写的通讯署名"抱一"在《申报》按期发表。1922年《申报》为纪念创刊50周年,发行大型精美学术性纪念册《最近之五十年》,其主编就是黄炎培。直至1934年史量才遇难,为史量才写传略的还是黄炎培。可见黄炎培同史量才的关系非同一般。

"九一八"前后黄炎培积极主张抗日。他的这种政治态度给史量才以一定影响。他和史量才共同参与了许多抗日民主的社会活动,并为史做一些具体工作。史亦视黄为智囊之一,聘他为《申报》总管处设计处主任。淞沪抗战中,黄与史一齐列名发起组织上海地方维持会。史是会长，黄是主要干部，活动范围很广，为保证十九路军军需供应、维持地方秩序做了大量工作。以后在上海地方协会，黄又常常代史量才出面，主持有关会议，依然是协会的秘书长。1932年，蒋介石以"禁止邮递"要挟史量才就范，其条件之一，就是要史撤掉黄在《申报》的职务。这从反面证明了连国民党当局也认为黄是对《申报》有影响的人物。

戈公振是全国著名的记者和新闻研究者[42]。他是在1929年底从欧美考察回国，应史量才之聘来到《申报》工作的，任《申报》总管理处设计处副主任。戈公振怀有强烈的爱国思想。早在欧美考察期间，他就对帝国主义侵略本性十分厌恶，对日本虎视东北十分警惕，对民族的前途忧心忡忡[43]。"九一八"以后他的思想进步很快，不仅热情地参加了抗日救亡运动，而且开始研究马克思主义[44]。他的进步政治倾向，给在《申报》的工作带来重大影响。

戈公振带着满怀的希望来到《申报》，希望凭借《申报》雄厚的实力，实现他办一张现代化报纸的理想。所以他极其认真地向史量才提了许多建议[45]。其中付诸实施的是剪报资料室的建立和《申报图画周刊》的创办。特别是后者，在新闻界有重大影响。《申报图画周刊》创刊于1930年5月18日，由戈公振主编。每期一大张，四版，用精美的道林纸彩色套印。图画周刊以时事照片为主，刊登了大量珍贵的历史文献性图片，例如"九一八"日军占领沈阳的图片，宁粤和谈的图片等。《申报图画周刊》明显地表现了戈公振的进步倾向。宋庆龄不参与宁粤肮脏谈判的声明影印件、苏联五年计划的蓬勃建设、莫斯科纪念十月革命的宏大阅兵式，都在《图画周刊》上得到刊登。《申报图画周刊》成为《申报》正张的重要补充。由于各种原因，戈公振的办报理想和才能在《申报》未能得到更多的舒展机会。于是，他在淞沪战争中就参与筹备一张"规模宏大抱着救国救民宗旨日报"——《生活日报》去了[46]。这也反映出《申报》和史量才虽然有不少进步，但与进步的民主派还是有距离的。

除了陶行知等进步人士而外，我党地下党组织是否有计划地帮助过《申报》和史量才,这方面目前还未找到可靠材料。但是,可以肯定,地下党的个别党员通过进步人士和《申报》保持着联系,并施加积极的影响。例如,夏征农同志就曾在《申报》流通图书馆担任过读书指导,杜君慧同志也通过沈慈九影响《申报》"妇女园地"的编辑方针。许德良同志还直接进入《申报》工作,担任译电员,在报馆内搜集情报,发动职工运动㊼。

注释

① 恩格斯:《社会主义从空想到科学的发展》,《马克思恩格斯选集》第三卷,人民出版社 1972 年版,第 424—425 页。
②③ 李新主编:《中国新民主主义革命时期通史》(初稿)第二卷,人民教育出版社 1960 年版,第 37 页。
④ 《中国近代经济史》(下册),中国人民大学出版社,第 9 页。
⑤ 同上书,第 6、10 页。
⑥ 李新主编:《中国新民主主义革命时期通史》(初稿)第二卷,人民教育出版社 1960 年版,第 45 页。
⑦ 见《对日经济战新战线之准备》,《申报》1932 年 11 月 9 日。
⑧ 见《爱护金融》,《申报》1932 年 2 月 7 日。
⑨ 《申报》1919 年 5 月 6 日、8 日客观公正地报道了五四运动,并发表时评抨击北京政府。
⑩ 《诚言》是租界工部局通过"克劳广告公司"给《申报》送来的,文中颠倒黑白,倒打一耙,把五卅惨案的发生归罪于我国的内乱和排外,鼓吹"惟在乱时,不能不施以弹压"。
⑪ 引自《破碎的锦绣河山》,《国闻周报》第 8 卷第 40 期。
⑫ 李新等主编:《中国新民主主义革命时期通史》第二卷,人民出版社 1981 年版,第 185 页。
⑬ 四行二局,即中央银行、中国银行、交通银行、中国农业银行、中央信托局和邮政储金汇业局。官僚资本经营的银行还不止这些,四行二局是其主要代表。
⑭ 据黄炎培回忆,当初黄奕住有一笔钱,想回国办一个银行,苦于找不到内行,请他帮忙。他便将黄介绍给史量才。史量才一面自己投资,一面又介绍了具体办事人员胡笔江。胡笔江后为中南银行总经理。黄奕住为董事长。详见黄炎培:《八十年来》,文史资料出版社 1982 年版。

⑮ 据《申报》记载，在中南银行第十一届、第十二届股东常会上，营业情况年度报告都是由史量才作的。可见史量才不是一般的股东。
⑯ 这种情况并非《申报》一家，例如《大公报》，也用进口纸，价格涨落随外币汇率变动而变动。为保证在纸张上不吃亏，三驾马车之一，熟悉金融市场的银行老板吴鼎昌亲自掌控何时购售外币，何时进纸。
⑰ 据李嵩生《申报之沿革》统计，1928 年、1929 年、1930 年的日销数都保持在 143 000—148 000 份的水平。转引自《申报年鉴（1935 年）》。
⑱ 1921 年，英国报界巨子北岩爵士参观《申报》时，赞誉《申报》是中国的《泰晤士报》。深深触动了史量才。他在同年对前来访问的美国新闻界人士格拉士表示：你们积极实行于西，"敝报不敏，当尽力追随于东"。便是这种雄心的表露。史的谈话见《最近之五十年》，上海书店 1987 年影印本。
⑲ 福开森，美国人，一个政治掮客兼投机商人。他曾在著名的"苏报案"中，充当清政府的密探，为迫害革命党人章太炎、邹容，扮演了很多不光彩的角色。后来又担任过袁世凯的高级顾问。1899 年，他从英国人丹福士手中购得《新闻报》，1916 年改为在美国注册的股份公司，在 2 000 股中，他独占 1 300 股，占 65%。他出卖《新闻报》是鉴于两点：《新闻报》正在上升时期，股票增值，出卖股份可获巨利；从他顽固的反动立场出发，认为无论国民党当政，还是赤党（即共产党）胜利，都很难顺从他的意志办报。
⑳ 当时任英文《密勒氏评论报》驻京津特派员，后任上海英文《大陆报》总经理。
㉑ 关于这个运动的简要日程表如下：
1929 年 1 月 13 日《新闻报》第四版以三分之一版的篇幅刊出《本馆全体同人紧要宣言》。
1 月 14 日，汪氏兄弟召集股东临时紧急会议。《新闻报》头版上半版以三号字刊出《上海特别市指委会致本报函》，旁边刊《本报同人复函》。同日，《民国日报》副刊《星期评论》刊国民党市党部委员陈德徵支持《新闻报》的文章。
1 月 15 日，《新闻报》头版上半版刊出《本报股东临时干事会宣言》。《民国日报》刊消息，说中央要人赞成市指委会处置办法，自这日起刊一些团体声援《新闻报》宣言。
1 月 16 日，《新闻报》刊出《本报全体同人第二次宣言》，并刊出《上海市总商会、县商会、闸北商会启事》，声援《新闻报》。三商会启事刊到 1 月 23 日。刊三商会宣言的还有《民国日报》。《申报》也登。
1 月 20 日，自即日起至 2 月 2 日止，《新闻报》发动宣传攻势，刊各方援助《新闻报》函电 130 封。

1月24日,《新闻报》头版上半版刊《本报股东临时干事会干事长虞和德启事》,并刊《本馆全体同人启事》,同意虞调停三天。虞和德即虞洽卿。

1月25日,《民国日报》刊叶楚伧在国民党中宣部记者招待会上的讲话,谈及《新闻报》事件。

2月2日《新闻报》刊《本报全体同人启事》,宣告运动结束。

与此同时,《新闻报》股东临时干事会代表与史量才交涉。汪氏兄弟指使职工联合会在报馆内贴满标语,拒绝史派人接收。经过几次协商,史同意代表提出的要求。

㉒ 见《新闻报》1929年1月14日。

㉓ 见《民国日报》1929年1月18日副刊《觉悟》所刊的《为新闻报谋出路》一文。

㉔ 见《民国日报》1929年1月15日第二张第一版一则新闻《中央注意新闻报事,认沪市党部处置允当》。

㉕ 叶楚伧,国民党元老,曾长期任上海《民国日报》主编。1927年以后,任国民党中央宣传部部长。陈布雷,蒋介石御用文人。20世纪20年代初,陈在上海《商报》任主笔,署名"畏垒"的评论风靡一时。潘公展,国民党文化特务,CC头目。20年代在《商报》任编辑,对混合编辑法有一定贡献。1932年在上海任社会局长,后又任教育局长,同时创办上海《晨报》。

㉖ 国民党中央党报《中央日报》1928年2月在上海创刊,三个月后迁往南京。中央通讯社(简称中央社)1927年6月5日在南京成立,1932年改组。中央广播电台1928年8月1日在南京正式播音。国民党地方党报多如牛毛,以江浙湘三省为例,1934年,江苏(不包括南京)有225种报纸,浙江105种,湖南102种,国民党党报占一半以上。

㉗ 国民党一上台,就进行没有明文规定的报刊检查。在上海,从1927年4月起,报刊检查一直是由淞沪警备司令部执行的。像《申报》这样一张偏保守的报纸,从1929年8月至1930年7月一年中,被勒令删除、只好开天窗的也有十二天之多。1929年1月,国民党颁布第一个新闻法令——《中央党部宣传品检查条例》,把党外的报纸、通讯稿统统列入它的检查范围。1930年12月,正式颁布《出版法》。1931年1月,又颁布《危害民国紧急治罪法》。直到"九·一八"事件爆发后的1931年10月,还颁行《出版法实施细则》。

㉘ 据《申报》史编写组编:《〈申报〉七十七年史(第三部分,征求意见稿)》,油印本,第57页注释9,国民党派驻《新闻报》的是徐元放。

㉙ 见《申报》1928年11月19日。

㉚ 见《申报》1931年12月12日。

㉛ 见《申报》1931年12月13日。
㉜ 陶闳:《我和我的故事》,《陶行知先生纪念集》,1947年。
㉝ 马荫良、储玉坤:《上海申报刊登所谓"伍豪启事"的来龙去脉》,《党史研究》1980年第5期。
㉞ 这些精彩的文章后来由申报馆编成一个集子出版,书名为《斋夫自由谈》。
㉟ 陶闳:《我和我的故事》,《陶行知先生纪念集》。
㊱ 见《申报》1931年9月2日第二十版。
㊲ 见《申报》1931年9月23日"读者通讯"栏。
㊳ 见《申报》1931年12月31日"读者通讯"栏。
㊴ 见周恩来1946年7月25日给中共中央的电报《对进步朋友应多加关照》,转引自《人物》1980年第4期,第4页。
㊵ 见黄炎培:《八十年来》;黄炎培:《史量才先生之生平》,《上海文史资料选辑》第47辑,上海人民出版社1984年版。
㊶ 息楼在时报馆楼上,为时报馆主人狄平子所有,惜阴堂在江苏名士赵凤竹家中。辛亥革命前后,立宪派人士经常在这二处策划如何推翻清廷,光复上海。
㊷ 戈公振,原名绍发,字喜霆,公振是他的号。1890年生,江苏东台人。从1914年起,他在上海《时报》工作,从校对升到总编辑。他所主编的《图画时报》为全国首创,声誉很高。他在"九一八"前所著的《中国报学史》亦是当时绝无仅有的新闻史著作。
㊸ 他说:"满洲是我国东北的门户,这个问题一天不解决,我们就一天不能'高枕而卧'。"
㊹㊺ 戈宝权:《回忆我的叔父戈公振》,《人物》1981年第1期,第163页。
㊻ 见《关于筹办〈生活日报〉的史料》,《新闻研究资料》1980年第2辑,第94页。
㊼ 许德良,1922年加入中国共产党,现任上海中医学院顾问,当年通过国民党左派邵力子介绍入《申报》工作。

(原载秦绍德:《上海近代报刊史论(增订版)》,复旦大学出版社2014年版,第230—244页。后收入姜义华、傅德华编:《史量才——媒体、报人与社会责任》,上海书店出版社2015年版)

史量才和宋庆龄的交往

"九一八"事变之后,上海著名的《申报》和它的持有人史量才,一改以往慎重、保守的态度,在抗日救亡等方面出现了政治上"左"转的倾向。是什么因素造成了这种转变?有哪些人影响了史量才?过去,我曾提到影响他转变的三个人,就是黄炎培、陶行知、戈公振。因史料发掘不够,探讨还不够深入。今天要补充的,当时对史量才影响不亚于前三人的,就是宋庆龄。1931年以后,史量才和宋庆龄的交往日益增多,主要有以下几件事。

《申报》发表宋庆龄宣言

1931年12月20日,《申报》令人注目地在新闻版全文发表《宋庆龄之宣言》。宣言说:"中国国民党早丧失其革命集团之地位,至今日已成为不可掩蔽之事实。亡国民党者,非其党外之敌人,而为其党内之领袖。"宣言接着批判说:"自十六年宁汉分立,因蒋介石个人之独裁与军阀官僚之争长,党与民众,日益背道而驰。借反共之名,行反动之实,阴很(狠)险毒,贪污欺骗,无所不用其极,在中央则各居要津,营私固位,在地方则鱼肉乡里,作威作福。"宣言痛斥"宁(蒋)粤(汪)双方"皆"依赖军阀,谄媚帝国主义,背叛民众,同为革命之罪人"。所谓和平会议,不过是"和平分赃,统一作恶而已"。宣言最后说:"余深信惟真正以民众为基础,为民众而奋斗之革命势力,可以消灭军阀官僚,铲除帝国主义,实现社会主义。"①

这是一个极其重要的宣言，标志着宋庆龄对孙中山先生创立的国民党 1927 年以后性质蜕变的认识，表明她和被蒋介石篡权的国民党作彻底的决裂。宋庆龄之所以有如此深刻的觉悟，是因为她在四五年间看清了蒋介石、汪精卫之流的所作所为，经过深入研读孙中山遗著和思考，才得出了结论。而蒋介石悍然杀害国民党左派邓演达，又激起了宋庆龄的极大愤慨。这成为发表宣言的导火索。

由于宋庆龄在人们心目中的特殊地位，宣言的发表在社会上引起极大的反响，给正在日益高涨的抗日民主浪潮，添了一把火，使蒋介石国民党处于极其尴尬的境地。

宋庆龄为什么选择《申报》发表如此重要的宣言？此前，宋庆龄的公告、消息，一般都在上海的国民党党报《民国日报》上发表。而这一次她选择了《申报》。《申报》当时是全国发行量最大的日报，大约在 15 万份，在《申报》发表影响大，当然是不错的选择。但《申报》政治上一向很保守，这时能刊登吗？现有史料表明，1929 年 6 月，宋庆龄为孙中山灵柩奉安回国以后，在上海曾多次和史量才接触。以后又出国。1931 年 7 月，为奔母丧又回到上海居住，其间与史量才晤谈较密。这时正值"九一八"事变爆发、国难深重。宋庆龄的政治倾向和态度，史量才很了解，并有自己的看法。史量才对宋庆龄的高尚品格和光明磊落的政治态度极为钦佩。他曾对身边的人说："孙夫人和我都从斗争中认识了国民党反动派的本质，但她的斗争历史长，经验丰富，站得高，看得远，认识深刻，见解透彻，政治主张明确、坚定，我完全拥护。"[②] 史量才和《申报》的这些变化，显然宋庆龄也看到了。所以，选择《申报》发表宣言还是有可能的。

发表宋庆龄的宣言对于《申报》显然是有风险的。国民党在蒋介石当政以后，对新闻界采取威胁和利诱两种手段，控制新闻报道和舆论。《申报》几经周折后主要骨干产生妥协情绪，史量才对此不太满意，遂于 1931 年组织总管理处，以陶行知为顾问，主持全馆事务。鉴于对宋庆龄人品和政治主张的认同，史量才决定冒风险刊登宋庆龄的宣言。此前，他在上海日报公会的会议上慷慨陈词："宋庆龄是国父孙中山先生的夫人,她的宣言为什么不能发表?"③史量才的这一态度,使得《申报》成为宋庆龄的一个政治讲坛。

淞沪抗战中的合作

1932年1月28日,日本军队悍然进攻驻沪中国军队,十九路军奋起抵抗,拉开了淞沪抗战的序幕。由于蒋介石政府对日军的进攻采取妥协不抵抗政策,十九路军处于孤立无援的境地,上海市面人心也比较混乱。1月31日,由银行家、实业家组成的以史量才为理事长的壬申俱乐部发起、组织"上海地方维持会",当时上海各界头面人物参加,据报载有94人,史量才被推举为会长。在整个淞沪抗战中,上海地方维持会广泛积极开展活动,发动各界募集救国捐,为十九路军筹集军饷;控制报道,引导舆论,稳定人心,稳定金融市场;发动各界收容救济难民。上海地方维持会虽然是民间发起的一个临时组织,可是在短时间内,内部办事机构建立得很完善。理事会下设总务、慰劳、救济、经济、交际各组,安排各项工作,俨然战时民政机构。《申报》详细报道淞沪会战的情况,天天发表言论,自然成为舆论导向媒体,而史量才的号召力和组织才能也得到充分显现,成为上海重要的地方领袖人物。

淞沪抗战爆发的时候,宋庆龄也在上海。她很快以一个战士的姿态,和上海市民一起投入支援十九路军的工作。她冒着枪林弹雨,多次到真如前线、吴淞前线慰问战士,发表演讲。她发动市民为前线将士缝制棉衣,五天内募集到崭新的棉衣裤三万多套。宋庆龄还和何香凝等向国内外募集捐款。

在淞沪会战中,宋庆龄和史量才也有合作,那就是筹办伤兵医院。由于战争突然爆发,政府又无准备,伤员不断增加,民间医院很难应对。宋庆龄决定筹办一所伤兵医院。宋庆龄、杨杏佛和史量才等人一起商议,决定将伤兵医院设在租界和华界交界的交通大学④。这样,前线的伤兵可以直接从华界送到医院,而租界的医疗力量以及药品也可方便送到医院。当时的交通大学校长黎照寰是孙中山先生的好友,他很快借出交大部分校舍。由于宋庆龄的发起和《申报》的宣传,海内外人士踊跃捐款。在杨杏佛的主持下,一所有300张床位的伤兵医院很快建立起来,这在当时简直是个奇迹。

在淞沪抗战期间,由于战时活动的安排,宋庆龄和史量才经常见面,一起商量支援前线和救济工作等事项。这对于史量才的进步有很大的帮助。

支持、配合"中国民权保障同盟"的活动

1932年12月17日,宋庆龄、蔡元培、杨杏佛、林语堂等发起的"中国民权保障同盟"在上海正式成立。民权同盟的成立,是由国民党逮捕、残害共产国际工作人员牛兰夫妇以及逮捕、审判陈独秀引发的,旨在反对国民党政府压制民主、无视法制、肆意迫害进步人士的行为。由于宋庆龄的威望,许多进步人士纷纷加入民权保障同盟,其中有邹韬奋、胡愈之、鲁迅、周建人、茅盾、郁达夫、史沫特莱、王云五、王造时等三十多人。

史量才也参与了同盟的一些活动。在中国民权保障同盟筹备期间,宋庆龄、杨杏佛与史量才进行过多次商谈。宋、蔡、杨等人是一定要争取新闻界支持的。因为同盟所进行的是一种依法和平呼吁,必须争取舆论的支持,才能形成声势,对政府造成压力。正如蔡元培在成立大会上所说,新闻界与民权保障同盟有共同之使命,应有联合之战线与忠诚之合作。而宋庆龄和同盟的主张,和史量才当时的思想倾向一拍即合。私下会晤时,史量才表示,对同盟的目的完全赞同,对争取言论、出版自由绝对拥护。史量才还表示,将指定《申报》记者两名以个人名义参加同盟,约定《申报》的新闻报道和社论,密切配合同盟的行动。后来《申报》也做到了这一点。

史量才虽然没有在同盟列名，却以《申报》记者的身份出席了同盟的成立大会，并在大会上作了发言，这是耐人寻味的。史量才虽然是社会知名人士，但他在公众场合很少讲话。他能出席民权保障同盟的成立大会并讲话，实际上向社会表明了他的政治态度。这恐怕是他对付国民党高压政策的策略。正如事后史量才对旁人说，他接办《申报》后以记者身份为大众发言，这是第一次。

在中国民权保障同盟此后半年多的活动过程中，史量才实践了自己的诺言。《申报》几乎无一遗漏地报道了同盟的活动，发表同盟的宣言，并及时发表社评在舆论上给予支持。1933年2月，江苏省主席顾祝同枪杀镇江《江声日报》经理刘煜生的消息传出，舆论界震惊了。民权保障同盟组织了抗议和追究凶手责任的行动。宋庆龄、杨杏佛亲自去史量才寓所，和史量才讨论民权保障同盟的宣言，字斟句酌，反复修改，第三天在《申报》发表。2月3日，同盟召开记者招待会公布宣言，史量才出席记者招待会并代表上海日报公会发言，谴责此案。2月5日，《申报》发表时评《顾祝同枪决刘煜生案》。时评说，顾氏此次枪决刘煜生"不啻直接蹂躏人权"，"新闻记者之职责，为诉说人民之痛苦，为传达公正之舆论。此种神圣之职责而苟失所保障，即我舆论界一日不能存立"。《申报》的时评一向是四平八稳的风格，能直言谴责可说是十分难得的。

1931—1933年对史量才而言，是一生中很关键的岁月。也是在这一时期，他获得了和宋庆龄频繁接触的机会。毫无疑义，宋庆龄的爱国情怀、对国民党蒋介石的透彻认识，及其刚正不阿、清纯如镜的品格，对他都有深刻的影响。共同与国民党政府的斗争让他们增进了了解和友谊，更使史量才看到了组织起来的人民的力量。这也是史量才此后走向进步不停留，不向国民党屈服的原因。

注释

① 宋庆龄：《宋庆龄之宣言》，《申报》1931年12月20日。
② 马荫良：《一位爱国的新闻事业家——纪念史量才先生殉难五十周年》，《新

闻记者》1984年第11期。
③ 张承宗:《在纪念史量才先生遇难五十周年座谈会上的讲话》,《上海市政协"纪念史量才先生遇难五十周年座谈会"发言稿》(未刊稿),1984年。
④ 马荫良:《回忆杨诠二三事——纪念杨杏佛先生殉难五十周年》,《社会科学》1983年第10期。

（原载《新闻出版博物馆》2023年第4期）

毕生向学是吾师
——忆宁树藩先生

宁先生走了,还没来得及放下他毕生追求的学术就走了。

去年7月中旬,我带着刚写完的书稿给他看,他还兴致勃勃,谈笑风生。不料到了7月27日,他因发热住院,才过了一天就因脑梗昏迷不醒。经医院全力抢救,生命体征保持稳定,可是意识已极微弱。我们赶到医院,他仍不醒,可脸色仍像以往一样红润,睡得很安详。

宁先生是一个一生将治学当作生活习惯的人。我不记得他除了做学问外有什么嗜好,每次到他家去,他津津乐道和我们谈的都是学问上的事,从不关心东家长西家短。家里的事也基本不管,师母和家人全力关心他的起居饮食,保证他有时间思考、写作。有一次师母开玩笑似的说,他坐在马桶上还在考虑问题。

宁树藩教授是国内新闻学界知名教授,很多人还不知道他是半道改行、钻研成名的专家。

解放初,他从华东革大来到复旦大学后最初是在政治课教研室任教,1955年才转到新闻系新闻史教研室。从此,他开始了对中国新闻史60多年的教学和研究。有一次他对我说,政治课的教学对后来研究中国新闻史也是有帮助的,主要是在政治理论和中国近代史方面。宁先生研究问题讲究追根溯源,不迷信前人著述,甚至是权威著作。宁先生最早涉猎并最有成就的是中国近代报刊领域,而这方面的报刊,国内只有少数几个图书馆有馆藏。他用了几十年工夫收集资料,比较、梳理、求证,对资料熟稔于心。

戈公振先生的《中国报学史》,是我国最早出版的(20世纪20

年代）中国报刊史权威著作，成为各大学新闻系科的教科书。宁先生在吸收了《中国报刊史》成果的同时，又根据自己掌握的历史材料，找出了该著作中170多处错误，专门写文章予以纠正，可见宁先生做学问之认真。

改革开放以后，到国外图书馆收集资料也一直是他的心愿。有一次去英国访问，他专程去大英不列颠图书馆将中国近代第一份中文报刊《察世俗每月统纪传》复印回来。七十来岁的宁先生高兴得像小孩一样，向同事们介绍这一收获。

宁先生既敢于向权威挑战，也乐意接受后学的批评。有一次，历史地理研究所的周振鹤教授依据新的历史材料的发现，对宁先生以往的文章提出质疑批评。宁先生认真阅读后写了几千字的文章与之讨论。后来宁先生对我说，周文对他还是有帮助的，可以把很多问题弄清楚。

史学界历来有"以论带史"和"论从史出"之争，宁先生是赞成"论从史出"的，他特别重视治史要详细地占有第一手资料。但是，不止于此，他认为还要前进一步，从史料中研究历史发展的规律，这样，史才能"立"起来。

1987年，我荣幸地被宁先生招为博士生，研究方向是上海近代新闻史。在讨论博士论文题目时，我考虑到以后出书，本打算写一本"上海近代新闻史"。结果宁先生不同意，他认为博士论文不能停留在史的叙述上，一定要立论，要有自己的见解，方能体现质量。于是我的论文题目改为《上海近代报刊史论》。加了一个字，我出了两年汗。不过我还是感谢宁先生逼一逼，使我对上海近代报刊发展的规律性现象有了清晰认识。但宁先生对博士论文还不满意，他在为论文出版所写的序言中毫不客气地指出，论文对共产党报刊论述不够，关于文化对报刊的影响更少提及。这些话正中了我的论文的软肋，当时听了真有些汗流浃背。宁先生对学问就是这样认真。

退休有日期，学术研究无终期。宁先生晚年最不能放下的是他领衔的"九五"国家社会科学重大课题"中国地区比较新闻史"。宁先生常对我们讲，中国各地区的经济、政治、文化的不平衡是一大特点。这一特点使得中国近代各地新闻事业发展极不平衡。我们要对各地区新闻事业进行比较研究，通过比较把新闻事业发展的规律揭示出来。为此，宁先生在1991年便提出立项研究，并获得批准。立项以后，宁先生在全国各省市动员，联络了近40位学者参与研究和写作。正如经济社会发展不平衡一样，研究环境条件全国也极不平衡。各地的研究、撰稿竟延长了十多年之久。宁先生不稍懈怠，亲自撰写、编辑、补遗，一丝不苟。师母和家人告诉我，宁先生在家如同上班，上午三小时，中午稍休息，下午三小时，常常忘了吃饭，都要家人呼唤。须知，这是七八十岁的老人啊！我这个不称职的学生，自帮助先生立项之后，因为职务工作的原因，无法投入项目研究。直至从职务岗位上退下来，才接过接力棒，处理先生交办的后期写作编辑事宜。一个科学研究项目，从七十岁干到九十多岁，这只有宁先生啊！现在可以告慰宁先生的是，在宁先生住院期间，120万字的《中国地区比较新闻史》全稿终于完成。宁先生的心血结出了丰硕的成果。

活到老，学到老；学到老，人不老。许多学生和同事的感觉是，宁先生年龄越来越大，思维仍非常活跃。我们去看望他，他常常问什么文章你们看了没有，你们是怎么认为的。有时他故意设置一个问题说，我是这样认为的，你们不同意争争看。关于新闻定义问题、新闻本体问题等还常常是他存在心中、挂在嘴上的问题。学问、学术，始终是他生命的中心。宁先生没有走。他的学问、学术在延续，他的毕生向学的精神永远指引我们的人生。

（原载《解放日报》2016年3月17日第11版）

高谈阔论

三尺讲台不限于校内,不限于课堂。往往是校外比校内讲得更明澈,课外比课内讲得更生动。收录在这里的 20 篇讲稿就是如此。讲得更明澈的,可能也就有错误;讲得更生动的,可能也就不准确。这是高谈阔论难免的,谁让你兴奋呢!

大学文化的精髓

今天，我很高兴能够回到解放日报社，出席"文化讲坛"。在这里有我的师长和同事，用一句过去常用现在不用了的语言，就是"我们一起共同战斗了很多个不眠之夜！"

几天前，全社会关注的高考刚刚降下帷幕。考生们如临战场，家长们牵肠挂肚，众媒体报道不遗余力，这一切都传递着一个信号：大学处于当今社会生活的中心。对于大学工作者，也传递着一种压力：你怎样培育好一代又一代的青年，用什么样的文化熏陶他们？

大学文化是一个很大的题目。这方面的文章很多，很多人在探讨。它主要包含三层：一是大学的物质文化，如大学的校园、建筑，这个确实各校都不一样；二是大学的制度文化，指它的体制、机制等；三是大学的精神文化。大学文化的核心是精神文化，也就是大学的精神。

世界上的大学究竟有多少？没人统计过。中国有两千多所，美国有六千多所。各国的大学形形色色，不同的规模、不同的层次、不同的特色。要探讨那么多大学共同的大学文化，很难。所以，我们能讲出来的，都是自己所在大学的视野里面的大学精神和文化。比如，北大讲出来的是北大文化，清华讲出来的是清华文化，那么我作为复旦的管理者讲出来的很多思考，很可能就是复旦的文化。但是，世界上许多很优秀的大学，或者用一句很时髦的话叫作"顶层的大学"，也有很多共同的大学文化和精神。我今天主要想探讨一下，一些比较优秀的综合性大学的文化精神里面共同的东西。或者说，从文化的角度看，大学究竟是什么？

大学是天空和海洋

这里说的是大学文化的包容性。"海纳百川,有容乃大",大概是所有大学都想追求的一种境界。韩正市长去年在复旦大学举行的"上海论坛"上说得好,他说:"大学的内涵在于'大',这不是面积上的大,而是精神上的大。"

大学从创立起就体现这种精神。大学创立于中世纪,大学(university)来自拉丁文名词"universitas",意思是"整体""社会""世界""宇宙"。因此,大学从词源上就已经蕴含了包容万象的特性。这种包容性在大学数百年历史中不断发展丰富,使大学成了一块包容不同学派、观点、人才,能够自由开展各种学术研究和探讨的领地。这种包容性已经成为大学精神的重要组成部分。

中国的大学在创办之初就秉承了这种精神。20世纪初,马相伯老人在创办复旦公学的时候,提出12个字,叫"囊括大典,网罗众学,兼容并收"。此时的马相伯已经65岁,但是老人一点也不守旧。在复旦创办之初,就吸纳了十几位留洋的学有专长的教师,开设的课程令人耳目一新。今天我们鼓励从国外引进,其实在一百多年前,老祖宗早就做了。

这个时期还发生了一件有趣的事情。1902年,34岁的蔡元培为进一步研究欧洲文化,登门拜马相伯为师,再三恳求长自己近30岁的马相伯,像当年教梁启超那样教自己拉丁文。马相伯被蔡元培执着的求知精神所打动,同意收他为弟子。从此,蔡元培每日清晨步行五里,从任教的南洋公学赶至徐家汇天文台马相伯住地学习,风雨无阻。南洋公学也就是交大的前身,看来这几所大学在创建时都有点关系。

15年后,蔡元培当了北大校长,他提出了"兼容并包、思想自由"的办学思想,北大不仅包容了旧学代表和拖长辫、着异服的前清遗老,更包容了接受传播新文化、新思想的进步青年教授。从马相伯的"兼容并收"到蔡元培的"兼容并包",这不是偶然的,它反映出这些教育先贤们对大学办学思想的共同理解。

外国的大学也是这种思想。大家知道，韩国人说，他们有三所最好的大学：首尔大学（Seoul University）、高丽大学（Korea University）、延世大学（Yonsei University）。他们把这三所大学的英文第一个字母连起来，叫作"SKY"，也就是天空，寓意无比辽阔，包容天下。今天，我要做一个小小的文字游戏。我把演讲台上的三所学校——复旦、清华和北大（Fudan、Tsinghua、Peking）的首个英文字母连起来，就是"FTP"。（全场笑）对不起，把复旦放在第一位，纯粹是为了游戏需要。（全场大笑）"FTP"是IT专用术语，指一种目前使用较广泛的文件传输协议。只要你按照一定的规则，你就可以获得各种丰富的电子资源，同样也可以贡献资源。所以我们也可以说，大学就像"FTP"一样，它超越了时空，有着更大的包容性。

我们把大学比作天空、海洋是非常贴切的。大学胸怀宽广，包罗万象，求真、求善、求美。对学术而言，有不受约束的天地；对学子而言，有广阔的发展空间；对学校本身而言，百川汇入大海，拥有丰富的资源。大学的影响，吸引力即在于此。

大学是深深的水，静静地流

这里比喻大学追求学术和真理的一种精神。大学对学术和真理的追求是永恒的，这种追求表现在始终坚定地前行，始终不懈地努力，表现在不盲从、不轻言放弃、不屈服、不张扬。这种追求就像深深的水，静静地流。虽然默默无语，但静默之中却蕴含着巨大的决心、执着和勇毅。这种追求是大学里最令人钦佩的特质。

有这样一个故事。我们公共卫生学院有个血吸虫病防治专家，叫苏德隆。1957年初夏，毛主席到上海，接见文艺界和学术界的专家时，特意走到他面前请他谈谈对防治血吸虫病"三年预防、五年根除"的目标的看法。毛主席问："三年能否预防血吸虫病？"苏德隆教授说："不能。"毛主席又问："五年呢?"苏教授说："也不能。"毛主席又问道："那七八年呢?"旁边的同志见毛主席脸色已经有些不对，就杵了杵教授，苏教授才缓了缓语气说："试试看吧！"他汇报了当前血吸虫病疫情的现状，向毛主席提出预防和消灭血吸虫病不是一件简单的事，依靠中国当时的人力和物力，短期内不可能见效，指出《农业发展纲要》中规定五年消灭血吸虫病是没有根据的。毛主席大为震惊，后来采纳了苏德隆的意见。在外人看来，这个教授有点迂。是的，大学里有许多教授就是这样迂，在科学的问题上不趋炎附势，不说假话，不肯让步。这种精神是十分可贵的。唯有如此，学术才能繁荣，科学才能进步。

　　大学对学术的追求，特别表现在对学术自由的追求。大家都知道复旦有个中英文造诣深湛的陆谷孙教授。当年他可是个"白专典型"。陆教授1959年被下放到农村去劳动，他舍不得丢下学术，就在田埂上背诵普希金的诗。被人发现以后，就禁止他背。禁止背，他就在心里背，从普希金到莎士比亚，从中文到英文。他后来自嘲是"田埂上的小布尔乔亚"，也就是田埂上的小资产阶级。但正因为有了"田埂上的小布尔乔亚"坚持学术研究，才有了后来得了大奖的《英汉大词典》。这本词典被列为联合国翻译文件的指定工具书。

　　有的时候，教授们对学术的追求，到了如痴如醉的地步。即使环境不容许，他们也不是那么在意。"文革"期间，学术研究饱经摧残，我们的一批教授饱经风霜。

　　有一次，批斗复旦党委的王零书记，谷超豪教授、章培恒教授和后来任复旦校长的华中一教授作为"白专道路"的标兵被勒令陪斗。王零书记站在中间，谷超豪、华中一、章培恒三人分立两厢。后来谷先生和章先生遇到，回忆起当时的情景。章培恒教授说，他当时想的是"再有一个人陪斗就颇有旧戏舞台上的架势了，中间一个主帅，旁边四员大将"。谷超豪先生说，他当时在想，"中国的重理轻文真是到了无孔不入、无可救药的地步，连分配'白专道路'的代表名额，也是理科两个，文科只有一个"。你瞧，在遭批斗的场合，文学教授想的是戏剧,数学大师关注的是文理平衡,他们的思想已自由地驰骋于禁锢的天地之外。

大学是传统的,也是创新的

现在出现了一种尊重传统的倾向。房子是老的好,被列为保护性建筑;物品是老的好,叫古董文物;人也是老的好,"姜还是老的辣"。这对于文化建设未见得是坏事。大学也是一种老事物,寿命远超过一般的机构。有人做过统计,自从1530年以来,西方世界只有85个机构存活至今,其中就有70所大学。

大学也是老的好。中国的大学诞生也就一百多年,与欧洲的大学相比只能算是后辈。但各校都在挖掘历史,筹备六十年、八十年、百年校庆。因为大家都懂得,一所大学的历史底蕴对学校发展、对提高社会声誉、对团聚人心影响都很大。最近几年,很多大学建了新校区。搬迁中最大的难题不是交通的不便、办学成本的提高,而是无法将老校区的历史文化氛围整体搬迁到新校区去,没法克隆。

大学为什么能够长久生存,永葆活力呢?

传统是大学发展的基础,文化底蕴是大学的土壤。一代又一代新人就根植在这块肥沃的土地上。大学是传统的守护者。

大家都知道清华国学院的著名学者陈寅恪。他是复旦早年的毕业生,复旦中文系著名的教授蒋天枢是他的学生。陈寅恪教授晚年的时候十分凄凉,临终时是蒋先生一直守护着他。陈先生去世的时候,蒋先生自己也已是晚年。他整理好陈先生所有的著作,交给上海古籍出版社出版。编了陈寅恪年谱,年谱编完以后,他连自己的名字都不列上去。出版社给他的稿费,也被悉数退回。他说:"学生给老师整理遗稿,怎么可以收钱呢?"到了20世纪90年代,陈先生突然红了起来,很多人都跑出来自认是弟子,但蒋先生却从来没有出来说过一句话。

学生继承老师，学生守护老师，守护大学的传统，这就是大学的传统精神。

如果把历史悠久的大学比作一棵老树的话，那么老树枝繁叶茂，是因为它的根深深地扎到社会的土壤里，吸收水分和养料。大学的传统基础学科就是老根，文史哲、数理化，新芽几乎都是在老根上长出来的。老根是不能受到伤害的。

时代在前进，老枝也要长出新芽。大学之所以具有活力，还因为它在本质上是创新的。鲁迅先生曾说："北大是常为新的。"我们也可以说："大学是常为新的"。大学具有不断创新的内在动力，这是由大学对于知识无止境的探索所决定的，也是由大学需要不断培养青年学生决定的。大学文化的这种创新性，对社会文化有引领的作用，使大学成为社会的思想高原和文化的辐射源。我们的大学应该担负起这样的责任。

大家都知道，北大是新文化运动的发祥地，对于推动马克思主义在中国的传播、发动五四运动、促进中国共产党诞生，起了很大的作用。我们斗胆说一句，在上海，复旦是呼应新文化、新思想的阵地。复旦的青年教员邵力子，在民国日报社获悉北平学生游行的消息，深夜返回复旦，敲响了上海五四运动的第一声钟。复旦的老校长陈望道，翻译了《共产党宣言》第一种中文全译本。

大学的创新不仅在社会思潮，在科学研究方面也始终走在社会的前列。创新需要积累，创新需要勇气，甚至牺牲。

有一个例子大家都很熟悉，就是关于中国遗传学的问题。20世纪50年代，生物学界照搬苏联的米丘林学说，错误地把遗传学批判为资产阶级的科学，各大学停止基因遗传方面的课程，停止遗传课题研究，甚至要有关科学家检讨。复旦的谈家桢教授是摩尔根的弟子。他顶住这些批判，继续广泛介绍遗传学说，带领师生进行多方面研究，取得了丰硕的成果。他是第一个将分子生物学介绍到中国的科学家，他所领导的遗传研究所成为中国基因遗传研究的重要基地。毛泽东主席四次单独接见他，鼓励他大胆将遗传学搞上去。倘若没有当年谈家桢教授的坚定、执着，就不会有今天生命学界的多样化和繁荣，中国人就不可能参与人类基因图谱的测试工作。

大学成为创新的发源地，还因为大学里面提倡创新思维的路径和方法。有位辅导员曾经讲过一个故事给我听。他说有位同学在毕业的时候跟他讲，读了四年书，老是把复旦校训反过来念。复旦的校训是"博学而笃志，切问而近思"。而那位同学老是反着读，叫"思近而问切，志笃而学博"。这个学生说，虽然他现在知道他读得不对，但他认为他一样从中感受到了复旦的文化和精神，并且更因此认识到复旦的自由，那就是："不强调认同他人而否定自己，不努力否定他人而标新立异，只是把握好自己，认同自己。"

这个故事很有意思，大学里流行的就是求异思维，或者是逆向思维；大学里欣赏的就是标新立异、与众不同，不欣赏从众行为，赞赏批判精神。正是在这样的氛围里，创新才有可能。

大学是世界的，更是民族的

改革开放以来，和我们国家一样，大学也日益开放。国际学术交流频繁，中国学生出国留学和外国学生来华学习人数剧增，中外大学合作交流方兴未艾。以复旦为例，每年举行的国际学术会议有80到100场，派遣出国交流学习的学生有800多人，在校的各国留学生有5 000多人，占全校学生总数的17%左右。国内很多大学也纷纷将国际化定为自己的奋斗目标和战略决策，而世界上有许多一流大学更是以全球性的大学自居。

为什么大学都要追求全球性、国际化呢？各类学校的目的是不一样的。发达国家的一流大学在"全球化"的旗帜下，要网罗各国的优秀人才；而包括中国在内的发展中国家的大学则要通过国际交流和学习，实现跨越式发展。

撇开这些不谈，从大学文化的角度看，恐怕所有教育者都看到，多元文化的交融有利于国际化人才的培养。当不同肤色、不同语言、不同文化背景的年轻人在同一个校园里学习交往的时候,观念的碰撞、思想的交流、文化的相互影响,会产生令人意想不到的结果。

如此说来,世界各国的大学会走趋同化的道路吗?有人确实有这样的担心,并且提了一个很有意思的问题:经过若干年的努力之后,北大成为哈佛了,清华成为 MIT(麻省理工学院)了,复旦成为耶鲁了,那北大还是北大,清华还是清华,复旦还是复旦吗?

是的,北大还是北大,清华还是清华,复旦还是复旦。因为大学是民族的,大学深深扎根于民族文化的土壤。中国的大学不仅根植于具有五千年历史的华夏文明之中,而且从中国大学的发展史来看,大学的命运和民族的命运紧紧相连,民族危亡则大学艰难,国运昌盛则大学兴旺。

一个有力的见证是,北大、清华、复旦都分别诞生在中国近代一个重要的历史时刻。北大创建于 1898 年。这一年,"戊戌变法"失败,意味着中国封建王朝的自改革运动不可行,要寻找新学之路。复旦创建于 1905 年。这一年,延续了 1300 年之久的科举制度被宣告废除,中国教育乃至中国文化从此开始了新旧分野。清华诞生于 1911 年。这一年,辛亥革命爆发,清王朝正式退出历史舞台,中国历史由此进入新纪元。

因此,北大、清华、复旦从创校起就背负着民族兴旺的历史重任,由此也就形成了爱国荣校的共同文化传统。在民族危亡的历史关头,在争取民族独立、人民解放的队伍里,在建设繁荣祖国的重要岗位上,到处都有北大人、清华人、复旦人的身影。

民族性和世界性并不是完全对立、相互排斥的,越是民族的,就越是世界的。复旦有个著名的历史学家花了三十年做了一件功在千秋的事情。他带领二三十位教师,从黑发工作到白头,编纂了《中国历史地图集》。他就是谭其骧。这项成果不仅在我国外交、国防、边界边疆问题中发挥了重要作用,而且迄今为止,还为人口环境、规划建设、灾害气候、行政改革等多领域的工作提供了重要的依据。这项成果在国内被誉为新中国社会科学最重要的两项成果之一,也被国际学术界公认是中国历史地理领域最权威的成就,哈佛大学因此和我校合作开发"中国历史地理信息系统"。

由此可见,民族的瑰宝一定也是世界优秀文化的共同财富。大学作为传承文化的机构,也一定要成为民族文化的守护者。民族文化的宝库在这里得到挖掘,民族文化的传统、道德在这里得到扬弃,民族文化的最新成果在这里播撒向社会,走向世界。

各位朋友,大学文化对学子的影响是永生的。母校这个神圣的名字总是学子们魂牵梦绕的所在。学子回到母校,到生活过、学习过的地方去看一下,实际上是感受一下内心的召唤,感受一下曾经孕育过自己的文化。

复旦新闻系有位老校友马克任先生,他在北美办了一家有影响的报纸——《世界日报》。1948年,他离开母校,2004年时隔56年后,终于再次回到母校。他在《世界日报》上写了一篇题为"复旦大学一百年校庆前夕做梦般再踏上新闻馆的台阶"的长篇文章。在文章最后,他说:"在这样的长时间流逝与空间转换中,全靠复旦大学新闻系孕育了我坚毅奋斗精神,培育了我专业智慧和敏锐的新闻嗅觉和触角,得以在顺境时游刃自如,在逆境中永不绝望,也从来不对恶势力低头或对压力屈服。"

2005年9月24日,复旦大学举行建校一百周年的庆典仪式。早晨7点左右,在复旦大学物理系前面,一位57届物理系的学长拿着大大的毛笔,蘸水写下自己对母校的祝福。用水写下的字,很快就会消失,但留在我们心中的印象却是永远也不会消失的。这张照片贴在了学校校园网的讨论版上,学生们都说,这就是真正的复旦人。

我想大学文化的魅力,大概也就在这里。谢谢各位!

(本文为2006年6月17日在解放日报报业集团第五届"文化讲坛"上的演讲)

在复旦大学师生迎接新千年仪式上的讲话

同学们,历史的车轮的声音就像这隆隆的钟声一样铿锵有力,我真切地感受到,一个属于你们的时代来临了!

上一个千年结束的时候,北宋王朝统一中国,结束了五代十国的混乱状况,通过一系列改革措施,使中国封建主义的经济和社会发展达到了顶峰,其政治、文化和艺术代表了当时人类的最高成就。而当时的欧洲,广袤的大地上零星散布着几个几万人的城市,对即使是社会最顶层的人来说,生命也仅仅意味着"肮脏、不健康和短暂"(dirty, unhealthy and short)。中华民族以其聪明才智为世界的发展做出了卓越的贡献。指南针、印刷术、火药等伟大的发明直接为地理大发现、宗教改革和资本主义的发展提供了强大动力。

一百五十多年前,我们的先辈被列强的炮火震醒,发现我们已从世界文明的顶峰跌落,成为一个人见人欺的"没落帝国"。我们的先辈们痛苦过,颓唐过,但随即就开始了积极的探索。整个20世纪就是中华民族不断求索,追求进步的世纪,让我们回顾一下这一幕幕激动人心的场景:辛亥革命、五四运动、中国共产党的诞生、二万五千里长征、八年抗战、新中国成立、第一颗原子弹爆炸、改革开放、香港回归祖国。这些伟大的历史事件展示了中华儿女无比的智慧。1999年12月20日,澳门回归祖国怀抱,给20世纪中华民族艰苦卓绝的奋斗画上了一个圆满的句号。

面向新时代,我们的心情同样是不平静的。一千年的历史告诉我们这样一个道理,自身不发展就会被远远地抛在后面。在竞争越来越激烈的今天,我们怎样才能实现中华民族的伟大复兴,为人类文明和进步做出更大的贡献呢？那就是一方面紧紧依靠中华民族自身的智慧和力量，发愤图强，自力更生，保持经济和社会的稳定发展；另一方面积极参与国际合作和竞争，在开放和交流中加快我们前进的步伐。在20世纪初，梁启超讲，"少年强则国强"，在21世纪的曙光降临的时候，青年的事业，又一次与中华民族伟大复兴的事业紧紧地联系在了一起。

让我们的思绪回到复旦，来仔细端详一下大草坪的周围。从1922年起，复旦大学的师生们就开始在这里生活。当时的复旦只是一所私立学校，没有多少经费，但全体师生团结一致，艰苦奋斗，把复旦建设成为一个拥有文、理、法、商四大学院十五个系的大学，形成了良好的学术氛围和光荣的革命传统，培养了大批优秀的人才。

再让我们的眼光迎向太阳即将升起的东方，首先可以看到的是教学楼，这座优雅的小楼曾经活跃着苏步青、陈建功等老一辈数学家的身影，并成长出谷超豪、胡和生、李大潜等杰出的数学家；再往东，学校中央的这些建筑物大都是在20世纪六七十年代建成的，在现在的学生看来一定是极不起眼，但可以说，每一座建筑都包含着一个艰苦奋斗、勇攀科学高峰的例子，这里活跃着谢希德、卢鹤绂、谈家桢等我们所景仰的科学家的身影。

大家都知道，沿着前面这幢崭新的科学二楼一直向东，在现在的大操场的位置，不久的将来将矗立起一座新大楼，它将标志着复旦的未来。而这未来，就需要你们年轻人来书写。因为我们知道，"大学者，非谓有大楼之谓也，有大师之谓也"。只有在这幢大楼中产生几个大师级的人物和成果，它才能与我们校园西部和中部的建筑物相互辉映，把复旦衬托得更加美丽。

同学们，当我们迎着朝霞向东方走去，我们就同时跨越了复旦的过去和未来。站在这个时代的交接点上，我们坚信复旦的前景以及中华民族的前景一定会像初生的朝阳一样光辉灿烂。旦复旦兮，日月光华！

（2000年1月1日上午于复旦老校门）

大学的软环境建设

这是今年6月在北师大举行的全国高校党委书记论坛的命题。这个题目包含了思想政治工作的含义，包括了党的建设的含义，而且远远超出了它们的范围。这是一个建设的命题，发展的命题。好在它是"主动建设"，而不是"被动守门"，不是消防队员式的救火。今天，我主要谈三个问题：第一，建设大学软环境的问题日益凸显；第二，软环境建设的主要内容；第三，如何建设好大学的软环境。前两个问题，我重点谈；最后一个问题，我简单谈，留给大家思考。

一、建设大学软环境的问题日益凸显

1. 什么是软环境，什么是大学的软环境

软环境的含义非常广泛，没有严格的表述。这里我简单罗列几种。第一种说法，大学的软环境就是大学的整体精神风貌，比如是积极向上、精神昂扬的还是萎靡不振的。第二种说法，大学的软环境就是大学的精神品位，就是一进大学就感受到的一种氛围，比如有的学校一进去就感到一种浓厚的学术气息，有的学校一进去则有一种商业气息等。外校的人进入一所大学，从大学的门卫，从师生的着装、神态，乃至学校的建筑，都可以体会到这所大学的品位。第三种说法，大学的软环境就是大学的境界和追求，如有的学校是追求卓越，有的学校则追求学生的报考率等。第四种说法，大学的软环境就是大学的人文氛围，或者说是一所大学的文化。文化，从心理学上讲，是对社会生活的反映。比如过去上海高校中有一种流行的说法,"吃在同济,玩在复旦,爱在华师大";等等。

我认为,除了物质硬环境以外,精神的东西都应该看作是"软环境"。这是从排他法的角度来定义的。这里面包含了两个要素。

第一个要素,软环境虽然看不见、摸不着,但肯定是一所大学的有机组成部分。也就是说,没有软环境,它就不成其为大学。清华的老校长梅贻琦先生有一句治校名言,"所谓大学者,非谓有大楼之谓也,有大师之谓也。"大学光有硬环境是不行的。我们把远在山下的硬环境建设得再怎么好,也不能形成一所大学;我们把上海市中心黄浦区的三十幢楼拨给一所大学,也不行。一所大学的软环境建设要经历好多年,虽然它看不见、摸不着,但肯定存在。

第二个要素,软环境对大学里的人起着潜移默化的作用。所谓"大学里的人"主要是学生、教师,当然也包括管理者、职工,甚至包括附属中学和小学。软环境对大学里的人起着潜移默化的影响,每个学校的人受到的是他自己学校的氛围的影响,从不同学校出来的人是有差别的。以复旦人为例子,他和清华人、交大人就有差别。社会上对复旦的评价是:复旦人比较严谨。学校或教师,谁也没有用强硬的方式教导学生,但一届一届培养出来的学生就是这样的。还有的同志反映,复旦的学生能力确实很强,很聪明,适应性很好,但就是有时候比较傲,太过自信,看不起别人。这些东西,学校也没有教过,照样形成了。我在不少单位工作过,我经常对复旦的毕业生说,相比清华的学生来说,我们复旦人还缺一些东西,缺清华人的大气,缺清华人的眼光。和清华的人谈起来,一谈就是国家兴亡;和复旦人一谈起来,就是上海的就业形势、金融行情怎么样。复旦人和清华人都追求卓越,但层次好像不一样。复旦人和交大人也不一样,交大的人感觉比较灵活。

软环境对大学里的人,甚至在语言上都有影响。外地新来上海的同志会发现,在复旦通行普通话,不允许用上海话教学,如果发现用上海话上课,我们校长、书记肯定会批评。复旦校园流行的普通话不是非常标准的普通话,而是带有苏北腔的普通话,叫作"复旦普通话",这种普通话在北方普通话中绝对找不到。很奇怪,这种普通话从复旦小学开始,到复旦二附中,到复旦附中就这么培养上来的。我的孩子也是上这些学校长大的,没人刻意去教他,但他形成的语言就是"复旦普通话"。

所以,软环境是大学的有机组成部分,软环境对人起着潜移默化的作用。这两个要素有助于我们加强对软环境的理解。

2. 近些年大学硬环境建设突飞猛进

近年来,大学硬环境建设突飞猛进,呈跨越式发展。相信在座各位都有体会。全国大学在20世纪80年代还比较困难,1992年小平南方谈话以后,社会主义现代化建设进入了一个新的发展阶段,保持了长时间的健康、快速、持续发展,特别是从20世纪90年代中后期开始,从"211工程"再到"985工程",国家支持的力度逐年加大,高等学校建设加快了步伐。每个高校都是大工地,都有塔吊。硬环境建设,这是我们国家重视教育投资的表现。近五年,国家的教育投资估计增加了700亿到800亿元,这个数字还不够准确,"教育振兴行动计划"大概是380亿。各大学的校长也雄心勃勃,你造大楼,我造体育馆。上海建设了大学园区,如松江大学园区、闵行大学园区,以及现在正在建设的杨浦大学城。各个高校还开始了"圈地运动"。所谓"圈地运动",就是当地政府给大学土地,北京把中关村清华、北大附近的土地给了清华、北大;江苏省南京市在浦口给了南京大学5 000亩土地;浙江省则大力扶持浙江大学,一下子给了它6 100亩土地,还在萧山建了3 000亩的大学园区。

总之,这几年硬环境建设上去了,而且我认为硬环境建设,有钱就不难。但软环境建设要跟上就不是一年两年的事情了,精神的东西、观念的东西、人文氛围的东西,是需要建设的,也是需要时间的。

3. 影响和制约软环境建设的主要因素

当前大学的软环境建设碰到了许多新情况、新问题,总体来说,三大因素对大学软环境建设起到重大影响和制约作用。

第一，进入WTO以后面临的挑战。进入WTO，各行各业都说自己面临挑战，这类论文数以万计。WTO的文本有很厚一叠，有没有人仔细研究过？我们作为思想工作者，作为党的工作者，我们应该从最高层面上来认识这个问题。

进入WTO以后的挑战，首先是从商品领域开始。我们的民族工业、民族产业要受到挑战。比如说我们的民族汽车领域。当外国汽车进入，我们就得面临价格挑战，有些汽车厂就不得不面临倒闭。虽然我们现在暂时还没有让它进来，但还是能明显感觉到压力。再比如说钢材，我们正和俄罗斯的钢材抗衡，因为俄罗斯的钢材很多通过走私的渠道进入我国市场。俄罗斯是钢铁大国，在生产钢材方面肯定不亚于我国。我国的钢铁产业面临着考验。所以，在经济领域、产业领域，首先考虑的是商品。当然，还有服务贸易（旅游、商业、超市）、流通和物流领域，这些也面临非常厉害的竞争。

挑战的第二个层次，是金融资本领域的挑战。外国银行、保险业，现在各方面都在逐步放开。兑换人民币业务扩大了，保险领域如果放开的话，对我国今后的保险业是巨大的考验。我国现有的保险业还不规范，需要大幅改进。我们的一些专家已经开始研究资本市场怎么运作、董事会怎么建设。

挑战的第三个层次是规则的挑战。进入WTO，我们首先得遵守它的基本规则。WTO的规则很多，为什么我们要加入呢？我们的考虑是，不能让规则制约自己，而是运用这些规则加强与世界各国的交往，而且要在进入WTO后，参与制定规则。举个简单的例子，比如说电视机的制式。和我国采用相同制式的国家，它们的电视机可以大量地进入我国，如果我们不去参与制定规则或不去论证的话，就只能始终跟在人家后面，被别人牵着走。为了适应WTO的规则，我们的好多法律也不得不作调整，以和国际法相适应，尤其是经济领域。我们国家内部还有不少法规有待制定。规则面临挑战，我们的政府则必须要改变职能。上海市政府这一点非常明确，他们意识到今后就是"小政府、大社会",更多按照法律办事,不是依靠行政命令。

第四个层次,也是大学软环境建设面临的最高层次的挑战,是文化的挑战。加入WTO后,我们国家更加开放,文化上面临更大的挑战。这种挑战无处不在。有的是通过商品进来,比如可口可乐文化、肯德基文化,销售商品的同时输出了文化。有的是文化产品的商品化销售,比如好莱坞电影。比如,我们当着别人的面把收到的礼品包装纸拆开,然后不管好坏,都说:"啊,这个我太喜欢了。"这是怎么来的,是我们从电影里看来的。再比如,我们到饭店里吃饭,稍微绅士风度一点,男士先给女士拉一拉凳子,让她先坐。这怎么来的?电影里来的。好莱坞厉害就厉害在输出文化商品,通过文化商品输出价值观念。更加开放不等于不设防。这一点,欧洲比我们的认识要深刻。

再谈谈教育和医疗。这两块是WTO中签订条款最保守的,特别是教育,不完全放开外国人办学校。在这种情况下,我们也碰到许多问题,考那么多的托福、GRE、GMAT,都是外国标准,它想改革考试办法就改革考试办法,想怎么提高收费就怎么提高收费,也没有人抗议,跟着走了,因为不通过就没办法出国。所以,进入WTO后,文化层面对高校软环境建设提出了新的挑战。

第二,市场经济下的大学软环境建设。市场经济体制肯定能比计划经济体制更有效地发展我国经济,我们要坚决地实现计划经济体制向市场经济体制转变。注意,这里用的是"经济体制"。现在有些媒体一讲就是"市场经济",甚至这一概念泛化到了文化。在建设市场经济体制的过程中,我们取得了很大的成就和效益,但其奉行的规则和价值判断必然影响到大学的软环境建设。

比如说,当前的高校都在谈论"学术领域的不正之风",北大出了件事情,后来网上争论,媒体争论,大家对学术界的不正之风有很大看法,觉得大学怎么也这样。其实,冷静下来看,可以发现现在的学术界比较浮躁,急于求成是一种普遍的心态,不仅中老年教师,现在的年轻教师也如此。过去讲20年、30年成名,现在的年轻教师讲:

"我等不及了,等到20年成名,我就跳槽了。5年没'花头',我就跳槽了。"其实大学领导在管理上也有片面性,大学领导也有些浮躁,我们复旦的校领导也再三提醒自己不要浮躁。今年SCI文章数上不去,校长、书记日子难过。像复旦大学,如果今年评不上一两个院士,我向教育部长怎么交待?SCI上不去怎么办?就实行奖励制度,3 000元一篇,5 000元一篇。我当研究生时写文章,哪有3 000元一篇?浮躁的背后是利益驱动,利益驱动是在整个市场经济下的赤裸裸的表现。学术界的不正之风是值得高度重视的。

再比如说收学费,现在按学期收,按学年收,以后要按学分收。那么学生对老师的要求怎么样?现在还很难预料。但我们可以看到学费很高的MBA的学生是怎么捍卫自己的利益的,老师若上课上得不好,他们便会提出,我上你的课,听一分钟是多少钱,老师讲得不好,他们就把滥竽充数的老师轰下台。当然,这也是学生维护自己的正当权益。但我想,老师和学生的关系不能变成赤裸裸的金钱关系。老师对学生要有爱心,爱心体现在哪里?老师对学生要有责任心,责任心体现在哪里?坦率地讲,现在有的青年教师对学生的责任心不如老教师。他们面临的诱惑太多,有很多课题,要在外面上课,有项目,要给别人咨询,他要计划多久买房子、多久买汽车,他觉得不值得花太多时间在学生身上。外界的利益驱动太大。反观市场经济比较发达的西方国家,教师对学生的责任是基本要求,教书育人是天职。美国的一些大学要求教师每周必须有固定的时间与学生面对面接触。而我们的教师下了课,夹着皮包走人,因为他来不及了,要赶下一个场子。那怎么行?手机带到课堂,上课接电话,学生怎么能容忍?学生有权要求你关掉。

又如,市场经济体制还影响教师的胸怀。不少人宁做鸡头,不做凤尾。现在的大学校长大力提倡团队精神,为什么呢?我过去在复旦讲过:"大学的特点就是山头林立,但小山头很多,大山头不多。"我希望有大山头,大山头就是高峰,小山头只是高原。现在我们大力提倡合作,不少高明的教师通过合作也发展了自己。在现在的情况下,我们教师的想法和价值判断的标准受到了市场经济体制的影响。因此，发展软环境，必须考虑市场经济体制的要素。

第三，网络普及以后的文化变迁。这对学校软环境的影响很大。从全社会讲，网络发展最快的是校园。虽然很多大公司很快就发展成了全球网络，但在它的网络"高速公路"上行驶的"汽车"，绝对没有大学多。大学网络的负荷最重。复旦的网络建设，前期投入2 500万，最近又要投入5 000万，从10兆、100兆，现在到1 000兆。大家手里的一部手提电脑就相当于一辆"小汽车"。现在复旦本科生、研究生23 000人，如果达到每人一部手提电脑时，这是需要多大的容量啊？所以我们现在造大楼、造图书馆，都必须有网络接口。我在国外参观考察，发现他们大楼里都有网络接口。大学肯定是社会上网络最普及、新软件最先使用的地方。网络对学校的影响非常大。

过去对网络的认识很浅显，只认为它会传播一些与传统价值观念不符的东西，影响安定团结，因此要限制它。比如说"法轮功"之所以流传，之所以屡禁不绝，很重要的一个原因是因为它掌握了先进的计算机网络技术，它里面有不少大学的高才生。对于这种有害信息，我们采取一切技术措施删除，这是表面的和必需的。同时我们也要看到，网络已经成为广大学生、教师交换思想、交流信息的工具。这个工具替代了许多人际交流，变成了"人机交流"。复旦的BBS很热闹，一度争论要不要关掉。我们主张不关掉，关掉了，学生会到其他网站发言。有思想、高智商的人，就是要交流思想，关键是疏导，不能堵。这里就引出了网络道德和规则问题，我们现在没有《网络法》。网络有很多服务的功能。有的人说，我要租个房间，我要看个教材，都可以上网查。我们也不断根据网上的信息，修正自己的工作。

现在，网络变成了一些学生虚拟的精神世界。这是一个更深的问题。网络是一个虚拟世界，大学生的理想、梦想甚至幻想都寄托在这里。我们一些年龄稍大的同志对网络世界的这一点还很不理解。为什么有网络交友？为什么会在网络上述说苦闷？为什么有人认为网络世界比现实世界更纯洁？这些问题值得研究。

实际上，新出现的网络文化是校园文化的一部分，但与传统校园文化不一样，产生了文化变迁，涉及价值、道德、法律、心理问题，我们都应加以积极研究。我的一个博士生就打算研究"网络道德"。这个问题是全世界共有的，美国也碰到这个问题：跨地域、跨文化，自由与责任的问题，现实与虚拟的问题。上网的很多人心态都是不设防的，认为网络上的东西都是真实的，特别是不经世事的学生。现在的家长也面临两难选择，不买电脑，怕孩子跟不上形势，买了又怕学坏。

总之，大学的软环境建设的三大制约因素，一个也回避不了。建设大学软环境的要求日益迫切。我们要密切关注这个宏观背景。

二、大学软环境建设的内容

总体来讲，这里面包括三点，一是观念，二是制度和管理，三是文化。

1. 观念

办好一所大学，校长、教师、学生都有责任。因此要用先进的观念武装管理者、教师和学生的头脑。很多现实冲突实际上都是观念的冲突。有些观念是世界大同的，不具有强烈的意识形态。

第一，什么是大学？大学是干什么的？以前的欧洲认为大学是培养精英的地方，特别是英国，认为大学是培养绅士的地方。随着大学的普及，认为大学是培养平民的地方，毛入学率70%，高等教育平民化。中国经过多年的扩招，大学的毛入学率达到13%，这是适龄青年的入学率，不是应届高中毕业生的入学率。最近，在举行的大学校长论坛上，剑桥大学的校长提出，大学肯定不是职业训练班，观点很尖锐。现在中国的大学无一例外地把计算机课程和英语课程看作重点。比较面向实际的院系特别重视技能培养，比如法学院特别注意培养开业律师，新闻学院考虑培养上岗记者。哈佛大学校长讲得更彻底，认为大学是传播知识、发现和产生新知识,传承、传播和阐释已有知识的场所。江泽民同志在北京大学100周年校庆大会上讲话中则指出:"为了实现现代化,我国要有若干所具有世界先进水平的一流大学。这样的大学,应该是培养和造就高素质的创造性人才的摇篮,应该是认识未知世界、探求客观真理、为人类解决面临的重大课题提供科学依据的前沿,应该是知识创新、推动科学技术成果向现实生产力转化的重要力量,应该是民族优秀文化与世界先进文明成果交流借鉴的桥梁。"当然,这是对世界一流大学,对高水平大学的要求,但其普遍性可以适用于广泛意义上的所有大学。有一点是可以肯定的,大学不是职业训练班,而是培养人。搞软环境建设,特别应重视这一点。

第二,关于"通识"和"专长"。西方早期是通识和博雅教育。苏联则强调专业教育,不仅出现以专业定位的系和学院,而且出现了专科学院。中国又发展了部属院校,如航空学院、铁道学院。那么,究竟"通识"教育好,还是"专才"教育好呢?我认为,两者兼而有之,但得有一个侧重面。复旦大学坚持进行"通识"教育。从20世纪80年代中后期开始,都是提"通识"教育,学生在大学一、二年级不要过早进入专业。为什么我们要强调"通识"教育呢?理由主要是两条:一是"通识"教育比较符合当今科学发展的趋势,这就是交叉与综合。科学研究最能够在交叉和综合领域产生突破,好几年国家科技部的报告都这么说。诺贝尔奖也体现出这一点,如分子医学、材料科学、环境科学。所以,"通识"教育适应科学发展综合交叉的趋势。二是社会对人才的要求不再满足于专业知识好,而是要求有全面的知识。我们从就业方面得到的信息就是这样。我们发现,开始都问专业,现在,银行招人会问"你数学怎么样",结果招了数学系的学生,因为数学是金融的基础与工具。

第三,模式教育和创新教育。大学不同于私塾,大学成批生产人才。一届要招3 000人,我们教务部门用得很多的词是"模式",这从教育的规范来讲,是很有必要的。每门课针对一个人,是不可能的。但我们常常讲,我们不能只顾先验的模式,而是着重培养创新的人才。因为人和人是不同的,现在我们接受的是普遍的教育,但大家走的是不同的道路。大学应该为创新人才的培养提供一些途径。复旦在这一方面做了一些尝试。比如提倡大学高年级学生参加科研,这个观念绝对与国际接轨。参与科研,他会考虑很多实际问题,激发他的创造性思维,特别有创造性思维的学生就会迸发出智慧和火花。我不指望3 000多学生都是如此,但用这种方法可以培养一批创新人才。再如,在第二课堂建设方面,复旦前三年花了3个100万,培养学生的创新精神、创业精神和实践能力。一个100万用于学生的学术科技创新。全国"大学生课外学术科技作品"竞赛,一共只举行了7届,复旦三次夺冠,三次捧回挑战杯。第二个100万用于学生暑期社会实践。第三个100万,用于支持大学生社团的建设。又如,我们强调因材施教。复旦每年都招收100多名特长学生。前不久,复旦招了韩寒和满舟,传媒炒得很热。韩寒不领情,满舟则先到复旦附中补课一年。有特殊才能的人也能接受大学教育,这是对应试教育的挑战。我本人对现在的应试教育很反感,长此以往,会抹杀很多人才。我们最近文博系招收了一个学生,擅长文物鉴定,已经出了书了。我们的系主任和他谈了两个小时,当场拍板,可以录取,当然他的成绩非常好,超过上海市特长生录取的标准。家长有些犹豫,想到更好的地方深造,我们对家长说,孩子的有些基础还是要补,复旦可以提供,比如杨福家教授的核鉴定技术,不是把勾践的剑鉴定出了吗?另外,还要他补中国的文学、历史。还比如,我们推出了转专业措施,转专业人数是每一届学生数的10%。这是对现在高考制度的挑战。我们一方面稳固专业教育,另一方面鼓励学生根据自己的兴趣爱好选择合适的专业就读。当然,转专业必须经过学校考核。我们还接收外校的插班生。复旦有插班生考试,今年有1 100多人考,只能录取100多人。所有这些措施,都是基于培养学生的创新能力。创新教育也不能乱来。我对教育界的一些啼笑皆非的现象有一些不同看法。上海在中小学中搞研究性课程,它首先要有研究的题目。中小学生一脸苦恼,问父母,父母说问老师,老师说这是布置给你爸爸妈妈的任务,父母就到处向朋友请教。我觉得颠倒了，小孩子应该培养观察力、想象力，基础没打好怎么去研究？大学高年级的学生，我们才主张进入研究性课程，小学生怎么进入呢？当然这也可能是我的偏见。

第四，知识和德行。大学里讲究创造、传播、传承、阐释知识。同时，大学培养人绝不能忽视德性。古今中外办学的人都非常重视德性。"大学之道在明明德，在新民，在止于至善。"我们的教师教书的同时还要育人。现在的教育界的一些问题与教师的德行有关。比如华东师范大学的学生向全社会大学生倡议"诚信"，诚信就是德行的一部分。培养人的同时培养知识，培养德行，这个观念应该在所有教育工作者的头脑中形成。现在的诚信问题很成问题。简单举个例子"作弊"，现在学生作弊都用短信了。只要德行没提高，先进的技术也能被滥用。

第五，学校的教师流动好，还是固定好？我们主张流动性。哈佛大学绝不录用本校应届毕业生，即使再好的博士毕业生，也不录用。除非你先在外面混出个人样来，再聘你到母校来。我们现在的学校还不敢做，至少复旦目前还不敢做。如果做了，岂不是把优秀毕业生往其他学校送，我们如果在其他学校招不到好的人才，那么办？这个观念好处在避免学术上的人际关系，改善学缘关系，防止"近亲繁殖"。学校的教师只有流动才能做出好的学问。但真要这样做，有不少困难。1999年，复旦开始引进人才，一些教师说："你们不要招来了女婿，气走了儿子。家里的和尚未必不会念经，外来的和尚未必好念经。"领导也很为难，但我们坚持引进，因为引进人才是一流大学永恒的主题，三年引进111个，现在好多院系尝到了甜头。

第六，大学的开放和国际化。在20世纪80年代，我们在学校读书时，对开放理念很不理解，有想法，当时复旦、清华很多优秀人才出国了，我们忧心忡忡。当时我们的老校长谢希德很有远见，很支持他们，亲自写推荐信，现在我们尝到甜头了，报纸上称他们为"海归派"。为什么要开放？开放有什么好处？开放不仅引进了人，而且引进了课程，引进了教材，当然花了不少钱，但缩小了与世界一流学校的差距。还可以引进管理的方法，引进先进的理念。现在我们提出国际化。一所好的大学，必须要有世界各国的学生和老师，我们的老师也要到世界各国去。复旦现在的留学生排全国第二，拥有1400名留学生，800名学汉语，600名学专业。我们打算在未来的几年内，使外国留学生达到在校学生的10%—15%。国外一些好的大学留学生达30%—40%，甚至更多。为什么要这样做？现在的大学必须是各种文化交流的大学。发达国家还有本国利益的需求，他们以奖学金的方式把发展中国家的人才吸引过去。美国是个移民国家，良性循环后，美国就用美金把全世界的高新技术人才吸收过去。我们发展中国家在发展，有市场，也可以吸引外国留学生。好在世界上国家很多，我们不必只盯牢美国，可以吸引日本、韩国、新加坡的学生嘛。所以，开放和交流是软环境的一个要素。

总之，我要讲的第一点就是要不断用先进的教育和管理理念武装大学的管理者、教师和学生。观念不改变，软环境很难建设。

2. 制度建设和管理

其实，制度也是一种文化，制度深入人心，就会内化为文化。比如复旦有选课制，进校后的新生自然有老生点拨，他会到教务处去看，最后得出的结论是：复旦的选课是很自由的。不过现在课程太少，选不上是一个问题。通过选修课制度，把学术自由的观念深入到学生的观念中。学艺求精全靠学生自己了，家长不会在后面盯着了。

制度建设为什么是重要的软环境建设呢？因为制度建设是最复杂的管理，大学的管理又是社会上最复杂的管理。这次大学校长论坛上也讲到这个问题，有的校长讲，我们大学校长有时候像一个城市的市长，管的东西很多。大学的管理比企业复杂。企业管物比较多，管人比较少，管物流、资金流，但大学管理的都是进行高等教育、接受高等教育的高文化层次的人，其中主体是活跃的青年，以及活跃的教师，因此大学的管理不能用企业的办法管理，更不能用军队的办法管理，绝对不能用政府的办法管理。大学的管理是最复杂的管理。

大学的管理有很多共性的东西，如学分制、研究生队伍培养等，但大学的多样化也是绝对的，没有一个大学是一样的。全世界顶尖学校的十几位校长与会，没有一个大学模式是一样的。我们刚开放的时候，老是学人家，一会儿匈牙利模式，一会儿南斯拉夫模式，结果什么模式都不对。软环境建设也一样，呈现出多样化。

软环境建设的制度建设核心是建立先进的现代大学管理制度。其要素包括学术事务和行政事务，如学生入学、学位评定、职称评定等是学术事务，大学的资源分配、规章的执行、教师的待遇、引进人才等是行政事务。也有文章说，大学里有三种权力：政治权力归学校党委，行政权力归学校行政部门，学术权力归教授会。这个我们可以探讨。学校越来越大，怎么管理？过去是校、系两级，现在系越来越大，扩成学院了，复旦大学最近在探索校院两级管理。总之，管理问题很多。过去还有一个看法，说管理跨度太大。根据管理学理念，一个校长最多管 7—8 个副校长，因此曾想办法把好多东西并一并，但发现并不了，而且还不断有新东西长出来。这就引出稳定的体制与不断生出的东西的矛盾。我们觉得，恐怕校内管理体制不能整齐划一，教学组织是一种，科研组织是一种，介于两者之间的又是一种。过去有一种观念：纵向是院系，横向是中心。纵向的院系，学校会管理到底；横向就不一定了，你成立什么中心，只要不问学校要房子、要资金，学校总会批准的。学校的学科生生不息、新陈代谢。老的传统学科衰落了，无法挽救，新的应该长出来。学科不断新陈代谢，机制和制度上就要适应它。现在的大学体制应该是稳定与灵活相结合。但现在的大学体制比较古板，应该鼓励体制创新。体制创新原则有两条：其一，是不是有利于出人才；其二，是不是有利于出成果。如果有，学校就支持。

3. 文化建设

大学文化第一个层面是历史传统，每个学校都很重视。现在校庆何其多！有形的建筑，无形的文化。各个大学的文化都是长期积累形成的。北大"提倡新学，思想自由，兼容并包"。当年北大蔡元培校长聘请了一批新学的教师，也留住了一批旧学的教师，新旧杂居，相安无事。清华"自强不息,厚德载物"。复旦"博学而笃志,切问而近思"。复旦在历史上也有革命传统。解放前,23个革命烈士献身白公馆和渣滓洞。后来,我们搞了图片展,学生的反响很不错。四川大学是"海纳百川,有容乃大"。一所大学的历史传统,好多大学把它看得比生命还重要。中国大学的历史不够长,但100年也够长了,是一个历史生长期。各个学校都很重视历史的传承和培植。

第二个方面是文化氛围。文化氛围的要素包括价值追求、评价体系、行为规范、人际关系。有人对复旦的文化氛围是这样评价的:自由、严谨,自由而各管自己,严谨而略带保守。大学的人际关系不容易建立起来,心胸狭隘者为数不少。我们有时候引进人才,学校开出的条件很好,但所在部门的人际关系不好,很多要引进的人才反而望而却步。倒是新成立的部门容易引进人才。我们给各院系提出要求,要建设好各自的软环境,这样才能引进人才。人际关系的改变是一个长期的过程。

第三个层次是哲学理想。比如追求卓越,思想深邃,学理至上。复旦的同志出去,追求卓越是肯定的,但强调思想、学理至上导致复旦做事节奏慢。清华说干就干,可有些事到了北大,起码讨论一个月。上海也是这样,交大说干就干,复旦不行,从书记、校长开始,要看第二步、第三步能不能延续下去。

总之,历史传统、文化氛围、哲学理想这三点归结起来,就是大学精神。大学精神是大学文化的体现。软环境的建设要着眼于大学精神的铸就和大学文化的创造。如果把观念的问题解决好了,把管理的问题解决好了,把大学精神铸就好了,软环境建设就搞好了。

三、如何建设好大学的软环境

第一,要和硬环境建设统一起来,统一规划,同步实施,软环境也要列入学校的规划。复旦新的学生宿舍建得很漂亮,硬环境是过去历代学生不能想象的，软环境上去了吗？制度上，我们上去了，有南区、北区管理模式，但还有很多跟不上。南区有楼委会，北区卫生检查的结果不理想，门外可以，门内不行。

第二，软环境建设要着眼于学校的发展。只有这样，才能拓宽我们软环境建设的思路，实现多样化。比如历史的传承，如何搞好校庆？不要搞成简单的庆典，而是一个过程，作为凝聚人心、弘扬传统、发扬时代精神、建设精神文明的抓手，这样校庆就和软环境建设结合在一起了。复旦大学的校庆工作已经开始，修史筹款，对外宣传，校园建设等。所以，有形与无形结合在一起。

第三，软环境建设作为系统工程，是全体师生员工的事。

师生员工是软环境建设的主体。师生员工中开展的丰富多彩的文化活动、师生员工的精神风貌，不仅是软环境建设的组成部分，而且是校园软环境的标志。

（本文为2002年11月26日在上海市教卫系统第九届青干班所作的讲座）

反思马加爵案

"马加爵案"和"马加爵现象"是两个不同的概念。前者属于法律范畴，关注的是马加爵犯罪的动机、过程和后果。有人从"马加爵案"联想到高校中发生的暴力事件，把它称为一种"马加爵现象"。我不赞成这种提法，高校目前并没有频发暴力事件，马加爵事件是一极个别的案例，如果说是"马加爵现象"，那就变成有一定普遍性的现象，千万不能"以木为林"。

马加爵案需要反思，不仅仅是学校要反思，家庭、社会也要反思。但这种反思不能是简单的"归因"，不能把个案和整个社会制度、教育制度简单地联系起来。任何国家、任何制度下，不都有犯罪吗？如果简单挂钩，我们的思考将会失去方向。反思需要一个正确的前提。如果以为马加爵就是当代大学生的写照，那更是大错特错了。

我认为当代大学生的主流是好的。他们对祖国非常热爱，对党和政府正确的方针政策高度认同，对社会有着强烈的责任感。无论是眼界、理念，还是思想，他们都比过去时代的青年更加成熟、更加理性。当代大学生积极向上，他们是全面建设小康社会、实现中华民族伟大复兴的希望所在。事实上，这些年，一大批优秀的青年群体和先进个人不断地涌现出来，如我们学校的研究生支教团及杰出青年志愿者冯艾等，他们选择了西部，选择了基层，选择了祖国和人民最需要的地方，自愿到西部贫困地区去支教，用知识播撒希望的种子，将火热的青春献给了西部的教育事业。他们才是当代大学生的优秀代表。如果只看到马加爵，不看到这些先进典型，那是"只见树木不见森林"。

我认为，全社会的教育理念中确实存在一些不正确的东西，应该转变。现在我们教育中重知识技巧的传授，轻人文道德的熏陶的倾向很严重，没有把道德、心理、人文教育放在应有的地位。正是这种倾向产生了对学生的片面的价值判断标准，反过来，这个价值判断标准又强化了这一倾向，形成恶性循环，把"人"进行了不同程度的"异化"。

对家长来说，考上大学即好孩子。马加爵被父母、乡亲认为是好孩子，最根本的原因不就是他是家乡第一个考上重点大学的孩子吗？对学校来说，升学率高就是好学校；对社会来说，唯学历、唯职称，轻素质，这些都是这种片面的价值判断标准的具体体现。而事实上，教育的目标究竟是什么呢？人根本不应该是分数、学历或职称的奴隶。青年首先要"成人"，具备健全的人格和心理，然后才谈得上"成才"。

任何改革都是困难的，转变观念和风气尤其难。我们学校也一直倡导，教师不仅要教书，而且要育人。我们的教育改革一定要朝着重道德、重素质的方向前进。虽然困难，但一定要认定这条路，坚定不动摇。比方说，我就觉得升学率的统计和排名应该废除，另外制订一套标准来检验中小学的教育教学成果。当一所学校流传在社会上的不再是升学率，而是它的学术声誉、育人声誉时，这种片面的价值判断标准才能得到改变。

全社会都在反思马加爵案，以育人为己任的大学当然更应当反思。我们的大学教育有许多值得补正的地方。比如，学校应该加强对学生的心理教育。昨天，我看到一则报道，很高兴——云南的大学生开始进行心理测试了。其实，十多年前，复旦就开始进行这方面的测试。我们发现每年新入学的学生中，都有相当数量的学生存在不同程度的心理问题，也有一些比较严重。这说明需要心理帮助的大学生不止一两个。在成长阶段中最需要帮助的时候帮助他们，才是"以学生的成长成才为中心"的教育理念的真正体现。

由于中西部教育水平的差距，一些生活上困难的学生在学业上也存在一定的困难，成了"双困生"，这就导致他们更容易自卑、孤僻，甚至走向极端。要看到，这些学生的"贫困"是双重的。他们很缺钱，但最渴望的还不是钱，而是心灵的关爱和引导。我们帮助贫困生，除了物质以外，还要给予加倍的心理慰藉，缓释他们的心理压力。最近，复旦学生社团心暄社组织一些贫困生参加沙龙，在轻松愉快的气氛中，大家纷纷对马加爵案发表自己的看法，效果很好。我认为，这就是一个不错的探索。

城乡差别、东西部差别将是长期存在的，这种差别对一些贫困生造成的心理压力也将是长期存在的。这就要求我们探索出更人性化、更细致的工作方法，给贫困生端去一碗碗热腾腾的"心灵鸡汤"。

（根据2004年3月23日接受《解放日报》记者曹静的采访记录整理）

中国大学教育的使命

大学对社会最大的贡献，不是对 GDP 的贡献率，也不是发表了多少篇论文，而是培养一代又一代推动社会前进的"人"。这是大学的使命。本科教育是大学教育的基础，也是立校之本。

当代中国的大学本科教育面临四个方面的挑战。第一，社会市场化的挑战。社会向市场化转型，深刻影响着青年的成长。市场化也全面渗透了大学。大学跟着市场走，使专业设置围绕市场需要，学生选择课程紧跟职业需求，教学成为知识叠加和技能操练，而忽视了品性的培养和思维的训练。第二，教育大众化的挑战。优质教育资源供不应求，使统一考试成为竞争优质资源的唯一公平的方式。应试教育愈演愈烈，危害也越来越大。怎样激发学生对科学和生活的兴趣，培养他们的自主意识和能力，改变他们的思维方式，这是大学本科教育面临的严峻课题。第三，教育模式转变的挑战。解放后，我国的高等教育制度形成了计划经济体制下的专业教育模式，为我国的工业化做出了历史性的贡献。但这种模式已不能适应当前的需求。要领导社会进步，就需要有综合素质。一个人的知识结构终身都在调整，不可能通过一所大学的本科学习就被一劳永逸地确立。第四，全球化文化冲突的挑战。在开放的环境中，中西文化的冲撞是必然的。西方文化保持强势地位，占据传播优势，也是一个历史时期不能改变的。大学是民族精神和传统文化的守护者，民族意识和中华文化必须充分融入中国大学教育。

面对挑战，我们不断思考大学教育的本质，也不断加深对大学使命的认识。大学教育的本质，是功能优先，还是以人为本？大学作为一个社会机构，必然有一定的功能。但是，功能不是教育的根本目的。教育的本质是育人。我们不能在培养"人才"的过程中，只见"才"不见"人"，只有专业，没有素养，只有知识，没有思想。大学应在对"人"的认识上，表达出我们的理解和作为。以人为本，就是把人理解为万事万物的根本。在大学教育中这包括两层含义：一是以学生为本，学校一切工作都应围绕育人来进行，否则就没有意义；二是为实现学生"每个人的自由发展"创造良好条件。马克思说："每个人的自由发展是一切人的自由发展的条件。"

正是在这样的意义上，我们积极推进通识教育。通识教育的目的，就是为了让学生不仅成为人才，也成为一个完整的人，具备完全的人格，让他们为迎接迅速变化的世界做最好的准备。通识的"识"不是知识的"识"，而是识科学、识社会、识人类。深厚的中华文化是中国大学推行通识教育的宝贵财富。通识教育是一种全面素质教育。素质教育和通识教育都着重于人的培养，而不是知识或技能的传授。从训练技能到培养素质，这是对教育目标很大的提升。国家提出加强素质教育，是对整个教育做出的战略性调整。我们推进通识教育，就是在自觉地推进全面素质教育。

回顾过去三年多的改革，我们主要有三点启示。第一，实施通识教育，首先要破除观念上的障碍。我们在2007年举行了全校通识教育大讨论，使通识教育理念在校内得到了普及。转变观念需要一个过程。教师在改革实践中不断体会，能够加快观念的转变。第二，实施通识教育，要依靠教师。教师是教学的主体，也是教育改革的主体。激发教师的热情，鼓励优秀教师投身于通识教育实践，是改革成功的关键因素。第三，实施通识教育，必须解决体制上的问题。国内大学推行通识教育，必然牵涉到系统的改革，至少包括通识教育体系的建设、本科教育教学制度的改革、协调与专业教育的关系、推进本科教育的所有环节等四个方面。只有统筹改革本科教育教学，通识教育才能顺利推进。通识教育顺利推进，本科教育教学的质量就一定会提高。

（本文为2008年5月11日在"大学通识教育论坛"上的发言）

演讲与辩论

好,趁他们的结果没有公布之前,我对第八届辩论赛的决赛,表达一点意见和态度。但是在伶牙俐齿的同学们面前,我好像也要张口结舌了。我说话没有那么快,他们的语速很快,我刚才没有算他们每分钟吐多少个字,至少对我这样年龄的人,听起来已经有点困难了,所以我不断地要问边上的萧部长:"他在说什么?"如果我参加辩论的话,我肯定就输了。

我们为什么要支持口才演讲和辩论这一学生社团,或者说支持在大学生中间进行演讲和辩论的训练呢?我觉得,这是一种课堂以外的更有意义的学习。我们现在对于表达的训练、讲话的训练,从小孩子到大学生,到我们的领导人,甚至于最高领导人,包括我自己,我觉得是缺乏的。所以如果我们去参加联合国竞选的话,肯定会失败,因为我们离不开稿子。表达,对于一个人来讲是非常重要的。表达,是你与人之间产生的关系。他们刚才不是在讲人际关系嘛,表达使你自己的意见得到了抒发,表达使你和他人得到了交流,所以,表达对人是非常重要的。

演讲和辩论,某种程度上来讲,实际上是思维的训练。所以我记得有哪个人讲过一句很精彩的话:"演讲和辩论是思维体操。"我觉得是完全正确的。演讲更多的是表达,辩论还要去抓人家的把柄,然后继续表达。因为你要正确地表达自己的观点的话,首先要有清晰的思维。如果你没有清晰的思维,你讲的话别人不知所云,不知道你在讲什么,你自己讲到最后,也不知道讲了什么。

所以,对于演讲和辩论的要求,首先是思维要非常清晰,但是这样的一种"思维体操",不是一天两天可以形成的。它的基础是什么?它的基础是学养。"学养"这个词现在不大用了,我们那个年代用得还比较多。邓正来用得比较多,邓正来的书中经常用这种词。那么以学养作为基础的话,它是多年形成的,要有积累,也就是说要在人的成长过程中间,有许多知识、文化的积累。这个积累不仅仅是学校教授的,那只占很小很小的一部分,更重要的是要自己学的。也就是说,学养的养成首先要具备学习的能力,具备读书的能力,具备听课的能力,具备记笔记的能力。现在大概也不大记笔记了,因为有电脑,弄个U盘拷贝一下就完了,何必那么费劲。至今为止我参加任何会议或者听任何人讲话,都还是记一点笔记的。我觉得,记笔记对我来说是一种思维的训练,因为不管这个人讲得好还是讲得差,我首先要把他讲的要领抓住。当然某个人的讲话我一点都记不下来,说明这个人讲的内容我实在是不理解,要么他比我更高深,要么他自己逻辑混乱,只能是这样。所以,学养的基础要打好,需要系统的训练。

另外,演讲和辩论还有很重要的一点,就是要善于在复杂的环境中找到自我。自己对某一个观点、某一种取向、某一种意见的那种认识要有自信,并成功地表达出来。如果没有这种自信,那就非常困难。这种自信和学养的基础有关系,学养的基础越深厚,这种自信就越大。当然,演讲和辩论与人的生活阅历也有关系。你们今天刚才辩论的那个问题"究竟是道义还是利益对人际关系影响更大",其实当你们将来走入社会,有了更多的体验以后,再来谈这个问题,可能比你们今天在台上的辩论还要更深刻。

一个人的表达、演讲和辩论,对于人的成长是非常有好处的。我相信我们学校很多老师跟我有共同的体会,就是,当老师很值得。因为我们吃的是"开口饭"。也就是说每天要面对不同的学生,你别以为学生没有你高明,恰恰相反,很多学生比你高明。尤其是在现在这个网络时代,你看的东西可能还没有这些学生加起来的总和多,你考虑的问题可能还没有他们角度多。但是你站在讲台上就要能够表达,就要说服学生接受,不然你何必当老师呢?至少能够给学生某种启迪和启发吧，不是"以其昏昏，使人昭昭"，不是三十年的教案不变，不是对学生一点吸引力都没有，人家都逃你的课。所以对于教师来说，他有一个很好的锻炼口才的机会。我觉得，到社会上去，好的口才也是很管用的。从某种意义上来讲，如果在大学里面能够当好教师的话，可以当一个很好的国家领导人。比如说美国国务卿赖斯曾是哈佛大学的教授。所以，我非常支持学生中间开展演讲比赛和辩论比赛。

我好久没有听辩论赛了，今天听了两场，那么请允许我对今天听的两场辩论比赛稍加评论。我觉得我们的同学们现在得到的资讯特别多，而且思维很活跃，从各个角度来出这些很有意思的问题。这两个问题出得都非常好，第一个问题本身就很有意思。

有的人在社会上还没有被人家认识之前，那有可能有的人会说，他是学文科的，不如工科人踏实，这就是在比较。当然你们今天比较的是浪漫，浪漫这个词本身就范围很广。你们说王德峰老师浪漫不浪漫？王德峰老师是很浪漫的。他是什么方面浪漫？我们没有说他是爱情方面的浪漫，王德峰老师是讲课方面的浪漫。所以你们今天这个辩题很有意思。

但是恕我直言，我觉得在今天的辩论中间、辩论稿件的准备中间、发言中间，还有一些不足。第一，逻辑思维还不够。所以有的时候，辩论是打岔的，两股道没有交点。有的时候把可以抓住的对方的弱点轻而易举地放过去了，因为他在想把自己的讲稿背出来，而没想当场把对方抓住，当然也抓住了一些。这是我觉得还不够的。因为要有逻辑的力量，对于辩题就要进行深入的研究，就是你自己在主动阐述这个辩题的时候哪几点是必须讲到的，然后你要抵御人家对你的攻击的时候，你有哪几步也是要想到的。这个就是攻守所在。第二，我有一点小小的意见，现在新型的辩论有质询，质询就是你一言我一语，来来往往太快，太快了以后根本来不及思考，好像有点像街头吵架，来来往往质询，也是要有思考的。

最后我想说，演讲与辩论在复旦大学有良好的传统。我们李登辉老校长，就大力支持开演讲课，这是八九十年以前的事情。另外，在上世纪90年代初，两场国际大专辩论赛使得复旦大学蜚声中外。我这里要和大家说一下，我跟第二场国际大专辩论赛有点关系。因为我是幕后组织者，当时林克书记把这个任务交给我，我当时是党委副书记，就是现在陈立民的那个角色。我作为幕后组织者，请了俞吾金教授和王沪宁教授，以及全校五十位教授参与，准备了半年，最后是以非常精彩的辩论在新加坡夺得全胜。今天的新加坡总理李显龙，当年就在新加坡辩论赛的现场。在我们复旦大学演讲与辩论的传统中有一个非常好的做法，就是充分依托学术领域的成果，来为学生进行训练。所以凡是参加辩论队的学生们，都在学养方面得到了很大的提高，至今为止对他们都有深远的影响，蒋昌建就是一个。所以我们有很好的传统，这种传统一定要继承下去。

两天前，我们开了一个通识教育的国际论坛，在那个论坛上，许智宏校长、刘遵义校长和我都对于通识教育发表了看法。其实，我们的演讲和辩论从某种意义上来讲，就是在课余通过社团来推广我们的通识教育。因为在这中间会遇到许多的学生的问题、社会的问题等。学校确实是希望通过这样一些内容来培养我们的学生。因为通识教育最根本的一点就是把我们的学生培养成一个有完全人格的人。所以这种训练是非常有必要的。这种训练将使我们的学生今后走向社会的时候可以应对社会各种岗位的艰难的考验，或者是种种的机会，最后取得辉煌的成功。

我希望我刚才的这个过长的致辞，可以成为推动我们的演讲和辩论的一个讲话。如果有不足之处，请大家和我辩论。

（本文为2008年5月13日在复旦大学"口才演讲和辩论"协会举办的第八届辩论赛上的即席演讲）

关于高校党的意识形态工作的几点思考

党的"十七大"提出,要"主动做好意识形态工作,既尊重差异、包容多样,又有力抵制各种错误和腐朽思想的影响"。下面结合学校的工作,谈几点不成熟的思考,请批评指正。

一、从实际出发,认识做好意识形态工作的重要性和紧迫性

要做一项工作,首先要了解那项工作的内涵。要做意识形态工作,首先要知道什么是意识形态。不然就会有许多自以为是的误解。意识形态是一个总体性的概念,是一定时期各种社会意识形式的总和,如政治思想、法律思想、道德、哲学、宗教等。意识形态又总是占统治地位的阶级的价值观念体系。

马克思在意识形态学说上有超越一切资产阶级哲学家的成就。他创造了一个德文词 Ideologie,就叫"意识形态"。马克思关于意识形态的代表作有《德意志意识形态》、《资本论》第一卷、《人类学笔记》等。这一学说渗透着马克思历史唯物主义思想的精髓,系统地提出了意识形态相对独立性的理论。我们今天把做好意识形态工作作为党的工作的一部分,最重要的是要遵循马克思所揭示的意识形态作用于社会的规律,促进社会主义的经济、政治、文化、社会建设,具体来说,就是要使社会主义意识形态在社会主义中国占据主导地位,而社会主义核心价值体系是社会主义意识形态的本质体现。

这一过程不是总是充满阳光的正面建设过程，我们面临很多的挑战，概括起来有三个方面：

一是市场经济体制的建立对社会价值观有诸多影响。我国的经济体制由传统的计划体制向社会主义市场体制转变是完全必要的，非常正确的。与此同时应该看到，从计划经济到市场经济不仅是一种经济运行模式的转换，还蕴含着一种价值体系的变迁。自主、自由、公开、平等、竞争、法制等观念逐步渗透到人们的思想观念中，同时人们变得更务实和追求利益，市场经济不会因为加上"社会主义"四个字就能避免负面的影响。

二是社会转型给意识形态带来的诸多变化。我们是历史唯物论者，社会意识形态总决定于社会存在。我国社会处在一个由封闭的、传统的农业社会向开放的、现代的信息社会转型的历史阶段中。千百个城市兴起，数以亿计的劳动大军涌向城市，人群的集聚和流动、阶层的分化、生活习惯乃至文化的交流和碰撞，给社会意识形态带来目不暇接的变化。而手机和电脑网络的普遍使用，又加快了变化的速率。手机和电脑网络的使用，不单纯是技术的革新，而且改变着人们的生活方式、人际关系乃至思想观念。

三是国际各种反华势力凭借资源优势、传播优势，没有一刻停止过向中国进行意识形态渗透，力图把他们的政治思想、价值观念和社会文化强加给中国人民。在国际社会范围内，"意识形态终结论"和"社会主义怀疑论"是同步出现的，"西化"和"非意识形态化"也是同时兜售的。2009年是我国在国际金融危机影响下，经济困难的一年，社会矛盾突显。在这种情形下，往往是国际敌对势力加紧渗透，贩卖他们的价值观、政治观的时候，有些平时属于意识形态领域争端的问题，也可能会演化为事件的口号。我们务必关注，保持敏感。

谈到意识形态工作，不少人以为这只与大学有关，只与有文科的大学有关，只与知识分子有关，因此避而远之、漠然置之。其实这是一种误解。如前所说，意识形态具有社会性，它对所有社会人都起着影响与作用。马克思告诉我们，人出生之后，不仅呼吸物质的空气，而且也呼吸着精神的空气，这种精神的空气也就是通过教化而接受的意识形态。

当然，大学是党的意识形态工作的重要阵地。因为大学是培养人的机构，是知识生产和传播的场所，也是知识分子最密集的地方。社会主义意识形态一定要在培养人的过程、知识传扬的过程中起主导作用。同时，大学也是意识形态斗争的兵家必争之地，各种社会思潮往往以知识为载体，通过大学传播到社会，各种社会力量和政治力量也通常会利用大学向社会施加影响。

二、大学做好意识形态工作，首要的是将社会主义核心价值观融入育人的全过程

党的意识形态工作本质上是建立、倡导社会主义核心价值体系。这项工作在大学，显得尤为重要。因为大学的根本任务是育人，为未来培养可以推动社会前进的各类人才。育人必须把灵魂塑造放在第一位，也就是帮助学生确立正确的世界观、人生观、价值观。大学的教育不能只对学生的第一职业负责，而应对学生的一生负责。如果学生接受、认同、内化社会主义核心价值观，我们就掌握了未来中国社会的意识形态主导权。

党的"十七大"报告提出，要"把社会主义核心价值体系融入国民教育和精神文明建设的全过程"。习近平同志在高校党建工作会议上也提出，要把社会主义核心价值体系融入高等教育和校园文化建设。"融入"两字非常好。融入就是有机地贯穿全过程，融入就是不留痕迹地影响到各方面，真正体现了意识形态的特点、意识形态工作的规律。

在实际工作中不是表面地做，而要真正做到"融入"是非常不容易的，一定要有深入的思考、智慧的对策、通盘的考虑以及实施的毅

力。这里恕不全面展开,结合学校实际,谈两个重点。

第一,建设好政治理论课,就是巩固社会主义意识形态的主阵地。政治理论课的设置,是我们党在高校坚持以社会主义意识形态教育学生的标志和根本性措施。它有教学计划(学分)、师资队伍作为保证,近年来又设置了马克思主义学科作为支撑。这是具有中国特色的,必须加以坚持,不能动摇。我们学校以落实中央05方案为核心,在改进教学方式、探索教学方法、提高教学质量上做了一些工作。注重用好三种教学资源:一是校内人文社会学科的综合资源,鼓励专业教师参与公共理论课教学。二是社会资源,我们连续几年举办了"复旦时政论坛·中国市长论坛",先后有二十多位市长来校给学生讲各地改革发展。三是学生资源,在学生参与教学和实践活动方面作探索。进一步建设好政治理论课,增强社会主义意识形态吸引力的关键在于建设好一支以马克思主义世界观武装,理论基础扎实,又能联系实际的稳定的高水平师资队伍,需要从政策措施上加以落实。

第二,强调全员育人,特别是教书育人,实质上是强调教师应当用正确的价值观影响学生。在大学里,辅导员是学生的知心朋友,扮演着亦师亦友的角色。而许多专业教师,特别是有着深厚学术造诣、学术声望高的名师,是大学生崇敬的对象。他们是学生思想和价值的重要引领者。古人早有云:"师者,传道受业解惑也。"道也好,业也好,惑也好,其实都代表对社会、对人生的看法。教师不仅在课堂的讲授中会渗透着有关价值观的看法,他们的言行举止、举手投足也潜移默化地影响学生。所以把教师动员起来,投入到自觉育人的行列十分重要。近两年,我校通过了教师教书育人的规定,还专门召开了教师大会。经过努力,涌现了一批为学生称颂的老师,全校每年都评选"我心目中的好老师"。但当前的主要问题还在于,教师的负担较重,精力分散,在育人的工作中投入不够,需要从倡导上、机制上努力。

三、大学做好意识形态工作,还要在学术活动中坚持社会主义意识形态的主导地位

能否保证社会主义意识形态在大学里的主导地位,单凭主观愿望是无济于事的,也无法用行政命令维持,关键还是要靠理论和学术的建设和发展。

所以,大学首先要积极参与中国特色社会主义理论体系的构建。改革开放三十年的成功实践,等待理论工作者去总结升华,中国化的马克思主义等待理论工作者不断创新,中国特色社会主义理论等待理论工作者去阐发播扬。

其次,在大学的哲学社会科学学科建设中,要坚持在马克思主义指导下繁荣学术。这一点不能动摇。以马克思主义指导各学科建设,并不是机械地搬用马克思主义关于该学科的现成结论,更不是"穿靴戴帽"硬贴标签,而是以马克思主义的世界观和方法论指导学术建设,也就是要以辩证唯物主义和历史唯物主义来指导学术发展。因为我们认定这是科学的世界观和方法论。在大学的哲学社会科学研究中,食洋不化的情况是经常有的,更大量的是远离实际、脱离实际;抛弃传统而侈谈创新,脱离实际而要构架体系;历史虚无主义也发生了,形而上学的观点盛行。所以我们要引导青年理论工作者学习掌握马克思主义的世界观、方法论,面向当代中国和世界,从研究实际问题出发展开学术活动。

"理论是灰色的,实践之树常青。"实践是理论研究的源泉、检验真理的标准。当代发展中的中国社会,亿万人民的发展改革实践是马克思主义理论创新的巨大宝库,也是人文社会科学建设繁荣的丰富资源。这是哲学社会科学工作者的历史机遇。我们坚信,面向中国,面向实际,眼睛向下,我们的政治学、经济学、法学、文学、历史学、社会学、新闻传播学等,以及诸学之统领——哲学,一定会繁荣起

来，社会主义意识形态的主导地位就有了基础、有了保证。

大学是一个学术机构。要坚持社会主义意识形态的主导地位，一定要注意处理好两个问题。

一是坚持主导和包容多样、尊重差异的关系。"坚持主导"是为了把握正确的政治方向，同时还因为大学是育人的地方；而"包容多样、尊重差异"也是大学履行发展学术的职责所必需的。不能包容多样、尊重差异，学术就繁荣不起来。处理这一关系的背后，实质上是处理学术自由和政治方向的关系。学术自由是繁荣学术所必须的条件，包括思想自由、研究自由和探讨交流自由。当然学术自由也不是绝对的自由，它必须受到学术规范的约束。学术和政治既有区别又有联系。学术不等于政治，它是一种探寻规律的科学研究活动，因此学术的问题应当通过学术的方式加以解决，譬如学术违规应当由学术委员会的教授们调查评判。但学术不会与政治没有联系，有些学术主张会表现为某种政治倾向，有些国家的动乱其源头上甚至可以追溯到某些学术主张的极端发展。然而，从学术主张演变到政治倾向，再演变到政治主张，进而演变为政治行为，是有着一个过程的，而且并不是一个必然的递进过程。进而说，在思想领域里，从马克思主义到反马克思主义，从社会主义到反社会主义，其间有巨大的空间。所谓包容多样、尊重差异，就是容许这一空间的存在，关键看我们的工作。经过三十年的发展，新中国欣欣向荣，各学术领域也是空前繁荣，广大知识分子是拥护党、赞成走社会主义道路的，社会主义意识形态仍然起着主导作用，这是基本面，对此我们要有信心。在大学，保证学术自由当然是有底线的，那就是任何学术活动不能违背宪法所规定的四项基本原则。出现反动思潮和行为，要坚决遏制和批判。在大学还有重要的操作规则，那就是"学术探讨无禁区，课堂教学有纪律"，讲座当然包含在课堂范围。即使是学术研讨会也应分层次，有些探讨只能是小范围，不涉外。

二是如何做好知识分子工作。大学是知识分子集中的地方。知识分子问题是个大课题，这里不可能展开。只谈谈如何认识知识分子和意识形态的关系。习近平同志说得好："意识形态工作说到底是做人的工作。"如果能理解知识分子对意识形态问题的独特视角，就能团结更多知识分子，在认同社会主流意识形态的基础上，做好各项学术创新工作。撇开大学中不同学科的知识分子和意识形态工作有不同距离不谈，一般说来，知识分子往往都有较强的学术责任感和社会责任感，往往也具有较强的学术批判精神。他们习惯于站在文化或学术的立场上来看待意识形态，以批判的精神进言社会。他们不希望意识形态和政治密切挂钩，他们对其他人的观点持宽容态度。一般说来，知识分子除了具有与民众一样的共同利益诉求外，格外重视学术权利，重视独立思考环境的获得和独立见解的表达。针对这些特点，我们做好意识形态工作要十分谨慎，处理意识形态领域的问题，比如讲坛、出版物中的问题，尽可能从学术的角度去处理；要引导知识分子更多地将理想的批判变成现实的研究；特别要着意于宽松的学术环境的营造，要通过开展正常的学术争鸣、实施科学的学术评价机制、执行严格的学术规范等，来创造一个良好的学术生态。知识分子是一个阶层，政治观、价值观各不相同。我们要本着尊重、维护、宽容、大度的精神团结、教育好知识分子，为育人资政、发展学术服务。其基本立足点是团结，不放弃教育和引导，通过我们的工作，将广大知识分子紧紧地团结在党和政府周围。

（本文为2009年2月7日在上海高校党政负责干部会议上的发言）

当前大学发展中的若干问题

中国的高等教育正在进行一轮历史性的变革。这一轮变革自20世纪90年代中期开始,截至目前,它取得了两个历史性的成就。一是使高等教育事业迈入大众化发展阶段。2005年,我国高等教育毛入学率达到21%,在学人数2 100万人,规模居世界第一。二是进行了新中国成立以来涉及面最广、力度最大的高等教育管理体制改革和布局调整。全国先后有900多所高校参与了各种形式的共建、合作和合并,通过"共建、调整、合作、合并"等措施,建立了中央和省级政府两级管理、以省级政府管理为主的新体制,组建了一批学科综合和人才汇聚的综合性大学和多科性大学,使教育资源得到了优化配置。在《李岚清教育访谈录》里,这一轮变革的头十年被归纳为:"把一个适应时代要求的高等教育带入21世纪。"

从历史的角度来看,本轮变革对我国高等教育发展产生的历史性影响,丝毫不亚于19世纪后半叶的德国大学制度改革和二战以后美国高等教育的大发展。德、美的两次变革分别耗时约40年和25年,不仅使两国的高等教育制度,也使各个大学的定位、功能、结构、管理,都发生了脱胎换骨的变化。从这个意义上说,我国高等教育最近十多年来的一轮发展和改革远远没有结束。

2006年5月,温家宝总理在主持国务院常务会议、听取高等教育工作汇报时,客观分析了当前高等教育发展面临的诸多问题。这些问题可以大致归纳为两个方面。一是高等教育质量还不能完全适应经济社会发展的需要,另一个是适应时代和国情的现代大学制度还没有完全建立。党的"十七大"以来,党中央、国务院明确要求高等教育战线学习实践科学发展观,注重内涵发展,提高高等教育质量。今年年初,刘延东国务委员在教育部直属高校工作咨询委员会第十九次全体会议上强调要深入贯彻落实科学发展观,加快有特色、高水平大学建设步伐,努力满足国家现代化建设重大战略需要。坚持特色、注重内涵发展,提高高等教育质量,这些是我们进一步推动高等教育发展和改革、办好大学所要考虑的基本问题。下面我结合复旦的情况,主要谈谈对以下几个方面的问题的认识。

一、抓住科学发展的第一要义,坚持内涵发展之路

什么是大学的发展之路?这是每一个大学管理者都需要思考的根本性问题,可以细分为三个不同的层次。一是从各国高等教育发展的共同规律出发,考虑普遍意义上的大学发展之路。就是如何办大学?二是从发展中国家的特殊国情出发,考虑有中国特色的大学发展之路。就是如何办中国的大学?三是从某一所大学的历史和现实情况出发,考虑一所有自身特色的中国大学发展之路。也就是,如何办好一所中国的大学?

近十多年来,大家的事业都红红火火。很多学校实现了超常规的、甚至是跨越式发展。1998—2002年,并校蔚然成风。2000—2005年,扩招蔚为壮观,办学规模都有成倍增长。因为办学规模扩大,很多学校都积极筹划扩大学校规模。2002—2005年,在各地政府的支持下,很多大学都忙于基建,圈地、造房子。这种以"并校—扩招—扩校"为特征的发展,在本质上都属于外延式发展。办学规模扩大造成生师比增高,教师负荷加重,教育教学质量无法有效保证。疾风骤雨般的大规模基建造成学校支出大幅增加,不断举债,财务成本和财务风险不断增高,事业发展的可靠性和持续性无法保证。高负荷难以持久,高负债阻碍发展。所以,在一个热气腾腾的"跃进"发展以后,很多高校必然要面临一个调整消化期。很多大学的领导也必然会考

虑，下一步学校的发展之路该怎么走。

复旦大学在2005年暑假总结"十五"工作时，提出了"坚持走内涵发展为主的道路"这一命题。2006年9月，我校第十三次党代会正式通过了《复旦大学"十一五"发展规划纲要》。《纲要》确定复旦"十一五"发展的指导思想是："坚持走内涵发展之路，着眼于提高学校的综合实力。"提出"走内涵发展之路"，经过了全校上下一年多的酝酿和思考。

什么是大学的"内涵发展之路"？内涵相对于外延，指事物本质属性的总和。而外延指事物外部的延伸，如规模的扩大、数量的增长。内涵发展和外延发展是两种显然不同的发展。对一个高校来说，外延和内涵都要发展，但是在不同的历史时期，可能有不同的侧重。发展外延，就是扩大未来发展的空间，争取更多的机会；注重内涵发展，眼光就放在增强实力上。现在流行四个字"做大做强"，做大主要指外延，做强主要指实力。内涵发展不一定是显性的，看不到所谓的"政绩"。但是，内涵发展不是不发展，而是更深刻、更坚实的发展，是有后劲的发展。对于一所大学来说，内涵的发展比外延的发展更为根本，对长远的发展更能发挥作用。我们认为，内涵发展之路是一所大学兴盛、成熟的必由之路。这是因为：

第一，走内涵发展之路反映了各国高等教育发展的普遍规律。大学的发展是有其内在规律的。大学是长寿的机构，它的寿命远超过一般的机构。有人做过统计，自从1530年以来，西方世界只有85个机构存活至今，其中就有70所大学。综观各国的高等教育发展史，最有名的大学基本都是历史悠久的大学，都有深厚的文化积淀和优良的传统，有较为成熟的育人理念，有具有影响力的优势学科，有对学校高度认同的高水平师资队伍，有广大的忠诚的杰出校友群体，还有富有特色的完善的内部管理体制。这些都属于大学的内涵范畴，不是靠单纯的外延发展就可以获得的。所以，要从一所不知名的学校变为一所公认的高水平大学，需要经过几代人甚至十几代人的不懈努力，需要长期的积累。我们办大学就像在接力长跑，一棒接一棒。每一届领导班子都是其中的一棒;搞内涵建设,也需要咬紧牙关,一年又一年,不断推进。

第二,走内涵发展之路适应了"穷国办大教育"的特殊国情。我国是穷国办大教育,而且是世界上规模最大的高等教育。总量少,规模大,于是人均更少。教育部的数据显示,我们仅以占世界公共教育经费总数1.4%的财力,却要支撑占世界学历教育人口22.9%的庞大教育体系,其间的压力可想而知。近年来,我国公办高校的潜力已经充分发挥,而财政性经费投入严重滞后于规模发展,使很多高校办学条件紧张。周济部长曾多次提到,受国民经济发展总体水平和国家财政实力的制约,今后国家财政性教育经费用于高等教育的投入不可能有很大幅度的增长。这就意味着,资源紧缺将是今后一个时期我国高等教育发展的主要矛盾,也将成为各大学继续发展的重要障碍。学校发展的资源包括土地资源、财力资源和人力资源,相信各校目前的人力资源和财力资源都非常紧缺。在资源有限的情况下,我们只有集中力量有突破地发展,不打消耗资源之仗,不把摊子铺得很大,只有着眼于学校的根本,脚踏实地,推进内涵建设。

第三,走内涵发展之路避免了各高校只比规模的恶性竞争。衡量一所大学的规模,维度比较单一,不外乎在校学生数、硕士点、博士点等少数几项指标。高校之间的竞争如果是以规模为主,拼统计数据,结果只能是恶性竞争。拼数字就是在拼资源。和企业经营不同,大学发展不讲市场占有率,拼规模是拼不出效益的。政府部门在分配资源的时候,切忌以数字统计为指挥棒,助长急功近利的思想。大学处于教育金字塔的最高端,它的效益就是培养高素质的人才。质量是高校最重要的办学效益,也是大学内涵发展的本质要求。此外,因为办出精品就是办出特色,所以特色也是大学内涵发展的必然结果。很多高校都认识到,在当前形势下,学校要有大的发展必须要凝聚方向、积聚力量,乘势而上,实行错位竞争,在办出精品的基础上办出特色,而不是恶性攀比。

怎么走大学的"内涵发展之路"?复旦提出,关键是增强学校的综合实力。一所大学的综合实力,就是指支撑这所大学水平、保证学校可持续发展的能力。这种能力可以是显性的,如培养创新人才的能力、科技创新的能力、为经济发展和社会进步服务的能力;也可以是隐性的,如师资队伍的实力、体制机制的活力、学校的影响力等。大学综合实力的强弱决定了这所大学的地位和前途。评估一所大学的综合实力,不仅是对大学过去成绩的计量,更重要的是对大学未来发展潜力的衡量。

总之,找准一条大学发展之路,就是要树立科学发展的理念,提高发展的水平,找到适合本大学的可持续发展道路。

二、学科布局和办学特色

我们办大学,总要和一些含"学"字的概念打交道,如学科、学位、学术等。其中,最重要的是学科。随着建设现代大学的经验不断丰富,我们对于学科理念的认识也不断提高。这些认识可以被大体归纳为四个问题。

第一,什么是学科?学科是大学特有的概念。从传递知识、教育教学的角度看,学科是指"教与学的科目";从创造知识、科学研究的角度看,学科是指"学问的分支";从校内组织的角度看,学科又是"学术的组织"。学科的设置,一要符合科学的分类,二要适应社会对人才的需求。

第二,学科有什么用?弄明白学科有什么用,就清楚了学科建设的作用。周济同志曾经提到,大学要进一步加强宏观思考和战略研究,精心制定好"三个规划",即发展战略规划、学科建设和师资队伍建设规划、校园建设规划。其中最值得推敲的,是学科建设规划。

我们认为,学科建设是学校建设和发展的龙头。学科建设的状况是体现一所高校实力和水平的重要标志。学科是管定位、管布局的。定位清晰,布局合理,这所大学就有特色;定位不清,左右摇晃,发展就大受影响。大学的基本功能是人才培养和科学研究。学科建设与人才培养、科学研究的关系，犹如车身和轮子的关系。学科建设是车头和车厢，人才培养和科学研究是两个轮子。如果两个轮子转得不好，这辆车就开不起来；反之，车头方向不明，轮子就会空转、白转。

2003年，复旦提出建设世界一流大学的五大战略，即学科、人才、品牌、国际化和服务上海五大发展战略。其中，学科发展战略是学校整体发展战略中最重要的部分。我们提出，坚持以学科建设为龙头，首先把学校发展的战略布局构架好，在此基础上推动科研与教学，并决定资源的投向。换句话说，学科发展战略决定着学校的学科布点，决定着一段时间的重点科研方向，也决定着校内资源的流向。

简而言之，学科管布局。只要布局合理，结构优化，重点突出，学科规划就能长远地发挥作用，也就容易被落实。所以，一所大学的发展首先要着眼于学科建设，做好学科规划。

第三，学科怎么建设？就是学科建设的基本原则。总的一句话，要集中力量建设体现办学特色的支柱学科。国内高校对学科的认识，也有一个逐步深入的过程。清华教授钱颖一写过一篇文章《谈大学学科布局》，结合美国的高等教育实践，对学科建设的问题分析的比较透彻。一般而言，高校的学科分为三个层次，第一个层次是基础学科，包括人文科学、自然科学和部分社会科学，它们构成综合性大学中的三个学科支柱。自然科学的主体是数学、物理、化学、生物；社会科学的主体是经济、政治、社会、心理；人文科学的主体是文学、历史、哲学。在美国通常三者合在一起构成文理学院。第二个层次是四大关键应用学科，通常对应四个专业学院：工学院、医学院、商学院和法学院。第三个层次是其他应用学科，他们对应的是其他专业学院，包括建筑学院、新闻学院、教育学院、公共管理学院、国际关系学院、公共卫生学院、农学院、美术学院等。这三个层次的学科布局要能体现出办学特色，需要处理好四对关系。

一是专科和综合的关系。中外很多大学的发展都是逐渐从单

（专）科学院发展成综合性大学的。这也符合现代学科体系的发展规律。大学合并是为了提倡综合，综合顺应科学发展趋势和人才培养规律。一个大学的学科犹如手的五指，总是有长有短；但是，如果没有五指，就握不成拳头。

但这里有一个概念需要正本清源，综合性研究型大学的学科布局特征并不是所有学科齐全，面面俱到。它们的共性是基础学科的主体齐全，它们的特色是在不同的实用学科上突出重点。在美国，一流的综合性研究型大学可缺少任何专业学院，但作为学科主干的文理学院中的人文科学、自然科学、社会科学这三大支柱不可有任何一支示弱。例如，哈佛大学、耶鲁大学、芝加哥大学没有工学院，伯克利加州大学没有医学院，圣地亚哥加州大学没有法学院，普林斯顿大学没有医学院、商学院、法学院。但这并没有影响它们成为顶尖的综合性研究型大学。所以，我们要重视综合学科体系的集成作用，但也不能一味地求全。综合之下，不可丢掉特色。综合不等于齐全。追求齐全，成本很高，成效甚微。

二是基础和应用的关系。基础学科是大学发展之本。基础科学发现原理，它涉及的知识是根本性的。没有一流的基础学科，实用学科的发展就受到制约。诺贝尔奖都是为基础学科设置的，如物理、化学、生物（医学）、经济学、文学，而非为实用学科设置。从人才培养的角度看，基础学科是本科教育的核心，这就是为什么在美国的综合性大学中文理学院是最主要的本科生培养机构。可以说，基础学科的水平是衡量综合性大学整体学术水平和声望的最重要指标。基础学科是老枝，应用学科是新芽。老枝遒劲，就能发新芽。当然，要让老枝发新芽，也需要一定的手段。例如，做好学科交叉工作，嫁接一些新芽，催生新的品种。此外，发展应用学科不等于开展职业教育，不能社会有什么职业就设置什么学科。设置学科缺乏合理依据和规划，学科发展就没有稳定性。社会虽然迫切需要职业教育，但应该通过大力发展职业教育以满足这种需求，而不是由高等教育代替职业教育。大学毕竟不是职业养成所，复旦一位教师说得很好："大学所传授的知识不是让你在寻找第一份工作的时候发挥作用,而是在你从事人生中最后一份工作的时候还在发挥作用。"

三是教学型和研究型的关系。近年来,国内各校在制定发展战略时,受国外大学分类研究的影响很深(例如美国的卡内基分类法),将大学人为地划分成了四档,依次是研究型、研究教学型、教学研究型、教学型。于是,很多学校都根据自己的现有水平往里套,希望能经过努力进入上一个档次。国外的类似研究,是根据当时大学发展的普遍情况所做的特征分类,并不是对大学的发展之路做出明确的界定。不管是研究型大学,还是教学型大学,都有自己的优势和不足。不是高水平的大学就是研究型,低水平的大学就是教学型;也不是研究就比教学重要。水平相对有限的大学,要提高自己的水平,并不是只有加强科学研究这一条路。简而言之,研究型不等于高质量。欧美都有很多以教学为主的高质量文理学院,历史悠久,学风优良,声誉卓越。还有一批学科特色鲜明的专门学院,如纽约服装学院、美国烹饪学院,也因为分别培养出一批世界级服装设计师和烹饪大师而闻名遐迩。高校多样化多元化发展,是整个高等教育体系充满活力的基础。

事实上,20 世纪五六十年代,美国在高等教育大发展时期也出现过高校盲目发展的问题。在高校云集的加州,政府制定了《高等教育总体规划》,严格界定了公立高等教育各部分、各类型的角色和使命。正因如此,西方直到 20 世纪 90 年代,仍把这个规划当作"提供大众化高等教育机会的蓝图",这种教育发达国家的经验值得借鉴。

四是热门和冷门的关系。学科发展,要瞄准学科发展方向和经济社会发展的重大需求,把握学科发展的内在脉络,提早布局,准确布点。学科发展不能跟风。跟风,就是人家有什么,我弄什么,人家弄什么,我跟什么。跟风的结果,往往是落于人后,受制于人。虽然弄了热门专业,却是在炒冷饭,做的都是冷门的事。所以现在的状况常常是一些所谓的"热门"专业泛滥,而一些基础性的"冷门"专业萎缩。例如,以法学专业为例。1998 年全国高校的专业点数为 772

个，到 2005 年增长到 2 072 个，增加了 1.7 倍；法学本专科毕业生人数从 1998 年的 2.96 万人增长到 2005 年的 16.30 万人，增加 4.5 倍，根据最新的统计数据，现在法学已经成为就业率最低的专业。再以新闻学专业为例。1994 年时，全国高校新闻类专业点有 66 个，到 1999 年增加了 58 个，平均每年增加 10 个左右；但从 1999 年到 2004 年这五年内，增加了 335 个专业点，平均每年增加近 70 个；更为惊人的是到 2005 年，新闻类专业点达到 661 个，一年就新增 202 个。上海的高校也存在着类似问题，全上海 81% 的本科院校都设立了国际贸易与经济专业，67% 都设立了金融专业，65% 都设立了会计专业，这三大热门专业每年毕业生超过 1 万人。上海正在建设国际金融中心，每年虽有这么多经济、金融专业毕业生，但真正需要的对口人才却还是不够。事实上，有能力培养中高档、创新型金融人才的大学寥寥无几。专业的设置适应人才市场的需求，总有一个滞后期。大学学科设置不能跟着市场走。要适应需求，又要保持距离。

第四，学科怎么规划？又怎么落实？学科规划是大学最重要的规划。学科规划能不能落实，关键看学科定位。定位准，有明确的学科发展方向，就能聚集队伍，争取到资源，实力显著增强，规划就能落实。定位不准，聚集的队伍会散，投入的资源不能见效，规划就失败。

在落实学科发展战略，制定、实施学科规划的过程中，我们体会到学科建设要重视"学科生态"。形成良好的学科生态是落实学科规划，实现学科群发展的重要条件。我们认为，学科的生生息息是一个不断发展的过程，就像一个生态系统。学科建设应该是"分类分层地推进，相互协调地发展"。所谓分类，就是说基础、应用，传统、新兴，各类学科要有各自的奋斗目标，各得其所。所谓分层，就是要调动学校和院系（医院）两级抓学科建设的积极性。如果仅有学校的积极性，学科建设是搞不好的。学校的摊子大、摊头多，没有这个精力，也没有这个能力考虑得十分周全，因此必须调动院系和广大教授的积极性。所以，学校多考虑整体布局、发展方向、资源配置，院系

（医院）多考虑二、三级学科方向的发展。此外，还要注意创造有利于学科发展的体制政策环境，形成良好的人文氛围，要避免发展一个，抑止另一个的现象，让新的学科不断冒出来，相互协调发展。

有良好的"学科生态"，就能避免学科建设投入的误区。一是可以落实"成熟原则"，学科点成熟一个摘一个，避免花大力气催熟。二是适度的丛林原则，适者生存，哪个学科点生存能力强就多投入，哪个项目前途好就投入大，避免以学科为单位、按山头分资源。

三、人才培养是大学的根本任务

抓住了人才培养这一环节，就抓住了内涵建设的基本要领。我们在分析大学的综合实力时认为，培养创新人才的能力是一所学校最基本的实力。这是因为，学校的影响力多半来自这所学校高质量的毕业生。只要这所学校能够源源不断地培养出好学生，它就能够保持向上的势头，就有发展的潜力，就不会被人小看。虽然，科学研究在现代大学的发展中起到了至关重要的作用，服务社会的功能也日渐重要，但均没有取代大学的人才培养功能。恰恰相反，科学技术在经济社会发展中的作用越重要，国家和社会对于大学培养高素质创新人才的需求就越迫切。20世纪90年代，美国在进入以信息产业为代表的新经济时代以后，社会对于大学重点目标的关注，反倒由科学研究转向了人才培养，尤其是本科阶段的教育。我国《国家中长期科技规划纲要》对于大学的科技体制改革要求也非常明确："大学是我国培养高层次创新人才的重要基地，是我国基础研究和高技术领域原始创新的主力军之一，是解决国民经济重大科技问题、实现技术转移、成果转化的生力军。"一共三个要求，"人才培养的重要基地"列首位。

曾经有同志认为，中国的本科教育是世界一流的。主要根据是我国适龄考生的基数大，从中选拔的本科生源质量非常高。那么，我要反问一句：中国本科教育不落后，研究生教育落后吗？研究生教育如果落后,是培养落后、生源落后,还是都落后?如果都落后,那么本科生教育的质量又高在哪里?

人才培养根本的落后是教育理念的落后。有一些国外高等教育学者把大学的政策划分为六大领域,其中有两大领域与人才培养密切相关,即招生方法与入学机会、课程与考试。复旦在过去几年里,围绕"培养高素质创新人才"这一主题,在本科教育教学方面,做了一些探索和改革。现从我们的实际经验出发,围绕上述两大政策领域,就教育理念落后的问题,试举三例。

第一,应试教育和大学招生问题。近年来,我们越来越充分地认识到,应试教育对中国的未来发展、对民族所产生的长远不利影响。应试教育片面地强调学生对知识点的掌握,忽视或放弃了思维和能力的培养。应试教育也加重了学校、教师和学生的负担,扭曲了基础教育的本质,极大地束缚了学生自由的生动活泼的成长,扼杀了青少年的兴趣和创造活力。应试教育甚至还成为一种文化、一种社会定势,渗透到各个领域的人才培养和评价标准中,甚至连政府官员的晋升也由考试决定。应试教育也成了某些教育机构、中介机构的利润来源。很多违规办学都冲着应试而来。

高考是应试教育的指挥棒。正因为这样,复旦才不惜风险,于去年向教育部申请实施自主选拔招生改革,积极争取吃"螃蟹"。自主选拔招生改革的核心内容,是改变一考定终身的方式。我们的举动得到了教育部和上海市的大力支持。有领导和我们说,这是"破冰之旅"。为了确保改革成功,我们投入了大量的人力、物力,很多细节一再设计,一半的校领导扑在一线。由于群众首要关注的是公平问题,我们不得不设置一些国外都没有的做法,并在招生过程中,向社会和家长做了大量的说服工作。最后,顺利达成既定目标。"破冰之旅"虽然破了,但破得不易,破得也很有限。

实际上,这件事并没有太多创新,只不过是按照世界上大学的通行做法,在国内试了一下水。海外的高水平大学选拔人才都有一个特征,就是根据自己的人才培养理念来自主选拔学生。世界各著名大学无一不把招生列作学校的头等大事,不惜血本,全球抢夺优质生源,储备一流人才。这些大学招生,必然体现为学生的激烈竞争和学校的自主选拔。可以说,我们在人才培养方面,与海外高水平大学最大的差距,就在于选才的眼光还不够"凶",手段还不够多。

第二,通识教育和专业教育问题。1949 年以后,中国的高等教育基本照搬苏联的模式,专业划分庞大而细致,这样做适应了当时迅速培养出一批社会主义建设急需的专业人才的形势。但是,随着时代发展和社会进步,这种人才培养模式的局限性越来越显现出来,专业教育过细,导致人才培养的适应性差,不能适应学科之间交叉综合的发展趋势,也无法满足社会对人才应用的综合性要求。

复旦结合自己 20 年的文理基础教育经验,经过三年筹备,从 2005 年开始推行通识教育。发展通识教育可以现有的文理教育为基础,但不同于文理教育。当年,我们成立了复旦书院。所有本科新生,包括外国留学生在内,不分专业,统一接受一至两年的通识教育(一般为一年,但临床医学八年制专业为两年)。在学院内,借鉴国外大学住宿学院的有关做法,建立了四个"书院",作为学生的管理单位。从今年开始,建设通识教育核心课程。核心课程在通识教育体系中具有基础性的地位,是复旦各专业本科学生的必修课程。核心课程并不是对以往课程的修订,而是基于通识教育理念,重建一个课程体系。这些课程绝不是某一门专业基础课、概论课的翻版,而是在更高、更广的视野上来看待专业领域的问题。建设核心课程是一项长期的、全校性的系统工作。

我们推行通识教育,主要相对于专业教育而言,通识教育反对的是片面化、极端化的专业教育,但并不排斥科学合理的专业教育。学生在进入专业教育之前,经过通识教育的洗礼,基础扎实,视野宽广,初步具备了研究兴趣和能力,通识教育也就达到了目的。

在推行通识教育的过程中,我们最大的体会就是,复旦对于科学的大学课程体系和通识教育的认识,都还相当肤浅。我们目前推行的通识教育要真正开始见效,起码要五年到十年。比照世界一流大学的教育教学，它们之所以能成为一流，关键在于有很成熟的人才培养理念，根据理念长期建设、积累了一批很好的课程，而且每过一个时期，就对现行教育理念进行修订，对现有课程进行创新和改革。

当然通识教育的深入推进，不可避免地会涉及体制问题。关于通识教育，我一直有一个梦。这个梦想的第一步，就是通识教育贯穿本科培养的全过程。同时在人事制度上做相应改革，每个教师都有两个属性，第一是专业学院，第二是书院。担任导师另外有一部分薪酬，教师以拿到两张聘书为荣。这样我们的老师才能真正在书院辅导学生读书，指导学生学习，与学生进行思想、文化上的沟通，这才是真正的育人。这个梦想的第二步，就是基础学科全部进入本科生院，用强大的基础学科的力量培养本科生。当然现在看起来，这个梦想比较遥远，但我们相信，今后国内有越来越多的大学会开展通识教育。我们也欢迎大家百花齐放，争奇斗艳。

第三，创新教育和教学改革。培养大学生的创新能力已经成为当前中国高等教育的一个普遍共识，关键是如何落实。

复旦提出，要建立符合研究型大学要求与特征的本科教育教学体系。这个体系要求学校有清晰的人才培养目标，即培养大量高素质创新人才。所谓高素质创新人才，就是培养的学生具有健全的人格，能够扎根民族、关心民生、关怀天下，能够追求卓越、立足前沿、视野开阔，具有科学精神和理性批判的能力，具有探索精神和可持续学习的能力，具有创新精神和动手实践的能力。这个体系还要求学生要树立科学的学习观。所谓科学的学习观，就是基于学生长远的、全面的和内在的利益考虑的学习观。这种学习观帮助学生认识到，学习可以改变自己，是终身的事情，是使人聪明和能干的过程。这个体系的基本目标，是使学生普遍具备探究的兴趣和研究的能力。

建设这个体系的过程就是实施本科教学改革的过程。我们提出建设研讨型课程。课程教学不是单纯的知识授予，而是重点培养学生的学习能力、研究方法和思维方式。建设研讨型课程的前提是改变教师的教育教学思想，然后才有可能改变教学方法。截至目前，我们确立了两个要重点抓的基本环节。一是大幅度增加学生的阅读量，尤其是文科专业。二是增加小班讨论课程；无法实现小班上课的，教师也要想办法组织学生开展讨论。为了配合研讨型课程建设，我们还要改革教学管理体制，明确学校和院系之间的分工，调动两方面的积极性。

总之，高质量的本科生教育是人才培养体系中最基础的一环。个中的学问很大，我们对于其中的很多问题都似懂非懂，需要静下心来好好钻研，虚心向国外的同行学习，更新自己的教育理念，积极寻找适合本国和本校的本科生培养道路。

人才培养的另一个重点是研究生教育。研究生教育质量不仅关系到高层次人才培养，也关系到学校科学研究的水平和潜力。提高研究生培养质量，两头都得益。当前，研究生教育亟待改革，趋势已是箭在弦上，不得不发。在国内很多高校都打算试水之际，我们尤其需要参照各方面的经验。越是重大的改革越要多谋，尽力争取谋定而后动，实现科学决策，避免失误。我提出四个方面的建议，供大家参考。

第一，招生要改革。招生改革的目的有三：控制研究生招生规模，提高生源质量，科学合理地调整招生结构。招生工作要发挥校、院系两级积极性，动员更多导师参与。在条件允许的情况下，建议各个学校加大研究生自主招生改革的力度，改进选拔机制，增加面试权重，以吸收更多具有科研创新潜质的优秀生源。

第二，收费要改革。研究生教育不是义务教育，应该收费。研究生的培养，应该有合理的教育成本分担机制。国家、导师和学生三方都应负担部分培养费用。一方面，每个学生必须交费，把培养费用明显化；另一方面，变"暗补"为"明补"，学生通过个人的努力，申请各种高金额奖学金、助学金，公平争取。这样，将大大提高学校的资源使用效率，使资源分配更均匀合理。

第三，培养方式、机制也要改革。一是调整培养结构。要从学科发展规划和社会的需求出发调整招生培养结构，鼓励在学科增长点和交叉点上招收研究生，注意调整科学学位生与专业学位生的比例。二是改革培养机制。当前比较热门的问题,如研究生的毕业资格审定问题,是否一定要发文章?又如,博士生资格考试制度怎么推行?这些问题很值得研究。

第四,博士点、硕士点、导师队伍都要完善。博士点、硕士点的问题不必多谈。我这里择要谈谈导师队伍建设。我们认为,导师队伍是提高研究生培养质量的根本依靠力量。研究生导师要全面关心学生的思想、学习和生活,切实担负起培养学生成长成才的首要责任。所以,要继续完善博士生导师遴选制度,建立健全研究生导师考核制度,加强对导师工作的考查监督,确保导师负责制落到实处。

四、大学科研要上去,瓶颈是体制

科学研究是现代大学的基本功能之一。科研水平是大学综合实力的重要支撑。大学的科研体制包括内、外体制两个方面。外部体制指大学与国家、企业、基金会等资助方的关系,以及科技成果转化等产业化方面的问题。二战以后,美国政府大力支持大学开展基础研究,这种合作关系直接导致了美国研究型大学的出现。《国家中长期科技规划纲要》强调,科学研究与高等教育相结合的知识创新体系,与以企业为主体的技术创新体系、国防创新体系、区域创新体系和网络化的科技中介服务机构,共同构成了中国特色国家创新体系的五大支柱。这一定位明确了大学在国家创新体系中的地位和作用,也奠定了大学在未来一个时期的科研外部体制。

大学科研的内部体制是大学科研是否具有竞争力的重要因素,也是现阶段我国大学增强知识创新能力、提高科研水平的"瓶颈"。我国现行的大学科研体制有其优势。队伍数量大,层次整齐,学科齐全,有较强的科研活力。目前,全国有 61.7% 的国家重点实验室和 35.3% 的国家工程研究中心建在高校。全国两院院士中,有 38.7% 在高校。2005 年新增的中科院院士中有 55% 来自高校。"十五"期间,全国高校累计获得国家自然科学奖 75 项,占全国授奖总数的 55.07%;国家技术发明奖 64 项,占全国授奖总数的 64.4%;国家科技进步奖 433 项,占全国授奖总数的 53.57%。

但是,我们也必须看到,按专业划分的院系架构主要适应的是大学培养人才的需要。这一架构有若干不利于组织科研的缺陷,科研资源分散,学科交叉困难,组织较大体量、跨学科的重大科研活动受到局限。要攀登世界科技高峰、解决重大理论和实践问题、带动相应学科领域的发展,就必须突破现有的体制束缚,建设一批有别于传统组织架构、有利于学科交叉和集中资源攻关的科研创新平台、基地。

创新平台、基地是大学内相对独立的科研实体。理工科建设科研平台,文科建设创新基地,是很多高校在实施"985 工程"中,参照国外有关经验,突破现行大学科研体制"瓶颈"的一项战略性举措。与之相应的,是大学内形成一支专职科研队伍。这支队伍不按院系配置,可以承担一部分教学任务,但主要精力用于科研。要建设好平台基地,需着重考虑四个问题。

第一,是否有明确的方向。简要地说,要瞄准国家重大计划和学科发展前沿,凝练学科发展方向。国家重大战略需求和学科发展前沿两方面都要兼顾。

第二,是否有领军科学家。建设平台基地的关键在人,"筑台迎凤"的关键还是在"凤"。很多时候不仅要主动找"凤"、迎"凤",还要在学科发展方向上就"凤",让领军科学家们能够把平台基地的发展当作自己的事业。如果你不能做到"凤凰台上凤凰游",那么必然是"凤去台空江自流"。

第三,是否施行新的体制机制。平台的科研实施课题组制度,进行项目制管理。每个创新平台、基地下设若干个课题组,与不同学科形成交叉的矩阵式结构。课题组则实施项目主持人制(即课题组长负责制),简称 PI 制度。PI 制的核心在于由一位 PI 对科研团队进行领导,这是海外许多大学采用的较为成熟的科研机制。PI 制主要区别于传统的教研室制度,按照学术研究方向建立,以同时承担科研教学任务为基本要求。每位 PI 均面向国内外公开招聘，要求具有组织重大项目的经验、较高的学术水平和带领团队进行协同攻关的能力。

第四，是否能处理好和院系的关系。一方面，院系要主动参与平台基地建设，与平台基地共享科研资源，支持平台基地的队伍建设和能力建设。另一方面，平台基地也要"反哺"院系，与院系分享学科交叉和人才培养的成果，引领院系积极争取国家和地方的创新计划支持。只有形成了院系和平台基地相互支持、共同发展的良好局面，才能全面提升学校的科研创新能力。

五、大学的管理是世界上最复杂的实体管理

在现代社会中，大学已经成为生产知识和人才的大型实体。现代大学规模庞大，功能职责多元，组织结构多样，学科各有特色，人员各有专长，各种观念碰撞，新旧体制摩擦，外来因素和社会环境的影响增大，这些都对当前的大学管理构成了无法回避的挑战。美国密歇根大学前校长杜德斯达总结他的职业体会，指出现代大学有着显著的复杂性和多样性，作为大学的管理者，他整天都在与问题、麻烦和挑战打交道。相信这位美国校长的体会，大家都感同身受。在仍处于转型时期的当代中国，高等教育制度中的计划经济痕迹最深，大学的办学自主权仍然较小。这一国情额外加大了我们管理大学的难度，也提醒我们大学管理体制改革仍然是任重道远。

在谈大学管理体制之前，首先想谈谈大学行政化的问题。在媒体上，经常有人质疑大学内部行政化了。按照他们的说法，好像大学内部所有的权力运行全部由行政主导。实际的情况并不是这样。大学从本质上来说，是学术组织，有学术自由的特性和教师自治的传统。

大学内部分两种权力。一种是学术权力，一种是行政权力。学术权力更多的是放给教授。这就是我们提倡的民主办校、教授治学。职称评审、学位授予等权力都在教授手里。行政权力，就是调配资源的

权力,目前来看还是在学校。因为现代大学的管理称得上是世界上最为复杂的实体管理,所以在大学内部一定会有一些必不可少的行政管理事务。行政管理的基本职能,是为了提高资源配置的效益和系统运行的效率。这与目前普遍存在资源短缺的状况是相关的。因为现阶段资源不丰富、不稳定,不得不集中资源,这也可以算是一种集权,资源调配相对比较集中。所以,不能笼统讲大学行政化。

有人批评说,大学行政人员很多,人浮于事。这也是不对的。现在的大学机关,早就不是过去所说的"一支香烟一杯茶"的情况。事实上,大部分大学的行政人员配备比例相当低。我们大学行政人员与学术人员的比例大概在 0.3∶1 左右,而世界各大学的配备至少是 1∶1。学术人员不承担行政工作,能够集中精力搞好教学、科研(见下表)。

中美大学学术人员与行政人员构成比较

	教师及科研人员	行政人员	比　例
哈佛大学	5 164	5 291	1∶1.02
耶鲁大学	3 049	3 590	1∶1.18
北京大学	4 307	1 252	1∶0.29
复旦大学	2 697	866	1∶0.32

现在很多高校都在讲建立现代大学制度。我们对这个问题也进行了比较深入的探讨,后来我们在现代制度前加上了修饰词,叫中国特色的现代大学制度。因为我们感到,现代大学有一些共同遵循的制度原则,西方大学历史悠久,制度比较成熟,值得我们借鉴。但是没有一个放之四海而皆准的大学制度,世界各国不同的国情和文化对制度的设计和有效实施影响很大。因此我们要探讨符合我国国情,体现中国文化的现代大学制度。

我们认为，当前，有几方面的制度建设需要重点研究和推进。

一是如何完善学术民主管理的体制机制，发挥专家学者在学校重大决策中的作用，真正实现"教授治学、民主办校"。

现代大学是以知识为中心的学术机构，核心使命是创造和传授知识，基本任务是组织教学、科研等学术活动。学术事务的运行有其自身的规律，这种规律在各个学术领域又表现不一，相当复杂，只有专家学者自身才能深刻理解其复杂性。教授教师是一线从事各类学术活动的主体，最清楚学术事务运行的情况，理应在学术管理中发挥他们的主体作用。这是大学作为一个学术机构与政府、公司的重要区别。从世界范围来看，一般情况下学术事务都是由教授教师协商决定的。根据美国的一项调查，除了担任行政职务的教师，美国大学的教师在学校事务上平均要花费10%的时间。当然，学术事务决策和行政决定有时会有矛盾。从美英一些大学的做法来看，董事会保留最后决定权。

完善"教授治学"学术治理的体系，一定要加强学术委员会、学位评定委员会、本科教学指导委员会和教授委员会等学术组织的建设。三大委员会应是学校最高学术决策机构，应当赋予其重大学术事务决策决定的功能。要制定委员会章程，明确委员会的职责，规范委员会的程序和制度。

二是如何从理清职责、加强院系行政管理队伍建设等方面入手，做好各项准备，逐步推进校、院系两级管理，真正让每个院系成为拥有相当自主权和活力的办学主体。

目前我国高校这种校、院（系）的设置成型于20世纪五六十年代，基本过程是：新建一个大学，根据学科，划分为若干个院（系）；根据管理职能，在学校层面设置若干个机关部处。在历史上逐渐形成了学校层面主导，院（系）层面附属的格局。院（系）缺少自主发展的意识，也缺少自我管理的能力。如果说这种管理模式在学生人数仅5 000多人、教职员工2 000人左右、10多个系、10多个部处的情况下还是可以良好运转的，那么随着办学规模扩展，继续集中划一管理,已经没办法把学校管理好。因此改革的关键,就是要逐步下放权力,使管理重心下移,实现由学校集中统一的管理向校、院系两级管理转变,让每个院系成为拥有相当自主权和活力的办学主体,让学校领导可以集中力量谋划大事。

我们感到,院(系)要成为自主发展、自我管理的办学实体,应该逐步具备以下一些条件:(1)有明确的办学理念、学科战略发展眼光、执行力强的领头人(院长、系主任);(2)有明确的奋斗目标和学科规划;(3)有较充足的可自主配置的资源;(4)教授教师民主决策的作用发挥得比较好;(5)有较为完善的制度体系;(6)有一支管理能力强、敬业的教育行政管理队伍。

那么,如何促进院(系)成为自主发展、自我管理的办学实体?

(1)将学术管理权力尽可能交给院系。作为一个办学实体,学术管理权力是院系的首要权力,拥有了学术管理权力,院系就会自主地思考和制定目标和学科规划。但前提是院系必须从实际出发,设立相关委员会(包括学术委员会、学位委员会、教学指导委员会等)。与学术、学位、教学、职称职务等有关的重要事项,由各类学术事务委员会根据学校和院(系)有关规定讨论决定,保证学术管理权力的运行。

(2)逐步使院系具备统筹资源的权力。统筹资源的权力是对学术权力的支撑和保障。一是规划权;二是人力资源配置权;三是财权。

由于国家教育拨款体制的限制,财权暂时即使打包,也只是"过路钱"。目前通过人才引进和"211"三期专项已经下拨了一部分财权,我们考虑将来"985"三期的经费也要贯彻将部分财权下到院系的思路。其他可行的措施还有:推动科研全成本核算,费用先上交学校,返还院系,有条件地适当增强院系财力;加强校友工作,增强院系筹资功能。财权增加了,学校就可以更多地放权。

(3)加快院系制度建设。院系制度建设是对院系权力运行的规范,建立了良好的制度体系就是建立了一种自我发展、自我管理的机制。一个较为成熟的学院至少应制定如下系统的核心制度:党政联席会议制度（院长办公会议制度、院务会议制度）、教职工大会制度、行政管理职责纲要、教职员工年度考核办法、科研管理办法、教师奖励办法、教师职务评审及聘任实施办法等。

（4）逐步完善院系行政组织和人员的配置。当一个院系掌握了足够的资源后，就涉及如何管理的问题：行政架构是否合适，行政人员是不是相当专业化，能不能承接学校下放的职能。院系行政组织和人员必要配备是管理权力运行的重要条件。我们在考虑建立教育职员制度，完善院系的行政管理机构的设置和行政管理人员的配备，提高行政管理能力。

三是院系实现自主发展、自我管理，机关职能必须做相应的转变。学校的行政管理要更好地为学术运行服务，为基层服务，为师生服务。

2008年，我校进行了机关职能转变的调研。我们感到，就像前面提到的，与20世纪八九十年代机关"一支香烟一杯茶"的状况相比，现在大部分机关都很忙，工作状态也比较振奋。总的来看，我们感到机关的部门设置是比较合理的，与学校的发展是相适应的。

但是机关中普遍存在对院系管得过多、过细、过死的现象，学院（系）只能被动地落实上级精神，缺乏自主办学的权利；机关部处则长期陷于烦琐的事物过程管理中，无暇思考和解决深层次、长远性的问题。这实质上是权责分配和管理重心的问题。因此要使院系真正成为自主发展、自我管理的办学实体，机关和院系要有明确的分工。机关的职能必须做相应改变，只做那些机关应该做的职能，不做那些应该把权限放给院系的职能。

机关应该尽快把学校层面的学术决策权交给学术组织，即学校层面的三大委员会和院系。行政权力要在机关和院系之间进行合理的配置，比如在人力资源管理中，职称评审、岗位聘任、人才引进等方面，院系应该具备哪些权力，校人事处保留哪些权力。机关要完成管理方式的转变，要从"执行型"向"参谋-执行型"转变；把力量集中在为学校的重大决策服务，加强基础统计工作，开展调查研究，聚焦实际问题，提出决策和政策建议。要从偏重微观管理向宏观管理与微观管理相结合转变；要从划一僵硬管理向分类管理转变，尊重差异，使管理在规范的基础上保持弹性，为院系预留足够的空间。机关为教学和科研服务，为基层和师生服务的职能要进一步增强，机关行政人员的服务意识和专业化程度要进一步提高。财务、外事、法律、医务、水电、建筑设计等专业性较强的岗位尤其要充实专业人员，提高专业素养和能力。

当然，我们也要看到，现代大学的行政管理始终面临着集权还是分权的抉择。在现有体制下，办学资源主要来自上级部门，校部机关代表学校联系上级部门，并从上级部门接受大量工作指令，这必然强化了校部机关的作用，同时使机关可能产生行政化倾向，只对上负责。由于办学资源的紧缺，学校在资源配置中只能相对集中。因此，一方面机关要适当下放权力，发挥学校和院系两个积极性，但另一方面，适度集中在现阶段可能仍然是不可避免的。

四是如何理顺和完善多校区管理体制。多校区管理是各校近年来遇到的新课题。多校区管理的基本原则可以归纳为"一主多辅、联络便捷、文化传承"。一主多辅，就是要明确各个校区的定位，确定主校区和辅校区的具体功能，加强对辅校区的领导，施行条块结合的管理体制，加强校区之间的协调。联络便捷，就是要切实解决各校区之间的沟通交流问题，能妥善解决选课和交通等涉及面广的日常问题。文化传承，就是各校区要有相对统一、能反映学校传统和特色的校园文化元素，新校区的环境要体现出对老校区风格的继承，还要通过各种手段营造出浓郁的文化氛围。从长远来看，如果一所大学各校区之间的距离较远，功能主次区分不明显，那么仿效国外大学"总校-分校"体例，改制为拥有多所分校的大学，也不失为一条解决之道，正好暗合了"天下大事，合久必分"的古语。

此外，中国特色的现代大学制度一定要坚持党委领导下的校长负责制。这是我国大学的现行领导体制。其特点有三：一是突出执政党的领导地位，保证社会主义办学方向，巩固党的执政能力。党在大学中的执政能力主要表现在四个方面，即对正确的办学方向和科学办学规律的把握力、对学校改革发展的推进力、党员干部的号召力和组织对广大师生的凝聚力。二是突出党委是学校的领导核心。党委发挥领导核心作用的基本方式是"集体决策、分工负责"。三是强调党政互相配合。

党委领导下的校长负责制，其要义是要形成完善的议事规则和会议制度。坚持江泽民同志概括的"十六字方针"，即"集体领导、民主集中、个别酝酿、会议决定"。在具体执行中，可以通俗地归纳为三点：第一，保证规范。规范很多单位都有，关键看能不能执行、能不能坚持。第二，大事上会。凡是涉及重大决策、重大利益、重大问题的，都要上会讨论。第三，分工负责。作为大学的管理者，必须学会在民主集中制下工作。

落实党委领导下的校长负责制，关键环节是党政一把手要"哥俩好"。党委在学校中的领导核心作用与校长负责制并不矛盾。党委在对学校工作进行统一领导的同时，还要支持校长、副校长积极主动、独立负责地开展工作。党政应该相互配合，相互尊重，齐心协力推进学校事业的发展。

六、加强高水平人才队伍建设

保持科学发展的不竭动力，关键在人。大学的发展，既要有大师，还要有有利于大师的产生和大师充分发挥作用的环境。因此，加强队伍建设，一方面要通过高水平人才引进、中青年骨干教师培养等渠道，建设一支以高水平师资为核心的人才队伍，另一方面要着眼于体制机制建设和人文环境建设，构建有利于人才的引进、培养、激励、流动，各类人才积极性充分发挥的制度环境和学术生态。

关于高水平人才的引进和优秀师资补充，最近中央的力度很大。中组部、人力资源和社会保障部启动了"千人计划"引进海外高层次人才,特别提出要结合重点学科和重点实验室建设,从海外引进一批战略科学家和领军人才。这标志着高水平人才引进已经成为一项国家战略,对此我们要有新的认识。在落后的阶段,引进人才是必需的。而且很可能是"过了那村没那店","两岸猿声啼不住,轻舟已过万重山"。美国同样也引进人才,20世纪四五十年代,得益于经济实力的增长,美国的"曼哈顿计划"在全世界搜刮了一批顶尖的科学家。东欧剧变、苏联解体,一大批俄罗斯专家也都流到了美国,一举奠定了他们在科技领域不可撼动的地位。

今年,金融危机爆发后,我们都关注到,美国吸引了全世界的金融资产。全球积累的财富支持了美国的经济繁荣。美国金融市场一震荡,世界就爆发金融海啸。殊不知,美国的大学也吸引了世界各国大量的优秀人才,全世界的优秀人才聚到美国,支撑起美国的科技文化发展,真正地奠定了美国的强大国力。

统计资料显示,1972年美国科学技术领域中35岁以下的年轻教授只有10%是外国人,而到1985年这个比例就上升到了55%,特别是在科学技术领域中的博士后研究人员,外国人比例高达三分之二。在这些来自国外的专家中,有75%的教授都在申请美国的公民权。还有资料显示,欧洲国家每年去美国留学的青年学子中,有一半的优秀人才留在了美国。今年2月的数据显示,有110万具有大学及以上学历的英国人侨居国外,很多领域的人才都是英国迫切需要的。因此,有英国学者称,人才流失是英国国际收支中最大的一项逆差。

中国的情况也有目共睹。据教育部统计,1978年到2007年底,各类出国留学人员总数达121万人,留学回国人员总数仅约32万人。留在国外的人员中,大部分都在美国。据美国国家科学基金会今年7月刚刚完成的《美国大学博士学位获得者综合报告》,2006年在美国获得研究型博士学位的人中间,来自中国大陆的有4 236人,高居美国之外的国家地区的首位,远远多于排在第二位的韩国(1 510人)。若以毕业的本科院校统计,清华、北大更是排在全球大学的前两位。

再以我们复旦大学为例。美国芝加哥大学有一份报告,统计了

1999—2003年间，全球大学毕业生在美国大学获得博士学位的人数。其中从复旦毕业的学生是626名，列在第二十八位，在非美国大学中排名第七。其中，被授予物理学博士学位的有220人，列全球第七，仅次于北大、中科大、MIT、加州伯克利、韩国首尔和哈佛。另据不完全统计，在北美的大学中，在生命科学领域担任终身教授的复旦毕业生有200多人。复旦和美国耶鲁大学有战略合作伙伴关系，我们对他们的家底了解得比较清楚。在耶鲁的400多位终身教授中，复旦毕业的有8位。在这8人中，有3位是生命科学领域的教授，其中2位担任着学术领导职务。这是相当大的一笔人力资源和智慧财富，也是我们引进顶尖人才的重要基础。

当然，在人才引进的过程中会碰到很多困难，这是由多方面原因造成的。比如，学校引进体制机制不够完善，院系自主权与可支配的资源不足、房价上涨、人才竞争加剧等外部环境变化挑战等。但必须强调，院系是进人、用人的主体，若其对引进重视不够、动力不足，眼光、能力较弱，会直接影响到整个人才引进工作。我们曾经总结过，有的院系是"武大郎开店"，"比我高的不要，比我低的也看不上"；有些教授思想深处，"女婿""儿子"的问题还没有解决，受制于内部文化观念和人际关系，"怕引起内部不平衡"，于是"按兵不动"，或者排斥人才引进。个别引进人才表现"高薪酬、低责任""有组织、无忠诚"，这种"雇佣军化"的现象引起争议。有的院系，由于内部学术生态文化方面的问题，引进人才心情不舒畅，无法全神贯注、全力以赴地干事业。

引进人才需要做到两个心中有数：一是对本单位所需要的人才类型、层次、规模和相应的海外高层次人才的信息和分布，要心中有数。要能建立起本学科的人才信息库。二是对怎样吸引人才回国，要心中有数。引进人才靠条件没错，但更重要的是靠机制、靠事业，靠人心、靠环境。比如，建立起教授会议制度、外部同行独立评审制度等一系列自我约束的机制。大教授、院系领导要用坦诚之心去吸引人才。我校的金力副校长，复旦毕业后赴美留学，在得克萨斯大学任终身教授。根据他的回忆，当年谈家桢先生86岁高龄，拖着刚刚好转的身体，到美国请他回国效力，中午只能在实验室的沙发上蜷起来，躺一躺。金力很感动，就回来了。我们就是要以这种精神去感动人才。

当然光是引进这样顶尖人才和领军人物，有时成本和代价太高，而且容易闹得鸡飞狗跳。所以我们又提出，35—40岁，甚至30—40岁的人要大力引进，引进成本相对低。关键是我们是不是识货，眼光够不够准。还要正确处理引进和培养的关系，特别是要关心和重视青年教师成长，形成支持青年教师成长、发展和脱颖而出的机制，给他们更多的成长机会和施展才华的舞台。

高水平的人才队伍建设一定要逐步建立与现代大学相适应的人力资源管理与人才激励机制。比如，院系要能够以学科宏观发展规划为基础，制定本单位五年人力资源发展规划。要建立以培养人为根本目的、符合各学科特点、以人为本的学术评价体系和岗位聘任考核体系。建立共性与个性相结合、一般标准与差异标准相结合的职务聘任学术准入体系。要明确校、院系两级在人力资源管理上的职责和权利，把学术评估的责任和权力交给院系，学校保留审核权，逐步下放人事资源配置权力。总而言之，要在人事制度改革上下功夫，创造一种良好的制度环境、学术环境、人文环境，让每个人的积极性充分发挥，每个人都心情舒畅地工作。

营造良好的学术生态，还有一个很重要的问题就是要做好知识分子工作。大学是知识分子集中的地方。怎么样做好知识分子工作，是摆在每一个高校领导面前的大课题。做知识分子工作单靠行政权力很难取得很好的效果。我在政府待过，和高校很不相同。做知识分子工作靠什么，我认为靠两样，一是人格的力量，一是真理的力量。做领导的带头冲锋陷阵，处事公道，大家就信任你。此外，知识分子都是服理的，把道理想透、讲透，大家就愿意去做。

另外很关键的一个问题是，一定要处理好知识分子和意识形态的关系。我们感到，首先要在学术活动中坚持社会主义意识形态的主导地位，引导相关学科的专家教授积极参与中国特色社会主义理论体系的构建，坚持在马克思主义指导下繁荣学术。另一个方面，要能够理解知识分子对意识形态问题的独特视角，团结更多知识分子，在认同社会主流意识形态的基础上，做好各项学术创新工作。撇开大学中不同学科的知识分子和意识形态工作有不同距离不谈，一般说来，知识分子往往都有较强的学术责任感和社会责任感，往往也具有较强的学术批判精神。他们习惯于站在文化或学术的立场上来看待意识形态，以批判的精神进言社会。他们不希望意识形态和政治密切挂钩，他们对其他人的观点持宽容态度。一般说来，知识分子除了具有与民众一样的共同利益诉求外，格外重视学术权力，重视独立思考环境的获得和独立见解的表达。针对这些特点，我们做意识形态工作要十分谨慎，处理意识形态领域的问题，比如讲坛、出版物中的问题，尽可能从学术的角度去处理；要引导知识分子更多地将理想的批判变成现实的研究；特别要着意于宽松的学术环境的营造，要通过开展正常的学术争鸣、实施科学的学术评价机制、执行严格的学术规范等，来创造一个良好的学术生态。知识分子是一个阶层，政治观、价值观各不相同。我们要本着尊重、维护、宽容、大度的精神团结、教育好知识分子，为育人资政、发展学术服务。其基本立足点是团结，不放弃教育和引导，通过我们的工作，将广大知识分子紧紧地团结在党和政府周围。

在人才队伍建设中党政管理干部队伍的建设也是关键的一环，特别是如何从高校办学规律和高校干部特点出发，选配好院长系主任、分党委、总支书记。因为时间关系不再展开。

（本文为 2009 年 7 月 17 日在浦东干部学院的演讲）

通识教育之我见

很高兴有机会与大家一起探讨通识教育问题。我所谈的，有我个人的心得，但更多的是我和同事们共同思考的内容。

一、应对挑战的抉择——改革本科教育

四年前复旦提出通识教育，就意识到这可能预示着大学本科教育教学的一场新的改革，而且这场改革有一定的周期和系统性。四年来，我们推进通识教育，有一点自改革运动的色彩，没有政府部门的要求，主要是感受到来源于时代的挑战。在本科教育质量要提高、要突破的前提下，一定要建立真正符合一流大学特点的本科教育教学体系。

我们认为，当前中国大学的本科教育，至少面临三个方面的挑战。

1. 创新呼唤高素质复合型人才

党的"十七大"报告多处提到创新人才培养问题，这是党和国家对高等教育事业提出的新的更高要求。创新人才如何培养，前几年也有很多实验，办基地班、抓尖子生等。但我们觉得最根本的还是要使所有的学生通过大学教育，都能够全面发展。

真正的创造性人才不仅要有开阔的视野、丰富的想象力，独立思考的能力，还要有强烈的使命感和博大的胸襟抱负等。许多事例证明，真正具有创造力的大师级人物，大多具有多个领域的深厚修养和

以天下为己任的情怀。而且，随着科技发展日新月异，经济社会结构日趋复杂，要在某一领域做出创造性的贡献，就必须具有全面的综合素质，而不是单一化的知识或技能。一个人的知识结构、思维结构，终身都在调整，不可能通过一所大学的本科学习就被一劳永逸地确立。我们对全面发展的理解也不是简单的"文理交叉"，"什么都懂一点"。应该让学生们在了解一门学科基本知识的基础上，明白知识产生的过程、相互之间的联系和知识体系的框架，进而了解不同知识的统一性和差别性，了解不同学科的智慧境界和思考方式，能够快速掌握各种事物的本质。当然，通识教育不仅要让学生懂科学，还要让学生懂人生、懂社会。

特别值得提出的是，创新人才必须对未知充满探究的兴趣。只有有了兴趣，青年人才能产生持续学习、一生学习的动力，才能去主动探索和创造。但是我们的中小学教育为大学准备了什么？长时间的应试教育扭曲了教育的本质，束缚了学生自由的、生动活泼的成长，也扼杀了他们对未知的兴趣和创造的活力。很多学生虽然高分录取，但进校后兴趣索然，自主学习的能力也有待提高。推行通识教育，就是为了改变目前重学习、轻思维，重知识、轻素质，重专业、轻基础的倾向。

2. 大众化不等于标准化教育

新中国成立60年来，我国的高等教育完成了从精英化到大众化的飞跃，毛入学率达到23%，为经济社会的发展奠定了人才根基。但是高等教育的大众化不等同于标准化。中国2 700多所大学，种类很多，办学理念各异，不同高校的本科生教育一定是各具特色，教育思想也一定是丰富多彩。以基础学科见长的大学可能很看重培养学生的思辨能力，以工程技术学科见长的大学可能很重视培养学生的动手能力，而高等职业学校则重视职业技能的训练。育人一旦与整齐统一的标准要求挂钩，往往会适得其反，培养不出优秀的人才。

人才是分层的，高等教育也是分层的。不同层次的大学对人才培养质量有不同的参照系和要求。即使步入到大众化阶段，"985"高校仍然应该处在"金字塔尖"的位置,承担着培养"国家队"的任务。这些学校最有条件,也有责任从民族的利益和国家的发展需要出发,在本科生教育中坚持"精英教育"的标准,扛起通识教育的旗帜,培养大量的、有创新能力的栋梁之材和少数的领袖人才。

3. 开放是对民族自主意识的挑战

在开放的环境中,中西文化的碰撞是必然不可避免的。依仗着经济实力的西方文化,目前还保持着强势的地位,占据着传播的优势,这恐怕在短时期内不可改变。在此情况下,中国的大学必须具有敏锐的预见性和觉察力。我们既要积极面向世界,培养学生的全球视野和国际化能力,同时也对承续和发扬中华民族的文化,肩负有不可推卸的责任。只有民族的,才是世界的。民族意识和中华文化必须充分融入中国大学教育。大学教育不仅强调创新,同时也应该呼唤传统,呼唤经典。

需要指出的是,通识教育反对的是片面狭隘的专业教育,并不排斥科学合理的专业教育。高等教育必须包含专业学习和专业研究。专业教育能让学生在人类精神和智力活动的某个领域中获得探究真理的经验,这本身就是通识教育的内涵。通识教育的思路与理念应该贯穿到专业教育中去,两者并不矛盾。我们的教育教学体系是从 20 世纪 50 年代学习苏联一路走过来的,与计划经济体制相适应,为国家工业化道路服务的痕迹比较浓。专业化的教育比较成功,在当时为共和国的建设培养了大批骨干人才。但是这一体系显然已不适应今天经济社会发展的需要,需要改革。

总之,我们认为,通识教育实质上是一种全面的素质教育。这有两层意思。第一,不仅有知识,而且有能力,会动手,会交往,素质多元,有探索精神、创新精神和可持续学习的能力。第二,这种教育不仅使学生成为人才,而且要成为一个完整的人。如果一个人光有表面的素质,没有健全的人格,没有社会责任感,没有情怀,缺乏个性,就不是一个完整的人。通识的"识",不只是知识的"识",而更指识科学、识社会、识文化、识人类。通识教育也不是像有人误解的那样是外来教育,尽管是西方首先提倡的,但深厚的中华文化是中国大学推行通识教育的宝贵财富。教育思想应该博采众长,教育实践则应切合时代和国情,我们施行的是有中国特色的通识教育。

二、通识教育面临的困难

通识教育的推进往往涉及课程内容、选课制度、教学管理、学生管理等诸多方面,牵一发而动全身。更为深刻的是通识教育的推进涉及师资队伍建设,教育教学改革成功与否,关键在教师。通识教育对广大教师而言有一个适应的过程、理解的过程、再学习的过程、再创造的过程。我们感觉这其中有三个问题需要着力解决。

1. 设置核心课程是贯彻通识教育思想的根本途径

核心课程建设是通识教育当前的成败所在,也是最核心的问题。如果学生们觉得核心课程和其他的课程没有差别,通识教育就很难立足。从长远来看,大学的课程改革和建设是不间断的永恒主题。通识教育核心课程建设就是新一轮本科课程建设的一部分。

经过教授委员会的顶层设计,我校的核心课程初步确定为"文史经典与文化传承""哲学智慧与批判性思维""文明对话与世界视野""科技进步与科学精神""生态环境与生命关怀""艺术创作与审美体验"六大板块。最近我们讨论还要增加一些板块。这些课程具有综合性、思辨性、批判性的特点。经过三年的努力,已经开了145门。在一个学生的本科课程中,核心课程有12个学分,占总学分的10%不到。显然核心课程还要大大拓展。

在核心课程开设过程中我们感到,课程创新的瓶颈在于教师的素质准备不够。核心课程是全新的课程,许多内容都是学科交叉内容,这就要求任课教师本身要有交叉的研究。一般光有专业造诣的教师还不够,还要学习提高,在学科交叉上要有见地。所以开设新课程就像做科研,不仅要熟悉学科,还要熟悉学生。框架、内容、教学方法等都要有所创见,就特别需要教师的全身心投入。现在能开设符合要求的通识课程的师资远远不足。

2. 教学体制机制的改变是通识教育推进的必要条件

事实证明,围绕人才培养目标,交替推进教学内容和教学体制机制两个系统的改革,就像用两条腿走路;每一轮改革,内容创新和体制机制改革都互相支持,互相带动。

改变教学体制机制,首先要理顺本科生课程板块分布,它在学分和资源分配,以及教务管理上起着支撑保障作用。应客观地承认,现有本科生课程板块分布比较僵化,缺少弹性,留给核心课程的空间很小。我们在设想逐步分解文理基础课程和部颁课程,形成以专业课和通识教育课程组成的本科生课程。

二是完善课程管理的体制机制。课程管理是教学管理的核心任务,集中体现了大学教育的基本关系和管理原则。各板块课程应该建立相称的校级或院级委员会,由委员会决定课程设置和质量标准。如通识教育核心课程,它的课程目标、指导原则、课程引导目标、操作思路步骤等都应交给核心课程设计专家委员会进行顶层设计。随着改革的推进,通识教育核心课程在师资方面往往会和专业院系产生激烈碰撞,也会涉及机制调整,既需要积极的协调沟通,也需要发挥政策的杠杆作用。

三是统筹推进本科教育的周边环节。比如,推进自主招生改革,选择适合通识教育理念的学生;补充大批高质量的师资队伍,降低生师比,推广小班化教学;打通本科生和研究生的选课系统;兴建艺术学科等。

3. 建设中国式书院将改变现行学生教育的方式

在通识教育体系中,核心课程建设和学生管理形态是相辅相成的。从2005年开始,我们创立了复旦学院,以复旦历史上德高望重的老校长的名或字命名,设置了四个书院。新生进校不分专业,分散居住到各个书院和寝室,开始一到两年的共同学习生活。这种中国式书院既承续了中国书院文化传统,也借鉴了国外大学住宿学院的一些做法。它的建立不是简单的空间格局的变化,而是整个学生管理体制和对学生教育方式的变革。

书院中的两项功能有着非常强的现实意义,一是读经典,二是对话。通过阅读经典传承民族文化,建立共同的价值观;通过师生之间、同学之间的相互砥砺,帮助学生训练心智、养成批判性思考的能力。去年,我们3 000名新生中有1 120名学生参与并组建了103个读书小组,103名教师自愿、无偿、全程地参与了读书小组的指导。在阅读过程中,学生摆脱了应试教育的负累,找回了学习的乐趣;体会到了智慧撞击的火花和团队合作的愉悦。在这一过程中,第一课堂和第二课堂也在书院中有机地结合了起来。长远地看,借鉴西方本科生院的经验,我们设想未来文理基础学科全部纳入复旦学院,将教学与学术研究更好地结合,用强大的基础学科的优势培养本科生,而且把书院建成一个家,形成书院文化。

这其中最关键的是推进本科生导师制度改革,真正让导师进入各个书院。这样一来,老师不只在课堂见,在书院等生活空间也可以见。导师到书院来不是专门来讲专业教育,而是讲对某一门学问的思考和对某一种人生的体验。老师和同学之间形成一种超越功利的,深笃、融洽的师生关系。

需要强调的是,书院是社区属性的,而不是专业属性的。最初,可能有相当多的老师和同学会不太适应,因为它撼动了专业教育的基本模式,而专业教育的习惯在中国大学是根深蒂固的。但从长远来看,书院更有益于学生在本科期间的全面发展。

总之,通识教育的展开是一个渐进过程,在我校也只是初步探索,但我们相信,它必将对中国的本科教育产生深远影响。以上发言有不当之处,请各位同行批评指正。

(本文为2009年10月9日在一流大学建设系列研讨会上的发言)

完善学术管理体系　转变行政管理职能
——谈大学中的学术权力和行政权力

大学中的学术权力和行政权力，是一个触及大学管理本质的重要命题，与之相关的讨论几乎伴随着大学发展的整个历史。理顺学术权力和行政权力的关系，使行政管理更好地服务于学术事务，是大学发展的内在要求，也是大学内涵建设的重要抓手。

大学是以知识为中心的学术机构，机构是体，学术是魂。体格虚弱，或者魂不守舍，都会影响一所大学的健康发展。因此，学术管理和行政管理都很重要，不可偏废。大学又是知识分子集中的地方，合理配置学术权力和行政权力，实现管理的专业化、民主化，既有很好的条件，也面临更高的要求。

近年来，国内高校受到了行政化、官本位、行政权力泛化等许多批评。虽然有的批评言过其实，但是行政权力越位的现象确实存在。在这种背景下，平衡学术权力和行政权力的重点，应该是强化学术管理体系。首要之处是，按照专业化、民主化的原则合理配置学术权力，让专家学者对相关学科的学术事务进行民主管理。具体来说，就是把应该由学校行使的学术权力交给学术审议机构，把应该由院系行使的学术权力交给院系，同时规范行政机构的管理职能，使之更好地服务于学术事务。

一是逐步把学校层面的学术权力集中到学术事务委员会。

学术事务委员会指的是学术、学位、教学指导等三大委员会，特别要发挥好学术委员会的作用。《高等教育法》规定，学术委员会在审议学科、专业的设置，教学、科学研究计划方案，评定教学、科学研究成果等学术事项中发挥作用。要保障学术权力的独立运行，就要对学术委员会处理的学术事项进行细化，并且写入委员会章程，保障其在职权范围内独立自主地开展工作。我们体会到，学术事务委员会在学校管理中的作用无可替代，因为它们在处理学术事务方面具有行政机构无法比拟的权威性和效力。举个例子说，我校为了加强教师队伍的学风建设，就在校学术委员会下面设立了学术规范委员会，负责受理涉嫌学术违规行为的各种举报。从已经处理的几起举报事件看，由学术规范委员会在调查基础上作出的结论以及提出的处理意见，比行政部门更具权威性，被处理的师生也更为接受。

二是逐步扩大院系等办学主体的学术权力和资源统筹权。

大学的办学主体包括院系、平台、基地、所、中心等，我们姑且统称为院系。院系是教学科研等学术事务的基本组织单位，也是教师、学生、专职科研人员等学术活动主体的基本管理单位。它们长期扎根于某一学科或研究领域，比学校层面的行政机构和学术事务委员会更加了解本领域和本单位的情况，所以应该由它们自己按照民主机制管理内部事务。作为一个办学实体，学术管理权力是院系的首要权力。拥有学术管理权力，院系就会自主地思考和制定目标和学科规划。所以一定要让院系学术管理的权力充分落实，得到资源统筹权的支撑和保障。院系最需要的资源统筹权是规划权、人力资源配置权、财权。只有给予院系一定的资源统筹权，院系办学的积极性和创造力才能发挥出来。实际上，现在我们的大学行政方面可支配的资源还是非常有限的，所以只能逐步扩大。当然在给予权力的同时，也要规范权力的运行。完善民主管理机制，是院系自我发展、自我管理的重要保障。在学术管理方面，要完善学术事务分委员会制度。在行政管理方面，要完善党政联席会议（院长办公会议、院务会议）、教职工代表大会等制度。在学术管理和行政管理的交叉部位上，可以探索发挥教授大会（教授委员会）的作用。此外，着眼于提高行政机构管理和服务师生的水平，要完善院系的行政组织和人员配置。我们在考虑实行教育职员制度，支持院系建立比较专业化的秘书文员队伍，提高管理和服务的水平，同时把教师的精力从日常琐事中解放出来。我们相信，上述举措有助于把院系建设成为拥有相当自主权和活力的办学主体。

三是推动行政机构转变职能，切实以保障学术运行为中心。

校部行政机构是学校运转的中枢系统，是学校领导班子开展工作的参谋和助手，也是学校管理和服务院系的重要机构。行政机构转变职能主要是研究怎样更合理的问题，而不是简单地被去行政化的口号叫昏了头，减弱校部行政机构的管理。

目前存在对院系管得过多、过细、过死的现象，院系只能被动地跟着转。要使院系真正成为自主发展、自我管理的办学实体，行政机构必须做出相应的改变。除了要把学术权力剥离出来交给学术事务委员会和院系，还要转变行政管理职能。我们提出，行政机构要"三个转变""三个服务"。"三个转变"，一是从"执行型"向"参谋-执行型"转变，把力量集中在为学校的重大决策服务、加强基础统计工作、开展调查研究、聚焦实际问题、提出决策和政策建议等方面；二是从偏重微观管理向宏观管理与微观管理相结合转变，减少过程管理，发挥政策和制度的导向作用；三是从划一僵硬管理向分类管理转变，尊重差异，使管理在规范的基础上保持弹性，为院系预留足够的空间。因为现在学校很大，各个院系的情况千差万别。"三个服务"就是为教学和科研服务，为师生服务，为基层服务。此外，机关行政人员的服务意识和专业化程度要进一步提高。财务、外事、法律、医务、水电、建筑设计等专业性较强的岗位需要充实专业人员，提高服务能力。

（本文为2009年10月10日在一流大学建设系列研讨会上的发言）

理想与现实

——给 2010 届毕业研究生党员上的党课

同志们：

很高兴在建党 89 周年前夕跟大家谈谈心。我很能理解同学们的心情，马上要离开熟悉的复旦园，心情复杂、惆怅。即将走向新的岗位，或者离开上海、到国外，迎接自己的是什么，不清楚，也有可能有一点焦虑不安。

我在复旦大学毕业了三回。本科生毕业时考虑的是到外面去工作，硕士毕业时考虑的是能不能留校，博士生毕业时考虑的是走学术的道路还是走管理的道路，所以我很能体会大家的心情。

今天上党课，对自己的讲话先要有个角色定位。我觉得在同志们面前我是三个角色，第一是老师，第二是学长，第三是党委书记。我是复旦的校友，校友之间没有地位高下、财富多寡之分。我只是比你们毕业早一点——1970 年，那时可能你们大多数人还没有出生。

我也没有什么惊人之语，给大家扯的是平平淡淡的肺腑之言。每个人的讲话都有局限性，这是和一个人的经历和所处的客观环境有关系的。我的讲话也有很大的局限性。好在研工部给我留了时间和大家互动，有什么不妥或者值得商榷的地方我们再交流一下。我想主要讲三点。

第一个问题是关于理想。

我多年来形成比较固定的想法，就是个人的理想只有和祖国的命运紧紧联系在一起，才是可实现的理想。理想是人生的航标，人活着不能没有理想。没有理想的人生混混沌沌，糊里糊涂。理想有高下之分,有个人、社会之分,但是没有抽象的理想。理想是崇高还是不崇高,需要实践来检验,需要历史来证明。光凭想象、超越历史条件是无法实现理想的,这样的理想也就成了空想。共产党人都讲树立崇高的共产主义理想,这不是空想。原因有两条,一是共产主义理想是建立在历史唯物主义基础上的。也就是说,是建立在对人类社会发展规律的科学认识之上的。二是共产主义理想是分阶段的。大家去读马克思的著作,马克思从来没有说过今天要实现共产主义,而是革命阶段论。共产主义理想需要经过不同阶段的奋斗来实现。小平同志一个重要的创造,就是提出"社会主义初级阶段"的理论。共产主义是通过不同阶段来实现的,中国处于什么阶段?社会主义初级阶段。我们是在这样的历史阶段进行奋斗,这是对革命阶段论最深刻的理解。

每个人的理想都有重要的对应物,谁也躲不开,这个对应物就是祖国。在这个世界上,人不可能没有祖国。祖国是每个人的归属。没有祖国的人就像大海中的一叶孤舟,不知道漂到什么地方。

不知道大家有没有注意到一个非常有意思的现象,改革开放以后复旦的不少毕业生纷纷出国,到美国、到欧洲,经过二三十年的奋斗,不少人取得了成就。近几年他们回来的越来越多,越来越频繁。大家看到办奥运会的时候,当地华人都会自发参加火炬接力,甚至保卫火炬。有些海外回来的科学家跟我聊天经常谈到,国内的人都不知道,在国外的人是最爱国的。尽管在国外社会地位还不错,但是始终觉得自己的家、自己的肤色、自己的语言文化,归属在祖国。所以我觉得每个人的个人理想,对应的就是祖国。祖国的命运和个人的命运息息相关。这个息息相关有两层意思:

一是祖国的兴衰决定了个人理想实现的可能。我先说说我们这代人。我今年64岁,1947年生,经历了"文革"前、"文革"中、拨乱反正、改革开放、恢复高考这样几个阶段。最近有部电影叫《高考1977》,我们这代人去看的比较多,不少人看了以后热泪盈眶,好像回到了当年。"文革"的大动荡使我们这代人丧失了受教育的机会和奋斗的机会。而拨乱反正改变了一代人的命运。随后的改革开放又给许多人提供了奋斗的机会。

昨晚我在世博园上汽通用馆参加了复旦大学企业家校友联谊活动。组织活动的是物理系的毕业生丁磊。来自美国与中国香港、北京、深圳的企业家校友有四五十人。他们非要我演讲几句，我讲我来到这里感到很骄傲，进通用馆之前就看到大屏幕上显示着"复旦大学校友会"的字样。大概全国大学在世博园举行校友聚会的，我们是第一家。这些校友们几乎都是四十多岁，他们也讲起，他们这代人就是因为祖国的发展步入了快车道而获得了奋斗的机会，也深深体会到祖国的兴衰决定个人的理想。

二是个人理想只有融入为祖国繁荣昌盛的奋斗中才能真正实现价值。在座的同学踏上新的岗位后有没有和祖国一起奋斗实现理想的机会，就要认清中国面临的大趋势。

我觉得中国的大趋势，有这么几条：

（1）经过 30 年的改革开放，国力逐渐强盛，而且可以预期还会持续高速发展一段时间。同学们如果有心，只要把 30 年前的指标和今天对比就会明白，可以说四个字，翻天覆地。这周六我到祖国第三大宝岛崇明去，从我家到崇明的陈桥镇，半个小时就到了。大桥 9 公里，隧道 10 公里。驾驶员和我聊天，说中国人造隧道好像不是什么难事，想造了，挖个洞就过去了。最长的杭州湾跨海大桥 34 公里，舟山五座桥加起来已经 43 公里，这在 30 年前是不可想象的。同学们毕业以后正处于祖国的持续发展期。中国已经高速度发展了 30 年，预计还要发展 20—30 年。这是我们毕业以后面临的一个大趋势。

（2）国际格局变动，中国的地位上升。经济格局的变动必然影响到政治格局，还会影响到国际关系多方面的格局。中国这两年要参加的会议多了，话语权也逐渐提高。我觉得两种倾向都不要有，不要估计高了，也不要估计低了。平心而论，在世界经济复苏的过程中，中国的发言权在一点点提高。美国人在研究我们的战略方针，说中国是不是还要搞韬光养晦。一种认为还会，一种认为不会。我觉得说不清楚。韬光养晦的前提是绝不当头，但有时候你不出头也不行。（足球世界杯我们是没有机会出头了）从中国威胁论到中国危害论，西方社会对中国的议论没有停过。法国和德国始终是负面报道。美国比较有意思，讲究实用。中美关系你中有我，我中有你。

（3）中国体制、中国共产党的领导有比较优势，我们自己说不算数，要人家说。最近西方有些政治家和学者在研究，世界经济危机中中国受到的影响不大，是因为共产党的领导体制能稳得住大局。我们自己看看，我们党内部有很多问题，体制机制有问题，腐败现象也不少，但我们在处理经济危机的时候，处理特大自然灾害的时候，处理港澳台问题和民族边疆重大事件的时候，还是我们的举国体制，还是中国共产党的领导起了核心作用。事情要讲实际效果。

最近我到香港访问，我们的校董们心里有点儿七上八下。香港正在讨论政治体制改革的问题，很多爱国的商人被民主派称为"亲华、亲共"。他们对香港未来的发展有点担忧，不希望香港政局变动。香港受危机影响比大陆厉害，但是恢复得还算快，原因就是和大陆关系紧密，通过大陆的资金投入、金融运作，弥补了很多不足。一些有远见的政治家、企业家看到了这个问题，我们国家很大，每年有干旱、洪水、地震，处理这么大一个国家的危机和稳定问题，党的领导和体制起了很大作用。

（4）中国的继续发展，有四个方面给毕业生提供了良好的奋斗的机会。

第一，中国持续快速发展，一定要调整产业结构，转变经济发展方式，通过科技创新来提高生产力。中国前 30 年的发展很大程度上依赖我们庞大的劳动力大军以及比较低的劳动力成本。我们城市化过程中有几亿农民进城，为产业的发展做出了重要贡献。但如果把中国变成世界工厂，不仅给环境带来压力，而且是不可持续的。通过科技创新来提高生产力是我们今后几十年的任务。谁在科技竞争中取得优势，谁就能占领制高点。在这个历史进程中，有太多问题等着我们去创新。问题是我们的进展还太慢，政策体制跟不上，但毫无疑问这是趋势。

第二,大规模工业化、城市化带来的社会问题,相当一部分是民生问题,也是摆在我们面前的重要课题。我这两年参加全国人大常委会,每年要开十几次会议。现在全国人口已经有5亿多集中在城市,这个趋势还在加剧。估计将来会有一半人口在城市。农民工已经转移了1.7亿,还有2.1亿没有转移出来,再加上农民工的子女要住到城市里,将来会有4亿多农民在这一代和下一代要改变身份变成城市居民。城市在人口压力面前急剧膨胀,带来了许多社会问题。明天的中国农村是什么样的农村?现在是农民到城市来短期打工,如果他们将来不回去了,长期住在城市,户口、上学、医疗、社会保险这些问题怎么解决?大量人口涌入社区,社区怎么管理?现在城乡接合部治安管理、卫生状况,存在很大的问题。

第三,解决资源和环境问题,隐藏着很多机会。资源,有老能源的科学利用以及新能源的开发的问题。研究环境,我校不仅是环境科学系,而且物理系、化学系、材料系、生命科学学院都和环境有关。我前两天开会碰到了中国工程院新任的副院长谢克昌,他是煤化学工程方面的专家,他呼吁要大力提高煤的利用效率。煤化学是老化学。中国的能源结构里要消耗22亿吨煤。如果这些能提高效率,减小排放,也是非常可观的。环境治理也是这样,最近我校环境系积极申请太湖流域的水污染治理研究项目。我们学校的环境科学门类齐全,有大气、有水,有用化学方法的,有生物方法的,还有研究重金属对土壤污染的。前两年太湖蓝藻问题就是我们学校的科学家帮助解决的。

第四,中国的继续发展要应对国际经济的不确定因素所带来的挑战,特别是金融,这个问题要解决。随着中国越来越开放,我们和世界经济的联系越来越密切,你中有我,我中有你。大家都关注到了,中国持有两万亿美国国债,我们的外汇储备已经超过日本。有些人想得很简单,这样我们就能拿住美国人了嘛。但是世界上的事情是有连带关系的,美国经济发展不健康,美国国债就贬值。从这个角度我们希望美国经济好转。当然美国也不敢得罪我们,我们稍微减持,它就受不了。我们制造业很发达,拿了很多国外订单。但实体经济受损的时候往往是世界经济不景气的时候。金融带来的影响要认真对待，这个难题不解决，也没法持续健康发展。

这四个方面，中国继续发展一定要解决。我们年轻的毕业生，党员同志们，到哪里去寻找实现理想的机会？在中国。解决这四方面大问题，至少需要一代人的奋斗，甚至一代人不够，需要2—3代人。如果把我们的一生献给祖国的发展，我们的人生理想就被赋予了崇高的意义。这不是一个抽象的问题，是一个现实的问题。

第二个问题，缩小理想和现实的差距要靠奋斗。投入多少，收获多少。

这里我用了收获，不用"产出"。因为投入产出是经济学的概念，有比例问题。投10元，产出20元是赚了。人生的投入和产出不能用比价计算，产出不一定大，但收获大。中国有句老话"种瓜得瓜，种豆得豆"。有两点可以肯定，第一，现实和理想之间差距很大。这是肯定的，没有差距就不需要奋斗了。第二，在改变现实、实现理想的过程中，个人的力量是有限的。但是我们是共产党员，我们背后有党组织，有7 600万同志共同奋斗。我套用了解放前革命烈士传记中一句很朴素的话："我看到为了一个崇高的目标是有一群人来奋斗的。改变现实、实现理想的过程中个人力量是有限的，要团结全国人民。"

我想结合个人经历谈谈我的体会。我大学毕业于一个动乱的年代，人生的第一个历程是到青海奋斗。大家肯定以为我肯定当时是犯了什么错误被发配过去的，事实上我是填的第一志愿去的。那时复旦学生70%左右是外地同学。我们毕业时，班里32个同学，30个人奔向祖国各地，只有2个人留在上海。我当时很年轻，只有23岁，心里有冲动，一辈子没离开上海，要去闯一闯。我母亲给了我最大的支持，她说我不管你，不用你养老，你自己看。我填了三个志愿，地点分别是青海、贵州、云南。我哥哥在青海，我四个要好的同学在青海，他们说服我，一起干多好。就这样，我大学毕业以后经过批准去了青海。确实很远，条件很苦。有这样几个数字：2 403公里，海拔2 300公尺，"6084部队"。6 084说的是工资，每月60块8角4分，上海那时候只有48块5角，青海有高原补助。这样一去去了九年，没有后悔。我感到这一生中去青海锻炼是非常必要的。我在青海做了三种工作，当了两年班主任（当老师一定要当班主任）。在政府机关从事团的工作六年，教了一年大学。这期间对我考验最大的是两段时间。第一段是刚刚毕业，分到西宁市。西宁那年分到了100多位大学生，我想我是新闻系毕业的，理所当然应该到青海日报社工作，结果被分到了中学。在当时无异于当头一棒，满眼金星。但我们这一代人的习惯想法是，组织上安排到哪里就到哪里，要干就把事情干好。所以我当班主任比较用心，为以后积累了不少经验。第二段是1976年，是中国人最难受的一年，三位伟人去世，大家看不到国家的希望在哪里。那时候我到农村，参加了第二次农业学大寨工作队，而且是在青海比较艰苦的农村待了一年。

在青海的九年我最大的收获是：第一，知道了中国的国情。中国之大难以想象，中国很多贫困落后的地方难以想象。西宁还可以，在农村我才真正体会到这一点。我下乡去那一年正好是全国冬天最冷的时候，雪下了一尺二寸，温度有零下30摄氏度。我穿了皮裤、皮袄、皮大衣。那时候把我分到了当地一户中农家里，还有房子可住。第一天上厕所，我就问老乡：厕所在哪里？他说，那个地方。我没看到，又问，他说，那个地方。我到院子里一看，是猪圈。上猪圈不敢大便，刚刚蹲下来，猪就哄哄哄上来了，我就拿了石块赶猪。后来我们为老乡做好事，为每家每户设计厕所，把人和猪分开，猪圈用石头垒起来，这样将来猪粪就是肥料。冬天很冷，我第一天差点死过去，被煤烟打了。原来我和房东老阿爷睡一个炕，中间隔了一个火盆，火盆上有煤砖。他觉得城市同志不能怠慢，将火盆上的煤砖烧得很旺。结果半夜我很难受，坐起来，恶心，想吐，赶紧爬过去把门拉开，凉风透进来，脑子清醒了。我说这些情况是告诉大家，中国广袤的农村和边疆还是很落后的，非常需要有人去改变面貌。

第二，我了解了中国的百姓。什么是中国的百姓？文化程度我们比他们高，眼界也宽。我接触的好多农民县城都没有去过，看到公路上跑汽车已经是近几年的事了。但是我看到农民世世代代就在那里勤恳地劳作。我在农村老在想，他们生活得这么艰苦，从来没有见异思迁，没有想过跳槽，待人又是非常地纯朴。

我下乡一年，两件事非常感动。一次是我过年后回到房东家，第一顿饭，房东说今天有好东西请你。他拿出沙罐在火上炖，说我们过年杀了一头猪，你不在，给你留了点肉。他就把沙罐里的肉夹出来要我吃，这是一大块肥肉，白水炖，蘸盐吃。我过去是不吃肥肉的，这时我想无论如何我要把肥肉吃下去。吃完后他说还有好东西，他媳妇把一大碗洋芋端上来。他说打了几只鸽子，一起炖上了，和洋芋烧在一起。洋芋味道很好。第二件事，我已经到公社里当了工作队的秘书，有一次发烧生病。一位老阿奶，叫她孙女搀着她，步行几十里地，到公社看我，肩上褡裢里放了 8 个大馍馍。她说你母亲离你那么远，没人给你端水，我感动得眼泪都要掉下来。越是贫穷地方的老乡，待人越是纯朴。就是这些老百姓种庄稼养活了我们。我们知识分子应该尽我们的力量帮助他们，改变落后的面貌。复旦大学的研究生支教项目已经持续了十年，我非常支持。年轻同志要到那个地方去体会贫穷落后和老百姓的生活，这就了解国情了。

第三，我了解到什么叫艰苦。我始终觉得，人是要吃点苦的。人吃点苦不会损失什么，但是得到的磨炼和精神上的收获将是终身受用的。我们在农村下乡一年，最不习惯的就是吃的东西，过年才有白面，平时吃的一是青稞面，一是洋芋。洋芋很好吃，但是天天当饭吃，也不习惯的。那时候为了肚子不饿，使劲吃洋芋。开始时，下定决心只吃六个，再吃就吃不下了，但是到中午肚子就会很饿。青稞是高寒地区小麦的一种，做出来的饼咬起来要费点劲，也吃不下。我抱定信念磨炼自己，人家祖祖辈辈在那里过，我为什么不能？艰苦的生活对年轻人来讲没什么，生活关最好过，生活关过了什么都好过。我跟我的两个孩子讲，年轻时候吃过苦，以后条件差点，也不觉得苦。复旦到西吉支教的研究生，每一批都很好。现在的同学们不需要很多人到艰苦的地方，但不要放弃磨炼自己的机会。

通过这样的经历，我感到实现了人生很多有价值的东西。去年夏天我重返青海，访问我的学生、故地、老乡，再次体会到什么叫人生的快乐。我的学生大都是1955年出生，年纪都不小了。听说我回来，来了二十七八个。男同学、女同学都拉着我的手，说秦老师这些年你怎么不来啊。我们聚会了两次，他们请我喝了两顿酒，差点把我灌醉。他们回忆当年跟我在一起的时候很多小故事，我带他们三次拉练，背着背包，去青藏铁路，四十天住在一起。我抓得也很凶，处分了两个同学，这两个同学也来看我，说秦老师你当年最看不中的学生来看你了。当然，毕业前夕我把他处分去掉了。其中一个学生上班第一个月，用工资买了一书包的苹果来看我，他说支部书记、班长没来吧？我有良心。我还到了下乡时的房东家里，老阿爷已经去世了，他的儿子也将近60岁了，都已经有孙子了。我去了以后他高兴得不得了，马上让我上炕，又是烧水，又是倒奶茶，现在房间里也有了电话、电视，他说一定留我过夜，吃饭。我说还有第二家、第三家在后面等着，吃几口，喝点小酒就行了。

这样的一种经验使我感到，什么是人生的快乐，你在哪里撒下了青春的汗水，你就能体会什么叫快乐，你在哪里投入了心血，你的学生就会记住，老乡就会记住。这是一个人生命中永不磨灭的痕迹。

要奋斗就一定要到需要你的地方，到基层去锻炼，现在我觉得择业是人生的实际问题，但我们的眼光和想法又不能太实际、太功利。不能为了找薪水高一点的职业就牺牲了你的兴趣、志愿、理想，或者改变你对很多问题的看法。有的同学到了高薪的地方一点也不快乐。我觉得心里还是要有定力，在理想和现实之间把握好一个度，不要用功利的秤来衡量。

第三个问题，我们的毕业生党员同志，今后不管到什么地方去，一定要坚持修身养德，终身学习。

每个人都是社会关系的总和。我讲学习有两层意思，一是人不可能脱离社会关系而存在，一个人的德行、秉性都是社会关系铸成的。社会关系会在你的身上反映出来。比如一个人很贪婪，一定有很多重要的因素影响了你。比如一个人乐意助人，肯定有老师、家长或什么人影响你。总和也就是合成，各种因素的综合。二是人不是完全被动的，人可以影响社会关系，这是人的能动性。面临新的社会环境，毕业生同志们不必担心，也不必焦虑，勇敢面对，正确处理。今日之社会环境对修身养德有四大不利：

第一，历史的伤痕。中国今天社会为什么会发生一些不可思议的事情，有些道德的沦丧为什么到那么严重的程度，这和"文革"中对法制和道德的破坏有很大关系。"文革"中无法无天，对人也不尊重，使得中国很多传统美德、传统文化在浩劫面前中断了。"文革"影响的是你父母一代，但又会继续影响下一代。我们不要去信奉君臣父子这样的东西，但是至少要长幼有序、师生有序，要遵守公共秩序。

第二，中国发展中的必经之路，物欲流行。发展就是物质极大丰富，官员讲就是GDP，大学就是SCI。追求物质不是坏事情，我们不能像过去那样，追求一点享受就是资产阶级思想。但过分追求物欲，未见得就是崇高。物质丰富会促进社会发展，但物欲横流肯定会阻碍社会发展。一切都是物和物，人没有了。社会的发展是人的全面发展。那么多功利的思想从哪里来？根源就在这里。当然功利思想也很复杂，一点不讲功利就是不讲成本和产出，不行；但功利主义了也麻烦，我今天和你很好是因为对你有所图，不好是因为失去了利用的价值。

第三，市场经济的负面影响。市场经济的基本法则是等价交换，优胜劣汰。从经济的发展来讲没错。但是发展市场经济就讳言负面影响也是不对的。优胜劣汰可能会激励大家去奋斗，但是如果竞争和淘汰变成了不择手段，人际关系就很可怕。大学也不是清水衙门，市场经济的负面影响同样存在，各个院系到了职称评定的时候就是一场战争，各个单位到了领导换届的时候信件就会增多。

第四，社会在急剧变化，特别是社会结构在急剧变化，带有一定的破坏性，使社会处于一定的无序状态。城市化、工业化进程，大量农村人口到城市。社会更加开放了，各方面的开放有一段时期可能会带来无序。法治不健全，有法不依，执法不严。这两年恶性案件、群访事件不少。我觉得不要简单化，找原因不要单一化。这些问题的出现都有一定的社会背景。

总而言之，今天的社会环境对我们修身养德有许多不利因素，但是没有关系，人都不能离开环境，有清醒的头脑就容易应对。我觉得有几点值得提倡：

第一，要继承中华民族的优良传统。仁义礼智信，这里反映了很多正确的道德观，仁者爱人，如果只爱自己不爱人，不懂亲情，怎么爱祖国、爱人民。人和动物的区别就是尽管在竞争环境中，人还是爱人的。最近我听到有些话非常感动，有的人出国奋斗了几十年回来说，当年出国是因为受到了不公正的待遇，但不管我有这个怨恨、那个怨恨，我在外国一定不能容忍有人说祖国的坏话。其实广而言之也是这样，在学校里这么些年也不是每个同学都顺顺当当，老师不公正的裁判或者批评，不管怎样，等到踏上社会以后就会感到，我一定是爱母校的，一定不能容忍人家说复旦的坏话。孝就是长幼有序，不孝父母何以懂法治。

第二，在不利的环境面前要守住道德底线。道德问题，有的是历史的原因，有的是社会到一定阶段的产物。对共产党员、对知识分子来讲，一定要守住道德的底线。比如诚信、守诺、不做假，我觉得这样的东西是道德最起码的要求。有了这个要求，学术道德问题不是什么难题。底线也没有了，学术道德肯定有问题。现在社会对研究生论文不放心，有时候也是误解。学生难免因为时间不够或者功利一点，一念之差，就简单化了，现在工具很方便。如果我们有一个诚信的道德底线，做学问是来不得半点作假的，你的就是你的，不是你的一个标点也不能要。现在这种事情不能再多发生，会引起社会对我们这个群体的不信任。有人说研究生作假成风，我说绝大部分是好的，我带的学生没有一个是做假的。还有知恩图报。一个人如果非常懂得报恩，和他人的关系也不会差。有的人道德很好，人家给一，他给人家二，少给了甚至觉得自己是不是占便宜了。知恩图报是贯穿一生的，老师对我们有恩，我们要报答老师，祖国有恩，报效祖国。我过去在新闻学院讲过，一日为师，终身为父，我每年要去看导师好几次，因为他教过你，也可能你对他有所不满意，或者观点不会全部赞成，但是他在你成长的时候浇灌了你。廉洁奉公也是这样。为公家做事情的时候，你一定要奉公，廉洁是表象，奉公是实质，一个人一直以自我为中心，怎么可能廉洁。

守住底线，自律对每个党员来讲是最后的防线。一个人在社会中遵守秩序，两种东西起作用，一种是自律，一种是他律。我们提倡洁身自好，要做到真不容易，出淤泥而不染谈何容易。我讲讲我的体会给你们听。做领导，好多人会给你送礼，主要是看中你手中的权力，现在有个贴切的说法就叫"寻租"。洁身自好的话，寻什么租呢？每年高考分数公布后，我的短信就不断，当然这两年风气越来越好了，我们坚持守住了底线。

第三，要学习。修身养德，学是关键，学习是修身之本。最近习近平同志说了一段话，讲得挺好的，我引用一下："选择了学习就是选择了进步，要重学，好学，真正把学习当成一种生活态度，一种工作责任，一种精神追求。"这段句话说得很好。工作责任是说将来到新的岗位你肯定会积极来学。生活态度，是说学习读书已经深入到你平时的生活中去了。还有一种更高了，当作一种精神的追求，不能沉迷于物欲，通过学习使自己更加充实，更加睿智。

学习是老话了，向书本学习，向实践学习，向周围的人学习。我就不展开了。有了网络以后，有的同学书看得越来越少。书本是人类文化的宝库，他人经验的总结。一个人一生中不可能只靠直接经验，99%是间接经验，人之所以聪明就是因为接受了他人经验。复旦是重读书的地方，一批老师读得很好，《东方早报》有一个周日刊，第八版会登一些人的书房，好多复旦的教授已经上过第八版，我也很羡慕，其实是一种精神的寄托。向实践学习讲起来容易，做起来不容易，关键是努力工作，善于总结，不总结，做过了就忘掉了。向周围人学习也是这样，最聪明的人是把周围人的优点都学到手。过去老师批评我,说你这个人有一个缺点,就是很骄傲,看别人的缺点多,不大善于向别人学习。小的时候的缺点,到了老了还是缺点,现在要悟一悟。

各位同志,我们共产党员是特殊材料组成的人,我们的特殊材料哪里来的,就是通过长期的修身养性慢慢铸成的,你不要以为黄继光是在一刹那就扑上去堵枪眼的。要能担当大任,要能成为群众拥护的党员,就从平时做起。我今天就讲到这里。

2010 年 6 月 28 日

党史工作面临的形势和任务

专门就党史工作召开座谈会，在复旦历史上还没有过，在全国高校也比较少。为什么开这个会？因为我们大学是培养人的。我们是中国共产党领导的社会主义大学，我们培养的是社会主义事业的接班人和建设者，因此我们要让他们了解和懂得中国共产党领导人民奋斗的历史，树立正确的历史观；因为我们是学术重镇，负有科学、正确地研究、撰写历史的重任。刚才几位同志的发言谈得很好，我想重点谈三个问题。

一、当前党史工作面临的形势和中央对我们的要求

今年 7 月 21 日至 22 日，全国党史工作会议在北京召开。以中共中央的名义召开全国性的党史工作会议，在改革开放以来是第一次，新中国成立后也是第一次。会议的规格非常高，会议开始前，胡锦涛总书记接见了与会代表，并和大家合影留念，李长春、习近平、贺国强三位政治局常委也一起参加。开幕式上，习近平同志代表中央做了重要讲话。各省、市、自治区的主要负责同志都出席了会议。此前 6 月份，中央下发了《中共中央关于加强和改进在新形势下党史工作的意见》（中发［2010］10 号），这也是新中国成立以来以中共中央名义下发的第一个专门的党史工作文件。习近平同志的讲话和中央文件都明确指出，党史工作是党的事业的重要组成部分，在党和国家工作

大局中有不可替代的重要地位和作用。在我的印象里，改革开放30多年来，中央有两次把党史工作摆到了非常重要的位置。一次是1981年前后，另一次是1991年前后。这两个时期，党史研究中的若干重大问题都成为社会关注的焦点和热点。这是和当时的历史条件和社会背景有关的。1981年前后的"党史热"，是和真理标准问题的讨论、党史学界的拨乱反正，以及中央对新中国成立以来党的若干历史问题做出决议联系在一起的。为了统一全党思想，推进改革开放，在中央的高度重视和社会各界的推动下，大规模的党史资料征集工作在全国启动，一系列党史学术研讨会纷纷召开，党史专著、教材和读物大量出版，许多党史期刊也在那时创刊。另一次是1991年前后，国际形势风云变幻，东欧剧变，苏联解体，国内也发生了严重的政治风波，非常需要通过历史来解答人们的各种疑问，坚定人们对中国共产党和中国特色社会主义道路的信心和信念。适逢中国共产党成立70周年，于是党史工作迎来了又一轮热潮，《中国共产党的七十年》《中国共产党历史》等一批党史领域扛鼎之作也在那时相继出版。

所以我们感到，党史工作有着鲜明的时代特征，是与党和国家的需要、社会的需要、人民群众的期待紧密联系在一起的。党史工作研究的是历史，但目的是面向现在，面向将来。今年中央选择在这个时期召开全国性的党史工作会议，把党史工作提到前所未有的高度，也有着非常深刻的背景。

首先，明年我们党将迎来90岁生日。90年的历史波澜壮阔，内涵非常丰富，有太多的经验需要总结。习近平同志从资政育人的角度提出有五个方面的经验值得总结：一是党领导经济建设、政治建设、文化建设、社会建设以及生态文明建设的经验。二是党加强自身思想建设、组织建设、作风建设、制度建设和反腐倡廉建设的经验。三是党在全国长期执政的历史经验，包括执政基础、执政方式、执政方略、执政理念等。四是党在不同历史时期科学判断和全面把握时代主题和国际形势发展变化，制定正确的国际战略方针的经验。五是世界上一些执政党兴衰成败的历史经验，特别是苏联解体、东欧剧变的历史教训。

其次，近年来，随着世情、国情、党情的深刻变化，意识形态领域的斗争非常激烈。不论国外国内，始终存在着一股以"重新评价"为名歪曲近现代中国革命历史、党的历史和中华人民共和国历史的思潮，主要表现在：否定革命，宣传反帝反封建革命只起破坏作用，只有"资产阶级启蒙"才有建设性意义；把五四运动以来中国选择社会主义发展方向视为离开"以英美为师"的所谓"近代文明的主流"而误入了歧路；宣称经济文化落后的中国没有资格搞社会主义，新中国成立以后搞的不过是小资产阶级的空想社会主义；把党的历史说成是一系列错误的延续。习近平同志在讲话中把这些概括为历史虚无主义。

这种思潮的要害，在于从根本上否定马克思主义指导地位和中国走向社会主义的历史必然性，否定中国共产党的领导。归根结底，集中到一点，即认为中国过去不应该进行无产阶级领导的新民主主义的革命并发展到社会主义革命，现在就应该放弃社会主义。前不久，诺贝尔和平奖授予刘晓波，背后就是这种思潮在作祟。

胡锦涛指出："只有铭记历史，特别是铭记我们党领导人民创造的中国革命史，才能深刻了解过去，全面把握现在，正确创造未来。"清代著名思想家龚自珍说："欲知大道，必先为史"，"灭人之国，必先去其史"。俗话说，刀可以杀人，笔可以慑心。一个政党、民族如果失去了科学历史观，就会失去精神的支柱；我们的学生如果对党的历史不了解，必然会做别人思想的俘虏。从苏联解体看，针对党史事件和党的领导人的历史活动搞什么"大揭秘"，伪造、篡改甚至造谣生事，给党的历史泼脏水，已经成为乱国灭国的一大手段。今年暑假，我到莫斯科大学访问，莫斯科大学的校长接待了我们。他非常坦诚地跟我讲："还是你们中国渐进式的改革好，俄罗斯的方式不好。俄罗斯人太喜欢自己否定自己，从一个极端到另一个极端。"苏联人的这些反思是我们应该铭记的历史教训。在这个意义上，党史工作不仅仅是平静的书斋里的事业，更是在思想斗争最前线的没有硝烟的战争。

此外，我们要看到，现在我国各个领域、各行各业的骨干大多是新中国成立以后出生的。许多人没有经历过新民主主义革命时期的艰苦斗争，也没有直接参与新中国成立以后进行的社会主义革命和上世纪五六十年代的大规模社会主义建设，相当一部分人甚至没有经历过十年"文革"的反面教育，对新中国成立以来我们党取得的成就和历史曲折缺乏亲身感受和直接体验。我们还要看到，在高校里，我们的学生已经是"90后"，辅导员、院系学生委员也有很多是"80后"，不要说上个世纪五六十年代的历史、"文革"的历史，他们连1989年春夏之交的那场政治风波都没有亲身经历过，对改革开放中的波折也是毫不知情或者一知半解。

这些都决定了广大党史工作者一定要加强研究，多出精品；要引导广大人民群众尤其是党员干部和青年学生学习党的历史，接受党性教育和革命传统教育。这些不仅是非常必要的，也是非常迫切的。

二、党史工作中要坚持实事求是的原则

习近平同志在党史工作会议上指出："党史研究是一门研究中国共产党的历史、从中国共产党的活动揭示当代中国社会运动规律的科学，要坚持党性和科学性的统一。"既坚守党性，又能揭示中国社会运动规律的科学性，这是很高的要求。做到两者有机统一，最根本的一条，就是坚持实事求是的原则。

实事求是的原则既是一种科学精神，又是马克思主义的根本作风。实事求是地研究和宣传党的历史，就是要把握党的历史发展的主题和主线、主流和本质，正确对待党在前进道路上经历的失误和曲折。

近代以来，中国人民面临着争取民族独立、人民解放和实现国家繁荣富强、人民共同富裕的两大历史任务，党团结带领全国各族人民为实现这两大历史任务而不懈奋斗，就是党的历史发展的主题和主

线。党 89 年的历史，就是党围绕这个主题和主线，领导人民进行新民主主义革命、社会主义革命和开展大规模社会主义建设，进行改革开放和社会主义现代化建设并取得伟大胜利的历史，是党把马克思主义基本原理同中国具体实际相结合，实现马克思主义中国化，形成、丰富、发展毛泽东思想和中国特色社会主义理论体系伟大成果的历史，是党自觉加强自身建设、保持和发展先进性，经受各种风险考验而不断发展壮大的历史。这就是党的历史发展的主流和本质。

现在有些人一讲党史，解放前成了路线斗争史，好像共产党从成立那天开始就斗来斗去，解放后成了中国共产党不断犯错误的历史。这些都是不对的。解放前 28 年的历史是中国共产党领导新民主主义革命，推翻三座大山的历史。我们党的许多好的传统是那个时期创立的，马克思主义和中国实际相结合的思想也是在那个时期奠定基础的。中国的革命和建设事业为什么必须由中国共产党领导？为什么中国革命胜利以后只能走社会主义道路？在抗日战争中，中国共产党和中国的爱国民主力量由于坚持抗战、坚持团结、坚持进步，发展成了强大的势力，得到全国人民坚决的拥护，以至国民党在后来挑起的全国内战中遭到惨败。这一切都有着历史必然性，这些才是主流和本质。

解放后党的历史是党不断探索治国经验的历史。以新中国成立后前 30 年为例，我们顺利地进行了社会主义改造，实现基本工业化，使中国建立了社会主义的基础，也为后来改革开放奠定了基础。当然，我们在发展中遇到了挫折和曲折。正如党的历史决议所说的，我们那个时候有错误。这些错误有些是严重的，难以避免的。但整个看来，是这 30 年打下了社会主义制度的基础，提供了许多正面和反面的经验。因为我们有了这些正面的经验可以继承，有了这些反面的教训，包括"文革"那样的错误可以借鉴，我们才能有改革开放 30 多年来的新的发展。而对党的历史上曾经出现的失误和曲折，我们也应该着重分析当时所处的社会环境，深入剖析产生问题的社会根源、历史根源和思想根源，研究防止重犯的办法、措施和制度。

坚持实事求是研究和宣传党的历史，一定要处理好继承和创新的关系，防止从一个极端走向另一个极端。

现在的党史研究中，有一种风气，就是爱做各种各样的翻案文章，认为这才是学术上的创新，才是有所突破。有些传统说法不符合客观实际，需要改过来。但有一些研究，对前人的研究成果毫不尊重，甚至用一种片面性反对另一种片面性，从一个极端走向另一个极端，这也不符合实事求是的要求。我们应该把继承和创新联系起来。研究一个问题，必须注意到在这个问题上前人说过什么，有些什么正确的意见。对一个正确的、大家承认的观点，如果能做些超过前人的发挥，说得更清楚些，也是一种创造。

三、如何结合学校实际，做好党史和校史工作

1. 关于对学生的党史教育

这是高校思想政治课的重要内容、必修课程，也是中国近现代史课程的核心支撑，一定要上好。同时开展课堂以外的瞻仰革命遗址、参观革命博物馆、组织红色旅游等教育活动。为使教育有效，一是要用生动活泼的方式向学生讲故事。抗日战争、解放战争、新中国成立后60年、改革开放30年，这些历史对学生来说就像听故事。老师们要根据青年人的特点，把党史通过故事的形式娓娓道来，讲给他们听，这样一来效果就不一样了。

二是要注意思想性。形式可以生动活泼，但思想性这个魂不能丢。不能在课堂上戏说党史，更不能为了取悦学生，热衷于一些领袖的秘闻逸事。今天的在校学生是未来建设中国特色社会主义的骨干力量，我们要通过党史回答学生中一些深层次的思想问题，归根到底是对党的领导、社会主义和马克思主义的信念问题。比如有学生认为，大革命失败后中国共产党不应该再起来革命，蒋介石也是要搞现代化的，如果一直由蒋介石统治，现在大陆可能就会像台湾一样现代化

了。这就是典型的历史虚无主义。老师们能不能有针对性地讲清楚，事实上蒋介石建立南京政权以后，中国的社会性质并没有变，各种矛盾并没有解决，中国人民仍然处在水深火热之中，如果不反对蒋介石的统治，中国就没有一个光明的前途。

做好这方面工作不容易，教学和科研要结合起来，老师们既要上好课，又要钻研问题。既要钻研历史问题，也要钻研现实问题，教育我们的学生用辩证唯物主义和历史唯物主义的观点来看待各种社会现象。现在我们国家既是战略机遇期，也是矛盾凸显期，一方面经济、社会在飞速发展，另一方面城市化、工业化、现代化过程中又暴露了不少问题，学生心中有疑问。老师们要通过研究，回答这些疑问。

三是要全面地讲，不回避一些失误、挫折。这样的党史才可信。有些学生不爱听党史，很重要的原因就是有些信息和他从其他渠道得到的信息反差很大。所以我们要客观、全面地把发生曲折或失误的原因说清楚，我们有责任让他们了解国家面对的许多问题的来龙去脉，了解前人做过哪些尝试，付诸实践后产生了怎样的效果，哪些和预期相符取得了成功，哪些和预期相反遭到了失败，留给我们哪些有益的启示。

去年6月，我在学生工作骨干内部进行了一场谈心，主题就是"1989年春夏之交的政治风波"。我们这些经历过这段历史的人很快都要退休了，后人都是作为历史事件来看这些事情，我觉得是要给交代的。我们不讲，学生会"翻墙"去看境外网站看，看到的都是些颠倒黑白的说法。这场风波，是当时的国际大气候与国内小气候所决定的。正如小平同志所说的，迟早是一定要来的，是不以人的意志为转移的。这一点，现在比过去任何时候都看得更清楚。党中央决策的正确和必要，现在也比过去任何时候看得更清楚。现在做学生思想政治工作，最根本的有利条件是20年前没有的。当年采取非常措施稳定局面后，20多年来经济社会持续发展，人民生活不断改善，国家逐渐富强，这就是最有力的说明，事实胜于雄辩。我们要对党和国家有信心，对学生有信心。对学生们正确地加以引导和认识，事情会越来越好办。这里讲的是学生,实际我们在职的干部党员也需要学习党史,应该有生动的活动。

2. 关于开展党史研究

一是要发挥综合性大学学科交叉的优势。党史研究不能孤立地开展,历史学、哲学、政治学、社会学、马克思主义理论等学科,是党史研究的沃土。复旦在这方面有传统和优势。我们的金冲及校友在党史领域取得了巨大成绩,这与他渊博的学识、深厚的历史学素养是分不开的。纵向来看,中国共产党人是在前人奋斗的基础上发展过来的,老一代的共产党人如林伯渠、董必武、吴玉章、朱德等都参加过中国同盟会,毛泽东、周恩来等也受到辛亥革命的影响,他们既受到那个时代的教育,又看出它的问题,继续往前走。因此我们要在中国近代历史的百年进程中研究党的历史。共产党之前的一代代仁人志士面对的是什么问题、为什么不能解决、原因在哪里,如果前面的事情都不知道,党的历史也很难研究清楚。横向来看,我们要把具体的历史事件放在中国的社会结构中,放在世界大背景中。要研究特定时代民众的心理状况,也要研究中国国民党的历史。

二是要广泛深入地搜集史料。开展党史研究,史料的征集、整理是基础。掌握利用一切可靠的资料,并把这些资料甄别清楚,才能弄清历史事件的真相和来龙去脉,才能写出权威的论著。我们还要关注国外的历史档案资料。金光耀老师介绍的口述史项目,还有吴景平教授和斯坦福大学胡佛研究所合作研究宋子文、研究蒋介石,都是从史料入手,开展的研究非常扎实。

三是要吸引更多有潜力的年轻人投身到党史研究领域。现在有志从事马克思主义理论研究、党史研究的年轻人,不是太多,而是还不够。哲学社会科学既需要有人安静地在书斋里两耳不闻窗外事,也需要有学者围绕建设中国特色的社会主义过程中的许多理论和实践问题展开研究。从党史的角度揭示历史发展的规律,为人们正确认识现实和改造现实提供历史依据和历史启示,这一工作大有可为,也大有希望。

在党史研究上我们要牢固树立党的意识，政治上、思想上、行动上自觉同党中央保持一致。在党史工作中自觉维护党的团结和统一。这同学术自由是不矛盾的。任何成果的发表都应该是慎重的、有依据的。

3. 关于校史工作

一是要尊重历史，有利于团结。写校史同样要遵循实事求是、尊重历史的原则，唯真唯实，不讳言，不虚饰，不溢美，既反映学校发展的巨大成就，又反映当时条件下存在的局限，过若干年后再回过头来看我们的工作才站得住。在编写校史的过程中，要充分尊重各种人的意见，求同存异，引导大家努力团结向前看。在校史中，也有一些不那么令人愉快的历史片断，比如反右、"文革"、1986年学潮、1989年政治风波等。对这些问题，不回避，但是要从正面写，要严格遵守中央《关于建国以来党的若干历史问题的决议》。

二是要依靠集体的力量，加强对校史的研究。现在各个高校对校史工作越来越重视。一些个性化的校史，有些兄弟高校已经走在我们前面。校史研究的任务还很重，只有把若干问题研究清楚，形成成果，在积累的基础上才能写史，才能流传后人。校史研究室将来应该朝着专业化的方向继续发展。这个事业值得一辈子去奋斗，学校也会为大家积极创造条件。编写校史也要集中大家的智慧，要发挥各个院系的积极性。还要发挥老同志的作用，他们是历史的见证人，在提供史料、核实史实方面有不可替代的作用。时机成熟时，我们考虑在学校层面成立校史编撰委员会。

此外，校史也是对广大师生特别是在校大学生进行爱国荣校教育最现实、最生动、最亲切、最富有说服力的教材，校史教育应该成为在校学生的一门必修课，我们的宣传部门、学生工作部门、校友工作部门要充分挖掘校史资源，用校史凝聚人心，激发广大师生和校友的爱校热情和报国之志。

（本文为2010年11月25日在复旦大学党史工作座谈会上的讲话）

在离任复旦大学党委书记时的讲话

尊敬的各位领导、各位老师、各位同事,同志们:

刚才喻云林局长宣读了中央关于免去我的职务,任命朱之文同志接任党委书记的文件,我坚决拥护中央的决定。袁部长在百忙中专为此事亲临上海,又发表了如此重要的讲话,可见对复旦大学的重视,我内心十分感动,在此深表谢意。

弹指一挥间,十二年过去了。1999年我回校履职的情景仿佛还在眼前。当时我在就任大会上说:"母校向我发出了召唤,我应当抛弃一切,毅然回校,我把回校工作看作是对母校培养教育的回报。"我还表示,我不会把复旦当作匆匆路过的驿站,一定尽力完成国家交给的任务,实现几代复旦人的梦。

令我感到欣慰的是,十多年来经过全校师生员工的共同努力奋斗,学校整体得到了跨越式发展,是历史上发展得最快的时期之一。我们以学科建设为龙头,整合原有优势,推动交叉集成,有了新的生长点,整体实力有所增强,在两次重点学科评审中名列前茅;我们紧紧扭住人才培养这个根本不放松,进行招生改革,推进通识教育;我们积极争取承担国家重点科研项目,着力建设科研创新平台和基地,探索大学内科研体制机制建设;我们实施人才强校战略,积极引进了一批高层次人才,不间断地推进人事制度改革;我们的校园更加开放,对外合作交流十分活跃,学校的国际声誉不断提高;校园规模得到扩大,各校区的建设空前发展,教学科研的条件大大改善。特别是令人难忘的百年校庆,立足于抓机遇、促发展的三年校庆筹备,凝聚了校内师生和校友的人心,争取到了社会各方面的支持,弘扬了复旦精神，扩大了社会影响。

回顾这十多年的历程，我总感到十分激动，一种个人的辛劳融入复旦事业发展的激动，一种个人价值在为复旦奋斗中得到体现的激动。我在许多场合都说过，复旦这些年的发展是应了老祖宗所说的"天时、地利、人和"。天时者，国家制定了科教兴国和人才强国的战略，1998年开始实施以建设世界一流大学为目标的"985工程"和进入扩招、合并、布局调整的高等教育大发展时期。我们生逢其时，得到了国家的大力支持，我们抓住了机遇。地利者，复旦地处上海，得惠于上海，我们和上海一起发展，在建设国际化大都市的同时建设一流大学，上海市委、市政府，地方各方面对复旦大学十分厚爱，全力支持。人和者，1999年以后，我们高举团结务实的大旗，经过几年调整，班子团结，上下一致，和谐发展。天时、地利、人和三碰头不容易，我们只要顺天时，占地利，促人和，复旦就能发展。

在复旦宏伟的事业中，个人的贡献只能说是大海中一滴水；在复旦悠久的百年史中，十来年也只是短暂的一段。我今天只能说，我实现了回母校时的承诺，尽力了，但还有许多事没做好。

在这一时刻，我首先想到的是感恩。

我要感谢培养教育我的组织，是你们信任我，把如此重大的责任交给我，并经常关心和支持复旦的发展、我的工作，没有你们的强有力支持，我很难完成任务。

我要感谢复旦的教职员工和同学们，是你们激励、推动我不断学习和研究，努力工作，并以你们巨大的力量和无穷的智慧，把复旦各项事业搞得蓬蓬勃勃，没有你们的理解和支持，我也无法推动工作。

我要感谢和我一起工作过的同事们，是你们辛勤的汗水和心血，才使得许多设想、决策、计划得以实现，你们宽容我的主观片面，你们承受了我的简单甚至有时是粗暴，但我们有着许多个令人难忘的共同奋斗的日日夜夜，友谊、友情在共同奋斗中与日俱增。

我要感谢广大校友校董，你们热情洋溢的聚会、返校活动常常使我们热泪盈眶，你们慷慨的捐赠和支持又令人感动钦佩，没有你们的柴薪，复旦的火焰不会这么旺。

最最重要的是要感谢复旦——我的母校。是复旦培养了我，我在复旦前后46年（其中15年前后两次出过学校），从本科读到博士，从一名普通教师到党的领导干部，这一过程中接受了许多老师、同学、同事、领导，甚至是我的学生对我的教育。是复旦的土壤、空气和水分滋养了我，复旦的传统熏陶了我。在复旦做事，总有潜在的动力和无穷的乐趣。

在感恩的同时，我还想得更多的是遗憾。

总还有太多太多的事没有来得及做。通识教育的深入进行，艺术学科的筹建，一些平台基地的持续支持，医学管理体制的进一步理顺，江湾新校区的下一步建设，青年教师住房问题的解决；等等。

总觉得有许多事没有做好，需要调整、改进，例如年轻干部和教师骨干的培养，领导班子的自身建设和批评与自我批评的开展，院系领导班子的配备；等等。

遗憾其实就是一种自责，也是一种对复旦未来的牵挂。这几天我老在反思过去，有所醒悟，有几点与大家分享：

一是办好复旦一定要紧紧依靠党和政府的领导。我们的学校是国立大学，人民积累起来的公共资源由政府拨付给我们，我们没有理由不对人民负责，对政府负责。拿着国家的公共资源而说要办"独立的大学"是没有理由的。争取更多的办学自主权只能在体制内。国家兴则大学兴，看着我们这十来年的发展就不言而明。至于坚持党的领导，坚持党委领导下的校长负责制是贯彻党的教育方针，坚持社会主义办学道路所必需的，毋庸置疑。我们现在的任务是要紧紧依靠党和政府，争取更有力的领导、更多的发展资源。

二是办好复旦一定要紧紧依靠群众，依靠全体教职员工。一部复旦发展的历史就是全校上下共同努力奋斗的历史。"群众是真正的英雄，而我们自己往往是幼稚可笑的。"唯物史观最重要的一点，就是让群众真正认识自己的力量，把命运掌握在自己手中，而不是交给一两个"英雄"。因此，学校工作要尊重教师和学生的主体地位，调动他们的积极性，同时教学、科研、管理、后勤保障几支队伍都要抓好。尊重教师，关爱学生，善待干部，关心职工。

三是办好复旦一定要维护一个团结和谐的环境。复旦的历史经验告诉我们，凡是团结和谐的时候，学校就发展，凡是不团结、不和谐，发展就停滞。我们一定要在党的领导下，维护在正确办学方向基础上的团结，维护和谐的关系，避免翻烧饼，避免不必要的折腾，全心全意谋发展。

今天我要把接力棒交给朱之文同志，我感到很高兴。刚才喻云林局长介绍了朱之文同志的情况，他有着良好的素质，经过多岗位历练，管理经验丰富，更重要的是他年富力强，可以来复旦工作一个时期。我们欢迎朱之文同志加盟复旦，成为复旦人。我们要欢迎他，接纳他。我坚信，在他的领导下，党委的工作一定会做得更好。

今天我离开了领导岗位，但人仍在复旦，心仍在复旦。我会为复旦的每一进步而欢欣，我也会为复旦的点滴失误而担忧。作为一个老共产党员，我仍会为学校需要我做的事而尽绵薄之力。我相信，经过一个阶段的努力后，复旦一定会在创建世界一流大学的道路上走得更通畅。

谢谢大家！

2011 年 9 月 13 日

漫谈高等教育面临的问题

我在复旦工作25年,前前后后和复旦结缘46年,过去还当过中学教师、中学班主任,教过中学体育课。所以我本质上是个老师。尽管担任领导职务,但别人评价我书生气比较足,"不食人间烟火",官本位色彩淡一些。我当党委书记十二年,有人说是复旦历史上任职时间最长的一任党委书记。因为长期在大学工作,对高等教育的发展,一直有些思考。教卫党校请我们和大家作些交流,我也很愿意。今天我想稍微轻松一点,漫谈高等教育面临的问题。

一、高等教育发展的背景

我是全国人大代表,在这两年的全国人大会议上我一直讲,认识高等教育发展的背景,要跳出教育看教育。光是在教育系统内部是看不清楚的,一定要把教育放在国民经济发展、体制改革、文化建设之中,放在一定的历史阶段。

1. 教育在整个历史时期所面临的挑战,有三个因素不能忽略

一是人口波动曲线影响不同阶段的教育发展。因为计划生育政策,人口曲线是波动的,有时是高峰,有时是低谷。不同阶段的教育,就受到这种曲线变化的影响。现在最紧张的是学前教育。高考不那么紧张了,高中毕业生处于人口的低谷,至少还有两到三年。大学经过扩招已经保持了目前这个规模,根据2010年、2011年《全国教育事业发展统计公报》的数据,2010年,我们"高等教育毛入学率"

是 26.5%，2011 年是 26.9%。

高等教育适龄人口数是 1.27 亿，这个人群到 2020 年时将会下降到 8 600 万。也就是说，即使从 2010 年起高等教育入学人数没有任何变化，到 2020 年中国高等教育的毛入学率也会自然增长到 35%。《国家中长期教育改革和发展规划纲要（2010—2020 年）》里，2020 年高等教育毛入学率的目标提的是 40%。实际上，我们在未来十年每年只需要增长 0.4%—0.5%，这个目标就能实现。40% 是个非常保守的数字。之所以保守，就是希望大家全心全意抓质量。

接下来小学很紧张。大概十年前小学是低谷，小学并校，幼儿园关门，变成敬老院。最近上海市教委压力很大，近五年内他们要办 280 所普教学校。再过几年就是初中紧张，高中紧张，大学紧张。

所以人口曲线的变化对教育的影响不可忽视，我们却往往忽视，人口少的时候拆掉学校，人口多的时候建设学校。说实话，现在中国盖房子速度很快，房子好建，但是学校最重要的是教师队伍，教师队伍拆散了，再凝聚起来谈何容易。

二是加速的城镇化进程给义务教育提出严峻的课题。什么叫城镇化？人口学讲的城镇化是农业人口转化为城市人口的过程，即以农村人口不断向城市迁移和聚集为特征的一种历史过程，通常用城镇化率来体现。城镇化率通常用市人口和镇人口占全部人口（人口数据用常住人口而非户籍人口）的百分比来表示。统计方法是以全国第六次人口普查得到的城镇化率为基础，以每年的人口与城镇化抽样调查结果进行推算。

为什么说我们国家是加速的城镇化呢？2002 年至 2011 年，我国城镇化率以平均每年 1.35 个百分点的速度发展，城镇人口平均每年增长 2 096 万人。"十二五"规划公布时候，中国的城镇化率是 48.5%，"十二五"结束的时候，将达到 52.5%。根据去年年底的统计，城镇人口比重达到 51.27%，超过 50%。也就是说，目前居住在城市的人口已经超过了农村人口，这在中国几千年来的历史上是一个翻天覆地的变化。

我国城镇化率还会进一步发展。中国的城镇化率每超过一个百分点，就意味着多少人口从农村转移到城市？我算下来，是1 500万。国家公布的数字大概是1 200万到1 300万。如果五年提高四个百分点的话，就是5 200万人口。首先到城市的是劳动力，接着是随迁家属。对农民工子女，城市该不该进行一视同仁的教育？显然是应该的，成立民工学校仅仅是解了燃眉之急。这方面上海在全国是做得最好的，现在上海很多区县的小学、初中，外地随迁子女的比例已经超过了本地学生。浦东有些学校，外地随迁子女的比例已经超过70%，有很多本地上海人把子女转到其他学校。新上海人增加后，怎样更好地融入上海的文化，上海的教育，基础教育有太多问题要解决。

加速的城市化给农村带来的影响正好相反，适龄入学人口降低，小学纷纷并校，在有些山区，孩子要翻山越岭去上课，农村教师也留不住，这是一个严峻的课题。所谓校车问题，就是因为农村孩子上学不便，必须乘坐校车，结果发生了交通事故。其实中国经济还远远没有达到孩子都可以乘校车上学的时候。这些问题是历史性的，城市化的进程起码还有二十年左右。

三是工业化现代化要求大力发展职业教育。大家知道，工业化靠什么，靠科技创新，从劳动密集型产业向高新产业发展。但社会一般讲科学创新，很少提技术创新。其实技术创新很重要。

从教育布局结构来讲，现在职业教育是短板。家长们培养的孩子都想上大学，很少有人想上职业学校。其实在工业化进程中，职业工人和职业技术人员不可或缺，不然怎么可能把先进技术转化为生产线上的生产力。为什么德国的产业一直经久不衰，德国产品在世界上有这么强的竞争力？德国高等教育很好，但还比不过美国，但德国的职业教育是世界一流的。我在解放日报社做书记的时候，印刷机不是德国就是日本的，毫无疑义德国的最好。高速印刷机每分钟3 600转，相当于高速公路上120码的汽车，完全由电脑控制。我们把印刷机买来，但技术工人跟不上，我们在普陀区搞了28亩的印刷基地，花2 000多万美元买了印刷机，结果没人会安装，只能由德国派技术工人来，然后培训我们的技术人员，花了三个月时间。解放日报社的工人经验很丰富，但不懂德文，不懂电脑，德国技术工人要手把手地交，真是苦。后来还是要不断打电话把人家从德国请来，因为达不到人家的印刷质量。到工厂就知道多缺技术人员和技术工人。卫生系统的同志都知道，护士严格讲也是职业教育，现在各个医院都缺护士。所以中国的职业教育是瓶颈。

三个因素对教育都提出了趋势性的问题，不跳出教育看教育，就是空中楼阁。

2. 高等教育面临的挑战，有三个方面

第一，空前的规模扩张之后需要一个调整期。从1998年到2002年，高等教育进入了一个飞跃发展时期。1998年，高校学生只有1 400万，2002年发展到3 000万。对那个时期的大学扩招至今仍有不同意见，甚至有些意见很尖锐。我是亲身经历者。扩招，是中共中央政治局常委会作出的决定。当时的高等教育毛入学率只有9%，中央比较着急，因为经济发展很快，我们有庞大的人口，但人口素质不高，人力资源素质不高，所以相继提出了科教兴国战略、人才强国战略。在这样的情况下中央决定大学扩招。当然我们在任校领导对此也都有点不理解。我长期在复旦工作，内心不希望复旦的人数扩得太大，要保证质量。但我们也在短期内很快增加到3万人。当然这在中国的大学里只能算"小弟弟"。那时候扩招最厉害的是吉林大学，超过5万人。上海最厉害的是同济，一年招7 000人。浙江大学扩招也很多。

现在回过头去看，扩招还是有必要的。一是经济社会发展的需要，一是广大人民群众让子女接受高等教育的需求非常旺盛。但是扩招毕竟对学校造成很大的压力。宿舍食堂不够用了可以造，但教师不够用了，短期内没办法解决，特别是高质量的教师被稀释了。这样一来，规模扩张以后，高等教育需要一个调整期来巩固一下。我和王生洪校长2003年就提出，今后要坚定不移地走内涵发展之路。明确本科生不仅不扩招，而且再适当紧缩一点。研究生比例赶快降低。我提出"零增长",但下面单位要扩大,挡不住;现在降下来一点,而且参加高考的人数已经到了谷底。还有一个重要调整是发展的观念要转变。外延的扩张是发展,内涵的发展也是发展,而且是更加深刻的发展。政府往往追求外延发展,即GDP多少,其实最重要的是本级政府财政收入多少,可以增加多少可支配财力。现在内涵发展这个过程刚刚开始,远远没有结束,我觉得至少持续十年到十五年。

第二,生产方式转变和产业结构的调整呼唤创新成果和创新人才。现在经济工作再三强调转变生产方式,进行产业结构调整,不能以牺牲资源环境为代价。在经济领域里,产业结构调整和经济发展方式转变是最难的一篇文章,但是这篇文章一定要做。这就要求我们高等教育要多出创新的科技成果,要源源不断地向社会输送创新人才。我在上海市工作了很久,我始终感觉现在政府对大学是矛盾的心情。一方面不得不对大学增加投资,因为老百姓要求很高,高等教育要发展,而且长远看是应该的。但另一方面,从眼前来讲,大学的成果解不了产业发展的近渴。事实上大学跟产业转移毕竟有一段距离,实验室的成果不可能马上变成生产线,而且也不是所有的成果都面向生产,还有相当的成果面向科学。

创新人才培养也是差距很大。现在小孩子从小学到高中接受的都是应试教育,到大学后不可能有很多创新思维。在座的老师可能也有体会,我们在课堂上讲课,要和学生互动,很困难,学生不善于对话或者逆向思维、发散性思维。因为他们从小学到大学已经沿着一条熟悉的轨道走上来了。我们在大学工作,一再强调要启发学生对科学的兴趣,培养学生学习的能力,不是给他一桶水,而是教他如何打水。教育应该朝这个方向发展。

现在人们喜欢极端,一讲就是钱学森之问,为什么没有大师。20世纪四五十年代有些大师涌现,但他们在当年也不是大师,是因为新中国在发展,这些人才浮现出来。将来真正要出大师,还是要把基础教育搞好,而且今后一定是万马奔腾,不可能一两个大家变成战略科学家,笼罩所有学科。这是趋势。

第三，日益增长的人民群众需求和高校质量均衡提高的矛盾。现在大学的问题不是上学难，毛入学率已经 26.9%，将来 40%，上海已经达到 86%。为什么家长那么紧张，是上好学校难，学校均衡发展不够，特色发展不够，这样就满足不了大家的要求。不可能大家都进交大、复旦、同济、华师大。在座各个学校也很有特色。地方政府把进清华、北大和中学校长的政绩挂起钩来，清华、北大也老是争夺状元。状元不一定都是好的。

二、提高质量是高等教育发展的主题词

现在社会包括政府对大学的期望太高，赋予大学的社会责任太多。国家经常讲大学有三个职能：人才培养、科学研究、社会服务，现在又加了个文化传承。其实大学哪能承担那么多职能。我觉得大学对社会的贡献不在于每年发表多少篇 SCI 文章，也不在于拉动 GDP 增长几个百分比，高校对社会的最大贡献是为各行各业源源不断地输送人才。国民素质的提高，中国的未来，都和高校有关系。具体指标很难讲，但确实是最大贡献，把这个搞清楚了，高校的改革发展才能有正确的方向。

发展是硬道理，任何时候都不要忘记发展。但我们要建立科学的发展观，外延发展是发展，内涵发展也是发展，而且是更重要、更深刻，更可持续的发展。

谈谈我的几点看法：

第一，提高高等教育质量，本科生质量是关键。本科生是学校最重要的主体。18 岁到 22 岁，正是知识系统形成、世界观形成的关键时期，是对学校最有感情的时期。研究生和博士生教育严格讲是在本科教育基础上进行的。所以提高本科教育质量是大学的第一任务。是不是一个大学招了研究生就说明质量高？这是不对的。我认为，不必校校都招研究生。美国 3 000 多所学校，真正有研究生招生资格的学

校不到 200 个（178 所）。但上海现在 56 所学校，哪个学校不招研究生？

第二，特色就是质量。不必每所大学都搞成综合性大学。并校之后大家都认为综合性大学层次高，都向综合性大学发展。过去有些非常好的专业色彩很强的大学都没有坚持。比如过去上海有两所很好的学校，一个是华东化工，一是华东纺织。华东化工培养了石油战线好多工程师，华东纺织培养了纺织行业很多骨干，包括两任纺织工业部部长。现在华东化工改名叫华东理工大学，但全国的理工大学多得不得了。东华大学两次改名，搞得不伦不类。还比如印刷专科学校，全国好多报纸、杂志社印刷方面的职工都是这个学校培养的。还有海事大学、海洋大学。都往综合性大学靠是不对的，每个学校都应该有自己的定位。我最近到上海理工大学，他们定位就很清楚，就是培养工科人才。一所大学如果不能保持自己的特色，也就无从谈质量，在大学林立的情况下无从谈竞争。并校不是说没有缺点，都往大里并，结果并进来很多弱势学科。学校领导为难了，是不是均衡发展？显然做不到，必须要有重点。同济的优势当然是建筑，如果毕业生不能造大桥，不能搞设计，特色就丢了。

第三，提高质量的关键在教师。人家为什么要考名牌大学，因为名牌大学有几个招牌教师。历史悠久的大学有文化的熏陶，但这也是教师和学生共同来营造的。我就不展开了。

第四，提高质量是学校自己的事。教育行政机构不可越俎代庖。这个问题我在教育部发言时多次谈到，可能教育部的人听了不舒服。提高教育质量，教育部只能提口号，制定政策，难道能代替大学校长老师去抓质量？现在教育行政部门责任心都比较强，一抓就是提高高等教育质量工程，20 亿，设计若干个项目，全国各个高校去申请。为了项目通过，大家跑"部"前进，就出现了权力寻租。我建议，提高各个高校的生均经费。如果一所学校不致力于提高质量，教育教学质量很差，教育部去警告，责令整改，如果整改还不行，就撤掉这个学校。应该采取这样的办法，而不是去代替各个学校和老师去抓质量。

第五，衡量质量的唯一标准是社会，别信排行榜。社会怎么衡量，校友最有说服力，即培养出去的毕业生，到各行各业各个岗位能够发挥多大作用，社会影响有多大。同济出来的学生动手能力很强，这就是对同济的评价。交大学生脑子活络，创新意识很强，冲劲很足，这也是一种评价。其实这个衡量是模糊的，但对家长有参考意义。复旦有位校长李登辉说过这么一句话："造就学生者为学校，造就学校者则其学生。"也就是说，教育学生的是学校，成就学校的是学生。排行榜很复杂，有的偏重于科研，有的偏重于硬件，还有的带有点经营色彩。总的来说，是适应了家长、学生高考填报志愿的需求。我一直认为，排行榜有些指标可以为我所用。比如今年我们在发表文章上的数据低了，我们要分析一下原因，看看怎么提高。但如果校长书记靠排行榜办学校，那一天也办不下去。

三、坚定不移推进高校各项改革

改革是发展的动力，内涵发展更需要改革。

1. 教育教学改革是首要的改革

如果一所大学教育教学不进行改革，提高教育质量便是空谈。教学任务是大学的基本任务，学生接受大学教育，上课是基本形式。在教育教学改革中，重点是本科生，研究生培养也不能忽视。

复旦大学一贯重视本科教育。为什么复旦在上海、全国乃至世界上有一些影响，和对本科教育的重视有关。谢希德校长20世纪80年代就致力于克服狭窄专业化教育带来的弊端，提出要文理相通。80年代末90年代初，复旦根据市场经济正在开展的形势，提出了"打好基础，加强实践，提高能力，增强适应性"的原则，并推出了学年学分制。90年代中期，在前面的基础上复旦又提出了"宽口径、厚基础、重能力、求创新"的通才教育理念，在全国率先启动学分制建设。到新世纪我们这一任也没有停滞，不断往前走，提出了通识教育。

通识教育是从西方引进的教育理念，已经有 150 年的历史。通识教育又被称作自由教育、博雅教育，主要是提高学生的修养。在中国人看来，就是教育学生识人生、识社会、识科学，是一种人格教育，重视学生掌握接受知识的能力，不是知识本身的教育。我这里不展开。通识教育在综合性大学实现比较容易，工科为主或者专业性很强的学校都不搞通识教育，可以利用通识教育概念搞一些文理交叉的教育，比如清华，就是文理基础教育。我们这个时代，毕业生走向工作岗位以后，完全意义上的专业对口的只有 15%—20%，大量的是专业不对口。更重要的是在学生的一生中，这只不过是他的第一个职业，以后他的职业还会不断变化，因此我们要培养的不是专业才能，而是适应社会的才能。

还有一个观念，老师都能接受，教书育人，更重要的是育人，教学生怎么做人。通识教育提出回归教育的本质，什么叫教育，就是培养人成为人，成为完全的人。应试教育是把人作为工具。

通识教育怎么进行？一是开设通识教育核心课程。根据我们的设计，大学教育的课程分为四个板块：专业教育、文理基础教育、共同教育（外语、计算机、政治理论课），我们增加了第四个板块——通识教育。以王德峰教授为代表的一批对通识教育充满热情的老师，设计了通识教育核心课程六大板块，都是跨学科的（文史经典与文化传承、哲学智慧与批判性思维、文明对话与世界视野、科学精神与科学探索、生态环境与生命关怀、艺术创作与审美体验）。经过几年的改革，复旦的核心课程达到 150 多门，和当初设想的 300 门相比还远远不够。通识教育课程占的学分不多，140 个学分中就占 12 个学分。

二是创办书院。书院其实是寄宿制学院。国外大学学生进入学校就有两个属性，既属于寄宿学院，又属于某一专业。当然也不是所有的大学，是一些好的学校，比如英国的牛津大学、剑桥大学，美国的哈佛大学、耶鲁大学。在寄宿制学院，学生住在一个四合院，学院有食堂、图书馆、教堂。院长是有声望的教授，全家住在学院里，还有其他导师。每个学院都形成了自己的传统和风格,不仅是住宿的地方,也是教育学生的地方,相当于中国的第二课堂。我们尝试了一下,一年级学生进入学校后不分专业,成立复旦学院。复旦学院设四个书院,以复旦历史上四位德高望重的老校长的名字命名,每个书院有700—800人。书院主要目的,一个是大学导航,一个是组织学生阅读经典。经过这几年培养,绝大部分老师和学生反映都很好。打乱专业混合居住,实际上是让学生接受更多的文化。几届学生已经毕业走向了社会,各方反映很好,医院说经过通识教育培养的医学生质量很高。

我举这个例子是为了说明,本科教育教学需要花力气,没有这个谈不上提高质量。

这也是教师自我价值的实现。教师的教学和科研是不矛盾的,跟中学不一样,大学需要不断把新知识补充到教学里去,如果没有科研,怎么开设新课、怎么把课讲好?我们要鼓励大学老师把科研的成果转化为课程,转化为教学。

一个大学究竟能开多少门课?像哈佛大学,一年要开4 500门课,复旦大学也在朝这个目标前进,但目前只能开2 800门课程,一年4 500门次。如果课程能达到一定的量,学生自由选课就有余地了。打个不大恰当的比喻,超市里商品越多,顾客的选择余地越大。这和两个因素有关系,一是教师数量,中国大学"生师比"太高,哈佛是7∶1、10∶1,伯克利是3∶1,"生师比"低,就可以开小班和讨论课了。复旦大学是14—16∶1,我心里希望是10∶1。复旦现在有2 500名专任教师,要补充,但一定要补充到好的师资。第二是教师的质量。教师质量不高,课程开出来也没用。学生逃课当然和观念态度有关系,要进行教育,但如果老师上的课学生都逃课,那么这个老师有问题。我觉得,如果一位老师自己想出来要上某一门课,经过科研的积累,课肯定能上得好。教材可以抄袭,上课不能抄袭。好的教师每年上同样的课都会有所更新。

课程质量跟教师的数量和质量都有关。课程质量很难检查,说句老实话，教师上的是良心课。但教师的基本规矩要有，不能穿汗衫上课，不能接手机，除非有不可测因素，教师上课不能迟到。

2. 体制改革要为教学科研服务

这涉及以下几个方面：一是高校自主权。依据《高等教育法》，大学应该有办学自主权。现在《高等教育法》规定得还不够，我们呼吁进一步修订和细化。比如毕业证书为什么要教育部颁？教育部有说法，说是对公民负责。但是大家想想，全国有3 000所高校，教育质量参差不齐，教育部能给所有学校的质量做担保吗？通过这个就能挽救教育质量吗？我觉得毕业证书应该由各个学校颁发，如果某个学校卖证书，那这个学校自己就完蛋了。我们要相信大部分学校会为自己的质量负责。

二是校内两级管理的问题。学校规模越来越大，不可能学校统一管理，一定要发挥院系一级的积极性。学科都是建在院系里，但有一对矛盾：院系说，学校要放权；学校的职能部门说，我不能放权，院系的管理还不规范。特别是在资源匮乏的情况下，没有多少权好放，只能相对集中。但长远地看，未来大学都是两级管理。美国一些好的大学，学院的权力很大，自己筹集资金，自己负责招生。

三是坚持党委领导下的校长负责制的问题。这条是中国特色，不能变。第一，大学是培养人的，要为社会主义中国服务，政治思想方向要加强。我们有个很好的传统，党来抓思想政治教育，有一个成熟的系统。第二，中国共产党是执政党，党委领导下的校长负责制是党在大学的执政方式，是管方向，管队伍的，这是多年实践的结果。党委领导下的校长负责制，由党委常委会集体决定学校的重大事项。不是党委书记说了算，要让常委们都接受书记的观点也不容易，要善于用民主集中制的办法集体决策。集体决策就要调查研究，听取各方面意见。第三，执政党怎么团结人，要通过一定的抓手。党团结知识分子，就是通过这种方式。高级知识分子有自己的特点，高级知识分子不是自然能取得共识，自然能团结起来的群体。每个人都有自己认为是对的一套东西，这中间就会产生很多矛盾，可能是因为利益关系，可能是因为学术见解的分歧。产生了矛盾谁来调解，一般来说，应该党组织来做。基于这三个原因，两年前颁布的《普通高等学校基层组织工作条例》再一次明确规定了这一领导体制。

我和一些国外校长交换过意见，耶鲁大学的莱文校长赞成我们的体制。他说你们这个好，我现在不敢出国，因为不知道学校会发生什么事情。中国的校长出国了，还有书记看家。

现在有个口号一直困扰大家，叫"去行政化"。说句老实话，我对此一直不认同。"去行政化"的概念都没搞清楚。有的人讲的是教育部要放权，干涉大学事务就是行政化；有的人说大学里党组织不要管太多，不要以党干政；也有教授说机关管我们太多，小科长训大教授。

我觉得大学的行政管理要避免两个倾向：一个倾向是大学的管理很薄弱。北大的校长周其凤说要别的学校去行政化，但北大要加强行政管理。北大是最"懒散"的大学，他们伤透了脑筋。其实各个大学的行政管理都是很不专业的，很多地方很松散，仪器买了五年不开箱，摆在外面晒太阳。第二个倾向是确实有些大学出现了官本位的现象。什么东西都以级别来衡量。现在攻得最厉害的就是为什么32所"985"高校主要领导是副部级。当时中央提出科教兴国，要提高一些著名大学在全国的地位，提出有八九个学校能不能主要领导的职级提高到副部级，和地方政府平起平坐，好办事。但后来这个委员也提，那个委员也提，收不住了，变成了32所。说句老实话，我们是大基层的领导，什么都要管，实验室为什么断水、断电，共享费为什么不增加。和政府部门不一样。但现在官本位的观念确实有点渗透到学校，机关确实也存在为师生、为基层服务不够的问题。指望院系跟着你的指挥棒转是不对的，不要有坐在办公室当官做老爷的风气。尤其是"三门"干部，没在基层滚过。还有些教师也想当官，这也不对，说明教授也不看重"知识分子第一"了。大学不能受官本位这种传统观念的影响，否则学术搞不好，还是要尊重规律，尊重科学，尊重人才。但是笼统地说"去行政化"有问题，容易产生歧义。有些人会打着这个旗号做其他事情，而且会削弱我们的行政管理。

总之，体制改革是一个非常深入的过程，体制改不好，教学科研就没有保证。

3. 思想政治工作改革的核心是使社会主义核心价值观深入人心

"思想政治工作"，现在不大提了，其实是不对的，思想里最重要的是政治，对大是大非的看法，如怎么看世界大局，怎么看中国改革发展的三十年，怎么看马克思主义，怎么看社会主义。

什么叫社会主义核心价值体系，我背不下来。后来上海精神归纳为八个字：诚信、责任、包容、创新。北京也归纳为八个字：爱国、创新、包容、厚德。"十八大"报告把社会主义核心价值体系提炼为二十四个字的核心价值观，即富强、民主、文明、和谐、自由、平等、公正、法治、爱国、敬业、诚信、友善，积极培育社会主义核心价值观。现在是社会急剧变化的时期，我们缺什么，什么东西泛滥，可能要沉淀一段时间才看得清楚。但是要作为思想政治工作的任务，大家都要来研究。高校培养学生，一定要用社会主义核心价值体系来教育。

4. 后勤社会化工作不能停步，要一直往前走

关于这个问题不展开了，各个学校都有自己的创造。但也有些外地学校后勤社会化是倒退的，退到了大包大揽。上海比较好，因为上海的社会化服务程度比较高，由公司承担后勤的任务。复旦也很顺利，50%外包公司，50%是学校自己的后勤部门组织的乙方，甲方和乙方关系很清楚。高校后勤有安全卫生问题、有合乎师生要求的问题。

5. 高校科研体制改革值得探索

我觉得中国高校科研体制改革没有走出一条我们自己的路，科研还习惯于以教师个体为主，不善于组织团队。即使是团队，也不是众多教师一起，而是一个教师带一帮研究生，研究生成了劳动力，这样做是做不大的。所以教育部"十一五"时候提出，要在大学里建科研平台。现在全国对这个争执不一，不少学校批判，我是赞成的。这涉

及学校的体制问题。我研究过，哈佛的学院都很厉害，但是校内独立科研机构有170多个，美国国防部、农业部、医疗卫生委员会都在哈佛建立了独立研究机构，提供研究经费，在这些平台上的人一个时期在这里工作，完成任务后回到原来的单位，很灵活。现在中国的大学平台搞不起来，一搞就和院系打架，说为什么这么多钱到平台不到院系。这和我们的文化有关系，小团体意识很厉害。复旦"985"二期搞了五个平台，褒贬不一。我认为，建设独立科研平台是大学科研体制的改革，不然根本竞争不过科学院。中国高校长期以来就是院系为主，以条为主，没有块状，没有矩阵结构。谢希德校长曾经提出，学校要建立矩阵结构，但光是设想，没有实现。我认为她的设想是对的。

6. 民主办学、依法治校

这是高校必须遵循的办学指导思想。讲到依法治校，现在学校里潜伏着很多危险，处理各种事务都要有法治观念。哪怕是学生的非正常死亡，和学校没有关系，都会有人不断上访，每个学校都要搞个信访办。

讲到民主办学，就牵涉到一个问题，能不能教授治校。这种提法过去是受到我们党批判的，现在又冒出来了。我是不赞成的。谁治校都不对。第一，教授治校把党对大学的领导置于何地？第二，教授有教授的擅长，管理本身是一门学问，不是当了教授天然就是一个好的管理者。现在大学的管理还很不专业。我在报上冒天下之大不韪发表了一个观点，不是校长都要院士来当，院士应该让他把主要精力贡献在国家的科技创新上，他能有多少精力管学校？当然如果把精力都能放在学校事业发展上，也是好校长。但实际情况往往是学术也不放，这边也要管。我在报上只是说我们要爱惜院士在科学上的价值。其实管理也是专门的学问。纵观世界上所有办得好的大学，校长都是管理方面的专家。清华的蒋南翔是位老干部，又红又专和辅导员制度就是他在清华的时候提出来的。胡锦涛和吴邦国都是清华毕业生，都当过一任辅导员。所以《国家中长期教育改革和发展规划纲要》里提"教授治学",不是贬低教授,而是把教授放在恰当的位置上。学术事务、教学科研应该是教授说了算。这里的教授应该广义地理解为教师,有的讲师也很好。教授队伍是个梯队。

大学章程,本身不错,大学没有规矩怎么行。但是大学章程在校内规章里起宪法的作用,一定要有几个问题解决:第一要理顺大学和政府的关系,政府不放权,定什么大学章程。第二,大学的内部管理要比较成熟,把若干原则总结到大学章程里。我觉得大学章程这件事可以破题,但不急于取得成果;否则匆匆忙忙拿出来,我不看都知道水平是怎么样。有的人很起劲,好像把大学章程制定出来了,大学的一切问题就迎刃而解了。

六个方面的改革就讲这些,很多是一家之言,不对的地方请大家批评。

(本文为2012年5月23日在上海市教育卫生党校干部培训班上的演讲)

沟通与理解：全球化背景下的信息传播对称与文化融合

这次会议的主题为"中西关系中的全球媒介与公共外交"，我觉得这个主题很切中当下的现实，是对这些现实的积极回应，因此很有意义。针对大会主题，我演讲的题目为"沟通与理解：全球化背景下的信息传播对称与文化融合"。我想主要讲三点。

第一点是，中西之间的媒体外交的历史悠久，这种交流经历了巨大的变化。

14世纪，在欧洲流行一本畅销书——《马可·波罗游记》。这本书使中国成为欧洲人向往的天国，那里有着最好的政治制度、道德规范和富庶的生活。

到19世纪20—30年代，众多基督教传教士来到中国传教。他们通过媒体重新建构了欧洲人心目中有关中国的形象，一个"永远停滞乃至倒退的中国"。

显然，在西方眼中，前后"两个中国"有着巨大的差异，但我认为，造成这种差异的不仅仅在于作为行动者的中国，更在于作为观察者的西方。

18世纪前的欧洲，战乱频仍，民不聊生，所以欧洲人对帝王统治下的宁静中国充满向往；18世纪后，欧洲社会迅速进步，以社会进步的观念来衡量，西方容易得出结论认为中国社会处于长期停滞的状态。而在中国形象的传播过程中，媒体，无论是过去的传教士，还是今天的无处不在的大众传播，都发挥着重要的中介作用。

我想说的第二点，在全球化时代，媒体对外交的影响更加深远和广泛。

作为传教士时代的延续,我们所面临的世界,全球化和媒介化进程不断加剧。这体现在以下几个方面:

第一,国家间相互依赖性(interdependence)日益加强;

第二,各国民众对国际事务的参与程度(involvement)日益加强;

第三,国家间的相互联系(interconnectivity)日益密切。信息和通信技术的发展已经将地球变成了村落。人们对社会的认知和行为越来越受到媒体的塑造。

我们可以从以下"三个时刻"看出大众媒体和社会性媒体日益增加的全球影响力,而媒体外交已经成为公共外交中的重要力量。

从1990年的海湾战争到2003年的伊拉克战争,美国有线电视新闻广播网(CNN)成为重大事件的报道者,成就了"CNN时刻"。

在2011年的"阿拉伯之春"中,阿拉伯半岛电视台英文频道则几乎取代了CNN,创造了"半岛时刻"。

同样在这场革命中,示威者使用脸谱网(Facebook)安排示威,用推特(Twitter)协调示威,用优推(YouTube)报道示威。我们可以将这一现象称为"社会性媒体时刻"。

但是,媒体外交也有其不足:媒体外交营造舆论环境,但并不能直接解决实质性的和重大的外交议题。有时候,媒体外交还可能会激化问题。而且,东方对西方的了解远胜于西方对东方的了解,"国际信息新秩序"的理想还远未实现,国际信息流动的不平衡导致发展中国家更多地成为信息的接收方,成为西方媒体外交的对象而不是主体。

我想说的第三点是:媒体外交固然重要,但同时,作为一个前新闻工作者和现在的新闻教育者,我更愿意呼吁大众媒体在东西方相互报道中改进自身,做得更好,即坚持报道的客观、公正和平衡。而要做到这一点,我认为应该对报道对象抱着一种基于事实的"同情和理解"。

尽管传教士时代已经离我们远去,但在今天,"全球信息流动的单向、局部和片面"这一历史却仍在不断重演。由于大众媒体的欠佳表现而导致的中西之间的误读和误解仍然在发生。这包括两个方面：

一是对中国过于溢美。二是对中国过于负面。以上两类报道都出现在专业新闻媒体上，它们都没有做到客观、公正和平衡。

所有这些都说明：西方大众媒体在报道中国时，需要具有一种"同情的理解"。在这个日益复杂的世界中，大众媒体不仅要向读者报道中国怎么样，更要向读者解释中国为什么会这样。这就涉及在报道中对中国历史、风俗和文化的理解。

《中国大趋势》的作者、未来学家约翰·奈斯比特写道："……我们共同意识到西方是如何迫切需要更好地理解中国，而中国也应当了解西方。"他说得很对。

我认为，在当今的"地球村"里，不同国家与人民之间的接触更加频繁，而接触中要减少摩擦、增进了解和合作则需要大众媒体在基于事实的基础上胸怀着对彼此的同情和理解，客观、公正和平衡地报道对方。

墨尔本大学举办这样的一次学术交流会就是朝着这个方向前进的巨大一步。我预祝这次大会取得圆满成功。

（本文为 2012 年 5 月 31 日在澳大利亚墨尔本大学举办的"中西关系中的全球媒介与公共外交"学术讨论会上的发言，和新闻学院邓建国教授合作）

纪念邓正来

今天,我们在这里举行座谈会,怀着悲痛的心情,深切缅怀邓正来教授。邓正来是一位杰出的学者,也是一个有争议的人物。不少人因为对他不了解,或是因为思维的惯性,对他的言行有种种误解。我作为他生前最后几年的朋友,谈谈对他的了解和看法。

邓正来教授是一位献身于学术的学者。他的一生,读书译典,著书立说,教书育人,都和学问紧紧联系在一起。他在法学、政治学、社会学等多个学科有突出造诣,被公认为是中国市民社会理论研究、哈耶克自由主义研究以及"中国(法律)理想图景"大讨论的主要引领者和推动者;他长期致力于西方人文社会科学经典著作的翻译,为我国社会科学研究提供了丰富的学术资源;他20世纪90年代初期创办的《中国社会科学季刊》《中国书评》,掀起了中国学术规范化、本土化运动;他秉承"走向学术本身"的理念,通过对话、批判等独特方式,致力于青年学术人才的培养。无论环境艰难还是喧嚣,他始终以追求真知为最大的快乐,以学术研究安身立命。从事学术研究的人不少,献身学术的人不多,邓正来是其中之一。

他有宏大的学术理想。这个理想是与国家富强、民族振兴紧密联系在一起的。他对西方学术有深入的了解,反思是深刻的。他提出的"知识转型""生存性智慧"等概念,就是要通过研究中国问题,建立中国自己的社会科学体系,与西方展开平等的交流对话。复旦大学社会科学高等研究院的目标,就是要在西方世界之外,建立一座社会科学研究的重镇。

他以拼命的精神投身学术研究。邓正来教授给人的印象是永远目光炯炯、精力充沛、忘我工作。众所周知，他曾经一度辗转于朋友办公室、地下室，甚至北京地铁站，在那样艰苦的条件下，翻译出版了在青年学子中风靡一时的著作。他曾经连续五年不参加国内外学术界的任何活动，躲进书斋，潜心研究哈耶克，形成了将近300万字译著和论文。复旦高研院创立之后，他网罗人才，创设规制，呕心沥血，短短四年里，高研院产生的成果和举行的论坛数量之多，是常人难以想象的。据我所知，这些成绩的背后，邓正来教授和同事们度过了无数个不眠之夜。这种拼命精神损害了他的健康。

他以文会友，结交三教九流。邓正来教授交游广泛，朋友众多。他凭借自己出色的学术组织能力、号召力和奉献服务精神，做出了许多单靠学者个人难以完成的事。但他结交朋友绝不是没有原则的，他始终坚持以文会友，因此总能将众多一流学者凝聚在一起，很多学者愿意参加他组织的活动，也正是因为他恪守学术标准，拒绝虚假和平庸。

他的学术风格独立、自信。独立源于他的批判精神，自信源于他的学术积累。也因为独立和自信，他能够接纳不同观点，听取不同意见，甚至尖锐的批评，大家都愿意在他搭建的平台上对话、讨论。

2008年，邓正来教授受聘于复旦大学。他生于上海，回到上海是叶落归根。他长期在体制外奋斗，又回到体制内，这也是叶落归根。复旦接受他的理由，一是他的学术成就，二是他的学术理想——让中国学术走向世界。在引进邓正来教授之前，我们征求了文科许多骨干教授的意见，大家的一致赞同坚定了党委的决心。所以，这是集体的决策。后来的事实表明，这也是正确的决策。四年来，邓正来教授为复旦的学科建设和中国的学术事业做出了杰出贡献。在教育部学位中心最近所作的学科评估中，复旦的政治学学科名列第一，其中就有邓正来和高研院同仁们的贡献。

一是推进了学术研究。邓正来教授和他的同事们聚焦当代中国问题，打破学科界限，既植根中国的社会现实，又融入国际学术潮流，产生了一批高质量的学术成果。

二是活跃了学术氛围。四年来，光华楼东主楼 28 楼总是名家云集，桑德尔、约瑟夫·拉兹、弗朗西斯·福山、约瑟夫·奈、汤一介……诸多当今世界的著名学者到此讲演，成为复旦校园一道亮丽的风景。更重要的是，每次讲演，会场里里外外都挤满了学生。青年时期与世界顶级学者面对面，这种熏陶受益终身。

三是促进了学术交流。四年来，高研院组织的学术论坛、会议、沙龙近 400 场。编撰出版的刊物、著作近百本（期），包括《复旦人文社会科学论丛（英文版）》、《中国社会科学辑刊》、上海市社联委托编撰的《上海学术报告》以及一大批主题鲜明、论说严谨的学术论著。他还受学校委托，和耶鲁大学合作共同主持"耶鲁全球在线（复旦版）"，这极大地促进了各种学术思想的交流与碰撞、不同学科之间的相互启迪。

这些仅仅只是邓正来教授理想的开始。他的过早辞世，是复旦大学的巨大损失，也是学术界的重大损失。我不同意有些媒体用"来是正好，去是正好"作标题。"来是正好"是对的，因为他赶上了改革开放的年代，赶上了可以干事、能干得成事的年代；但他"去得太早"，他还有太多计划没有完成，太多梦想没有实现。时至今日，我们仍然不太愿意接受这样的事实。他爽朗的笑声仿佛还在耳边。他独立思考、追求真理的精神，不知疲倦、勇往直前的精神，挥洒自信、光明磊落的风格，将永远地留在我们的记忆中。

最后我想谈一点思考。邓正来教授曾经在长达 18 年的时间里不属于任何学术机构；他又在 2003 年起的十年里，从吉林大学到复旦大学，做得风生水起。这也从一个侧面说明，我们的体制是有包容性的、有弹性的，而且应该是有包容性的、有弹性的。海纳百川是复旦的传统。100 多年来，这里自由的学术空气，开放的学术空间，宽松的学术氛围，吸引和集聚了各路名师，形成了百花齐放的局面。展望未来，我们应该以更加宽广的胸怀，团结一切可以团结的知识分子，理解他们的思想，尊重他们的个性，体谅他们的难处，大家一起为实现中国梦而奋斗！

（本文为 2013 年 1 月 27 日在邓正来教授追思会上的讲话）

构架具有中国特色的经济理论

史正富教授的专著《超常增长》独辟蹊径，对中国的超常增长作了令人信服的解析。他的解读是从实际出发的，比对了大量数据，对许多人们熟视无睹的事实进行了剖析，按照政治经济学的逻辑，作了具有独特见解的阐述——他对于中国特色社会主义经济体制，即三维结构、四根支柱的论述令人印象深刻。

史正富教授认为这个体制是造就中国奇迹的根本原因。这是一个包含了战略性中央政府、竞争性地方政府和竞争企业的三维体制，把中央政府的战略领导力、地方政府的发展推动力与企业创新活力三者有机结合起来的新型经济制度。一般市场经济体制只有政府和企业二维结构，一般人的思维总是把政府看成是企业的对立物、市场的对立物。经济学家们的争论也总是集中在不同历史阶段政府与市场的关系上摇来摆去。史教授突出的理论创新，就是他详细阐述了地方政府作为一个竞争性微观经济主体存在的原因。地方政府这一经济主体的存在，是三维经济制度的关键和特色。当社会舆论过分渲染地方政府投资过度、社会管理不力、债务危机等问题时，史正富教授以无可辩驳的事实和逻辑分析，指出了地方政府在超常增长中所做的贡献，包括对于企业的投资激励、支持性服务和对于官僚主义的破除。史正富教授对于地方政府在经济中所扮演的角色及地方政府的迅速成长进行了系统论述。他认为现在地方官员在处理企业破产重组、谋划区域发展、操作大型项目、统筹调度资源等方面的实践，早已超过商学院教科书和现有经济理论范围。作为一个学者和企业家，如果不是对地方经济发展的近距离观察，如果不是在地方经济发展中出过力，是不可能作出上述判断的。

　　当下，对中国道路的解读极其重要。只有正确解读过去的路，才能正确把握未来的路。而要正确解读中国道路，必须透彻研究中国制度体系，构建中国自己的理论体系。道路、制度、理论是三位一体的。道路自信、制度自信、理论自信，也是三位一体的。我之所以说史正富教授的著作是一本揭示中国道路奥秘的好书，是因为他深入剖析了中国正在建立、业已取得成功、继续不断完善的社会主义市场经济制度，他已开始和许多人一起构架具有中国特色的经济理论。

　　（本文为 2013 年 5 月 30 日在《超常增长》出版座谈会上的发言，原载《文景》2013 年 7 月总第 99 期）

理论工作要敢于担当社会责任

我从事党的宣传思想工作三十多年，党中央总书记这样的报告好像不多见。这个报告非常重要，廓清了思想舆论界的迷雾，体现了中国共产党的坚定立场，批评了宣传思想工作的软弱状况，部署了围绕中心任务而进行的极端重要的工作——意识形态工作，向全党思想文化战线发出了动员令。这是一个纲领性的文件。

我看了以后为什么比较兴奋、比较解渴？前段时间，思潮很复杂，正面的声音很弱，负面的声音很响。有些人讲正面的话反而被奚落、被贬低、被谩骂，这种状态跟我们三十年建设取得重大成绩形成了强烈反差。南方周末事件发生以后，我观察了全过程，写了个内部报告。一个无中生有的事件酿成了全国性的事件，这是向党领导媒体的底线挑战、向中央挑战。如果一级党委不是很明朗，不是很硬气的话，就要节节败退了。相当多的领导干部过于爱惜自己的羽毛，把一任的政绩看得过重，遇到意识形态的问题躲着走，绕开走，不表态，使得我们这条战线的同志很寒心。今天党中央发出了动员令，使我们有了底气。意识形态工作要做好非一日之功，已经软弱了很久了。

上海社会科学界一定要拥护和坚持党对意识形态工作的领导。习近平同志讲，"能够做好意识形态工作事关党的前途命运，事关国家的长治久安，事关民族凝聚力和向心力"，"我们在集中精力进行经济建设的同时，一刻也不能放松和削弱意识形态工作"。党坚持马克思主义在意识形态的领导权，党以崇高理想引领人民团结奋斗，党在围绕中心，领导经济工作的同时排除来自各方面的干扰，坚持改革发展的正确方向，党领导我们向敌对势力的意识形态渗透不懈斗争，党领导全社会为形成社会主义核心价值观和社会主义道德风尚作不懈努力。所以，理论工作一定要在党的领导下进行，围绕中心，服务大局，把握大势，着眼大事。

理论工作要坚持正确的导向，敢于担当社会责任。上海理论界要在关键时刻不失语，在重大问题上不缺位，在重大热点焦点问题的讨论中发出正面、正确的声音，增添正能量。要根据中央和市委要求确立研究课题，占据理论的制高点。与此同时，理论研究成果还有服务社会的问题，要善于运用群众喜闻乐见的语言，深入浅出地阐释"三个自信"，深入研究理论宣传工作的艺术和规律，增强工作的感染力、影响力和实效性。

理论工作要有大局观，大势观。要围绕大局来思考和谋划理论工作，始终在大局下想问题，切实把服务大局体现到理论工作的导向、基调、思路和措施上；要顺应大势安排工作，加强对新变化、新趋势的分析和研判，准确把握世界形势、国内发展趋势、社会思想变化趋势，根据形势的发展变化确定工作目标和研究课题。

理论工作要善于总结经验，改革创新。总结经验和改革创新是一个问题的两面，没有很好地总结经验，改革创新就没有基础。没有改革创新的思维，总结经验就成了墨守成规。强调改革创新的根本原因是因为世界变化太快，所以改革创新的前提是要把变化了的形势剖析透，破除传统思维定势，保持思想敏锐性，增强改革意识和魄力。

（本文为 2013 年 9 月 13 日在上海市理论界学习贯彻 8·19 重要讲话精神座谈会上的发言）

什么是大学

现在高中的同学,从高一进来以后就开始瞄准大学的目标,高中三年奋斗得很辛苦。但是我们为什么要奋斗,换句话说,我们为什么要进入大学,我们对大学究竟是什么样的印象,我们心目中究竟有一个什么样的大学梦,这是非常有意思的事情,所以我想就"什么是大学"来谈谈我所了解的情况以及我的看法。

我讲三个问题,第一个问题就是什么是大学;第二个问题就是大学青睐什么样的中学毕业生,换句话说就是大学看好什么样的中学毕业生;第三个问题是我们做好了上大学的准备了吗。

什么是大学,大家心目当中的大学是具体的大学,我讲的大学是抽象的大学,我过去对大学有这么四句话来形容:大学是天空,是海洋;大学是深深的水,静静地流;大学是传统的,也是创新的;大学是世界的,更是民族的。

所谓大学是海洋、是天空,大家比较容易理解,概而言之,大学是知识的海洋,海有多宽广,大学就能容纳多宽广的知识,科学人文、天文地理、古今中外无所不包,我不是讲一所大学,而是讲所有的大学。海也是非常深邃的,海有多深,大学容纳的知识也就有多深,宏观的如宇宙,微观的到纳米,无边无际,贯穿古今。所以一个人上大学实际上就如同是跳到海里面去游泳。大学是那么地大,但我们上大学的时间是非常有限的,只有四年,我们所涉及的学科和领域是非常有限的。如果我们跳入了大学这个大海,学会了游泳,我们就一定能够远涉重洋,到达未知的彼岸。但是如果我们上了大学不会游泳,那也可能就被风浪卷没了,或者被冲刷到沙滩上搁浅。所以一个人上大学如同在海洋里游泳,这是我的印象。

为什么说大学是天空呢?因为大学是思想的天空,苍穹之下斗转星移,万物更新,在大学里思想是很活跃的,思潮是很汹涌的,而且是包罗万象的。所以我们上大学其实就是去接受思想的激发,接受文化的熏陶,这是在潜移默化当中进行的。

大学跟社会有什么关系呢?大学实际上是社会的缩影,因为现在一个大学大概有三五万人,其中的学生来自五湖四海,五湖四海的同学带来了各地的方言、各地的习俗和各地的文化,而且我们的同学们都抱有各种各样的需求和理想来到了大学。在这个空间里面,遇到了顺境或者经受了挫折,是我们的青年学子们品尝人生第一课的滋味的场域。所以我们进大学,犹如进行社会生活的排练,跨进大学还不算跨进社会,只有离开大学才是跨进社会,社会当然是更大更复杂的,但是进大学也犹如进行社会生活的训练。而且大学还是世界的一部分,大学跟中学很不一样的地方就是大学的开放程度很高,甚至比一般社会还要开放。来自不同的国家、不同肤色的同学在校园里面来去匆匆,司空见惯。我们的教师也来自五湖四海,我们既有自己培养的教师,也有海外学子归来当教师的,所以世界的信息在大学传播得很快,而且到大学访问的各国学者也络绎不绝,国际会议接连不断。我在大学工作的时候,像上海复旦大学这样的大学一年举行的国际会议大大小小大概有120场,一年来访的外国学者和代表团大概有上万人,所以各民族、各国文化在大学有碰撞,在大学有交锋。大学的同学实际上是从这里走向了世界,所以上大学也是我们青年学子扬帆远航的码头。

以上都是一些抽象的体会,大学和中学究竟有什么不同?

我觉得第一个不同,就是中学的课程和课本基本上是规定的,现在也有一些选修课,但是基本上是规定的,而大学除了必修课以外,有大量的选修课,而且教材五花八门,这样就决定了中学的学习更多是被动的,给你安排好的,而大学的学习更多是自主的。

第二个不同,中学的班级和课堂是固定的,集体生活的伙伴是熟悉的,至少一起待三年。但是在大学里面,大学的班级不那么重要,在同一课堂里面听讲的可能互相都不认识，只有同宿舍居住的同学才有可能成为熟悉的朋友，现在又不同了，有的大学里面宿舍要换两次，宿舍的同学也不一贯到底了，所以说，中学的生活环境是比较单一的，而大学的生活环境是比较多元的。

第三个不同，我们中学生在生活中比较多依赖家庭、依赖父母，尤其走读学校，天天要回家，更多依赖家庭与父母。而大学生是住宿的，必须独立自主地安排，也就是说要生活自立。

第四个不同，大学的图书馆远比中学时的要重要。我相信大家也利用了中学的图书馆，但是利用不多，而大学的图书馆远比中学重要。

第五个不同，大学有第二课堂，校内讲座、社团活动、社会实践。我们有很多老师和同学说大学有一半的学业是在第二课堂完成的，也就是说在校内的讲座、社团、社会实践当中完成的，如果进入大学不去找你感兴趣的讲座去听，不去参加你所感兴趣的社团，不积极去参加学校组织的社会实践，那么你这个大学就等于只上了一半，还有一半没上。

我罗列了大学跟中学的种种不同，说明这就是大学，下面我讲第二个问题，这样的大学，究竟青睐什么样的中学生呢？

首先，大学青睐品行好、有责任心、有集体荣誉感的学生。大家很奇怪，怎么首先不是青睐成绩好的学生。其实做人是一样的，大学老师在接触了自己的学生以后，首先衡量的标准是品德，是为人，是与人相处的关系，是对集体的责任心，如果这个学生品行很好，有责任心，跟同学关系很好，又肯为集体服务，这样的学生十个老师至少有九个老师是喜欢的。

其次，大学也非常青睐基础扎实且有学习后劲的学生。我过去跟大学生讲课的时候经常讲，我们老师看学生是不看分数看后劲的，就是说你进校了以后光是成绩好，我们不在意，关键看你有没有后劲，因为考到大学里面来，几乎都是好学生，成绩几乎一样，就像长跑一样，慢慢就看出后劲不一样，有的学生后劲很足，有的学生勉勉强强跟上。什么是基础扎实呢？所谓基础扎实主要是指基本概念比较清晰，知识面很广，还有就是基本技能比较熟练。举个例子，我还是中学生的时候曾经听著名的苏步青教授做过一个报告，他在报告当中讲了很多学数学的趣事等，我很多都忘了，我唯一记得一个例子就是，他说他在中学生的时候，做平面几何的题目做了一万道，这个给我印象很深。平面几何其实在数学里面是很有趣味的一门功课。一道题解法有很多，那是非常有意思的一个事情。他说他做了一万道题，其实这不是题海战术，而是他自己感兴趣。所以他经过了这样反复的、多样化的训练，打好基础，后来他就成为大数学家。

大学喜欢有特长的学生吗？我们许多家长着力培养子女具有某种特长，大学是能够容纳有特长的学生，但是一般来讲大学不提倡中学生过于偏科。

大学欢迎有后劲的学生，大学还欢迎思想活跃的、有独立见解的学生，也就是说老在琢磨问题的。不是说我功课做好了就行了，要想为什么，兴趣广泛，而且有不少问题要有自己的见解，尽管因为学习知识不够或者因为社会经验不够，可能他提的问题会比较幼稚和偏激，但是没关系，就怕青年学生头脑里没有问题。我因为在大学里授过课，授课的时候就怕下面的学生不提问题。有些学生的思想早就飞到外面去了，他并不听你讲，他也不提问题。如果看到有学生提问题，我会感到振奋，会大大地发挥我的水平。我们还欢迎活动能力强、勇于参加社会实践的学生。现在也有家长把学生送到国外去培养，念国外的大学，但是据了解国外的大学，尤其是美国的大学，那些好的大学在录取学生的时候有一个条件非常重要，就是看你在中学阶段有没有参加过社团，有没有参加过社会的慈善活动，或者是帮困的活动、助人的活动，他们看重这方面的履历。

实际上咱们中学毕业生的活动能力是很强的，活动能力包括口才、写作、交往能力，甚至于包括组织协调能力，所以希望同学们不要拒绝做班干部，要抓住锻炼自己能力的机会。

最后讲第三个问题，上大学，你准备好了吗？第一个是分数的准备，中学毕业生没有分数是万万不行的，现在是统一高考，没有分数进不来。但是有了分数也不是就行的，我们大学高考也在改革，自主招生也很多，实际上自主招生最大的变化，就是不唯分数论，而是看你在中学里各方面的表现，有的大学自主招生是进行面试，看你各方面的能力。第二个是基础的准备，刚说到大学青睐基础扎实的学生，我们扎扎实实在高中三年把基础打好，过去有一句话叫学好数理化，走遍天下都不怕，想想也有道理，我后来虽然学文科，数理知识还不错，所以后来对于新的自然知识的接受还可以。

第三个准备是自主能力的准备，最重要的是独立性。大学和中学不同，要自行安排生活，自己制定作息，自己解决难题，而且学会和人打交道，这很重要，进大学之前一定要把这些东西准备好。你们要学会拒绝，如果哪一天你跟你的爸爸妈妈讲不要管你，你自己来，我觉得这个同学就成功了。会自行安排的同学，进入大学他就会有效地安排自己的学习生活。

最重要的准备我认为还是心理的准备，中学毕业生进了大学以后，大概会有这么一些心理上的难题：第一，心理上的断乳期，也就是说从依赖到不依赖，心理上断奶了。第二，大一会遇到一个学习的挫折期，特别是第一学期的时候，可能原来在中学功课很好，结果进入大学以后一考试发现掉队很厉害，周围同学都是强者，心理上受到打击，有的同学就会郁闷。第三，竞争的焦虑期，大学还是有竞争的。经过这三个时期以后，最后达到一个适应期，就是自在的适应期，达到这个自在的适应期越快越好，如果经过大二就进入自在的适应期，那么你之后肯定过得很好。如果你在中学里面没有准备好，到了大学一年级、二年级还在补中学的课，那么后面的学习效率就不高。

大学是什么，对同学们来讲还是未知的，祝愿你们中学学业成功，驶向人生的下一个航程。

（本文为 2016 年 11 月 25 日在敬业中学的演讲）

大力推进地方新闻史研究

首先热烈祝贺地方新闻史学会 2019 学术年会顺利召开！

去年这个时候，我国第一个全国性的地方新闻史学会在广州成立。当时我因有事走不开，未能躬逢盛典，十分遗憾和抱歉。想不到，仅仅过了短短的一年，学会又在天津召开第二次年会，可见学会人气之旺。这一次我排除琐事和大家聚首，诚心诚意来聆听、学习各位精彩的演讲。我始终认为，在中国新闻史学会大家庭里，地方新闻史是主干学会，因为我们的学术活动直接丰富充实着中国新闻史的研究，也反映着中国新闻史研究应该到了地方新闻史研究百花齐放、蓬勃开展的阶段。

过去的一百年左右（如果以姚公鹤 1917 年的《上海报纸小史》为标志），我们的前辈筚路蓝缕，开辟了中国新闻史这块阵地，基本勾勒了中国近现代新闻事业发生发展的历史。他们的成果是十分丰富的，表现形态也千姿百态，不似几本教科书那么单调。这是我们今人研究得到的宝贵遗产。我们一定不要忘记戈公振等早期的研究者，还有我们当代的学人方汉奇、宁树藩、李龙牧、陈业邵、丁淦林等教授为此所作出的贡献。学习和继承这些遗产十分重要，只有站在前人的肩膀上，才能站稳脚跟，稳步前进。

以往的中国新闻史许多是通史式的叙述。无论这种叙述有多少时代的局限，但在当时是必须的，这就为后人提供了中国新闻史的概貌（勾勒概貌也不是那么容易的）。没有他们的成就，就没有今天的研究基础。必须扎实地掌握中国新闻史的完整的脉络，打好基础。

同时也要看到，全局的研究代替不了局部的研究。全局的研究要深入，必须展开局部的研究。这就是开展地方新闻史研究的理由。中国是一个大国，她的特点就是一曰大，二曰不平衡。大到相当于欧洲众多小国之和，而各地经济、政治极不平衡，历史人文有巨大差异。地方新闻事业形态各异，中国新闻史研究有一个广阔的领域。如果不算个别零星的研究成果，地方新闻史研究的展开大致可从20世纪80年代末90年代初开始算起。打头阵的是政府主导的地方新闻志（报刊志）的修纂，一批老新闻工作者、老教师全身心投入，做出了重要贡献。尽管其中有不少缺陷和问题，但如果没有那时的投入和出版成果，今天的研究会更困难。此后，又有一些很精彩的地方新闻史著作、资料集问世，如马光仁的《上海新闻史》、唐惠虎、朱英等的《武汉近代新闻史》、王绿萍的《四川报刊五十年集成》、马艺等的《天津新闻史》、彭继良的《广西新闻事业史》等等不一而足。这是一个令人兴奋的时代！在我看来，这一阶段还远远没有过去。因为在很多地方，连这种"全景"式的新闻史都还没有（其中包括特别重要的近现代新闻中心北京）；而地方新闻志（报刊志）也到了应该修订的时候（离上一次修订又有二十多年了）；地方新闻史的许多资料有待发掘。这些任务毫无疑义地落到年轻一代新闻史学工作者头上。

地方新闻史应该如何研究？中国新闻史应该如何研究？推而广之，历史应该如何研究？这不是个小问题，而是关系到方向和产出成果的大问题。我进入这个领域已有40多年，但也还时时迷惑不解。在我心头经常有如下一些问题：研究新闻史应该从哪里出发？新闻史的任务是什么？是揭示新闻事业发生发展的规律，还是证明某种假设？研究新闻史要不要把史料收集置于首位，是哪些史料？研究者该怎样对待史料，论从史出，还是以论带史？参加这次年会，就是来边学习边思考的，期望有所收获。这是我的真心愿望。活到老，学到老嘛！

在结束这篇祝辞的时候，让我们一起学习一位先哲160年前的经典论述，他说："一切社会变迁和政治变革的终极原因，不应当在人们的头脑中，在人们对永恒的真理和正义的日益增进的认识中去寻找,而应当在生产方式和交换方式的变更中去寻找;不应当在有关时代的哲学中去寻找,而应当在有关的时代的经济学中去寻找。"(恩格斯:《社会主义从空想到科学的发展》)

预祝年会圆满成功!恭祝各位老师、同仁身体健康!

(本文为2019年11月15日在中国地方新闻史学术年会开幕式上的祝辞)

画龙点睛

我从未打算成为写序言专业户,却也写得不少(本书收入 25 篇)。写多了便深知序不好写。我不想以空洞的奉承去敷衍朋友。认真,就对原著要下一点功夫,一要读通,二要悟透,方能发挥。画龙并不简单,点睛更非易事。让读者为睛吸引,由睛观龙,序也就成功了。

为三位壮士送行

——《321国道行》序

这次"312国道行"的采访是很有眼光的。各地区经济、政治、文化极大的不平衡是中国的重要国情。战争年代,我们党利用这种不平衡,在敌人最薄弱的地区,发展壮大了自己的力量。今天,我们的建设也要解决不平衡,使各地区共同富裕。可以说,如果东西经济不联动,我们中西部的经济不发展,中国很难从发展中国家发展到中等发达水平。有眼光的记者都把注意力投向中西部,那里,21世纪将会有巨大的变化。

我们还要赞扬这三位记者的精神。他们的年龄都超过了45岁,仍然壮心不已。他们不安逸于大城市的生活,不安于平时采访的狭隘的圈子。什么地方有新闻,记者就要奔向什么地方。这才是记者的本色。当年著名记者范长江骑着毛驴采访中国西北角,今天他们发扬了范长江的精神,不畏艰难,踏上征途。这和某些记者满足于跑跑会议新闻,或拎拎马甲袋,有多大的差别!我们《解放日报》的记者就是要发扬这种敬业精神、吃苦精神,提高自身素质,把报纸办得更好!

(顾玉祥等:《321国道行——中国东西部经济大扫描》,学林出版社1997年版)

报纸和传统

——《解放日报老同志回忆录》序

以我的资历写这篇序言是绝对不合适的。本书有些作者的革命年龄或党龄甚至超过我的年龄。然而，我被老同志们的认真和执着精神深深感动了。他们不顾自己年高体弱，翻箱倒柜找资料，戴着老花镜或拿着放大镜一个字一个字、一行行一行行地写，殚精竭虑，一丝不苟，有的放弃去子女那里休养，有的推迟了自己看病的安排。他们仿佛在完成一项神圣的使命，他们在完稿的时候，又那样兴高采烈，郑重地交给编辑。正因为此，作为受到启迪和教育的后辈，我感到有义务向更多的读者推荐这本书。

本书描述的是历史，而历史是由老同志们以毕生的理想、追求和奉献写成的。历史的风风雨雨，个人遭遇的坎坷曲折，其间有成功的喜悦和欢愉，也有痛苦和艰涩，最终铸成了整个事业的壮大和发展。在庆祝新中国成立五十周年期间，回顾总结各条战线成就的时候，完全可以说，新中国新闻事业发展壮大的今天，凝聚着本书作者和一批批老同志的卓越贡献。共和国的历史不会忘记他们，我们为他们骄傲，他们理所当然地得到人民的崇敬。因为写的都是亲身经历和体验，所以篇篇可读可信，细节特别生动，人物栩栩如生，读着读着就不想放下，读完又思绪万千，回味无穷。我想，这大概就是历史的教益吧。

1999年也是《解放日报》在上海创刊50周年。一张报纸办了50年，也该"知天命"了。我在高度的紧张和高度的疲劳间隙，思绪就像天上的蝴蝶，漫无目的地展翅飞翔。

报馆的楼房从旧楼搬到摩天大厦，报社的总编辑换了一茬又一茬，可是这张报纸还是这张报纸。它天天在出版，轮转机一天也没有停下，他的版式、标题、文章的风格，依然是原来的模样。熟悉的读者可以清楚地感受到它和其他报纸的区别，尽管用语言也未必说得清楚，就像人们清楚地感觉到两所学校、两个地区，甚至两个国家的区别一样。什么决定了这样的区别，什么是不变的核心——传统。现在，人们在强调传统惰性的时候，往往忽视了传统的稳定作用；在鼓励改革、开拓的时候，往往轻率地否定传统。殊不知传统是一代人又一代人用心血浇铸起来的，有其天然的合理性。传统的稳定作用正是改革前进的基础。要不然，"一朝天子一朝臣"，换一个总编辑，报纸不垮掉才怪。殊不知没有根基、不合实情的"改革"，"大张旗鼓"半天，传统又将其拉了回来，开了个历史的玩笑。这就是传统的作用，也有一定的必然性。

优良的传统是一张报纸的脊梁。传统，顽强地坚持了报纸的风格，熏陶和造就了一代又一代报人。《解放日报》是一张有优良传统的大报，它的影响是跨地区、跨时代的。它的优良传统中最突出的部分，就是坚持党性和群众性的统一，保持和人民群众的血肉联系。本书集中表现了这种优良传统。在新时期，这种传统又鞭策新一代解放人永不满足现状，一次又一次地进行新闻改革，以解决贴近群众、贴近实际的问题。这种传统还培养了一批敬业勤勉、体察民情的骨干，使得解放日报的队伍始终保持整齐的队列。这种传统又将正直不阿、正派的作风根植于许多人的心中，使得歪风邪气无立足生存之地。正如许多人称赞《解放日报》的版面清秀、风格高雅，在前辈优良传统沐浴下的《解放日报》，也依然保持着庄重、高尚的报格。"一百年不变"，我们期待着。

蝴蝶还在天上飞。愿读者和我一起分享前辈的恩泽。

（中共解放日报离休干部支部委员会编：《解放日报老同志回忆录》，解放日报社 1998 年内部印刷）

论文与创新

——《复旦大学本科生论文集》序

为这样一套论文集作序是很困难的事,因为这是一套涉及七个基础学科的论文集,个人才识疏浅,要作综合评述简直不可能。然而我又愿意做这件事,因为略略翻阅集子,其中有些论文还引起我一阵小小的激动:勤奋下功夫的学生还大有人在。因此以下这些话,就是由此引申开去的感想。

写作论文不仅是对研究生,而且也应是对本科生的培养要求。这和打基础并不矛盾。复旦培养学生的一个特点是,强调打好基础。这是完全正确而且应当坚持不懈的。基础即所谓"双基",包含基础知识、基本技能两个方面。培养学生在大学阶段学会写论文,是基本技能的重要内容。如果一个大学生毕业出去不会写论文或写不好论文,怎么能符合用人单位的起码要求?更不用说进一步从事科学研究了。

写作论文是一种综合训练。它可以培养学生的判断能力。选题的过程就是让学生了解熟悉学科前沿发展最新情况的过程。只有博览群书,才能选准方向。它可以培养学生收集信息(资料)、分析疏理的能力。信息(资料)是论文的基石,只有充分掌握信息、占有资料,才写得出高质量的论文。收集信息(资料)是一个艰苦的过程,需要做扎实的工作(实验性学科就得做许多次实验)。拍拍脑袋写出来的论文,行内人一眼就看出它的浅薄。有了信息(资料),归纳、疏理、分析又是一番功夫。写作论文还能培养学生的逻辑推理能力和写作表达能力。这也不是一朝一夕能做到的,需要经常地进行思维训练和写作演练。总之,论文质量如何,是对学生知识和技能、思维和表达的全面检验,也是对学校教学和人才培养的全面检验。

　　写作论文强调严格的规范训练,同时也要鼓励创新。从选题到行文,学生要在导师的指导下进行,这样可以免走弯路,不去做没有意义或意义不大的工作。现在的主要倾向是学生过分依赖导师,而导师也不敢大胆放手。我们要鼓励学生选与导师方向不同或导师不熟悉的课题,鼓励学生运用新的思维方法,走不同的学术途径,还要抓住学生思维的火花,鼓励创新。科学发展、学术创新总是由一代又一代学人接力棒式传递下去,一定要坚信"青出于蓝而胜于蓝"是新陈代谢不可抗拒的规律。教师的成绩不仅在于自己写出多少高质量论文,更在于培养学生写出多少胜过自己这一代的论文。只有做到这一点,教学相长才能实现,学科发展才有希望,创新人才才能培养出来。

　　文理科基地同学的论文集为全校作了一个榜样,表明本科生也可以写出高质量论文。我们祝愿有更多这样的论文集诞生。

　　　(复旦大学教务处编:国家文科基础科学研究教学人才培养
　　基地《复旦大学本科生论文集》,1999年)

创新

——《〈申〉报关键》序

接到锦江来电,要我为纪念《申江服务导报》创刊五周年的书写一篇序,心中不免起一点波澜。五年已经不短了,可这份报纸总让我有不少牵挂。俗话说,一分投入,就有一分情感。回想《申》报筹办和初创的那一两年,我和年轻的创业者们一起畅想,一起策划,一起担忧,一起总结。在我主持《解放日报》编务的时候,每逢周一晚上,经常要忍不住走下两层(我的办公室在12楼,《申》报在10楼),读一读第二天将要出版的《申》报,先睹为快,和年轻人一起评头论足,指点短长,完全沉浸在一种创造的快乐之中。

创办《申》报是为了探索在市场经济条件下的办报规律。探索也就是创新。因此,也可以说《申》报是为创新而办的。20世纪90年代中期,我国新闻事业已经有了相当的规模,经济的发展促使媒体不断壮大。同时,发展也带来了媒体之间的激烈竞争,读者市场不断被分割,一些市场化的小报红火起来,而作为主流媒体的党报却办得很吃力。我们这些党报工作者有点不甘心:我们的实力很强,我们的队伍也很整齐,凭什么办不过市场小报?不过我们也清醒地意识到,在长期的计划经济体制下,我们许多办报者的读者观念、发行、广告、经营方式都有点跟不上时代了。要从体制机制和队伍上进行大的改革,对于天天担负着舆论导向繁重任务的党报来说,几乎不可能,风险太大。而且我们也缺乏在市场的海洋里游泳的经验。最好的办法是拿一张小报试一试,取得经验后再推而广之。恰好机会来了,有一家行业报纸要转制。于是,当时的《解放日报》社党委就决定办一张面向市场的报纸,也就是所谓的"试验田"。党委会许多领导都对此很有兴趣,热心为它的诞生创造各种条件(如腾场地,借资金,调人员)。当时,倘若没有领导班子的远见和意见一致,《申》报也许会胎死腹中。

立意创新,就一定能成功。《申》报五年的历程证明了这一点。我国的读者市场很大,报刊也多,市场的分割、读者的导向、广告的投放,总的格局是不会大动的。但既然市场容量大,读者需求呈现多样化,而且在不断变化,市场就一定可以细分,发展空间就一定存在。《申》报初创,一炮打响,成功的原因就在于找到了发展空间,准确地进行读者定位,以此为切入点展开各项办报业务。为了做到这一点,在此之前,他们几乎花了一年的功夫进行科学的市场调查、读者分析,研究了相关政策和兄弟报纸的经验教训。这些事实鲜为人知,它表明,创新也不是遐想、空想,创新是需要准备的。创刊以后,《申》报从内容到版式,从专栏到编排技术,不断追求创新,所谓"月月有策划,年底大策划",使得发行量不断飙升,兄弟报刊难望其项背。这同样说明,一家报刊必须不断创新,才能独领风骚。跟在别人的创新之后快速克隆是不会成功的,而有着传统特色和读者群的老报刊,如果不创新,也会日渐衰落。创新,是办报的永恒主题。

创新又是青年的优势。青年的天性就是不守成规,喜欢创新。《申》报的创业者当时刚30岁出头,至今《申》报人员的平均年龄不超过30岁。这是《申》报成功的重要原因。青年人思维活跃,接受新事物快,较少保守,较少受到计划经济的熏陶,较少人际关系的顾虑,更重要的是他们憧憬未来,富于理想,精力充沛,这是创新的重要条件。在信息时代,他们通过现代网络所获得的信息和知识,远胜于中老年人。现在看来,让一批青年去创办《申》报的决策是正确的。如果说,当时决策者只是给了他们一次机会,那么画出一幅最新最美的全景图画还是靠他们自己。在《申》报这块处女地上,他们激情迸发,才气横溢,忘我耕耘,团结向上。他们在新闻业务和报业经营管理方面所作的探索,足可以写一本"新闻学"。他们不仅办成了一张受欢迎的报纸，他们也磨炼成就了自己。

创新自然有磨难。在《申》报创办之初，报社内外有不少人对这张报纸有疑问，一是不理解党报为什么要去办这样一张在他们看来"格调低下"的小报，二是不认同这张报纸"新闻+服务"的特色。可见创新的最大阻力在观念。观念陈旧，思想不解放，就无法创新。好在《申》报的青年创业者们坚定"有阵地才有导向"的信念，坚持为读者服务的方向，坚持真实性、不媚俗的品格，注意处理好与主流媒体互补的关系。报纸越办越好，越办越有信心。读者是最公平的评判者。发行量上去了，经济效益上去了，奇谈怪论烟消云散，各种赞誉（甚至有不实之誉）接踵而来。生活的辩证法就是如此。对于领导者来说，值得记取的，就是要为青年创新提供一个舞台，尽可能为他们创造一个自由健康的氛围。

说到本书的内容和体裁，也是一种创新。凝聚着《申》报全体同仁创业激情、科学理性、创新灵感、集体智慧的结晶的内容，竟用一种轻快而简练的"新报人手记"来表现。这自然又是从读者出发——充分考虑可读性。本书可以一口气读下去，也可以慢慢读一段咀嚼回味。两个字的标题已短到不能再短，完全适合网络时代的阅读习惯——揭示主题词。为了和全书一致，恕我序言的标题也用了两个字——"创新"。

创新永无止境。一张报纸不可能永领风骚。倘若要不落后，就要不断创新。愿《申》报在第二个五年有更多的创新。

二〇〇二年八月于复旦园

（徐锦江：《〈申〉报关键——〈申江服务导报〉关键词解读》，上海文化出版社 2003 年版）

复旦和《毛泽东自传》
——《毛泽东口述传》代序

在中国近现代史上，没有一个人能够像毛泽东那样，对国家和民族的历史进程产生如此巨大的影响。因为有了他，中华民族一百年来第一次将外侮赶出国门（除了香港、澳门），自立于世界民族之林；因为有了他，亿万劳苦大众（泥腿子）第一次翻身做了主人；因为有了他，社会主义第一次在中国的大地上开始了现实的进程，尽管曲曲弯弯，但始终在探索中前进；也因为他的缺陷和局限，中国社会主义建设徘徊了十年。

伟人之所以伟大，不仅因为他的历史功绩彪炳千秋，而且因为他的历史失误给人的启示也极其深刻。

67年前，中国广袤土地上的百姓还不知道这么一位人物，毛泽东被国民党宣传机器描绘成食人妻儿的恶魔，或是啸聚山林的匪首。

第一次将毛泽东的真相还原于人间，告诉公众的，是美国记者埃德加·斯诺。因为他的特殊身份，以及通过特殊的交通管道，1936年6月至12月，他来到陕甘宁边区，采访了毛泽东、周恩来、彭德怀、林伯渠等一批中国共产党和工农红军的领导人。离开陕甘宁边区以后，他将采访的第一手材料撰写成新闻报道，首先在英文报纸和刊物上发表。他的报道如同一颗炸弹，冲破了国民党的新闻封锁，使外界开始知道，在中国的西北，有一批优秀青年聚集在那里，为民族的解放而奋斗着。他的报道也使一些有识之士隐约感到，这批青年将和中国的未来命运有着某种关联。一个新闻记者的最大成就，莫过于成为某一历史事件的见证人和报道者。正因为如此，埃德加·斯诺的采访和作品,一直为后人所津津乐道,以至于他自己在1936年的行为轨迹——他是如何进入陕甘宁边区的、如何采访毛泽东的,也成为后人研究的对象。

作为一个中国新闻史研究者,我一直对埃德加·斯诺的这一段经历有着浓厚的兴趣,并作过一些考证,把它写入教科书。由于年代久远,以及语言的原因,人们对于斯诺最早在报纸和刊物上发表的英文报道和素材,已不大了解,或少有人查考了。众所周知的仅是汇编成书的《西行漫记》。据胡愈之说,它最早于1937年10月由伦敦戈兰茨公司出版,最早的中译本则于1938年2月以"复社"名义在上海租界出版。其实这本书原名叫《红星照耀中国》,因为环境不许可,使用了一个貌似旅游散记的书名。20世纪30年代末出的书,到70年代已经很难找了。好在1979年,三联书店又重新出版了这本书,并作了校译,使得后人能看到这本精彩的著作。这本书将人物写得栩栩如生,至今读起来仍然引人入胜,可见埃德加·斯诺作为一个记者的观察力和写作的功力。

随着时代的前进、历史的发掘,人们又找到了《西行漫记》之前埃德加·斯诺的作品——《毛泽东自传》一书。这实际上是毛泽东口述自传的素材。2001年,国内一些研究机构、媒体先后宣布在当地发现了《毛泽东自传》的最早中译本,这自然引起了历史学界的兴趣。其实可能远不止历史学界,我校的物理学教授陈良尧就是其中一个。

我和陈教授常常傍晚在学校一角的餐厅碰面,倒不是相约。他是晚饭后还要在实验室干到深夜的那一类科学家,而我也是常常回不了家的事务主义者。餐厅里供应我们都喜欢的面条或者馄饨,或许这便是使我们碰面的原因。一次吃饭时陈良尧告诉我,他的一位朋友给他一个线索,说是《毛泽东自传》最早的中译本很可能出自复旦。这个消息使我大为兴奋,我迫不及待地找到图书馆馆长秦曾复教授,请他找人查考这件事。秦曾复是资深的数学教授,数学课上得极好,可他对于文史的兴趣、对于馆藏的兴趣一点不亚于我们这些人。于是有了挥汗觅宝,于是有了他在后记里讲的那个故事,于是有了今天出的这本书《毛泽东口述传（英汉对照版）》（详见本书"后记"）。

《毛泽东自传》最早的中译本出自复旦不是偶然的。复旦大学是一所在爱国、救国的思想支配下，中国人自己办的一所大学。学术自由、追求民主、学风严谨是复旦的一贯传统。20世纪30年代在民族危机日益沉重的形势下，复旦的师生关心国事，积极参与抗日救亡运动，校内进步力量十分活跃。复旦的校长和一批教授接受过国外教育，因此复旦也很开放，和国外广泛交流。复旦的文摘杂志社首先关注到英文亚细亚杂志上刊载的《毛泽东自传》，以最快的速度找人翻译，并敢于在杂志上连续刊登，就是上述因素的综合反映。作为复旦人，我对前辈所做的这件有历史意义的事感到自豪。

在纪念毛泽东诞辰110年前夕出版此书，一方面是缅怀这位为共和国的建立和建设做出巨大功勋的伟人，更重要的是弘扬一种尊重历史的唯物主义态度。读过这本书的每个人都会感觉到，伟人也是人，他出生在有着几千年文明的土地上，扎根在人民群众之中。历史是人民群众创造的，伟人的历史地位和作用也不能低估。正确地评价历史人物，就是正确地评价历史。

最后要感谢复旦大学出版社，本书的出版足以表明他们对待历史和文化的态度，也说明近几年为什么有价值的书稿会纷纷找到他们头上。

2003年12月于燕园

（《毛泽东口述传（英汉对照版）》，复旦大学出版社2003年版）

历史的翅膀

——《狮城舌战（十年珍藏本）》序

历史的尘封是这样被打开的：出版社贺圣遂同志要我为《狮城舌战》的十年珍藏本写一篇序，并拿来了姜丰、季翔、严嘉、蒋昌建、何小兰、张谦最近为出此书写的短文。我的脑海里马上涌现出他们年轻的充满活力的身影，迫不及待地打开大信封，一口气把他们的文章读完。呵！姜丰文如其人，还是那么美。季翔不愧是搞法律的，文字严谨而富哲理。严嘉还是那么活泼，广交朋友。昌建深沉得似乎有点悲观。小兰风风火火，工作投入而充实。张谦还是那样，平和中透出见地。读他们的文章，真是一种享受，一种每个教师都能体会到的慰藉。

我是在十年前那次辉煌的辩论赛的准备过程中和他们结识的。他们从几百人的层层辩论中"冲杀出来"，以后又经历了几个月近乎严酷的集训，最后在新加坡的电视聚光灯下一展风采。我和他们实际接触并不多，但我清晰地感受到他们青春的激情和搏动，以及成为小名人以后的自持和稳重。毫无疑义，那次辩论赛影响了他们的人生。但现在完全可以说，他们都找到了人生的坐标，在不同的岗位上都做得很出色。这就是复旦的学生！这就是我们的骄傲！

岁月如云，人世变迁。那次辩论赛以后不久，我也离开了学校。先是去了政府，而后又到报社主笔政，最终于1999年又回到复旦。毕竟，复旦还是我梦魂萦绕的地方。回到母校，心里踏实了许多。其间和这群年轻人联系很少。因为工作的关系，不时在一些公众场合见到小兰在采访，回到复旦后也见过昌建几面。姜丰到中央电视台不久，有一天突然打电话给我，说要飞到上海采访我。果然在当天深夜近十二点，她风尘仆仆跨进我的办公室，一屁股坐到沙发上，显得很疲惫。季翔工作不久曾寄给我一张某律师事务所的名片，因为没有官司要打，也就没有复信。原以为对这些早已淡忘了，揭开尘封才发现，这是无法忘怀的，心灵深处仍存着对这些年轻人的牵挂。

一次平常的辩论赛，何以在学校历史的长河中占有如此重要的地位？过了十年，我们逐渐明白到，那次辩论赛集中了全校的力量、全校的智慧，使得复旦的能量在一刹那集中在一个点上迸放出来，造成了令社会炫目的光芒。更重要的是，辩论赛充分体现了复旦的精神和品格。

首先是永争第一的精神。复旦历来有追求卓越的传统。要做就做最好的，是许多复旦人的信条。1993年的那场辩论赛在复旦其实已不是第一次。早在1988年的亚洲华语大专辩论会上，复旦就已经代表内地高校捧冠而回。可是下一届辩论会另一个兄弟院校未能夺冠。于是，当亚洲华语大专辩论会改为国际（中文）大专辩论会时，国家教委电令复旦组队参加，要求捧杯回来。复旦人有一种"天将降大任于斯人"的感觉，上下同心，坚信一定能凯旋。党委立即调兵遣将，让学识渊博的俞吾金教授任领队兼教练，停教一学期，全职投入。曾任第一届辩论赛领队、头脑敏捷的王沪宁教授自告奋勇任顾问。党委还抽调了时任副教务长，有丰富思想工作和组织工作经验的张霭珠教授任整个工作的负责人，人事处长张一华任联络员。精干的班子一组成，机器就运转起来了。为了学校的荣誉，广大学生倾注了极大的热情，遴选队员的一场场辩论会成了动员会，全校上下热气腾腾。令人感动的是，许多潜心教学、科研的教授们也放下教案、书稿，纷纷前来参与辩论会的评判工作和辩论队的讲课。正因为有许许多多师生的全身心投入，才会有高质量的赛前准备，再次夺冠就是顺理成章的事了。赛后，当有人了解到我们曾请过五十位教授给队员们讲授天文地理、科学人文、国际国内各类课程时，不禁咋舌：你们复旦这么认真！

是的，复旦人是完美的理想主义者，一旦认准了做一件事的价值和意义，就会用十二分的智慧和想象去构架，用百倍的努力去实现。

其次是团结牺牲的精神。辩论赛是件有趣的事儿。层层辩论、筛选很残酷，胜者进入下一轮，负者无声无息。可是学生们仍前仆后继，踊跃参加。大家都说着一句话：目的在于参与。事实是辩证的，没有几百学生的参与，哪来优秀辩论队员的脱颖而出呢？赴新加坡的辩论也是一样，场上辩论的是四名队员，背后不知有多少无名英雄在为他们做准备，大家都团结在一项神圣的使命周围。当队员们载誉而归的时候，无名英雄们没有一个伸手要分享荣誉，没有一个往前挤着出镜。有一件小事至今使我很感动。当时，决定赴新加坡参赛组团的名单时，由于名额所限只能去两位教师，俞吾金、王沪宁负责赛事必须去，那么担任总负责的张霭珠老师反倒不能去了。当我为难地找到张老师时，她却坦然地安慰我说，我没有事的，你放心安排好了。须知半年里，张老师为辩论赛事做了多少工作，连她全家都对辩论队倾注了十分的感情，拿着家里炖好的汤给队员们加营养，已成了经常的事。临到有出国赴赛的机会时，她却悄悄地退到了后边，毫无怨言。这是何等可贵的精神！正因为许多复旦人把自己融入了共同的目标，才一定会有后来的成功。

辉煌已逝，斯人不再。但那次辩论赛留给复旦的精神财富是极其宝贵的，给复旦声誉带来的巨大影响也是出人意料的。《狮城舌战》一书的盗版之多创全国之最。莘莘学子拿着这本书，带着憧憬跨进了复旦园。而青出于蓝胜于蓝是万古不变的真理。复旦学生又接连三次捧回全国大学生课外学术科技作品竞赛——"挑战杯"的桂冠，MBA的学生在全球竞赛中获胜，自愿去宁夏西吉支教的研究生已达五批，因此获得共青团中央的嘉奖……复旦总在创新，复旦总在创优。这一切都给复旦的历史增添了重彩。百年名校的声誉和品牌就是这样形成的。

再过两年，复旦将迎来百年华诞。届时校友云集，他们会给我们带来什么呢？是成就，是辉煌，是机遇，是资源，是骄傲，抑或这些都不重要，最重要的是复旦精神的汇聚和升华。我们期盼着这一天。

2003年盛夏于燕园

（《狮城舌战（十年珍藏本）》，复旦大学出版社2003年版）

把学术的种子撒向社会

——祝贺《文汇报》"讲座一览"栏目创办200期

在名牌大学里最吸引学生的是什么？不是课程，不是教材，也不是大楼，而是那些领域没有限制、永远听不完的精彩讲座。因为那些讲座，莘莘学子可以和名人大师谋面，瞻仰他们的丰采，聆听他们的讲演。因为那些讲座，校园里始终弥漫着浓浓的人文氛围，学子们的才华、风格就是在这样的氛围中被熏陶出来的。众多讲座是学术的象征，是学子们高效获取营养的殿堂。每当有精彩的讲座举行，不仅本校的学生、老师蜂拥而至，而且校外的有识之士也会闻讯赶来——讲座历来的规矩是不收门票，打破围墙。能在名校的讲坛上演讲，也成为一种学术的荣誉。没有真知灼见，是没有勇气站到讲坛上的。

首先把大学讲演的内容刊载到报纸上的并不是《文汇报》（20世纪20年代的《申报》就曾把尼采的演讲登在报纸上），可是，将大学讲演辟成栏目，每周登一次，则是《文汇报》的创造。这一做法极受读者的欢迎，因为它打破了大学讲演的时空局限，通过自己的版面，将许多人无缘听取的精彩讲演，传向全社会。毫无疑义，像我这样愿意多学一点，渴望接受新知识、新思维的学人，就更喜爱这一栏目了。这也是我每天要翻阅《文汇报》的原因之一。

从更深的层面看，《文汇报》通过这一栏目，做着一种播撒学术种子的工作。这项工作是功德无量、惠及子孙的。学术是什么？在学界以外的人看来，学术深不可测，不大敢碰。其实，所谓学术，不过是较为系统、较为专门的学问而已。俗话说，"闻道有先后，术业有专攻"。一个再聪明的人要涉猎所有领域是不可能的。让"术业有专攻"的人来介绍一下他的专攻,使读者读报以后知道梅兰芳是怎么改京剧的,非典在流行病史上算不算厉害,岂不快哉!将学术的内容通过报纸普及社会,将会有助于提高民众的素质。关心、渴望新知识的人越多,这个社会就越进步。

愿"讲座一览"越办越好!

(原载《文汇报》2004年3月15日)

加强和改进研究生德育工作

——《研究生德育论》序

在我国少数研究型大学中,研究生的培养教育问题日益凸显。这些大学的研究生和本科生比例,已接近1∶1,尤其是有四五所大学的研究生数量已超过万人。研究生培养教育之所以重要,对国家而言,它涉及各个领域高端人才的质量,研究生教育是引领整个大学教育的。我国高水平大学和发达国家一流大学的主要差距之一就在于研究生教育。对各个大学而言,研究生是科学研究的生力军,是教师后备队伍的主要来源,因而研究生教育关系未来。我国研究生教育起步晚,发展快,所有问题和挑战都源于这个大背景,更大的发展空间和机遇也蕴藏在这一大背景之下。

在大学德育工作中,研究生德育也是一个薄弱的环节。薄弱的地方很多,比如体制机制跟不上发展,队伍建设跟不上发展,学校领导、教师还未引起足够重视等。但我认为,工作薄弱的前提,是对工作对象——研究生群体的特点了解不够,研究太少。研究生是一个大而复杂的群体。与大学本科生相比,他们的年龄、学缘背景、经历和家庭状况等差别大、跨度大,因而他们的入学动机、需求、对社会的认知、思想道德基础等,也要复杂得多。在大学里,研究生的学习、生活方式也是和本科生有差别的,他们的研究任务更重,学习、工作更分散,与导师的联系更多。研究生所面临的就业、经济、婚姻家庭的压力也较本科生更大。任何工作有针对性,才能产生有效性。面对研究生这一群体的特点,从工作目标、教育内容到体制机制,乃至队伍组织,都必须有不同于大学本科生德育工作的变化,才能取得实际效果。

加强和改进研究生德育工作的出路在于创新。我们高兴地看到全国各兄弟院校创造了许多新鲜经验，为我们提供了学习机会。我校各级组织和导师们也更加重视教书育人。三年前，我校在全国高校中首先成立党委研究生工作部以加强对研究生教育的领导，此后又在研究生党建和生活园区建设方面创造了新的工作方式，旨在发动研究生内在的力量，做到"四自"，即自我管理、自我教育、自我服务、自我约束。一支献身于研究生德育的队伍也正在形成。我们坚信，在研究生德育的园地里，一定会绽放出一朵朵灿烂的鲜花。

奉献在读者面前的就是百花园里的一支。这是一本难得的专门探讨研究生德育的论著。读完全书，可以感觉到一个教育工作者献身于研究生教育的赤诚之心和关心研究生的爱心。刁承湘同志从事研究生教育和管理工作24年，退休之后笔耕不辍，继续总结经验，研究问题。这种对事业的献身精神令人感动和钦佩。本书是她多年研究的结晶，相信一定会对研究生教育工作有所推动，正在从事这项工作的同志一定会从中得益。

于沙泾斋

2004年5月

（刁承湘：《研究生德育论》，复旦大学出版社2004年版）

新闻的艺术

——《人物新闻摄影谈》序

我们读书的时候,接受过这样一个概念的教育:新闻报道不是艺术制作,新闻记者可不能妙笔生花。客观真实是新闻的第一要义。

从坚持真实性的角度看,这样的概念大体也是不错的。可是,难道新闻报道就没有艺术性了吗?就可以不讲艺术性了吗?显然不是。

摆在我们眼前的这本摄影图册,就是一个很好的案例。《申江服务导报》记者崔益军的一幅幅照片,不仅是优秀的新闻作品,也是耐看的艺术作品。

新闻的核心是真实地报道事实。新闻报道的形式却是多种多样的,有文字报道、图片报道、广播报道、电视报道,还有综合文字、图片、声音、图像的多媒体报道。在多媒体盛行的今天,新闻摄影仍然长盛不衰,是平面媒体乃至网络传播中不可缺少的报道手段。究其原因,是因为新闻摄影有许多其他手段无法替代的特点。与文字报道相比,摄影照片向受众所传达的信息更丰富、更形象。一幅好的新闻摄影照片无须更多的文字解释,一切"尽在不言中"。与电视相比,摄影照片虽然没有电视那样大的信息量,但它抓住了关键的瞬间,它表现的是现实生活的定格,主体、细节和背景可以让读者从容端详、从容思考。它是生活的放大,所蕴含的内涵极其丰富。

喜欢摄影的人真不少,但都说新闻摄影难。难就难在镜头要捕捉生活中的新闻——平淡中的异军突起;难就难在镜头要对准外部世界的主体——活生生的人,而人是千奇百怪、个性迥异、内心世界变化莫测的;难就难在镜头要表现的新闻价值不容阐释,必须让读者自己看明白；难就难在新闻摄影报道永远是瞬间的选择，成功与遗憾都在那一刻决定了，极少有弥补的机会，抓住一个瞬间可能震撼世界、载入史册，失去一次千载难逢的机会，也可能痛得刻骨铭心，永生难忘。这就是新闻摄影的艰辛之处，也是新闻摄影的魅力所在。难怪一茬又一茬的记者，不畏艰辛，前仆后继，去追求瞬间的完美。

按分类而言，新闻摄影是摄影的一部分。除新闻摄影而外，还有人像摄影、风物摄影（包括建筑摄影）、舞台摄影、运动摄影、工业和科技摄影等。摄影是客观世界的再现，但不是杂乱无章的记录，而是经过人（摄影者）的选择的集中再现，这里有人的活动。镜头是人的眼睛的延伸，但不是简单的延伸，而是感受了外部世界之后，有选择的延伸，这里有人的潜质在起作用。因此，摄影作品是客观世界和人互动的产物，反映的是客观世界，蕴含着人的创造，人对于事物、光线、色彩、环境的感受，人对于美的追求。一幅好的摄影作品，也一定是艺术品。

既然新闻摄影属于摄影，因此摄影的艺术表现特点也一定会在新闻摄影中体现出来，这为提高新闻摄影的艺术表现力提供了巨大的空间。就艺术性而言，很难将新闻摄影和其他摄影区别开来。一幅具有冲击力的新闻摄影照片，多半也是极佳的艺术品。正因为这样，我们可以观察到一个现象，不少勤奋而努力的新闻摄影记者，后来都成为摄影家，他们的摄影力作成为摄影艺术佳作而永久流传。崔益军就是其中的一个。这再次证明，新闻和艺术是相通的。客观真实是新闻报道的起码要求，增强新闻报道的艺术表现力和感染力，定当是我们不懈追求的。

"事非经过不知难。"要拍出一批具有艺术性的新闻图片绝非一日之功。勤，当然是第一要义。照片不是拍出来的，而是跑出来的。崔益军的足迹就是印证。他西进凉山，北赴淮河，上得殿堂，下得巷道，这种敬业精神值得年轻记者学习。在这里我更强调的是记者文化艺术素养的作用。文化素养不够，是写不出好报道，拍不出好照片的。快餐文化式的新闻报道影响社会文化建设，导致浮躁情绪的滋长，也浪费着一批又一批青年记者的新闻生涯。我们应该多倡导文字记者多读一点文学和历史，摄影记者多修一点美术，增强文化涵养和底蕴，不要把过多的注意力放到眼前实用的技巧和手段上。

我也是一个摄影爱好者，喜欢通过镜头观察河山、城市、建筑、人物；我也喜欢欣赏别人的佳作，在一幅幅精彩的图片面前流连忘返，细细琢磨摄影家的眼光、角度、艺术品位。正因为如此，所以我和老崔、丹路以及上海新闻摄影界的一些朋友有许多共鸣。我祝愿他们给读者留下更多的新闻佳作。

（崔益军：《人物新闻摄影谈》，中国图书出版社2004年版）

当一个普通的好记者

——《本报讯——乐缨新闻作品选》序

据我观察,如果按经历划分,记者大体有两类。一类是做一段记者,或"记而优则仕",逐步升官了,或者改行另谋发展。另一类是做一辈子记者,兢兢业业,不辞辛劳,乐在其中。后一类记者在媒体界为数不少,他们是媒体的柱和梁。乐缨大约就是属于后一种。

她24岁进报社,记者做了整整33年,现在还在做着,可能要做到退休了。她做过文艺记者,后来长期搞经济报道,先后涉足纺织、环保、房产等不同领域。她的一个显著特点是干一行、学一行、钻一行、通一行。做文艺记者,她就广览中外名著,自学文艺理论;跑纺织系统,她就啃《纺织学》《纤维学》;搞《企业家俱乐部》专版,她就钻研《企业管理百科全书》;搞房产报道,她报考并完成了城市经济学研究生学业。正因为学一行、钻一行,所以她就成为那一行的很有发言权的记者,令采访对象尊重。从她的新闻作品中可以看到,记者工作干得越久,阅历越丰富,她的作品就越显分量。几年前,她针对房地产领域的问题而写的"工作研究",属于"晚期作品"吧,那深度就远超出一般深度报道,可以说是准专家眼光了。记者当到这个份上,就是称职的好记者了。

其实也并不容易。积几十年之功,据说乐缨保存着的采访笔记就有二百多本,形成近500万字作品,这其中含着多少辛劳和心血啊!现在,掌握了现代电脑技术,配置有录音笔的年轻记者,可能对此是不以为然的,以为老派做法落后。殊不知,如果没经过深入的采访准备(包括学习),没经过边倾听边整理思路的手记,是写不出好报道来的，更不用说深度报道了。最没有出息的记者，就是依赖"统发稿"的记者。

乐缨精神的可贵，更在于她安于平凡。她的一些同事升官了，一些同事谋到了好的出路。可是她不为所动，仍然有滋有味地做着记者工作。她说过："我愿一辈子当一名普普通通的'本报记者'。"我和她直接接触并不多，但她给我的印象始终是乐呵呵的。一个人要保持平和而不浮躁的心态不容易，这也是一种境界。其实，平凡就是伟大。如果没有千千万万普通记者像蜜蜂采蜜般的劳动，哪来信息园的百花盛开？如果没有他们的足迹遍城乡，谁为人民鼓与呼？

乐缨很平凡，但她并不守旧。相反，她是很好学，很赶潮流的。她是报社里最早用电脑发稿的记者，至今竟用坏了两台电脑，现在用的是第五台。当许多人还未曾梦想有私车的时候，她和她的先生已买了一辆旧吉普车，不甚好看，却很实用。近几年，她和她的先生——一位出色的摄影记者，已多次利用假期四出周游：欧洲、大洋洲、美洲、非洲……一个写了许多优美的文字，一个拍了很多难得的照片，珠联璧合。你说这是休闲还是工作？至少是很新潮的。

现在强调年轻人要树大志，这本来是不错的。因此有一条"警句"说："不想当将军的士兵，成不了好士兵。"我搞点逆向思维，反过来问：都想当将军，谁来当好士兵？我还要进一步说，当不好士兵的人，成不了将军。

为此，我乐意向大家介绍一位普普通通的好记者——乐缨，乐意向大家推荐她的作品选，很好读的，读起来很轻松，有滋味。

于芳甸居
2005 年 5 月 13 日

（乐缨：《本报讯——乐缨新闻作品选》，上海三联书店 2005 年版）

勇敢的探究
——《镜头中的国会山》序

在今天这个世界上,几乎所有的角落都能感觉到美国媒体影响的存在。美国媒体的影响,决定于美国目前在经济、政治上的强势地位。随着美国媒体的影响,美国的政治偏见和价值判断也被带到世界各地。

最使中国受众愤懑的是,美国媒体通过他们的报道、评论以及刊载的文章将发展中的中国妖魔化了。这从中国驻南斯拉夫联盟共和国大使馆被炸以及李文和案中可以明显地找到例证。"中国威胁论"或"中国崩溃论"对美国公众的影响,很大程度上和美国媒体的宣传有关。据一位学者统计,美国媒体对中国的正面报道不超过 10%,而负面报道接近 50%。

愤懑归愤懑,作为学者要研究的是,是什么决定了美国媒体对中国报道的选择和运作?美国政治体制对媒体的态度有多大影响?在未来中美两国关系的发展中,美国媒体的这种影响还将会持续多久?

用"初生牛犊不怕虎"来形容本书作者一点也不为过。探究媒体和政治体制、政治实体之间的关系,不仅在政治上极为敏感,不容易把握,而且在学术上也有相当难度,要有政治学和新闻学的基础,并要将二者交叉融合,加以研究。但毫无疑义,这样的工作是有价值的,必须去做的。而我们以往做得太少,大家都小心翼翼,不愿涉及,这实在是学术的危机。今天,一位年仅 26 岁的硕士生跑出来,不顾困难和不足,花了一年不到的时间,写了一本书。这种勇于探究的精神值得鼓励和支持。这里还特别有孙哲教授的功劳,他为沈国麟同学选了一个很好的角度和具体的题目:研究美国国会和传媒的关系。

当然，这也成为他的国会研究庞大计划的一部分。

美国是一个实行三权分立体制的国家。国会参众两院在美国政治生活中的影响举足轻重。在现代美国，国会的政治运作几乎离不开媒体。如何透过纷繁复杂、令人眼花缭乱的新闻活动，去探析媒体和国会的关系，评估媒体对国会的影响，就成了本书的关键。作者从制度、法律的层面，用案例分析的方法来剖析国会和传媒的关系，应该说路径是正确的。

本书的特色之一是材料的详赡。在中国，要写一本关于当代美国的书无疑是有困难的。在网络时代，这一困难可以相当部分地被克服了。作者不仅引用了大量历史资料，而且运用了最新的材料，不仅有书本的，更有来自网上的，还引用了许多当事者和研究者的评论。用事实说话是新闻记者的本能，在学术著作中这同样受人欢迎，因为这毕竟可以使读者看到一个接近事物本来面目的情境。从互动的角度研究国会和媒体是本书的另一个特点。互动，即互相联系，还应该加上互相作用和影响。动者，运动的状态，非静止也。世界上许多相关联的事物其实都是这种关系。美国国会和媒体之间也是同样的。很难想象，没有媒体的国会如何运作；同样很难想象，离开国会，媒体的报道会黯然失色到什么程度。从互动的角度研究事物，容易获得科学的结论。

一本30万字的著作，从动手到成书，只用了一年不到的时间。这不能不令人惊叹青年的敏捷和精力。自然，对大量资料来不及消化咀嚼，罗列多于分析，对一些重大问题还缺少精当的分析，这也是本书难以避免的弱点，不能苛求的。

我们期望沈国麟同学经过博士生阶段的深造，有更多的作品问世。我们更期望在新闻学和政治学的交叉领域里有更多新的研究成果。

2003年10月于燕园

（沈国麟：《镜头中的国会山：美国国会和大众传媒》，复旦大学出版社2005年版）

好学力行的教育家
——《陈望道传》再版序

给一位敬重的先贤的传记写序，实在是不敢奢望的事。这篇文字权作学习笔记吧。晚生修业晚，但总算赶上了年代，有机会亲睹先贤一面。那是1965年刚刚入学复旦的时候，好几次在校园里看到一位面目清瘦的老人，穿着深藏青的呢中山装，腰板挺得笔直，走向四幢楼（当时的校行政办公楼），步履很快。有高年级同学悄悄告诉我，这就是陈望道校长。

陈望道，这个名字在我们心目中如雷贯耳。我们不仅知道他是《共产党宣言》第一个中文全译本的翻译者，参加了中国共产党的创建工作，我们还知道他在复旦工作半个多世纪，是一位将毕生精力贡献给复旦的老校长。陈望道担任校长的年代，正是复旦崛起的时代。1952年，全国高校院系调整，十八个兄弟院校的相关系科并到复旦，一时间群星际会，人才荟萃。这既让人高兴，又可以想象当年校长也不容易当啊。各校有各校的传统和校风，教授们又个性迥异。要把这多样化的文化背景融到一起，很难短时间做到。如果没有一个有资历有声望的校长，难以振臂一呼、凝聚人心。而陈望老众望所归，正是一位合适的校长。在陈望道的主持下，在党委的支持下，复旦各项工作走上轨道，规章制度也订起来了，各路大军融合到一起。经过这一时期的调整发展，复旦成为国内实力雄厚的综合性大学。

综观大学发展史，在一所大学的发展关键时期，总会有几位校长呕心沥血、挺身鼎力，才成就了那时的辉煌。著名的大学和著名的校长是联系在一起的。在复旦百年校庆来到的时候，我们更加缅怀为创办复旦做出重大贡献的老校长马相伯、李登辉、陈望道、苏步青、谢希德。

陈望道不是一般管理层面上的校长，而是一位长期在教育教学第一线工作，好学力行的教育家。他是一位修辞学家。他在1932年所著的《修辞学发凡》，开创了中国现代修辞学，是"中国第一部有系统的兼顾古话文今话文的修辞学书"（刘大白语）。他又是中国现代新闻教育的推动者——复旦新闻系的实际创始人之一。早在1924年，他在复旦中文系任教时就已开设"新闻学讲座"，以后他又将讲座扩充为新闻学组，由他和邵力子讲授新闻学。1929年，在他任中文系系主任时，便将新闻专业分了出去，正式成立新闻系。他之所以能倡办新闻学，是和他的新闻出版经历分不开的。他主编过著名的《新青年》，参加过《共产党》月刊的编务，办过《民国日报》副刊"觉悟""妇女评论"等，创办过《太白》杂志。丰富的新闻出版经验促进了他对新闻学的研究和教学。从1942年起，他担任复旦新闻系系主任达八年之久，提出了理论结合实践的办系指导思想，创办了含有印刷室、收音广播室等实践功能的新闻馆，亲自担任供学生实习的"复新通讯社"社长。陈望道主持系务，奠定了复旦新闻系的发展基础，使之后来成为我国历史最久、最有影响的新闻系。

陈望道是一位很有个性的人物，执着而又倔强；追求理想，始终不渝；正直不阿，容不得半点尘埃；资望很高，不事张扬；为党做了许多工作，却非常低调。许多人敬畏他，其实他是一个平和的老人。对于我们后辈来说，认识先贤只能凭着对逝去岁月的片段理解。先贤们当时的业绩，以及他们的精神世界远比我们理解的要丰富、深刻。好在已故的邓明以老师（我有幸也曾与她交谈过）为我们提供了这样一部好书，用句时髦的话来说，让我们走近陈望道。

草于2005年清明，将陈望道校长的骨灰移葬于青浦福寿园之际

（邓明以：《陈望道传》，复旦大学出版社2005年版）

师者

——《我心目中的好老师》代序

掩上书的校样稿,心中仍有许多冲动。书中的人物栩栩如生,许多是我熟悉的同道,可是其中有些故事、细节我却不知道;也有一些是我不认识的老师,读了书也就认识了。

这是一本由学生和老师共同写的真实的书。学生根据他们的真切感受描摹着老师的形象,而老师又在学生的提问面前袒露心迹。书这样编排真好,真实无华,生动深刻。我们复旦有一个好传统,就是每年由全校研究生评选"我们心目中的好老师",已经持续好多年了,其中的意义不言而喻。这本书就是评选的结晶。书中的群像在向我们宣示一个共同的命题:今天我们应该怎样当老师?应该有什么样的师生关系?

教师的职位是因为责任而产生的。知识需要传承,科学需要弘扬,文化需要承继,所以才有教师。有远见的教师都把学生看作是自己的未来,"学术生命的延续"。所以对学生倾注着爱和期待,把学生每一点进步都当作最大的快乐。爱,是教育的前提。爱学生是好教师的共同标志。无论近似于严酷地要求学生,还是在学生最困苦的时候送去温暖,无论是身在病榻不忘辅导学生,还是年老体衰讲课讲到最后一分钟,无不渗透着对学生的爱。这里没有雇佣关系,也没有功利回报的企求。老师热爱学生,学生追随老师,这是超越时空的人间最美好的一种关系。教师对学生的影响是巨大的、根本的。一个教师,可能影响一个学生的一生;一个好教师,可能影响一批学生;一个优秀教师,可能影响几十年一代又一代的学生。传道授业解惑是教师的任务，但真正影响学生的不只是教师传的道、授的业、解的惑，而是教师的人格。好教师对于学生都具有人格的魅力，或是对学问如痴如醉的追求，或是揭露时弊、痛斥腐败的铮骨正气，或是温文尔雅、话语沁人心田的气质，或是入木三分的语言穿透力，甚至是不修边幅、手不释烟的习惯……毫无疑问，学生是欢迎有个性的老师的。当然，个性不是凭空产生的、没有基础的，有个性的好教师也有共性，那就是学问好、人品好。教师对学生的影响如此之大，实际上反过来对教师本身提出了极高的要求。言为心声，要做一个率真的老师，不说假话，不要虚饰；为人师表，身为师范，要严格要求自己，慎于言行。古人常说，身教重于言教。好学生与其说是骂出来的，不如说是带出来的。在我们学校，从一些研究生的身上，常常可以看到导师的影子。人们常说，有什么样的导师，就有什么风格的学生。

　　师生互动，教学相长，是基本的教育规律。在科学研究的道路上，毫无疑义，导师应是领路人。广阔的视野、学术的素养，都是导师影响学生的重要方面。这只是问题的一个方面，人们常常忽视的是另一面。研究生是科学研究的生力军，但不是雇佣军。青年人进入科学研究领域以后所迸发出来的对科学的巨大兴趣和热情，投身于研究的旺盛精力和敏捷思维，以及许多青年的天赋，都是导师所不及的。古人深谙其中的规律，很聪明地为教师排解。韩愈说过："弟子不必不如师，师不必贤于弟子。"只有懂得教育的规律，教师才可能有容纳学生创新的胸怀，才有被学生超越时真心的快乐。苏步青老校长是一代宗师，后有几代传人。可是他经常说，作为一个学科带头人，不仅要努力培养学生，而且要鼓动、帮助学生超过自己，真心做到承上启下、继往开来。事实证明，一个胸怀宽广的老师身边，一定会聚集起一批学生；一个有一批批出类拔萃学生的老师，他的学术生命也一定得到了延续，是常青的。

　　复旦之所以成为学子向往的复旦，就是因为有一批好的教师。愿我们的老教师永葆青春,愿我们的青年教师更快地成为学生所喜爱的老师。

2007年8月于燕园畔

(陈立民主编:《我心目中的好老师》,复旦大学出版社2007年版)

为什么复旦会成为方永刚的人生转折点
——《情牵永刚》代序

　　方永刚逝世的消息传来，虽然我们有一些思想准备，但当它真正来临时，复旦园里仍然深感悲恸。当寄托哀思的洁白纸鹤挂满光华大道的时候，我们感到失去了一位"亲人"。

　　复旦大学是方永刚年轻时学习成长的地方，是他成才的摇篮。1981年至1985年，方永刚求学于复旦历史系本科。在校期间，他刻苦学习，锤炼意志，锻炼能力，确定了自己的人生方向。他说："复旦是我人生的转折点，将我从一个封闭状态下、山沟里来的毛头小伙子，变成四年之后，不能说风度翩翩、温文尔雅，至少是饱读诗书、有点斯文样的人，不管怎么说，也装了一肚子知识。"方永刚一直为自己是复旦的毕业生感到自豪。他曾在病房里向看望他的母校师生代表高声朗读："我是复旦人，我铸复旦魂。"回想起那一幕，永刚响亮而坚定的声音至今仍在我耳边回响。

　　复旦大学的师生对方永刚倍感亲切，因为他是我们的校友。校友和母校总是血脉相连，有着割不断的情谊。2007年初，方永刚校友患病的消息传到复旦，母校师生为之牵挂。他的同班同学传去问候，王生洪校长、陈立民副书记亲赴北京看望。去年2月20日，胡锦涛总书记在年初三看望方永刚，并发出了向他学习的号召。为响应总书记的号召，学校作出了向方永刚校友学习的决定，师生在校园里掀起了学习方永刚校友的热潮，举行了各种学习活动。方永刚成为复旦教师教书育人的榜样，成为在校学生立志奋斗的楷模。他的事迹还传到了广大校友中间，各地不少校友会都组织了学习活动。因为在他的身上充分体现了复旦人的气质和风采,因为他是全体复旦人的骄傲,学校授予他 2007 年度杰出校友"校长奖"。

方永刚校友在病重期间也一直牵挂着母校。2007 年 4 月 26 日,方永刚事迹报告团到上海作巡回报告,他委托他的爱人回天燕同志专程回母校看望。5 月 27 日,复旦 102 周年校庆当日,方永刚从北京发来短信向母校和校友表达美好的祝愿。他说:"让我们共同体悟校庆的崇高和重逢的喜悦!我的心时刻和你们在一起,共同的记忆是我们永远享用不尽的精神宝库!衷心希望母校风光无限、长盛不衰。"6 月 16 日,在又一届毕业生告别母校、踏上社会之际,方永刚写来亲笔书信,再次写下"在扰攘不息的心头始终保持和平"这句 22 年前自己的毕业感言,勉励即将奔赴祖国各地的学弟学妹们共同为伟大的理想而奋斗,"把青春和热血熔铸在伟大的事业中"。他写道:"人生是漫长的,需要耐力;人生是短暂的,更要拼争;人生是曲折的,需要执着;人生是美丽的,更需爱心。""机遇和成功属于那些扎实工作、执着求索、勇于创新的人!"

我们追思方永刚校友,首先是追思他坚定的理想信念,方向正确。胡锦涛总书记在看望方永刚的时候,对他以生命学习践行党的创新理论作了 16 个字的精要概括:"深入学习,坚定信仰,积极宣传,模范践行。"他学习中国化的马克思主义,钻研马克思主义与中国改革开放实践相结合的理论创新,非常执着刻苦,做到了真学、真懂。他出生在困难年代,成长在改革开放时期,对中国特色社会主义伟大事业有切身的体会,对传播党的创新理论有巨大的热情,他下部队、走基层,深入农村社区,到群众中做报告不知疲倦,做到了真信、真用。

我们追思方永刚校友,也是追思他勤奋的学习精神,永葆热情。他年轻时家境贫寒,到复旦求学,发奋读书、手不释卷,积累知识和底蕴;读书之余,与同学辩论砥砺,锻炼自己的思维和口才。正是因为有这样的学习热情,他才能在大学四年里有巨大的变化,通过学习改变了自己的命运。这样的学习热情跟随了他的一生。读书和思考使短暂的生命非常充实，使个人的情操保持高尚，使日常的教学工作充满魅力，使周边的世界因为他的热情而变得更加多彩。

我们追思方永刚校友，还要追思他乐观的生活态度，刚毅坚强。他的一生，从未向困难低头。不管是年轻时物质匮乏的岁月，还是病重时忍受疼痛折磨，他都保持了乐观向上的精神风貌。面对逆境，他用勤奋和汗水改变了自己的人生；面对死亡，他用从容和毅力创造了生命的奇迹。

作为方永刚的母校，一所为国家未来培养人才的大学，我们要考虑这样的问题：为什么方永刚能从一个大学毕业生成长为党的忠诚战士？大学教育应该从中看到什么？有三点很有启发。

第一，要始终将帮助学生树立正确的世界观、人生观放在大学教育的首位。一个青年的大学阶段是确立世界观、人生观的关键时期，决定了一个人一生的发展。"德智体美，德育为先。"大学要进行"全人教育"，让学生全面发展，德育必须放在首位。德育的关键是世界观、人生观教育，也就是社会主义核心价值观教育。正是因为方永刚在大学期间树立了正确的世界观和人生观，所以他到部队后才成长得非常快。教师在大学里教书育人，育人要放在第一位，不仅要传授学生知识，而且要教会学生怎么做人。

第二，用马克思主义特别是党的创新理论武装青年大学生，是当前大学德育工作的首要任务。如何让青年学生对党的创新理论也真学、真信，是对我们的考验。党的创新理论是与时俱进、活生生的马克思主义，是在解决当代中国实际问题的实践中创造出来的马克思主义。用这样的马克思主义武装青年，关系到国家和民族的未来。方永刚同志作为政治理论课教师，懂得用群众的语言，用身边的例子，用改革开放的事实来进行理论宣传。他的经验值得我们学习。

第三，良好的校风、学风是学生健康成长的重要因素。良好的环境和氛围有一种无形的力量，能在潜移默化中育人。复旦的校训用词虽古，其意贴切，切合当前实际。"博学而笃志，切问而近思。"就是要让学生多读书，勤思考，树立良好的志向并为之长期奋斗。我们一定要培育发扬良好的校风、学风，使更多的方永刚能够成长起来。

方永刚校友走了，但他的精神永远留了下来。他用短暂而灿烂的一生诠释了复旦的百年优良传统，为我们树立了学习的榜样。榜样是最好的学习资源。我们追思方永刚校友，就是为了纪念他、学习他，发扬他的崇高精神和品德，让青年学生都成长为优秀的复旦人，让复旦大学培养出越来越多的国家栋梁。

亲爱的方永刚校友永远活在我们心中！

（萧思健、周桂发主编：《情牵永刚：复旦大学宣传学习杰出校友方永刚活动纪实》，复旦大学出版社 2008 年版）

诗言情
——《春天的色彩》序

有资格写序的人逝去了,于是葛先生找到了我。这是一本迟了十年出版,但仍然精致的诗集。贾植芳先生说,对于新诗旧诗,他"是一个门外汉",除了"偶尔打油外,从来不像别人那样去涉足诗歌的圣殿"。连先生都这么说,我这样的后学小辈就诚惶诚恐了。我始终在"诗歌的圣殿"外战战兢兢,连打油也未做过,更不要说妄加评论了。尽管这样,这篇短文还得写,"人情大于法"嘛。师友嘱托,就不好拒绝了。

葛乃福先生是我师友一辈的人。他1965年毕业于中文系,他毕业那年,我才进新闻系。我俩结缘于被称为"浩劫"的那个年代。"文革"结束,恢复高考。读研毕业后我到党委宣传部工作,他在教务处任职,又有了更多的交往。

葛先生是一个很有激情的人。有激情才会有诗。他的诗充满激情。他爱母亲,爱家庭,爱母校,爱家乡,爱祖国。逢到动情处,就来诗一首。有这样一首《米》,将葛先生的情表现得淋漓尽致:

今天的饭特别香
我越吃越欢喜
老伴打量着我
眼光里顿时生疑

家乡呵,虽是鱼米之乡

> 小时候遇上荒年
> 还是难以填饱肚皮
> 真巴不得碗里能变出白米
>
> 今天，我仿佛又看见了家乡土地
> 镜子一般的水田里
> 秧苗正随风舞蹈，此伏彼起
> 秧歌阵阵，不断描绘远景送来美意
>
> 我说老伴，让我们先来干一杯
> 我在杯里斟满陈年杜康
> 然后再让我告诉您
> 今天煮饭的米是产于何地

这样的诗是朴实无华的。而只有朴实无华才能表现真情。这里没有修饰和矫情，真情多么可贵！

真情源于爱——热爱生活，热爱周围的人和事。今日之世界，充满矛盾和风浪。每人所处的环境，也充满追逐和竞争。诚信和欺诈、光明和黑暗自然并存。可是葛先生始终用真诚和爱看待周围的事物，所以他的所有的诗都充满这种气息。用一句今天的语汇来形容，就是：非常阳光。

作为一个老教师，他也爱学生，并愿为之贡献自己所有的精力。一首《粉笔吟》读来令人感动：

> 生来与知识有缘
> 秉性乐于奉献
> 如果说愚昧是黑夜
> 那你就将明灯高擎

> 写世上最好的文字
> 画世上最美的图画
> 即使成了粉末
> 也始终是洁白的纯金

这是一种拟人的表白。为了学生，即使成为粉末也不后悔。这种精神确实有如"洁白的纯金"。用粉笔比喻教师的一生与"蜡炬成灰泪始干"有异曲同工之处。教师之伟大，就在于用生命之火点燃一代又一代青少年的人生。这在今天尤其显得可贵——在商业环境的压迫之下，在浮躁气氛的笼罩之下，太需要更多的教师去关心学生，投入更多的精力去帮助学生成长。

"天若有情天亦老，人间正道是沧桑。"我们这个正经历着沧桑的年代，给每个具有诗情画意的人提供着太多的创作机会，愿葛先生在诗集出版后有更多的新诗问世。

（葛乃福：《春天的色彩》，上海文艺出版社 2009 年版）

道德的自觉

——《道德是否可以虚拟》序

谁也没有预料到,20世纪60年代诞生的互联网会对人类社会产生如此深刻而广泛的影响。技术不断进步的国际互联网加上日新月异的通信工具(网络终端),也就构成了人们称之为网络新媒体,它深入到人类物质生活和精神生活的一切领域,正在改变着人类社会的生产方式、人们的生活方式和思维方式。人类和动物的重要区别之一,就是人类有自己的社会。而维系社会存在的条件之一便是人与人的信息交流。从直接的人际交流到各种媒介出现之后的信息传播,是一部人类社会不断进步的历史。网络新媒体的出现,使信息传播在瞬间就可以抵达全球的每一个角落,人们的交往空间空前扩大。地球变小了,地球上的每一个地方都和其他地方相互关联,十分敏感。乃至于有人说,北美的一只蝴蝶扇动翅膀,有可能引起印度洋的海啸。网络新媒体为人类创造了另一个虚拟社会,那就是现实社会以外的"网络社会"(network society)。

最容易接受并融入"网络社会"的是十七八岁的青年学生。他们出生的20世纪90年代,已经是网络新媒体崛起,并以天文数字扩张的时期。环境给他们提供了随便进入"网络社会"的条件。对处于人生的成长期、容易接受一切新鲜事物的他们来说,没有比网络、电脑、手机更有吸引力的东西了,一点鼠标便可进入一个新的世界。和具有接受习惯和思维定势的成人相比,他们毫无障碍地进入了这个虚拟世界。上网变成他们生活的一部分,离不开了。难怪有人称"90后"大学生是"衔着鼠标出生的一代"。据统计,截至2010年6月,我国网民总数已突破 4.2 亿,其中学生群体占 30.7%。学生是一个每年有新人加入的群体。完全可以预测,不久的将来,在校学生会占网民的大多数。

网络给青年学生带来了什么?带来了海量信息,广博的信息,高效的学习条件,便利的生活环境,被激活的自己也说不清的需求;带来了网友交往,自我倾诉和表现,甚至还可以寻找感情归宿、价值认同和心理慰藉……但网络世界如同现实世界一样,带给青年学生的并不都是阳光和鲜花。网络还给青年学生带来信息选择和判断的困难,失范言行的影响,网络依赖和主体缺失,乃至网络成瘾导致人格缺陷。因此,青年学生的网络生活也绝非生而知之,而有一个社会化和习得的交互过程。

其中最困难的是网络生活中道德的养成。网络社会是一个虚拟社会。网络行为具有主体身份的隐匿性、交往方式的可变性、行为的虚拟性以及传播超时空特性等特点。因而在目前网络社会形成的初始阶段,网络社会是一个规范缺失的社会(立法不健全,道德规范没形成)。在一些人看来,网络社会可以不受现实社会的规范约束,应该是最自由的社会。这一现状对缺少生活历练的青年学生影响极大,可以说完全是"近朱者赤,近墨者黑",他们很少能有正确的道德判断。网络生活又影响到现实生活,形成青少年中种种新的道德问题。这就提出了一个重要的理论问题:在网络上,道德是否可以虚拟,和现实社会的关系是什么?网络道德能否脱离现实的世界?

王贤卿博士是一位有责任心的青年教育工作者。她长期从事大学思想政治理论课教学,和学生们保持着密切的联系。她在教学和生活中观察到,网络生活已是大学生生活不可缺少的一部分,对大学生成长影响很大;她还观察到,大学生在网络上有许多道德的误区,因而产生失范行为。出于一种社会责任感,她选择以"大学生网络行为的道德表现"作为博士论文题目。作为导师,我和她为确定这个题目讨论过多次。这个题目太有挑战性,因为以大学生网络行为作为特定对象研究的论文很少,而道德本就是一个有不同见解的领域,讲清大学生网络行为的道德表现就难上加难了。但她决心做这个题目，并从实证入手。我十分赞赏她的勇气。现在看来这一选择是正确的，对今日之大学生教育具有现实的意义。

　　本书提供的不是具体的工作方法，而是向大学生进行网络道德教育的指导思想和理论。它的中心思想是，无论网络科技如何发展，网络行为的主体仍然是人。人们在网上的行为环境、交往方式等可以虚拟，但网上道德不可能虚拟，它是真实道德在网络世界的折射。网络行为主体的道德权利和道德义务是真实统一的。因此，对于大学生进行网络道德教育，主要给予现实道德的教育和熏陶，启发网上自觉。本书的最大优点和特点就是论述以实证为依据。作者做了样本量很大的连续几年的问卷调查，在此基础上梳耙缕析，这就大大增加了论文的可信度和说服力。在网络新媒体突飞猛进的时代，要做到这一点还真不容易。当然，实证总有过时的时候，但作为一种历史的记录以及对规律的揭示，它又总是有价值的。

　　愿网络社会健康发展。

（王贤卿：《道德是否可以虚拟：大学生网络行为的道德研究》，复旦大学出版社 2011 年版）

理想和忠诚
——《向父辈致敬》序

我怀着极其崇敬的心情读完这部书稿。

闭上眼睛，一个个英烈向我们走来。他们中间，有我们耳熟能详的老领导刘晓、刘长春、曹荻秋、张承宗等，更多的是不为人知的英雄和先烈。他们有的在革命早期献出了年轻的生命，有的在抗日战争中浴血奋战，流尽最后一滴血。最令人刻骨铭心的有这样两部分英烈，一部分是在隐蔽战线进行着卓绝斗争的英烈，他们坚持到了最后一刻，已经听到了解放的炮声，但为了党的事业坚贞不屈，视死如归。在龙华和宋公园牺牲的就是这样一部分人。另一部分是在解放上海的战役中，高举着红旗，迎着呼啸而来的炮弹奋勇作战而牺牲的战士，名册上有记载的和无名英雄有几万人。他们是在共和国诞生的前夕，在见到了胜利的曙光时献出了自己宝贵的生命。

英烈们的事迹动天地，泣鬼神，使每一个读过的人为之动容，陷入沉思。是什么使他们能够抛弃人生的一切：财产、家庭、安逸的生活，乃至自己的生命？是什么使他们能够在斗争中不屈不挠，有钢铁般的意志？说到底也很简单：为了理想。这个理想，就是要推翻万恶的旧社会，击溃入侵的民族敌人，让民众过上好日子。这是一个朴素而又崇高的理想。为了实现这个理想，那就意味着要弃小家，顾大家，牺牲个人，奉献民众。"为我"和"忘我"，一字之差，就是人生观和世界观的分水岭。理想不是空谈，为了理想，付诸行动，那是忠诚。坚持理想永不动摇，直至生命的最后一刻，那是无限的忠诚。英烈们无一不是崇高理想的忠诚卫士。

岁月流逝，先烈们离今天已渐行渐远。今天我们生活在一个祥和的环境之下，国力日益强盛，人民日益富裕，中国的国际地位日益提高。这是英烈们当年矢志不渝追求的理想的境界。他们用自己的鲜血和生命为我们铺就了通向理想的路。他们长眠地下，而我们享受着理想的成果。所以，无论过多少代，后辈都不能忘记先烈的奉献。中国人有句老话说得好，不能忘记祖宗。

更重要的是，理想的路还在向前延伸。国家还不够强大，人民还不够富裕，社会还有许多问题要解决，远未到停下来"分蛋糕"的时候，需要的是继续奋斗，继续发展和改革。

英烈们未竟的理想，需要我们来实现。因此我们应该继承的是英烈们崇高的精神品德，是他们对理想的忠诚。我们不要因为全球化的影响就改变我们的强国富民的理想，也不要因为现实中利益多元、思想多元就改变我们以人为本、共同富裕的理想。只有继承了忠诚，才能最终实现理想。列宁的一句名言应当永远牢记："忘记过去就意味着背叛。"

本书的作者大多是英烈的后代。他们或许并没能亲眼看见父母或爷爷当年英勇奋斗的情景，有的甚至还是烈士的遗腹子女。但他们没有忘记父辈，为了记录父辈的业绩，走亲访友，搜寻遗物，重访烈士当年牺牲的遗址，千辛万苦为我们留下了珍贵的篇章。他们为本书写下的书名也饱含着深情，非常准确：他们的父辈值得所有的人致敬。

英烈的名字应该镌刻在共和国的丰碑上！

写于壬辰年清明前

（夏征农民族文化教育发展基金会编：《向父辈致敬——纪念中国共产党成立九十周年文集》，复旦大学出版社2012年版）

城市的灵动

——《城市与人：崔益军摄影作品集》序

我国的城市，三十多年来发生了翻天覆地的变化，用日新月异来形容也毫不为过。尽管有人批评它是无序的膨胀，或者甚至说造了许多"水泥森林"，但无可辩驳的事实是，我们的城市越来越现代化，越来越美了，引得许多摄影发烧友每时每刻都在不同的角度拍摄我们的城市，其中不乏精彩佳作在网上被广泛转发。城市摄影，已经成为摄影的重要、有特色的领域。毫无疑问，城市摄影要拍出佳作也是不容易的。城市摄影总体上讲，属于静态摄影，时间、空间的把握相对稳定，但静态摄影要拍活，也很不容易。

今天，我要说的是另一类摄影，就是如何拍城市中的人。

城市是相对稳定的（尽管有建设、发展、改造）环境，而人是城市的主人、主体。人在城市中工作、生活，人的活动改变着城市的面貌。人是灵动的，有人的活动、创造，城市就有生气。没有人的活动，城就是死城、鬼城。

拍摄城市中的人，拍摄改变城市的人们，可能比拍摄静态的城市更难——这就是拍摄城市的灵动。放在我面前的这本作品集《城市与人》，是摄影家崔益军长年积累的成果。他从20世纪80年代起就开始注意拍摄城市中的人，80年代末90年代初拍得较多的是文艺界名人——作家、演员、导演、作曲家、画家等，90年代中期拍得较多的是科学家和院士，本世纪初拍得较多的是教育家、校长和优秀教师。这些人物是我们这个城市文化界、科技界、教育界的优秀代表，他们为我们这个城市乃至国家培养了无数英才，创造了重大科技成果，生产着精致的文化产品。他们是上海的名片。没有他们，我们这座城市就没有灵气，黯然失色。

崔益军的作品生动地记载着他们的工作、生活。斗转星移，因为有些人物逝去，照片就弥足珍贵，成为不朽的历史记录。如苏步青读报的照片（1995年11月17日摄），巴金老和外孙女其乐融融的照片（1989年5月14日摄），著名导演谢晋在影片拍摄间隙以椅作床小憩的照片（1989年10月2日摄）等。成功在于积累，老崔为我们这座城市留下了一串灵动的记录，有这么多杰出人物的照片集中在一起，这本图集本身就是上海当代史的珍贵写真。

人物摄影之难，首先在于人是在活动的。摄影者要抓取的，是有意义的瞬间。而新闻记者的人物摄影，又不同于照相馆里的肖像照，不同于家庭、亲友、同学的合影。新闻真实性对摄影记者的第一要求是不能摆拍。我们需要的是真实的场景、真实的人物（当然，有时允许真实场景的还原，关于这一点也是有争论的）。崔益军拍摄的人物照片，可贵之处就在于真实地抓取了人物日常生活和工作的镜头，朴实无华，不加修饰，使人产生一种亲近感、真实感。有些镜头是非常感人的，如著名电影演员秦怡给患病儿子洗头的照片（1989年8月8日摄），王振义院士下班骑自行车的照片（1996年1月31日摄），松江实验小学校长胡银娣和学生闲聊的照片（2003年6月14日摄）等。因为抓拍，许多照片谈不上精致，但是真实感人就是第一质量。搞过人物摄影的人都知道，拍人物难，拍名人尤其难。名人忙，又是各方关注的中心，容不得你在他身边长时间地观察、拍摄。崔益军拿出这么多拍得成功的名人照，其间的辛苦可想而知，其交友的功夫也令人佩服。

人物摄影，更难的在于传神。人之神，精之所蕴，气之所现也。摄出了神，就摄出了人物的内在、人物的魂。这是人物摄影的最高境界。须知，人并非每时每刻都神气外露，更不是每个人都炯炯有神的。因此，刻意要拍摄一张传神的照片，不仅要大体了解人物的经历等各方面情况，还要亲身接触，揣摩人物的心理，并且等到他传神忘形的瞬间。拍一张传神的照片何其难也！因此，摄影者拍到一张传神的照片，可以兴奋好几天。崔益军的作品集中就有这样的照片。《假日里忙碌的爷爷和无奈的孙子》（1999年6月23日摄）就是这样一幅照片：一边是关兴亚院士全神贯注地在电脑上工作，额头上绽露的青筋表现院士科研时之用心用力，一边是小孙子呆坐着，没有人陪着他玩而一脸不高兴。这幅有着强烈反差的照片使人产生很多联想、很多感叹。一幅照片能有如此深的内涵，实在难得。

现在是一个大众摄影的时代。技术的进步使得摄影的成本近于零，生活的改善使得相机、手机（可拍摄）、平板电脑走进千家万户，网络传输的便利使得摄影作品进入更多人群，经典的摄影作品到处流传，供人欣赏，摄影发烧友在中国少说也有几千万。君不见习近平总书记下基层考察时，几乎人人拿出相机、手机猛摄影一阵，职业摄影记者反而湮没其中。这是一个大好的时代。

摄影爱好者较多地拍摄景物，较少地拍摄人物。我们期望有更多人拍摄普普通通的人物，表现平平常常的生活，挖掘生活和人性中的真善美，使我们的城市充满灵气，更期望崔益军这样有成就的专业摄影家引领大众摄影，为大众服务。

2014年4月

（崔益军：《城市与人：崔益军摄影作品集》，上海文化出版社2014年版）

失而复得　报业遗珍
——《世界报业考察记》重印版序

听到戈公振先生写的《世界报业考察记》失而复得的消息，没有比这更令人兴奋的了！八十五年前，即1932年1月，在日本发动的淞沪战争中，商务印书馆大楼被炸毁，许多书稿资料付之一炬。据说，戈公振先生交付商务的书稿《世界报业考察记》还没来得及出版也在其中。闻者无不惋惜。谁知今年上半年，戈氏后人及上海图书馆竟从捐赠的遗物中发现书稿完好无缺，不禁喜出望外。今年是中国历史最悠久的出版机构——商务印书馆建馆大庆。他们决定出版这一遗著以作纪念，无疑也应该载入史册。这不仅还了历史夙愿，可以告慰戈公振先生在天之灵，而且又继承了商务的优良传统，以出版和保藏文化精粹为己任。有什么可以比这更好地庆祝自己的生日呢！

作为大众传播媒介，中国近代报刊不是从中国古代报纸发育而成，而是从西方资本主义国家移植过来的。无论从举办宗旨，还是从传播内容、形式来说，古代报纸和以传播新闻为职责、以大众为发行对象的近代报纸，没有任何共同之处。1840年鸦片战争前后，西方传教士和商人通过不同途径来到中国。他们带来的，不仅是宗教和贸易，还有传教和通商所需要的公共传播媒介。而这种媒介是他们根据母国的样本到中国来复制的（自然要适应中国的情况稍加改造）。所以，中国近代报刊的诞生期，外国人所办的外文报刊占据绝对垄断地位（也就是戈公振所说"外报创始时期"）。这使中国人大开眼界，原来世间还有如此飞快传递消息的东西。林则徐是"睁开眼睛看世界"较早之人,他很快注意到外国人所办之报刊,为禁烟计,他组织人翻译外文报刊,在官场内部流传。还有一批中国人则产生了自己办报刊的潜在想法。

这样的大背景就决定了,中国近代报刊从诞生起一直是以西方报刊为模板而加以学习的。最早"学生意"的是一批旧式文人,有在宗教印刷所供职的王韬等人,在商业报刊中谋职的钱昕伯、陈霭龄、蔡尔康等人。他们接触、了解了外报,同时也把中国传统文化带给了供职的报刊。中国近代报刊的发展真正打开局面,还是和政治斗争联系在一起的。无论是企图使朝廷革故鼎新的戊戌变法,还是以推翻清廷为目标的辛亥革命,都使得中国人自己办的报刊得到空前的发展。近代报刊作为大众传播媒介,被中国社会接受了。以至于晚清朝廷和各地也跟随潮流办起了官报。但这时的中国报刊,从形态到生产流程都是很落后的。学生向先生学习,学得很艰苦,还没有学像。毕竟,起步相距一二百年。

辛亥革命以后,第一次世界大战期间,中国民族资本有了长足的发展。中国人逐步获得外国人所办报纸的股权,中国报刊逐渐向现代化大路上奔跑。这个阶段一直延续到1937年日本全面侵略中国之前。上海的大报《申报》由史量才等人接办,并开始企业化经营,就是一个典型事例。上海的报馆街——望平街达到繁荣也在这时。中国报刊进步的特征是,新闻的采集更加迅捷,电报、电话已广泛采用,报刊的印刷普遍采用高速轮转机,发行也有了便捷的交通工具——汽车和火车,报馆的经营更加商业化,广告已成为报社支柱,报业资本积累起来,规模迅速扩大,不少报馆建起了标志性大楼。戈公振从1914年进入《时报》当校对,到后来担任总编辑,所经历的正是中国近代报业的发展过程。对于发展中的艰难,以及存在的弊端,必有切身的体会。他属于区别于王韬等人,又区别于梁启超、汪康年、于右任等人的第三代报人,受过传统中式启蒙教育,又受过一点西式教育。

戈公振是一个职业新闻工作者,但又不是一个普通的从业者。他热爱自己的职业，兢兢业业做好每一份工作，但又不满足于每天仅把本职工作做好，而是一边干，一边研究琢磨问题。套用一句现代语言，他是一位研究型的新闻工作者。他在《时报》任要职的同时，竟耗费几年业余时间，蒐集资料，写就《中国报学史》这一开创性新闻史学著作。正是在写作过程中，戈公振萌生了去国外考察的念头。他与当时许多人一样，心目中是以西方现代报业，特别是诸如伦敦《泰晤士报》《纽约时报》等世界著名大报为学习榜样的。办成那样的大报是职业的理想，但毕竟没有亲临其境考察过。一个偶然的机缘促成了他的考察之行。1927年8月，他应国联邀请，出席在日内瓦举行的国际新闻专家会议。在会上，他结识了《泰晤士报》的上层朋友。经他们介绍，遂成考察之行。世界上的事情就是这样，往往是必然性和偶然性的结合，必然性存在于偶然性之中。中国人去欧美大报考察学习是必然的，迟早要发生的，但历史地落到戈公振头上，这又具有偶然性。戈公振从事报业15年，又有开创性研究成果，没有人比他更合适去考察世界报业了。

现在可以说，他是第一个近距离观察世界现代巨型日报的中国人。《考察记》写得极具现场感，从新闻采编写到广告安排，从文字生产写到印刷发行，甚至从生产环节写到职工福利，既有现场描摹，又配以数据统计。如果仔细地读一遍《考察记》，等于到了现场。作为一个曾经的报人，我读后感到特别亲切。俗话说："外行看热闹，内行看门道。"如果没有多年报馆工作的亲身实践，《考察记》不可能写得那么贴切、内行。一般人初进现代报馆，看到采编部门挑灯夜战，印刷车间震耳欲聋，早就晕了，更不用说看出什么名堂。《考察记》呈现的却是有条不紊的新闻生产过程。《考察记》还具有历史感。除了现场记录之外，戈公振还写了伦敦《泰晤士报》的报址变迁、印刷史和主持人更替史，附录北岩爵士小传。对《纽约时报》，戈公振则翻译了乔瑟夫所写的《纽约泰晤士之精神与发育》一文作为附录。初读者以为附录的历史与考察无关，有累赘之感。其实，这正是戈氏高明之处。知史方能鉴今。站在历史的高度来看英美这些大报，方知报纸孕育不易,成长更难,其中坚持一以贯之的崇高宗旨与精神尤为重要。这是中国报纸要学习的另一方面。有纵深感,《考察记》就显得厚实。如果不是像戈公振这样具有报学史的学养,也写不出这一部分来。

考察是为了学习,学习是准备实践的。这就是实践家和学者的区别。1928年底,考察结束回国,戈公振是有其打算的。由于人事的原因,他没有回到熟悉的《时报》,却被上海另一家大报《申报》聘为总管理处设计部副主任。这是一个什么职务?其时,《申报》老板史量才正准备对已发行了两万号的老《申报》进行改造。新成立的总管理处是一个设计、推行革新措施的机构和平台。参加总管理处的还有黄炎培、陶行知等人。在国外考察时,戈公振已接受了史量才的聘用,回国正好施展宏图。从戈公振进入《申报》最初做的几件事,就可知他的考察成果正在逐步付诸实现。1929年,戈公振创办申报资料室,亲自带人剪报,收集资料,分类成列。1930年,戈公振创办《申报图画周刊》。"九一八"事变后,国内形势大变。戈公振亲赴东北采访,此后又投入上海淞沪抗战后的救亡运动,离开《申报》渐远。但我们从《申报》20世纪30年代初所创设的各项文化、社会事业中,仿佛可以看到戈公振考察成果带来的影响。从1931年10月起,《申报》先后创办了《申报月刊》《申报年鉴》,出版了《申报丛书》,创办了"申报流通图书馆",改进了读者服务工作。《申报》如同《泰晤士报》那样,发展成为社会影响越来越大的报业出版集团和社会公共团体。戈公振的部分理想得到实现。

作为第一手历史资料,《考察记》忠实记录了20世纪二三十年代,我们新闻界的前辈如何怀着理想,如饥似渴地向英美先进的报业学习,记录了他们当时观察世界的视野和内心的活动。这无疑为中国新闻史增添了珍贵的一页。而《考察记》中体现的他们对于新闻事业崇高社会责任的追求和坚持,是值得今天的媒体人,无论是传统媒体还是新媒体,深思和永远铭记的。这就是戈公振先生在前言中所说:

"深信一事之成功必在长期奋斗以后,且非纯粹营利性质,而为对于公众之一种贡献。"

怀着对新闻前辈的崇敬忝为序

2017 年酷暑中

(戈公振:《世界报业考察记》,刘明辉、孙戈整理,商务印书馆 2017 年版)

在地球村行走　用记者眼观察

——《我的百国行》代序

这是一本有趣的、引人入胜的书。作者记述了她游览一百多个国家的故事。

在读者开始阅读之前，先有必要介绍一下本书别出心裁的编排。这年头出国旅游的人多了，游记也出版得多，写作的套路也大体相同，无非是按日期顺序编排或者按国别编排。所写的内容多半是游程加上可查到的背景材料。本书却打破惯例，既不按年份日期，也不按游程国别，而按作者自己的选题编排。如"国别篇"专写苏联解体以后的各国情况以及形形色色的社会主义国家。"考察篇"专写环境保护、住房和城市建设。"历史篇"和"风情篇"则将不堪回首的历史和风情万种的今天进行对比。"游轮篇"和"美食篇"展现旅程中美的享受。"出访篇"和"开放篇"将中国人走出去和世界接纳中国对应起来。"论文篇"虽不多，却体现了作者对"行万里路"的深层思考。许多著作都讲究同一范畴的并行编排，而本书作者按不同专题尽情发挥，仿佛在广场上载歌载舞，全然没有拘束。这样的编排让人读得轻松。你不必规规矩矩从头读到尾，可以挑你感兴趣的专题读，跳来跳去，有时间就多读两篇，下次读的时候不必接续下去。

引人入胜的是作者身临其境的描述。作者到过很多人想去而未曾去过的国家，有些甚至是很多人觉得神秘的国家。1991年12月，苏联解体。解体以后的俄罗斯和其他十四个加盟共和国现状和前景究竟如何？作者用她的笔作了真实的描述。虽然只是走马之一瞥，却是真实的。这些国家有发展顺利的，也有经济艰难的，有和平宁静的，也有民族矛盾尖锐的。对各种号称自己是"社会主义"的国家，作者也有观察入微的描述，有"佛音袅袅"和"党旗猎猎"同一屋檐下的社会主义，也有教育医疗费用全免、但仍很贫穷的社会主义，使读者看到了社会主义的现实存在。对一些国家近期的开放、发展也作了介绍。有搞所谓"定向市场经济"的，奉行"不管是白老鼠，还是黑老鼠，不被猫抓到的就是好老鼠"的哲学，和我国的猫论简直有异曲同工之处。难能可贵的是，作者没有先入为主地对这些国家进行描述，完全是客观地报道。至于由此对形形色色的社会主义下什么结论，全在读者自己了。

给人印象强烈的还有对不同国家和地区、不同事物的比较。例如对日本的洁净和南亚的肮脏的对比，将非洲的严重缺水和中国的南水北调工程对比。在比较中，作者一点也不讳避国人的毛病，将欧洲人的文明传统和中国游客的陋习进行对比，还特意做了一个精彩的标题："文明与惭愧"。令人叫绝的是作者将"历史篇"和"风情篇"放在一起进行对比。"历史篇"记述的是二战中，德国法西斯在奥斯威辛集中营等地对犹太人的屠杀，罪行令人发指，读了心情低沉。而"风情篇"描摹的是人间最欢快的篇章——西班牙最后的斗牛、印度性爱神庙、南非祖鲁族半裸女、清迈的湖上茶馆——看了心情愉悦，知道什么叫人世间的快乐。"历史篇"色调灰暗，"风情篇"明朗多彩，放到一起对比太强烈了！令人感到和平、宁静对人类太重要了。

旅游不仅是享受大自然，享受美景，还要领略世界各地的风土人情。要做到这一点很不容易，因为语言障碍，一般很难和当地人交流。作者凭着她的记者才能和娴熟英语，比普通旅客了解更多，她有更多当地习俗民情的叙述。在高山之国不丹，她了解到这个小国的国民为什么幸福指数世界第一。在奥地利，她访问了兼是工人、农民的平民，理解到这个欧洲中心的国家为什么能成为音乐之乡、艺术之乡。了解风土人情一定要采访人物，在行色匆匆之中难以找到从容采访的机会。作者聪明地找到两种方式，一是采访导游，二是捉"舌头"——采访当地平民。在本书中作者特设"导游篇"，展示了一组导游群像,其中有小巧的日本导游美惠子、敬业的南非导游茸子、来自苏鲁的小虎队——像这样集中展示导游风采的,在游记中少见。任何游记,有了人物,山水也活了。

颇具特色的是,作者还为读者奉献了实用的旅行技巧。"游轮篇"详细描述了游轮上的食、宿、娱乐,未曾尝试过游轮旅行的读者一定很感兴趣,而"美食篇"简直就是一本世界各国最有特色的美食谱。书中别具一格地介绍了组团旅游如何招标选择旅行社,以及各国最新签证规定与手续,相信读者一定十分欢迎。

与"用"相对应,本书画龙点睛的是对于出境游的种种思考,也是作者的心声。书中罗列的旅行必备条件:情趣、健康、能吃苦、无家事牵挂、经济实力、伴侣、懂英语。在我看来,确实缺一不可,或者说至少要基本具备。说难也不难,其中最重要的是要有情趣。情趣者,志趣和感情也。人的一生,读万卷书,行万里路,方有意义。否则,如井底之蛙,蝇营狗苟,人生意义减了大半。出国门,走四海,不为别的,享受自然,观察世界,寻访亲友,寻求快乐。有了这一条,其他困难都好克服。要想明白这一点也是不容易的。

本书的作者乐缨,是一位资深记者。她在新闻工作岗位上干了三十六年,从梳着小辫进《解放日报》,干到退休。她报道过上海的文化系统、纺织工业系统、房地产和环境保护系统,还任过《房地产时报》的副主编。她是一个敬业而称职的记者,干一行,专一行,经常写出有分量的好稿,得过许多奖,直至成为这一行的行家,连所在系统的领导都要向她请教咨询。记者干到这个份上是值得骄傲的。这里的前提是她一辈子安心、热爱记者的采访、写作,不想做什么官。她告诉我,她的所有采访笔记都保存着。只有热爱这份工作的人才会这样做。

这就是本书为什么有趣、引人入胜的原因。展现在读者面前的,是用一个有经验的记者的眼睛观察的世界,用记者写实的笔触描摹的世界,从中我们可以看到自己在旅行中未能看到的东西。她曾经总结道:"在地球村行走,用记者的眼光看世界,了解世界。在游山玩水之际，陶冶情操，培养观察能力和思维方法。行万里路有益于在世界这个大空间中，用比较的方法看问题，用宏观的视角看问题，用创新的思维看问题。"她把长期工作积累的经验用于旅行，习惯地把旅行也当做工作。旅行之后又写了这么多作品，真是一个好记者！

我和乐缨是老同事、老朋友。十三年前为她的新闻作品选写过一篇序，叫做"当一个普通的好记者"，称赞她忠于职守，兢兢业业把记者当好。想不到她是一个"永不退休"的记者，采访的范围扩大到全世界。我饶有兴味地读完了她的新作品，写了上述拉拉杂杂的一些话，算是对作者的交代，对读者的介绍。祝愿乐缨和她的先生陈丹路有更多的好作品问世。

于复旦新闻园
二零一八年五四青年节

（乐缨：《我的百国行》，上海三联书店 2019 年版）

从远处传来的声音:海边听涛

——《流言研究》代序

锦江之研究流言,可能和我有一定的关系。记得在 20 世纪 80 年代末,我正给复旦新闻系本科生上"宣传心理学"课。现在听起来很遥远:啊,上个世纪!在我的记忆中好像还在眼前。"宣传心理学"是门新开的课,找不到什么现成的资料,我只好在已有的心理学理论和有限的宣传经验中摸索。讲到宣传活动所处情景的时候,涉及流言、谣言这一类现象,怎么也讲不清楚。在一个偶然的场合遇到锦江——我认识的一个校友。闲聊中他谈及正对流言有研究兴趣,已动手写点文章。我不禁喜出望外,如同遇到知己。我便鼓励他继续研究。80 年代的最后几年,改革开放逐渐深入,社会矛盾展现开来。整个社会弥漫着一种不安和浮躁,争论在底下潜行,于是流言多了起来,不少人感到茫然。这正是研究流言的好时机。后来因为忙,我也就再没关心此事。殊不知锦江矢志不渝,研究流言一发不可收拾。除了报刊文章而外,他写了《话说流言蜚语》《流言导读》两本书。中国的流言学开始有模有样,他现在可以被称为流言学者了。

流言是一种常见的社会现象。自有人类社会,就有流言存在。正如世界上有许多东西,看得见而摸不着,明白地感觉到它存在,却又无确切的定义。流言,就是这样一种东西。什么是流言?人们从不同的角度加以描述、定义,争论不休。本书第一辑"流言之义"给我们展示的就是关于流言的各种定义,不看也罢,一看脑子里就乱起来。流言,本质上就是一种不确定的信息,通过各种媒介在人间传播。因为是信息的传播,就和介质的变化有关系。自有了互联网,流言如影随形,变得活跃起来。流言的产生,还与社会情景,特别是社会心理情景有关。在面临自然灾害、疾病流行、经济危机、战争边缘的时候,流言骤增,就与猜疑、恐慌等心理传染有关。今天的世界是一个具有太多不确定性的世界,一切皆在变动中,流言在这块土壤上滋长是十分自然的事。在流言面前,人不是被动的、无能的。人类十分聪明,充分利用流言为各种目的服务:商业推销,颠覆政权,战争谋略,弄权害人,离间对手,甚至连闺房中的阴柔手段也用上了流言。所以,流言的盛行、社会作用(无论是正面的,还是负面的)多半是人附加上去的。据研究,流言的生成,与社会历史文化基因也有关。好传流言,折射出中国国民的癖性和积习。

本书收集的有关流言的实例,材料之丰富、视野之广阔是此前同类研究书籍所没有的。从明星蜚闻到传染病流言,从我国史籍中的掌故到国际舞台上的传闻,一个个例子如同一个个故事引人入胜,忍不住就要读下去。锦江是个新闻记者,懂得用事实讲话最有说服力。让我折服的是,他多年随时在留心身边这些案例,俯身拾荚,积累至今。这是因为他研究流言的兴趣始终未降低。从他引用关于流言的各家之说,也反映出他虽然平时工作很忙,却一刻也没放弃关注流言学界的动态和成果。从法国学者卡普费雷的"反权力说",到中山大学传播与设计学院定期发布的分析报告,他无一不收。我没有统计过他引用了多少学者的论著,但这个研究领域比较集中,大概离一网打尽也不远了。

研究性论著有各种写法。锦江的这本不落俗套,独树一帜。他是学中文的,写得一手好散文。写这本书又为了给读者提供"轻阅读",所以论著似散文般的,不拘一格,写得很轻松。标题是用心做的,用今天时髦的话说——"博眼球"。每一篇不长,问题论述集中,读起来不累。他自我评价说是"述大于作",在我看来是述作结合。这样的作品算不算论著?可能会有不同看法。据说,现在写博士论文有格式要求:一是论述概念,二是回顾本领域学术史,三是说明论文学术来源、根据,四是说明研究用了什么方法,而后再展开正文。不按照格式写就通不过。我看过不少博士论文，都是这个套路。论文已变成八股，看得味同嚼蜡，兴趣杳然。当年我也写过博士论文，好像没有这些枷锁，不知什么时候形成了这一套。论文为什么不能开门见山，引人入胜呢？古人云，文无定则。论著的生动，就在于百花齐放。这本《流言研究》就是独特的一朵。

锦江说，这是一部"推陈出新"之作，是符合实际的。从《话说流言蜚语》到《流言研究》，经历了二十多年，社会流言也在发展、流变。这是符合人的认识规律的。人们对于流言的认识在深化，流言为更多人关注，流言学逐渐成为显学。《流言研究》不是前面著作的再版。它的推陈出新之处在于，专门增加了关于互联网时代"流言暴走"的研究。由于研究是进行式，远未结束，所以标题用了"流言之问"，恰如其分。作者从互联网的传播特点出发，引用和阐述了网络交往虚拟特征、社群化分众化、谣言叙事特征、微信传播流言、"后真相"等网络新理论，流言的"反权力"、流言的正负社会作用等方面的新见解。他主张，将"流言"作为"更具学术性的中性词来加以界定"，而将"谣言"看作是流言的一部分。除了继续建议"建立公正可信的流言控制中心"之外，他主张"将研究的重点放在更具文化价值和历史价值的形而上部分"。与处在处理谣言负面影响一线的政府有关部门和部分媒体的关注点不同，作者的学术关注点也是可以理解的。这些都是他的"出新"之处。

如果说本书还有缺陷的话，那就是作者的论述和引文处理得不够清晰，缺乏必要的页注。这当然是形式上的问题。个别处的材料有待更新。

流言研究的前方和深处在哪里？在不确定性确定之后。

那是一个无边无际的大海，涛声不断传来。

于庆祝上海解放七十周年之际，复旦园

（徐锦江：《流言研究》，上海文化出版社2019年版）

"摇篮"的奥秘

——《国球之"摇篮"——上海乒乓名将访谈录》序

翻开这本书,我就被深深吸引住了。当年驰骋乒坛的名将都在这里同你聊天。他们的故事有如一篇篇小说,展现着千姿百态的人生历程;有如一台台活剧,上演着呼风唤雨的精彩剧情。

乒坛名宿徐寅生曾说过,上海是乒乓球世界冠军的"摇篮"。实际上还可以进一步说,上海也是我国乒乓球运动的"摇篮"。

我国乒乓球运动的发祥地在上海。乒乓球运动是一件舶来品,起源于英国,由网球变化而来,晚清时传入我国。至于从哪里传来,从欧洲还是日本,则有待查考。但首先登陆的地点就是上海。大概在20世纪一二十年代,上海已开始流行乒乓球运动(想要了解这段历史,读者可参观位于上海局门路796号的中国乒乓球博物馆)。然后,乒乓球运动传播到全国各地去。说上海是国球之"摇篮",是一点不过分的。

上海又是中国国家乒乓球队参加历届世界锦标赛主力队员的"摇篮"。据不完全统计,从1953年第20届世乒赛至2018年第54届世乒赛,中国国家队的主力队员中至少有上海队员近60人次,占全部队员的近三分之一。

因此,上海自然也是世界冠军的"摇篮"。据徐寅生统计,新中国成立至今我国获乒乓球世界冠军115个,来自上海的运动员、教练员有20人左右。如果把上海队员参加男女团体赛所获冠军也计算在内的话,上海选手至少获得69个世界冠军。

上海还是著名乒乓球教练员的"摇篮"。担任过国家队男女队教练的有杨开运、傅其芳、孙梅英、李赫男、徐寅生、张燮林、李富荣、林慧卿、陆元盛、施之皓等人,担任过八一乒乓球队总教练的有李振恃。其中,徐寅生担任国家队男队主教练有 8 年之久;张燮林担任国家队女队主教练达 23 年;李富荣担任国家队教练时,率团在第 36 届世乒赛上囊括 7 项冠军、5 项亚军。有些优秀的教练员成长为执掌我国乒乓球运动全局的官员,对我国乒乓球运动的发展产生着深远的影响。徐寅生一篇充满辩证法的讲话,得到毛泽东的批示,影响几代乒乓人,影响甚至超出体育界。李富荣 1994 年提出的"双轨制"建议被采纳以后,基本奠定了我国乒乓球运动发展的格局。

颇有意思的是,上海还是某项乒乓球技术的"摇篮",比如说削球。上海出现了那么多擅长削球的名将:张燮林、林慧卿、郑敏之、姚振绪、黄锡萍、陆元盛、丁松。张燮林变化多端、"海底捞月"般的削球,使一代球迷如痴如醉,他可以说是削球的"宗师"。在削球技术不被重视、削球高手几近湮灭的今天,回顾这些,不禁唏嘘不已。

由于乒乓球运动受普遍欢迎,且在世界比赛中成绩卓著,大显国威,故被人称为"国球"。上海何以成为国球之"摇篮"?探其奥秘,约有数端。

一是因为上海是一座开放型城市,事事得风气之先。上海自 1843 年开埠以来,百年间逐步发展成为东亚乃至国际性大都会。工商业发达,移民日众,我国各种新产业、新技术皆首先在此发端,乒乓球运动的引入也是一样。

二是因为乒乓球运动普及的基础好。早在新中国成立以前,上海的乒乓球运动已十分常见。商业性质的私人乒乓球房遍布全市各处,如新世界、华新、金门、东方、华胜、太湖、永安七重天等。民间各行各业自发组织的乒乓球队也不少,如糖业队、玩具商队、晓光队、联星队、广东队等。这种情况一直延续到新中国成立以后。这就为上海早年的乒乓球员提供了许多"打野球"从而增进球艺的地方。新中国成立以后,公家办的场所如工人文化宫、精武体育会、沪东工人文化宫，以及企业、机关、学校组织的乒乓球队，又进一步推动了乒乓球运动的普及。青少年体校的乒乓球队就是基于这样的基础组织的。可以说，当时没有哪一座城市的乒乓球运动有这样的普及程度。至于后来每年举行的如火如荼的比赛，从市区赛到各种名目的联赛，以及有乒乓球特色的学校的涌现，更将普及的范围覆盖到全市。普及与提高的关系是永恒的。没有普及就没有提高，没有提高也促进不了普及。没有如此全市普及的运动，也很难诞生世界冠军。

三是因为一代带动一代，代代相传。人们常说"长江后浪推前浪"，比喻后来者推动前辈，超越前人。我认为还有辩证的另一面——"前浪带后浪"，即前辈带动后辈，提携后起之秀。这一点在乒乓球运动中体现得很明显。作为一项竞技运动，新技术总是在成熟技术改进的基础上出现的。新的高地也要在经验积累的基础上方能攀登。遇到一位睿智的教练，就能诞生一批冠军。上海出冠军多，因为有成就的一代不断将技术、心智、品行传给下一代。"名师出高徒"嘛！我做了一个有趣的统计，如果摒除其他成长因素，下列上海教练和上海运动员都有某种教和学的师承关系：杨瑞华—倪夏莲、李赫男—沈剑萍、李富荣—李振恃、张燮林—曹燕华—许昕、林慧卿—曹燕华、林慧卿—张德英、于贻泽—施之皓—王励勤、陆元盛—丁松。这些都反映了乒乓球运动的传承性。

四是因为上海始终处在技术进步的前沿。乒乓球运动是一项特别讲究技术变化的运动。技术的每一次变化，都会带来一片新的天地。小至乒乓球拍胶皮由正胶换反胶，拉弧圈与防弧圈的博弈，大至技术风格的转变，由"快、狠、准"变为"快、狠、准、变、转"，上海的选手始终处在转变的前沿，勇立潮头。有人说上海乒乓球员的特点是头脑灵活、善于变化，其实就是对新的技术敏感，学得快，适应性强。这一特点可能和上海乒乓球运动所处的环境有关，在这里，各种风格、各种流派都有，谁在这里应对自如，谁就能脱颖而出。翻一翻上海乒坛的"群英谱"就可以发现，名将们真是风格各异。

五是上海有社会各界对乒乓球运动的支持。学校教育、群众体育都给乒乓球以重要的一席之地。从各级领导到平民百姓，对乒乓球的喜爱和支持是发自内心的。每年，以各种名义举办的乒乓球赛成千上万。从特色小学到各区少体校再到市体工队的专业培养系统，和正在崛起的民间俱乐部相得益彰。以世界著名品牌"红双喜"为代表的乒乓球运动器材商的支持也是上海所特有的。正因为有这样的基础，中国乒乓球博物馆、中国乒乓球学院落户上海就顺理成章了。

  六是上海有国际性乒乓球交流的便利。借助于国际化大都市之便利，又有产生中国乒乓球诸多名将的声誉，来上海交流的国际著名乒乓球运动员和乒坛人士络绎不绝，在上海举行的交流比赛也始终不断。上海的著名运动员和教练又输出到国外打球、任教、定居，成为中外交流的桥梁。广泛的交流和人脉，使上海乒坛更具世界性。

  作为"摇篮"，乒乓球运动为上海这座现代化城市增色不少。但上海的乒乓球运动如何再创新的辉煌？世界冠军、现任上海市乒羽中心主任王励勤已经提出了问题。相信读者诸君读完这本书也一定会找到答案的。

2020 年 5 月 18 日于复旦大学

（金大陆、吴四海编：《国球之"摇篮"——上海乒乓名将访谈录》，复旦大学出版社 2020 年版）

乒乓与文化
——《我的乒乓生涯》代序

让我为徐寅生同志的这本乒乓生涯回忆写序，我实在不够资格。充其量我不过是一个乒乓球爱好者，或者用今天的话说，我只是徐寅生的"粉丝"。徐寅生是我们这一代人青少年时期心目中的英雄。

徐寅生是个传奇人物。他原本是上海航空技校的一个学生。因为爱打乒乓球，和乒乓球结下了不解之缘，乒乓球成就了他的全部生涯。他从上海体院接受训练，打到国家乒乓球队，在第26、27、28届世界乒乓球锦标赛上为祖国争得了荣誉，达到他运动生涯的巅峰。退出第一线后，他又长期执教国家队，形成了一整套带队、实战、技术创新的思路和方法，影响了几代乒乓球优秀运动员。"文化大革命"中他经受住了考验，改革开放后复出，被推到国家体委和乒协的领导岗位，并走向世界，被选为国际乒联第五任主席。他的威望和胸怀为祖国赢得了声誉。

徐寅生的乒乓生涯，就是一部新中国乒乓球运动光辉历史的缩影。从1959年第25届世界乒乓球锦标赛上容国团荣获男子单打冠军开始，中国乒乓球运动就开始攀登世界顶峰。在第26、27、28届锦标赛上则全面占据并巩固了顶峰地位。此后因为"文革"的原因以及竞技运动的规律，中国乒乓球运动反反复复，高峰地位得而复失，失而复得。改革开放以后，从1981年第36届世锦赛开始，中国乒乓球又重返国际舞台，登上顶峰，并长盛不衰。徐寅生就是这一辉煌历程的参与者、贡献者、见证人。他对这一历程的回忆，步步深入，引人入胜，使人不忍放手，直至一口气读完。我十分佩服他的惊人的记忆力，五六十年前的赛事，他记得那样清晰、生动，今天读起来都有现场感。答案只有一个：当年投入有多大，今天记忆就多深。

徐寅生是一个非常有智慧的人。他自称从小打球是"野路子"，就往一切可以打球的地方钻，专找高手对垒，这样也就锻炼了独立思考、自我提高的能力。后来在球场上，被人称为"智多星"，实际上就是善于琢磨球，琢磨人（对手）。分析自己的长处，对方的弱点，朝一切扬己长克敌短的方向发挥。输一场球必定"复盘"，"过电影"，将失败的原因和改进的方法找出来，学费不能白交。1965年那个著名的讲话则是他的智慧的结晶。他运用矛盾的双方在一定条件下可以互相转换的道理，分析了在赛场上攻与守、硬与软、输与赢、特长与特短、平时与战时、自信与自卑等多对矛盾相互转换的情况，提出了策略上、技术上、心理上应对的办法。他的讲话来自实践，通俗易懂，分析入理，非常好读（当年我们都认真读过）。毛泽东一句批语"讲话全文充满了辩证唯物主义"，可以说是鞭辟入里的。毛泽东历来喜欢来自小人物的没有任何修饰的、充满哲理的话语。也因为毛泽东的批语，智慧的徐寅生成了家喻户晓的人物。

徐寅生的乒乓生涯给我们很多启迪。

自1959年以来，中国乒乓球运动已长盛不衰六十年。我们不要将此仅仅理解为一项体育竞技项目的成功，而要看到，乒乓球运动在中国已融入中国文化，已是中国文化的一部分。

从精神的层面看，在20世纪五六十年代，当徐寅生们攀上世界高峰时，全国上下为他们的成绩欢欣鼓舞，被他们勇于为国争光的气概和集体主义精神所感动。当时正值三年自然灾害，国家经济生活非常困难的时候，但全国人民并未气馁，而是艰苦奋斗，奋发图强。乒乓赛的胜利正应其时，鼓舞了全国人民的斗志。自此以后，乒乓球运动就作为爱国图强的精神象征而融入中国文化。

从哲学的层面看，徐寅生的文章发表以后，大家对乒乓球运动及其技术的认识上升到哲学高度：原来乒乓球里有辩证法！其实乒乓球运动本身就是一项特别需要动脑筋，特别需要智慧，特别训练思维的运动。当时正是全国学习毛主席哲学著作的高潮，徐寅生的体会促进了群众深入钻研《矛盾论》《实践论》。

从国际交往和外交的层面看，乒乓球运动成了文化媒介。1969年至1970年，利用参加东京世锦赛的机会，我们开展了中日民间文化交流，并在毛泽东的亲自关心下邀请美国乒乓球队访华。由此揭开了尼克松访华、中美建交、中日友好邦交的序幕，打破了对中国的封锁和孤立。周恩来喜称这是"小球推动了大球"。1978年改革开放以后，中国乒乓球运动四十年不衰。在这个过程中，乒乓球让中国人体会到了民族崛起的喜悦，体会到了傲立于世界之林的自豪。人们常称乒乓球为"国球"，就是因为这项运动已深入人心，成为中国精神的标志。作为一项竞技运动，没有不败的常胜将军。在世界大赛中，中国乒乓球队也不可能不输。但人们希望输球不输人。中国乒乓球队那种永不言败，永攀高峰，虚心学习，不断创新的精神要永远保持下去。当下，我们在经济与社会发展的许多方面离世界顶峰还很远。在民族复兴的伟大进程中，需要用中国乒乓球运动所体现的精神文化力量来激励自己。

从制度的层面看，中国乒乓球运动是竞技运动和全民健身运动结合得最好的一个典范。全民普及是基础，高水平竞技是引领。如果没有乒乓球运动的全民普及，乒乓球项目就不可能长时间保持高竞技水平；如果没有高水平竞技的引领，也就不可能吸引并推动全民的普及。全中国至少有上亿人参加这项运动。全世界有哪一项运动有如此多的人参与啊！由于参与的人数多，赛事多，打球形成的技术风格就多，出类拔萃的选手也就多。水涨船高，中国乒乓球的高水平就建立在这样雄厚的基础之上。日本乒乓球最近几年形成向中国挑战的态势，其实就是吸收了我国广泛开展、提早培养的经验（当然日本也有自己良好的传统）。在高水平竞技方面，我们从青少年开始培养，层层选拔，形成顶尖队伍的举国体制，是一种成功的制度设计。现在有人主张摒弃这一制度，完全走市场化的道路，其实是没有必要的。试想，如果一个制度经过六十年证明是好的、行之有效的，有什么理由要摒弃它呢！从本书的叙述中可以看到，这一制度的实践积累了多少成功的经验。乒乓球运动不能走单一市场化道路。靠金钱是培养不出优秀运动员的。任何竞技运动如果缺少精气神，就不可能维持高水平。中国足球运动已经走了二十多年的弯路，花的钱不少，到现在还没有走出来。这是一个沉重的教训。我并不反对办青少年乒乓球俱乐部。但培养青少年，要将此和学校、社会全民普及结合起来。不然，乒乓球运动就变成了富家子弟的运动。创造一种制度是不容易的，坚持一种制度更难。

乒乓球运动普及了城市、农村，甚至穷乡僻壤。乒乓球赛事牵动着数千万球迷的心。网上网下有铺天盖地的球评，优秀运动员成了今日明星。这就是今天的风景。今日风景是昨日辉煌的继续，但是有许多人已不了解为什么走到今天，自然也不明白该怎样走向明天。徐寅生同志的乒乓生涯回忆实在是一部很好的教科书。

2018 年 7 月于墨尔本

（徐寅生：《我的乒乓生涯》，深圳报业集团出版社 2021 年版）

通则灵：编者·读者·作者
——《编辑力十讲》代序

这是一本值得书刊编辑认真读的书。尤其是那些刚踏入出版社工作的青年编辑，接到编辑任务，尚感到一片茫然，不知如何着手的时候，此书是极佳的入门书。

作者是复旦大学出版社创社元勋、原总编辑高若海同志。他将多年前对进社青年编辑所作的讲座原稿编纂而成此书。此书是他积三十余年编辑与领导工作的心得而写的。

毫无疑义，这是一部经验之作。为了指引青年编辑入门，他根据自己的经验，将全部编辑工作和注意要点循序列为从"相稿""定位"到"对话作者""精读与解读""学术规范"等十章。如果下决心要当一个好编辑，这些经验对你是绝对有用的。

切莫轻视经验，以为那很肤浅，不过是前人过时的东西，重蹈"狭隘经验论"的覆辙。殊不知真知往往是从经验中来的。《编辑力十讲》中许多经验凝聚着老高对编辑过程细心的体察，反复地比较、思考，而后加以提炼。没有穷数十年之积累，是总结不出来的。例如他将"相稿"概括成"相人识稿""相稿识优""量需谋定"三个层面，就是饱含深切体会的总结。作为资深编辑，特别是总编辑，如果没有"搜猎者"一般的眼光和能力，是不可能相中有文化价值的书稿，出版社也不可能培育起"品牌"的。这既是当好编辑的基础，也是出版社出好书的前提。其间的奥秘，言之不尽。又如，他将读稿、改稿称之为"解读"，也是绝妙！简单理解，就是要将书稿剖开来读，读懂其中奥妙。他主张处理书稿"要把握好度"，既要"有错必改"，又要

"少改多就"。这样的经验,也是吃了多年萝卜干饭的编辑才总结得出来,在尊重作者劳动和发挥编辑作用上把握得恰到好处。

诚如老高所说,本书汲取的并非是他一个人的经验体会,"而是分享自出版界前辈、当今出版界翘楚、国外出版人、复旦出版社同仁的经验,是用心向他们学习心得之点滴"。老高视野开阔,为准备这个讲座收集了国内外出版界、复旦出版社的许多资料。经验是众人的,用心者是老高。他将别人的经验细心体会,用得恰到好处。有些概念,直接引入恐不易说明白,干脆从案例入手,引人入胜。如"相稿"一词,先从知名度很高的一个例子入手:《哈利·波特》从被12家出版社退稿到畅销全球。而后毋需赘述,读者自明。有些体会与道理是大家熟知的,多说显得啰嗦,在关键处引用国际出版界名言,画龙点睛。如如何做到看准作者,书中引用了舒斯特的名言:"真正有创造力的编辑人必须成为专家的专家。"老高为人谦虚,在演讲中尽量引用复旦大学出版社同仁的成果,许多案例直接用他人写的原文。

新进的编辑读老高的《编辑力十讲》,不要仅关心那些操作层面的技巧(那也是很精彩的),更要在"体悟"上下功夫,将自己有限的直接经验和书中的叙述勾连起来,静心"体悟"那些经验背后的东西,达到"通"。

所谓经验,其实饱含对规律的认知,加以总结便上升为科学。没有科学不是从经验性的认识开始的。即使高度抽象的数学推理,也是有脑力运动的积累(经验),方能进行。一个人一辈子不可能只凭直接经验生活,而有赖于学习他人的绝对大量的间接经验。能否善于学习他人的间接经验,只靠两个字:"体悟"。所谓"体悟",就是直接经验和间接经验的结合。以有限的直接经验理解、接受、消化间接经验,以不断接受、消化的间接经验(已成为直接经验),进一步接受新的间接经验。"体悟"是一座打通直接经验和间接经验的桥梁。悟性强,就是打通能力强。悟性强,就善于理解、接受、消化间接经验。

这本书的特点和优点是案例多。生动,有趣,引人入胜,避免了讲座的死板,从理论到理论,拘谨,沉闷。我作为老复旦人,有许多案例是知而细节未详,如"《中国文学史》撬动书市";有的案例是亲身经历,感到特别亲切,如"《狮城舌战》红遍大江南北";有些案例则从未知悉,深感曲折而有意义,如"陈子展先生与《诗经直解》"。读本书切莫忽视了案例,案例值得细细读。

本书不只是面向书刊编辑,广大读者、作者不妨也可以来读一读。我初读时有一个强烈的感受:书中所说的那些编辑过程和体会,和读者、作者都是相通的。本书其实也是编辑和读者、作者的桥梁。书中谈到:"一定要筑起出版社的高门槛,拦掉烂稿",尽可能杜绝"职称书、补贴书、关系书、营销搭配的书"。作为一个爱读书的读者,真是举双手赞成!我常常喜欢逛书店、书市。现在许多出版单位经济实力强了,印刷出版技术进步了,出了不少好书。但因为条件容易,出书门槛反而低了。再加上种种利益因素的驱动、不正之风的蔓延,坦率地说,烂书的比例是相当高的。逛书市,腿累了,还找不到几本上眼的书。作为作者,我也不希望出版社看头衔、名声就收下自己的书稿,那不是对我的尊重,而希望有懂得学术价值的编辑来收货。真可谓:编辑慧眼识好书,作者出书觅知音。编辑和作者的心理其实是可以互动、互通的。就读书经验而言,本书讲到的精读解读方法,也可以为读者借鉴。如读书先要把前言、导论、后记、跋等读明白,"读懂导论,就等于把握了认识全书特点的钥匙";然后把目录琢磨透;读书要读、想、查相结合,才能做到"入乎其内,出乎其外"。本书以"对话作者"为名专设一讲,谈到编辑要以"读者、作者、书评人"三重身份,进入角色,和作者对话。这是十分懂得作者心理的。要出书的作者由此也应懂得如何和责任编辑配合好,取得默契。

令人佩服的是,作为总编辑的高若海,将社会责任放到编辑出版的第一高度。他毫不讳言,将"政治方向正确""思想倾向健康"列为编辑审稿的社会责任。他通过两个案例具体说明如何实事求是,从实际出发,帮助作者书稿通过审查,既出了好书又维护了出版社的声誉。不似有些出版社,要么不负责任,酿成事故;要么机械执行上级指令，错过好书。在学术规范方面，他不躲避"拍向出版社的板砖"，坚决主张出版社要在维护健康的学术规范上发挥重要作用，担当起三种角色，即"学术规范的鼓倡者""学术规范的鉴定者""学术规范的把关者"。他提出要"善于识假，杜绝抄袭"。在这里，我们看到了一位严肃的正派的出版工作者的形象。

高若海同志是我的学兄，我们都毕业于复旦大学新闻系，他高我六届。严格地讲，他还是我的老师。他留校当教师一年后我才入学，只是他没教过我而已。在学时就听说他是那一届的才子，很能写文章。"文革"后听说他去教美学，还出了专著。再后来听说他应李龙牧老师之请，去了出版社。贺圣遂要我为老高的著作写序，我确实有点诚惶诚恐。除了上面的原因，还因为于编辑学，我完全是外行。

这里又涉及我的导师李龙牧老师。我是1979年9月师从于李老师，攻读中国新闻史硕士。李老师是国内新闻史专家、近代思想史学家。在指导我学业期间，他受命创办复旦大学出版社。他是个严肃、不苟言笑的人，教风严谨，对学生要求高。关于出版社创办中的艰难，他也不对我多说什么，但我知道筚路蓝缕，创业不易。为老高写序，也借以表明我对李老师的怀念。本书中有一篇写复旦大学出版社创业的故事，很值得读。后人对于李龙牧老师在学术上的成就，创办出版社的业绩，已很陌生。我想应该是要记入史册的，不然慢慢就遗忘了。

以上写的完全是习作。抱着多学习一点的态度，这就是我写序的动力，毕竟可以先睹为快嘛！

庚子秋初于新闻学院陋室

（高若海：《编辑力十讲》，商务印书馆2020年版）

春秋纵横
——《头版春秋》代序

摆在我们面前的这本书，讲的是互联网史前时代，移动媒体不可能发生的故事。

在人类新闻信息传播史上，大众传播之王——报纸引领风骚几百年。全世界的报纸形形色色。有大张的，有书本式的；有黑白的，有彩印的；有单张的（如号外），有日发行一大叠的。无论何种形态，报纸在迅捷报道新闻、广泛表达观点思想的功能上是无一例外的。作为当年最先进的传播媒介，在发挥政治舆论动员，促进经济交往、文化交流融合等社会作用上，是非常充分的。历史不会消失。报纸风行时起作用的传播规律，还将在新媒体传播中呈现。

各类报纸中，日报最重要。日报版面，头版又最重要。除非对专版专栏有特殊的兴趣，看报纸没有不是先看头版的。人们常说，头版是报纸的面孔、灵魂。何以见得？头版的作用就是，"将最重要的信息和思想以最合适的形式呈现出来"，这样才能吸引读者的注意力。经过长期连续出版，每家报纸都形成了自己头版编排的形式和风格，以至于老读者只要看到那一张"面孔"，不用看报名，就知道是什么报纸。如同人一样，报纸也是有精气神的。这种精气神就集中体现在头版上。锐意进取还是四平八稳，精致大方还是粗糙畏葸，一望而知。头版绝对有高下之分。正如俗语所说：外行看热闹，内行看门道。只有通过比较，尤其是不怕和国外报纸比较，方可看出一些端倪。

千日功夫方寸间。头版的水平和风格大致与以下几个因素有关。

对新闻价值的追求。一家有声望的报纸（尤其是有优良传统的报纸）很看重自己的品质——保证时效性和捍卫真实性。重大新闻在第一时间上头条是绝对追求的目标。这里既有对纷杂来源的信息如何判断的问题，更有抢头条的胆略、追求时效的冲动的问题。新闻照片要不要打假？经过 PS 的假照片要不要"枪毙"？这两难的选择对头版编辑也是一种考验。"图片是最真实的现场记录，容不得一点虚假，决不能因为技术手段先进而造假。"这说得多好啊！

新闻采编能力的储备。头版编辑需要具有综合运用一切编辑手段的能力：文字编辑、图片编辑、标题、编排、运用版面语言等。作为个人，这种能力不是一天可以学成的，需要经过若干年岗位的训练，用我们的老话说，要"吃几年萝卜干饭"。作为一个夜班编辑部，多种能力要通过各种岗位发挥出来，体现在一个版面上，非得经过多年的协调、操练，方得默契。

政治的历练。作为党报，它所持的立场和态度是不言而喻的，它应接受的宣传纪律的约束和上级指令也是不言而喻的。问题是如何将原则和现实相结合，使硬约束和软实力相和谐，这是一种政治能力、政治艺术，经过长期历练方能具备。突破一些落后于时代的新闻报道的规矩，避免程式化报道，减少"官本位"味道，这都要有政治胆略、耐心和政治智慧。"香港回归"报道就是一个成功的案例。

头版的成就，关键在夜班编辑部（主要指日报）。如果把头版比作满汉筵席，那么夜班就是一个大厨房。各种菜肴的原料、调料，最后都要在这里烹调制作完成。如果将报社各部门看作是一支军队，那么，夜班就是前线指挥部。最终一仗的兵力调配都将在这里完成。这里的人员眼观四路，耳听八方，盯着新华社发稿机，盯着国内外电视屏幕。版面重大决策在反复思考中形成。一旦有突发新闻，这里就像是战场：指令从这里发出，人员从这里派赴，信息从前方传回，决战在这里形成。换句话说，头版春秋就是在这里上演的。

这里要特别说一说创作出每日头版的夜班人。他们晨昏颠倒，顶着月亮，送走晨星，在这里度过一个个不眠之夜。工作影响了他们的家庭生活作息，摧残了他们的健康（本书中提到的陆炳麟、贾安坤、金福安三位可尊敬的夜班老领导都去世过早）。可是，奇怪的是很少有夜班人后悔自己的夜班生涯。我想原因可能是，他们每天看到出版的热气腾腾的报纸，凝聚着自己的创造性成果——哪怕只是做了一个好标题，纠正了一个错字，都有成就感。没上过夜班的人无法体会到，他们这种身处火线的亢奋。一旦有紧急任务，不用动员，夜班各岗位人员不分你我，自动到位。这里只讲效率，不容内耗。在《解放日报》工作的几年里，我有幸和夜班同志共同奋斗过若干天，体会到他们的艰辛，分享着他们的快乐。说句实话，我还挺乐意上夜班的，当然不只是留恋美味的夜班餐。

本书是一本绝佳的新闻教科书。全书搜集了30个头版案例、447幅图片。每一个案例就是一个故事。作者娓娓道来，讲述那些头版背后鲜为人知的故事，引人入胜。包括涉及我国重大历史事件的，如"香港回归""邓小平逝世"；涉及重大灾害事件的，如"1998年抗洪救灾""汶川地震"；涉及重大国际事件的，如"海湾战争""苏联819""伊拉克战争""击毙拉登""日核电站危机"；涉及我国外交关系的，如"克林顿访华"；涉及社会关注事件的，如"神五飞天""世博会""世界杯""刘翔退赛"等。

其中最有价值的是，作者真实披露他处理报纸头版过程中的心路历程，特别是他的许多独到见解、真知灼见。

譬如，改革开放以后我们应该怎样处理国际新闻和国内新闻的关系？作者认为，我们"不能再恪守延安时期头版必须以根据地报道为主的办报思路"。我国与西方资本主义国家关系改善以后，"新闻选择上不能再沿用冷战思维"。这就是说时势发生了变化，报纸编辑要审时度势。

又如，报纸和政治形势、经济形势是什么关系？作者认为，"一叶知秋。报纸版面就是那片叶子"。报纸编辑要敏时知秋。

毋庸讳言，如何处理遵守宣传规定、规矩和遵循新闻规律的关系，是党报编辑人员经常遇到的难题。作者积多年的经验教训，归纳为："有规定就按规定办，有规矩就按规矩办，既没有规定又没有规矩,就按规律办。规定就是上级的明确要求,必须及时准确地落实到位;规矩就是同类先例,参照以往处理方式和规格,一以贯之;规律则是新闻业务的一般法则和标准,是新闻工作的基本遵循。三者之间,既对立又统一,规定和规矩无疑包含着非新闻因素,而新闻因素中也不可避免地包含着政治因素。"这是处理过无数次版面矛盾后得出的结论、实事求是的真知灼见。

作者最终归纳说:"新闻作品的成与败、功与过,绝不是由哪一个人说了算,也不一定是以获什么奖为标准。新闻最终还要由历史检验。"报纸的版面是永久的碑刻。成败功过任由历史评判,这是一个编辑自信的表现,最好的心态。

我之所以引了作者这么些原话,是因为我觉得这是新闻工作第一线宝贵经验的提炼,关在办公室里是写不出这样的教案的。

但本书绝不只是案例回忆,还总结了许多新闻专业知识,有些甚至是以往新闻教学中忽视的。如书中专门谈到"新闻标题"。任何新闻传播都重视标题。现在网上传播已出现了所谓"标题党",为了吸引眼球,不惜用耸人听闻的词语作标题,完全不讲真实性和道德标准。作者则在书中专门阐述了"新闻眼"的含义,抓住了新闻标题的要害,说明了正派的、令人拍案叫绝的标题是如何做出来的,"吟安一个字,捻断数茎须"。作者还认为"挖掘呈现新闻眼依靠的并不只是新闻敏感性和文字功夫,更重要的是政治敏感性和大局意识"。

作者在书中还用一定篇幅介绍了题图、图示、漫画等头版常用的编辑手段,而这些内容在新闻教科书中是较少见或不作介绍的。

在本书的写作设计上,我最欣赏的是"链接"。这是将网络手段运用到书籍写作上,获得了意外的效果。"链接"的篇幅几乎和案例的叙述分析相当,内容有背景材料介绍、中外报纸版面比较、历史同类事件版面比较等。反映出在不同的国家、不同的时代背景下,编辑人的新闻观、政治观、价值观有多么地不同。经过比较,自然有高下之分。也不尽是高下,还有许多比较因素会引起读者联想、思考,"仁者见仁,智者见智"——这就是"链接"的作用、作者的巧妙安排。有的"链接"还系统介绍了《解放日报》上的漫画史,有的系统谈"题图"的做法,等于是一个专题讲座。内容丰富的"链接",大大增加了本书的厚度。

作者陈振平是我的同事、朋友。他从事报纸编辑工作三十年,绝大部分时间编头版、管头版。辛苦的工作耗去了他的黄金岁月,使他过早地谢顶(当然风度更好)。尽管如此,他还是热爱编辑,留恋头版。调他去当领导,他却"内心泛起的不是喜悦,而是惆怅"。他是一个研究型记者、编辑,从不满足于每天的程序性操劳,夜班之后还要回味反思当天的工作、当天的版面。三十年编辑,养成一个好习惯,就是写编辑手记,同时收集中外报纸相关版面作为资料保存。有这样的好习惯,才有今天成书的基础。振平虽然是科班出身,可是并不满足于此,孜孜追求新知识、新天地。工作了十年以后,终于争取到出国进修的机会,考取了英国 FCO 高级奖学金,去英国威尔士大学卡迪夫学院新闻研究中心攻读硕士学位。他在那里研究各国报纸如何运用版面语言传递重大新闻和观点,他进修了新闻学、传播学、心理学、符号学、语义学,最终以优秀论文《重大事件报纸设计》结束学业,又回到夜班编辑部。六年以后,他又作为"杰弗逊学者",去美国夏威夷东西方中心学习交流。这一学以致用、用以促学的反复过程无疑使振平兄突飞猛进,成为国内报纸编辑同行中的佼佼者。《解放日报》头版深受振平兄影响,依稀可见模块式版面、静态式设计、齐左式标题等版面设计影响的痕迹。如果说各国报纸的立场、观点大相径庭,甚至霍然对立,但版面编辑、头版编辑的技艺却是不分国籍、阶级的。版面语言的现代化应该是我们追求的目标。向报纸的先驱——西方报纸学习,学其所长,补我所短,又何妨?!

本书一个不能忽视的优点,就是不仅展示成功的令人兴奋的案例,也披露令人沮丧的失败的案例。振平兄还公布了自己向上级的检讨书,须知这样的"检讨书一路伴随,比奖状多得多"。要改革创新,就会有检讨。这样的事报社内很多人都经历过。正是这一点,也让人佩服振平的淡定和耐心。

如果说今日的新闻就是明天的历史，那么报纸就是能保存、最直观的历史记录。移动媒体上瞬息而过的信息传递没法做到这一点，海量存储、可随意调看的数据库也不能实现这一点。

辛丑年四月

（陈振平：《头版春秋》，上海三联书店 2023 年版）

指陈东西

　　离职退休，本单位的事无须操心，人轻松了，视野却更宽了。舆论热点、社会百态涌到眼前，不由得想发发议论。正装亮相似太拘束，弄个小品试试。一上手便难以收手，从呼吁减轻学生负担，到针砭产品质量，从倡导节俭到挖掘人性，无不涉及。臧否是非，指陈东西。后兴趣转移，戛然收手。

啊，墨西哥

一架可载 400 多名乘客的巨型客机腾空而起，从北京飞向太平洋彼岸。我们中华全国新闻工作者协会代表团一行，开始了访问墨西哥之行。波光粼粼的太平洋浩瀚无边。我们六人中谁也没有去过墨西哥，光听说热情的对方为我们安排了 14 天行程。在一个国家真有这么多值得看的吗？

古老而神秘的土地

人们常说美洲是块新大陆，误以为这里只有几百年历史。我们到了这里才发现，这种印象之谬误差之千里。墨西哥有文化记载的历史至少在三千年以上。其中最有影响的是玛雅文化。玛雅文化存在于公元前 1000 年至公元 1250 年左右，延续 2 000 多年，相当于我国古代的周朝至南宋。玛雅文化有着辉煌的成就，玛雅人创造的太阳历与今天的历法误差很小。迄今在墨西哥、危地马拉都有玛雅文化的遗址。

听说我们对玛雅文化感兴趣，主人特意首先安排我们去墨西哥南部访问。在墨西哥最南面、紧邻危地马拉的恰巴斯州，州政府动用了两架直升机，载我们去看帕伦克热带丛林中的玛雅文化遗址，那地方交通不便，如果从州府出发，汽车要开 4—6 小时。直升机向东南飞去，下面的丛林越来越密。猛地我们看到一条蓝色的河流在丛林中蜿蜒穿行，那水呈蓝色和乳白色交融，在绿色的映衬下美极了。主人告诉我们，这便是有名的蓝湖，这里的瀑布吸引了许多旅游者。直升机在这里稍作停留后继续向东南飞去。不一会便来到玛雅文化遗址上空,一片丛林中几处特大建筑的遗址显得十分突出。下机后,我们迫不及待地跟着导游踏勘。这是一片保护得很好的遗址群落,共有十几座,有的是陵墓,有的是祭台,建筑宏伟,都有几十米高。用的是花岗岩,十分坚固,历经千年风雨,依然岿然不动。我们攀上一处陵墓,又沿着中心的穴道石阶走下去,足足有几十米深,走得大家气喘吁吁。墓穴中央盖着一块刻满花纹的巨大花岗石,下面的出土文物已被送往墨西哥城的博物馆保存。

玛雅文化是墨西哥人引以为豪的古代文化,达到相当水平。像我们参观的那样的遗址全国有多处。可是,后来玛雅文化骤然消失,究竟是什么原因,至今成为世界史学界探究的课题。有人说是因为瘟疫,有人说是因为战争,近来也有人从北美和中美洲的经济交往去解释。越探讨越感到神秘,越神秘越引起探讨。这也是我们代表团最感兴趣的问题之一。

谈到玛雅文化,不能不提印第安人。印第安人是这块土地上最早生活繁衍的土著居民。据说,现在许多墨西哥人是印第安人和欧洲人的混血后裔。现在,全墨西哥共有600万印第安人,属于少数民族,分布在各地,有自己的村落,大都从事农业。印第安人个子不高,黑头发,黑眼睛,皮肤黝黑,和亚洲人颇相像。所以,有一种说法,说印第安人是几千年前一批亚洲人经过白令海峡,长途跋涉到此定居的。在恰巴斯州的圣克里斯多瓦尔市,我们有幸经主人的安排,到一个印第安村落去参观。车到时天已黑了,颇有寒意。在村口广场巧遇一群去参加集会的印第安人。他们个子都不高,人人都披着一件羊毛织成的毡披,或是黑色,或是白色。听说我们来自中国,团团围着我们,和我们热情握手,虽然语言不通,却仿佛见了老朋友,我差一点怀疑是不是在这里遇见了我们的藏族同胞,因为他们的模样和我国藏族兄弟太相像了。村里最大的建筑是一座白色教堂,印第安人有自己的宗教和供奉的神像,一片烛光中一对夫妇在虔诚地祷告,可能是贫困的印第安人在企求神灵帮助他们消灾祛病致富。在恰巴斯州州府市郊，我们还参加了印第安村落的一个圣节。这有点类似我国的庙会。村中心教堂周围搭了许多布棚，棚下有卖小商品的，也有小吃摊。村中央街道旁挤满了村民和游客，等待着"花神"游行过来。不一会，十几辆彩车徐徐驶来，村落里最漂亮的姑娘打扮得花枝招展，被簇拥在彩车上，她们手捧彩纸盒，不断把彩纸片撒向人群。我们几个人挤进去照相，都落了个满头彩。

如果说玛雅文化是世界闻名的话，那么阿兹台克文化同样在墨西哥历史上占有重要地位。其具有代表性的遗迹就是墨西哥金字塔。这其实是个金字塔群，位于墨西哥城北面 200 公里处。由于交通便利，游人如云。阿兹台克文化历史很短，仅 200 年不到（1325—1519）。阿兹台克是一个好战的民族，没有文字，但祭神活动很普遍。所谓金字塔，实际上是祭神台。金字塔群方圆有几百公顷，中央是一条大道，大道旁最雄伟的是太阳金字塔，高 70 多米，用灰色的火山岩垒成，为方便游客已筑有便道可攀登。登上塔顶，周围区域尽收眼底。不远处还有月亮金字塔和其他金字塔的残址。据主人介绍，还有几处土丘也肯定是遗迹，因财力不够暂时还没有发掘。金字塔群处发掘出的文物非常丰富，为此在附近专门建了一个金字塔博物馆。

墨西哥悠久的历史文化是值得景仰的，墨西哥政府和人民重视历史文物保护和历史传统教育更值得称道。在墨西哥城有一个著名的人类学博物馆，也是拉丁美洲最大的人类学博物馆。这个博物馆坐落在市中心一个公园旁边，显然当年是辟公园一块地而建。肯用这样的黄金地段建博物馆，可见对历史之重视。博物馆的设计也独具匠心，建筑和公园浑然一体，又避开了闹市交通的喧闹。博物馆收藏了包括玛雅文化、阿兹台克文化等各种文化最具有代表性的文物，最珍贵的如绿宝石镶嵌的面具，最重的如 24.5 吨的石刻太阳日历。文物布置尽量再现原始环境，十分逼真而雅致，馆内秩序井然、温度适宜，没有喧闹，没有人去触摸文物。我们去参观时，恰逢一队小学生在静静地听老师讲解，一队妇女都坐在自带的布凳上作认真的记录。墨西哥也是一个曾颇受殖民者欺凌的国家，1519 年以后长期受到西班牙殖民者的压迫，上一世纪又受到美国和法国殖民者的入侵。但墨西哥人民的民族独立意识仍然很强烈，民族独立纪念碑高高矗立在墨西哥城最主要的大街——改革大道上。历史是民族凝聚力的核心。我想这也就是墨西哥人重视历史的原因吧。

一个发展中国家

我们原以为墨西哥不大，时间安排充裕，谁知访墨 14 天，行程匆匆，还转不过来。我们日夜兼程，乘了三次飞机，其余在高速公路上疾驰，只访问和途经了墨西哥 31 个州中的 5 个州，在最重要的墨西哥市也仅逗留了 4 天。墨西哥确实地大人稀物博。全国面积 190 多万平方公里，人口 9 000 多万，还不及我国四川省，每平方公里仅 50 人不到。矿产非常丰富，银的储藏是世界第一，海洋石油储量也很丰富。墨西哥也可说是一个海洋国家，西临太平洋，南濒加勒比海，海岸线长达一万多公里，海产和旅游资源丰富。墨西哥的气候条件也好，中南部四季如春，南部沿海是热带丛林。

从发展的眼光看，墨西哥是一个具有潜力的发展中国家。目前国民生产总值（GDP）在拉美居第二位，人均 2 600 美元，在拉美举足轻重，有笑话说："墨西哥打个喷嚏，拉美也要颤一颤。"石油是其国民经济的主要支柱，1996 年年产 1 亿吨左右，居世界第四位。外贸也是其重要支撑，去年交易总额达 1 500 亿美元，居拉美第一位。可惜的是，尽管中墨贸易额近几年一直上升，去年仍只有 3.8 亿美元。接受我们访问的中国大使馆参赞林良由认为，墨西哥乃至拉美是一个很大的市场，国内企业界应确立进军墨西哥和拉美的战略。旅游也是墨西哥的重要产业，位居国民生产总值第三位。1996 年墨西哥接待游客 2 000 多万人次，收入 70 亿美元，居世界第八位。东部滨海旅游城市阿卡波尔科以举行"死亡跳水"而闻名世界。我们赶到海边已是晚上九点半，现场仍是人山人海，在一片黑夜中，灯光把悬崖照得如白天一样。当跳水员赤脚攀上顶峰，从 36 米处跳下深海时，从世界各地赶来的不同肤色的游客始则惊愕无声，继而唏嘘一片，终则鼓起掌来。与旅游相比，墨西哥对农业不怎么重视，据说每年要进口 20 亿美元粮食。我们看到高速公路两旁有许多土地抛荒。我们看惯了网格化田园，有着"寸土寸金"观念，大呼可惜。

谈及墨西哥经济，人们都关心 1994 年那次金融大危机至今对墨西哥影响如何，这也是我们代表团最感兴趣的问题之一。墨西哥政府内政部副部长阿尔都罗·努涅斯在他的会客室接见了我们，并谈了对这个问题的看法，他告诉我们，金融危机后政府调整了一系列政策，如将美元和比索（墨货币名）的比价由 1∶3.5 调到 1∶7.8，大幅度压缩政府公共开支，制订了严格的金融法规，将消费税率由 10% 提高到 15%，大力控制物价上涨等。现在可以说，宏观已得到控制，渡过了难关，经济正在回升。在其他的采访中，我们从侧面了解到，使墨西哥金融不致崩溃，起关键作用的是国际社会，尤其是美国的支持，借贷的数额达几百亿美元。好在这两年墨西哥经济有好转，国民生产总值增幅由 1995 年的 -6.9% 上升为 1996 年的 4%，还贷的速度加快了。

经济上渡过难关，使墨西哥政府能腾出手来处理政治问题。今年是墨西哥的"选举年"。7 月份将改选部分议员和州长，墨西哥市联邦区长官（相当于首都市长）也将由总统任命改为选举产生。给我们的印象是，墨西哥各级政府、政党和新闻媒介上上下下都相当关心这件大事，我们所采访的官员、政党领袖和传媒负责人，都将这作为主要话题。其中的热点是，反对党国家行动党和民主革命党将向执政的革命制度党提出挑战。目前，国家行动党在众议院 500 个席位中已占有 119 席，31 个州长中任 4 个州长，民主革命党执掌 240 个镇的权力。不过，据了解这都对执政党构不成很大威胁，1929 年创立的执政的革命制度党已执政近 70 年，虽然内部有种种问题，但仍有丰富的执政经验和较广泛的社会基础。

另一个使我们感兴趣的是"游击队问题"。1994 年 1 月，在墨西哥南部与危地马拉接壤的恰巴斯州，政府和农民发生武装冲突，一部分人揭竿而起，组织了民族解放军。在恰巴斯州州府访问时，年轻的州长对我们并不讳言，向我们介绍了民族解放军的情况。他认为当时发生冲突的原因是多方面的，主要是印第安人生活贫困所致，此外，与宗教的因素、首都和其他州一部分知识分子的介入，甚至中美洲一些力量的联系也有关系。他介绍说，政府一直和民族解放军保持着接触，并希望通过谈判解决问题，不影响经济发展。在州政府的安排下，我们驱车来到1994年民族解放军起事的圣·克里斯多瓦尔镇。这是一个宁静的小镇，街道不宽，汽车却不少，房屋不高，古色古香。在镇中心的教堂广场上搭着一个台。台上画着几个民族解放军的头像，都用围巾遮着脸，只露出两个大眼睛。台中央放着一台电视机，正播放着关于民族解放军的录像，一群年轻人正围着看。不远几步有几个妇女冒着夜晚的寒风，在散发民族解放军的宣传材料。据说，当年民族解放军就是在这个教堂广场起事的。在附近的一个咖啡馆里，我们采访了当地的陪同人员。他们介绍了民族解放军的一些情况，他们告诉我们，政府军驻扎在周围，民族解放军则在南部丛林里，已有两年双方没有什么冲突，谈判正在进行。我们喝着当地特制的咖啡，浓醇的香味笼罩着宁静的咖啡馆，周围的顾客也都很祥和，没有一点紧张气氛。

首都墨西哥城是墨西哥的一个缩影，一个典型的发展中城市。它所面临的问题，其他发展中城市也已遇到；它所着手解决的问题，其他发展中城市也正在着手解决。

墨西哥城坐落在海拔2238米的高原盆地之中，面积有9600平方公里，据说城区是世界城市中最大的。入夜，登高眺望，灯海一片，望不到边。墨西哥城是一座古城，原名特诺奇蒂特兰，相传由印第安人阿兹台克民族于1325年建立。1521年被西班牙殖民者攻占。现今城区既保存着500年前阿兹台克人修的古建筑，也保存着西班牙人500年来建的富丽堂皇的宫殿、教堂、修道院，更多的是20世纪30年代以来造的高楼大厦，其中有著名的拉美大厦（42层）、墨西哥饭店（47层）、石油大厦（52层）。古老的和现代的并行不悖，倒也和谐，构成了这个城市的特色图景。我们下榻的皇宫饭店就是17世纪造的，坐落在改造大道旁一个三岔路口，设计十分别致，历经300多年外观仍很坚固、庄重，内部设施与现代旅馆一样方便。

墨西哥城对于墨西哥实在太重要了。它不仅是墨西哥的首都和政治中心，而且是墨西哥的工商业、金融中心。这里集中了全国50%的工业、45%的商业、52%的服务业和68%的银行金融业。墨西哥城的国内生产总值（GDP）占全国的36%，上缴税收占联邦政府总税收的47%。20世纪50年代以来，在城西、北部形成了两个大工业区，迅速发展了冶金、电力、化学、汽车制造、纺织、食品等工业。

工商业的急剧膨胀使墨西哥城区不断扩张，带来了墨西哥城闻名世界的两大问题：交通和污染。墨西哥城现有人口1500万，每年还有20万—30万农村人口涌入城内，给城市造成交通、住房和就业压力。墨西哥城共有汽车近400万辆，地铁每天运送500万人次，尽管如此，交通仍拥挤不堪，时常塞车。众多汽车排出的尾气，加上13万家大小工厂排放的废气，使这个高原上的盆地城市，污气难以飘散，空气中含铅、二氧化硫和臭氧的指数远远超过国际标准。我们来到这里的直接感受是，污染没有想象中那么严重，但墨西哥政府和人民对解决这些问题十分重视，并正在采取有力的措施加以解决。发展地铁和公共交通是解决交通问题的主要办法。我们抵墨城的第二天，主人便安排我们去参观一个地铁指挥中心。宽大的指挥室里，红绿指示灯光在一块显示屏上闪烁，地铁运行情况一目了然。主人兴致勃勃地告诉我们，墨西哥城的地铁是墨西哥人的骄傲，可与世界发达城市媲美，现已有9条地铁线，总长170多公里，还在建新的线路。在墨西哥城，还在筹建一个世界上最大的污水处理厂，一秒钟可处理35 000升污水。对汽车尾气处理也有了规定，指定必须用好的汽油，在城郊接合部设立了若干检查站。墨西哥联邦区长官（相当于市长）奥斯加尔·艾斯比诺萨接见我们时表示，对治理交通和污染问题充满信心。他说，解决这些问题离不开改革，他今年7月卸任后，还会有人接着干。

与同行相聚

这次邀请我们访墨的是与中国记协有着多年友好交往历史的墨西哥头版俱乐部。这是一个高级新闻从业人员（著名记者、编辑、主持人）以个人名义参加的行业团体，成立于1961年，迄今已有36年历史。从它的名称看，可能当年的发起人都是报纸要闻版的负责人。可是时过境迁，今天它的成员早不受此限制了。头版俱乐部现有57名成员，申请加入头版俱乐部必须有2名成员介绍才行。俱乐部实行会员制，会员每月都交纳会费，充作活动经费。俱乐部每月至少有3次会晤，共进午餐，为成员提供指导性信息，交流对一些问题的看法。有时也邀请政府官员参加，不过政府官员的发言只能作内部参考，规定不能发表。看来政府对头版俱乐部十分重视，有意通过这种方式影响新闻界，据说政府对头版俱乐部提供一部分经济帮助，头版俱乐部几次访华团的经费就是由政府出的。头版俱乐部在墨西哥政界和社会有一定的名声和影响，我们所到之处，社会各界都知道该俱乐部，一些州市领导人也以能出席俱乐部的午餐会为荣。

给我们留下深刻印象的是头版俱乐部现任主席胡安·何塞。他是墨西哥名列第二的著名电台——千周电台的著名节目主持人，许多墨西哥人都听他主持的节目，熟悉他。他主持的是一档新闻焦点节目，每天早晨7:00—8:00播出，邀请政治家、艺术家、科学家乃至各种市民讨论社会焦点问题，不加修饰，现场直播。他是一个典型的墨西哥人，中等身材，略有点胖，一副金丝边镜片后目光炯炯，衣着修饰讲究，显出相当的文化修养。令我们印象最深的是他对中国的热情友好，为代表团细致周到的安排，以及那整天不知疲倦的敬业精神。作为俱乐部主席，他从机场迎接起，几乎全程陪同我们访问。在汽车上，他不时用移动电话联系下一站访问内容，时而又兴致勃勃向我们介绍访问安排，时而还不忘记偷闲安排布置他所主持的广播节目。在同俱乐部全体成员见面时,他风趣地向他们介绍我们代表团每个成员的特点(他听到的、观察到的都记下来了)。他侃侃而谈,嗓音富有磁性而动听。虽然我们听不懂西班牙语,但也往往被他吸引过去。这大概就是著名节目主持人的魅力吧。后来我们相处熟了,给他起了一个有趣的中国名字"黄河水"(取胡安·何塞的谐音)。这个名字语意双关,既有中墨友好的意思,也把他的嗓音喻作黄河之水,滔滔东去。当翻译解释给他听时,他高兴得像个小孩。

头版俱乐部另一个有影响的人物是路易苔丝·格拉斯。这是一位40多岁的女士,面貌端庄,皮肤黝黑,大大的眼睛忽闪忽闪,似乎能把你看穿。据说这是报界的一位女强人。她现任《今日报》的编辑部主任,很有活动能力,与政界的一些代表人物有往来。我们去恰巴斯州的访问,以及会见反对党民主革命党主席,就都是她联系的。她穿着一件深红色风衣,开着车赶来赶去采集新闻。我们离墨时,她告诉我们,第二天就得坐飞机赶到另外一个州去。

从头版俱乐部成员身上,我们亲身感受了墨西哥新闻从业人员的风格,但对墨西哥新闻界全貌的了解,还是在访问了总统府新闻局之后。经过几道戒备森严的岗哨查问之后,我们进入了幽静的总统府。总统府新闻局局长卡洛斯·阿尔马达同我们进行了无拘束的交谈。这位40多岁的官员刚随总统塞提略视察农村归来,草绿色的夹克衫尚未脱去,看上去风尘仆仆。据他介绍,墨西哥现有报纸350多家,真正有影响的是首都的10多家报纸;电视台有150多家,首都主要是2家;广播电台有1 300多家,分属十大集团,其中20%附属于电视台。墨西哥的新闻业大都为私人所办,政府仅办一报二台,即《国民报》、文化电台和印第安语电台。《国民报》的发行量是12万份。我们就政府如何影响舆论等问题向他进行了采访。

在墨西哥城的有限时间里,我们还访问了《宇宙报》、《今日报》、《新闻报》、第十三电视台和千周电台。其中《宇宙报》是最有影响的大报,已创刊80周年,发行量15万份。《新闻报》虽是小报,却也很有特色。社长毛·奥尔代加年仅33岁,却已有17年新闻工龄。

这份为下层市民服务的通俗报纸发行量也达 15 万份。从报社的规模看，这些报纸都不算大，比我国各省市主要报纸要小。但从人员配置、设备运用看，效率却很高，照排印刷水平也不低。如何面向读者，适应报业市场竞争，看来是两国同行共同关心的问题。

人们常用浮光掠影来形容对事物浅表的感受。我们代表团访墨 14 天可说是快节奏，高强度，但也只能留下掠影的印象。有一点总使我们激动、兴奋：许多热情好客的墨西哥人总是握着我们的手说，我们对中国非常钦佩，甚至还有一位部长用了"崇拜"两字！细细琢磨，使中墨两国人民产生共同感情的，不仅是中墨两国各有华夏文化和玛雅文化，更重要的是两国都是发展中国家，都面临着发展中的共同问题，都关注着对方改革、发展的每一步成功。

（原载《解放日报》1997 年 4 月 3 日，原题"墨西哥掠影"）

学府的魅力

它，坐落在这座城市的东北角，绿树成荫，草地如茵，楼群侧身其间，一个神坛上走下来的巨人，俯视着这一切。在喧闹而混沌的大都会，这是一片难得的净土。

历史和未来在这里交汇。到这座城市来寻找机遇的人们，是无暇顾及什么历史的。可是这里，却审视着，从远古到近代。历史地理的画卷在这里展开，文学艺术在这里得到全面的梳理，前人的哲理在这里得到新的诠释和发挥。鸟瞰历史，其高度就超出常人。因此，这里的人们的眼光往往沉稳而深邃。了解历史的人也最有兴趣探寻未来。未来的时空已提前降临这块土地。生命的奥秘是什么？信息高速公路能容纳多少信息列车，以多快的速度通过？代替现有材料的新材料有可能出现哪些？这些影响我们下一世纪生活的课题，都在这块土地上揭开了探秘的序幕。

这是一块富有磁性的土地。从南到北，从东到西，无论从贫瘠的山村，还是从海边的闹市，每年都有千万学子汇聚到这里，跨进大门都会深深地吸一口气："呵，仰慕已久，我终于来到这里。"有一种情不自禁的满足感。每年，又有千万年轻人从这里奔向世界各地。人虽离开，这块土地的磁力却长久不衰。无论相聚在机关、公司，还是在国外的实验室，谈论起这块土地，都会说："哦，我也是那里的。"比起我们民族悠久的历史来，这块土地也还算年轻，不过百年不到，可是这块土地磁场之大，根基之深，令人感慨不已。每年都有几千名白皮肤的、黑皮肤的、黄皮肤的异国朋友慕名而来，甚至还吸引了好几国的总统、元首竞相到这里的讲坛上演讲。

世界上有许多事值得玩味。有的地方占尽地利之优，投入亿万元巨资，矗起高楼大厦，却聚集不了人气。纵使白天游客如云，晚上也是人去楼空，人流如水流，留不住。有的地方路不宽，楼也简，树木、草坪几十年不变，人气倒很旺，经久不衰。细想一下，原因不复杂。环境建设中的核心是——人，人文环境好，就有生气，就有活力。

这块方圆不过一平方公里的土地上集聚着一群高能量的人。这群人从事的是积累知识和再创造的活动，代表着社会先进的生产力。这群人思维最活跃，富于创造性，并在密集的空间中交流，碰撞，融合，产生极大的能量。这群人以师承的方式使事业不中断，一批人退休了，离去了，更年轻的一批接续上去。这群人形成了自己的作风、传统，并以结晶的方式不断扩展着外延。这是一群开放的人，触角伸到世界各地，捕捉着最新的信息，就像蜘蛛一样，织就了一张与世界联系的网。从另外一个角度，又可将这群人看作是一个库——智慧库、信息库、人才库。在这群人的上空，不时闪耀着思想的闪电。在这群人中间，可以找到适应各种环境、有各种专长的奇才。

在这块集聚着人气的土地周围，沿着它的边也可以办成许多事。公司开在这里，机会比别处多；商店开在这里，销售比别处畅；甚至将饭店开在这里，赚钱也比别处容易。

这块富有魅力的土地，就是我们这个城市的重要文化内涵——高等学府。

它有一个简单而响亮的名字——复旦。

（草于1999年某天凌晨，未曾发表）

作业

国庆节长假，和友人相约去山间公寓休闲。同行的有一对母女。女孩高高挑挑，已和母亲差不多高，可一路仍稚声稚气，叽叽喳喳，没脱孩子气。说是刚上初中预备班，肩上背了一个硕大的双肩背包，沉甸甸的。

山里郁郁葱葱，空气清爽，让人不由得深深呼吸，桂花飘香，令人陶醉。大家奋力爬山，汗津津却兴致勃勃，城里人好久没和自然这样亲吻了。回到住地，沏了壶绿茶，正当大人品茗休息的时候，小女孩却一脸无奈地打开了书包，母亲在旁催促她快做作业。

出于好奇，我打听有多少作业。听完叙述，不由得大吃一惊：有一本英语习题集、一本数学习题集，还有一篇作文、三张数学试卷。女孩告诉我，老师说国庆假长，每天都要做作业。怪不得那个双肩包挺沉的。

我自认为小时候数学基础好，自告奋勇地担当女孩的数学作业辅导。一个做，一个看，遇到难题作点启发，奋斗了近两个小时，才完成了一张试卷。望着未完成的试卷和习题集，真是漫漫无期啊。这个女孩刚进初中预备班一个月，数学也只涉及代数的基础知识——数的性质和分数的运算，作业量就这么大，不知以后还会怎么样。我想老师布置作业的时候，肯定也是本着精讲多练的原则，希望学生打好基础。但是题海战术，不加选择地重复练习，效果就一定好吗？

夜深了，大人都睡了，可那女孩还在灯下奋战。第二天早晨起来，女孩的母亲告诉我，昨晚她作文写到一点半。果然，女孩的眼圈红红的，一脸倦意，没睡醒的样子。问起作业为什么这么多，女孩朝我们笑笑，一脸无奈。这是一个听话的女孩，努力完成着老师布置的作业。如果产生了逆反心理，不愿做又怎么办？

在赴另一个景点的途中，女孩在车里睡着了。她母亲又告诉我，节假日还算好，平时早晨六点半就得出家门，晚上作业总做到十二点。

须知这是一个才十一岁的孩子啊！我真担心，天天这样疲劳，孩子会不会大脑麻木、变傻。在这样的作业负担下，孩子们的兴趣、天性还有多少空间呢？这是催人成才，还是摧残少年？老师们为什么不亲自试做一遍这样的作业？

（原载《新民晚报》2010年10月7日"夜光杯"，署名"德胜"）

家有好锅

我们家是典型的老人家庭。老两口年近七旬，自己烧烧吃吃，子女都分户在外，独立生活。两口人吃得不多，锅却不少，大大小小盘算起来有十口锅。煮饭的，炒菜的，煲汤的；铁锅，砂锅，铝锅；高压锅，低压锅，普通锅。

特别有意思的是，家里的锅是万国锅。除了中国品牌的锅，还有德国锅、日本锅、韩国锅。每种锅来到我家，都有一段来历。

德国锅是十年前进我家的。一个搞直销的妹妹带了一套锅上门来，不仅天花乱坠地介绍锅的优点，还亲自动手用新锅烧了两个菜给我们吃。这套锅有五只，中锅、小锅、蒸锅、平底菜锅，外加一个高压锅盖，价格不菲，一套要六千多元。妹妹看出我们有些犹豫，突出介绍这套锅的优点是不费油和省煤气。说句实话，我历来对德国技术有点迷信，那套锅底用的是均匀加热技术（据说是宇航员在飞船上用的），那些大大小小的锅盖边又厚实又密封。我狠狠心就把这套锅买下来。果然，用这套锅加热快，又省油，成了我家烹饪的主打用品。照理说，有了这套锅，足够用了。

可是我看到有新产品，又忍不住要试一试。大概在两年前，我们老两口在一家百货商店看到一只灰釉砂锅。据介绍是日本新产品，上有内外两层盖，特点是煲汤不会溢出来。那锅的釉色真是诱人，不做饭放在那里，也像个工艺品。没犹豫，掏钱就买了回来，价格也有七百多元呢。其实买回来也不常用，最多一星期炖一次肉排之类的，加热效率确实很高。想想日本人缺少能源，事事节省，这个锅倒也体现他们的特点。

锅好不嫌多。前不久我老伴又从外面带回一只单勺炒锅,她说是看了杂志上介绍买的,是韩国产品,叫"长寿锅"。用这锅炒菜,油只需放平时的三分之一,还不起油烟。试试果然不错,此锅不沾油、不沾水,用时十分顺手,连炒几个菜都不用洗,真喜煞我这个怕洗锅的人。再一看说明书,优点多上天了,原来这种锅是用天然石材为原料做的,内含人体所需的锌、铁、硒、铜、锶、碘、氟、偏硅酸等18种微量元素,有利于增补缺失的元素,深受老人追捧。

家有万国锅,如何烧好家常菜?这是给我出难题了。因为不同的锅有不同的特点,有的热效率高,无须开大火,有的盖严实,水不能放多。虽说是为中国人生产的,可是只重技术,全然不顾中国人的烹调习惯。我们的传统手艺,比如火要大,油要旺,爆炒要快等,都用不上了。无奈之下,只好慢慢摸索各种锅的脾气,倒也逐步掌握了烧菜的规律。用德国平底锅烧青菜,油未热菜便可下锅,不煸不炒盖锅盖,看到锅盖上指针到12,便熄火开盖加上盐,稍稍搅拌成一盘。炒出的青菜碧绿,味道好。用日本砂锅烧红烧肉排,不用水,用黄酒,烧开小火炖,炖上一小时,加上酱油冰糖,稍加搅拌便收锅。成色好看味道香,外孙叫好不肯放筷。用韩国锅烧菜,适用面最广,烧炒素、黄豆芽油豆腐一类家常菜特别合适。

人们都说中国菜花色最多、最好吃。中国人在外国租房子不敢起油锅,但外国人都跑到中国来尝中国菜。现在外国人为了做中国人的生意,适应中国人的烹调需要,研制出各种锅来,我们中国人用各种外国锅做中国菜,做得风生水起,将外国锅的特点、优点充分发挥。

改革开放以来,中国的文化建设不也是如此吗?采众所长,补己之短,文化更显多样性。只是不要忘记一点,我们烧的还是中国菜。

(原载《新民晚报》2014年1月28日"夜光杯",署名"温华")

节约用纸

人类发明纸，本来是用于书写和印刷的。可是据说扩大纸的用途是一种现代生活方式。二十多年前，我第一次出国去夏威夷参加一个国际学术会议。其间到一个友人家吃饭，看到他们用一种卷筒纸擦拭厨房的桌子，十分诧异。友人告诉我，这在美国很普遍，用纸擦桌子多方便，擦完就扔了。果然，在麦当劳店里，我也看到了同样的情形。心想，美国的森林真多啊，这样用纸该砍多少树木。

不料，没过多久，这一现代生活方式就来到了中国。现在生活用纸已经很普及了。超市里餐巾纸、卫生纸、厨房用纸，铺天盖地，品种多得眼花缭乱。公共场所用纸的也越来越多，饭馆里、洗手间大都免费提供用纸。一个不成文的习俗正在形成：哪个地方方便用纸，哪个地方的文明程度就高。

生活用纸如此，工作用纸就更不计成本，大量应用了。中国人的会议特别多。为了显示会议的现代水平，一个并不重要的议题，印了一大堆参考材料，人手一份。会中来不及看，会后多半投到废纸篓里。君不见政府机关配置了多少复印机（几乎每个部门都有）。每个复印机都是吃纸的大老虎。有了网络和电脑以后，无纸化办公、无纸化会议，真正落到实处的还是不多。别以为就政府部门用纸在浪费，其他机构如学校、公共服务场所用纸也不加节制。学校和科研单位的成果评定、职称评审，用"材料如山"来形容也毫不为过，其实真正认真过目的又有几人。街上的房屋中介、广告推销更令人哭笑不得，拦着人发，或往邮箱里塞，广告满天飞，几成一公害，不知糟蹋了多少纸张。

有了所谓现代化生活方式，传统方式就被淘汰了。用了餐巾纸、"一百抽"，少见用手帕和手绢的；用了厨房纸，抹布就少见了。其实有些传统方式还是挺环保的。不过，传统的总敌不过现代的。

现代的就一定好吗？一则广告看得我心惊肉跳：为了证明自己符合质量卫生标准，一种卫生卷筒纸上写着"100%纯天然木浆"。称为纯天然木浆，当然是伐木制造。连卫生纸都要用100%天然木浆，一年不知要砍伐多少树（无论是国内的还是国外的）。据统计，每制造一吨A4纸，要用原木3.75吨，相当于要砍掉高7米、直径8寸、生长8年的速生林14棵。而一亩地只能种30棵树。

树木是人类生存亲密的朋友。可是因为砍伐，我们生活的这个星球森林越来越少。而中国更是一个森林资源匮乏的国家。节约用纸实在刻不容缓！

何谓"现代生活方式"？现代生活方式不只是给我们带来便利、带来健康的方式，还应该是节约资源的生活方式、环境友好的生活方式。

（原载《新民晚报》2014年3月13日"夜光杯"，署名"文华"）

有感于大学校长上思政课

日前,上海交通大学的百余名本科生在思想道德修养与法律课上迎来了特殊的授课老师——校长张杰院士。张杰坦言:"今天我想给大家用我的亲身经历讲一堂课,我没有受过系统的思政课的训练,但是我想思政课对我们每个人来讲我们身边感悟到的其实是最真实的。"课堂上,张杰说得最多的是"我想讲一个故事",从"一五计划"说起,从新民主主义到中国特色社会主义,他图文并茂地与学生们分享曲折的中国道路实践过程。看了这一相关报道,不禁心头一热。这一消息至少释放了几个重要的信号。

育人为本 德育为先

信号之一,是以张杰为代表的一些大学校长开始重视学生的思想政治教育。育人是大学的中心工作和根本任务。"育人为本,德育为先"是高等教育的题中应有之义。可是长期以来,重智育轻德育的现象普遍存在,有些人过多地强调大学是一个"学术机构",而把育人这个根本任务丢到脑后。许多有识之士看到,大学所培养的未来人才,如果没有爱国爱人民的情怀、强烈的社会担当,如果没有正确的价值观和人生观、良好的品德和心理意质,那么即使掌握了最先进的科学技术和本领,也很难担负起建设国家、发展社会的重任。这对于中国的未来,是一个严峻的问题。所以张杰校长主讲思政课的题目是"我们的民族、我们的党、我们的梦、我们的道路"。很显然,他对主讲内容也是经过深思熟虑的。宏大的题目下包含着深远的意义。说明他把以正确的思想育人的责任放到了自己的肩上。作为一个担负行政重责的校长来说，这是难能可贵的。

行动是无声的评价

信号之二，是张杰校长对思政课的重视。思政课，全称为思想政治理论课。这是中国大学（不包含港澳台）特设的一门课程，是向大学生进行思想、政治、道德和法治教育的主渠道。课程设置由来已久，教材适应形势的变化在不断修订，教学方法适应传播手段的进步在不断改进，担任课程的教师尽心尽责不断努力，也涌现了一些为学生所喜爱的思政课教师。但应当承认，思政课效果不尽如人意，还没有达到设立这门课的本来要求。个中原因很多（此处恕不展开），其中不被重视是根本原因。不少学校领导，口头上重视，实际上并不重视。在大学里，在教师中，有形无形地存在着鄙薄这门课、鄙薄思政课教师的氛围，以至于一部分思政课教师也失去了自信。张杰校长的行为则打破了这种氛围。行动是无声的评价。一校之长亲自上思政课，还有比这更说明对思政课的重视吗？大学校长，一向被视为是一校学科建设的带头人。他"试水"思政课，意义不同凡响。

不妨借用社会资源

信号之三，是校长带头投入思政课的改革探索。许多人以为思政课没什么真学问，甚至有人骂思政课是贴"狗皮膏药"。其实，思政课是一门理论性、实践性均很强的综合性课程，讲解的是学生们天天遇到的现实问题。要解释得透彻，就要求教师有较好的马克思主义理论、政治学、经济学、社会学乃至心理学和人文学科的功底，还要求教师适时了解、洞察日新月异的国内外形势。讲好一门思政课真不简单！张杰校长作为一个科学家，敢于踏上思政课的讲坛，说明他有底气。他面对学子们的疑问，脚踏实地，从自己的经历和所思所悟娓娓道来，讲得很成功，很受学生欢迎。这对于思政课的改革探索是有启迪意义的。中华民族一百多年的奋斗是不屈不挠的，近几十年的改革开放是惊世骇俗的，其间有取之不尽的素材可用之于思政教育——故事很多；思政课不妨借用优质社会资源，请有阅历有见地的优秀人士来加入。

除了这几个重要信息而外，张杰校长讲思政课还有更深的一层含义，就是大学要动员所有的工作者——教师、行政管理人员、教学辅助人员、后勤职工都来关心大学生的健康成长，关心他们思想品德的进步，每一堂课、每一个场所（图书馆、实验室、生活园区）、每一个服务岗位都要形成育人的氛围。唯有那样，大学才能成为育人的摇篮、神圣的殿堂，才是学子们、家长们心目中的大学。

（原载《文汇报》2014年4月28日"时评·点击"栏）

奢侈品当白菜卖

闲暇，到我家附近广场上逛逛。广场上新搭了一个精致的帐篷，原来在销售妇女用的挂件、手链、胸针等，都是用宝石镶嵌的，款式新颖，色彩十分吸引人，做工也还精致。据广告介绍，宝石是真的。可是销售方式实在令人奇怪。精致的装饰品一般价格不菲，在安静的商店里被营业员细心呵护下销售。可这帐篷里摊位一字摆开，一只只装饰盒打开任由顾客挑挑拣拣。许多妇女（中年居多）挑得不亦乐乎。我看着扑哧一笑，一句话闪过脑际：奢侈品当白菜卖！

这种现象在我们这里也还不是独一无二的。葡萄酒（中国人俗称红酒）在西方，虽说是常用的佐餐酒，可饮起来讲究一个"品"字。无论是平民用的低价红酒，还是贵族用的高档红酒，都以珍惜、用心享用为习惯——这里面有文化。可是葡萄酒到了中国就变了味。在商场铺天盖地都销售红酒，酒瓶上都贴上了"××国原产地"的标签，弄得顾客真假难辨，而且价格不低，原本在国外商店里几十元就可以买到的红酒，到咱们这里起价就是几百元，还有天价的。在酒场上，饮酒也从"品"红酒变成了"灌"，大杯比拼，论箱狂饮，据说还有人喝上几瓶红酒不上卫生间、不醉的。在公款消费不受限制的时候，这种现象十分普遍。由"品"蜕变成"灌"，这里也有我们自己的文化。

别以为只有在物质消费领域才有这种现象，其实在教育文化领域也有无节制扩张、掺水膨胀的例子。招收研究生本是大学教育的高级阶段，主要用于培养一批能从事科学研究的人才。承担较重科学研究任务的大学、有能力培养研究生的大学才能招收研究生。研究生的数量和质量，的确是一国高等教育水平的衡量标准。可是前些年研究生招生一窝蜂扩张，研究生培养的本意又被异化了。读研究生成为青年就业的敲门砖，以为高学历等于高质量，招收更多的研究生成了许多大学普遍追求政绩的目标。有条件要上，没有条件创造条件也要上。膨胀的结果是，研究生（包括博士生）普遍贬值，研究生毕业就业比本科生还困难。我们博士生数量号称世界第二，仅次于美国，可是质量呢？

将奢侈品当白菜卖，似乎也是当下难以避免的。简单的可以归结为市场经济使然。市场嘛，竞争为第一天性。有好产品，蜂拥而上，竞相生产，抢占市场。这样卖能制胜吗？扩张过度，打破了供求关系，供过于求，一定会使产品贬值，贱卖甩卖。奢侈品当白菜卖是必然的。深究起来，我们的文化深处是否也缺少了某些元素？模仿扩张是最省力的办法，求异创新才是产品的立足之本。对文化而言，也是一样。

（原载《新民晚报》2014年4月29日"夜光杯"，署名"一品"）

鞋和楼的比较

一双皮鞋穿了二十年，你信吗？二十年前我出访欧洲时，在挪威奥斯陆的一家鞋店里看中了一双皮鞋，黑色低帮的，式样不新不老，看上去挺结实，又大方。不似"文革"中流行的那种大头鞋，结实，可是笨拙。这双鞋可是价格不菲，当年就值200多欧元（2 000多人民币）。可能也是一见钟情，咬咬牙就把它买回来了。这鞋穿着合脚、舒服。我这个人有个坏习惯，平时懒得换鞋，穿着舒服就一直穿着它，晴天穿，下雨也穿。最初心疼钱，还经常搽着点鞋油，后来就懒得搽了。奇怪的是，就这么一双皮鞋，穿了这么多年也不见坏。我琢磨着，这鞋首先是因为皮的质量好，耐磨；其次是采用的工艺好，鞋帮和鞋底的连接是用蜡线缝的，不像现在的皮鞋多半是胶合的，穿不了两年就脱帮了。一双穿了二十年的鞋，旧是旧了点，还舍不得丢掉，毕竟是二十年的伙伴呀。

一栋楼只用了二十年就倒了，你信吗？前不久报载，4月4日浙江奉化居敬小区第29栋楼倒塌，造成人员受伤，20户无家可归。据查，这栋倒塌的楼房是1993年9月开工建造的，1994年7月竣工使用，至今二十年还不到。楼房不是纸糊的，不知什么原因这快就倒了。当地政府正在组织各地的专家调查取证，不过初步的意见也是明确的——是建造的质量问题。这是一栋砖混结构的楼房，倒塌是因为"承重墙潮湿，风化所致"。

一栋楼房的寿命竟不及一双皮鞋，这个比较不是很有讽刺意味吗？！两种不同的质量观在这里表现得清清楚楚。皮鞋作为消耗品，设计时本来不必留那么大的余地，可是制造者为了让使用者满意（也是为了自己的品牌声誉），精心选料，用心制作，使一双普通的皮鞋超出期望寿命。楼房是居民长久居住的，质量关乎居民生命财产安全。所以建筑都有"百年大计"的要求。一些建造商为了牟利，不惜偷工减料，造完卖掉就走人，早就把房屋的寿命丢到爪哇国里去了。不知什么时候起，粗制滥造成了中国产品的代名词，实在令人脸红。倒楼的不只是奉化，还有杭州、上海，今后肯定还会有其他地方。有人把质量问题归咎于市场竞争，这也没有什么道理。市场竞争应该是质量的竞争。生产高质量皮鞋的发达国家，进入市场经济比我们早几十年，怎么没有次品泛滥？而我们这里，"劣币驱逐良币"却成了一大景观。这恐怕与市场监管不力有直接关系。市场经济是法制经济，绝不是放任无束的自由经济。次品制造者得不到倾家荡产的惩处，犯罪成本低，他们就敢于铤而走险，而仿效者日众。

比这更可怕的在于对文化的侵蚀。假冒伪劣一旦形成一种商业文化，是一定会进入社会的、精神的层面的，中华民族敦厚、诚信的民风就会被改变。这才是比倒楼更大的伤害。

（原载《新民晚报》2014年5月15日"夜光杯"，署名"亦成"）

人性的归来

这是一部不叫座，但很深刻的影片。它没有营销商所期望的——侦探片的悬念丛生，暴力片的血腥恐怖，娱乐片的轻松搞笑，所以肯定不叫座。也许年轻人不喜欢它——又在讲一个老故事。其实，新故事往往连着老故事。

这就是张艺谋导演的《归来》，一部呼唤人性归来的影片。

影片表现的是一个人性被颠倒、人性遭践踏的年代。夫妻之爱、父女之情被暴力和专政"以革命的名义"阻断。陆焉识的女儿丹丹阻止父母见面，又向农场军宣队告密，这些令人厌恶的行为只有从人性缺失的角度才能理解。丹丹成长在一个人性缺失、人性颠倒的环境之中。三岁便失去父爱，自然也不会爱父。对跳革命芭蕾舞主角的追求，便成了她"大义灭亲"的理由。出于是非的颠倒，她剪掉了老相册中所有父亲的相片，留下了触目惊心的黑洞——人性的黑洞。影片中的这些镜头不过是历史的还原，当年在不少家庭发生过。这真是人间的悲剧。

不过人性不会轻易被泯灭，人间自有真情在。冯婉瑜坚持要和丈夫陆焉识见面，不顾女儿的反对，不顾军宣队的追捕，蒸了馒头，拎了行李，在车站狂奔，最后绝望地喊"焉识快走"，表现了在狂暴摧残下决不低头的意志。后来，她得了失忆症。可是，这失忆也是有选择性的。她记不得陆焉识的容貌，却记得他的琴声，记得他5号要回家去车站接的嘱咐。她记不得许多世事，却记住了女儿不认父亲的过错，始终不肯原谅。冯婉瑜失忆，是外力摧残人性的结果，而失忆病人的内心深处，却仍保留着无法泯灭的人性。这就是人性的力量。

影片的结局是悲剧。冯婉瑜不可能再恢复记忆，尽管观众盼望着。陆焉识只能以"念信人"的角色陪伴在她的身边。每个月5号，不管刮风下雪，他都要陪她去车站，寄托她盼望陆焉识归来的思念。殊不知，陆焉识就在她身边。被鞭挞的伤痕已无法平复，就让美好的人性永留在心灵深处。

像"文革"那样摧残人性的历史悲剧可能不会重现，但现实生活中违背人性的故事总时有耳闻。君不见未婚妈妈要卖掉亲生儿子，一群暴徒在云南火车站毫无人性地砍杀群众（其中还有小孩）……只要是思维正常的人，都无法理解这些有违天伦人性的行为。根据人类社会的经验，疯狂的逐利行为、狂热的宗教和政治信仰、侵略战争等都是人性的大敌，我们应该警惕和阻止。但在日常生活中，更应该发掘、保护人性，在精神道德生活中让人性闪烁光辉。鉴于这一点，我赞成多拍一些表现人性的影片。

（原载《新民晚报》2014年5月19日"夜光杯"，署名"呼奂"）

在三亚跳广场舞

这是我平生第一次跳广场舞,想不到是在海南三亚。

在上海初春乍寒,雾霾笼罩的时候,我和几个老同学相约,来到白云蓝天,疑是初夏的三亚度假。吃罢晚饭,从旅馆出来,漫步在三亚河畔。前方传来阵阵轻快的乐曲声,原来是一群大妈在街头广场起舞,如同我们在其他城市常见的那样。也许是天高气爽,心情特别舒畅,也许是欢快的乐曲特别勾人心弦,在爱人的怂恿下,不会跳舞的我竟加入了大妈的队伍。

广场舞不难跳。你只要跟着前面人的动作,合着节拍就行。这不,第一个舞者似是教练,动作特别规范、优美。她为后面的人作示范,她舞臂,我们也舞臂,她扭腰,我们也扭腰。可是别以为广场舞是随心所欲跳的,其实它还有套路、节拍,如同广播操那样一套一套的。所以动作规范、跳得好也不容易。看看前面不少舞者训练有素,显然是经常来的。

跳着跳着,肩膀有点酸;跳着跳着,腰也有点酸。对于我这样腰肩患有慢病的人,真是一种锻炼。跳了约莫20分钟,头上、背后都流汗,凉爽的夜风吹来,特别舒畅。抬头望着一轮明月,耳边响着悦耳的音乐,踏着欢快的步子,有点微微醉了!

环顾四周,我们的队伍变长了。原先只有十来个人,竟增加到几十人,围成一个圈子转着跳,有点像我们童年时玩"开火车"的游戏。队伍中大妈占了多数,也有我这样的老汉,甚至还有年轻人。大家素不相识,乐呵呵地向前舞着。

前不久微信上说,中国的大妈舞到了纽约的时代广场,其他有中国移民聚居的地方也出现了大妈舞。仔细想想，中国大妈真聪明。这种集锻炼身体、娱乐身心功能而又低成本的活动方式，实在是一种创造。不过，广场舞也有麻烦的。报载，几个地方因广场舞音乐扰民而发生纠纷。其实，这也不难解决，规定地点、时间、音响分贝就是。

广场舞，乃国泰民安之象征。有几个国家的居民像中国大妈这样开放、快乐呢！

（原载《新民晚报》2015年3月21日"夜光杯"，署名"温华"）

澳大利亚小镇的邮局

这是澳大利亚南部一个古老的小镇。一条交通要道穿镇而过，南来北往的车辆川流不息。几个 house 组成的社区散落在镇周围，与广袤的草场、起伏的山岗连成一片。夏日的色彩仍以黄色为主，夹杂着片片绿色。黄色是草场，绿色是树木，有些树干上还有过火的黑色痕迹。这里和澳大利亚的其他小镇没什么两样，唯一令小镇居民自豪的就是历史悠久。在 19 世纪，这里曾是墨尔本通往悉尼的交通要道上的一站，一度很繁华。

小镇只有一条主要的街道，咖啡馆、商店、小旅店、社区信息中心（含图书馆）、超市都在街道两旁。平时人们都在上班，街上的行人不多。街道中段有一处漆着红色标记的房子很引人注目，那就是 Post Office（邮局），人来人往比较频繁。我的孩子就在这个邮局供职，使我有机会就近观察。

每天清晨六点，天蒙蒙亮，人们还在酣睡的时候，工作人员忙碌的一天便开始了。邮车一到，工作人员首先将邮包分类安放到木架上，将信件分拣投到信箱里。信箱的门朝着大街，用户用钥匙便可打开。这个小小的邮局竟有五百多个信箱，其中私人用户和机构用户约各占一半。镇虽小，机构却不少。小镇有一所中学、一所小学、一所有名的国际学校，还有三个养老院。几个企业的办公室也在镇上。这些机构大多数靠小镇邮局收发邮件。和澳大利亚的其他地方一样，由于移民的增加，小镇周围不断在造新房子。邮局现有邮箱不敷使用，新居民排队等邮箱。此外，并不是所有的顾客都租用信箱的，来邮局寄取邮包的顾客更多的是非邮箱用户。所以简单地推算，邮局的顾客远比邮箱租户要多。因要赶在开门前将邮包和信件分拣完，工作人员忙得不亦乐乎。澳洲的人工是很贵的，为节省成本，工作人员也就两三人，更多的时候是两个人。

九点一到准时开门，门外已有顾客等候。来邮局的人多半是来寄取邮件和缴付各种费用的。澳大利亚邮局还有一个特点，就是除了主营业务是邮政外，还承担种类繁多的其他公共服务，如代收水、电、煤气、电话费、代收税费、医疗保险费……差不多私人所收账单的80%都可通过邮局支付。受政府的委托，邮局还为居民办理各种证件，包括护照、新开税号、房屋交易的卖主买主身份核实、安全上岗证、儿童工作证等。可见澳政府和社会都习惯把邮局当成一个可信的公共机构，这当然是历史形成的。连银行也委托小镇邮局承担若干简单业务，如存取款、汇款、兑换外汇等，邮局俨然成了一个小镇的公共服务中心。这样的服务项目有上千种，邮局工作人员必须经过培训，经邮政总局考试批准后方能上岗。邮局还被允许销售一些与邮政有关的小商品，如贺卡、文具、小玩具，门市布置得琳琅满目。平时来邮局的老人居多，节假日成人带着孩子来，孩子们看到五颜六色的小商品，东瞅瞅，西摸摸，高兴得满屋子跑。最忙的时候是圣诞节前夕，寄来的包裹堆成了山，都来不及分了。

在中国，不少邮局业务衰退，而这里，小镇的邮局仍这么繁忙。看来需求是决定的因素。小镇远离网络发达、交通便捷的都市，快递不可能发展起来，邮局依然是不可替代的邮件交换中心。虽然信件量下降（其中私人信件只占10%），邮包量却上升很快。承担多种公共服务功能也是邮局忙的原因。小镇邮局早在1843年就开业，至今已有170多年的历史，对这里的居民尤其老人来说，上邮局——成了他们生活的一部分。邮局是澳大利亚小镇文化的一部分。在互联网时代，许多传统行业被颠覆，人们的生活方式因此改变。可是，传统行业自有其长期存在的理由和历史形成的优势。我们在创新的时候，与其简单抛弃传统，不如推陈出新，将创新和传统的优势结合起来，成本会更低。邮局在澳大利亚活得很好，在中国怎么会做不到呢？

（原载《新民晚报》2016年2月22日"夜光杯"，署名"凯莫"）

排球，复旦的文化印记

在复旦百余年的历史上，排球是一张闪亮的名片。

20世纪初，当排球运动刚刚在东方大都市上海引进、兴起的时候，复旦便于1918年成立了学生社团排球队，四年以后正式组建学校男子排球队。从20年代起在江南八校联赛中20次夺魁，被誉为"执上海排球之牛耳"。1929年远征日本，"横扫三岛，未遇敌手"。60年代是复旦排球的又一高峰，男女排球队不仅在全国高校联赛中屡占魁首，而且还是专业队喜欢寻战的对手。女队获得全国排球乙级联赛冠军，进入甲级队行列，是全国16支甲级队中唯一的业余队，战胜过不少甲级队，最好成绩是全国第八名，还迎战过美国队和日本队。男排虽然是乙级队，但实力不俗。据说，男排主攻手徐大用的超手扣球是国家队和上海队（全国冠军队）都不敢轻视的。改革开放以后，复旦排球队进入发展的第三个高峰期，被国家教委批准试办高水平运动队，灵活的招生形成良好的队伍结构。同时走向国际化，与到访的美国、日本、马来西亚排球队交手。

复旦排球队有如此骄人的成绩，与排球运动在校内广泛的群众基础是分不开的。运动队的成绩吸引、推动、促进了群众排球运动，而排球运动的普及又支撑了运动队，群体氛围烘托了运动竞技。我在中学里也是一个排球爱好者。初学排球，参加校排球队并担任二传。考进复旦，排球自然还是我最喜爱的运动。第一次课后上运动场想去活动活动，那情景却使我惊诧不已。运动场中央二十来个排球场早已被人占满，400米跑道竟也挤满打排球的人群，七八个、十来个人一个圈，圈圈相挨，有传有扣。男同学、女同学混着打，笑声喝彩声喧成一片。用今天的话说，这真是一个"排球热"的学校！有这样的群众基础，球队还能不赢？

排球热，不但因为球队成绩好，而且这项运动还伴有精彩的角色、有趣的故事。我们刚进校的时候，特别喜欢看女排比赛，记得有一次国家女排到复旦和校队比赛。球场是一个用竹子搭成的简陋的风雨操场。观众挤满了这个球场，连支撑的桁架上都爬满了人，使人感到害怕，这个球场会不会倒掉？女队的何慧娴是我们新闻系的学姐，小小的个子（在排球队中）打副接应和二传，弹跳能力特别好。女队中另一主力队员是她的姐姐何慧湘，化学系的，是副攻手、副队长，扣球很有力量。这对姐妹花在女队中很引人注目，当时好些同学都是她们的"粉丝"。后来，她们的故事也很精彩。何慧娴从一个普通记者成为《新体育》杂志总编辑、国家体育总局局长助理、中国奥委会副主席，更不为人知的是，她追随中国女排十年，现场报道了中国女排实现五连冠的全过程，成为张蓉芳、郎平等老女排队员的好朋友。在她们成长过程中，她做了不少释惑解难的思想工作。她和她爱人李仁臣合著的《三连冠》一书深受读者欢迎，最早将女排事迹和精神播扬开去。何慧湘则把毕生精力贡献给教育事业，她后来成为复旦子女成长的摇篮——复旦附中的校长。我相信，复旦男女排球队员中还有许多精彩的人物和故事。所有这些人物和故事都是五色的油彩，给复旦文化涂上浓浓的一笔，构成了复旦最有人性和特点的文化。故事在延续，复旦文化也在延续。

大学的一项运动，一个运动队，一定不要把它看作仅仅是一项运动，仅仅是竞赛的需要，而应该把它看作是一种大学所必需的有生命力的文化，一种大学生——一群二十来岁热血青年和他们的老师在书写的文化。而大学，只有文化在传承，才会有生命。

二〇一八年四月于燕园

（本文为作者给复旦大学排球队纪念册所写的"卷首语"）

自行车往事

我们那个年代，自行车是生活的必需品。上班，它是唯一合适的交通工具。单位离家近，自不必说要靠它。不少人工作单位在城那一端，也骑着它穿过大半个城市去上班。只要在一个小时之内的，就不会弃它而去挤公交。一车在手，上下班保准不误点，刮风下雨也不怕。大家戏称，这是"自备汽车"。家庭生活更是离不开自行车。买菜驮煤饼，它就是运输工具。送孩子上幼儿园，载老婆上火车站出差，也就靠它了。前有儿童座，后有载重架，这是自行车的标配。更有甚者，自有了液化气代替煤饼，一个四五十公斤的钢罐硬是要靠自行车来驮。头轻脚重，晃晃悠悠，男子汉的车技能否胜任，一看便知。

自行车那么必须，并非家家都有。早些年能购置一辆的，多半家境比较宽裕。没有这样的条件，若在政府部门供职的，碰巧也能用上公家的自行车。准备结婚成家的年轻人，辛辛苦苦积蓄，自行车一定在彩礼单上列前项。二十五岁那年，我被调到市教育局工作。城市不大，下属学校却星罗棋布，分散在各处，没个交通工具联系工作还真不方便。上班没几天，我幸运地被分配到一辆公车。别提我有多高兴了，这是我有生以来第一辆专用自行车。尽管后来我得知，这是局里年龄最大的"老坦克"，骑过它的不少老同志都升职了。可是我一点也不嫌弃它。尽管它浑身都响，就铃不响，但我把它拾掇得好好的，擦得锃亮，骑着它满城跑。仗着年轻、身子骨壮，去最远的学校三四十里地当天来回。

终于我有条件、也有机会自己买车了。那时自行车是紧俏商品，凭票供应。我们局里数我最年轻，比我年长的都已买车，一次把购车票让给了我。有了钱和票还不管用，销售的自行车远在离城20里地的乡下供销社里，要我自己去取。真是好事多磨。我央求给局长开车的哥们，把新车取了回来。这是一辆什么样的自行车啊：凤凰28寸，男车，上海生产的。黑色的烤漆在阳光下闪闪发亮，车的钢圈也锃亮锃亮。这正是我梦中想拥有的车啊！我擦了又擦，上足了油。骑上车小心翼翼的，遇见水洼坡地绕着走，停泊时上了两把锁。骑着它上街总感觉到接受了不少注目礼，心里美滋滋的。

谁知好景不长，乐极生悲。几个月后的一个晚上，我应邀到一个老同学家聚餐。他家住在机关大院里，住户都是有一定层次的。我将车停在楼下（加锁），便兴致勃勃上楼去。两小时后下楼，发现我的车竟不翼而飞，我的脑子顿时一片空白。朋友们见状，便帮我寻遍整个大院，还到一墙之隔的河边寻找，就是不见影踪。隆冬季节，天寒心也冷。回到家中，一夜合不上眼，眼前总是晃动着心爱的自行车的影子。我天真地以为，院内的人偷了车，第二天一定会骑着出门。反正睡不着，天未亮，我就赶到机关大院门口蹲候。零下二十多度，裹了件老羊皮袄，倒也可以对付。眼睁睁地看着上班、上学的人们一拨又一拨出门，日头高照，人都稀少了，哪里还有我的车的影子！我的心情懊丧极了，后悔不该吃那顿饭。朋友们安慰我说，天下哪有好事都让你占了，你有得（指我的女儿刚出生）必有失嘛！过了两星期，我才硬着头皮告诉在家乡坐月子的老婆。

随着人们的生活越来越富足，家里有自行车已是极普通的事。20世纪80年代末，我家有四辆自行车，我和爱人、儿子、女儿人手一辆。自从儿子、女儿跟着我学会骑车后，早就看不上我的旧车，他们要有自己的车。平时上班、上学，各骑各的。到了星期天，一家人骑着车，浩浩荡荡到市中心看望老人。而我到兄弟院校讲课，无论多远，都骑车去。来去自由，不给人添麻烦。自行车一直是我的好伙伴。

可是，随着工作的变动，我逐渐离老伙伴远了。自90年代中，单位根据工作需要，用汽车接我上下班，只有周末休息偶尔骑车出去。人，是一个趋利而懒惰的动物。坐汽车当然比骑自行车舒适而效率高，有了用汽车的条件，就把老伙伴丢了。离弃自行车，也就失去了自行车带来的许多优点。例如运动。骑车本来就是一种运动，锻炼体力、反应、平衡，如果经常骑长路，促进健康的效果会更好。有了汽车，人动得少，脂肪积累起来了，运动机能衰退，久而久之，心血管毛病也跟着来了。又如接触社会。自行车是平民的工具，骑着它可以穿街走巷，接触各色人等。久不骑车，有点脱离社会、脱离群众了。

　　想不到过了二十几年后，老伙伴自行车又回到了我的身边。不是因为退休生活的需求，而是因为健康的需求。半年前，我得了腰椎管狭窄症，行不远，站不久，医学上叫作间歇性跛行——老年人因退行性病变，常得此病。中西医都主张保守治疗，按摩、牵引、喝药、贴膏药……静待其好转。一向好运动的我实不甘心如此"保守"，终于找到一种促进痊愈的方法——骑自行车。说来也奇怪，这种腰椎狭窄压迫神经血管，怕走怕站，却不妨碍骑车。于是，我又想到老伙伴——自行车了。家里早已没有自行车，进商店一看，没有几十年前的"凤凰""永久"，都是锻炼用的山地车。见我满头白发，还要买新车，车行老板用心给我挑了一辆。铝合金的车架，很轻，轮子不大，却很结实，还有我过去从未用过的功能——可变速、可折叠。我一跨上车，多年前的那种感觉又回来了。车很轻快，骑上大道，微风拂面，心里有说不出的舒畅。

　　老伙伴，我又回来了！

（原载《解放日报》2019年1月11日）

"抗日雷剧"的负面作用不可轻视

在中国，抗日战争是小说、电影、电视剧长盛不衰的题材。其间，涌现出不少令人难忘的鼓舞人心的优秀作品。但近年来总有一些电视剧令人看得不舒服，看不下去。

我之所以把这类电视剧称之为"雷剧"，是因为它们有一个共同的特点，就是可以完全无视历史真实地去构思一些天方夜谭式的情节，将敌方的人物描绘成愚蠢的、令人可笑的丑角。不久前在电视台放映的《红××》就是这类雷剧的一个标本。

不知是因为什么原因，雷剧在影片审查官那里很容易被通过，大概是因为"弘扬了爱国主义"吧！不知是因为什么原因，很容易又上了电视台的排片表，大概是因为有观众市场吧！或者众人都认为"有益无害"？

实际上，无论从哪个方面看，这类雷剧对大众的负面影响都是潜移默化的。

先说丑化、矮化敌人。且不说当年侵华的日本帝国主义是强大的资本主义国家，为全面侵华足足准备了几十年，具体就日本的侵华军力、武器和武士道精神（即军国主义精神）来说，都让积弱的中国吃足了苦头。敌强我弱是当时的基本态势。不然，抗日战争为什么打成了持久战？而在这些雷剧中敌人都是极其愚蠢的、不堪一击的。中国人民浴血奋战八年，付出了人类历史上少有的惨重代价，这一点被淡化了。矮化敌人，看起来是抬高自己，实际上就是贬低自己，贬低了艰苦卓绝、忍受了巨大牺牲的中国抗日军队和广大民众。

抗日战争已经过去七十多年了，抗日题材为什么能成为长久不衰的题材？这是因为抗日战争是中国近代史上最不能忘却的一场民族战争。当时中华民族濒临危亡，为争得民族独立付出空前的牺牲，不知道有多少家庭破碎，多少人流离失所。但也正是这一场正义的抗战，使中华民族空前团结起来，涌现出千百万抗日英雄、志士仁人。中华民族经历了战争的洗礼。其间有说不完的故事，写不完的题材。这是一个神圣的不容扭曲的领域。而雷剧的作者们无视这样的背景，将严肃的抗日题材编成人物脸谱化、搞笑的活剧。雷剧多了，就会在我们的后代中形成错误的历史影像，而忘却先辈浴血奋战的历史。推而及之，正确的历史观、战争观、正义感也就丢到太平洋里去了。看了这类雷剧能弘扬爱国主义吗？恰恰相反。

　　从文化的角度看，这类雷剧也是次劣的作品。不仅不符合历史的真实，也达不到艺术的起码水准。雷剧的人物都是简单化的、脸谱化的。不去表现战争场景下人性与兽性的斗争，不去发掘人性美，借以表现战争的严酷，而是为了收视率和片酬，虚构不合逻辑的情节，制造噱头。这样的作品能帮助观众提高文化品位和审美情趣，还是相反？

　　电视节目单上有不少这类雷剧，好像还在继续制作，准备播放。每一个有良知的观众不知是什么感受？如果设想一下，今日的日本观众看了这类雷剧，对中国有什么感受，鄙视还是尊敬？

（原载《解放日报》2019年9月1日"朝花"副刊）

往事回眸

  我们这一代人,生在旧社会,长在红旗下,受到相对正规的教育。以后经历"文革",亲身参与、体验了拨乱反正、改革开放发展的历程,亲眼看到祖国一天天强大。个人无论成功与挫折,顺境与逆境,都感到没有虚度。这部分收入的是在别人督促下所作的人生片段回忆。对于总结人生的教训或许有所帮助,请读者明正。

自撰小传

秦绍德，上海人氏，平民出身，排行第七。生于战乱年代，长在和平时期。受到良好的中小学教育，先后毕业于上海百年老校：梅溪、敬业、上中。一九六五年秋入复旦大学，修新闻学，恰逢"文化大革命"，初识社会斗争。七十年代赴青海高原工作，历练人生。教人子弟，娶妻生子，下山村与农民"三同"，始知国情民意。"文革"结束，万象更新，回炉再造，重返母校。先后师从李龙牧、宁树藩教授，专攻中国新闻史，取得博士学位，出版专著《上海近代报刊史论》。留校工作后教研、行政两担压于双肩，力不从心却又身不由己。九十年代转任教委、《解放日报》公职，所学新闻宣传得以实践。世纪之交，应母校召唤，回复旦主持党务校务。借天时地利人和之机缘，推动母校发展改革，举行百年大典，竭我所能，抒发理想，务实求变，历十二年又九个月。一一年九月，离职复员，直至今年五月正式退休。余生当老有所为，力所能及；学而不辍，自得其乐；帮衬小辈，有益社会；维持健康，颐养天年。

乙未年五月六十八岁谨识

我所经历的《解放日报》改革

1995年8月,我离开教育行政岗位,回到本行——新闻单位工作,担任解放日报社总编辑、党委副书记。直至1999年1月,被调离报社去复旦履新。在解放日报社度过了1 200多个难忘的日日夜夜。

人们常说,生逢其时。我们赶上了改革的岁月。20世纪90年代,正是我国各条战线蓬勃改革的时候,我到解放日报社,迎接我的也是方兴未艾的改革。

思想有多解放,报道就有多深

一张报纸,能不能站在改革的潮头,首先看内容的突破。敢不敢突破报道的禁区,将社会的脉动真实地奉献给读者;能不能以锐利的眼光、犀利的笔触指陈时政,主持公道。《解放日报》身为上海市委机关报,一直是改革开放的弄潮儿。1979年8月12日,《解放日报》破例在头版刊登了一条社会新闻《一辆26路无轨电车翻车》,由此突破了党报不登社会新闻的禁区。1991年2月底3月初,《解放日报》发表署名"皇甫平"的几篇署名评论,敏锐地抓住了邓小平同志话语中透露的信息,强调改革开放要继续讲,要有新思路。这在当时万马齐喑的舆论界,再次发出了坚持改革开放的声音。

思想解放不能是一阵子的,新闻改革要不断推进。在新闻报道领域,陈规很多,禁区还不少,看如何突破。1998年夏天,长江流域爆发了百年不遇的洪灾,武汉、九江等地抗洪救灾的形势十分严峻。对这场天灾以及抗灾斗争,报,还是不报?按照当时的规矩,地方报纸不允许报道异地灾情。可是,武汉水灾牵动着全国人民的心。我社国内报道部的同志们早就蓄装待发,急得嗷嗷叫。在这当口,报社党委毅然决定把他们派到抗洪第一线。稿照写,什么时候见报,见机行事。在各报按兵不动的时候,《中国青年报》派了一批记者奔赴第一线,发表了几十张照片。兄弟报社的行动鼓励了我们。终于等到了这一天——这是一个星期天。头天深夜新华社发了一张一位年轻的战士背着老大娘撤离洪水现场的照片。这意味着一个信号:武汉的抗洪救灾的现场报道可以在全国公开了。当班的夜班编辑部主任陈振平和我商量,决定将这张照片登在第二天报纸头版正中央,并从此开始刊登本报从抗洪一线发回的独家报道。在国内新闻单位,我们是最早冲破禁区的几家之一。由于国内部记者出发早,写得早,他们的独家报道使《解放日报》成为读者争相阅读的报纸,而兄弟报社来不及准备,暂时只能转载新华社的报道。由此可见,思想是否解放,与争取新闻首发权是有直接关系的。墨守成规,唯唯诺诺,那不是新闻单位的风格。难能可贵的是,当时国内部的同志为采写最新的稿子,不顾危险,冲到荆州炸堤分洪的第一线,离堤坝一千米不到。这搞得我们后方领导很紧张,几次下令让他们撤回(好在最后关头没有炸堤分洪)。哪里有新闻,就冲到哪里去。这就是《解放日报》记者的风采!据说,打头阵的《中国青年报》受到了上级主管部门的批评。但不久,江泽民、朱镕基等中央领导却大力表彰在抗洪救灾中报道的新闻单位。因为正是他们的报道,极大地动员了全国军民合力抗洪,战胜了洪灾。在这一事件中,新闻界意外得到一个收获,就是不报道异地灾情的禁令无形中消解了。

对于正面宣传报道,上级部门往往有不少设想、规定和指令。如何不囿于规定和指令,不消极对待指令,创造性地做好工作,也是检验思想是否解放的标志。1997年7月1日,香港回归祖国,这是一个百年不遇的重大历史时刻。早在一年之前,即1996年,报社编委会就在策划香港回归的报道,这是不用上级发指令的。民族荣誉感和自豪感已作了无声的动员。我们多么想派自己的记者到香港去作现场第一手报道，可是当时上级规定，除了特准的几家中央媒体外，地方媒体一律不得派记者赴港。而且即使记者持私人通行证入港，也没有采访证，到不了现场。这使我们很懊丧，但没有气馁。我们决定事先以密集的专刊报道烘托气氛，营造宣传声势。1997年元旦起，我们每周出一期香港回归专刊，介绍香港的历史与现实，满足读者的强烈需求，这在全国也是很少见的。当回归之日来临时，我们决定突破常规方式来处理新闻，以增强《解放日报》的感染力。首先是以图片新闻唱主角。考虑到香港回归新闻的焦点集中在7月1日凌晨中英交接的现场，这是永铸历史的镜头焦点。好在新华社第一时间传来的照片尚可用，吴谷平副总编、陈振平等和我商量，决定用头版半个版的篇幅（下半版）刊登这幅照片。上半版只登一条新闻，新闻标题剔除了种种累赘，只留"香港今回祖国怀抱"八个大字，醒目而饱含深情。十分有趣的是，印刷厂告诉我们，现有字模中找不到这么大的字，只能照相制作了。后几版也以图片为主、文字为辅，而且照片尺寸都超常规。因为我们体会到，读者最需要的是要见证这一神圣的时刻，图片更直观，而冗长的文字就显得多余了。二是增加了独家报道。自己不能去香港，我们就和中新社合作，由他们的记者写现场侧记，由香港带到深圳，再从深圳传给我们。这样，《解放日报》上就有了来自香港的独家新闻。一个有趣的插曲是，发行科和印刷厂的职工积极性特别高，决定在当天的报纸印刷过程中添加香料（印两万份），结果我们拿到的果然是香气扑鼻的"香报"，这在新闻史上大概也是创举。清晨出报以后，党委书记冯士能和我决定上街赠报，没料想到一到外滩，早起的市民就将我们围得水泄不通。人越拥越多，保卫科的同志一看我们有被挤压的危险，派了几个小伙子将我们从人群中"捞"了出来。看着市民争相阅读《解放日报》，我们早已忘了疲劳，心里乐滋滋的。事后我们查阅全国各地报纸，像《解放日报》这样的版面处理香港回归新闻的，比较罕见。这再次证明，思想解放，对于办好一张报纸是多么重要。

"告别纸与笔"

改革开放的岁月,报纸的编排印刷也经历了重大的技术革命。先是"告别铅与火",即由传统的铅字排版、铅印,改变为激光照排、胶印。行话称之为由热排改为冷排。这是第一步。第二步是"告别纸与笔",即由书面发稿、编辑,改为数字传输和编辑部网络化运作。

20世纪90年代初,解放日报社已实现了第一步,即激光照排和胶印淘汰了排字房、铅字铸机等。1993年底开始筹建谭家渡新印务中心(总面积10 200平方米,总投资2.4亿元),1995年落成使用,印刷能力达到每小时392万对开报纸。

实现第二步,社内建局域网,实行数字传输。《解放日报》在全国不算最早的。在我们之前,《深圳日报》1994年告别了纸和笔,全国第一家。《文汇报》也在我们之前采用了数字传输和建局域网。但是,我们发挥后发优势,方案合理,一步到位,改革得最彻底。

为了迎接这一次改革,1996年我们抽调得力干部充实报社电脑中心,并开始和国内的电脑公司洽谈项目。当时,北大方正公司技术比较成熟,占据国内报业改革市场的70%多。但我们找了另一家正在这个领域刚刚开拓的公司——清华紫光。因为我们深知,适应国内报纸编辑三审制的网络流程,谁也没有经验,需要在实践中探索,必须找一家锐意进取的公司。果然,清华紫光和我们一拍即合,他们把解放日报社局域网作为试验田,开发新的适应中国报纸需求的软件,双方合作颇为顺利。

1997年元旦过后的第一次党委会讨论决定,第一季度争取打通局域网,接入采编系统。

为要做到这一点,必须要求社内所有采编人员都学会电脑写稿、改稿、上网传输。这个要求在今天看起来真是小事一桩,何足挂齿。但在当时,可不是小事。许多编辑记者用纸和笔写了一辈子稿子,突然要用电脑写稿、改稿，不仅操作上手忙脚乱，而且心理上也不适应，电脑上敲字的速度跟不上思维的速度，难免顾此失彼。编委会决定，1—3月份为培训期，所有人都参加培训。报纸的规定是硬性的，又是富有人情味的：55岁以下的人员必须过关，55岁以上的人员在一段时间内允许请人打稿，但要付对方劳务费。决定一下达，开始还有点议论纷纷，没过一阵，情况大为喜人。电脑中心报告说，绝大部分人员都已过关，有些刚刚退休的老同志也要求给他们配备台式电脑，因为他们也学会了，不甘落后。可见，改革，也包括新技术的采用，只要让大家看到前景，都会赞同并投入的。

经过准备以后，真正的决战是在3月底。我把它比作打一场淮海战役一点也不过分。因为一要改变原有的"纸+笔"为电脑输入、网上运行，生产方式作了根本的改变。在这过程中，报纸正常的生产过程还不能中断，天天要出报，要准时发行。二是物理空间（生产环境）也有根本的改变，编辑部由分散在各楼层的小房间改变为集中到主要楼层，进行大开间、低隔断的集体工作，这是多么大的变化啊！

3月19日，报社召开中层干部会议作联网动员。会议要求全社"抓好四个环节，保证一次切换成功"。一是技术环节，万无一失；二是流程环节，不出差错；三是管理环节，以法治理；四是思想教育环节，干部带头，从严要求。

为了保证决战的胜利，局部先作了试运行和准备。刊期长、时间不紧迫的专刊专版先进入网络，实行网上发稿和编辑。摄影部的同志也十分积极，已进行多次远程数码传图的成功试验。终于在3月底的一天晚上，所有稿件（包括当天的新闻稿）一次输入编辑、排版、传输成功。从此开始，解放日报社的局域网就像高速公路一样，日日夜夜不停运行，保证着每天出版报纸，并大大提高了工作效率，克服了远距离传输（异地、国外）的困难。

革新没有停步。根据报社编委会原先的计划，逐步将报刊资料、印刷、发行、广告、财务、人事、子报子刊等一一接入局域网。《解放日报》初步实现了网络化，后来先到，走到了全国报界的前列。

我所经历的《解放日报》改革

这次改革实际上是一场生产方式的革命。改变生产方式,首先要转变人的观念。我们的体会就是,一旦认准了改革的方向,就痛下决心,坚定推进,不再犹豫。结果是,群众拥护,大家一起前进。

"亲口尝一尝梨子的滋味"

改革对于报社而言,不仅意味着内容的突破(更加符合新闻规律)、技术的进步,而且还有经济体制的转型。新中国成立以后,从中央到各地党报,包括一些人民团体办的报纸,基本上是吃"皇粮"的,在计划经济体制下靠财政拨款过日子。但由于报社又不同于其他文教单位,它有发行、印刷等成本核算,所以被列为事业编制、企业核算,名义上自负盈亏,实际上政府都进行补贴。值得自豪的是,解放日报社从1951年起就通过办好发行、加强成本核算等措施,实现了自负盈亏,不拿政府津贴。这在全国党委机关报中是极为罕见的。这大概也与上海是全国最大的工商业城市,市场意识比较浓,报社干部长期受此熏陶,精于算经济账有关。

实行经济体制改革以后,报纸广告放开,发行不受邮发限制自行拓展,报社在市场经济的道路上走得很快,经济效益不断提高。从80年代到整个90年代,《解放日报》有过几次扩版,从最初八版扩展到十六版、二十版。扩版固然是为了满足读者日益增长的多种文化需求,其实,最大的原动力是经济。随着社会主义市场经济的繁荣,投放平面媒体的广告与日俱增,原有的版面不够了,就推动着扩版。但也不是版面越多、广告越多,就利润越高。这里有广告收入与报纸成本、内容增加的平衡关系,只有找到一个临界点,即内容可以承接、成本最低而利润最大,才是最合适的扩版篇幅。

在报业市场中我们发现,不是党报的晚报比我们走得更快,外地有一些党报还创办了晚报和都市报。这些报纸的发行量、营收和利润增长得也很快,主要原因是他们适应了读者市场需求。我们深受震动，但又有点不服气。《解放日报》历来走在全国报纸的前列，我们有经济实力，干部、记者队伍又很强，难道还办不出一家面向市场的报纸？

可是，《解放日报》作为上海市委机关报，肩负着宣传报道的重任，肯定不能作为市场报来办。但我们能不能在此之外，办一张面向读者市场的报纸试一试？毛主席说，"你要知道梨子的滋味，你就亲口尝一尝"。没尝过梨子，怎么知道梨子的滋味？

就在这时，机会来了。有消息传来说，上海市劳动局打算停办《劳动信息报》，希望有报社接收。我们赶紧一面派人去洽谈，一面向出版局申请报纸更换主管单位和更名。事情办得很顺利，筹办新报纸的议程提到了党委会上。党委委员会一致赞成办一张新的报纸，并提出了许多好的主张和建议。

首先要组建创建新报纸的筹备班子。摆在我们面前的有两个方案：一是选几位有经验有年资的记者，这样可能办得稳当一些；二是选几位优秀的年轻骨干记者，他们没有包袱，也许可闯出一条路来。经过权衡，决定从工交、国内、文艺、中国经济版等部门抽调裘新、徐炯、杨荇衣、徐锦江等同志来筹备新的面向市场的报纸，他们都在三十岁上下，却已有十年左右的新闻工作经历，采写能力都较强，管理能力还有待锻炼。

究竟要办一张面向市场的什么样的报纸？我们也心中无数。既然要让年轻人闯，就将报纸的市场定位和规划全都交给他们去设计，我们只是提出任务：这不只是要办出一张新报纸，而是要筹建一个新报社——一家面向市场的报社。因此，版面、编务、发行、广告、组织结构及用人机制要通盘考虑。这是一块试验田，各个方面都要试。

筹备组的年轻人对这项任务充满了热情和憧憬，他们在短短一个月不到走南（广东）闯北（北京），访问调查了包括《北京青年报》《精品购物指南》《广州日报》《南方周末》《南方都市报》等十多家报纸，回来后就上海报业市场、新闻和服务内容、经营体制等问题，进行了激烈的争论。果然，拿出手来的调查报告令人耳目一新。他们的调查结论是：

上海报业正处在卖方市场向买方市场的转变之中。市场已相当饱和，但仍有空间，上海缺少一张将新闻和生活结合得较好的、有冲击力的报纸。新报纸应该走近中青年（18—45岁），走进家庭。新报纸不是晚报的翻版，应该是晚报后的报纸。

上海已有七家日报，但缺一张周报。新报纸若出生在日报市场中，如同一棵苗；出生在周报市场上，就可能是一棵树。

现在的报纸不缺新闻，但缺"真新闻"。新报纸应该登"真新闻"，也就是着眼大局选择，紧扣大众热点，以严肃的态度写好看的新闻。

新报纸还应该刊登比新闻更多的东西，注重实用性，成为"有用"的新闻纸。

结论已十分明确，筹备组打算办一张新闻性、实用性兼有的，为年轻人服务的周报。

给尚未出生的婴儿起一个什么名字？也是一件有趣的事。筹备组最初起名《立报》。上海新闻史上曾经有过一张名声很响的小型报纸就叫《立报》，借用此名，容易叫响。我私下也想，筹备组成员皆三十左右。古人云：三十而立。叫《立报》倒也暗合此意。后来又有人提出，叫《申江报》，标明上海色系。上海历史最悠久的是《申报》，别名《申江日报》。解放日报社地处老申报馆，用此名也不错。最后有人提出，此报以服务为宗旨，就叫《申江服务导报》吧，报头上的"申"字可大一些，表明和《申报》有联系。大家一看，再也提不出更合适的报名了，也就赞成这一方案。

1997年3月13日，报社编委会讨论通过了这张新报纸的定位和初步计划。大家对创办新报纸热情很高，一致认为这是报社新闻改革的探索，要步子大一点，让筹备的青年们大胆试、大胆闯。会议并决定从场地、经费、人员等各方面支持他们，动员各部门协调支援。

有了报社领导层的支持，筹备组的同志们干劲更足，也感到压力更大。全报社都在关注他们。他们以极其认真和十二分细致的态度，进行着各项筹备工作。为每一方面的工作都写了预案,并且以创新的精神进行探索。比如报纸发行,他们决定搞自办发行,并且以零售为主,让读者"用手评报"。考虑到自建发行网络成本高、困难多,他们便与《每周广播电视报》发行有限公司合作,利用他们的发行网络"借船出海"。又如报纸广告,鉴于上海报纸广告市场已为几家大报和大的广告公司瓜分,借用大报广告部和自办广告公司都不可行,于是就和一家不大的初创的广告公司——上海韵意广告有限公司签订广告总代理协议,由韵意代理新报纸的广告。这样就减轻了新报纸初创时期的风险。韵意看好新报纸的未来市场,愿意承担风险。后来的事实证明,这条路是走对了,新报纸和韵意实现了共赢。

筹备组的同志在探索、创新,报社领导层就要为他们创造良好的环境,在人事、财务等方面试行一些新的政策。从某种程度上讲,对解放日报社这样一个在计划经济体制下运行了几十年,政策、规章都已固化的单位讲,这也是一种新的探索。不影响全局,不妨先试试。比如用人,是固定编制人员和合同制人员混用(他们戏称自己是"皇军"和"伪军"),但同工同酬。人员薪酬,除基本工资和工作报酬与报纸其他部门一样外,奖金则根据经济效益和对个人表现的奖励而定。又如财务,新报纸虽不是独立法人,但在解放日报社内独立核算。他们用场地、设备都出租金,"亲兄弟,明算账",但赢利自得,报社不去平调。像这样一些举措,在今天看来已不算什么,但在当时进行探索,是很不容易的,要破除旧观念,克服各种阻力。

出版新报纸的日子越来越临近了。新报纸编辑部、电脑部的人员投入紧张的筹备。他们的工作做得十分细致,试写的稿件写了一遍又一遍,版面设计数易其稿。从1997年11月7日至12月24日,《申江服务导报》出版了六期试刊。大家忐忑不安的心终于安定下来。这样认真的试刊,有如乒乓球赛前的热身训练,把一切可能出现的情况都想明白了。

1998年元旦,一张以大照片作封面,厚厚一叠的新颖周报《申江服务导报》正式在上海滩面世。各处的报贩们奔走相告,上班族惊异地打量着。《申江服务导报》一炮打响,当月的发行量最多一期达到14万份,这差不多达到办了77年的老《申报》一天的发行量。这实现了筹备组原来的设想,"一亮相就应该是一棵树"——一棵发育得很好的树,而不是苗。这成功是和准确定位、精心筹备分不开的。

然而,任何一项改革都不可能是一帆风顺的。当一张面向市场的新报纸问世的时候,人们都会站在不同的角度打量着。在新闻界的一次内部工作会议上,有领导不点名地批评说,党报要把自己分内的工作做好,不要去办什么地摊小报。这显然是指《申江服务导报》。为什么对《申》报有"地摊小报"的印象?据打听,有老同志曾向领导部门写信"告状",说《申》报上辟了什么"人间鹊桥"专栏,俨然成了婚姻介绍所。对领导的批评,我们没有申辩。反躬自问,在《申》报筹备期间就没有降低过要求。相反,我们在内部就提出,要办得有品格,"决不能办成媚俗小报"。为此,我们坚持以新闻报道为核心,在做真新闻、好看的新闻上下了很大功夫。《申》报所刊载的《周恩来诞辰100周年》《邓小平逝世一周年纪念》《下岗女工当上女保安》《廖昌永夫唱妇随》等深度报道,既有意义又耐看,深受读者喜爱。揣测领导和老同志的批评,是对报上登实用内容不习惯,他们并没有具体指出低俗的内容。对此,我们几位领导相视一笑,提醒《申》报的年轻人稍加注意。我们相信,时间是会说话的。

整个1998年,《申江服务导报》办得风生水起,经济效益也直线飙升。截至当年9月底,经上海市公证处公证,发行量已突破25万份,广告额突破2 000万元,毛利达1 000多万元。意味着,解放日报对《申》报创办时的投入300万元可以当年收回,还有相当的盈余。这样的业绩在新创办报纸中是不多见的。

创办《申江服务导报》的探索,给解放日报社同仁们以很多启示。在市场经济条件下,办报一定要正确定位,对特定读者对象的需求,有清晰的了解,不能拍着脑袋办报;做好新闻内容,是办好报纸的根本,也是其他众多内容的核心;报纸一定要确立服务读者的观念,撰编稿件、设置栏目都要考虑对读者有用,为读者所用;报纸的发行、广告、内部体制机制一定要不断适应市场规律，不断改进。总之一句话，证明党报也是能够办并且能办好适应市场报纸的。

《申江服务导报》的成功带来后续效应。就在《申》报创办后不久，解放日报社又面临一项新的改革，那就是合并《新闻报》和《消费报》，创办《新闻晨报》《新闻晚报》。这一次是奉命改革，是在上海整个报业布局调整中接受的任务。完成这一任务比创办《申江服务导报》更困难。一是来不及仔细调查论证，合并、创办往什么方向好？二是原有报纸的人员要打散、重组、消化，改革的思路要统一认识，时不我待，许多思想、心理工作要做。三是新旧体制要衔接，资产要重组。好在我们已经有《申江服务导报》办市场报的路子可借鉴，新的干部力量也有了储备。更重要的是，党委加强了统一领导，抽调了党政领导干部直接指挥，抽调了一批青年担任中层领导。经过近一年的艰苦奋斗，终于使《新闻晨报》占领了上海早报市场，成为上海清晨一道亮丽的风景线。而《新闻晚报》也打破了上海只有一家晚报的局面，成为晚报大家庭中有特色的一位小兄弟。

在改革开放深入的今天回头去看，当年的改革真不算什么。当年费力突破的探索，今天已是常态。何况，当下已到了互联网时代，融媒体崛起。昔日平面媒体的辉煌，好像只是黄昏的美景。

然而，路就是这样走出来的。没有来路，哪有今路？回顾改革开放走过的路，就是不能丢掉那股闯劲，就是要认准改革的方向，持之以恒，一代一代走下去。

（原载《解放日报》2018年1月3日、6日"朝花"）

我与复旦这些年
——与任重书院学生座谈

这个题目很能勾起我的回忆。我看到你们的宣传,"花甲老人,十二年党委书记,三十年复旦风雨","成为复旦校史上又一颗熠熠生辉之星",不知不觉人将老矣。我也有点不同的看法,说我"爱好书法",这是对的;还说"喜欢题字",校园里不少地方有我的题字,其实我不想题,拗不过人家就题了,那些字实在是不行,将来你们需要摘下来的时候不要有顾虑。

我按照同学们给我出的题目给大家谈谈我与复旦这些年。多少年?46年。我18岁考入复旦,今年64岁,四分之三的人生和复旦有缘。我在复旦是"三进二出",实际跟复旦有缘是32年,在复旦生活32年,还有14年是在外面。这32年里,我12年当学生,23年当老师,16年当教授,时间有重叠,因为我博士是在职读的。大概这样一个经历。用一句话形容就是:我跟复旦今世有缘。

一、今生,我和复旦结下了不解之缘。为什么会和复旦结缘?

1. 一个偶然的机会我进入了复旦

我考大学是1965年,可能在场所有人都没出生。那时候可以填15个志愿,我的第一志愿是大连海军军事学院,第二是北京大学生物系,第三是青岛海洋学院。为什么想当海军,因为我的姐夫是海军,很魁梧,乘风破浪,遨游世界。报北大生物系因为北大有遗传专业,我在中学的时候了解了孟德尔、摩尔根还有我国的谈家桢等学说,还知道了米丘林学派,特别感兴趣。为什么不填复旦大学?第一,复旦大学那时还不是太有名,复旦有遗传学专业,但是当年没有招生。第二,我一心一意要出去闯荡世界。为什么到复旦?因为高考考得太好,被上海市考试委员会给留下来了。六门课平均成绩考了九十六点几分,作文给了100分。题目是"为革命而学习"。我这个人喜欢一点哲学,高中学了些辩证法,所以写作文的时候没有空讲政治道理,我写革命需要年轻人学习,学习了以后才能革命。结果三人阅卷小组给了我100分。上海市招生委员会说把这个学生留在上海,留在复旦,留在中文系。高考发榜前两个礼拜,同学们七上八下等待录取结果的时候,他们告诉我,你已经被录取了,但你要服从革命的需要,留在上海,留在复旦。我姐姐很高兴,她也是中文系毕业的。我到复旦报到,是在中文系,6号楼,有位校领导找我谈话,说,小秦啊,你不是为了革命的需要留在复旦了嘛,现在复旦大学所有系科都向你开放,你可以挑选。我一个中学的老同学也考进了复旦,我就跟他商量,他说,你干嘛读中文系,很枯燥,看新闻系多好,背着照相机,可以满世界跑。第二天我去见那位副校长,说我想好了,读新闻系。人的经历很怪,一个偶然的机会我来到复旦,一生就和复旦发生了关系。

2. 一个梦让我又回到了复旦

毕业后,我在青海工作了九年,1979年,邓小平同志指示恢复高考,我们这代人又有了重新深造的机会,就是考研究生(硕士研究生)。我想来想去,究竟考什么专业的研究生?我对历史和中文都有好感,我又喜欢地理,是不是考历史地理?我当年考了,恐怕葛剑雄的位子就让给我了。当时全国的历史地理一个是南开大学,一个是西北大学,一个是复旦大学的谭其骧老师。我考虑了很久,还是考新闻系,我"文化大革命"中和老师们关系都很好,更没有斗过什么老师。很荣幸,一考就考中了,我的导师是李龙牧,当时新闻系的副系主任,也是复旦大学出版社的创始人,搞新闻史,这样我又如愿回到了母校。

第二"出"也就是第二次离开复旦是什么时候?读研究生第二年我就留下来当教师了,一直到1993年离开复旦,当时已经是复旦大学的党委副书记了,因为工作的需要我调到了上海市教育卫生党委。

3. 一纸公文又把我调回了复旦

第三次"进"是1999年1月,正当我在《解放日报》总编辑的岗位上奋力推进改革、干得正欢的时候,突然接到通知,调我回复旦任党委书记。我的心情有些复杂。离开改革第一线的报社,有些恋恋不舍;回培养我的母校、熟悉的校园,心理上没有障碍,叶落归根嘛!没想到一干就是12年。

今年9月份我从党委书记的岗位上退下来,我奉行一个原则:从哪里来,到哪里去。我是从新闻系出来的,所以又回到了新闻系。我现在还带博士生,学生没毕业我不退休,当然也不让他们延迟毕业。另外就是新闻学院还有些科研项目需要我做,欢迎任重书院的同学们到新闻学院看我。

二、怎么看复旦

我讲两句话,一句是复旦铸就了我。

如果没有复旦的培育,就没有我的今天。这是千真万确的。从另外的角度想想,我身上究竟有多少是复旦给我打下的烙印。你们现在进复旦半年还不到,还不知道怎么看复旦,我看了46年了,我讲点体会给你们听。看复旦,最好能从不同的角度比较和反思,好在我中间出去了十几年,就会从外面看复旦,外面的人怎么看我这个复旦的毕业生,上海怎么看我这个复旦出去的干部。

第一,复旦使我养成了终生学习的习惯。

过去在中学里,我也很愿意学习,高中我读的是上海中学,初中是敬业中学，都是有一二百年历史的老学校，但是到了复旦我才知道，复旦知识的海洋有多宽广，复旦有学问的人有多少。我当学生，除了大学一年级还朦朦胧胧以外，读研究生，在职读博士，一直感到在复旦学习的机会是非常珍贵的。1979年我回复旦读研究生时候是32岁，真的是如饥似渴。当时复旦图书馆不大，还没有文科图书馆，只有一个理科图书馆，就是复旦图书馆。现在北欧中心所在的位置那时是文科教师阅览室，100个座位，全校光研究生就有169个。怎么办？抢位子。提早吃晚饭，飞也似的去抢。因为阅览室可以开到晚上十点，气氛很好，书很好。当时和我一起抢位子的有王沪宁、葛剑雄、陈尚君等，我们住在10号楼，冬冷夏热的一幢楼，东西向，我住在进门第一个房间，117室，也就是现在的传达室。这幢楼冬天冷得像冰窟，但有一个好处是离食堂近，冬天可以早点儿吃完饭就去抢位子。教室也要抢位子，特别是好的老师的课。还有就是晨读，特别是读外语。学习的氛围好极了，哪个人偷点儿懒就觉得过意不去。在我的感觉里，复旦的学风一直是比较好的，在上海高校中是有名的，教室里一直是灯火通明。所以有人说复旦学生有娱乐化倾向我不大相信。

还有就是读书、买书、藏书。我的硕士生导师对我要求很严格，每次开的书单，一个礼拜都读不完。当时有一点点钱就买书。一个人从年轻到年长，藏书的方向和爱好也会有变化，我"文革"中藏书最多的是历史，一套"二十四史"，一套《资治通鉴》。后来搞新闻，又买了很多新闻方面的书。我还爱好小说和报告文学，小说是有选择的，"文革"后中国出了三十六种外国名著，我都买齐了，贾平凹和陈忠实的书我也看。后来年纪大一点，眼光更挑剔一些，现在买书，很多是回忆录。特别是近两年有关党史、近代史的回忆录很多。当然回忆录不能作为信史来读，要有比较和鉴别。有时候把两种回忆录对照着读才知道怎么回事。回忆录读起来最好能结合时代背景，比如《朱镕基讲话实录》，同学们现在读可能有点困难，而我们经历过这段历史，体会比较深。

在复旦的熏陶下，自己养成了终身学习的习惯。复旦学生的特点就是做事也钻研，做一行，学一行，钻一行。我新闻系出来的，有个习惯是每天读报。上网的人也不要排斥读报。我每天读一个小时到一个半小时，早晨读两份，一份《东方早报》，一份《新闻晨报》，晚上读《新民晚报》《文汇报》《解放日报》。现在比较花时间读的，一个是《文汇读书周报》，一个是《东方早报》周日的《读书周刊》，还有《环球时报》，这是人民日报社办的国际性报纸，依托人民日报200个驻外记者。新华社驻外记者发稿全国可以落地，人民日报社的驻外记者发回的稿子只能给《人民日报》，没办法落地，为了防止资源浪费，人民日报社创办了《环球时报》，销量很好，超过100万。

任何时候都要学习，我现在还是全国人大教科文卫委员会委员，人大常委会开会经常讨论法律问题，讨论对政府的监督，我这个委员没有表决权，但是我一直很积极，为什么，我感到在人大里可以学习。不单是上海话，还能听到北京话、东北话、西北话、四川话，听到各地人员的见解，对一个人来讲就开阔了视野。

第二，复旦使我养成了做事认真的习惯。

复旦的人一般做事都比较认真。为什么认真？

一是追求卓越，样样事情都想做得完美。要么不做，要做一定要做好，一定要做第一。复旦人有自信，一定能做好，当然复旦人好像也没有清华和北大的霸气。网上常常说复旦人的特点是小资，我一点也不认同，复旦人里真正的上海人很少，大部分是外地同学，是典型的移民城市的大学。

二是复旦一直强调独立思考，不盲从，独立做事，不依附。复旦的老师和学生喜欢逆向思维，比如有人说欧洲的情况很不好，复旦人会去想，它很不好，是富人不好，还是穷人不好，还是达到一定富裕程度后不好。

三是复旦人认理不认利，从理不从权。复旦人是清高的，鄙薄利益的。也有人讲复旦人出去，书生气很足，我觉得也不错。我在上海市工作，常被人讲书生气很足，也就是不大认世面，该搞关系的时候不搞关系。书生气太足是客气的讲法,换个说法就是复旦人傲。

四是做事不事张扬,厌恶虚假。复旦人外面做了事,不喜欢宣传自己、包装自己。这点不如北大、清华,好像也不大符合现代营销的理念,但这就是复旦人的特点,崇尚学问,鄙视浅薄。有学问的人大家看得起,没有学问的人大家鄙视。一些社会上名声很响、几乎被称为"大师"的"教授",在我们这里还是副教授。我在《解放日报》上讲,复旦的特点是,深深的水,静静地流。水深,看问题透彻,像大海的波涛,潜流在下面,其实是非常有力量的,但是表面看不出来的。

第三,复旦使我懂得了什么是政治和民主。

我这46年在复旦经历了太多,经历了"文化大革命",经历了20世纪80年代的学潮和风波,这两段时期我都在复旦,看到了政治怎么运行,民主怎么运行。我1965年考进复旦,1966年开始"文化大革命",最激烈的一段就是1966年6月到1967年1月,在复旦发生的事情我几乎可以按日子排出来。复旦是藏龙卧虎之地,是上海乃至全国"文化大革命"的晴雨表。身处这个时代,对我们个人也是历练,使我们看清了很多东西。什么是个人崇拜?四个"伟大",毛主席语录随身带。"文化大革命"是极端的大民主,大鸣、大放、大批判、大字报,那个民主完全是无政府状态的民主,天王老子谁也管不着。使我们看到了路线斗争,也使我们看到了社会的沉渣泛起。一个社会有正常秩序,有占绝大多数的好人,也有负面的沉渣,"文革"中这些沉渣全泛起了,把人性最恶的东西都呼唤出来了,就像打开了潘多拉魔盒。今天是朋友,明天就整你。很多家庭因为政见不同分崩离析。我们也看到了大学生在社会中的作用,大学生是整个社会中最年轻的、文化水平最高的群体,可以成为社会的积极力量,推翻三座大山,靠的都是年轻人;但是也可能成为破坏力量,比如中东的乱局,茉莉花革命,在街头革命中很难说大学生代表了什么方向,是维护还是破坏了社会的发展。

另外一段就是1986年学潮,1989年政治风波,我是经历者。1986年学潮的时候我是党委宣传部部长,1989年风波发生时我正好在新闻学院读博士生,也在第一线,这两次使我体会到了改革道路的曲折。游行是从大学发起的,社会上矛盾焦点主要是两大问题:一是物价上涨,大家心态不稳,物价问题带有政治性;二是官倒、腐败。相当一部分大学生对现状不满,有点骚动,境外势力插手,这样一来,从北京开始,波及全国,造成了学潮,以至于最后解放军戒严都进不去,最后采用了强力疏散的方式。为什么会发生这个?因为改革之初,经济处在转轨阶段,没有理顺体制、机制,社会问题显现出来。有人认为,经济改革放一放,先搞政治改革。我们现在回想起来。邓小平同志很伟大,扭转动乱的同时,没有让改革开放进程就此中断,而是推动改革开放继续往前走,这就有了1992年的南方谈话。这是一次政治交代,全国要沿着这条政治道路100年走下去。现在写这段历史的不太多,写"文革"的很多。我对这段历史的定义是"改革进程中不安的骚动",东欧企图通过政治改革推进经济改革,我们没走弯路,所以发展得很快。从这个过程我觉得维护国家稳定是非常重要的,没有稳定就没有改革开放的33年,就没有中国的崛起。

三、我为复旦做了什么,也可以说我为复旦奉献一生

我在复旦工作期间,是三种角色重叠。一个是辅导员的我,一个是专业教师的我,还有一个是领导干部的我。

先说辅导员的我。我是1982年研究生毕业就当辅导员,时间不长,两年之后调到党委宣传部。我带的班是新闻系1982级,72个学生,已经感觉很累了,我花了两个礼拜的时间把同学的名字都叫上来。当时住在6号楼237室。辅导员这个角色非常重要,辅导员也是教师,是日夜和同学在一起的教师。现在辅导员越来越年轻,我说是亦师亦友的关系。你们才来两个礼拜的时候已经在开学典礼上对着辅导员欢呼,大家在毕业典礼上也会对着辅导员集体喊。专业教师这种

情况不大有。做辅导员最重要的是对学生有人生的引导。从高中到大学，角色的转换不容易适应。怎么选择，怎么交友，辅导员要了解他们，理解他们，爱护他们。

我做辅导员的时候新闻系招生，每个省两个同学，上海人只有14个同学，我至今为止他们的名字都叫得出来。我也就在这时候开始从他们口中了解全国各地的情况。既然来自全国各地，同学们的脾气很不相同，现在是女同学比较多，我教的时候男同学比较多，有的同学个性不好，脾气很倔。我住在学校，对同学们管得很严，前几年聚会，他们说，记得最清楚的就是秦老师当年掀我们的被子，拉我们去早锻炼。因为那时候早锻炼要打卡，我就一个个寝室去敲门。

我印象比较深的还有一次是学生集体逃课。其实逃课在大学里是没法消灭的，有本事的老师会吸引同学不逃课，这在一定程度上是对教师教学的促进。那次是新闻写作课，老师气得要命，说你这个辅导员怎么当的。我赶紧去了解，了解下来七个班委都逃课，我先个别谈话，跟班长讲，你要带头做检查，然后班委做检查，其他同学都不检查。这样同学们都服。班长刘海林非常好，他现在是《羊城晚报》的总编辑。等班长、班委都检查完了，我强调，不管怎么样，纪律总要遵守的，但是我也是有苦说不出，那个老师的课实在是不行，他自己后来也隐隐感觉到学生逃课还是有点道理的。

所以辅导员的角色很重要，我在很多场合讲，一个年轻教师当好辅导员，把一大批同学引向正确的道路，比他写篇博士论文重要得多。过若干年，同学们都记得你，回来看你，一般同学们回来看辅导员的比较多。十八九岁进来，需要有人讨论人生道路，当好一个班级的辅导员，大家信服，有事跟你讲，将来就能当得好系主任，当得好一个系主任，将来就能当好校长。我很自豪，我班上的学生，不看当官多少，现在都是各个单位的骨干。

我的第二个角色是教师，新闻史专业中国近现代新闻史方向。我的博士论文是《上海近代报刊史论》。我上过三门课，本科生两门，一门是"中国新闻事业史"，一门是"宣传心理学"；研究生一门即

"中国新闻史典籍选读"。当老师一定要认认真真上好每一堂课,讲台是非常神圣的,任何一个老师都无权随便打发时间。复旦许多老师都是这样认为的。很多老师在外地开会要赶回来上课,因为上课是天经地义的,老师是不能迟到早退的,不然学风完蛋了。

还有,大学教师一定要将新知授予学生。大学教学和中学教学不一样。中学是基础教育,是让同学们打好基础,学代数、三角一定从头开始。作为大学的专业教师,有科研才能有新知。大学的教师只有自己独立做科研,才能把科研成果转化为教学内容,创新教学。否则一门课二三十年一成不变,是上不好的。那时候"中国新闻事业史"没有统一教材,是我们新闻系6个人自己编写的。我教的"宣传心理学",教材是我自己写的,把社会心理的理论和新闻传播的理论结合在一起,写了一年,也上了一年。比如大家经常讲到的社会刻板印象,在外地同学脑子里,上海人什么样,比如头梳得光光的。那么来上海之前上海人的形象哪里来的?书、电影,还有亲戚朋友的描述,最大的特点是小气,出去吃饭AA制,这些零星传播的信息形成了社会刻板印象,会阻碍你的认知。他们来到上海,和上海同学一交往,觉得也挺大方的嘛。宣传也是这样。

年轻老师说科研和教学的关系一直处理不好,说科研和教学不能统一起来。如果科研的成果没有转化于教学,说明科研还没有得到社会的检验。当然有的科研领域很窄,另当别论。可以肯定,大学教师肯定是一手搞科研,一手搞教学,教到老,学到老,科研到老。上一门课,第一遍忐忑不安,第二遍慢慢顺了,第三遍是最好的时候,等到第十遍,这门课要给别人上了。还有,专业老师要当辅导员,否则连对象都不了解怎么上课。

第三个角色,就是领导干部的我,我觉得在复旦做领导就是要做事,不做事不如回家卖红薯。复旦是一个大基层,不是行政机关,是大的教学单位。大基层,小社会,样样事情都有,同学们都在这里生活,后勤保障、人事、财务方方面面都需要。复旦的干部不是官,而且复旦的特点,官本位的氛围本来就不浓,在复旦批判官本位是搞错了对象。因为很多人不愿意做官，觉得当老师更自由。在复旦做官就是为大家服务。有同学问你当官这些年觉得最有趣的东西是什么，我可以给你们讲几件。

我做党委副书记的时候，管稳定，管学生思想政治教育。一件事情是在普陀山寺庙里编《大学导论》。普陀山是观音道场，1993年夏天，我把学校各个单位的总支副书记找到一起，说我们要讨论《大学导论》。到哪里去写呢？我说找个清静的地方，就找到了普陀山寺院。那里住宿很便宜，而且管三顿饭，当然都是素食。早上晨鼓一敲，大家吃饭，讨论，然后吃午饭，再讨论，吃晚饭，再讨论，九点关山门睡觉。这样一来里面的和尚看不懂了，说别人是来烧香旅游的，你们一群人坐在这里连寺门都不出。经过这次讨论，复旦的一本《大学导论》就这么编出来了，还成为上海的示范性教材。

二是组织参加新加坡辩论赛，详细内容你们可以去看《狮城舌战》。考复旦的人很多人都看过这本书。复旦参加辩论赛实际上有两次，第一次我没组织，主要是王沪宁老师。北大是第一届冠军，第二届复旦参加，也是冠军，主要是顾刚、李光斗几个同学。第三届南京大学参加，结果把冠军丢了。第四届便又请复旦参加。我们认认真真组织，经过了四轮筛选，朱立元、葛剑雄、吴晓明等很多老师参与。同学中报名的100多人，最后选了6个人，封闭性训练。我们邀请了各个学科50个专家给他们开讲，上午讲课，下午辩论训练。领队是俞吾金，教练是王沪宁。我们还成立了党支部，当时的副教务长张霭珠是支部书记。我记得当时给他们考试，我坐在旁边旁听，专家组问到的同学都是百里挑一的，结果他们什么问题都回答不出来，我的形容是"抱头鼠窜"。一个同学写了封信给我，说，秦老师，我今天才知道有多么浅薄。当然最后的结果大家都知道了，新加坡全胜而归，李显龙亲自颁奖。

我当党委书记你们可能比较了解了，十二年九个月，今年9月13号终于卸任了，如释重负。我当党委书记12年，赶上了天时、地利、人和。所谓天时就是国家对高等教育重视，特别是"985"高校得到了国家非常大的支持,力度是其他学校不可企及的。地利是地处上海,改革开放前沿。还有就是人和,这些年来,我们学校还是非常团结的,上下团结,齐心干事。这样我作为党委书记才和大家一起做了很多大事,扩招,合并,建设了新校区,提出了创一流。有同学觉得,现在不是很正常吗?要知道,十年前,自信心还不那么足,我们老是在盘算,是全国排名老三还是老四,我说这没有意义,复旦的目标中央早就给我们提出了,要把复旦大学办成世界一流大学,至于多少年实现再说,但肯定是奔着一流走。我跟教育部讲,中国必须有一批世界一流大学,不能光把清华、北大捧在头里。百年校庆,复旦是风光了三年,热气腾腾,推进了各项改革,如招生改革,通识教育、后勤社会化。

最后我给大家讲几点我的体会,也有几点对你们的建议:

一个人总归还是要知恩图报。复旦铸就了我一生,懂得感恩,才会爱复旦。作为学生,复旦肯定会给你们一生中打下深深的烙印。只有投入付出才会爱复旦,不是光想复旦给我什么,还要想我给复旦什么,怎么给母校添砖加瓦。你们每个人的进步都给复旦争得了荣誉,复旦人也会为复旦每一点进步骄傲。校友常常说,到社会上去,不管到哪里,人家问你是哪个学校出身的,你说是复旦的,人家就觉得,复旦人就是这样。

我们为复旦的每一点进步骄傲,我们也要容忍复旦的每一个缺陷,并且为这个缺陷付出我们的努力。这么大一所学校肯定会有缺陷,比如同学们处事不老练,没请假,老师发火了,也不过就是一个缺点,改了就是了。

每一个同学要珍惜分分秒秒学习的机会。四年的时间很快过去。我昨天晚上在南区打乒乓球,一个三年级的男同学悄悄给我讲,秦老师,大学太快了,我直升研究生没希望了,以后打乒乓球也没希望了。我说,你再努努力。他说,绩点不行,来不及了。学习是多方面的,学习知识,学习思考,学习交友,学习处事。大学总的来讲还比较单纯和纯洁,交友在寄宿大学有好处,可以和全国的同学接触,现在上海的同学占29%,前两年人家骂我们,那时候占40%,我念书的时候上海同学占三分之一。现在上海市政府非常开明，我们让他们懂得了一个道理，把全国英才招到上海、留在上海，对上海是非常有利的。

我建议大家珍惜与每一位同学、每一位师长的交往，投入爱一定会获得爱，有不顺心的事情一定让它很快过去。

附：

提问1：复旦人和清华人、北大人、交大人有什么不同？

社会刻板印象并不准确，只是人的一种感觉。我讲讲我的社会刻板印象里的区别，清华人是比较务实的，北大人是比较天马行空的。社会上有句话，北大老是讨论为什么，清华老是讨论干什么。最后事情都叫清华干掉了。清华的校内管理系统比较有效，北大比复旦还要散漫。但是，北大人天马行空有好处，藏龙卧虎，高人多，发散性思维很好。有一本书你们可以看看，《从清华园到未名湖》，是任彦申写的，他是清华毕业的，到北大当党委书记，后来到江苏担任省委副书记。他文笔很好。其中最精彩的是描绘了北大和清华的不同。

交大人和复旦人有什么不同？交大商业气氛重一点，交大人会来事，能争取资源，喜欢跑康平路。1990年代交大办公司最多，领导们都去兼任老总，到现在还整合不好。我觉得要造势看交大，要做事看复旦。我的感觉，交大人做事不太踏实，造势很大，噱头多，一个炮仗放过了后面就没有烟火了。复旦人务实，做事认真，追求卓越不张扬，反对虚假。但复旦人胆子比较小，改革的意识缺乏一点，向外扩张的能力不够，公共关系不够，不大跟人家多交往。但尽管这样，复旦人还是做出了不少事，要么不做，做就做最好的。我们的招生改革在全国是领先的，通识教育也是，都是领风气之先。复旦的本科教学历来抓得很紧。复旦和交大在一起，交大常常拿数字来压我们，SCI文章，科研经费，但是我们质量高。我想越是年轻差别越小，在复旦待得越久，差别越大。我和交大人关系挺好，竞争归竞争，但是不要搞得老死不相往来。但我常常留一手，因为交大扩张能力强，他们若问我,你们招生准备怎么弄,我会说我们正在讨论。

提问2:如何从南方科大身上学习改革经验?

南方科大的改革,方向定位不太准确,改革要有方向。为什么办南方科大?深圳市的考虑是,深圳经济社会发展很快,有这个需求,所以要在深圳快速办一个世界一流大学。本来深圳有所深圳大学,也是改革开放的产物,20世纪80年代把清华的罗校长请去,现在在国内是二流的。深圳市委市政府想重起炉灶。为什么?榜样是香港科技大学。香港科技大学是不是一流大学?我问过吴家玮,他明确告诉说,还不是,一所大学成为世界一流,关键看它培养的人,现在香港科大的成功是科学研究的成就,用全世界最高的薪水引进了世界一流的科学家,但是培养人一定要二三十年以后。

我和朱清时校长也很熟,他为什么到那里去?他要办一个体制内没有的大学。

我认为这两个目的都不可取。一个大学不可能短期内造就,城市都不可能,学校更不可能。复旦办了多少年,一百年。在中国的土地上办大学能离开这个体制吗?批判这个体制,你要说出一个一二来。

不管体制内也好,体制外也好,办学一定要遵循办大学的规律。办好一所学校,核心是好的师资,没有稳定的师资是办不起来的,形成好的师资力量需要一个过程,要逐步吸纳。人家认为你这个学校有好的前景,才会过来。办大学架构要清楚,师资集中,稳定后才成气候。至于大楼好不好、空调有没有那是次要的。但现在南方科大在这方面很差。

此外,大学需要管理团队,它没有很好的管理团队,它现在的招生产生了很大的风险,四十几个人,参差不齐,有年龄很小的,也有很大的。你也可以说这是不拘一格招学生,但是我认为中科大成熟体制内可以招,但是在一个新的大学里将来的课程怎么开?所以这所大学的前景怎么样,我有点担忧。

任何改革都需要方向明确、定位清楚、路径正确,这三条缺一不可。南方科大这些我都没看到。思想解放是要有趋向的,1978年的趋向是破现代迷信。现在高教改革的趋向是什么，恐怕他自己也讲不清楚。办学校只有媒体在支持怎么行。我们的媒体也很可怜，不大会独立思考，只能人云亦云。我从来没有公开评论过南方科技大学，只是在这里跟你们说说。教育部对改革没有意见，但是要按照规则办。不是讲改革就一定是好的，改革也分真改革和假改革。我始终认为，中国的改革除非对一个东西有透彻的批判，最好不要采取革命的办法，还是要用渐进的办法。

2011 年 12 月 13 日

十年春秋（2011—2021）

9月13日是一个不会忘记的日子。10年前的9月13日，即2011年9月13日，我从复旦党委书记的任上退下来，开始了与前完全不同的生活。就在我离职的那一天，我的秘书邓绪周的儿子邓以宽出生了。哈！一个老人的下台，竟和一个新生命的问世在同一天，你说有趣吧。这就更难忘了。

9月13日，新老两任党委书记交接，学校召开了大会。教育部部长袁贵仁亲自从北京赶到上海出席大会，作了一番语重心长的讲话，他在讲话中对我的任期内工作作了充分肯定。其实此前一星期，袁贵仁召我去北京，亲自设宴抚别，并把他将在大会上的讲话稿给我看，征求意见。我十分感动，组织上给一个即将卸任的干部如此礼遇，说明对我的关心、信任和肯定。我还有什么话说！愉快地踏上下一程就是。

我在离任大会上作了一个充满感情又含有深意的讲话。这个讲话我是用心写的，发自肺腑，没有官话。回顾十二年的工作历程，我十分激动。因为我有幸赶上复旦历史上发展最快的年代之一，做了不少事。但我从来未曾将复旦的进步归功于我个人。我是历史唯物主义者，相信"时势造英雄"。我在许多场合都讲"天时、地利、人和"。只要顺天时，占地利，促人和，就能做成事。用今人的话来说，我们赶上了改革发展的年代，赶上了想做事、能做事、做得成事的年代。作为个人，能投身于母校改革发展的历程是很幸福的。所以我在告别讲话中说："回顾这十多年的历程，我总感到十分激动，一种个人的辛劳融入复旦事业发展的激动，一种个人价值在为复旦奋斗中得到体现的激动。"我履行了 1999 年 1 月上任时的承诺:"我不会把复旦当作匆匆路过的驿站","把复旦的明天建设得更美好,是每个复旦人神圣的职责,也是我应尽的义务"。这 12 年我是尽责尽力的。在告别讲话中,我还谈了三点醒悟与体会:一是办好学校一定要紧紧依靠党和政府的领导。我批评了拿着国家给的公共资源却要办"独立的大学"的倾向;二是办好学校一定要紧紧依靠群众,依靠全体教职员工,要把命运掌握在群众自己手中,而不是迷信一两个校长;三是办好学校一定要维护团结和谐的环境,避免翻烧饼,避免不必要的折腾。无庸讳言,我讲这三点当然都是有所指的,指向了企图脱离党的领导的倾向,指向了"校长治校"的英雄史观,指向了在两校合并上要走回头路的动向。可能在场没有几个人能听懂其中的含义,至于会后,谁还会记得一个离职干部讲过些什么。历史是很容易翻篇的。

一、逐步"撤退"

《三国演义》中有一则故事,诸葛亮要结束和曹魏的战争,率军退回蜀中,于是他用了"增灶退兵"的方法,司马懿大受其惑,停止了对蜀军的追击。这个脑海中的故事不知怎么启发了我,我虽没有必要"增灶",但也要徐徐"退兵"。又有一些人的故事告诉我,退休人员退出工作岗位,转入退休生活,转变不能太"陡峭"。否则会生病,有的甚至旧疾发作,很快去世。什么原因呢?一是生活作息时间突然改变,在职工作时紧张劳累,从早到晚已成习惯,退休后由紧张陡然转入清闲,生活节奏被打乱,绷紧的弦松了,容易生病。更重要的原因在于心理失衡。在职时处于被关注、被肯定、被需要的中心,当官的尤其明显。一旦离职退休,就离开中心,脱离漩涡,不再被关注、被需求。这在心理上造成巨大落差,也是不少人生理、心理出问题的原因。

这是离职退休人员一个重要的人生关口。

我想我还是要"增灶退兵",逐步撤退。"增灶",就是多参加一些过去在职时没有时间参加的兼职工作和活动。兼职工作与活动有一定的责任,但责任较轻,负担小,不是另辟"战斗阵地",总体上还是属于"撤退"阶段的活动。

从 2008 年起,我是第十一届全国人大代表、科教文卫委员会委员。除了参加每年一次的全国代表大会,作为专委会委员,还可自愿列席一年六次的人大常委会,出席一年几次专委会。担任人大代表,我一直感到很荣幸、神圣,所以每次参会都很认真。同时我还发现,列席常委会是极好的学习机会。人大作为立法机构,每次常委会都要讨论若干法律。立法的程序很严,每次只通过少数几个,围绕立法的调查以及常委们的发言却都很精彩,能了解我过去从未涉及过的领域,听到过去闻所未闻的故事。我一向喜欢学习,尤其对未知、感兴趣的领域。这个机会当然不会错过,我列席了这一届人大 30 次常委会中的 28 次,大概是专委会委员列席常委会最多的一个。令人高兴的是,每次列席都能发到常委会的所有讨论文件,一次一大包,而且不用收回。文件中有许多法律的讨论稿,有关行业、领域的背景材料,以及常委发言简报。我每次参会都兴冲冲地挟了一大包资料回校。日积月累,资料竟有 1 米多高的一摞。这真是研究全国人民代表大会制度架构、运作机制的极佳资料。这一届人大结束以后,我将这些资料赠给我校国际关系与公共事务学院的人民代表大会研究中心。他们喜出望外,专门举行了一个简单而隆重的仪式,给我发了捐赠证书。物尽其用,我也很高兴。

我还参加了三次全国人大教科文卫委员会的执法检查。一次是 2011 年 10 月 16 日至 19 日对湖南省执行《教育法》情况的检查,一次是 2012 年 4 月 12 日至 18 日对湖北省执行《文物保护法》的检查,还有一次是 2012 年 5 月 6 日至 11 日对河南省执行《文物保护法》的检查。多年局限在一个学校工作,三次执法检查走到外部世界,使我大开眼界。三次去的都是过去接触不多的中部省份,尤其是过去不熟悉的文物保护领域。视察后使我大长知识,才知道湖北是出土文物最丰富的省份，而河南是地下文物蕴藏最多的省份。因为执法检查，名正言顺地游览了荆州、襄阳、武当山、丹江口、开封、殷墟、白马寺等地，而且参观了藏品极其丰富的河南省博物馆、湖北省博物馆和洛阳博物馆，受到很大的震撼。至此，才知道什么叫"地大物博"。这哪是什么"蕞尔小国"和历史短暂的"移民大国"可比的。历史的内涵决定了一个国家的胸怀。当时我就强烈地感受到，应当让年轻的一代更多地接触了解丰富的文物、悠久的历史，爱国才会是具体的。城市化的快速进程一定不能破坏文物的保护。

在人大履职，我还搞过一个"自选动作"。人大代表有建议权，全国人民代表大会与常委会期间，代表都可以写提案。提案有两种：一种是正式提案；一种是建议，简单一些。但都要事先调查准备，而且有一套程序。每年大会都收到千百个提案，代表们都很踊跃，将此看作忠诚履职的表现。2011年3月，我在参加十一届全国人大四次会议时，联合上海代表团23名代表发起了一个"拆除天安门广场电子广告牌"的建议书。建议书认为，在人民英雄纪念碑北面树立两座硕大的电子广告牌"不仅有碍观瞻，而且影响到人民英雄纪念碑周围环境的庄严氛围，建议"在天安门广场上建立任何建筑物，都应经过法定程序，由特定审批机构批准，并向社会公开"。为写好建议书，我查阅了天安门广场建人民英雄纪念碑的历史，以及网上刊载的各国首都中心广场的图片（如华盛顿纪念碑、巴黎凯旋门等）。这份建议被列为大会第1521号。会后，当年6月，北京市政府和天安门地区管理委员会给我书面答复，搪塞理由，声称这一电子广告牌受群众"欢迎"。我在"代表建议办理和答复征求意见表"上明确表示不满意。当年10月，在列席第23次常委会时，我又联合与会的22位常委和5名专委会委员写信给全国人大常委会，强烈呼吁尽快拆除天安门广场上的电子广告牌，并对天安门广场的规划立法。我将此信当面交给人大常委会秘书长王万宾。第二年3月4日，在十一届人大第五次代表大会举行前夕，我再次提出坚决要求拆除的建议。一直没有回音，我也有一些灰心丧气。但过了一年多，我从电视上看到，习近平总书记带领常委们清明祭扫烈士时，人民英雄纪念碑北面的电子广告牌不见了！我很高兴，当然这不一定是我们建议书的功劳。或许"英雄所见略同"，全国有很多这样的意见，中央吸纳了。这件事使我非常感慨，在我们这个人民民主专政的国家，发扬民主，吸纳正确意见是何等不容易。我这个有履职权力的人民代表尚且如此困难，普通老百姓呢？一个好的制度还要有执行落实的措施，否则就被架空了。

除了全国人大之外，更多的兼职工作在上海市社联。2010年3月30日，在上海市社会科学界联合会换届大会上，我当选为上海市社联第六届主席。这是上海市委安排和委托的工作。此前两年，上海市委宣传部副部长私下征求我兼任社联主席的意见，被我谢绝了，因为我不愿从复旦的工作上分心。过了两年再次征求我意见，我同意了。我想，市领导是希望我出任做好团结知识分子的工作，因为我在大学长期和知识分子打交道，又是学社会科学出身，熟悉社科界，再拒绝就辜负了组织的信任。社联是一个党领导下的学术界的群众团体，它的体制是，主席由知名人士兼任，党组书记兼副主席为社团法人，主持日常工作，领导驻会机关。我深知这一体制的特点，所以我到社联的工作方针是：大事过问，日常工作不插手。社联的大事，如换届、章程修改等要知情，把握方向，而对日常工作则不过问、不插手、不发表意见。我的想法是让全职的党组书记、驻会副主席发挥作用，只有他们主动积极，社联工作才能做好。和我搭班子的是党组书记兼副主席沈国明，我们相处得挺和顺。在复旦的职务未卸任之前的一年多，我较少过问社联的工作。从复旦卸任后，我感到应该抽出部分时间来关心社联的工作，尽一点义务，使主席的称呼名副其实一点。我这个人是不习惯做"甩手掌柜"的，但社联的日常工作又不宜"越俎代庖"，怎样把握好度，费了一点脑筋。首先我保证每周固定一天去社联的办公室，然后做几件我想做的事，不影响社联正常工作安排。我做的一件事是了解社联下属学会的运行情况，了解他们有什么困难，适当予以帮助。因为我觉得社联原本是各种协会组成的联合体，社联的工作应当为他们服务。学会旺，社联肯定就好。在学会处的帮助下，我在2012年开了四五个座谈会，请有各种代表性的学会来介绍情况，很快就掌握了不同类型学会的特点、工作支撑条件以及有特色的活动。我还重点访问了农村经济学会、党的建设研究会、华夏研究院等社团，了解到了过去所不了解的情况，学到许多新知识。在这方面最有意义的一件事是，2013年我们批准了李世默、张维为、金仲伟等人创办的民间研究机构"春秋研究院"注册登记。我听取了他们的申述，并亲赴院址视察。他们有感于中国改革开放后的巨变，表示要拿出研究成果到国际上宣扬。我们支持了他们的活动。张维为从这一步开始成为传播正能量的代表性人物，他们创办的"观察者网"也成为国内知名、有影响的网站。我所做的另一件事是支持社会科学的普及工作。我始终认为，学术要走出书斋，要提高全民的社会科学素养。这是城市文明建设的重要任务。所以我尽可能出席每年的学术年会、学术科普周的活动，我以这种方式支持科普工作、扩大科普影响。第三件事是出席社联内部中层以上干部的务虚会，一共参加了四次。一是了解情况，二是在方向性问题上提出我的看法。我是一个比较务实的人。我不希望在别人眼中是一个高高在上、不谙下情、让人生畏的官僚，我也没有像前任主席李储文那样的资历可以吃老本。我照样以自己的方式做好兼职工作，给社联带来稳定，让市委放心。

二、总结过去

逐步"撤退"，并不是说能够完全忘怀昔日的岁月，尤其是那些自己曾经确定过目标、全身心投入、创造性发挥过的工作和事业。实在是难以忘怀！所以我从退下来的一刻起，萌生出一个念头：我要将过去十几年中做得有意思的事情加以总结，回顾来龙去脉，阐述过程中的思考，总结得失，努力上升到对规律的认识，给后人借鉴。我还想到要趁热打铁。如果不抓紧总结会遗憾很久，如果搁久了，兴奋点下降，许多事遗忘，再拿起来就难了。于是我马上动手，写出了后来称之为《和谐发展的十年》一书的大纲，并把我的几任秘书徐军、方明、邓续周请来，同他们讨论提纲（他们在我身边工作多年，很有发言权），并请他们根据提纲帮我收集相关资料。这本书我决定自己动手写，把自己的思想脉络完全表达出来，依靠别人是编不出来的。我是搞历史研究的，不能空对空，要依据事实说话。最终写出来的内容，无论是赞成我的观点，还是反对我的观点的人，都无法在史实上推翻。

在动手准备，并开始写这本书的时候，想不到有一本书抢到头里，等待我先去完成。这就是1999年至2009年我在复旦的讲话汇编，此事是王生洪校长推动的。王生洪校长自2009年退下来之后，便请校长办公室的同事和他的秘书，将他在校长岗位上任职时的讲话编成一本集子，打算出版。可是他不愿意单独出版，一再邀请我也同样编一本讲话集，和他的一起出版。对生洪校长的邀请我非常感动，欣然同意。我俩是好搭档，从1999年至2009年，他任校长，我任书记。他长我5岁，工作经验比我丰富，善于处事待人。我俩政治观、价值观一致，对许多问题的看法一致，声气相投，互相尊重。十年中做了不少我俩都想做的事，在校内的工作讲话也是相互配合，角色到位，非常默契。而且我觉得这些讲话在复旦十年发展历程中是值得保存的。生洪校长的讲话集已编好，在等我，我只能马上放下其他事，在2012年8月间集中精力编讲话集。任职十年，公共场合讲话非常多。讲话，就是当领导的基本工作。讲话有不同场合、内容和形式。好在有一个挑选的基础，我的先后几任秘书仔细保存了绝大多数讲话稿，他们帮助我做选编工作。我确定了初选的几项原则：一是选重大场合的重要讲话。如在党代会、党委扩大会、教代会上的讲话，因为那是代表党委集体的，一般经过慎重研究，反复修改；不选应酬性讲话；重要讲话一般篇幅长，节选其中指导当时工作最重要的内容。二是尽可能选有思想、有思考的讲话，不选套话、官话（日常工作中有些套话、官话不得不说），让读者引起思考。三是尽量不选已出版的文稿，因为我每年总有一些见诸报章的文稿（以后再编个人文集出版）。四是总的字数和王生洪校长的讲话集相当。确定选编原则之后，邓续周他们选得很快，并把打印稿交到我手中。整个8月份我都在做编辑、订正工作，很快就完成初稿，交付复旦大学出版社。正式出版前，我给生洪校长的集子和我的集子起了互相呼应的书名。他的书名是"齐心谋发展"，我的书名是"协力促改革"。实际上是一副上下联，整体体现我们俩十年的共同奋斗历程。

关于出版讲话集，我是有一些想法的。出版讲话集不是为了青史留名，而是把十年中我们做事情时的思考留给后人借鉴。作为领导，天天要讲话，不可能都由自己撰写讲稿，而要分别对待。重要会议的讲话稿我一般先和党委办公室人员（包括秘书）讨论内容提纲，然后由他们分工写出初稿，我再提出意见，反复修改后完稿。在有些专项工作的会议上，我打算作探讨性讲话，一般会起草一个提纲，交由秘书充实成文。至于礼节性讲话，我一般不动脑筋，只在最后审核时略作文字润色。总而言之，我觉得作为领导，讲话要奔着问题去，要有想法，有分析，尽可能保持个性，并且生动，使人听了有所启发。不要"以其昏昏，使人昭昭"，更不可自己懒得动脑、动手，事事请秘书代劳。所以我在编讲话集时自信是有内容编的，也相信一定能编好。

讲话集很快在一个月后，即2012年9月就出版了。想不到出版这本书，又引出了另一本书。商务印书馆编辑谢仲礼不知从什么地方看到了讲话集，便来找我，说要将其中内容分门别类编辑后，专门出一本关于大学的书。我本想拒绝他，觉得"炒冷饭"没有意义。后一想讲话集的发行有局限性，校外人士不一定感兴趣，商务印书馆出书面向全国，或许可发挥更大作用。后来这本书编得更精，都是讲话内容节选，不选全文。而且按不同主题分类编辑。在讨论编辑提纲时，我坚持要将"党委领导下的校长负责制"的内容纳入"大学党建篇"。因为中国大学的管理如果不谈坚持党的领导就失去了根本，也管不好。起书名也颇伤脑筋，不能平白直叙，要"跳一点"吸引读者。最后商定以"大学之水"为书名,含义出自我的一次讲话,我说"大学是深深的水,静静地流"。那是在《解放日报》"文化讲坛"上的一次演讲,题目就是"大学是什么"。此书的"自序"对"深深的水,静静地流"加以阐发,认为这句话是"对大学追求真理、崇尚学术的精神的形象描绘",是"对大学应有特征和品格的表述"。这样阐述自然是有针对性的,表达了我对笼罩在大学之上的浮躁之气不满。我以为浮躁之气的养成有政府的原因、社会原因和大学自身的原因。我提出了"踏实求进,持之以恒"的主张。此书按"大学文化编""发展改革编""学生教育编""大学党建编"分类编辑讲话内容,颇有特色。

编完两本集子,重拾《和谐发展的十年》一书的写作,那始终是萦绕在我心头的大事。为了写好此书,我定了一个"先易后难"的原则,材料准备充分、难度低的内容先写;而且不赶进度,腹稿打得充分一点,写得从容一点,大约每两个月写一章。其间我又遇到患心肌梗死和前列腺癌两场大病,放疗医治花了不少时间(下文再说)。在2012年去华东疗养院休养期间和放疗期间都没有停止写作。

撰写这本书我倾注了很大的心血。回望过去十年的所作所为所想,那一幕幕仿佛过电影。其间有欢乐,比如百年校庆;有得意,例如招生改革、通识教育、大学民生;有难受,例如合并融合;有沉思,例如党建思政。但落笔时我提醒自己不能由着情绪写,要有事实依据,来龙去脉、过程细节要交代清楚,使我的回忆成为信史,将来治复旦校史者可以以此为依据;而且要有血有肉,旗帜鲜明,不怕人说这是一家之言。

这是一本全面总结复旦十年发展改革的书。正如书的"前言"中归纳的,1999年至2009年,"这是复旦快速发展的十年","也是复旦厉行改革的十年","是复旦跨越百年的十年"。这十年在复旦历史上很重要!我写这本书立足于总结历史,而不是平铺直叙。所以我采用"本末体"的写法,挑选十年中的重大历史阶段、重要工作内容,大体有时间先后,列成专题,这样就形成了十一章。想来想去,总觉得还缺点什么，复旦的文科这么强，不提一笔是缺陷。于是将我在2013年3月接受校史研究室的访问记——"复旦文科发展剪影"列为附录。为了写好每一章，我搜集了尽可能多的材料，和自己的笔记、记忆结合起来，将事物发展的历史背景、因果关系和逻辑顺序理出来，然后再动笔。事情往往是这样的：当年做事的时候，往往没想得那么仔细，发展的机遇快快抓紧，改革的步子大胆迈出去。事成或不成以后，才发现过程有那么多偶然性、必然性。既有成功的原因，也有失败的遗憾。个人的回忆有时也不那么准确，找到资料才发现是那么一回事。所以我写得很慢，有些涉及教育、管理的知识，还得补充学习。写作的过程也是一个学习的过程。这本书是一部个人作品，不是集体撰写的校史，所以我力求保持个性，毫不隐讳地将当年干事的思路、事后的想法写出来，这样才能引起读者深思。

我不否认，不少内容还是有针对性的，针对某些错误的倾向、行为。譬如书名，我特意起名为"和谐发展的十年"，就是指1999—2009年十年全校上下团结和谐，改革得到推进，事业得到发展。2009年之后的几年，领导班子出现不和谐，学校改革发展就受到了影响（那几年可另写书总结）。此书的文字我也刻意追求简洁易读，章节结构注意平衡。此书每一个字都是经过我的思考落笔的，不是请别人代笔的。此书的出版也有些讲究。我不打算交给复旦出版社出版，校外出版更具客观立场，而且不给复旦出版社带来风险。恰逢前教委主任张伟江邀请我为他主编的大学领导丛书写一本书，由上海交通大学出版社出版。我欣然同意，将《和谐发展的十年》书稿交上海交大出版社出版，由此两全其美。

这个时期我还出版了第四本书：我的博士论文的增订本。早在1992年，我的博士论文《上海近代报刊史论》就是复旦大学出版社出版的。这是承蒙时任复旦出版社社长张德明的厚意，被列为复旦"博士论丛"最早一批出版的两本书之一。2007年左右，时任复旦大学出版社社长贺圣遂建议我出增订本，但被我谢绝了。在我的观念中，增订本一定要对原作作较大修改或增补。我当时没有时间修改，而且感到在书记任上做此事，有利用职权之嫌。2013年8月，贺社长向我重提建议，我觉得已过了二十多年，是再版的时候了。初版以后，我的导师宁树藩对此书缺陷曾做过批评。现在我有时间按他的意见修改了，并且应该增补内容。从当月起至2014年1月，花了整整五个月，我完成了修订的任务，将论文增加至24.9万字。除了对第一版的文字做了修订，还增写了第八章"'海派文化'和报刊"，三万多字，并将我1982年所写的硕士论文《论史量才经营后期的〈申报〉》收入作为附录。那篇论文未正式发表过，博士论文不少内容就是在这一基础上拓展的。责任编辑帮助重新设计了版面和封面。论文修订本终于在2014年5月正式出版，了却了我一桩心事。

以写书的方式回望过去，不仅梳理了过去的岁月，总结了自己工作中的得失，而且结束了对过去的留恋和牵挂，对人生的一个阶段画上了句号。撰写出版书籍是一种很好的回望方式，很好的心理"撤退"。2015年4月《和谐发展的十年》正式出版发行，我舒了一口气。我在"后记"中说，"现在终于搁笔了，可以丢掉那一份牵挂"。

三、重心转移

2011年9月，我从党的工作岗位退下来，但并未退休。事实上个人工作重心已发生转移，由党政工作转到科研。我出身教师，本来就是一个"双肩挑"干部，一肩挑党政管理工作，一肩挑教学科研业务。不过因为随着职位升高，"双肩挑"变成了挑一肩、放一肩。好在业务基础还在，还可以捡起来。从党委领导岗位退下来，我主动选择回新闻学院。"从哪里来，回哪里去"嘛。我18岁进复旦，出身新闻系，64岁退下来回新闻系。叶落归根最安心。新闻学院十分欢迎我这个老学生回归故里，腾出了学院图书馆两间房间，一间做办公室，一间堆放图书资料。昔日的学生屠海鸣出资为我办公室配齐了家具，时任学院党委书记俞振伟和昔日的同事周伟明、胡军忙前忙后帮我安置。真有一种回家的感觉！

对我卸任、退到学院安家，最高兴的莫过于我的导师宁树藩教授，此时他已91岁。我去看望他，他说，"啊！项目可以交给你了"。所谓项目，就是他领头在1992年申请的"九五"国家社会科学重大项目"中国地区比较新闻史"。当时，作为学生的我协助他写了项目申请书。后来我因为工作太忙，无暇顾及，所以只作为课题组成员参加讨论，未直接参与写作。凭着在新闻学术界的声望，宁先生邀请了全国二十多个省市的近40位教师、记者参与撰写初稿。2005年前后他又和姚福申教授改写、补写、修订了初稿，并约我一起开始撰写全书最重要的部分"导论"。他从71岁一直干到90岁，实在力不从心了，对我的接手是发自内心的高兴。师命不可违，我无可推辞地接过了该项目最后阶段的任务：审定各省市新闻事业概要、地区新闻事业综述；最重要的是要完成"导论"，包括撰写"导论"未写的内容、修改"导论"需改写的内容，帮助宁老师完成他撰写的最末部分。"导论"是全书的核心内容和纲，比较的视野、方法、结论都要在"导论"中体现。我深知任务的艰巨，但也没有退路，只有硬着头皮一项一项做。昔日阅过的旧史料重新翻出来，新增加的又到图书馆寻觅。写史不比写其他文章，没有史料依据不能多说一句话；进行比较研究，又得反复琢磨。所以我抓紧时间而不赶进度，像蚂蚁啃骨头似的一点一点往前赶。我修改、续写了"导论"的第八章"解放战争时期（1946—1949）"。"导论"的前七章都是宁先生亲自撰写的，十分严谨与精彩，尤其是前四章，那是他几十年重点研究的领域，驾轻就熟，炉火纯青。写到解放战争那一章，他已实在写不动了。他告诉我，翻阅资料，前看后忘记，难以下笔。我接过以后，尽量按照他原先的设想往下续写。修改姚福申教授写的第九、第十两章，完全是遵从了宁先生的旨意，宁先生对这两章不满意，说是修改，实质上要我重写。姚先生因"反右"改变了人生，写那一段难免带有情绪，影响视野。宁先生其实是很讲政治的，叫我修改而不明言，我只得硬着头皮做得罪人的事。至于我承担的第十一章，即改革开放时期的地区新闻事业比较，我心中有谱，因为那正是我所亲身经历的时期。由于手头事多，我便将收集资料和写初稿的任务交给了我的博士生沈国麟。提纲是我提出后和他一起讨论的。他的初稿给我后，我不怎么满意，又作了较大的修改和增补。我又写了前言和后记，序是请中国人民大学方汉奇教授写的。他是宁先生的朋友，也是我博士论文的答辩主持教授。约了仅一星期，他就将序寄来了。思维之敏捷，落笔之快，哪像一个91岁的老人！

经过几年努力，初见曙光。特别是从2014年12月到2015年9月，我自我加压，干了九个多月。接近尾声时我高兴地在日记中写道："如同在大海上已望见船桅杆的顶端、喷薄而出的红日。"杀青那天又写道："今日已到全盘的'赛点'（乒乓赛术语）。"如释重负，内心喜悦溢于言表。2015年10月，全书通过了专家审核，专家的评价较高。结项书也很快下达。全书135万字，全国近40位作者参与研究、撰写，进行了24年。这是集体持续创作的成果，有如接力赛跑了24年，我最后一棒，总算跑到了终点。

好事多磨。出版又遇到问题，已结项的成果《中国地区比较新闻史》按规定应交由高教出版社出版（因中期资助的十万元经费是他们出的）。等书稿交到他们手中，何时出版却遥遥无期。我催促了大半年，直至2016年下半年仍无希望排上出版日程。"皇帝的女儿不愁嫁。"一气之下，我撤回书稿，交给复旦大学出版社，他们喜出望外（曾要过书稿，未成），孙晶副总编亲自上门洽谈出版事宜。终于该书于2018年9月正式问世，并得到国家出版基金资助。为隆重纪念该书的出版，9月21日我们举行了首发式。校党委书记焦扬、市委宣传部副部长燕爽和方汉奇教授、中国新闻史学会会长陈昌凤教授出席。我们邀请了所有在世的作者，其中有六位80岁以上的作者在家人陪同下特地赶到上海莅会，令人唏嘘不已。最遗憾的是这本书的主编宁树藩已在两年前即2016年3月6日去世。他没有看到这个项目的圆满结束，以及出版如此庄重大气的著作。作为他的学生，我感到可以告慰他在天之灵：我完成了他2012年初的嘱托。

在完成《中国地区比较新闻史》的同时，我所承接的另一项国家社科重大项目"走基层、转作风、改文风与加强和改进新闻舆论工作"也悄然展开。承接这个项目完全是被逼"上马"的。2012年1月，时任新闻学院总支书记俞振伟找到我，希望我领衔申报当年国家社会科学重大项目，课题是颁布的"指南"规定的——"'走基层、转作风、改文风'与加强和改进新闻舆论工作"。我觉得难以拒绝。离职以后是母系接纳了我，给我良好的工作环境，现在学院需要我领衔科研，为学院的学科建设增力，我没有理由不答应。二来是这个课题适合我。这是一个面向新闻实践的应用性课题。我当过新闻专业教师，又有媒体工作经验，承担这个课题再合适不过。看来院领导班子也是经过考虑的。

经过慎重思考，我答应代表新闻学院申报国家社科基金。没有想到的是，这一课题做了九年才结项。当年，新闻学有四个国家重大课题立项，是本院历史上最多的，也是复旦大学文科当年最多的。

这一课题研究进行的全过程可以用一句话形容：立项快，推动迟，拖得久，结项难。我们1月提出申请，3月赴京答辩，4月就批准立项。估计专家委员会看重我的学术、实践经历和团队阵容。兄弟院校同行闻讯也不再加入竞争。立项以后，差不多用了五六个月的时间开题、审题，最后确定研究方向和子课题组分工。这一过程我们还是很认真的。我们访问了中宣部副部长蔡名照等领导，揣摩中央在"走、转、改"和新闻舆论工作方面的意图，一线所遇到的问题，听取他们的意见。6月20日正式召开了有学界、业界专家参加的开题会。从2012年下半年起，各子课题展开了自己的研究。我的任务就是了解进展、讨论难点、大力推进。由于种种原因，研究、撰稿过程拖得很久，差不多有五年时间。为了推进工作、深化研究，其间开了十多次课题组会，举办了一次高端学术论坛（2015年11月21日）、五次小型学术讨论会，借用"外脑"帮助我们深化研究。2017年3月，子课题组撰写的稿子初成，课题成果进入"总装"阶段。因为不满意，统稿经过多次讨论，几易其稿，过程长达两年（2017—2019年）。2019

年9月，送出项目成果报告。

这个项目成果形成文字38万多字。虽然拖了几年，成绩是主要的。我们第一次系统总结了在全国新闻界开展多年的"走、转、改"活动，目前尚未看到业界、学界有此报告。更重要的是我们全面研究了我国当下的舆论环境，这是党、政府管理部门和各级组织单位最头痛、最关心的问题。报告从社会层面、技术层面分析了社会舆论变化特点及其形成原因，从学术角度看，这是舆论学的新成果。报告表现了对主流媒体当下所处困境的关切，因为我和课题组一些成员都曾身处或现身处主流媒体之中，对困境的主客观原因有切身感受与深层思考。这正是和某些脱离实际的学者、专家的区别。报告提出的解困之策，特别是针对新闻管理部门弊端的指陈，已经相当克制。作为首席专家，我力主写进去。对于这一项理论和实践结合的成果，我们还是有自信心的，关在书斋里是做不出来的。平心而论，项目的参加者包括我自己，通过研究都有很多收获，厘清了许多困惑的问题。

原以为大功告成，想不到磨难由此开始。是年年底，国家社科办下达通知，称这个项目"经专家通讯鉴定，质量等级为不合格，未达到结项要求"。通知"走"了4个月，至2020年4月才通过电话告诉我。我调阅了专家评审意见后，感到不能接受。随即写了一份5000多字的申诉报告，认为："评审专家以一般研究论文（包括博士论文）的既有模式、构件的形式要求来套评我们这个面向实际的研究报告，出现明显的偏误。""他们评定的等级是缺乏充分理由、不客观、不公正的。"我要求撤销不合格判定，正常结项。经课题组全体讨论后，向上递交了申诉报告。同时我又约见了市委宣传部分管副部长徐炯和副校长陈志敏。经过他们的斡旋，国家社科办终于同意重新审阅我们的成果报告，条件是我们要再进行修改，并由我们提出申请。人在屋檐下，只能低个头。何况我觉得还有一些值得修改的地方。经全组讨论同意，我们开始了为期五个月的修改工作。为便于阅者理解和将来正式出版，修改作了结构上的变动，全书由四篇改为十四章，我亲自动手写了第一章绪论，对"走、转、改"作了溯源，作了开题分析，剖析了核心概念，对以往的学术研究做了回顾。这等于给全书安了一个"头"，同时也是对"八股论者"的一个妥协。但这一章完全属于原创，有一定学术价值。是年11月19日，我们终于完成修改任务，再次上报国家社科办。2021年1月20日，国家社科办正式颁发结项证书。复旦出版社愿意帮助正式出版，我起了一个书名叫"舆论引导新论——兼谈走、转、改"。

一个研究当代现状的科研项目，如此旷日持久，又几经磨难，至少在我是第一次，大概也是最后一次。回顾起来，有几点值得汲取的教训。

最初对研究的对象和范围缺乏充分的认识，在研究的过程中逐渐对焦、明确，使研究做得很累。刚承接这个课题时就感到题目太大。在新闻与宣传领域，加强与改进新闻舆论工作，什么内容不可以做？另外题目的前半部分"走、转、改"和后半部分怎么联系？为明确题意，研究了好久，最后才确定以研究新时期舆论环境为基础，立足主流媒体，剖析困境，找到出路。而我们面临的形势是，研究的对象即舆论环境和媒体，正处于历史上从未有过的大变动之中。我们始终感到研究跟不上变动。信息技术的飞速进步，颠覆性地改变了信息传播格局，随之带来媒体格局的剧变、社会舆论的变化。我们力图跟上潮流，每隔一二年就得反复修改原有的结论。因此，课题研究也处于变动之中。这是我们以往科研中未曾遇到过的困难。

课题组的成员未经过严格挑选，力量调配、进度安排受到很大掣肘，也是应汲取的教训。课题组成员的成功之处，是吸纳了在新闻单位一线的工作人员，而不是只有校内教师，这是理论和实践结合的天然优势。但参与的教师没有经过挑选，在当时的学院学术研究队伍格局下，我只能接受推选给我的人员。事实证明，其中有些人研究能力不够，独立发现问题、研究问题、驾驭文字的水平不高。再加上其他工作负担很重，教学、带研究生、行政工作都置于先完成的位置，而项目科研靠后，因此各子课题组完成分工任务都很拖沓。我抓不住进度，一催再催，连自己都觉得难受。我对他们自嘲是《白毛女》一剧中的地主黄世仁，要账要逼死杨白劳。进度的缓慢影响了结项。

我所习惯的研究路径、方法，以及成果论文撰写文体，已不适应当今学术界风行的那一套。第一次结项未通过这件事对我刺激很大。我觉得我们和评审者的分歧，是在科研思想方法以及学术评价标准这些根本问题上。对我们成果予以否定的评审者，提不出理论上和实践上的具体内容，却在研究路径、方法上加以否定。正如我在申诉书中写道："社会科学研究方法应该从问题出发，还是从理论出发？""我们的研究对象是发生在中国土地上的新闻舆论现象，只有由现象及至本质，找到规律，才有可能上升为理论。"我们"不需要拿一个现成的所谓理论，或者找一个外国理论来嵌套中国的实际"。现在看来，我们所遇到的评审者的思维方式、评判标准已不是个别的现象，那一套在研究生培养中乃至整个科研领域已形成风气。学术八股成为通行规则，无人敢违。呜呼！中国的社会科学研究何时有希望？我这样一个"落伍者"不过感受一次罢了。

这个科研项目的经费使用也经历了一个痛苦的过程。冗长的规定文件、繁复的手续，很难使人弄懂，更不用说自由支配使用了。2016年的新文件纠正2012年的文件，又使我赔付了"违规"使用的费用一万多元，而组内科研人员没给他们发一分津贴。国务院办公厅会议不止一次地提出要给科研人员支配经费的自由，实际上是空话。

从科研的角度讲，我承接这个国家重点项目还是有收获的。最重要的是，使我保持了对新闻传播领域的敏感，接触了新闻传播和社会舆论变化的前沿，使得七十几岁的我还不至于脱离新时代。但从完成规定性国家项目而言，我不想再接什么项目了。够了！

如果说上面这个项目是"规定动作"，那么2016年开始，我又搞了一个科研"自选动作"——自己有兴趣的项目。大约在2015年，复旦国际文化交流学院的许金生老师赠送了我一套他主编的书《近代日本在华报刊通讯社调查史料集成（1909—1941）》（日文影印，线装书局出版）。他是一位研究日本情报战的专家，精通日文。我略一翻阅，深感兴趣。这一套书是从日本外务省史料馆公开的档案史料中影印的，是日本外务省指令日驻华领馆收集的中国所在城市的报刊、通讯社情报，每年编撰成一本，非常系统。对我们中国新闻史乃至中国近代史研究者而言，是极其珍贵的史料。遗憾的是原文是日文，无法直接广泛应用。我萌生出翻译出版的念头，便约许金生来合计。他一听欣然同意，一拍即合。于是我们又约请了本院林溪声和外文学院邹波老师加入课题组。在时任市委宣传部副部长燕爽的支持下，我们顺利申请到了上海市社科办公室特批的委托项目"日本情报中的中国近代报刊史料汇编"，于2016年10月8日正式立项。

从内容上说，这是一个窄而实的项目，属于史料翻译编辑一类。项目的工作是以翻译为主，科研含金量则在史料校勘。按照分工，许、邹负责翻译，秦、林负责校勘。因为翻译量大，所以我们先组织一批研究生来承担。邹老师是日文系主任，由他选了几位日文基础好的研究生来翻译。试下来这批学生很不适应。需要翻译的是100多年前的日文，他们又不熟悉历史，试译下来错误甚多。许金生便亲自动手对学生进行培训，又请了一位同济大学的教授参与翻译，他亲自把关审译。校勘的工作同样不好做，甚至难度更大。古籍的校勘主要是文本的校勘，可以以不同年代的文本比对。而我们校勘的是日本人情报中关于报刊、通讯社的要素，如报名、地点、创停刊日期、人名等，校勘的目的是尽可能纠正情报中的错误，使经我们手整理的史料相对准确可用。

能不能发现必须校勘的内容，找什么样的资料来校勘，校勘后的注释如何写，实际上就考验我们的学术水平。为了增加可查考的资料，我们花几万元购置了中国人民大学新闻学院编的《民国时期新闻史料汇编》以及续编，网上搜购了各省市新闻志、报刊史，还搜购了各大学图书馆的报刊目录（包括未正式出版的）。校勘工作考验一个人的细心、耐心和恒心。细心，才能发现情报中的谬误，发现需要校勘之处，有时需要反复看，前后对比，仔细想。校勘不似写文章那么痛快，往往费时甚多，成果在微小之处。这种蚂蚁啃骨头的功夫，旷日持久。没有耐心还真不成。好在我是一个坐得住的人，自小喜欢干细微的事。校勘也合我的性格。有时花了几天工夫,突然找到资料,或者突然发现问题,欣喜不已。这样的工作埋头干了几年,终于大功告成。我形容如同燕子筑窝,飞到远处一口一口地叼来泥,最后筑成遮凉的小窝。2020年11月,我们将全稿150多万字交付审阅,12月29日获得结项证书。目前正交付复旦出版社排版审稿,有望在年终出版。

完成这项"自选动作",心情是愉快的。这是我想要做的事。这项科研虽然没有发表论文光鲜,但它是实实在在能为今后新闻史研究做出贡献的。我称之为铺路石。铺路石式的科研也是需要有人做的。有着职称、薪酬等现实考量的年轻人下不了决心做,那就由我们这些对名利无所求的老人来干吧。许金生说得好,我们是科研志愿者,干好了,为后人铺路。

四、疾病考验

人都说,退休初的一二年容易得病。我尽管顺利实现逐步撤退,重心转移,疾病还是找上门来。

先是冠心病、心肌梗死。2012年9月28日,我早起觉得胸闷,颈后流汗。匆匆吃完早饭去上班,上车以后太阳一晒恢复如常。晚上照常和几个球友打乒乓一小时,我并未将早晨的事放心上。第二天,即29日,早起又胸闷。我感觉不对,想起平时接受的常识,不敢耽搁,即驱车直奔中山医院。我的干部保健关系在瑞金医院,但中山医院的心脏内外科全市第一、国内知名,中山又是我校附属医院,所以果断选择去中山医院。一到医院,经过例行的心电图、验血、心脏B超等检查,初步判断是局部心梗。医生随即关我"禁闭"(两天后恰是国庆长假),送到ICU(急诊观察室)治疗、观察。用药之后我自觉身体状态如常。经过一系列检查,特别是10月9日的冠动脉造影,初步判断是血管斑块脱落,在心尖毛细血管处引起堵塞,局部心肌梗死。一经用疏解药物已经恢复正常。由于冠状动脉狭窄未超过30%，葛均波医生未给我安装支架。出院诊疗书上写着"冠心病，急性非ST段抬高型心肌梗死；高血压病2级，极高危；高脂血症"。10月12日，我顺利出院，过了三天便去华东疗养院休养一个月。

疾病是身体的警钟。我一向自信身体壮实，又不间断锻炼。但长期在紧张的工作状态下，心理负担重，加上不由自主的应酬，便养成心血管系统"三高"（高血压、高血脂、高血糖）的基础病。时间久了，心脑血管必然发生问题。好在我自己发现及时，去最好的医院诊治，没有拖延时间。诊治及时，没有留下后遗症（医生还因此表扬了我）。过了三个月，一天半夜我又觉得胸闷异常，服了硝酸甘油后缓解。第二天（2013年1月14日）又被关进中山医院检查、治疗。请来有经验的专家会诊，找不到心脏缺血的原因，也未见心肌梗死的"细胞残骸"，遂判断由于血管痉挛引起。两次发病，使我对心脏病引起的症状十分敏感，但也没有谨小慎微。饮食、工作、锻炼如常，保持警觉即可。

谁料祸不单行。2013年8月，在例行健康体检中又被怀疑患前列腺癌。8月底，经过复查、穿刺、超声扫描，确诊为前列腺癌中危组，未见骨转移。获讯后我并不震惊，心态平和。"既来之，则安之。"前列腺癌究竟是一种什么样的癌？采用什么样的治疗方法适合我？随之我展开了学习和查询，以便决定治疗方案。好在有互联网，我查阅了网上有关信息，同时去拜访了上海诊治前列腺癌的顶级专家孙颖浩（二军大）、叶定伟（肿瘤医院），中山医院的王玉琦院长和秦新裕书记也帮我出谋划策。外科根治术是成熟的手术。这些外科专家们无一不主张马上动刀清除，而且应允亲自给我动手术。而中山医院的这二位则主张用放疗，放疗也能根治。他们介绍了中山医院新使用的放疗机TOMO。于是，我又拜访了中山的放疗科主任曾韶冲医生，他详细向我介绍了放疗的原理、过程和疗效，并赠予我一本他的著作。经过再三权衡，为避免开刀以后的后遗症（7%左右），我接受了中山泌尿科专家张永康医生的治疗方案，即根治性放疗加内分泌治疗。9月13

日起，我先开始进行内分泌治疗，每月打抑那通3.75毫克，每天打比卡鲁胺50毫克。大约三个月后，于12月3日开始放疗，每周五次，周末休息两天。放疗期间，我身体无任何不适反应，照常工作、锻炼、休息，以至于除了家人而外，其他人都不知道我在接受癌症放疗。至2014年1月9日，整个放疗疗程圆满完成，共进行了28次，累计接受射线72 Gy。内分泌治疗又继续了三个月。至6月份作复查，张医生告诉我诊治效果非常好，前列腺已萎缩，PSA降得很低。我终于战胜了癌细胞！

生了两场大病，使我意识到，进入老年，疾病将成为我的伙伴。人体如同一架机器，使用了几十年，有的零部件出了问题需要更替，更大量的是零部件磨损，运行不灵了。这就是医生常对我们说的，退行性病变。我得的冠心病属于常见病，心肌梗死也不少见。癌症的比例在人群中增高，已进到疾病谱前几位，在我们的亲戚朋友中癌症也很常见。看得更透一点，我们将在和疾病的共生共处中走向生命的终点。任何人难以幸免。

得了病之后，首先要认真对待。作为知识分子，我们要以科学的态度对待疾病，及时发现、及时治疗是绝对重要的。要和疾病赛跑，早发现、早治疗决定最终治疗效果。相信科学，相信医生也很重要。找到高明的医生，就能很快治病痊愈。我校有很强的附属医院，使我们"近水楼台先得月"，是我们的幸运。相信医生和自主决定并不矛盾。只有通过比较，才能找到好的治疗方案。偏听则暗，兼听则明。学习了，比较了，就能做出选择。

还有一个治好病、恢复健康的要素，就是要有很好的心态。懂得了必然性，心里就不会紧张。在别人看来，我得的是大病，可是我不在乎，也从未打算要瞒住什么人。生病不丢脸，要瞒住人就会有心理负担。不瞒人，和人交流就会获得别人很多好的经验和意见。我坚信自己的抵抗能力，坚信现在的医疗水平。所以我的健康恢复得挺快。

非常不幸的是，我大病初愈，为我担心的奕明竟也患了癌症。2015年10月，在陪我去华东疗养院体检中，她被检查出肺上有毛玻璃结节。经华东医院确诊是肺部原位癌,初期。没有犹豫,立即开刀。明开始有些不安,但很坚强,精神上乐观。手术很顺利,出院后就去澳洲儿子那里休养了几个月。有人说,癌症会传染,好像不对。又有人说"夫妻相",最好疾病不要夫妻相。好在明的身体素质底子很好,人也乐观,身体痊愈得较快。

五、行万里路

古人云:读万卷书,行万里路。把周游列国看作和读书同样重要。游览阅世情,长见识。不少人一退休就开始旅游,国内国外不消停,称之为"享受人生"。我虽无此计划,但盘算下来,十年来也去了不少地方。

先说国外境外,这十年虽不如在职时到国外跑得多,但也去了好几处,而且是去了自己想去的地方,印象特别深刻。2016年二三月间,我们去了澳洲塔斯马尼亚岛和新西兰。过去我对南半球的岛屿一无所知。这次去了以后才知道世上还有这样的净土。原野、雪山、湖泊都是原生态的,人迹罕至,除了见到世界各地的游客,几乎见不到原住民。环绕塔岛的游轮,就是一个小小的联合国。新西兰南岛的峡湾与湖泊,北岛的地热喷泉,胜过我去过的很多地方。同年秋天,我和奕明只身二人,又来到加拿大。在老同学李粤潮夫妇、杜康荣夫妇和学生裴卫东的帮助下,从加东游到加西,观看了心仪已久的尼亚加拉大瀑布,坐了冲到瀑布底下的游轮,那水沫飞溅的惊险场景终生难忘。我们还欣赏了五彩斑斓的枫叶林以及落基山脉的冰川雪原,意外地还目睹了三文鱼洄游那种不惜撞得头破血流、逆流而上的壮烈场面。在职时,我多次访问美国的城市和大学,很少有时间停留欣赏自然风光。2017年6月,在女儿、外孙的陪伴下,游览了著名的黄石公园。从投宿流传神怪故事的盐湖城开始,我们就深入公园主要区域。巍峨壮观的雪山仿佛就在眼前,蒸汽腾腾的喷泉令人叹为观止。更令人要发出尖叫的是五彩斑斓的硫黄湖面，加上蜿蜒如蛇的游客倒影，简直是一幅幅绝美的油画，使我拿起相机欲罢不能。来到这里哪里还想得到华尔街的金融搏杀、华盛顿的选举竞争。自然界是最原始、最纯净的。这几年最惬意、最难以忘怀的是乘坐维京豪华游轮的多瑙河之旅。同行的有诸雨民夫妇、女儿、外孙。中欧的捷克、维也纳、匈牙利我过去都访问过，也曾留下深刻的印象，但没有像这次如此深入欧洲的腹地，蜿蜒行驶在欧洲的母亲河——多瑙河上。静静的多瑙河流淌在欧洲大地上，两岸风景秀丽，树丛中点缀着红瓦的欧式别墅和教堂的塔尖。布拉格、维也纳、布达佩斯留下的壮美建筑，令人流连忘返。别有情趣的是，我们这次旅行体验了游轮的舒适生活，减轻了旅途劳顿之累。夜晚在游轮上，凉风拂面，喝着黑啤和鸡尾酒，听着音乐演奏，简直是神仙般的生活。

除了游览，还有四次在国外生活了一段时间。2012年5月28日至6月5日，2015年12月28日至2016年3月24日，2018年7月19日至8月25日，我们去墨尔本儿子家住了一阵子。因为语言不通，无法同邻居和当地居民交往。但通过儿子、儿媳的介绍，以及我们的观察，对澳洲有所了解和体验。这里真是地广人稀！自然资源丰富以及工业化发展早，使整个社会稳定、富裕。人们安静地过着慢节奏的生活，即使是墨尔本中心区也没有那种都市的喧闹，更不用说摩肩接踵了。但人的交往也不多，中国人是会感到寂寞的。儿子海海（秦翌）在小镇科莫的邮局工作，每天6:30就上班，下午5:30才回家，一天很辛苦。我借此对澳洲邮局的体制、经营方式等做了了解。有一天我跟着海海上班，观察邮局的运行。据此写了一篇短文《澳大利亚小镇的邮局》，发在《新民晚报》"夜光杯"上。2017年暑假，从6月22日至8月17日，我们在女儿茵茵（秦茵）新泽西的家中也居住了两个月。我访问美国有七八次，像这次近距离的在美国生活还是第一次。女儿的家在新泽西毗邻曼哈顿的小镇Forli上，镇很小，紧邻几条高速公路。居住的是高层公寓，设施齐全，居民以白人为主。我们体验着美国居民日常的生活：开着车到超市购物，在公寓的游泳池游泳，到对面的小公园散步，偶尔坐地铁去曼哈顿找个饭馆吃饭。如果没有恐袭、疫情，美国人的生活还是平静的、富裕的，物价也比中国低，环境生态很好，周围的居民，包括公寓保安，对中国人友好。但愿这种状况能保持下去。

此外，因为学校校董工作需要，学校还特意派遣王生洪校长和我去了两次香港，一次是2012年3月，一次是2015年6月。在职时香港去得多，对我而言已经很熟悉，没有什么新意。所以每次都是匆匆来，匆匆去。印象中，好像香港是没有变化的，不似内地城市日新月异。当然这是在香港骚动之前，想不到后来发生了那么一些事。

再说国内，十年之中足迹所至有这么多地方连我自己都感到吃惊。除了陕西、甘肃、宁夏、新疆、西藏、台湾、澳门未去而外，其他都涉足了。过去在国内旅游很少，这十年一转，完全改变了过去的印象。

中华大地不乏名山大川，地貌景观极其丰富、多样。2012年9月、2016年8月，我两上长白山。恰逢晴天，阳光灿烂，山顶的火山湖静静地躺在群山丛中，湛蓝的湖水深不见底。湖这边游人如织，湖那边邻国静悄悄的，好像有点浪费这动人的山色。2012年7月，我又去了内蒙古锡林浩特。那一望无际的草原使人想起许多民歌，帐篷里的白酒伴随着马头琴声令人陶醉。边境线也是静悄悄的，高耸的哨楼是草原的点缀。在西南边陲云南，我看到的是另一番景象。2017年5月22日，我来到虎跳峡，那咆哮着的江水横冲直撞，令人惊心动魄，给人印象极其深刻。很难想象几千公里之后，这水就成了豪迈的大江。我去的许多景观是国人耳熟能详的，如福建霞浦（2013年10月）、南靖土楼（2011年11月）、广西桂林（2014年6月）、云南大理、丽江、香格里拉（2017年5月）、浙江千岛湖（2012年1月）、广州老城（2013年1月）。还有不少可能是很多人不熟悉的，如恩施大峡谷（2016年5月）、江苏老子山（2014年11月）。最令人难忘的是2017年2月17日至19日，我们游览了祖国南疆的永兴岛、赵述岛。此行缘于老同事陈雪虎介绍的新闻系81级的陈际阳校友，他时任海南省三沙市委常委。我们搭乘了他们赴西沙群岛的公务船，经过一夜航行后到达三沙市政府所在地永兴岛。之后，我们又随他乘气垫船"飞"到赵述岛。来到西沙，眺望大海，才知道什么叫辽阔。海水蔚蓝蔚蓝，白浪成一线，一波一波由远及近，海天很难分离。海风拂过，令人心旷神怡。永兴岛不大，仅 2 平方公里。但这里是战略要地，岛上的机场是填海而成的，能供大型客机起降（我们就是乘波音 737 回到海口的）。1946 年，国民党政府就派军舰驻岛立碑，宣示主权。南海过去有 41 个岛礁被周边邻国占据，现已收回 29 个。要捍卫这 200 多平方公里海疆，就要有坚强的国力。

与国外不同，由于中华历史悠久，不仅有自然景观，还有丰富的人文历史景观。我除了前面所述因视察文物保护状况，领略了湖北、河南地上、地下文物的风貌而外，还领略了少数民族地区的风土人情。2017 年 5 月，我们游览了白族的居住地大理，租车环绕洱海一周，白族的民居给我们留下深刻的印象。之后又赴丽江古城，这是白族、苗族聚居的地方，现在全城都成了旅游景点，热闹非凡。2018 年 3 月，我随老记协摄影团去贵州，到西江千户苗寨、朗德苗寨、丹寨、从江、黎平等地采风，拍摄了不少景点和民俗场景。人文景观中还有一种不能忘却的，就是近代以来劳动群众用他们的血汗创造了惊天地、泣鬼神的奇迹。2015 年 7 月，我随老记协团去河南，访问了在太行山南麓的郭亮村，为村民在悬崖上修筑的公路惊叹。之后又去林县红旗渠。在三年自然灾害人们肚子都填不饱的时候，林县人民开始了修筑 70 多公里水渠的宏伟工程，历时十年，1970 年建成，被誉为世界奇迹。我在参观时受到很大震撼，世界上有一种永不消失的景观，那就是人类战天斗地创造出来的。

除了上述景点，近几年在江苏、浙江等周围游览、休假的次数更频繁。浙江的千岛湖、桐庐、良渚、九龙湖、东钱湖、莫干山、绍兴、龙泉、丽水、湖州，江苏的张家港、盐城、宜兴、淮安、南通、启东、如皋、苏州，都留下了我们的足迹。

我们近十年的旅游经历，直接见证了我国旅游业的迅速发展。记得 1998 年我访问墨西哥的时候，墨西哥这个不发达国家已是世界第六大旅游国，我国那时还排不上号。如今我国已是世界旅游大国，各地的旅游设施越来越好，加上航空、高铁、高速公路助力，旅游成为很多家庭的普通生活。当然我也不例外。于我个人还有一个因素，就是退下来以后，有时间和家人一起旅游，其乐融融。过去没有时间陪老伴，现在和老伴同去各地，共享欢乐，那是必须的。老来伴嘛！不然，一个人走还不放心呢。

六、候 鸟 南 飞

一个偶然的机会，2012 年 2 月，在上海还是春寒的时候，我们应邀到海南三亚度假。奕明的学生王鑫莉在三亚海边有一套住宅，可供我们居住。去了六天，给我印象极好。蓝天白云，艳阳高照，气候温暖，全然没有寒意逼仄。2015 年 2 月，应中学班主任白宰理邀请，我们结伴老同学杜康荣夫妇，再次到三亚旅游。白老师夫妇每年在三亚过冬已有近十年。他们的经验告诉我们，三亚适合老年人过冬。我们听得有点心动。经介绍在三亚河畔、距火车站仅一站路处看中一套住房，毅然决然下了订单。2016 年 11 月，这个名为"香醍 25"的小区正式交房验收。我们即赴三亚过冬，自此开启了候鸟南飞的生活模式。每年 11 月，当上海北风呼呼吹的时候，我们便飞往三亚。来年三四月份，上海气候还暖，我们就回上海。如此模式已实行了五年，今后还会继续下去。

人能适应各种环境，甚至非常严酷的环境。但人老了，适应环境的能力就明显下降，尤其是冬天，气血呆滞不和。在缺乏城市供暖系统的上海，冬天的日子不太好过。保证老年健康的办法，就是寻找一个适合冬季生活的环境，自从我得了冠心病，奕明动了肺癌手术之后，这一想法更加强烈。偶然的三亚游让我们找到了方向。三亚是我国大陆的最南端，地处亚热带和热带交汇处，即通常说北纬 18 度的黄金线。冬季的温度基本在20—28度之间，干燥少雨，天气一直晴朗，可以说是我国冬天气候最佳的地方。聪明的东北人早就发现这一点，早在二十多年前他们就成群结队来到海南，特别是三亚。老人小孩都来海边晒太阳，不少年轻人甚至在这里寻找工作，购房定居。我们这些晚知晚觉者不过是步了他们的"后尘"。我们到三亚不是为了旅游，为了置产购物，而是为了享受三亚的空气、阳光和水（来自五指山的水非常纯净）。三亚的气候和自然环境是最大的财富，金不换的。我们做了五年候鸟，深感三亚的冬天促进了我们的健康，旁人都感觉到我们的精气神不减当年。

耐不住寂寞的人无法来三亚做候鸟，尤其习惯在上海这个繁华的大都市生活的人。寂寞其实是一种主观感受。当你适应新的环境之后便不感到寂寞。几年来，我们越来越适应海南三亚这个大环境。海南岛仅次于台湾，是祖国第二大岛。地处北部湾，环境气候条件优越，丰富的地形地貌——海滩、峡谷、河流、山峰，加上丰富的热带雨林，是天然的旅游胜地。近20年环岛高速公路、高铁的修建，使环岛游览极其方便。五年来，我们游览过五指山（2015年2月）、海口（2017年2月）、陵水（2018年7月）、崖城、尖峰岭（2018年1月）、洋浦港、东坡书院、棋子湾（2018年12月）、万宁（2019年1月）、文昌（2019年12月），还有许多尚未游览的地方。我们并不着急，把未去过的地方储备起来，以后慢慢玩——因为我们是候鸟，每年都来。一种环境待久了，就会喜欢这个环境，进而关心环境的变化。海南岛发展的前景，建设自贸港的蓝图，已不是和我们无关的问题。我们热切地关心海南的发展。它的每一步成功，都证明了我们选择的成功。

与大环境配套的还有小环境。我们居住的地方毗邻火车站，对面是一所大学——海航学院，国际文化交流中心红树林就在附近，周边超市、菜场都很便利，居家生活安逸惬意，小区有500户人家，来自祖国各地，可以说是一个大家庭。居住者基本是退休人员，50—80岁不等，不少人家还带了孙辈来，小区里孩子不少，他们嬉闹玩耍，给小区带来不少生气。退休人员各色人等,互相很少问过去的经历,以地方籍贯聚集有一些小小的组合。小区自发组织了太极拳、合唱队、柔力球,在开发商和物业公司的支持下,乒乓球室、游泳池和网球场地也建得不错。还有一个自发的志愿者服务队,为维护业主的权益做了不少事,如安全消防检查等。每年春节前,还组织文艺演出联欢。所以我们的文体生活很丰富,邻里团结和谐,小环境也适合居住。小环境还有一点独特的,我们在三亚联络了复旦几位校友,他们有几位是学长,有几位是学弟妹,共同的复旦情结把我们联系到一起,时不时聚到一起,聊起复旦往事,也聊当前生活。其中有两位是我的乒乓球友,每逢星期一、三、五骑着自行车到我们小区较量高下,切磋球艺,乐此不疲。这样的小环境生活,你说还寂寞吗?

过去我们从小说、电影中常看到,欧洲人冬天到黑海、地中海晒太阳度假。想不到今天我们每年也有如此享受的晚年,深深体会到,国力的增长就是人民的幸福。

七、坚持与乐趣

人常说,快乐就能长寿。快乐也是一种主观体验。甚至可以说,快乐是自找的。苏州木渎的一所园林里,挂着一副对联说:"求闲何时闲,偷闲便闲;待足何时足,知足便足。"

都说"偷闲""自足"是自找的。但如何才能快乐?各人的思考与追求不一样。一个人退休了,总要有点事做,才会有所寄托,才会有快乐。我找了科研工作。那是我的老本行,驾轻就熟。另外,科研出成果,无论大小,总是有益于社会吧?但是一旦上手了,就会有许多困难,不那么简单。搞科研不像当官,责任那么重,但既然立项了,就也有干到底、完成项目的责任。从宁先生手里接过《中国地区比较新闻史》的任务,知道有困难,没想到有这么难。

遇到关卡,又要找专家鉴定,等等,像海绵一样吸掉了我的时间。一干干了七年,过程中要克服烦躁,像消灭虱子一样克服一个个困难,直至成功。在困难面前重要的就是要坚持。另一个项目"新闻舆论"也是如此。接项的时候还很自信,凭着我新闻理论的基础和报社工作经验一定能做好。实际推进时就感到吃力,课题组成员多数是在职教师和干部,我既非他们现任领导,有指挥的权利,也无实际利益可以调动他们,完全是凭着老师昔日的"权威"和师生情谊,推动着他们干。想尽办法推了几年,我也推累了,心烦了。推了几年,总算基本完成。推动这个项目,靠的就是坚持。至于后来评审风波发生,简直是对我的耐心的考验。面对低水平、偏颇的评委,一度想甩手不干了,但不甘心功亏一篑。只能妥协,继续修改,坚持到底。最后能结项,也是坚持的结果。"自选动作"的科研——情报资料的整理、校勘,那是另一种形式的坚持。这项科研需要的是细心、耐心和恒心(前已述)。坚持的结果,是一项项可见的科研任务最终完成,看着一摞摞稿子成果,心中特别快乐。更快乐的是,感到我没有虚度光阴,每一年的生活都是充实的。快乐,是坚持带来的,累计在每一下的坚持之中。可能这就是我们老年人不同于年轻人的心理状态,因为我们的心理状态已经过了一生的磨炼,而且我们有时间坚持。

除了工作的乐趣,一个人在私人生活中保留一些个人兴趣也十分重要。过去的新闻报道和社会价值判断中,十分推崇那种忘我工作、废寝忘食,以工作为唯一兴趣的先进人物。其实,人的一生,生活在有丰富多样事物的世界里,对周围事物产生各种兴趣是正常的。兴趣带来生活的乐趣。有生活乐趣,才是一个健康的人。

我自小兴趣广泛。象棋、绘画、篆刻、乐器都涉猎过,体育运动更是各种都碰:篮球、乒乓球、排球、田径。人的一生,兴趣不断转移也是很正常的,与环境条件、精神注意力有关。有几项兴趣爱好我一直保留到了老年。作为一个读书人,读书当然是自小养成的好习惯。工作以后有了钱,又养成买书的习惯。出差每到一地,就去逛书店,成了一种爱好。现在收藏的书有成千上万种。所以搬家最要紧的是搬书,安排书房。读什么书的偏好,一生中也会不断发生变化。读什么书就会买那一类书。我的藏书偏重文史类，"文革"中曾购齐了"二十四史"、《资治通鉴》等，"文革"后又购置了大百科全书一类。最近十几年集中在中共党史和毛泽东研究方面，已装满了两柜子。读党史类书是为了研究毛泽东，毛泽东是中国历史上罕见的杰出人物，他的一生影响了中国近现代进程。他本人就是一部书。他的思想影响了几代人。我们这一代人的思维方式，甚至文字用语，都深受其影响。无论他的历史成就，还是错误影响，都值得好好研究。所以这几年我系统读了《毛泽东年谱》，还阅读一些有关研究著作、文章，思考了一些重大历史问题。这方面还会读下去，为写研究文章做准备。除此而外，我也阅读了一些杂书，如国际时事、自然科技、健康保健等，使自己的思维不受局限。有人觉得退休下来没事干，我觉得退休下来正好读书，生活充实，兴趣满满。活到老，学到老；学到老，才能活到老。因为有太多的书，自己不可能都读，所以从今年开始着手处理在学校的藏书。几百本签名本已赠校图书馆，珍贵资料赠档案馆，着手筹备中国新闻史资料中心，集中所有科研书籍。我这有点像在处理"后事"，我只是感到书应该发挥作用，自己读不完，捐给公共阅读是最好的办法。

打乒乓球和收藏、研究地图是我目前还保留的两项兴趣活动。

自小学五六年级开始，我就喜欢打乒乓，至今有60多年了。直拍反胶，属业余中等水平。当党委书记时那么忙也没有放弃，前几年腰椎增生压迫椎管，腰病严重也没有放弃，这几年一直正常锻炼，争取打到80岁不歇搁。对老人打乒乓一直有争论，反对者认为过于激烈，不适合老年人。我觉得老年人打球好处多多。这项运动是竞技性运动，有输赢才吸引人有兴趣锻炼（不似游泳、长跑那么枯燥），强度可以自行掌控。更重要的是练身又练脑。眼观六路，脑动四方；要求手脚随脑，灵活反应；扬己长，攻人短，双方在博弈就是斗智斗勇，十分有趣。因为是群体运动，所以运动时又可交友，以球会友，切磋球艺，其乐融融。我在打球时交了不少球友，也带动了乒乓球运动。

另外，我自小喜欢看地图，总想了解我现在处于什么位置，所邻的东南西北是何地，总想走未走过的路。久而久之，看地图成了一种乐趣。从20世纪80年代中，我开始收藏地图，至今有近四十年。出差、旅游、出国，每到一处，必购一图，又有不少朋友知我收藏，携手相助。收藏至今，已有一千多幅地图，满满的一柜子。为查阅方便，我分类藏入文件夹，标明省份、国别。其中有一些十分珍贵。收藏、研究地图的最大好处是：长知识、明形势。每到一地，拿出地图，便明白地理方位、周边情况。这有点像打仗，战前一定要弄明白地形地貌。有时到了一地，朋友惊讶于我对当地的知晓程度，以为我去过。不知我事前已做过"功课"。平时了解国内外形势，更需要依据地图。阿富汗形势扑朔迷离，拿出地图一看便明白许多。新冠疫情在某地冒头，看地图就明白其爆发源头、影响范围。为增长地理知识，我还长期阅读《中国国家地理》这本国内最精彩的杂志，使我增长许多地理知识。去年阅读了《地图学史》，又了解地图编制、流传的历史。西方国家非常重视地理教育，重视地图编制。而我国却轻视地理教育。这是非常错误的。在全球化时代，轻视地理教育就无法培养国民的全球视野，我以为，地理、历史知识，属于一个人的文化修养。

兴趣，是生活的激素。有兴趣，人就不会衰老。兴趣是对未知的追求。别以为你有了一把年纪就知道很多了，其实一个人一生的知识，相对客观世界少得可怜。老年人要保持一点"童真"，即儿童对周围世界的好奇。有好奇，就会有兴趣，追求兴趣，人就有乐趣。人快乐，就延缓衰老。生活的逻辑就是这样的。

2021年9月29日草于芳甸居，10月12日修改，10月15日再修改

附录·访谈

　　学新闻的却成了新闻采访的对象，原因大概就是所谓"接近性"吧！媒体知道我懂新闻，便于采访；我深知访谈的要诀，乐意接受这个让我自由发挥的机会。访谈的主题基本上围绕大学。从大学排行榜到建设一流大学，从办学环境（生物多样性）到大学人文精神，都一一涉足，阐述己见。

加强学术道德建设，纠正学术不正之风

现在，学术领域的不正之风成为大家关注的话题。复旦大学为此召开过几次关于加强学术道德建设的座谈会，学者们各抒己见。复旦大学还即将出台关于加强学术道德和学术规范建设的规定。日前，记者采访了复旦大学党委书记秦绍德教授。

记者：学术领域不正之风的问题不断见诸报端，舆论都很关心。请您对此作一些评价。

秦绍德：学术领域的不正之风历来都是存在的，这对学术建设非常有害。科学、严谨是学术的标志。学术领域的不正之风则是科学的大敌，应当引起学术界的高度重视，采取有效的措施防止其蔓延。现在揭露出最多的是论文剽窃，在研究生论文评审、职称评审，甚至包括一些重大课题的评审和成果评奖中都存在着学术不正之风。论文剽窃是最容易被识破，也最容易被揭露的一种。而更隐蔽的是，极少数人为了将成果占为己有或者夸大自己的成果，打一些让人难辨真伪的"擦边球"。有了网络这种极为方便的工具后，这股风似有扩大的趋势。

记者：学术领域不正之风的有些问题发生在个别年轻有才华的学者身上，非常可惜。为什么会出现这种现象呢？

秦绍德：问题出在个别人身上，背后的原因却很复杂。学术领域出现不正之风是多种因素综合作用的结果。首先，是社会快速发展中出现的问题。现在处于人文社会科学和自然科学快速发展的时期，也是相对容易出成果的一个时期。在学术领域普遍存在一种急于求成的心态，尤其是青年学者，大家都想一口吃成一个胖子，或者都想短期内做出巨大成绩。毋庸讳言，这里也有非常功利的想法。其次，学术领域不正之风的出现与社会转型也有关系。我们在转向市场经济的过程中，旧的规范被打破，新的规范还未建立，道德建设跟不上，学术自律不强调，问题就容易发生。再次，政策导向上存在问题，就是违背科学研究规律，过分强调投入产出。比如青年学者承担了一个重要课题，三天两头就要去考察他的成绩，或者投入一笔经费，隔三岔五地去评估一下。这种过于重视结果的做法常常会导致弄虚作假。而对学术成果的考核过于强调量化也有失偏颇。从学校工作的角度反思，对青年学术骨干的培养，我们往往重视其成果的取得，而忽视学风和道德的引导和教育。

记者：现在每次谈到学术不正之风，追究到最后，似乎就是制度的问题。真的是这样吗？

秦绍德：当然不是，不能简单归因。如果仅仅是制度的原因，那么改变一下评估、评奖和晋升等制度就可以解决了。实际上，产生学术不正之风的原因很复杂。我前面已经说过了，对学者自身来说，最主要还是心态问题。大家都急于求成，却违背了学术发展的规律。众所周知，曹雪芹写《红楼梦》用了10年，马克思写《资本论》用了40年，歌德创作《浮士德》用了60年。要在学术上有所成就，都要经过长期的艰苦努力。

记者：现在舆论很关心学术领域，对于纠正不正之风是否也有帮助？

秦绍德：正确的舆论监督肯定有助于纠正学术不正之风。但是，我也曾在新闻界工作过，恕我坦言，一段时间以来，媒体的过度炒作其实也是造成学术领域不正之风的一个侧面的原因。一个学者一旦有成就了，炒作就铺天盖地。而且大肆炒作的往往是学者的成果，而忽视了成果面世前学者付出的艰辛的劳动，忽视了"红花还要绿叶衬"，因为一个重要的成果往往是很多人共同努力的结果，也许还有几代人的努力作铺垫。现在媒体报道过于注重成果本身，而忽视了成果后面的东西。这也造成了心态的普遍浮躁。对于个别学者身上发生的不正之风的问题，也不要过度报道和宣传。过度报道和宣传不仅对帮助犯错误的学者没有好处，还容易造成社会对学术界的误解，不利于学术队伍的建设和团结。

记者： 现在出现了不少学术打假者，您认为这有助于"清洁"学术领域吗？

秦绍德： 有的学者对学术不正之风深恶痛绝，作为学者，我也有同样的心情。学术界的确需要加强监督和规范，但是靠打假这种方式不可能解决问题。在商业领域，打假都无法解决根本问题，更何况在涉及道德范畴的学术领域。至于极个别人以打假为名，把学术领域的不同见解公之于世，甚至把历史的恩怨牵涉出来，不仅无助于学术界的建设，反而搞得沸沸扬扬，激化矛盾，这是我们不赞成的。纠正学术领域的不正之风，要靠正确健康地开展学术批评来解决。

记者： 那么，如何才能纠正学术领域的不正之风呢？

秦绍德： 纠正学术领域不正之风要有一个过程，要采取多方面的综合措施来解决。我认为，最重要的是要高举建设的大旗，而不是大批判的旗帜。也就是说，通过学术道德建设，以正面教育为主，以良好的学风一代带一代，一代传一代。同时要加强学术规范和制度建设，建立科学的评价体系等。对于极个别在这方面犯错误的学者，要本着"惩前毖后，治病救人"的原则进行批评、教育，辅之以恰当的行政惩戒。纠正学术不正之风，也要关心爱护学者，尤其是年轻学者的学术生命。同时，每一位学者都应该珍惜自己的学术声誉，就像鸟爱护自己的羽毛一样。加上舆论界的适当引导，这才有可能逐步纠正学术领域的不正之风。

（原载《文汇报》2002年6月12日，访谈记者：姜澎）

秦绍德：在媒介管理者、教育管理者和学者之间

一、偶然进入新闻系

李晓静：秦老师，众所周知，复旦大学新闻学院是国内历史最悠久的新闻院系，一直吸引着全国优秀青年才俊的投考。作为1970届的老毕业生，您能谈谈当时自己为什么选择复旦新闻系并介绍一下当时新闻系的情况吗？

秦绍德：我是1965年进复旦的，选择新闻系纯属偶然。我原来学理科，高考填报的志愿是北大生物系，没有报上海的高校。后来我高考作文的得分很高，上海市招生委员会执意要将我录取到复旦学文科。进校后，学校领导对我说，你已听从祖国召唤，从北大来到复旦，从理科转到文科，你可以在服从组织安排的情况下挑选自己喜爱的专业。当时，我一个很要好的中学同学考进了复旦新闻系。他说，学新闻好，可以长见识、开眼界。于是，我也跟着他选了新闻系。我就这样进了新闻系，很偶然，可能和很多同学想象的不一样。

复旦新闻系当时在全国都是颇受人羡慕的知名专业，而且招生不多。我们一个班30多个同学，来自祖国的四面八方，可以说是五湖四海青年才俊的大融合。在班上你往往不会有上海人的感觉，倒像在外地读书。

李晓静：您大学毕业后被分配到西北工作，在那块土地上度过了九年的宝贵时光，可以谈谈您那时的主要经历吗？那段岁月留给您最深刻的印象和感受是什么？九年的西部生活对您以后的人生有什么重

要影响吗?

秦绍德: 当时我是主动要求去西部的,"好儿女志在四方",毕业时抱着建设大西北的想法,第一志愿填报了青海,第二志愿报了云南,第三志愿报了贵州,后来我被分在青海省西宁市。开始当了两年中学老师,后来当了六年机关干部,在西宁市教育局做团的工作,再后来教了一年大专。最值得回忆的经历有这样一些:一是在当中学老师时,带学生拉练了三次,走了一二十天路,非常艰苦;还有一次带着中学生修铁路,冰天雪地,气温接近零下20度,晚上我们就睡在工棚里;再有就是1976年在西宁大通县下乡,参加路线教育工作队,也就是第二次"农业学大寨",我作为工作队的秘书,跑遍了全公社20个大队,与老百姓同吃同劳动一年,生活非常艰苦。如果要说九年西部生活给我的最大收获,我想应该是这段经历让我深深地了解了中国的国情和中国的老百姓,这是对我一生都受用的东西。

李晓静: 1979年,您重回母校攻读新闻系的硕士学位,当时是基于怎样的考虑呢?

秦绍德: "文革"结束后,我很希望再回来学习。恢复招考研究生以后,我首先想到要"回炉",回复旦继续读研、继续深造。以前我学的是俄语,在西宁一直没有丢,而且我复习比较早,增加了考取的可能性。

李晓静: 秦老师,能给我们讲讲您读研究生时的情况吗?

秦绍德: 硕士三年我师从李龙牧先生。他是当时新闻系副系主任、中国新闻史研究室的主任。他长期从事新闻工作和理论研究工作,主要研究《新青年》杂志和"五四"时期的新闻思想史。我读研的科研方向主要是中国新闻事业史。我是恢复招考后的第二届研究生。当时我们都非常珍惜学习时光,可以说是夜以继日地学习。我每天晚饭后都骑车到文科资料室去看书,一直看到关门,周末也搭上了。正因为如此,我们打下了很扎实的基础。我的硕士毕业论文是《论史量才经营后期的〈申报〉》,主要论述1931年"九一八"事变以后到1934年11月14日史量才被刺杀这段时期上海最有名的大报《申报》。

我花了5个月时间在徐家汇藏书楼查阅这段时期《申报》的全部资料。通过做这篇论文，我基本弄清楚了上海新闻史的发展概况，这为我博士阶段的学习打下了较好的基础。另外，论文比较细致地梳理了中国新闻史的发展脉络，这为我今后从事中国新闻史的教学提供了良好的知识平台。

二、做党政管理工作，学问不够水准是不行的

李晓静：1982年您毕业以后选择了留校任教，并一直担任行政职务，历任复旦大学党委宣传部副部长、部长，新闻学院党总支书记兼副院长，校党委副书记等职务，作为一名学者型的领导，请问您是如何处理学术研究和行政管理二者之间关系的？

秦绍德：1982年留校以后，我担任了两年时间的本科生辅导员，同时作为青年教师，教授"中国新闻史"。那时，新闻史教研室阵容强大，我是室里最年轻的。两年的辅导员工作对我来说也是很有意义的。我带的是新闻系1982级学生，和他们一起住6号楼，他们既是我的学生，又是我的朋友。我很高兴的是，他们现在都工作在祖国建设的各条战线，特别是有不少人已经在一些主要媒体担任领导职务，他们中有《羊城晚报》副总编、《新民晚报》副总编、上海文广传媒集团副总裁、《新闻晨报》副总编、复旦新闻学院副院长等。从1984年开始，我兼做党政管理工作，先后担任新闻学院党总支副书记，校党委宣传部副部长、部长，后来我又回到学院在职攻读博士学位。如何处理学术研究和行政管理两者之间的矛盾，这的确是"双肩挑"干部的苦恼。"双肩挑"的优势在于，一方面可以把学术研究的体会运用到党政管理中，不是"外行"管"内行"；另一方面，担任党政管理干部具有了一定的组织能力和协调能力，又能促进教学、科研。无论以后做学者还是党政干部，"双肩挑"能够为自己积累一定的相关经验，这非常有利。但"双肩挑"最大的困难就是精力和时间不易分

配，那么唯一的解决方式就是牺牲休息时间与合理分配时间。

李晓静： 当时作为新闻学院的主要领导，您对学院的发展有何设想和规划？

秦绍德： 从1991年7月到1993年2月，我担任新闻学院党总支书记。这是新闻学院处境比较艰难的时期，一是教师流失，二是经济困难。但是，我从来没有动摇过要把她建设成为全国最优秀的新闻学院的决心。我们牢牢抓住教学和科研不放，不断引进人才，最后出了不少成果。

李晓静： 在担任繁重的教学科研和行政工作的任务的同时，您依然选择了在职攻读博士学位。请问您为什么会选择中国新闻史作为研究方向呢？

秦绍德： 我之所以在那时"弃官就教"，主要出于两个方面的考虑：一是觉得自己学问还不够深厚，在复旦这样一所学术底蕴深厚的大学做党政管理工作，学问不够水准是不行的；二是考虑自己还是能够做些学问的，并且我的兴趣也更偏这方面，同时硕士阶段积累了一些知识材料，我还想继续进行研究。当时一边给学生开课一边读博士，也是"双肩挑"。读博期间我上了两门课：一门是"中国新闻事业史"，与过去只上断代史不同，这次是完整地开中国新闻史的课程；还有一门是"宣传心理学"，可以说这门课是我首创的。我做过六年机关干部，在宣传方面有较多实践经验和体会，感觉十分必要用所学知识结合实际经验来改进宣传工作。我感觉当时许多研究者不重视宣传和舆论，而新闻和宣传是不能分割的，十分需要研究宣传。当然，当时的宣传不是很讲究艺术。为什么会这样？我研究得出的结论是：宣传者很少考虑受众的心理。因此我就开始研究受众心理。当时自己在心理学方面是一个门外汉，于是就自学，大概看了100多本心理学方面的书，就运用心理学原理结合宣传经验和新闻传播知识，边教学边写书，课教完了书也写完了。后来有关出版社出了一套宣传学丛书，我的《宣传心理学》就是其中一本。

李晓静： 您1991年如期获得博士学位，1993年博士学位论文

《上海近代报刊史论》就作为专著出版了,并获得上海市哲学社会科学优秀成果奖著作类二等奖。可以为我们介绍一下当时的写作情况和论文的主要思路吗?

秦绍德: 博士论文之所以选择这个方向,是因为写作硕士论文时我明显感觉到上海在中国新闻史上有很长一个时期是中国的新闻中心。当时上海报纸的发行量是全国最大的,电台是全国办得最早的,作为中国报纸最早的诞生地之一,上海在报业方面有32个第一。因此,我认为:上海新闻事业的发展是全国新闻事业发展的缩影和典型,要研究中国近现代新闻事业发展的规律,就必须研究上海近现代新闻事业的发展状况。所以,我把博士阶段的科研方向重点定在上海新闻事业史。我没有把博士论文题目拟为"史",而是"史论",这比单纯的研究"史"要复杂,要求也更高。我的博士导师是宁树藩先生。他引导我花了近两年时间来研究上海近现代新闻史。当时我翻过的报纸在160种以上,几乎把所有能够看到的新闻书籍都看过一遍,同时还参阅了很多上海近现代史其他方面的资料和书籍,包括上海邮政史、印刷史、交通史和近代的上海文化,甚至上海的宗教史等。通过撰写博士论文,我研究了很多问题,比如上海租界和上海报刊的关系,当时对租界的看法只有一种观点,而我在论文中对租界的评价是辩证的;还有鸳鸯蝴蝶派的小报在当时是不入流的,而我在论文中也专门对其作了分析。这篇论文我还是花了很大功夫的,幸运的是此前没有人系统和深入地研究过这个领域,这篇论文后来经过修改作为专著出版并获得了上海市哲学社会科学优秀成果奖著作类二等奖。

三、最累的三年半

李晓静: 随后,您又担任了《解放日报》社党委副书记兼总编辑,可否谈谈您当时的办报理念和举措?

秦绍德: 我在《解放日报》工作的三年半,是我一生中难得的在新闻一线实践的经历,这给我打下了深深的烙印,也是我最累的三年半。从1995年9月到1999年1月,这是我们党和国家发生一系列重大事件的时期,我做总编辑时组织了几次大的报道和宣传,全社上下积极投入,不仅政治上可以交代,而且业务上好多东西都值得总结,非常值得回忆。比如香港回归的宣传、抗洪救灾的报道、小平同志逝世的报道、党的"十五大"报道等。香港回归是在半年前就开始准备,投入人力之多、版面创造之新在《解放日报》历史上也不多见。我在告别《解放日报》的演讲时说:"一千多个日日夜夜我和你们共同战斗,我永远也不会忘记!"香港回归那段时间我四个晚上没有回家,抗洪救灾的报道也是如此,全身心地投入工作,对自己也是很大的锻炼。大报的总编辑不好当,报道分寸、口径要把握好,战略要组织好,人员要调配好。我在《解放日报》期间天天组织评报,把我在新闻学院的经验带到那边,每天把别人报了而我们没有报的、我们报了但报得没有别人好的新闻都进行总结。

另外,我还和领导班子做了一些重大改革,也是比较成功的。一是在报刊市场化方面做了一些尝试,比如大家熟悉的《申江服务导报》的创办。它是完全面向市场,按照市场机制来运作的周报。她的创办几乎是一炮打响,在全国引起很大反响。无论是经济效益还是社会效益,现在都是比较好的。当时我们起用了一批年轻人,他们在实践中锻炼和成长,这也是该报的成功之处。还有一项改革是合并了一些子报,进行改组,创办了《新闻晨报》《新闻晚报》。现在,《申》报和《晨报》成了《解放日报》报业集团主要的经济来源。作为一个学者,我在这期间主要的收获就是:自己在如何把握党的新闻宣传政策、如何运作现代的新闻媒体、如何管理集团式的报刊等方面积累了经验和教训。有的是从不懂到懂,有的是从知之不多到知之深入,这些东西在新闻院校的课堂和教科书上是体会不到的。这样的锻炼是很有意义的,它有利于加深我对新闻学术的研究,比如我对于现在大家关注的党报的发展道路、新闻集团的组建、新闻媒体的经营管理等都有了感性的认识。

李晓静：正是在从计划经济向社会主义市场经济转型的过程中，您担任了上海市主要媒体的高层领导，并任中华全国新闻工作者协会副主席，您如何评价媒介发展与市场运作之间的关系？

秦绍德：媒体实际上是整个社会系统的重要组成部分，有着强大的社会功能。它不仅可以传播信息，而且还会影响舆论，影响物质文明、政治文明和精神文明建设。而且随着科学技术的突飞猛进，媒体的社会功能会越来越强。对于媒体的这些社会功能，我们不能简单地理解为教育人们的工具，也不能仅仅理解为传播手段。我认为，传播学研究一定要全面研究媒体的社会功能，分析媒体与社会各方面的关系。比如，我们要研究国家对媒体的政策、媒体和法律的关系、媒体和社会舆论的关系、媒体和社会监督的关系等。如此理解就拓宽了媒体研究的思路。

另外，媒体就自身而言也是一个企业，市场规律对其会产生很大作用，现在媒体老总纷纷去学 MBA，就是为了更好地经营媒体。媒体已经不再是"事业性单位、企业性经营"，实际上媒体就是一个企业，应该按照现代企业制度来管理。这里就面临两个问题：一是媒体只讲经济效益不讲社会效益行不行。我们认为媒体有许多社会功能，但是需要把经济效益和社会效益结合起来。二是媒体既然是企业，在市场中运作，一个突出的问题就是媒体产权怎么办。比如民间能否办报、外资能否办报等，这又涉及前面的那个问题了。现在有人主张编辑权和经营权分开，但是根据我对新闻史的理解，谁掌握了经营管理权力，编辑权迟早也要落入其手中。这两个问题应该分开，但是实际分不开。外资企业投资媒体产生的影响会很大，这些都是需要好好研究与解决的问题。另外就是企业集团的问题，根据十六届三中全会精神，企业最好是股份制，而且提倡多种经济成分，而报业能否把股份转让给民企、外企，这是个很大的问题，值得认真研究。还有媒体的技术手段问题也需要研究，比如没有电视的时候报纸一统天下，当时说电视可以代替报纸和广播，但实际没有；现在又有人说网络要代替报纸，实际也没有，所以以后就变成多种媒体并存的格局了。但总的来说，科学技术的进步会对媒体进步产生很大影响，甚至引发媒体革命，大大提高媒体的时效性和真实性，提高媒体在公众心目中的地位。

李晓静：《解放日报》是上海市委的机关报。您对目前党报的发展有何看法？

秦绍德：有些人说党报的发展陷入了困境，我不这么认为。我认为，党报只要会办、办得好，照样不会有困难。现在学术界有一种观念认为：党报陷入困境是历史的必然。我认为这是极其错误的。所谓党报就是政党报纸，世界上的政党报纸一般是由政党资助经费、为鼓吹政党利益而创办的。我们国家不一样，我们的党报不是为了维护共产党的私利，其职能是代表社会前进的方向、代表老百姓的利益。我们党报的职能比国外党报的功能要多出很多，不但要报道信息，还要团结人民和提高人民的素质。我们的党报是很有出路的。要办好党报，我认为要遵循三个规律。第一，党报要维护最广大人民的根本利益。第二，党报要遵循新闻的基本规律，一定要办得生动活泼，能够代表群众、引导舆论，让群众喜闻乐见。用新闻规律为党报的根本宗旨服务，这不是空话，有很多关系需要处理。比如关于 SARS 的报道，媒体报了，社会会不会乱？如果不报，是不是有利于社会的稳定？对这些问题，媒体负责人一定要头脑清醒。第三，党报要遵循经营管理的规律，比如怎么搞好党报的发行、怎么登好党报的广告，党报内部如何核算成本、降低开支等。

现在，党报不是面临困境，事实上，真正符合这些办报规律的党报都办得很好。比如《解放日报》虽然发行量不大，大约 40 万份左右，但并非强迫订阅，而且还有盈利，还是比较成功的。另外《羊城晚报》《南方日报》等办得也都不错。那些说党报陷入困境的人，都是不了解党报现状的。有些报纸办得好，但不一定发行好，这主要涉及报纸的营销问题，比如发行网络建得怎么样、发行的时效高不高、经营发行的人是不是很用心等。过去《申报》的发行人把从上海到苏州、无锡的船只都弄得很清楚，对哪些船能够赶上发行时间都了如指掌。除了刚才我说的三条规律,党报还要办出自己的风格和特色,不要盲目追求发行量,该有声音的时候必须有声音,该有强势报道时必须要有强势报道,党报就是党报,不是普通的市民报。总之,党报要办好,还大有潜力可挖,关键是如何去办。办党报的同志不应该丧失自信心,对党报的观念要正确,有了正确的观念就有了自信心,然后按照规律去办事,党报一样会办得生动、多彩,让老百姓爱看。

四、将复旦建设成世界一流水平的高校

李晓静:1999年1月您又回到了母校,并任复旦大学党委书记、校务委员会主任至今。您觉得媒介管理和教育管理有何异同?

秦绍德:这两者是完全不一样的。媒体作为新闻舆论机构,其管理首先是属于自己新闻业务的内部管理,比如报纸,它自有一套程序:采访、编辑、出版。媒体运作节奏快,社会责任重,这方面管理的核心是如何生产出一个很好的精神产品。其次还要从企业管理功能方面考虑如何管好媒体。但是,学校的管理要复杂得多。首先,学校的涉及面相当宽,从职能上看它包括了教学、科研、管理、成果转化等,从学科划分上来看它又涉及文科、理科、医科、工科等。大学是人才培养的基地、科技创新的基地、文化辐射的基地,大学的社会责任很重,这种责任体现在长远的运作过程中,不像媒体那样能够立刻体现。其次,媒体的运作是依附在社会活动上的,而学校却是社会活动的中心之一,它要和政府、企业、社会甚至国际相联系。所以,我的体会是,学校的管理更为全面、更为复杂。如果用一句话来概括,我想,学校是复杂的小社会,学校是社会稳定的晴雨表。

李晓静:作为学校的主要领导,您对复旦的发展目标和步骤有何设想?

秦绍德:复旦大学90周年校庆时,江泽民同志曾为复旦题词:"面向新世纪,把复旦大学建设成为具有世界一流水平的社会主义综

合性大学。"我们理解,这里的"社会主义"为学校指明了正确的办学方向,"综合性"体现了学校的类型、特点和优势,"世界一流"则是对学校整体实力和办学水平的要求。这个题词是江泽民同志第一次提出建设世界一流大学的思想,也是对复旦师生的殷切希望。建设世界一流大学是党和国家的要求、人民的期望,也是复旦事业发展的需要,是几代复旦人的梦想。从"六五"到"九五",从"211工程"到"985工程",复旦得到了国家的重点建设投入,经过努力,我们已取得了明显的进步,打下了坚实的基础,具备了向世界一流大学前进的条件,创建世界一流大学正在从理想的目标变为现实的目标。我们将坚定不移地把创建世界一流大学作为奋斗目标。

同时,我们也清醒地看到,目前复旦离世界一流大学还有很大的差距,要实现我们的奋斗目标,还需要若干年扎实的努力和艰苦的奋斗。

2002年,我们提出了"三步走"的战略步骤:第一步,从2002年到2005年,完成向高水平研究型大学的转型,为建设世界一流大学奠定坚实的基础;第二步,从2005年到2010年,争取若干个学科率先达到世界一流水平,学校在总体上处于亚洲大学的前列,成为国际知名的高水平大学,形成向世界一流大学冲击的强劲势头;第三步,从2011年起,经过十年左右或者更长一段时间的快速发展,跻身世界一流大学行列。所谓"跻身"世界一流大学,我想,就是进入世界前200名,我们想用20年或者更长一点的时间达到。

李晓静: 2005年就是复旦大学的百年华诞,在这一伟大的庆典即将到来的时刻,您能否结合复旦一百年的历史,谈谈您对"复旦精神"的看法?

秦绍德: 2005年,复旦大学将迎来她的一百周年校庆。这将是一个隆重的节日庆典,复旦大学全体师生员工及海内外校友都期待着这一天的到来。然而,百年校庆不仅是一个节日、一个庆典,更应当是历史的发掘和总结,是力行进取的阶梯和机缘。正是由于一代又一代复旦人的努力开拓,复旦才有了今日的影响及规模,并被国家列为中国高等教育发展的重中之重，确立了建设世界一流大学的奋斗目标。

当我们面对复旦这一百年的历史并试图对其进行回顾与总结时，我们总是发现有太多的内容和材料，有太多的事件和侧面。这是一件好事，它意味着我们积累的丰厚和资源的富有；但同时也带来一个问题，即无论是从纵向还是从横向来看，这样一些内容和材料往往还是杂然纷呈、支离零散的，因此我们将以何种方式来对它们进行总体的把握与综合呢？不仅如此，由于历史的回顾和总结一般说来总是与未来相关联，对复旦百年的回顾和总结直接关系到复旦未来的发展，所以总体上的把握与综合不仅显得必要，而且是至关重要的。那么，究竟根据什么来使各个不同的内容与材料、彼此相异的事件与侧面形成一个清晰连贯的总体？究竟依据什么来使过往的历史能够通达未来的筹划，并对发展的定向产生影响呢？我想，这就是"复旦精神"。

所谓"复旦精神"，其实就是复旦人在近百年的奋斗中凝练形成的理想追求和价值判断，就是复旦大学充满活力、不断发展的活的灵魂，就是经过百年积淀而成的复旦历史底蕴和品格特征。唯有依靠这种"复旦精神"，我们的事业才能持续前进。

但这样说来，关于"复旦精神"，我们是否已经有了一个明确的概念或答案呢？我看既有又还没有。说它有，是因为我们过去也曾总结过历史，复旦的先贤们也曾在当时情形下概括过"复旦精神"的总体原则或特征；说它还没有，是因为时代在发生改变，我们总是立足于一个时代而对我们的历史有所述说，对我们的基本精神有所领会、有所概括。一位哲人说过：一切历史都是当代史。同样，所谓"复旦精神"也并不是一经提出便被固定下来且恒久不变的东西，而是不断与时俱进地审视自己、总结自己而作出的概括。

关于"复旦精神"的问题，需要每一位复旦人（以及关心复旦事业的人）来思考、来讨论，在这里，我可以提出以下几点建议。

首先，"复旦精神"是深深地扎根于复旦百年历史之中，也因此而深深地扎根于中国近现代历史之中的精神，我们绝不可能脱开这样的历史来抽象地谈论"复旦精神"。复旦诞生于中华民族积贫积弱，刚刚废除科举、开启现代教育之时；复旦成长于外侮内乱不断、风雨飘摇的环境之中，一部复旦创业史，其实也就是一部中国近代教育史的缩影，追求学术自由的努力和追求爱国民主的奋斗，交织成复旦的初创史；复旦发展于新中国成立之后，尤其是改革开放之后，复旦的崛起是新中国教育事业发展的象征。没有对历史的认真发掘和切近体悟，没有由历史而来的性格描述和特征概括，所谓"复旦精神"也就成了无源之水、无本之木。

其次，历史的传承和未来的发展要很好地结合起来，并且通过这一结合使"复旦精神"既体现深厚的积淀，又体现生机勃勃的活力。一方面，在近百年的历史传承中，复旦不仅以其爱国进步、民主科学的精神积极参与并有力推进了我们民族的解放事业和现代化事业，并且以其"博学而笃志，切问而近思"的治学态度铸造了取精用宏的学术思想，陶冶了一代又一代颇具特色的复旦学人。另一方面，我国目前正处于一个重大的社会转型时期，其转变之巨，意义之深远，前所未有。这对于我国高等教育事业、对于复旦未来的发展既提出挑战，又形成机遇。根植于深厚历史传承中的"复旦精神"若不能应对挑战、抓住机遇，就不可能延续光大。传承历史和不断发展这两者的关系，实际上也就是恒久与变通的关系。举例来说，大学之所以为大学，除了传授专门知识外，还在于成为学术之津梁、思想之摇篮——这是恒久的东西，是不可改变也不应改变的，否则，大学就不成其为大学了；但是思想之对象、学术之题材、传授专门知识之方式或方法，却应当而且可以适势变通，否则，我们的知识和学问就完全与时代脱节了。总之，上述两者不可偏废："复旦精神"既深刻浸润于百年历史之滋养中，又当能够是积极进取的和有所作为的。

总之，我相信，在"复旦精神"的讨论中我们形成的共识将成为复旦未来发展的强大凝聚力，它将在百年庆典之际成为所有复旦人共同的心声与口号，并推动和引导我们的事业进一步走向辉煌。

李晓静：对于复旦大学新闻学院未来的发展方向，您有何看法？

秦绍德：复旦大学新闻学院的前身是复旦大学新闻系，创建于

1929年,是我国历史最悠久的新闻教育机构,开创了我国历史上新闻学科和新闻教育事业的先河,开始了中国新闻学科和新闻教育事业不平凡的历史。70余年来,新闻系和新闻学院为上海媒体以及全国媒体输送了一大批优秀的新闻工作者,其中不少人担任了重要新闻媒体和新闻院系的负责人,还有的走上了其他一些重要领导岗位。在几代人的不懈努力下,复旦大学新闻学科的实力逐步增强,在国内外享有较高的声望,为向着更高的目标前进打下了良好的基础。

随着我国社会主义市场经济体制的逐步建立,21世纪的新闻传播业是一个立体化、多层面、多渠道,具有生机和活力,并加快发展的产业。这将给我们的新闻学科带来历史上前所未有的发展机遇,我校的新闻学院应抓住机遇,加快发展。

第一,在人才培养方面,要把思想政治素质教育放在首位。

我们的新闻院系担负着为新闻宣传单位培养后备力量的重任,而新闻宣传工作是政治性很强的工作,负有极其重要的社会责任。新闻宣传单位和人员,不仅担负着传播信息的任务,更重要的是担负着宣传党的路线方针政策,引导正确的社会舆论,进行思想政治教育和促进精神文明建设的任务。这就要求新闻宣传人员具有坚强的党性,有强烈的社会责任感,有正确的世界观、人生观、价值观和政治观,有良好的思想道德素质和职业素养。

我们必须在新闻院系就按照这一要求培养我们的后备力量,不能等到毕业生进了新闻宣传单位,发现思想政治素质不够,再去教育和补课,那就恐怕亡羊补牢,为时已晚。因为在大学里,学生的世界观、人生观已经基本形成。

因此对新闻院系的学生首先要加强马克思列宁主义、毛泽东思想、邓小平理论和"三个代表"重要思想的学习和教育,加强党的基本路线的教育;同时还要进行中国历史和中国国情的教育,使他们懂得中国发展的道路,明确自己的责任;还要加强道德法律的教育,让新闻专业的学生一开始就要树立起良好的新闻职业道德。

对新闻院系学生的思想政治教育要体现在各种课程中,而不仅仅在政治理论课程和思想政治课程中。我们的教师要以自己正确的世界观和政治观影响学生,并将思想政治教育的要求非常自觉地贯彻到各门基础课程和专业课程中。新闻学是一个实践性很强的学科,复旦新闻系的系铭就是"好学力行"。我们要坚持和发扬理论和实践紧密结合的优良传统,鼓励新闻学院的学生利用课余、假期和实习的机会,积极参加社会调查和社会实践,了解社会,扩展见识,接受教育,增长才干。

第二,在师资队伍建设方面,要走和实践相结合的道路。

对学生进行全面素质教育,关键是教师的素质如何。对新闻院系教师的素质要求,除了政治思想素质和业务能力而外,还要求有较强的实践能力、一定的实践经验。这一点与大学的其他专业有很大不同。因为新闻宣传工作是内容丰富、领域宽广的社会实践活动,而新闻传播媒体发展迅速,成为重要的社会事业或产业。这就要求新闻教育具备实践性强的特点。教师不仅要动口,还要动手。这对新闻院系的教师是一个很高的要求。针对目前的队伍现状,为了使复旦新闻学院继续保持"名牌"的优势,我们一定要尽快走出一条师资队伍建设的新路,走一条和实践相结合的道路。要想方设法引进政治业务素质好,又有新闻宣传工作经验的人员补充师资队伍;以多种方式聘请新闻宣传单位的骨干担任兼职教授或兼课教师,开设新闻实践课程讲座;要建立新的机制,保证现有教师分期分批去新闻单位兼职、进修、带教学习,使他们和新闻实践保持经常密切的联系。可喜的是,在有关部门的关心下,这一项工作我们已经迈出了步伐,受到了教师和学生的欢迎。

第三,在学科建设方面,要将吸收世界新知识和研究中国实际问题结合起来。

复旦大学新闻学院在吸收世界新知识、追踪新学科方面历来走在前面,而且做出了很大的成绩。比如,改革开放以后,复旦新闻系是最早引进介绍传播学的,并和全国其他兄弟院系一起形成了一支研究传播学的队伍。对于复旦大学这样的大学来说,追踪世界科学前沿绝对是应该的，不然就保持不了高水平。我们应该进行积极的国际交流，研究当今世界发生的各种变化，各种新情况、新问题、新领域。

吸收世界新知识是为了借鉴国外的研究成就，提高我们自己的学科建设水平。因此，这种吸收借鉴不能停留在翻译、介绍、引进的阶段。借鉴必须要经过一番去粗存精、去伪存真、由表及里、由此及彼的消化过程，并结合中国的实际加以思考和提炼，这样才能变成我们自己的东西。

同时，我们还要摒弃只对国外（或者说西方）感兴趣，看不起自己，对研究中国实际不感兴趣的倾向。如果是这样，新闻传播学学科建设不可能繁荣起来，也不可能在中国的土地上扎根。事实上，改革开放以来，新闻宣传领域的巨大变化，为新闻传播学的研究展开了广阔的天地。新闻传播事业突飞猛进发展，信息传播手段迅速更新，国内国外报道宣传领域不断拓展，产业形成，市场竞争激烈，新闻传播政策应该如何掌握、党的领导应该如何体现等，可以说有研究不完的问题，这些都是学科建设的富矿。

李晓静：您如何评价复旦大学与上海市委宣传部共建新闻学院？

秦绍德：复旦大学与上海市委宣传部共建新闻学院，是我校新闻教育改革迈出的重要一步，这种做法在国内还是独此一家，中央、中宣部也很关心这件事情。这是复旦新闻学院面临的一次极好的发展机遇。我们的共建主要立足于两点：一是复旦要更多地为上海发展服务，二是新闻教育一定要与实际相结合。共建能够为我们争取到很多的资源、机会，这对于复旦新闻学院成为国际上知名的新闻学院会有很多帮助。同时，共建工作做好了，对于上海新闻人才的培养、对于上海的建设发展都会起到良好的推动作用。

具体说来，共建的深远影响主要体现在三个方面：首先，共建强化了新闻宣传部门和单位对人才的要求，并将这种要求从一开始就直接贯彻于人才培养的全过程。社会主义新闻宣传事业需要的是具有高度的政治觉悟、精湛的业务能力、作风正派的新闻宣传人才。因此，新闻学院在校学生的培养一定要把这样的要求严格贯彻到教学、实习、日常管理和思想政治工作中去。其次,共建强化了理论联系实际的环节。新闻学科实践性很强,新闻人才的培养一定要坚持"理论与实践并重"的原则,坚持"学以致用",要培养出既有扎实的理论和知识功底,又有很强动手能力、实际需要的高层次人才。共建为新闻传播学科的教学和科研开辟了一条理论联系实际的通道。第三,共建为从根本上建设好新闻学院的师资队伍创造了有利条件。新闻学院的教师要和新闻单位保持密切的交往和联系,获得教学所必需的第一手材料,不断更新教材和教学内容。新闻宣传部门的优秀工作者也将带着新鲜的经验,加入培养人才的行列。这种结合必将对新闻学院师资队伍的建设产生长远的影响。

复旦大学与市委宣传部共建新闻学院,不是一般意义上的共建,这种共建是全方位的。我们将依托整个学校的力量,充分发挥复旦大学多学科、综合性的优势,调动各种资源,实行重点建设。我们将从新闻宣传工作的需要和学科建设的实际出发,改革招生制度,调整课程设置,更新授课教材,实行灵活的师资聘任制度,加大投入,应用先进技术,使新闻教学与时代和社会的发展保持同步;我们将努力提高科研能力和水平,加强宣传思想领域的应用对策研究,为政府和各大媒体提供决策、对策咨询;我们还将针对新闻宣传系统不同层次的需求,把在岗干部的培训作为一项十分重要的工作抓紧抓好,争取把新闻学院建成新型的高层次新闻宣传人才的培训基地。

李晓静: 复旦新闻学院在国内外享有崇高的声望,素有"记者摇篮"之美誉,又最早引进传播学并建设成为全国重点学科,还申请到全国唯一的传播学重点研究基地,您能谈谈如何处理新闻学与传播学的关系吗?

秦绍德: 现在,我们把这门学科叫作新闻传播学,把新闻事业叫作传媒,这标志着一个变化:媒体的功能从单一的新闻报道拓展到传播其他的各种信息,比如消遣的信息、服务的信息。这样,从传媒的意义、功能来讲,单是用新闻学来进行研究就不够了,需要有传播学的加盟。但是,问题就提出来了,传播学能不能代替新闻学?传媒有了，但什么东西是传媒的灵魂和核心？我认为老百姓之所以看传媒，传媒之所以存在，它的灵魂和核心是新闻，也就是说媒体所有传播的信息当中，新闻性的信息是核心，不然传媒就失去了存在的依据。因此，新闻学的内容不可能代替传播学，传播学的内容也不可能代替新闻学。光研究传播学不研究新闻学，媒体办不下去，但只研究老的新闻学不研究传播学，新闻学也无从发展。复旦大学的新闻学研究一直有它的传统，传播学的研究也是全国最早的，目前这两个专业都有博士点，这两个专业都要发展好。

五、不打好理论基础，不要来读我的博士

李晓静：现在，新闻教育发展迅速，您认为国内新闻传播学的研究生培养存在什么问题？应如何解决？可以介绍一下您目前指导的博士生的情况吗？

秦绍德：坦率地说，我对现在研究生的培养并不满意。一是招得太多，老师带不过来就敷衍。二是研究生学风的培养和学术规范的建立亟待加强。现在不少学生都很浮躁，一进校就开始考虑找工作，这是学风问题。我建议大家不要太急于求成。我现在带四个博士生，我给他们反复强调要打好理论基础，否则不要来读我的博士。至于学术规范，现在有些学生基础不好，毕业论文随便定题目，资料也不好好收集，最后就从网上抄，导师有时看不过来，不知道来自何方，这是最让人痛恨的方式。做论文应该把别人的资料拿过来消化吃透，变成自己的观点，这才是本事！有的研究生在做论文时花了很大功夫，但在论文评审时不理想，而有的不用功的研究生反而得到的评定更高，他们就会去讥笑那些认真的同学，这无疑会恶化整个学风，我希望真正做学问的同学不要在乎这种东西。

李晓静：您在新闻史研究领域取得了如此丰厚的科研成果，至今还担任着中国新闻史学会副会长，请问您如何评价当前中国的新闻史

研究？

秦绍德：我认为，中国新闻史学科的发展大致可以分为三个阶段。第一个阶段是中国新闻史学科的恢复和发展阶段，大概从1979年到1984年左右，原来没有新闻史的教科书，这期间发展起来了；第二个阶段是新闻史研究的高潮阶段，大概从1986年到1993年左右；此后到现在是第三个阶段。我现在比较担忧新闻史的研究队伍，全国研究新闻史的人数比较少，并且老面孔多，新面孔少。这其中的主要原因在于新闻史研究是一个需要长期积累的过程，在当前市场经济环境中，很多年轻人不愿为此付出毕生精力。当代新闻事业史尤其缺少研究。这是一件很紧迫的事情。现在我正跟随导师宁树藩教授承担的一个课题是"中国地区比较新闻史"。中国的发展不平衡，地区差异大，各地新闻事业的发展也很不一样。这项工作是很有意义的，目前已接近尾声。

李晓静：您认为学习和研究新闻史对于新闻传播学专业的研究生有何重要意义？

秦绍德：现在，不少学生不重视学习和研究历史。我们应该看到，不懂得历史就不懂得现在，只有懂得历史才能深刻地了解现在，只有具备历史的眼光才能在实践中做到科学和自觉。历史能使我们拥有观察问题的纵深感，具有更宽广的视野，得出更深刻的见解。每个人都是既定历史的产物，人们往往不知道自己所做的事情该如何在历史上定位，但是当你了解历史以后，你就知道自己今天所做事情的分量，历史的纵深感和立体感就出来了。我在《解放日报》工作时对很多问题的看法都来自学习历史，我进报社后不用从头做起，因为对历史上媒体的发展很清楚，这就是间接经验带来的好处。我认为，每个研究生在求学过程中都要打好理论基础和历史基础，而不要把过多精力投入到什么技巧、策略、要诀等的学习中。复旦新闻系的教育传统是"双基一笔"，也就是指基本理论、基础知识和写作能力的培养。我觉得这种传统是对的，我们不要被社会上时髦的东西所迷惑，最时髦的东西也是最容易过时的东西。科学学位的研究生，首先要打好科学基础,要多看一些理论的、历史的、哲学的、对社会有深刻研究的书籍;其次,读书要靠自己,不要完全依赖导师,导师只是起监督和指导的作用;最后,在此基础上,要研究一些问题,把研究的问题积累起来就可以成为硕士论文和博士论文。研究生必须加强基础学习,加强对问题的研究,脑子要不断地转。

李晓静:谢谢秦老师给我们大家的宝贵建议!我想我们应该珍惜自己的学习机会!

(访谈者李晓静,复旦大学新闻学院博士,现任上海交通大学媒体与传播学院副院长,教授。访谈于2003年11月27日)

坦言"大学排行榜"

似乎已成了近几年来的一种"惯例":高考一结束,"大学排行榜"就会伴随而生。

今年的高考日期提前,由一家网站发布的"2003年中国大学排行榜"也就在6月11日新鲜出炉了。

根据这个排行榜,我国综合排名前10名的大学,依次为清华大学、北京大学、南京大学、复旦大学、中国科技大学、上海交通大学、浙江大学、南开大学、中国人民大学、北京师范大学和中山大学。

同样在人们预料之中的,是"大学排行榜"推出后所引起的广泛关注以及热烈的议论。

议论来自社会的方方面面,焦点却颇为集中:某著名大学为何落到了排行榜的后面?一些很有影响的专科大学为何榜上无名?大学排行榜是否该采用更加科学全面的评价标准?这种由社会中介机构搞的大学排行榜其权威性究竟如何?它可否成为考生填报志愿、选择学校和专业的依据?该不该对这种大学排行榜进行规范?

悬在心头的这一个个"?",牵引着记者去请教有识之士。

几经联络,终于在上周日,本报记者与复旦大学党委书记秦绍德博士有了一次"面对面"……

这是一种进步

记者:作为复旦这座著名高等学府的一位主要管理者,想必您一定会关注"中国大学排行榜"吧？

秦：关注是自然的。作为"复旦人"，当然会关注复旦的排名情况。作为复旦的管理者之一，在校的老师、同学们以及复旦的校友们，他们对排名情况的关注，也会"反馈"到我们管理者这儿，"为什么我们复旦今年被排到这个位置""这种排法公正吗"诸如此类的询问，往往成为排行榜公布后校园内外的一个"热门话题"。

记者：那就是说，排行榜公布后，您会感受到来自方方面面的压力？

秦：这是一种心理上的压力。看了排行榜，自然会去思考一番。听了人们的议论，心里更会有些感想。这看、听、想，就是一种心理活动的过程。

记者：刚才您说的一种"反馈"，主要是指"复旦人"对复旦的名次排得不够高而对学校提出质询，因而使您感受到压力，是吗？

秦：可以这么说吧。"复旦人"嘛，总是希望复旦的名次排在前面一些。

记者：现在社会上有议论，认为排行榜排名不公正，应该停止。

秦：我认为，从社会发展的角度看，总的来说，搞大学排行榜是一种进步。那种完全排斥的态度，是过度反应，大可不必。

记者：您听说过北方有所高校的学子因为学校排名靠后而起诉至法院吗？

秦：有过耳闻，但内情不详。那是人家的事，我不去评判应该不应该。

记者：怎样理解"这是一种进步"？

秦：首先，它为推动学校的发展引进了一种竞争机制。学校要发展，就应该置身于竞争的压力之中，压力可以转化为动力嘛！在我们校内各院系之间、各专业之间到年终作为工作考核的一个指标，排最后三位的也要扣一定的奖金。我们校内可以搞排名，为什么全国的大学就不能搞排名？其次，大学让社会来评价，也是一种进步的表现。大学排行榜能在一定程度上影响考生和家长的选择，还会在某种意义上影响社会资源的投向，尽管这种影响不可能像有的机构形容得那样过分，但对大学的评价，从以往的主要依赖于人际传播，到由于排行榜的亮相而走向社会舞台进行公开评价，这对促进社会评价机制的形成、推动高等教育事业的发展，是具有进步意义的。

排行榜不是"指挥棒"

记者：看来，您对争议颇多的"中国大学排行榜"还是持客观的态度。

秦：但排行榜不是"指挥棒"。

记者：此话怎讲？

秦：这表明的，既是我个人，也是我们复旦大学对大学排行榜的一个基本态度，那就是：只作参考，不必看得过重。我校王生洪校长讲得好，他说我们的态度应当是"不为所动，为我所用"。我所强调的"排行榜不是指挥棒"，就是说，作为校领导虽然会感到有压力，但我们不能以排行榜来指挥我们的办学、影响我们推进全面发展的思路。

记者：您为什么只是把排行榜放在参考的地位呢？

秦：这是对"大学排行榜"作用的一种评估，更是基于对目前排行榜不够科学不够规范的一种掂量。

记者：您是怎样加以具体评估和掂量的？

秦：第一，衡量一所大学是一件非常复杂的事情，很难通过一组数据就可以精确地描绘一所大学的状况。它不像其他一些排名，比如 NBA 篮球赛排名，通过硬碰硬打比赛就能排出名次，也不像"世界小姐"评选，有一些硬性指标。

记者："世界小姐"的评选，也有人认为有的标准不够科学，有的标准难以把握。

秦：事实上，这种选美是以外在美为主要衡量标准的，总还算是硬性指标吧，没有那么复杂。

记者：大学的衡量标准就复杂多了。

秦：应该说，是十分复杂。一所大学，要包括教学、科研、研究生培养、产业、后勤等几大方面；大学的学科又分为文、理、医、工、农、林、艺术等，林林总总；大学的个性又很强，从类型来看，有文理科为主的综合性大学，也有理工科见长的综合性大学，还有各种专科性强的大学，比如师范大学、医学院、音乐学院、体育学院，等等；即使是同一种类型的学校，学科也不尽相同；还有，每一所大学都有它自己的历史，都有所在地区经济、政治和文化带给它的烙印，每一所大学都有它长期积淀下来的校风、学风以及学校的精神品格，很难说这个比那个强。

记者：您的意思是说，复杂的事物不能简单化。

秦：是的。要精确描绘一所大学，只用若干个数据，就会把复杂的事物简单化。

记者：有一家评选"大学排行榜"的网站，用的是25个方面的数据作为标准。

秦：我也看到了。

记者：25个，够了吗？

秦：怎么会够呢？大学，那么复杂的一个系统，用这25个数据去衡量、去评价，那是没办法不简单化的。

记者：有人认为这种简单化，也表现在对清华和北大的排名上。

秦：按照排行榜，今年的清华、北大以30分之差位居一、二。这两所名校一个以工科见长，一个以文理科见长，虽然都是"名校"，却是风格迥异，怎么能够硬性将其排个高低呢？

记者：有人形容这就像要在一个著名文学家与一个著名数学家之间分个谁高谁低。

秦：香港一所大学的荣誉校长批评这种简单化的排名现象，说目前的大学排名就好比是把眼镜与苹果相比，结果非常滑稽。他的意思也是说，不能把复杂的事物简单化，否则就会闹笑话。

记者：这还仅仅是您掂量排行榜的一个方面。

秦：第二，我认为，大学不等同于工农业生产，它的发展是一个渐进的过程，每年都进行一次统计排名是很不科学的。

记者：一届本科学生的培养就至少要四年。

秦：还有，一个科研成果项目的周期三五年不算长，一所学校要发展，每年可能会办一两个专业，但也许它们要到十年以后才会长大。像复旦新闻学院，从1929年开始创办，经过了74年的漫长时间，才成长到今天。

记者：复旦的发展史也是佐证。

秦：说得对。要是这个排行榜放在50多年前，复旦可能只能排在第二三十位，因为那时复旦大学还是一所规模很小的学校。从历史上看，一所名不见经传的学校要办成名校，没有几代人的努力是不行的。

记者：所以，大学的发展状况不能像工农业产值那样统计。

秦：排行榜的评估数据之一是学校的科研经费，不知评估机构是否知道，学校的科研经费也分"大年"和"小年"，可能今年的科研经费多一些，明年的就少一些。怎么可以根据这种变动的情况，就将这所学校的名次也予以"浮动处理"呢？月亮还是那个月亮，怎么可以依据大气环境的某种变化，说今年的这个月亮已不是去年的那个月亮呢？

记者：月亮被主观臆测了。

秦：主观臆测是违反科学的。我之所以强调排行榜不是指挥棒，还有第三方面的理由，那就是目前评估机构的评价体系、参评指数、评价方法，有不少主观臆测的成分。比如对我们复旦，有的机构评为第三名，有的机构评为第六名，我记得还有一次我们被评为第九名，真不知是怎么评出来的。

记者：真是"横看成岭侧成峰"。

秦：问题的关键就在于，你站在什么位置看，怎么看，用什么方法去看。比如，排行榜有个参评指数是研究生数量。作为研究型大学，科学的参评指数应该看一所学校本科生与研究生的比例是多少。有的机构只统计某所学校的研究生人数是 1.2 万，却没有看到该校的本科生人数为 2.8 万。我们复旦目前的比例是 1 比 0.67，本科生有 1.4 万，研究生有 9 400 多人。如果光看研究生的人数，那就看得主观，看偏了。又比如，看科研成果的多少，应该以学校教员的人数为基数，有的学校看起来科研成果比复旦多一点，但它的教员人数是复旦的一倍。如果连这简单的分子、分母的算术都懒得去做，那还有什么科学可言？

记者：有的评估机构认为，之所以他们"看"得有偏差，是因为大学信息自我封闭，没有及时向他们提供可靠的信息。

秦：这种责难没有道理，我们完全可以反问一句：你这个机构有公信力吗？如果你本身就不可信，我们大学凭什么向你提供信息？

记者：凭什么你可以怀疑人家机构没有公信力呢？

秦：据了解，排行榜的有些数据是由一些大学自报的，比如"毕业生平均年薪"这个数据，听学校的自报，缺乏可信度。这自报的数据，其中的猫腻不少。因为我们发现，有的学校自报的数据，与教育部内部统计的数据相差很多。所以，我们不能不对有的机构的公信力产生怀疑。

记者：不是说全国有 200 多位学者受评估机构之邀为排行榜的产生进行事先"打分"吗？

秦：我也听说了。遇到一些无法落实的数据难题，有的机构就把问题发放给受邀的全国 200 多位学者，试图用打分的形式予以解决。这也很不科学。比如"声望"这个指标，它是由 200 多名学者打分打出来的，凭的是主观印象，就像是体操比赛的裁判打分。此外，就全国范围来说，这 200 多位学者，也未必全面。只有大家公认，才会有公信力。"暗箱操作"会有什么公信力？那么，这 200 多位学者的名单，为什么至今未见公布呢？是不好公布，还是不敢公布？

记者：还有一种议论说，个别机构搞大学排行榜的商业动机明显，缺少公信力。

秦：这种议论不是空穴来风。比如，有的评估机构赶在学子填报大学志愿之前，推出一些书籍，去作为"应届高中毕业生高考填报志愿时参考"。这难免会使人提出这样的问题：有关机构是不是"醉翁之意不在'榜'"？

记者：对这种"商业动机"，复旦有没有切身体验？

秦：仅举一个例子吧。有一家目前在国内小有名气的机构曾给我们打来电话，问我们要不要报一下统计数据。我们的工作人员很敏感，马上问这要不要收费，对方说要收费的。对这样的数据统计，我们坚决不参加。

记者：可否这样说，信息来源的不可靠与评估机构的商业动机，也是您对排行榜进一步掂量后的发现，从而使您加强了"只作参考，不必看得过重"的结论？

秦：正是。通过以上几个方面的分析，我认为，对"大学排行榜"不应完全排斥、否定，是因为它在某种意义上可以起到激励竞争的作用，但如果围着排行榜来转，使其成为一种"指挥棒"，那就会影响我们的正常发展，会导致一种毛病：浮躁、功利、急于求成。那是非常有害的。

不能助长轻视社会科学的倾向

记者：与前几年类似，在今年的排行榜上，文科有优势的大学仍然处于不利的位置。

秦：的确如此。

记者：有学者认为，从近年来的"大学排行榜"来看，社会科学似乎有被轻视的倾向。

秦：至少是被忽视了。

记者：对复旦来说，这样的不合理一定也存在吧？

秦：合理不合理，人人心中有杆秤。这里仅以"科研成果"这个指标去分析。我认为，对文科和理工科的科研成果，是无法用同一个标准去衡量的。工科的成果看你能不能应用，理科的成果看你能不能发论文，文科的成果怎么看呢？我们复旦的谭其骧教授领衔编撰《中国历史地图集》，整整搞了20多年，这样巨大的成果怎么算才能真正体现它的价值呢？

记者：社会科学是不能"轻"看的。

秦：我很赞同一位专家所说的，社会科学是人类认识世界、改造世界的重要工具，在人类发展历史中，社会科学和自然科学犹如车之两轮、鸟之两翼，共同推动着社会的发展。"大学排行榜"如此"重理轻文"，如此过于轻率，自然令人难以信服。

记者：问题究竟出在哪里呢？

秦：在于排行榜的评价指标上。对于有显性指标的数据比较明确，对于没有显性指标的，就往往忽略不计，这怎么能做到"称职"呢？比如人文科学，由于没有显性指标，就随随便便地予以忽略不计或者"从轻发落"，结果难免会是令人大跌眼镜，惊呼"奇怪，太奇怪"了。

记者：也可能会让人见怪不怪。

秦：正是由于令人太奇怪的上述那样的评分年复一年地出炉，所以我们许多同志一看，也就那么回事吧，不必看得过重，就是了。

记者：您的意思是说，对排行榜产生的这种奇怪现象，不必去深究？

秦：不完全是这层意思。由于排行榜是面向社会大众的，引起了广泛的关注，那就应该从社会责任这个角度去思考。"内行看门道，外行看热闹"，不知就里的许多读者也可能会受到影响，甚至受到误导。

记者：考生和家长在选择大学和专业时，也可能会受到排行榜的影响甚至误导。

秦：这种情况也应引起重视。因为搞"大学排行榜"的评估机构，以及个别热衷于参评的学校，的确也想对考生与家长起到影响作用。那本据说销路不错的书，就显露了这个方面的意图。

记者：对此，您对学生和家长们有什么建议？

秦：我相信考生和家长们会理智对待的。我觉得，对于考生和家长来说，没有必要把"大学排行榜"作为挑大学、选专业的依据。考大学，填志愿，还是应该看自己的兴趣，看自己的成绩，看学校和专业的发展方向、发展潜力，切切不可盲目受排行榜左右。

记者：对于目前"大学排行榜"问题上的商业炒作行为，您认为教育主管部门该不该管一管？

秦：要管，非管不可。我认为，这种"管"，不是下道行政命令去封杀"大学排行榜"，而是要引导评估中介机构尽快走上严肃、规范、科学的良性运作之路。对那种商业动机明显并加以频频炒作的行为，要认真查处，不能听之任之，不能扰乱了中国大学的发展道路。

不能说这是一种"国际惯例"

记者：有人认为，搞大学排行榜是一种"国际惯例"，您怎么看？

秦：他们的理由是什么？

记者：据说，像美国的《美国新闻与世界报道》、英国的《泰晤士报》等都搞"大学排行榜"，而且基本上得到了社会的普遍认同。过去，我国的大学服从国家指令办学；现在，在市场经济的条件下，高等教育也开始迈进大众化的门槛。而由民间评估机构进行的大学排名，正是顺应了这种"国际惯例"。

秦：我对这一点持不同的看法。我认为大学排行榜不是"国际惯例"。所谓国际惯例，要有公认的国际组织，要有相应的国际规则。像世界卫生组织（WHO），全世界都是承认的，关于流行疾病的认定它是有绝对权威的，这才是国际惯例。而对于大学排行榜的评定，在美国、在欧洲，也只有少数几个具有公信力的媒体在搞，在不同的国家，不是非搞不可的。

记者：目前国内主要有两家机构在搞"大学排行榜"，一家是广东管理科学研究院《中国大学评价》课题小组，另一家是深圳网大。

秦：我没有考察过这两家机构，但由他们推出的"大学排行榜"，是不是很有公信力？这种排行榜出来后，我们可以看一看，但不会看得过重，更没必要说它是什么"国际惯例"的产物。

记者：那么您认为对大学排名，是由官方机构搞好还是由非官方机构搞好？

秦：我在网上也看到这种观点，认为由非官方机构对大学排名，能打破以往由政府和教育行政部门独自掌握和发布信息的局面，说非官方一定比官方准确。我认为这个观点很幼稚。其实，无论是官方搞还是中介机构搞，关键要看两点：一是资讯是不是可靠，二是评估体系是不是科学。只有评估的指标体系健全了、完善了，评估的结果才会逐步科学、客观，其公信度也会不断提高，大学排行榜也才有可能不断发展。否则，掺入了过多的商业色彩，就会砸自己的牌子，使评估结果因为失去公信度而成不了气候。

记者：就目前国内的情况来看，怎样才能使"大学排行榜"比较接近公正？

秦："大学排行榜"不是法官审判，无所谓公正不公正。但我个人认为，搞一些比较客观的单项排名还是可能的。比如，科研经费、收录论文、专利数等，都可以排名，而且向社会公布。其实有一些排名教育部已经在做了，只是没有公开而已。相信这种做法更能精确反映各个高校某一方面的发展状况，从而使排名能对推动高校发展真正起到它应有的作用。

记者：最后，我们想问一个也许比较冒昧的问题：如果大学排行榜把复旦排到了您感到理想的好名次，您会不会也像刚才对话中所表达的那样？

秦：我可没有那种"酸葡萄心理"，吃不到葡萄就说葡萄酸。因为我们复旦在排行榜上的名次还不算难看，没有像中国人民大学那样被"发落"得不成样子，但我还是要依据观察与分析，对目前的排行榜存在的弊端来一番直言。我们一方面以开放的心态，去看待这种排名，不以一时领先而自喜，也不以一时落后而沮丧；另一方面，我们也注意以自身的弱项和别人的强处比，以此来激励自己。总之，还是我开头说的那句话，对目前的这种排行榜，只作参考，不必看得过重，平平和和，平平稳稳，走自己的路，搞自己的发展。倘若要我把心思过多地花在排行榜上，那是不可能的。曾经有人建议我向别人"取经"，也去搞什么"拜访活动"，"联络感情，把排名搞上去"，那更是我办不到，绝对不可能去办的事！

（原载《解放日报》2003年6月20日第17版，访谈记者：高慎盈、徐蓓）

中国如何建设自己的世界一流大学

是否拥有具有世界先进水平的一流大学,是一个国家高等教育发展水平的标志,更是国家综合国力的集中体现。创建属于中国的世界一流大学是一代又一代华夏儿女的追求。跨入 21 世纪后,北大、清华、复旦等国内的几所重点高校都已拿出了自己的具体目标和时间表。复旦大学更是提出了分三步走,到 2020 年建成世界一流大学的目标。作为复旦大学的党委书记,秦绍德教授多次号召全校师生"要把思想从束缚我们的旧体制、旧观念中解放出来,把我们的思想解放到世界一流大学共有的、符合现代大学办学规律的理念上去"。秦绍德教授长期在高校从事教学、科研和党政工作,自从 1999 年担任复旦大学党委书记以来,他与学校的其他党政领导一起制定了复旦大学建设世界一流大学的"三步走"战略。为此,记者就中国究竟应该如何建设自己的世界一流大学这一话题,对秦绍德教授作了专访。

记者: 中国的几所名校,如北大、清华和复旦都提出了建设世界一流大学的目标,那么您觉得评价世界一流大学的标准是什么?按照这个标准,中国的高校与世界一流大学之间的差距表现在哪些方面呢?造成这些差距的原因又是什么呢?

秦绍德: 我认为有若干个学科居世界前沿,有若干个教授成为世界知名的科学家,培养的学生在世界上很著名,达到这三个标准就是世界一流大学了。按照这个标准来看,中国内地的高校和世界一流大学相比,差距太大了,而且这个差距是全方位的,表现在办学理念、学科布局、管理制度、师资队伍和办学的资源条件等各个方面,其中办学的资源和条件差距最大。造成差距的原因是多方面的，例如，国外很多一流大学的办学历史有五六百年了，我们才100多年的历史；他们是在发达资本主义国家的环境中成长起来的，我们的一些大学是在走向现代化的过程中逐步建设完善的；等等。发展高等教育是我们实现现代化的理性要求，但是现代化过程中的种种困难和矛盾又制约了我们高等教育的发展。我们国力还比较弱，是在13亿人口的大国内办教育，而且这种"穷国办大教育"的背景三五十年之内是不会变的。我们是高等教育大国，但不是高等教育强国。一方面人民的生活水平一天天在提高，希望子女接受教育的愿望与日俱增，而另一方面，我们目前的教育资源是稀缺的，这种教育资源的稀缺和人民日益增长的接受教育的需求是一对矛盾，在短期内无法解决。因此，我们的高等教育还处在满足大众需求的阶段，很多地方不成熟，而国外的一流大学办的都是精英教育，差距是很明显的。

记者：诚如您所言，高等教育的发展离不开整个社会大环境。目前，中国社会正处于一个转型期，除了经济高速发展外，整个社会的体制正在逐渐转型。社会的转型对高校建设世界一流大学产生了什么样的影响？

秦绍德：经济、科技和社会的发展刺激了社会需求，建设世界一流大学是我们社会发展到一定程度的必然要求。社会转型对高校自身建设的影响有好有坏。首先，从好的方面来讲，整个社会的发展为大学的发展奠定了很重要的经济基础，国家对大学的投入增加了，人们对高等教育的需求也大大增加了，社会经济的发展越来越依赖知识和技术的创新，社会对大学的依存度在提高，这是大学发展的绝好机遇。另外，市场经济体制又有着计划经济体制不可比拟的优越性，这样就为高校增强办学活力、进行体制机制创新提供了良好的外部条件和体制保证。

从负面影响来看，中国毕竟还很落后，人均资源还很贫乏，高校的发展受到社会发展的制约，特别是在社会转型期，人们的心态普遍比较浮躁，希望一天就办成世界一流大学，希望大学对社会做出不切实际的贡献。受这种社会大环境的影响，许多大学为了盲目适应市场经济、增加办学经费，出现了急功近利、实用性凌驾于学术性之上、学术目标不高等不良倾向。只要有市场需求，只要有利可图，就不顾社会分工和自身发展的内在逻辑蜂拥而上，影响了办学的质量。这对于建设世界一流大学是弊大于利的。我们不能机械地、功利地看待大学对社会的贡献。世界一流大学对于国家和民族的贡献是长远的。我们不能简单地依据短期的经济效益制定我们的发展计划。特别是在社会转型期，我们不能只顾眼前利益，重视应用性学科的发展，而忽视基础性学科的建设。不是所有的科学研究和市场都能结合起来。环顾全球，世界一流大学都很重视学生人文素质的培养，而这就离不开人文科学和社会科学的发展。大学则是人文和社会科学成果的源泉。文学、哲学、历史等学科提高了劳动者的素质，虽然在短时期内产生不了直接的经济效益，但这些学科培养了未来的生产力——学生的综合素质，当前提出的"产学研结合"的口号，是针对与市场结合较紧密的应用性学科提出的，并不涵盖所有的大学学科。建设世界一流大学切忌急功近利的心态。

记者： 谈到建设世界一流大学，不得不提到体制创新。国外的世界一流大学大都实行董事会领导下的校长负责制，而我国大部分高校实行的是党委领导下的校长负责制，这种管理体制会成为建设世界一流大学的障碍吗？

秦绍德： 评判一所大学是否世界一流，不是看它是实行董事会领导下的校长负责制还是党委领导下的校长负责制，而是看它的学科设置、教授水平和学生素质。我们是在特定的政治、社会和文化环境内进行体制创新。我认为，党委领导下的校长负责制在中国的土地上是行之有效的，它不仅不是建设世界一流大学的障碍，而且是中国高校建设世界一流大学的基本保证。党委主要是坚持正确的办学方向，推动学校的发展，在政治思想上保证学校能健康地办下去。所谓正确的办学方向，第一是能够为整个国家的未来培养合格的接班人和建设者。中国的世界一流大学培养出来的人才，首先是为祖国和人民服务，为国家的强大和更多人的幸福服务。第二是学校的发展方向。如高校建设该怎么定位，怎么抓住机遇，战略上应该如何安排，如何在改革中求得发展，在发展中又如何保持学校的稳定。这是需要党委和行政集体来规划的。我们整个社会的领导核心是共产党，执政党在大学里也是领导核心和政治核心。由于执政党的地位，党委成为把握这种正确办学方向的舵手，凡是违背这个方向的教学理念和方法都要进行纠正。虽然我们的社会越来越多元化，但是多元化绝不能没有主心骨，没有主旋律。我们的主旋律就是培养的人要为祖国和人民服务。这也是我们价值观最核心的东西。

关于这个问题，我和国内外的大学校长都探讨过。国外的大学校长觉得党委领导下的校长负责制是中国大学很大的体制优势，因为中国的大部分大学规模都比较大，管的事也很多，如果靠一个人的能力而不是一个班子的能力很难负责起来，必须依靠组织，这个组织就是党委。校长和书记可以互补，比一个人当家要好，精力、角度、思维方法和风格都可以互补。我们要建设的是社会主义的世界一流大学，发展、改革和稳定需要有党委领导下的校长负责制来保障。

记者：世界一流大学不仅需要有很高的管理水平，还需要有一支优秀的师资队伍。高质量的师资需要有合理、高效的人事制度的保证。近年来，我国的高校在人事制度改革上做了一些有益的探索。例如，2003年北大的人事改革就成为高教领域的一大热点。对此，您有何看法？复旦大学在人事制度上进行了什么样的改革？

秦绍德：北大的人事改革只是高等学校人事改革的一部分，当然更是学校各方面改革的一部分。在这个范围内，北大提出的人事改革方案总的方向和精神还是很好的。北大想通过体制的改革形成一种机制，在这种机制内人才流动是非常灵活的，人才能够发挥自己的潜力，这样总的来讲有利于师资队伍建设。我认为北大人事改革的方向是正确的，有些主意也不错。北大的方案也并非凭空产生，很多高校也在考虑这些问题。有些措施在国外已经做了多年了，比如教师的"非升即走"，在我国长久以来没做，因此北大的这些措施显得很有开创性。但是北大的这些改革方案还需要跟其他措施配套，使其有更强的操作性，比如行政管理人员也要改革，不能只改教师队伍的人事制度。高校与企业、机关都不同，是精神生产者聚集的地方，是生产精神产品的地方。对精神产品的评估很复杂，社会价值体系不统一，积累和产出的关系也很复杂。因此高校人事改革在整个社会中是最复杂的人事改革，可谓是"牵一发而动全身"。

复旦虽然没有像北大那样拿出一个全国瞩目的改革方案，但复旦的人事改革也一直在进行，没有停顿。比如今年职务评聘的改革。还有我们的人才引进机制也在不断地往前突破，去年我们聘请了国外的学者担任我们生命科学学院的院长。其他还有清华、上海交大等，大家都在改革，积累了许多很好的经验，并不是只有北大冲在前头，而其他大学在观望。

记者：顾名思义，世界一流大学应该是培养世界一流人才的地方，除了教师外，学生也是衡量一所高校优劣的标准，要建设世界一流大学，我们在人才培养机制上还要进行哪些改革？

秦绍德：大学培养的人才应该适应社会发展多方面的需求，而不是一种价值评价体系下的需求和一段时期内的需求。我们建设的世界一流大学要培养高层次优秀人才，适应社会对高端人才的需求，其中一部分毕业生能成为当代政治、经济、科技领域中举足轻重的人物。在传统的人才培养机制中，学生只有服从的义务，很少有选择的自由，这样就抑制了学生主观能动性的发挥。现在，我们的教育理念和培养机制都在逐渐转变。例如，学分制在中国的高校正逐渐普及。学分制的要领就是让学生有自主选择的可能。学校的课程是一个体系，形成一个"课程超市"让学生自主去选择，这是学校有意引导的选择。因此，学生选择的课程是国家教育的意图同个人选择结合的结果。复旦大学在"以学生的成长成才为中心"的培养理念下，对教育教学制度进行了很多改革。复旦大学允许一年级的同学转专业，一届3 000多名学生中每年有200多人可以转专业；实行完全学分制、弹性学分制，学生可以在2—6年之间完成自己的本科学业。学校还鼓励理科的课外科技活动、文科的社会调查,鼓励学生参加社会实践和组织自己的社团。研究生培养也是如此。学校培养研究生是通过课程的设置、导师的辅导和无形的氛围来进行的。社团、讲座和其他广泛的活动构成了一个无形的氛围,让研究生能够发挥学习的自主积极性。复旦大学正在逐渐建立一套完善的、灵活的人才培养机制,为发挥学生的这种自主积极性创造宽松的环境。我们希望在这种机制下培养出来的学生具有创造性和自主积极性,能够适应社会发展的需要。

记者:世界一流大学都实行开放办学,奉行国际化原则,面向世界遴选教师、招收学生。国际化是世界一流大学的重要特征。目前,我们内地的高校也与国外的一流大学进行了各种形式的合作和交流,您如何看待这一现象?

秦绍德:我国加入WTO之后,更迅速地融入经济全球化的进程。中国正逐步成为全球市场的一部分,全方位直接地参与经济、教育、科技、文化等领域的国际性竞争。经济全球化必将导致我国的经济结构、产业结构进行调整,然而我国高等教育的专业结构、教学模式、课程内容和培养模式远远不能适应形势发展的需要。一些直接应对竞争的相关专业,如信息技术、生物技术、金融、贸易、财会、法律和管理类的专业人才,无论在数量上和水平上还远远满足不了需求。其教育视野、课程教材、知识结构、教学方法、计算机应用,以及教师队伍的素质等方面还需要进一步提高和加强。教育国际化对我国的教育改革与发展、对人才的培养和竞争提出了新的课题。

复旦大学提出要顺应高等教育国际化趋势,加强国际交流与合作,发展校际交流。目前我们正在逐步建立校、系两级国际合作伙伴关系体系,理顺体制;增加学生国际交流人次,提高学生的国际竞争力;扩大留学生规模,提高留学生就读层次,拓展国际教育课程体系;加强学校职能部门的国际化意识和服务意识。

建设世界一流大学不是一朝一夕的事情。世界一流大学是一个方向,复旦大学要经过20年甚至更长的时间才能达到这个目标。我们已提出了建设世界一流大学"三步走"的战略:第一步,从现在起到

2005年建校一百周年，完成向高水平研究型大学的转型，为建设世界一流大学奠定坚实的基础；第二步，到2010年，若干学科率先达到世界一流水平，学校在总体上处于亚洲大学前列，成为国际知名的高水平大学，形成向世界一流大学冲击的强劲势头；第三步，从2011年起，经过10年左右的快速发展，跻身世界一流大学的行列。到那时，我们将有若干学科达到世界第一；校友中涌现出一批在各领域有影响的人才，学校在国际上享有良好声誉；每年发表的论文和著作达到世界一流大学的水平；在学校周边形成国内外闻名的科技园区；留学生达到学生总数的15%，从而使复旦成为外国适龄青年向往的大学。

(原载《探索与争鸣》2004年4月号，访谈记者：沈国麟)

办大学也要讲究"生物多样性"

在全国2 000多所高校中,"研究型大学"所占比例大大高出美国;在上海各类高校中,开设国际贸易与经济专业的本科院校比例超过80%。全国人大代表、复旦大学党委书记秦绍德在两会期间接受本报记者专访时表示,我国高等教育在快速发展的同时,已出现一些结构失衡和非理性定位现象。解决这一问题,有赖于高校自身选择,更需要科学规划引导。

秦绍德认为,生态学中有一个概念叫"生物多样性",趋同化的结果必然导致高等教育生态的破坏,不利于高等教育的可持续发展。因此,办大学也要讲究"生物多样性"。

高教也需"生态多样"

记者: 目前,各地高校追求"升格",竞相攀比,专科院校要升本科,本科院校要争硕士点,有了硕士点还要争博士点。学校间不分类型、不分层次,不顾原有基础和特色,争创综合性、研究型大学,"趋同化"现象愈演愈烈。您认为应该如何解决这样的问题?

秦绍德: 当前,趋同化的现象确实是越来越严重。仅从2007年数据就可知,我国具有博士学位授予权的大学已有310所,占总数13.4%。复旦大学前校长杨福家院士比较美国高校结构发现,美国两年制社区学院(类似我国职业教育)和专科类型院校相加,超过大学总数的60%;可授学士学位的大学只占18%,可授硕士学位的大学只占15%，可授博士学位的大学只占6%，而这6%中的一半才是真正的"研究型大学"。

生态学有一个"生物多样性"概念，趋同化的结果必然导致高等教育生态被破坏，不利于高等教育可持续发展。目前中国还只是"高等教育大国"，要加快从"大国"向"强国"迈进。高等教育强国应有一个规模较大、结构合理的高教系统，有一批高水平研究型大学处于顶端，力争在高教质量方面处于世界领先，但并非多数大学都建成这类大学。国家教育规划纲要应就此加以规范，明确国内高校的合理结构，对各校定位进行正确引导，控制各类别院校的数量和比例。

记者： 当前大学里都争着开热门专业和热门系，您认为有这个必要吗？

秦绍德： 当前，大学学科和专业设置，缺乏科学规划和论证。一些所谓的"热门"专业泛滥，而一些基础性的"冷门"专业萎缩。例如，全上海81%的本科院校都设立了国际贸易与经济专业，67%都设立了金融专业，65%都设立了会计专业，这三大热门专业每年毕业生超过1万人。上海正在建设国际金融中心，每年虽有这么多经济、金融专业毕业生，但真正需要的对口人才却还是不够。事实上，有能力培养中高档、创新型金融人才的大学寥寥无几。

我认为，高等院校其实没有统一的办学模式，关键在于办出特色和水平。美国的一流高校色彩纷呈、风格迥异，既有在重视教学的同时强调科研的研究型大学，也有只提供本科教育的文理学院，还有一批学科特色鲜明的专门学院，如纽约服装学院、美国烹饪学院，因为分别培养出一批世界级服装设计师和烹饪大师而闻名遐迩。高校多样化多元化发展，是整个高等教育体系充满活力的基础。

上世纪五六十年代，美国在高等教育大发展时期也出现过高校盲目发展的问题。在高校云集的加州，政府制定了《高等教育总体规划》，严格界定了公立高等教育各部分、各类型的角色和使命。正因如此，西方直到上世纪90年代，仍把这个规划当作"提供大众化高等教育机会的蓝图"，这种教育发达国家的经验值得借鉴。

文理分科违背教育本质

记者： 两会前夕，教育部颁布的《国家中长期教育改革和发展规划纲要》中提出了"逐步取消文理分科"，您个人对文理分科如何看？

秦绍德： 文理分科是为了应对高考的需要而产生的，并不是应对培养的需要而产生的。目前，随着应试教育越来越强化，文理分科已经成为家长和中小学为了适应考试而采取的教育分科。这违背了教育的本质和规律。教育的本质是培养适应社会需要和发展的人才。

人的成长有一些偏好，但是这些偏好并不是一成不变的，并不是一出生就适合文科、理科。教育的根本目的是希望一个人，对社会、对自然都有人生的适应能力。过早就把孩子分为文理科，这是不符合人的生长规律的做法，而且会从各个方面挫伤孩子成长的积极因素，甚至过早让孩子们有挫折感，过早让孩子成长偏科。

提早文理分科有很多危害。例如，许多孩子不去学历史和地理，觉得这是小科，不值得花时间。一个不懂得历史的人，就不懂得今天。不能继承丰厚的文化遗产，就不懂得创新。如果不懂地理，不了解国家，就没有社会责任感。小孩子在历史、地理、音乐、生物等方面，都应该涉猎一点。

记者： 那么您觉得在当前的情况下，是不是应该取消文理分科？

秦绍德： 从我个人来讲，我认为取消文理分科是比较合适的。但是，当前的条件还不成熟。我认为可以逐步取消文理分科，只是到高三或者是高三下学期的时候才给我们的学生按照考试要求分文理科。

记者： 很多人认为取消文理分科后，会更加加重学生的负担，对此您如何认为？

秦绍德： 一般大学校长都赞成中学文理不分科，是从培养人的角度来考虑问题，而不是从某些技术细节来考虑问题。"如果文理不分科，小孩子就负担更重"这种观点，还是从应试教育的思路来考虑问题的。

我们可以在中学里实行标准分考试，把学生的成绩放在3年里来考评，看他3年的平均成绩，在高考的时候以此为参考来决定是否录取。复旦大学的测试，就是实行标准分考试，10门课都考，不要求学生每门课都学得好，但不希望学生非常偏科。

高考不改革，素质教育难以推进

记者：数十年来，对应试教育的批评不绝于耳，但素质教育却也总是流于宣传和表面。您认为，其根源是什么？

秦绍德："素质教育轰轰烈烈，应试教育扎扎实实。"近几年，应试教育更从中小学提早到学前教育，民间一句著名的话是——不要让你的孩子输在起跑线上。应试教育扼杀了一代又一代人的创造力，高考的改革要坚决推进，高考是一个指挥棒，高考不改革，中小学素质教育难以推进。

现在我觉得全社会都陷入了一个怪圈，那就是读书是为了上好学校，受教育是为了找好职业，虽然这也无可厚非，但这实际上违背了教育的本质。虽然家长和学生都痛恨应试教育，痛恨巨大的升学压力，但也没有谁出来反抗，因为应试教育的肿瘤已经造成了巨大的压力，应试教育的体制机制决定着每个家庭的利益趋向。正因为这样，全社会更要清醒地认识到应试教育的巨大危害性。

记者：那么您认为应该如何推进素质教育？

秦绍德：要改变这样的现状，最重要的就是要坚决推进高考改革。四年来上海交通大学和复旦大学探索自主招生改革，改革的目的就是要打破"一考定终生"的现行统考制度，让大学从本校的培养目标、特色要求出发，通过知识考察和面试的综合方法，录取符合条件的学生。如此，"唯书论"的一元选拔标准就被打破了。高校自主招生不但带来人才培养模式的竞争和改变，也解决了广大家长和学生关心的教育公平、公正问题。

教育部和上海市都应积极支持复旦扩大实验范围，在上海的招生全部进入自主招生，在外省省市的招生也要推进，同时也批准其他高校参加试点，形成促进中小学素质教育的氛围。同时我认为教育主管部门要大力推进教育体制、机制改革，制定政策帮助中小学提升素质教育。比如能不能坚决废除以高考升学为中学教育的评估标准，能不能取消重点中学，逐步取消文理分科，对一些为自主招生办应试班的教育中心是否有所限制，媒体的报道宣传是否应该有准则——就是要为素质教育铺路，不为应试教育张目，等等。

通过自主招生招进来的学生更加活跃

记者：复旦大学自主招生是从什么时候开始的？复旦大学的自主招生取得了什么样的成绩？

秦绍德：2006年4月，复旦大学开始自主招生，到现在已经是第四年了，已经累计招收了1 500名学生。一开始时，复旦大学设计在上海全部实行自主招生，但教育行政主管部门没有同意，只同意招收300人，这是试验的限制范围，因为改革的前提是稳定。三年的试验证明改革是稳妥的，也是成功的。我们希望下一步在上海的招生全部实行自主招生。

记者：自主招生进来的学生和其他学生有很大的区别吗？

秦绍德：因为他们差不多还都是从类似的中学挑选进来的，因此要说差别也不是太大。但是，可以明显看出来，通过自主招生进来的学生要活跃得多。大部分学生即使不参加自主招生也能考进来，但是有些有潜质的学生不是考试能选拔的。我们剔除了一些只擅长考试的学生。

从大局来看，大学扩招是非常成功的

记者： 今年大学生就业十分困难，这和扩招是否有很大的关系？

秦绍德： 从长远来看，中国的大学生并不多。我认为高校毕业生就业难，"罪"不在扩招。我能够体会当前高校毕业生就业的困难。今年各公司给复旦提供的招聘岗位，较往年至少减少了两成。大学生就业困难是结构性问题，大学生求职趋之若鹜般涌向大城市、外企，必然导致就业紧张。毕业生就业目光应更多投向基层、农村。

记者： 今年2月，教育部和国家发展改革委联合下发了扩招研究生的通知。复旦会不会扩招？

秦绍德： 作为研究型大学，复旦承担着国家的许多科研任务，扩招对复旦并不合适，复旦大学没有扩招的计划。

记者： 我们的扩招，使我国在校大学生从600万人增加到了2 700万人，高等教育现在已经成为大众教育。对于扩招，您认为是利大于弊，还是弊大于利？

秦绍德： 我觉得近10年的大学扩招，是我们历史上的一次巨大飞跃，归根结底它的动力在于广大人民群众生活进入初步小康以后，普遍有让子女接受高等教育的愿望，这种社会需求推动了大学扩招。

我国大学的毛入学率从1998年的9%很快达到了去年的23%，按照国际上通行的标准，也就进入大众化教育的时代。什么是毛入学率？就是同年龄的年轻人能够受教育的比例，这是国际上通用的一个规则。我们这期间也增加了一些大学，但增加得不多，我们利用原有的资源，几乎每个大学都扩大了招生的人数，实现了让更多的年轻人接受高等教育的愿望。

为此，各个大学也承受了巨大的压力，不仅是校舍紧张——学生教室、食堂、宿舍都要扩张，更重要的是师资力量不够，每个老师所承担的任务更重了。现在看来扩招尽管有这样那样的缺点，或者说我们正需要努力提高教育质量，但是总体上说，我们应该看大局，看是不是能够满足广大群众的需求。从这一点来说，我觉得扩招是做得非常成功的。现在我国已经变成了世界高等教育大国，我们大学的数量和在校大学生的数量，大概排在世界的前两位。

记者：您认为，目前高校改革的重点和难点在哪里？

秦绍德：我个人认为，经过了扩招期之后，高校即将进入内涵建设期。扩招后，我们紧接着要满足大家在大学里接受良好教育的要求，接受高质量教育的要求。

记者：您所说的内涵式发展期，主要包括哪几个方面？

秦绍德：内涵发展期，主要就是温家宝总理在国务院的报告里所说的，就是要提高高等教育的质量，这是今后一个时期大学的主要任务。

记者：那么如何提高高等教育的质量，加强高校的内涵建设呢？

秦绍德：要提高高等教育的质量，实际上有很多问题要解决，也就是我们有很多难点。首要的问题是，大学普遍缺乏师资，尤其是缺乏高质量的师资。

师资的量是怎么来计算的呢？一般来说，应该拿大学的师生比来计算，即一个教师平均下来，他应该负担多少位学生的课程。这个数字一般在1∶18左右是比较正常的，如果超过这个数字，达到1∶20，甚至于1∶30、1∶40，老师就顾及不到教育质量了，我们在大学里面就开始"放羊"了。

而更重要的是高质量的师资更不够。我们应该在全社会形成这样一个理念：要让最优秀的人才到大学里面任教，只有老师是最优秀的，将来我们教出的学生也一定是最优秀的，这是一个重要的难点。

第二个难点，由于学校扩张以后，政府投入的教育经费跟不上大学飞速发展的速度，所以学生增加了，我们的教师增加了，校舍扩大了，但是政府投入还没有跟上去，各个大学普遍感到经费紧张。我认为高等教育的质量要提高，实际上是需要投入的，很重要的一点就是经费的投入。譬如说，我们要让大学生有足够使用的良好教学设备，教学实验室；另外，尽可能大课的教室少一点，要多一些小教室，便于师生交流。所以，那种认为提高教育质量是软任务，或者是不需要投入的看法显然是不对的。

还有一个更重要的难点是提高大学教育质量要改变落后的教育理念。

招收高价生违背了教育公正的原则

记者：有人提出，大学可以用招收高价生的办法来弥补学校经费的不足。请问您如何评价这种看法？

秦绍德：我国的大学除了民办的以外，大部分都是公立大学，教育经费主要来自政府的拨款。政府的拨款如果不足的话，要通过大学自己的创收。大学的创收主要有哪些方面呢？一是用自己的资源为社会服务来收取一些费用。譬如高校培养的专业硕士生，像 MBA、EMBA、MPA、GM，这样的学生收费就比较高一点，这是国家批准的，这里面的收入可以部分弥补学校经费的不足。二是科研的创收。把高校的科研成果转让到社会上去，也可以收到一些费用。当然还有一些其他的方面。但是，无论如何，公立大学是不能、不允许收高价生来弥补学校经费的。

事实上，教育部对大学招生经费的问题，历来管理非常严格，不允许大学自行定学费。这里面可能社会上有些误解，譬如我们现在国内几所比较好的大学，像清华大学、北京大学、复旦大学、南京大学、浙江大学等，都是由教育部制定学费标准，文科生大概是每年 1 人 5 000 元左右，理科生可能是每年 1 人 5 500 元左右，艺科生可能是每年 1 人 6 500 元左右，这样的收费标准已经好多年没有变动过。所以，大学绝不可以用招收高价生的办法，来吸收未经录取的学生，这也违背教育公正的原则。

记者：您怎么看待当前高校硕士生、博士生成为导师苦力的现象？

秦绍德：现在确实有这样一种现象，有些硕士生、博士生的导师，把自己所招收的学生简单地看作劳动力，只要求他们跟着自己做课题，完成自己承担的科研任务，其他管得很少，这样的做法是不对的。当然这样的教师也不能说是普遍的，还是少数。我们许多老师认为，让学生参加自己领导的科研课题，一方面是培养学生的科研能力；另外一方面也是对他们进行研究生教育的一种方式，但不是全部方式。许多优秀的导师，他们的课题在科学研究领域是领先的，他们的学生跟着导师一起做课题，也进入了最先进的领域，那么这种锻炼，对他们的成长还是很有好处的。

作为大学的领导来讲，反对教师把研究生看成是自己的私有财产，甚至于是简单的劳动力。我们希望每个教师都对研究生履行教育的义务，而且要对自己所带的研究生全面负责。

不能笼统地去谈"上学难""上学贵"问题

记者：关于"上学难""上学贵"，有代表认为不存在这个问题，您怎么看？

秦绍德："上学难""上学贵"的问题，不能笼统地谈，因为上学有小学、中学、大学，有重点学校、非重点学校，收费也有不同的标准，所以笼统谈是谈不清楚的。在上大学的问题上，从我们国家的广阔人口基数以及受教育的程度来看，目前，上大学难的问题还不能一下子解决，也就是说总有人会考不进大学。但是也有这样的情况——能考进大学的学生，他在经济上有困难，可能不得不辍学。这个问题已经引起各个大学的注意。在教育部和各地政府的帮助下，目前每个大学都在资助最困难的学生。我们的口号是"不让一个困难的大学生辍学"，现在大体能做到。

至于上好的大学难的问题，那是永远存在的，因为重点大学就是那么几十所，而我们高中毕业生又那么多，都要竞争进重点大学。在现阶段,还不可能做到有更多的人进重点大学,还只能通过高考的办法,淘汰一批,吸收一批。

至于上学贵的问题,全国这么大,有个别学校有乱收费的问题,但是绝大多数的学校,都执行物价部门的规定。至于这些学费跟当前的居民收入如何比,这又是一个复杂的问题。因为整个物价指数在涨,居民生活的指数也在涨,学费没有变动,所以不能说学费是一个价格贵得不行的大问题。

还有,在收费领域,在某些地方,名校办民校,主要是指中学,收费比较贵,现在教育行政部门也正在研究,准备加强管理。

深深的水,静静地流

记者:一所大学的气质与风貌是否会受周围环境所影响?比如,复旦大学和上海交大地处市场经济发达的上海,它们的气质会不会受到上海商业文明的影响?而北京的大学是否会因为北京是政治文化中心,而多了些"官气"呢?

秦绍德:一个学校的气质和风貌会受到周围环境的某些影响,但这样的影响是十分小的。它的气质主要还是跟这个学校的传统和特色有关。不能因为复旦和上海交大在上海就认为它们商业氛围比较浓厚,也不能因为北大和清华在北京就说他们"官气"太重。主要还是要看学校的特色。因为高校的学生都是来自五湖四海,他们平常主要时间都是待在学校里面,因此受学校周边环境影响比较小一些。

记者:那么复旦和上海交大作为身处同一个城市里的大学,一个是综合性的大学,一个是工科类为主的大学,它们之间有哪些不同呢?

秦绍德:因为交大主要是以学工程为主,交大的学生碰到事情之后,往往是考虑我能做什么,我能不能抓住机遇。而复旦的学生则思维发散性比较大一些,碰到问题后,他考虑的问题是:这件事情为什么是这样的，从学理上探讨能不能行得通。相比于交大，复旦的包容性要强一些，复旦的学生对任何事情都见怪不怪，他们有一种求异思维，有一种"语不惊人死不休"的味道。

记者：在这点上，复旦似乎和北大的气质有一些类似之处？

秦绍德：复旦和北大在气质上来说，总体上更为接近一些。但北大有一种"普天之下，舍我其谁"的傲气与霸气，他们骨子里有一种号令天下的味道。相比之下，复旦就显得更为务实一些，我们不显山，不露水，不大张扬。

我曾用"深深的水，静静地流"来形容复旦的气质，这里比喻大学追求学术和真理的一种精神。我们对学术和真理的追求是永恒的，这种追求表现在始终坚定地前行，始终不懈地努力，表现在不盲从、不轻言放弃、不屈服、不张扬。这种追求就像深深的水，静静地流。虽然默默无语，但静默之中却蕴含着巨大的决心、执着和勇毅。这种追求是大学里最令人钦佩的特质。

（原载《中国经济导报》2009年3月14日第A03版，访谈记者：童海华）

坚守大学阵地　传承人文精神

复旦大学创建于1905年，原名复旦公学，是中国人自主创办的第一所高等院校。"复旦"二字选自《尚书大传·虞夏传》中"日月光华，旦复旦兮"的名句，意为自强不息，寄托着当时中国知识分子自主办学、教育强国的愿望。复旦大学历经百余年，已经逐步发展成为一所涵盖人文科学、社会科学、自然科学、技术科学以及管理科学的多科性研究型综合大学。复旦师生谨记"博学而笃志，切问而近思"的校训，严守"文明、健康、团结、奋发"的校风，力行"刻苦、严谨、求实、创新"的学风，发扬复旦精神，为社会进步作出了重要贡献。

人文社会科学要看重"传世之作""经世之作"

《中国社会科学报》记者（以下简称记者）：秦书记您好，很高兴您能够接受我们"高校文科建设巡礼"大型系列报道的专访。复旦大学文科实力雄厚、基础扎实，近年来更有长足的发展。请您谈谈复旦大学在文科建设方面取得的办学成就。

秦绍德：复旦大学的文科门类丰富、底蕴深厚、人才荟萃，百余年来一直是学校学术声誉的重要标志之一，也是吸引众多学子报考复旦的魅力之一，更是架构复旦学科大厦不可缺少的一极。新中国成立后的60年里，特别是改革开放以来，随着"211工程""985工程""哲学社会科学繁荣计划"的实施，高校的人文社会科学迎来了难得的发展机遇，复旦文科也得到了快速发展。1952年院系调整时，复旦大学文科只有5个系，改革开放后，文、史、哲等传统基础学科焕发了勃勃生机，政治学、社会学、法学等一批重要学科恢复重建并逐步走向繁荣。如今复旦大学文科已经涵盖了13个直属院系、8个教育部人文社会科学重点研究基地、136个各类研究所（中心）。在2007年最新一轮的全国重点学科评估中，复旦大学文科有17个二级学科被评为重点学科，在全国高校名列前茅。随着"211工程""985工程"等的持续投入，从2003年到2007年，文科研究和发展费用累计已经达到24亿元，五年时间承担国家社科基金146项、教育部课题194项、上海市哲学社会科学课题236项。出版各类著作2 200部，发表论文15万篇，研究报告2 300篇，去年在上海社科优秀成果奖的评选中，获奖数占全市奖项数的40%。

谈到文科成果，不能只看数量，不重质量；只看眼前，不重长远。我校提出，人文社会科学还是要看重"传世之作""经世之作"。人文学科强调"传世之作"，也就是要出能够继承、弘扬我国优秀文化遗产，能在历史上留得住的里程碑式的成果。社会学科强调"经世之作"，也就是要出能对经济与社会发展产生重大影响和推动历史前进的成果。而要产生"传世之作"和"经世之作"，必须要鼓励潜心学术研究，反对浮躁功利。新中国成立60年来，复旦大学几代教师薪火相传，不论在物资匮乏的年代，还是在物质至上的时代，他们都能安贫乐道，恪尽职责。他们有执着的学术追求，坚定地守护自己的思想天空。复旦也因此产生了一批有较高学术价值和重要影响的大著作。比如谭其骧先生花了30多年时间，带领二三十位教师，从黑发做到白头，编纂了《中国历史地图集》，它被誉为新中国社会科学领域两项最重要的成果之一，也在国际学术界被认为是中国历史地理领域最权威的成就。现在他的弟子们继续在这一领域拓展成果。外文系陆谷孙先生带领他的团队，耗时十余载，完成了《英汉大辞典》的编写，被称为我国当代内容最丰富、规模最大的英汉词典，被列为联合国翻译文件的指定工具书。

近几年来，中国历史地理研究所、古籍研究所等具有雄厚学术力量和研究特色的老研究机构继续拓展着新的研究方向；新建的文史研究院和出土文献与古文字研究中心等则展开着许多独具特色的研究项目，如"从周边看中国""马王堆竹简释解"等。中文系陈尚君教授花了十余年时间，潜心治学，先后完成660万字的《全唐诗补编》和《旧五代史新辑会证》，填补了国内空白。王运熙主编的《中国文学批评通史》，葛剑雄所著《中国人口史》，裘锡圭的《中国出土文献十讲》，刘放桐、俞吾金主编的《西方哲学通史》，章培恒的《中国文学史新著》等在学术界引起广泛的反响，都称得上是复旦大学的扛鼎之作。

在加强基础研究的基础上，复旦大学也注重积极面向现实，以经济和社会需求为导向，开展应用对策研究，回答和解决中国特色社会主义事业发展中面临的重大现实问题，写好为经济和社会发展服务这篇大文章。

近年来，针对国家和上海经济社会发展中面临的重大问题，复旦大学先后成立了就业与社会保障研究中心、中外现代化进程研究中心、知识产权研究中心、会展与服务经济研究中心、长三角研究院、上海物流发展研究院等，开展重大现实问题研究，成果显著。经济学院高帆副教授完成的"粮食安全战略研究"专报得到国务院副总理回良玉的批示。社会学院任远教授完成的"分阶段有选择差别化推进城市户籍改革"专报在今年2月得到中共中央政治局委员、上海市委书记俞正声等的批示，并直接推动了2009年上海"户籍新政"的相关改革。

文科建设对于全面培养人才的综合素质，促进学科的交叉和协调发展，营造良好的校园文化氛围，凝聚学校的传统和精神，影响很大。这也是现在许多大学积极建设文科的道理所在。百余年来，一代代复旦大学毕业生从学校走向社会，成为共和国建设的中坚力量。不论学校、社会，政界、商界，国内、海外，都能看到他们活跃的身影。在他们身上，有时代的印痕，更有超越时代的复旦人的特质。复旦大学的毕业生往往视野开阔、思维活跃、不随波逐流，有源自内在的自信，不怨天尤人。可以说，这些与复旦大学人文学科潜移默化的教育和熏陶是分不开的。复旦大学人文社会科学领域名师的课总是爆满，学生们选课没有任何的功利目的，就是愿意接受这种熏陶，慢慢转化为自身的内在修养和精神气质。我曾用"深深的水，静静地流"来形容复旦的气质，比喻大学追求学术和真理的一种精神。我们对学术和真理的追求是永恒的，这种追求表现在始终坚定地前行，始终不懈地努力，表现在不盲从、不轻言放弃、不屈服、不张扬。这种追求就像深深的水，静静地流。虽然默默无语，但静默之中却蕴含着巨大的决心、执着和勇毅。

缺少人文精神的社会是残缺的社会

记者：在取得这些成就的办学历程中，您最重要的体会是什么？

秦绍德：第一点体会就是，在文科建设中应始终坚持马克思主义的指导地位。马克思主义是长期指导我们思想和社会发展的理论基础和世界观、方法论。保持马克思主义的主导地位，不能靠主观愿望和行政命令，要靠理论和学术的建设与发展。

作为一所综合性大学，首先要能积极参与马克思主义理论体系的构建。在这方面，复旦大学一直有着悠久的历史和光荣的传统。早在1920年，由复旦老校长陈望道翻译的《共产党宣言》第一个中文全译本在上海出版。复旦是第一批建立政治理论课的学校。蒋学模先生主编的社会主义政治经济学教材一个时期成为全国高校和其他单位的权威教科书，一版再版，发行量超过了1 800万册，仅次于《邓小平文选》。进入改革开放年代以后，我们加强了中国特色社会主义理论的研究。学校1980年成立了马列主义理论教研室，1992年成立了马克思主义理论研究中心，2006年成立了马克思主义研究院。2000年，当代国外马克思主义研究中心被批准为教育部人文社科重点研究基地，也是国内唯一的国外马克思主义研究基地。这些研究机构在不同时期汇集了校内相关学科的专家学者，围绕重大理论与实践问题展开研讨。近几年，在马克思主义理论相关领域，涌现了一批在全国有重要影响的基础研究成果。

其次要坚持在马克思主义指导下繁荣学术。这一点不能动摇。以马克思主义指导各学科建设，并不是机械地搬用马克思主义关于该学科的现成结论，更不是"穿靴戴帽"硬贴标签，而是以马克思主义的世界观和方法论指导学术建设，也就是要以辩证唯物主义和历史唯物主义来指导学术发展。因为我们认定这是科学的世界观和方法论。在高校的人文社会科学研究中，食洋不化的情况是经常有的，还有大量的是远离实际、脱离实际；抛弃传统而奢谈创新，脱离实际而要构架体系；历史虚无主义也发生了，形而上学的观点盛行。所以文科建设关键一条就是要用马克思主义的世界观和方法论指导学术研究。

第二点体会是，文科特别是社会科学要跟上时代脉搏，紧密联系实际。一般来讲，人文社会科学的命运总是和时代联系在一起的。当代发展中的中国社会，亿万人民的发展改革实践是马克思主义理论创新的巨大宝库，也是人文社会科学建设繁荣的重要背景和历史机遇。事实证明，文科科研只有面向中国、面向实际、面向社会，着眼于发展中的重大问题，比如能源问题、人口和环境问题、城市发展问题、文化建设问题等，我们的人文科学和社会科学才能真正繁荣起来。

第三点体会是，大学要坚守人文传统，传承文明，对人文学科一定要持之以恒地加以扶植。有些社会问题的研究，既急需又紧迫。相比之下，人文学科如文学、历史学、哲学、音乐学、美术学等的研究不那么紧迫，而且往往需要较长时间积累，潜心钻研，才能有成果；传播和辐射也需要一个过程，成效更是隐性的。这就使得人文学科没有得到足够的重视。

但是，一个社会不管经济发达到何种程度，科学技术进步到何种地步，如果缺少人文精神，一定是一个残缺的社会，我们培养的下一代缺少人文教育，将变得智商和涵养极不相称。《旧五代史新辑会证》

《中国文学批评通史》这些学术成果，可能无法在短期内产生效益，但长远来看，却担负起了传承文化的使命，它们把中华民族传统文化的精华进行了整理、提炼和播扬，帮助人们重新找到赖以生存的精神家园，找到凝聚人心的共同点。这是中国实现可持续发展的强大精神动力。因此复旦大学在组织人文科学的研究时，一直将规划和自然发展、集体大项目和个人项目结合起来，对这些领域的投入，持之以恒，连续扶植。

第四点体会是，要不断提高文科的国际对话能力。当今世界，由于经济全球化潮流和信息网络化的带动影响，人文社会科学的国际交流日益频繁。当前在研究中国问题的时候，既存在着生吞活剥地照搬或套用西方学术思想的情况，也存在着无法用西方习惯的话语系统传播中国学术成果的情况。我们应当顺应世界发展潮流，既要坚持中国特色，又要积极推动人文社会科学研究走向世界，通过"请进来，走出去"的方法，主动与国外著名高校和研究机构建立学术联系，开展合作研究，敢于并善于与国际对话，提高我们自己对外部的影响能力，不断扩大在国际学术界的影响；同时，不断引入国际上先进的研究方法和手段，促进传统研究方法的更新和新研究方法的运用。这方面我们已经进行了一些尝试，取得了很好的效果，如历史地理研究中心与美国哈佛大学等单位联合研制的"中国历史地理信息系统"，该项目完成后将成为世界上最详尽、最权威的中国历史地理信息系统；还有如中国古代文学研究中心与美国斯坦福大学合作开展的"中国文学点评史"的研究工作；亚洲研究中心与斯坦福大学胡佛研究院开展的"复旦-胡佛近代中国人物与档案文献研究系列"等。

第五点体会是，要遵循文科的学术发展规律，营造良好的学术生态。和自然科学相比，尤其和大型实验科学相比，人文社会科学的成果更多地取决于个人的劳动和创造。即使是大型的学术成果，也往往是个人成果的集成，这是文科的特殊规律。因此文科的兴衰往往和人联系在一起。有大师，学科则兴；无大师，学科则衰。而大师的出现，需要环境条件和天赋才华的结合，需要经过几十年的积累和孕育,光凭主观愿望不行,急躁更不行。复旦大学外文学院的陆谷孙教授,1959年被下放到农村去劳动,舍不得丢下学术,就在田埂上背诵普希金的诗。被人发现以后,就禁止他背。禁止背,他就在心里背,从普希金到莎士比亚,从中文到英文。他后来自嘲为是"田埂上的小布尔乔亚",正是因为数年如一日的坚持,才有了后来的《英汉大词典》。

文科要有良好的学术生态。这个生态中要能实现"百花齐放、百家争鸣",创造开放的学术空间,营造宽松的学术氛围,尊重不同的学术观点。复旦人凡事都抱着一种研究的态度,喜欢问一个"为什么",也因此总是有不同学术观点的自由碰撞。老校长陈望道说,"不同意见的争论是科学发展的动力"。

良好的学术生态要有科学的评价体系以及诚信严肃的学术规范和风气。要不断吸引和凝聚人才,打破"一潭死水"的状况,这甚至可以从根本上改变一些学科的面貌,实现跨越式发展。良好的学术生态还要能够整合各种力量和资源,要能够打通学科限制,消除门户之见,发挥学科交叉综合的优势,搭建跨学科的研究平台,集中力量研究和解决重大问题。

建立"中国特色的现代大学制度"

记者:对中国的教育制度等问题,您曾经提出过很多非常有影响的观点。请问您最近对这一问题有什么新的思考?

秦绍德:我的看法主要有两点。

第一,建立有中国特色的现代大学制度。

大学争创一流的竞争,表面看来是优质师资、优质生源、科研结果的竞争,其实根本上还是大学制度的竞争。一套好的制度可以培养出最好的人才,可以留住人才,可以使人才发挥最大的作用,可以让有限的资源得到更合理的分配和更有效的利用,使我国的高等教育与世界一流大学缩短距离的进程更快一点。

最近复旦大学提出了一个概念，叫作"中国特色的现代大学制度"。因为我们感觉到，现代大学，尤其是综合性研究型大学一般都规模大、功能多元、机构复杂，人员分类也复杂，一套完善的制度建立起来难度很大。现代大学有一些共同遵循的制度原则，西方大学历史悠久，制度比较成熟，值得我们借鉴。但是没有一个放之四海而皆准的大学制度，世界各国不同的国情和文化对制度设计与有效实施影响很大。因此我们必须要探讨符合我国国情、体现中国文化的现代大学制度，也就是中国特色的现代大学制度。

在现代大学制度中，有几个问题非常关键。比如，在学术管理中，究竟如何充分发挥教授教师的主体作用？学校的行政管理如何更好地为学术运行服务，为基层服务，为师生服务？校、院、系架构主要适合于教学的学术组织，成型于20世纪五六十年代，在学校规模扩展的背景下，已越来越不适应一系列的改革要求，如何使院（系）成为自主发展、自我管理的办学实体？如何能够建立起一种学科结构调整比较灵活、科研资源容易聚散、运行有效、能出成果的体制和机制？等等。

第二，深入推进高考制度改革。

每年到这个季节，社会上讨论最为热烈的恐怕还是高考。在全国人大会议上，我一直呼吁要推进高考制度的改革，因为这是推进素质教育的"牛鼻子"，是教育制度改革的关键环节。

素质教育的概念明确提出已经有半个世纪，但是一直没能得到有力贯彻，应试教育反而愈演愈烈。在这种氛围和惯性下，家长不敢逆势而行，学校教师也不能打破怪圈。这就需要政府采取坚决措施，用系统方法，从制度层面扭转现状。高考制度正是其中关键的一环。在现行应试教育模式里，大学处于高端。高考这一"指挥棒"，对中学教育影响极大。高考的命题要求和范围、考试的方式等，左右着中学的课程教学和其他教育内容。高考不改革，素质教育寸步难行。

复旦大学有责任为此做出贡献。我们要让高考、高校招生办法从

"应试教育的指挥棒"转变为"引导中小学实行素质教育的指挥棒"。四年来,复旦大学在教育部和上海市的支持下,先行探索自主招生改革。这一改革的目的就是要打破"一卷定终身"的现行统考制度,让大学有选择学生的自主权。我们从本校培养目标、特色要求出发,通过水平测试、考察中学一贯表现、面试等综合方法,吸收符合条件的学生入学深造。这一改革已对中学素质教育产生影响。四年的改革进展顺利,群众最担心的公正公平问题在自主招生中得到了很好的解决。我乐观地认为,如果全国有30—50所大学特别是重点大学能够实现自主招生,那么大家批判了多年的"应试教育"大格局就有可能出现大的改变。到那时候,中国也会出现一个中学毕业生同时收到四五个大学的录取通知书的情况了,促进中小学素质教育的氛围也就能彻底形成。我们期待社会上越来越多的有识之士怀着对教育的理想,一同加入素质教育和高考改革的探索。走的人多了,也便成了路。

(原载《中国社会科学报》2009年7月1日第C03版,访谈记者:王广)

寂寞出学问

昨天，是第 25 个教师节。

这一天，复旦大学向全体教师发出致谢和倡议，感谢在学术领域中默默耕耘多年的教师们，并倡导一种甘坐"冷板凳"的治学精神。

这种倡导，关乎复旦，又不止于复旦；关乎教师，也不止于教师。

教师的学问之道，关系到大学的学术精神；而大学的学术面貌，是整个社会的学术和文化氛围的直接反映。

走出学术浮躁，优化文化生态，是不容忽视的一项重要课题。

做学问，就要甘坐"冷板凳"

解放周末：在教师节这一天，复旦大学为何向全体教师发出这样的致谢？

秦绍德：教师节的设立源于社会尊师重教的优秀传统。在这一天，我们向辛勤工作一年的教师致敬，不仅尊重教师的一般性劳动，还特别强调一个重点——不能遗忘在学术领域中耕耘多年、默默无闻的教师们。这些教师，没有受到媒体的过分关注——被过分关注恰恰做不出学问——因此，容易被遗忘。我认为，在这一时刻表达对他们的由衷感谢和深深致敬，是非常必要的。

解放周末：这种感谢与致敬，是否也蕴含着一种关于"教师、学者应该具备什么样的精神品德"的价值取向?

秦绍德:可以这么理解。复旦的校训是"博学而笃志,切问而近思"。其中,对"博学而笃志"的一种理解是,做学问要有专一的志向。这志向不受干扰,不受外界诱惑,专心致志,为探求学问奉献一生,为捍卫真理耗尽心血。我认为,这一精神在当前是应该大力提倡的。

解放周末:钱穆先生说过,做好学问,要"潜心十年"。

秦绍德:是的,类似的说法不少。上世纪50年代,南京大学韩儒林先生就把范文澜先生的治学精神概括为两句话:"板凳要坐十年冷,文章不写半句空。"这种"甘坐冷板凳"的精神,就是坚守学术的精神——无论外面的天地发生了如何翻天覆地的变化,在攀登学术高峰的路途中,一定要坚守学术。在这个方面,我颇为自豪。因为在复旦大学的历史上,不乏甘坐"冷板凳"、做出卓越成就的学者,他们和他们的精神,是复旦重要的精神遗产之一。

解放周末:您的自豪肯定有不少根据。

秦绍德:比如,谭其骧领头主编《中国历史地图集》。这项文化工程,从1955年开始一直进行到1986年,历时31年,所有参与的学者都从黑发变为白头,最后形成的皇皇8册《中国历史地图集》,被认为是新中国社会科学的两大基础工程之一。另一个基础工程就是"二十四史"点校。

又比如,陆谷孙教授主持编撰《英汉大辞典》,历时17年。在此过程中,6个正副主编中有5人离开,只有陆谷孙坚持到最后。17年间,他给自己定下"不出国、不兼课、不另外写书"的誓言。最终,这部高质量的权威辞书成了联合国专用工具书。

还有蒋学模教授主编的《政治经济学教材》,从1980年到2005年,不断修订。蒋先生直到86岁高龄,还在伏案修改文稿。20多年来,这本教材一共出版了13版,发行量达到2 000万册,影响了几代经济学人。

那些"炒"热的东西,不是真正的学问

解放周末:您所介绍的这些"寂寞出学问"的事例非常感人。但是否非得寂寞才能出学问?不甘寂寞就不能出学问吗?

秦绍德:这个疑问可能来自现在一种有目共睹的现象:学术考核时,不少教师拿出了一大摞成果,有十几篇论文、好几部大书,都是在有限的几年内写成的。但是,真正在学术界的人都知道,即使是一篇有真知灼见的论文,恐怕也不是一年半载就可以完成的。从产生想法,到收集资料、形成思路,再反复锤炼,没有几年是不行的。"著作等身"只有在个别天才身上才能发生。我认为,在现行的考评体制下出现了那么多的"硕果累累""著作等身",是不符合学术规律的。

解放周末:在您看来,治学必须遵循怎样的规律?

秦绍德:所谓学问也好,学术也好,实际上是对规律的探索,需要时间观察、收集、思考,然后加以总结。而且,这种总结还需要时间检验,反复论述,反复修正,才能形成经典。复旦大学鼓励教师写"传世之作","传世之作"就必须要有时间积累,经得起时间的考验。

现在似乎有一种流行的说法,就是在称赞某位学者的学问时,动辄用"前无古人、后无来者",或者"包容一切的完整体系"这样的词汇。这其实是非常可笑的。因为今人的学问一定是建立在前人基础上的,只有把前人的学问都吃透了,才有可能做出更深的探索,只有站在"巨人的肩膀"上,才能攀登更高的台阶。同样,"包容一切的体系"也是不可能的。恩格斯在《反杜林论》中就批判了杜林企图构建囊括一切的科学体系的想法,认为这是愚蠢可笑的。

解放周末:也就是说,做学问来不得半点浮躁,而必须静心求实。

秦绍德:这种"求实",不仅是从书本中求实,还要求实于实践,也就是古人说的"读万卷书,行万里路"。人的一生是非常有限的,要做出有创造性的学问,必须要把相当多的时间放到某一领域中去,

根基越牢，学问越深。所以我们才要提倡"冷板凳"精神，冷板凳上不坐个几年、十几年，学问是不可能"热"出来的。那种"炒"热的东西，不是真正的学问。

解放周末："炒"热的热，是虚热。

秦绍德：对，是狂热、燥热。只有出于对兴趣的追求，基于对价值的坚守，才能耐得住寂寞。

解放周末："寂寞出学问"，其实也是中国学界长期以来形成的优秀传统。

秦绍德：是的，在这方面，很多学者都有教诲。包括我们复旦的苏步青、周谷城等前辈。我记得1965年进入复旦的时候，我就曾在校刊上看到，中文系蒋天枢教授对他的研究生讲过一句话："要甘于坐冷板凳，肯坐冷板凳。"给我的印象很深刻。你要坐冷板凳，就要准备牺牲眼前的利益，可能要拒绝很多诱惑，可能会错过很多机遇。现在时代发展很快，机遇和诱惑很多，每一个机遇都想抓住不放，每一个诱惑都想尝试一番，那就不可能坐得住冷板凳。"甘"与"肯"，意味着选择，更意味着牺牲。

解放周末：这样才能真正耐得住寂寞。

秦绍德：做学问，首要的是有兴趣，要有对学问的热爱。比如，陈尚君教授用了20年的功夫做了《全唐文补编》《全唐诗补编》，又用了11年时间做了《旧五代史新辑会证》。他做的工作大部分是校勘、辑录、订正，既有文字"小学"，也有考据之学，是非常细致认真的学问。当年陈尚君住房不宽裕，在出版社借了20平方米的房间，一到夏天，那时没有空调，但他又不敢开电风扇，因为怕吹乱纸页，只能打着赤膊，挥汗如雨地工作，多少年如一日地坚持下来。很多人说，这多苦啊，我才不吃这个苦呢。实际上他是苦中有乐，这种乐趣，是别人难以体会到的。

解放周末：在艰苦和寂寞的环境中做学问的人，其实内心并不孤单，相反，很充实，很幸福。

秦绍德：还有一点，我认为也很重要，那就是要有坚定不移的志向。笃学必须要以笃志为前提。如果不是出于追求真理的乐趣，不是追求在文化上对人类有所贡献，恐怕就很难经得住诱惑和困难的考验，就无法静下心来。范文澜先生就曾说过，要想做好学问，就要有"视富贵如浮云"的精神。当年中国科学院刚成立时，据说原本想请范文澜出任副院长，但他坚辞副院长之任，而是专心于学术研究，若干年后，他的《中国通史》成为这一领域中的经典巨著。

解放周末： 一个是兴趣的追求，一个是价值的坚守。

秦绍德： 对。对价值的坚守，就是坚守学术的崇高感，坚守文化的神圣感，坚守作为一个学者的使命感。只有怀揣着一腔热血，冷板凳才能坐得住。复旦近年来引进的两位教授，让我十分感动。一位是古文字专家裘锡圭先生，一位是历史学家葛兆光先生。他们两人有个共同特点——做学问做到眼睛都坏了。裘锡圭先生70多岁了，眼睛高度近视，还患有青光眼。葛兆光先生用眼过度导致视网膜脱落，手术先后动了4次，一只眼睛一度近乎失明，另一只视力也受到很大影响。对于两位先生的情况，我们很着急，请了最好的眼科医生为他们诊治，劝他们适当休息，希望他们停一停，但是他们还是在做学问，停不下来。

解放周末： 这种停不住，既是出于做学问的兴趣，更是出于学者肩负的文化责任。

秦绍德： 也就是为社会、为民族建设学术的责任。

学术就是学术，没有冷门和热门之分

解放周末： 您倡导学者要"甘坐冷板凳"，显然与当前浮躁的学术环境有关。

秦绍德： 是的。我认为，浮躁是学术的大敌。最近几年，学术造假时有所闻。学术造假是学术浮躁的极端表现，也是学术浮躁的必然结果。种种迹象表明，当前的学术浮躁已经到了一个相当严重的程度。

解放周末：在您看来，出现学术浮躁的原因是什么？

秦绍德：我认为主要有三个原因。

第一，利益驱动。当某位学者的价值为社会承认、社会赋予他某些社会地位或荣誉时，物质利益也就随之而来。尊重知识，尊重科学，这体现了社会的进步，给予真正做出学问的优秀学者以一定的社会地位和物质利益，这是非常正常的。但是作为学者，如果把"名"和"利"作为治学的动力、追求的目标，这就和学术本身的发展规律背道而驰了。

解放周末：有的不仅是追求利益，而且是追逐利益。

解放周末：每一个做过学问的人都知道，当你有了这样的动机时，心是静不下来的，而是时刻在打"小算盘"：这篇文章的发表是否会和某个头衔有关，那本著作的出版会换来哪些利益，等等。

解放周末：心有杂念，总在考虑走什么捷径更方便出名，用什么方法更容易得利，一切都功利化了。

秦绍德：这是学术创造最忌讳的。当然，一个人生活在现实中，完全离开利益的考量是不可能的，但如果一个学者把追名逐利作为根本目标，那就压根做不出什么学问。

解放周末：学者功利化的另一种表现，就是都奔着所谓的热门研究领域而去。

秦绍德：学术就是学术，没有冷门和热门之分。可以做研究的地方，总是可以开拓的领域。有些领域，由于其学术成果可以应用于当今社会发展过程，于是就变得热门。事实上，有很多学问，在外人看来是冷门，但是一旦做出了成就，就渐渐热了。因此，学者不要期望别人来给你把冷板凳"焐热"，或者给你一个"温板凳"，冷板凳要靠学者自己去坐热。

解放周末：学问的根本意义在于对社会进步、民族发展的促进作用，不能用短视的目光去判断它的冷与热，更不能用媒体当下的"热门话题"去衡量某一学问的温度是冷还是热。

秦绍德：对。当然，从学问来看，总有和当下社会的应用联系紧密或不紧密的区别。有些学问与社会应用联系紧密，属于古人所说的"经世致用"之学。然而，经世致用之学也是有时代性的。经济学在经济大发展的时代当然是热门，等到经济快速发展后，人们或许会更关注文化需求，相关的学问就会成为热门。

解放周末：要用历史的、发展的眼光去看待所谓的"冷"和"热"。

秦绍德：即使是做"经世致用"之学，也需要甘坐冷板凳的精神，不是短期研究、发表一些表面的观点，就能"致用"了。有些青年学者，一开始在某个领域崭露头角，让人眼前一亮，但是稍微有点名气后，就开始在不同领域跳来跳去，不能够专心致志，沉下心来在某一个领域扎扎实实做下去。若干年后，就渐渐做不出成绩了。好比爬山，如果今天爬黄山，明天爬庐山，后天爬泰山，其结果必然是无论哪一座山都爬不到顶。

考核体制奖项化，申请资源立项化，对学术生态造成了伤害

解放周末：刚才您谈了引发学术浮躁的第一个原因是利益驱动。

秦绍德：第二个原因，我认为是制度缺陷。

鼓励和保证学术创造的资源，如科研经费和拨款等，当前过多地集中在政府手中，在制度上造成了学术浮躁。原因在于，政府掌握资源投入，必然寻找产出效益。一届政府必然追求一届政府期限内资源投入的产出效益。然而，学术研究往往需要长期不断的投入，10年、20年后才能出成果。要求学者在三五年中就要出成果，这和学术的自身规律是相悖的。

还有，当前采用的政府立项、学者申请的方法，导致谁懂得申请项目的"潜规则"，谁就能优先获得学术资源。因此，利用各种手段争取科研经费，就成为一场激烈的博弈。很多学者为了申请到更多的项目、获得更多的学术资源，而陷入了痛苦之中；好容易申请立项成

功，经费刚到位不久，就得要进行中期检查，三四年后，就是结项检查，哪里还来得及好好做研究？

解放周末： 目前对教师评价体系的议论也不少，比如过于量化，不够科学。

秦绍德： 当前的学术评价制度存在这样一个现象：大学内部有其评价机制，社会上也有一定的评价方式，比如社会各界设了很多学术类的奖项，不少学术机构、个人都以获得社会奖项作为评价自身学术成就的标志。而大学内部的学术评价体系，则因为考核内容的时间性过短，重量而不重质，存在不少弊端。

解放周末： 学术评价标准不"学术"，学术氛围就会受到损害。

秦绍德： 带来的结果是，学者不能长期安心研究学问，相反是为了获奖而使出浑身解数。因为学者所获得的学术评价和学术资源是密切相关的，学术评价高就能获得更多的学术资源，获得更多学术资源后，评价又随之增高。于是，学者只有迈过这道"门槛"，进入这个"循环体系"中，才能获得利益和名誉。这样一来，学者的选择就变得相当实际——哪个课题最能拿到钱，就申报哪个课题；哪个题目能在短期内出成果，就做哪个题目；什么项目能和个人利益挂钩，就做这个项目，而不愿意做集体项目，因为个人劳动溶化在集体中，往往是看不出来的。

解放周末： 考核体制奖项化，申请资源立项化，难免会使学术生态支离破碎。急功近利乃至弄虚作假的现象就在这种过度激烈的竞争过程中发生了。

秦绍德： 确实如此。所以我们复旦最近在讨论一个问题：对于教师的考核，是否还要用每年论文发表数量来考核？我们最近提出一个新命题，就是淡化量化标准，用"代表作制"来对教师进行考核。那就是，你只要在一段时间内拿出一篇真正有分量的代表作，就可以对作品数量不作要求。当然，这个问题现在还有争论，"代表作制"适合真正能做出学问的优秀学者，但对于学术水平一般的"懒人"是难以奏效的。而且，各个学科都不一样，对于实验科学的考核来说，可能还是得有量的要求。

解放周末：完善学术评价制度，需要调节各方矛盾，是一个艰巨的系统工程。

秦绍德：但这不能成为不改革、不探索的理由。我们既然提倡"甘坐冷板凳"的精神，就要从制度着手，创造良好的学术环境，使得我们的学者能在后顾无忧的基础上，在宽严适度的环境中，甘坐冷板凳，潜心做学问。

资料不等于知识，知识也不等于学问，知识和学问都无法"百度化"

解放周末：这些年来，随着电脑、网络的普及，抄袭剽窃、学术造假也变得日益简单了。

秦绍德：是的，这正是我想说的引发学术浮躁的第三个原因。由于科技的发展，在技术层面上也为学术浮躁"创造"了客观条件。今天我们做学问，和过去做学问有着很大的不同。我们有了前人没有的技术条件，电脑、网络、数据库等，在收集资料、了解已有成果的方面，可以大大加快速度。这是一个方面。另外一个方面，今天的学术成果，其传播速度也比过去快捷很多。这些都是今天的学者所面临的新情况。

解放周末：也是新问题。

秦绍德：原因在于它是一把"双刃剑"，在使得科研更便捷的另外一面，如果没有正确观点加以引导，极易造成学术浮躁。所以我们不能不思考这样一个问题：可以更快地占有资料是一个方面，是不是占有资料以后，就能更好地做学问？

解放周末：资料不能代替思想。

秦绍德：是的，牛吃下草以后，是要经过咀嚼消化，才能挤出奶。正如我们复旦一再强调的，做学问的人要有思想。要在通过现代传播手段搜集到的前人已有学问的基础上，加以咀嚼、消化、思考，然后形成新的见解。这是一个思考和发现的过程，这是一个很艰难的过程。

解放周末： 而现在的一个"论文现象"是：材料很多，思想很少，发现更少，甚至出现了学问"百度化"。

秦绍德： 事实上，资料不等于知识，知识也不等于学问。知识和学问是无法"百度化"的。有些学者文章来得很快，数量也很多，其实是资料的堆砌、汇集，是网上搜索的结果。在这样的论文中，看到的都是别人的东西，自己原创的很少。思想浮躁，忘乎所以了，把别人的东西当作自己的，就成了抄袭剽窃了。

解放周末： 引用他人著作必须标明出处，是做学问的规则，是学术底线，也是一条道德底线。

秦绍德： 从一定意义上说，信息技术的发展使得学术研究更有条件滑向浮躁。而且，信息技术为学术带来的新问题还不仅于此。比如，一些媒体节目对学术所作的大众传播。

解放周末： 这种传播有利有弊？

秦绍德： 是的。首先，这当然是件好事。因为学术本来身处象牙塔，如果能够普及给大众，总是好事。但媒体尤其是电视媒体向大众传播学术时有一个基本取向，那就是用大众能够接受的方式满足大众的需求。而要让大众接受学术，就一定要通俗化，要吸引眼球，要制造亮点，有时候甚至需要将学术内容娱乐化。

解放周末： 这可能是大众媒体难以避免的。

秦绍德： 这确实是大众媒体不同于学术期刊的一种本质特征。但作为学者来讲，既要看到你的学问能够通过大众媒体传播是好事，也要看到这种传播对学术来说往往是"降格以求"的。如果只考虑适应大众媒体的要求，热衷于这种降格以求，那就离学术有距离了。

事实上，有的学者就感受到了这种痛苦。比如山东大学教授马瑞芳就把《百家讲坛》比喻成"魔鬼的床"——学者在这张床上被"截短拉长"。她说自己所讲的内容，也不是高深渊博的学问，而是用娱乐化且个性化的方式重新演绎一遍。我觉得她讲得很真实，反映了学者在向大众传播学术过程中的那种痛苦。

解放周末：在您看来，学者应该如何面对这种情况？

秦绍德：首先要有清醒的头脑，要认识到大众传播的局限性。学术毕竟专业性很强，很枯燥。因此，通过大众媒体传播的毕竟是有限的，不能把一时的媒体传播作为自己热衷的追求。第二，学者一定要坚守底线，绝不能把学术娱乐化，甚至庸俗化。学术必须要有严密的逻辑、准确的含义，以科学为依据，不能信口开河。假如一味地以娱乐或戏说来取悦大众，那就会降低学术在人们心目中的崇高地位，牺牲了学术的尊严。

大师不是造就出来的，既不是某个单位能够造就的，更不是媒体造就的

解放周末：谈到学术浮躁的种种现象，或许与另一个词语也有关，那就是"大师浮躁"。

秦绍德：我想，"寂寞出学问"，其实也是"寂寞出大师"。因为大师不是自封的，大师也不是捧出来的。大师是冷板凳坐出来的，而且是历史筛选出来的。现在对"大师"的提法很多，某些学者通过传媒被大众了解，为大家所熟悉后，不少人就捧他为"大师"了。而有些不理智的学者，在传媒频频露面，有了一些粉丝、拥趸后，也就自以为是"大师"了。

解放周末：在您看来，怎样才称得上真正的大师？

秦绍德：大师要在学术的某一个或几个领域有开创性的成就，而且其学问可以影响学术今后的发展，影响几代人。还有，大师不仅在学术成就上堪为大师，在品格、胸怀等方面也必须为后人所崇敬。

解放周末：为什么说大师是历史筛选出来的？

秦绍德：好多大师，都是后人认可，才成为大师的。大师在世的时候，社会不见得能认识到他的价值。所以一提到"大师"，往往是已经去世的。鲁迅先生是思想和文学的大师，但他在世时就没有这种

称呼，陈寅恪也是如此。

解放周末：现在人们似乎有一种"大师饥渴症"，很多人在焦虑，为什么我们这个时代造就不出大师？

秦绍德：问这个问题的，包括很多学术单位，很多大学。似乎大学如果造就不出大师来，这个大学校长的日子就很难过。其实这个观点是一个误区。大师不是造就出来的，既不是某个单位能够造就的，更不是媒体造就的。

解放周末：不能把媒体的曝光率作为衡量大师的标准。

秦绍德：是的。在复旦大学历史上，苏步青、谈家桢、周谷城、谭其骧等，还有医科的16位一级教授，都是大师，他们哪里是复旦大学几任领导可以造就的？"大师饥渴症"也是学术浮躁的表现。我们的学术界越是想造就大师，就越是出不了大师。相反，如果鼓励、引导学者甘坐冷板凳，耐得寂寞做学问，那么将来就一定会涌现很多大师。

解放周末：曾听说某地开了个"大师培训班"，似乎大师也可以培训出来。

秦绍德：哈哈，我看就连"小师"也培训不出来！与其试图培训未来的大师，还不如善待目前仅存的一些大师。我提出一个呼吁：媒体要善待大师。这些年来，当有的大师为公众所知后，媒体不去关注他的学术成就，而是往往热衷于炒作他的旧闻轶事、生活细节，乃至家长里短。这种做法，就像那些品位不高的娱乐媒体炒作明星绯闻，这样炒作大师，其实是在折磨大师。

学者在媒体上发言，既要有真知灼见，也不要成为"媒体学者"

解放周末：刚才您谈到学者做学问不能热衷于追求媒体的一时传播，那么，在当今的时代，您认为学者和媒体之间应当形成一种什么样的关系？

秦绍德： 应当形成良性关系。媒体要着重弘扬学者的学术精神，恰当宣传他们取得的学术成果，而不要去追逐学者的私人生活，不要过度把学者放置在社会热点中。

解放周末： 媒体的过度关注会损害学者？

秦绍德： 是的。当然，借用学者眼光，对一些社会问题进行评点，这是可以的。学者的发言，能为公众提供一种思考的向度，一种文化的引导，起到正面宣示的作用。而媒体对学者观点的适当传播，也能提升媒体自身的文化品格和学术境界。

解放周末： 有不少学者甘心埋首做学问，也有学者以走出象牙塔、主动参与公共空间为己任。

秦绍德： 确实有好多真正做学问的学者是不发言的。我们学校的态度是，鼓励学者利用自己的研究成果和学识，在媒体上讲点话。对此，我们有两句话：第一，要写传世之作；第二，要发警世之言。对于经济和社会发展，学者应当发表真知灼见，提供给政府作决策参考，提供给社会行为和公民思维作参考。

解放周末： 关键是要有真知灼见。

秦绍德： 对。当知识分子提出一些振聋发聩的意见，对于守住社会的良心、主张社会的公正，绝对是有好处的。但是，学者在和媒体的互动中，也要守住学术界线。学者通过媒体适当传播学术成果可以，但一定不要把名利和传播挂起钩来，不要使自己成为"媒体学者"。学者不能以为通过在媒体上的频频亮相，自己就可以变成无所不知、无所不能、对任何事情都要发表看法的全才。这实际上是在降低学术的影响，也是在暴露自身的不足。

大学是学术的圣地，甚至可以说是
坚守学术的最后阵地

解放周末： 综观当前的学术浮躁，不少人认为，这不仅仅是学术生态问题,而是整个文化生态、社会生态问题。

秦绍德:大家对于学术浮躁的担忧是有理由的。也正是因为此,我们更强烈地感受到,大学是学术的圣地,甚至可以说是坚守学术的最后阵地。

解放周末:既是"圣地",又是"阵地"。

秦绍德:大学归根结底是一个学术机构,不仅要研究学问,还要弘扬学问,通过一代代学生,将优秀的文化传统传承下去,同时也向社会传播学问、辐射文化。大学应以学术为己任。如果一所大学不讲学术,这个大学的生命也就结束了。如果一所大学被指学术造假,教师都不在做学问,那么这所大学还有什么存在价值,还有什么社会影响力?

解放周末:大学是整个社会的精神家园。学术是大学的使命。如果这个使命丢掉了,不仅是大学的损失,也是整个国家和民族的悲哀。

秦绍德:所以说,大学是坚守学术的最后阵地。我们要创造一种良好环境,让博学笃志的精神代代相传,让一代代年轻学子在老一辈学者的熏陶、带领下,投身学术,献身学术,做出一些扎扎实实的成就。

最近一段时间来,裘锡圭先生率领的学术团队就令我很有感慨。这个团队里有年长的教授、年轻的副教授,也有刚刚留校的博士生,都在埋首搞古文字,非常安心。研究所所在的光华西主楼28楼,每天深夜,一排灯光全都亮着,已经成为复旦一景。还有谭其骧先生的弟子周振鹤教授,继承了老师的事业。他搞的《中国行政区划通史》工程,研究中国2500年来行政区划的形成、发展和变迁,对于行政体制改革极具参考价值。这个项目,已经搞了13年,计划出12卷书,目前已出了6卷,还在奋斗之中。

解放周末:正如季羡林先生所说,一个民族总需要这样一批人,潜心做研究,寂寞出学问,为国家和民族传承文化。

秦绍德:是的。当然,"坚守"还有另外一层意思,那就是与危害学术精神的各种学术浮躁乃至学术造假,做坚决的斗争。

解放周末: 去年复旦严肃处理,并主动在全校公布了三例学术违规事件,在社会上引起了反响。

秦绍德: 我们制定了一套体制、机制,尽力杜绝学术不端。凡涉及学术违规的,学校学术规范委员会会加以认真调查、严肃处理。因为我们主张,要用学术态度来对待学术造假,用规范学术行为来表明我们坚守学术阵地的态度。这是大学应有的学术态度,也是大学坚守学术阵地的态度。

解放周末: 哪怕"自曝家丑"也在所不惜?

秦绍德: 不妨从另一角度来理解。在公众的心目中,大学是神圣的学术殿堂,是纯洁、清白的。如果大学里发生了学术不规范行为后,置若罔闻,不加处置,任由学术风气败坏下去,那么社会公众必然会对大学失望。当然,学术违规现象一旦发生,所在学校和科研单位一定有自己的担忧——曝光后会影响声誉。事实上,林子大了,什么鸟儿都会有,在目前的社会环境之下,发生学术违规的事情并不可怕,可怕的是发生这种事件后,学术单位对待它的态度。没有勇气直面错误,纠正错误,无法杜绝学术不端事件的再次发生,才是最可怕的。

(原载《解放日报》2009年9月11日第17版,访谈记者:高慎盈、曹静)

我们需要破解难题的勇气

虎年春节之前,国务院总理温家宝连续五次召开关于教育改革的座谈会,引起广泛关注。

再过几天,今年的全国两会即将在京召开,教育又将成为一个热议的话题。

在这样的时间背景下,复旦大学党委书记秦绍德教授接受了《解放周末》的独家专访,从大学自主招生改革谈起,坦言推进教育改革需要破解难题的勇气。

自主招生录取的学生入校后的表现,是对招生改革最有效的检验

解放周末:2006年,复旦大学与上海交大率先在上海实行自主选拔录取,媒体称之为自主招生改革的"破冰之旅",当时的情形仿佛就在眼前。

秦绍德:是的。这是继2003年高校开始实行5%自主招生之后,具有里程碑意义的大学招生改革。

解放周末:2006年的自主招生选拔与2003年的自主招生改革有什么不同?

秦绍德:2003年实行的是自主招生改革,批准全国若干所高校招生名额中的5%实行自主招生,直推生、保送生、文体特长生、其他的怪才偏才等,都在这个5%中。2006年实行的则是一场"试

验"——复旦大学和上海交通大学向教育部联合申请自主选拔录取试验获得批准,从招生计划中划出300名进行自主选拔,开始了大面积的自主招生选拔,到今年进入了第五个年头。

解放周末:五年来,复旦通过自主选拔一共招了多少学生?

秦绍德:每一年的招生计划数字都在扩大。第一年、第二年300名,第三年500名,第四年600名,今年750名,一共2450名。招生对象也从上海的应届毕业生,扩展到了上海、浙江、江苏三地。

解放周末:从统一高考到高校进行部分自主选拔,这无疑是一种改革。如何判断这一改革的效果?

秦绍德:自主招生录取的学生入校后的表现,是对改革最有效的检验。每一批自主招生录取的学生,我们都十分重视对他们的发展情况的跟踪,结果表明这些学生是具有培养潜力的。这方面的情况,丁光宏老师能提供更详细的数据。

(复旦大学校长助理、招办主任丁光宏:2008年我们通过自主招生招了454位上海学生,通过高考招了455位上海学生。从高考成绩来看,前者的平均分比后者低了十几分。但进校后,自主招生学生平均成绩点是3.24,高考学生是3.01,这个0.23的差距折合成高考分数,相当于50多分。也就是说,入校前自主招生学生比高考学生低十几分,1年后,反超了50多分。再看学习优秀的学生比例,前者为25%,后者是16%。学习困难的比例,自主招生学生是5%,高考学生是12%。除了学习成绩,我们发现,自主选拔入校的学生参加学校各类课外学术创新计划的比例比平均水平高约30%,44%的自主招生学生在学生会、社团等各类学生组织中担任干部。这说明他们的创新意识和社会组织能力是相当强的。另外还有一个数据——第一批自主招生学生今年毕业,从现有情况来看,自主招生学生比高考学生拿到的国际顶尖公司的就业通知书多得多,用人单位非常喜欢这样的学生)

秦绍德:这种比对连续做了4年。4张表都证明,我们通过自主招生进来的学生具有很大潜力,表明我们确实录取到了综合素质高并且符合复旦育人理念的优秀高中毕业生。

从"上大学难"到"上好大学难",
说明了社会的进步

解放周末:从复旦的实践来看,自主招生改革是成功的。但是我们发现,去年下半年以来,社会舆论对于高校招生改革的关注度突然提高,议论、批评很多。为什么自主招生这么受关注?

秦绍德:我认为这很正常。在世界各国,教育经常是舆论的焦点。当前,除了继续教育和职业教育的关注度暂时低一些,基础教育和高等教育都是人们关注的热点,学前教育也越来越受到重视。我认为,教育成为人们议论的中心,这从一个侧面反映了社会的进步,说明生活水准提高后,老百姓受教育的迫切愿望被激发出来。再加上我国实行独生子女政策,独生子女的教育更成为家庭的一个核心问题。

解放周末:教育是经济发展到一定阶段后必然的社会热点。

秦绍德:但面对教育这个热点,人们关注的焦点在不断转移。当前社会关注的焦点,不再是前几年所说的"上学难"问题,而主要是"能不能进好的大学"。

解放周末:焦点转移的原因何在?

秦绍德:如今中国高等教育的毛入学率已经达到23%,进入了大众化阶段,"上学难"的问题缓解了不少,尽管还存在,但已不是主要矛盾。

解放周末:从"上大学难"到"上好大学难",说明了社会的进步。舆论关注教育也是好事,不是坏事。

(丁光宏:我补充几个数字。今年高校自主招生改革关注度为何特别高,有两个因素。一是自主招生规模扩大了。近年来,全国实行自主招生的学校增加了。2004年是26所,2008年是68所,2009年达到76所。2010年保持76所的规模,但每所高校的自主招生人数都有所扩大,涉及的学生越来越多。第二点,正如秦老师所说,实行自主招生的 76 所大学是全国最好的大学，是比较稀缺的优质教育资源。因此，复旦 2006 年自主招生 300 人时，许多中学并不在意。但今年不同，学生想要上复旦这样的大学，如果错过自主招生的机会，就意味着通过高考走进好大学的机会失去很多，所以就会引起社会的格外关注）

用应试教育的观念来理解自主招生改革，就会形成一个走不出来的怪圈

解放周末：对于社会各界对大学自主招生的种种议论，您怎么看？

秦绍德：这些热议内涵很丰富，人们从不同角度来看问题，议论各高校的新举措。有的是正确的，有的却是用传统思维定势看待这场改革，反映了社会对自主招生改革还未做好准备，讨论来讨论去，讨论不出所以然，反而引起舆论哗然。

解放周末：所以需要理性地看待这些议论。

秦绍德：我发现，目前的争论中出现了几类情况。第一类情况，某些人对自主招生改革不理解，完全用应试教育的观念来理解自主招生改革。应试教育的观念根深蒂固，用这种思维惯性来理解自主招生就麻烦了。举个例子，有人说这么多学校搞自主招生，中学生来不及准备。我们讲，你不要准备，而且你也的确来不及准备。原来基础怎样就怎样，就是要测出你的真实水平。

解放周末：用应试的观念来理解自主招生改革，学生和家长就会感到无所适从。另一方面，自主招生也触碰到了一些商业利益，因为社会上已经形成了相关的应试产业链。

秦绍德：的确如此。今天宣布即将进行自主招生面试，明天应试辅导班就开出来了，面试辅导书籍就上架了。用对付应试教育的方法来对付自主招生，学生怎么吃得消？

解放周末：有一项调查显示，58% 的学生认为高校自主招生使学

生的学习压力和课业负担加重了。学生感觉负担加重，家长脑子也转不过来：原来考一次高考就够了，现在怎么考好多次？

秦绍德：这种想法有偏误，我们的选拔有一整套系统的做法，而不是简单的一次笔试。如果用应试教育的观念来理解自主招生改革，就会形成一个走不出来的怪圈。

大学自主招生，在时间上并没有自主权

解放周末：从人们对自主招生改革的议论声中，您认为值得思考的另一种情况是什么？

秦绍德：我觉得，我们现有的教育管理体制还没有适应自主招生改革。今年高校自主招生碰到的最大冲突，就是教育部在各校笔试、面试的时间安排上下了个"死命令"——不能早于1月15日举行。

解放周末：是什么理由？

秦绍德：原因是现在很多学校采取自主招生的方式，在这种情况下，大家都想在时间上往前争，越早越好。这确实可能干扰教学秩序，因此教育行政部门要出来管。这个命令一下，各个高校都必须在1月15日至春节前这一时间段举行自主招生，否则会影响到3月份正常的高考报名工作。而且，考试不能在周一到周五举行，只能在双休日举行，因此时间安排上"撞车"非常厉害。这反映了教育管理体制上的缺陷。

解放周末：也就是说，自主招生在时间上并没有自主权。

秦绍德：是的。如果是有序的管理，那么各所大学在春季、秋季的适当时候都可以举行自主招生。现在规定了统一的时间段，学校挤在一起，学生也应付不过来。复旦在决定面试的时间时，只好和其他高校打招呼，尽量错开。

解放周末：许多人抱怨自主招生为什么在两个星期内集中轰炸，原来事出有因。

秦绍德：各所学校考试的时间过于集中，是因为中国没有类似美国的 SAT（学术能力评估）考试。美国有两种中学生学习水平测试，每种全年都考 4 次，大学招生以这两个成绩为参考。但中国没有，各高校没有办法，只好自己出题目、组织考试，成本很高。换句话说，我们需要一个中学标准化考试成绩作为参考依据，但不是绝对依据。

（丁光宏：当前，全国很多省市在推学业水平考试。但它的精度不够。A 档比例在 20%，而复旦的招生比例在百分之一到千分之五，无法作为参考）

秦绍德：假如中国有 SAT，我们就不组织笔试了。明确划出一定范围的学生可以报考复旦，直接进入面试，这可以大大节省成本。对于此类制度安排问题，教育行政管理部门应该及早研究，适应改革带来的需求。

中学教育不应以高考升学率为目标，而应该"打基础、管长远"

解放周末：大学招生制度改革关系到大学，更关系到中学。高考这根指挥棒变了，触动最大的应该是中学教育。

秦绍德：这正是我要说的第三点——我从一些议论中发现，当前的中学评价体制还有问题。

在这个方面，上海的行政部门明确不再以高考升学率来衡量中学校长，主管教育的副市长和市教委已多次明确宣布，外地如山东省也有探索。但是，校长们迫于社会压力，在心目中还免不了拿这个标准来衡量。家长对于学校的考评，也还是拿这个标准来衡量。所以，不少中学出于自身利益的考虑，不会积极支持大学招生制度改革，认为还是要通过高考来检验自己的教学成果。

解放周末：中学校长们把高考升学率作为考核的唯一标杆，看来也是出于无奈。

秦绍德：是的。但这种社会评价氛围需要改变。我记得，在我读书的上世纪五六十年代，一所中学有几个学生考进好大学，学校很自豪，这很正常。但学校的教育目标，并不是以这个为目标，这仅仅是结果。教育的目标还是全面素质教育，让孩子们在中学里打好基础。我毕业于上海中学，当时上海中学的坚定理念，就是培养德智体全面发展的学生。上中老校长叶克平的理念很清晰，从来不以多少学生考进清华、哈军工为目标，他给教师提的口号非常朴实——"上好每一个45分钟"。同样地，学生们也都知道光有"智"是不够的，他们积极参与社会工作，参加文艺社团，培养自己的全面素质。

解放周末：学校并没有围着应试转，高升学率不过是素质教育成功的一个结果。

秦绍德：是的。中学教育不应该以高考升学率为目标，而是应该以培养具有全面素质的学生为目标。

解放周末：这可以用一位领导同志的话来概括，叫作"打基础，管长远"。

秦绍德：这个概括也反映了教育的本质。

高校自主招生不是"撇油水"，不是招怪才、偏才

解放周末：自主招生的学校数量增多，各校的考试、面试一哄而上，会给人们带来这样一个印象——各个大学开始了"生源大战"。

秦绍德：我们必须要明确自主招生的目的是什么。大学招生的改革一定要有利于中学开展素质教育，这才是我们改革的目的所在。大学的领导们要非常清楚，一定不要把自主招生变成争生源。

解放周末：用上海话说是"撇油水"。

秦绍德：哈哈，"撇油水"。我曾经去上海中学作过一次讲座，题目是"大学青睐什么样的中学生"。前几年，有些顶级大学争夺高考

状元不遗余力，我认为这是违背正确的教育理念的。这种做法完全没有必要。高考状元并不能标志什么，去争的原因，无非是想证明这所大学在当地的影响力最大，但这对教育理念带来的伤害非常大。

为了争状元，不少学校还使用了很多辅助手段，这对孩子的教育是极端不利的。比如给状元过高的奖学金，以吸引更多高分学生，这合适吗？学生还不是人才，他只是具备成为人才的潜质，还需要培养。我对这种做法一点也不认同。

解放周末： 2010年高校自主招生各个学校有不少新动作。其中北大推出的"中学校长直推"引起的反响最大。

秦绍德： 关于中学校长直推的议论中，有很多误区。其实，复旦从2003年起就采取了中学校长直推的方法，给予上海20多所中学的校长直推名额，今年还扩展到了苏浙的中学。我们还给了台湾桃源的复旦中学校长2个直推名额。

解放周末： 为什么给中学校长直推名额？出发点是什么？

秦绍德： 我们希望校长们用正确的教育理念不拘一格选人才，并不是让校长把他们的尖子生推到我们这里来。

所以，我们给中学校长直推名额有几个前提：第一，我们对这些中学校长是考察过的，我们相信这些中学校长有正确的育人理念。并不是这个学校考进复旦的学生越多，就给学校越多的直推名额。中学校长直推，是我们基于对中学校长的信任，基于我们共同的教育理念。

但是，北大实行"中学校长直推"这一举措公布后，社会舆论使得中学校长压力增大，一些中学校长决定"放权"，校长不决定，集体来决定，"校长直推"变成了"学校直推"。于是在学校内部再考一次，算排名，那么这和高考又有什么两样？

解放周末： 但有的人可能会说，这种方式比较公平。

秦绍德： 选人才是谈不上公平不公平的。人才选拔以理念作标准，以效率为手段。我们相信，这些长期从事中学教育、很有经验的中学校长，通过三年来的考察，能够为我们推荐具有良好素质的学生，所以把权力交给他们。

第二点，我想说，人才很难用统一标准来衡量。因此，我们希望各中学校长不要用统一标准。如果每个中学再应试，用分数划分，就是再考一次，那就变成用名额到中学那里挖一批学生。

此外，有些人认为给中学校长直推名额，就是让他推偏才、怪才。这个理念也是错误的、片面的。偏才、怪才当然可以推，但更应该推荐素质全面发展的好学生，不拘一格的"格"有很多。

如果连"分数崇拜""状元情结"都不能打破，还谈什么改革

解放周末：5年来，对于自主招生考试，复旦是怎样具体操作的？

（丁光宏：中学教学大纲设置了10门课，这10门课是现代青年必须掌握的知识。然而，高考并不全考10门课，"3+X"，"X"顶多等于2。但我们认为，中学基础不打好不行，所以我们就"回归"，笔试考10门课的内容，让这个"X"等于7）

秦绍德：我们吸收了世界上很多一流大学的招收学生的做法，同时也考虑到了中国的国情，经过周密的考察和一步步完善，才形成了现在的自主招生方法。

我们的自主选拔考试反映了我们的教育理念。第一，我们不赞成偏科。中学教育是基础教育，偏科没有好处。第二，我们不赞成过早的分科，这是我们一贯的主张。为了应试，有些中学从高一就开始分文理科，甚至在这之前就把孩子自我分科，这都是不对的。

我们的10门课水平测试很均衡，肯定不超纲，不搞偏题、怪题，但可以比较灵活。一超纲就变成竞赛了。比偏度、难度、怪度，刁难学生，这和我们的目标是背道而驰的。

解放周末：自主选拔是要促进素质教育。

秦绍德：是的。所以，在自主招生时，我们不设置什么"门槛"。今年复旦给予直推名额的34所中学，并不全是省重点、市重点，还

有其他的学校。我们的自主选拔录取也没有任何学校限制，而是让学生自由报名。只要学生有志于进复旦，不需所在中学的批准，通过网络就可以报名。

5年来，复旦的自主招生每年都有6 000多名学生报名。2009年，我们自主招生了1 080人，来自286所中学，覆盖面很广，不仅有市重点中学，区重点中学、普通中学、民办中学都有。让各所中学的学生打破"出身"的骄傲或自卑，唤出学习成才的积极性。而且，复旦在给予直推名额的时候，没有圈定重点学校或圈定学校前20名、前30名的范围，这种变相的抢生源，复旦坚决不搞。

解放周末：抢到分数最高的学生，并不等于学校的办学理念最先进。

秦绍德：我们希望，将来的各个大学不再是千校一面，而是办出自己的特色，办出自己的优势。因此，各个学校选拔人才的办法和标准也应该不一样。如果是偏重理工的学校，倾向理科基础好、逻辑思维强的学生，这非常正确。如果是文科较强的大学，它就希望学生的批判思维强一点、形象思维好一点。大学各选各的，中学校长的推荐也根据各所大学的不同要求来，这就非常有序。千万不要以分数为唯一尺子，大家去争去抢，然后算前30名你捞了几个、我捞了几个，最后状元花落谁家。这虽然有些热闹，但其实没啥意思。

解放周末：真正有意义的自主招生，必须打破"分数崇拜"，打破"状元情结"。

秦绍德：改革，就意味着突破。如果连"分数崇拜""状元情结"都不能打破，还谈什么改革！

媒体"抓"一两个题目，断章取义，
把对面试的理解简单化了

解放周末：在自主招生过程中，除了笔试，面试似乎更受到社会和媒体的关注。教授出了哪些题目,是不是合理,大家议论纷纷。

秦绍德:媒体以为读者感兴趣,就进行大篇幅的报道。但我觉得不应该简单化地这样做。

有人来问,你们的题目是否公正,有没有标准答案?这还是用应试思维来考虑问题。我回答,我们的面试没有标准题目,也没有标准答案。我们的每个教师从事学科不同,学术经验不同,出的题肯定也不同。但是我们有统一的指导思想,有复旦的要求和标准,这是一贯的。

解放周末:题目是随意的,但是指导思想是不随意的。

(丁光宏:是的。我们也反感媒体记者问学生面试了哪些问题。因为学生记得的就是一两个问题,但老师的提问却不是孤立的,是有设计、有过程的,有一定语境。媒体"抓"一两个题目,断章取义,把对面试的理解简单化了)

解放周末:面试主要考什么?

秦绍德:学生的全面素质,包括社会责任感、思维方式和能力、沟通交流能力等等。有家长问,老师问的题目孩子都答出来了,为什么不录取他?其实,"答出来"并不意味着"答得好"。

解放周末:不能简单化地用是与非、对与错来衡量。

秦绍德:对。应试是有标准答案的,而面试不以标准答案为基础,而是看你的思维、能力、角度、悟性。这是只有在对话中老师们才能观察到的东西,这就是面试的意义所在。

解放周末:最近大家议论比较多的,还有"四校不考语文"的事。

秦绍德:这种质疑是有道理的。当然,四校不考语文可能有他们的考虑,但忽略母语的这个倾向值得关注。这些年来,母语教育削弱得太多,不仅对青少年成长不利,而且会使中国的语言、文化根基遭到动摇。我们是一个拥有5 000年丰富文化遗产的民族,不重视母语,就等于把这些丰富遗产置之不顾。

解放周末:复旦大学老校长苏步青曾说过,语文是数学的基础。

秦绍德：是的。复旦大学很多教授一直在呼吁重视母语。我们在自主招生过程中也通过不同的手段考察学生的语文水平。比如我们要求学生写一封个性化的自荐信，考官通过它来考查学生对母语的掌握情况。

解放周末：我们要培养的全球化人才是中国的全球化人才，在国际化过程中遗忘母语的人丢失的是自身的文化身份。

秦绍德：一个民族的本质身份，就是文化身份。

回归教育的本质，让招生改革和通识教育打通

解放周末：从2006年至今，复旦的自主招生改革搞了五年，回过头来看，最重要的收获是什么？

秦绍德：主要是两个方面。一是打破了统一考试选拔学生的一贯模式。这个模式打破了以后，对中学教育还是有影响的。因为，高考是中学的指挥棒。

解放周末：大学自主招生对中等教育，有一种"倒逼"作用。

秦绍德："倒逼"不敢说，但至少让不少中学在考虑如何适应，这是一大收获。第二大收获，是高校获得了自主选拔人才、培养学生的部分自主权。这也是当年我们设计自主选拔录取学生的一个初衷。我们之所以要获得自主权，是因为各个大学培养人才的目标和标准不一样，选才的标准也不一样。为什么说是部分呢，因为教育行政部门还没有完全放权，我们还要为之努力。

解放周末：完全放权的可能性存在吗？

秦绍德：当然存在。温总理在教育座谈会上就讲到，"一所好的大学，在于有自己独特的灵魂"，"大学必须有办学自主权"。

另外，我觉得，比起刚才谈到的那两个具体的收获而言，教育理念得到改变这个收获大大高于教育改革的实际进程。五年试下来，我们的基本做法还是五年前的方案，进展不是太大，但在理念上有了突

破性进展。"破冰之旅",最重要的就是"破"在理念上。

解放周末:就是回归教育的本质。

秦绍德:对,教育的本质是塑造人。人必须是要有完整人格的人,不仅是要会考试,还要有社会责任感,有人格,会思考,会学习,有道德,有国家意识、民族情怀。这才是完整的"人"的概念,而不是只要分数高,就是好学生。前不久国外某所大学招生,有个分数很高的学生去面试。对方问了他好几个问题,最后决定不要这个学生——因为这个学生根本没有社会责任感,大学培养你干吗?我看了报道很有同感。

解放周末:复旦通过自主招生考试改革,表达了对教育理念的反思,对教育本质的思考。这一理念是否和通识教育的理念是一致的?

秦绍德:是一脉相承的。我们主张通识教育,如果没有通识教育的理念,我们的自主招生选拔就没有指导方向,反过来,我们也在努力通过自主选拔来实践我们的通识教育理念。

目标是争取把高考这条"尾巴"斩掉,面向全国自主招生

解放周末:对于未来的自主招生改革,复旦有何设想?

秦绍德:目前我们的自主招生范围还局限在长三角地区,下一步目标是,将范围延伸到安徽、山东等省份。目前,种种实际已经证明,面试录取的学生没有必要再经过高考了,所以我们也在争取,争取把高考这条"尾巴"斩掉,面向全国自主招生,不参加高考。

解放周末:复旦的路线图已经有了,时间表呢?

秦绍德:时间表取决于两个因素。一是高校自主招生改革需要良好的社会环境。如果环境条件不够,我们也不敢贸然推进,招致各方反对。第二,教育行政领导机构对高校的自主招生改革要放权,要充

分信任。

解放周末：这两条看来还是很有难度。

秦绍德：虽然一直强调大学要办出特色，不要千校一面，但是高校的行政管理却是"一刀切"的。现在涉及高考的建议，很难让教育行政部门接受。"牵一发而动全身"，一动就遭到质疑，因此没法动。只好强调，目前的高考是最公平、最完善的考试，继续往这条路上走为妥，于是大家都继续在这条独木桥上走下去。

解放周末：走老路，总是稳当的。

秦绍德：这还涉及社会心态，反映了社会和高校的矛盾状况。社会追求的是"公平"，而大学负有国家、社会寄予的责任，希望能找到合适的途径招收到自己想要培养的学生，让优质教育资源实现效率最大化。它的出发点是效率。

解放周末：效率优先。

秦绍德：我认为，当前中国高校招生制度改革的首要着眼点，要围绕在为国家未来发展培养更多创新型的紧缺人才上，而不是去追求绝对的公平。如果要追求绝对公平，那我看只有两种办法：一是全国一张卷子，按统一分数线录取；二是按照各省市的毕业生人口来平均分配录取名额。但我敢说，这样一定会浪费国家大量宝贵的高教资源。

我们国家还处于发展的初级阶段，高等教育毕竟不是义务教育，它不应承担太多的社会保障功能。世界上也没有"绝对公平"这回事。

解放周末：那么"教育公平"又该在哪些方面实现？

秦绍德：应该在受教育的普及程度上实现，在学生的参与机会上实现。国家应该将财政等各方面的投入明显地向中西部和贫困地区倾斜，尤其是基础教育的投入，保证农村贫困地区的孩子都能正常上学，确保不让一个学龄儿童失学。复旦也有自己的对口支援学校，我们愿意为提高中西部地区的教育水平而尽自己所能。

只有推进教育改革,才能回答好"钱学森之问"

解放周末:社会上应试思维的强大定势、中学教育断层带来的误解、教育主管部门在制度设计上的疑虑,在这三个方面的夹击下,自主招生改革很艰难,但经过五年的改革实践,已经证明了它的正确性。

秦绍德:虽然改革比较艰难,但我们不是孤立的。现在,投身教育改革的伙伴越来越多了。不管社会怎么议论,但大家关注教育改革,这恰恰成为推进教育改革的动力。

解放周末:当年办深圳特区,也曾引发议论纷纷,但正如小平同志说的,事实证明,办特区是正确的。各种议论都在事实面前低下了头。

秦绍德:复旦五年的改革实践具有了"事实胜于雄辩"的说服力,给了我们推进改革的信心。当然,在当前的社会环境下,社会诚信还没有完全建立起来,在这种情况下,高考还不能马上取消。但我主张,既然看到高考制度的弊端,就要改革,就要大胆鼓励一些学校去试点。而不是教育行政部门被推着去试点。

解放周末:要用改革的办法去解决改革中的问题。改革中遇到的难题需要去破解,而不是绕开走。

秦绍德:直面教育改革的难题,需要破解的勇气。

我发现一个非常奇怪的现象。一方面,以钱学森先生的"钱学森之问"为代表,大家都在焦虑大学培养不出创新型人才。但另一方面,当面临改革、要为培养创新型人才做准备的时候,人们似乎又非常保守,极力捍卫现有秩序。其实改革总是要打破平衡,通过改革达到新的平衡。

解放周末:这就陷入了一个悖论。

秦绍德:"钱学森之问"看上去追问的是大学,其实追问的是整个教育系统、整个教育链条。

解放周末：这种追问，恰恰折射出了破解难题的必要性。

秦绍德：只有推进教育改革，才能回答好"钱学森之问"。

（原载《解放日报》2010年2月26日第13版，访谈记者：高慎盈、曹静）

质量，大学的生命

9月，大学迎来了一个新的学年，一个新的开始。

在去年7月的全国教育工作会议上，胡锦涛总书记提出"树立以提高质量为核心的教育发展观"。今年4月，在清华百年的纪念大会上，胡锦涛总书记再次强调："中国高等学校要把提高质量作为教育改革发展最核心最紧迫的任务，完善中国特色现代大学制度。"

"提高质量"为何成为我国高等学校"最核心最紧迫的任务"？应该怎样正确理解"质量"？又该着力于哪些方面去提高质量？在接受《解放周末》独家专访时，复旦大学党委书记、校务委员会主任秦绍德博士坦陈见解。

由"大"到"强"的唯一道路，就是提高质量

解放周末："教育质量"是社会各方的一个共同关注，但对其重要性、必要性的理解，似乎并不一致。理解不同，行动也就各异。

秦绍德：因而也就特别需要我们下功夫去深入探讨。

解放周末：在您看来，为什么在现阶段强调提高质量对于教育改革发展具有"最核心最紧迫"的意义？

秦绍德：我认为，主要有三方面的原因。第一个原因是，经过之前十多年的发展，我国的高等教育已经进入了从"大国"迈向"强国"的阶段，而由"大"到"强"的唯一道路，就是提高质量。

自上世纪90年代中期开始的这一轮高等教育发展,堪称一次光辉的、历史性的飞跃,将永远载入史册。它取得了历史性成就——我们的高等教育从精英式教育跨入了大众化阶段,这是中国历史上从未有过的。大学毛入学率从过去的9%上升到了现在的24%,在校大学生人数从600多万上升到2 800多万。根据现在人口增长的预测,如果高校保持现有的招生规模,随着适龄人口的减少,到"十二五"结束时,我国大学毛入学率将达到40%。

解放周末: 大学教育将进一步大众化。

秦绍德: 对。在这个数字变化的背后,我们尤其要注意到,我国是在"穷国办大教育"的背景之下迈向高等教育普及化阶段的。尽管这个过程中出现了一些问题、引起了一些异议,但平心而论,这无疑是一个历史性的进步。

有一次我碰到重庆市市长黄奇帆。他对我说:"你们教育界不能没有自信心。在我看来,中国高等教育十多年的发展是翻天覆地的。"仔细想想,深有同感。从历史角度来看,这十多年的变革对我国高等教育发展所产生的历史性影响,甚至不亚于19世纪后半叶德国大学制度改革和二战以后美国高等教育的大发展。

一味纠缠在"该不该扩招"之类的问题上,是找不到出路的

解放周末: 我国已经迈入了"教育大国"的行列,距离"教育强国"还有多远?

秦绍德: "大"不等于"强"。"强",意味着高质量,意味着得到了世界普遍认可,意味着拥有一批世界一流大学、若干所高水平大学,意味着培养出的学生是跟得上时代发展需要的。

目前,我们与20个主要发达国家在一些教育主要指标上仍具有明显差距。比如,发达国家的高等教育毛入学率超过50%,我

们目前是24%；发达国家每千人口中，注册研究生数超过2人，我国仅约0.8人；发达国家接受过高等教育的劳动力比例达到44%，我国约9%。而且，高等教育强国不仅有较大的高等教育规模，更重要的是在质量方面处于世界领先地位。目前，20个主要发达国家集中了80%以上的世界500强大学，并几乎囊括了前100强的世界一流大学。从这些现状来看，我们距离"教育强国"还有明显的差距。

解放周末：速度不能掩盖差距。高等教育虽然经历了快速发展，但也导致并暴露了一些发展中的矛盾，比如，规模快速发展与资源供给不足的矛盾。

秦绍德：是的。比方说，招生规模扩大了，高校教师队伍没有同步发展，学生教师比居高不下，造成了教学资源稀释；此外，高等教育快速发展过程中出现了一些结构性失衡；教育投入的增长跟不上发展的需要，等等。

但是，如果因为这些问题而总是纠缠在"高校该不该扩招"之类的问题上，我认为是不妥当的，也是找不到出路的。现在需要做的，是把握节奏、适当控制增长速度，把主要精力、人力、物力和财力集中到提高教育质量上来。

在世界历史发展的进程中，我们可以很清楚地看到，世界上的经济强国，无一例外是高等教育强国，英美就是典型。虽然美国目前受到经济危机的影响，但是它的高等教育之强，能保证它后续发展的动力。同样，中国要真正成为一个强国，也必须要成为高等教育强国。

解放周末：强大的高等教育，一定会成为转变生产方式的创新之源。

秦绍德：因为生产方式的转变，归根到底是人的转变，而人才之源就在于大学。大学强，则国力强。我国要调结构、促发展，增强创新能力，必须要成为高等教育强国。

内在的质量才是生命之源

解放周末：教育事业的发展，与国家发展需求、社会现实需求是分不开的。

秦绍德：提高教育质量，也是人民群众对大学教育的需求不断深入所带来的必然要求。这也是我所理解的之所以提出教育质量问题的第二个原因。

讲需求，人们首先想到的往往是"量"，其实需求也是"质"的需求。当更多的人可以进大学后，就会有更多的人希望上好大学，接受更好的教育。因此，现在高等教育与人民群众之间的矛盾，不是"上学难"，而是"上好大学难"。这就要求我们，要有一批有特色、高质量的大学，来满足人民群众对高等教育的深入需求。

解放周末：需求，总是从低层走向高层、从浅层走向深层。

秦绍德：此外，还有第三个原因，那就是：从大学发展的自身规律来看，从外延扩张转变到内涵发展，是必由之路。

十多年来，很多学校实现了超常规甚至跨越式发展：1998—2002年，许多学校合并为综合性大学；2000—2005年，扩招蔚为壮观。这种以并校、扩招、扩校为特征的发展，在本质上都属于外延式发展。在这个发展时期之后，必然要面临一个调整消化期，必须要考虑下一步学校的发展之路该怎么走。所以，复旦大学在2005年百年校庆时，就提出了"走内涵发展之路"，言外之意是：外延式发展的时期已经过去了，再不把注意力转到内涵发展上，就要落后了。

解放周末：转到"内涵发展"。

秦绍德：内涵发展也是发展，而且是更深层次的发展。我们说"做大做强"，做大主要是指外延，做强主要是指实力。内涵发展不一定是显性的，看不到所谓的"政绩"，但是内涵发展是更深刻、更坚实的发展，是有后劲的发展。

解放周末：有质量、有内涵的发展，才是可持续的发展。

秦绍德：是的。一所大学有没有社会声誉，很重要的是看你培养出来的学生和校友。如果大学的社会声誉没有了，其教育质量必然受到社会质疑，这所大学还能很好地生存下去吗？所以，从这个意义上讲，大学的生命不在于教育经费多少、政府支持多大，不在于豪华的建筑和高档的校舍，而在于质量。内在的力量，才是生命之源。

在人的培养上，"德"是第一质量

解放周末：谈提高大学教育的质量，首要问题就是，什么是高等教育的质量？

秦绍德：这是一个"质量观"的问题。我们讲"科学发展观"，当然"质量观"也必须是科学的"质量观"。

大学的质量体现在什么地方？这应当与大学的功能相联系。照传统提法，大学有"人才培养""科研创新""服务社会"三大功能，近年来又增加了"文化传承"这一条。大学有这么多任务，其中最核心的是什么？绝大多数大学领导和教师都达成了共识：大学的根本任务是培养人才，其他功能都是在培养人才这一基础上衍生发展的。

解放周末：也就是说，高等教育的质量主要体现在人才培养方面。

秦绍德：过去我们统计大学的综合实力，一会儿看SCI发表论文数量，一会儿看获得了多少科技奖项，一会儿看拥有多少院士，一会儿看出了多少富豪。这些都是不正确的。实际上，衡量一所大学对社会的贡献，不是看它对GDP有多少贡献，而是看能否源源不断地为社会各条战线输送人才。因为大学的根本使命是培养人才，因此它的质量主要也应体现在培养人才上。这是大学"质量观"的根本，在这个问题上，我们不能有任何动摇，更不能迷失方向。

解放周末：教育以学生为本，大学应该追求"成才率"。

秦绍德：确实如此，大学要尽可能培养更多的人才。但从另一方面来说，大学培养出来的毕业生也不可能个个都成为人才。所以，从更宽泛的角度来说，大学一方面要培养人才，另一方面更要为提高全民族的素质做贡献。

解放周末：让每一个毕业生起码都成为合格公民，遵纪守法，有人格尊严，也懂得尊重他人，具有较高的综合素质。

秦绍德：近年来出现了一些诸如"染色馒头"之类的社会问题，为什么此类现象层出不穷？当然有多方面原因，但全民素质不够高是其中很重要的因素。提高全民素质是一个宏观工程，这其中，大学应该做出自己的贡献。如果将来大学的毛入学率达到40%，那么这40%的人就应该是素质比较高的人，整个社会的素质就能同步提高。将大学教育的质量落实在"人"的培养和教育上，落实在全民素质的提高上，才是科学的"大学质量观"。

解放周末：大学的质量落在"人"的身上，"人"的质量又落在哪里？

秦绍德：毫无疑问，在人的培养上，"德"是第一质量。教育不仅是教书，更要育人。我始终认为，教育方针应该以德为先。我们培养的学生，首先要有社会责任感，不以自我为中心；其次要有较好的品德。中国自古就很讲求"品德"。"品"以"德"为前提，个人有道德，家庭呈美德，社会讲公德。"品德"也有很多方面，如诚信、孝道等。对于大学生，我们不提更高的道德要求，但必须有基本的品德。否则，培养出来的人知识丰富、能力很强，但品德不好，反而会害了他人、害了社会。

解放周末：进一步而言，如何培养大学生的"德"呢？

秦绍德：我们过去常常认为，思想政治工作就是以德为先。其实，这个过于狭隘了。作为第一质量的"德"，应该渗入大学的每个环节，如专业学习、学术研究、社会实践、校园生活等，而不仅仅是政治思想课程担负这一任务。

特色就是水平,特色就是质量

解放周末: 如果以培养人才的多少来衡量大学的质量,其结果一定是重点大学、名牌大学占优。

秦绍德: 因此我主张,"科学的质量观"还必须包括重要的一条,那就是质量没有单一标准,具体到不同的大学要有不同的质量要求。

有一句话叫作"特色就是水平",我进一步认为,"特色就是质量"。这种特色,是在长期的办学实践中形成的,是为社会所普遍认同的。各所大学都应该按照自己的特色,办出自己最高的水平。

解放周末: 就是说,对综合性大学、研究型大学、工科院校、高职院校等,要有不同的要求。

秦绍德: 对。不同类型的学校,怎么能用一把尺子去量?衡量的尺子,应该是与不同学校的定位特色、培养目标和质量要求相匹配的。中央要求高校"各尽所能、各得其所,和谐相处、共谋发展",这是非常正确的。

解放周末: 事实上,有的院校在某些领域的实力非常强,具有鲜明特色。

秦绍德: 是的。比如,立信会计学院就是以会计为特色,始终坚持会计学专业和其他专业的结合。潘序伦先生1928年创办立信会计学校,形成了优良传统。许多会计事务所的会计都来自立信会计,人们并不因为是职业学校而轻视它。

上海有很多特色学校,像上海戏剧学院、上海音乐学院等,都是这样的大学,虽然校园不大,学生不多,但是全国闻名、世界认可。又比如上海海事大学和上海海洋大学,也有很强的专业特色和发展前景。类似这样的特色学校,应该更多一些,理当更好地发展。

检验大学的教育质量,唯一标准是社会

解放周末: 通常而言,数量容易计算,质量不好检验;产品的质量好检验,但大学的质量怎么检验?

秦绍德: 大学的质量确实检验难,原因很简单——它的产品是人。怎么检验人?看似难办,其实也还是有办法检验的。

我认为,检验大学的教育质量,唯一的标准是社会。社会对于大学培养特色的认同、对于毕业生信誉的认同,就是检验大学教育质量的标准。英国《泰晤士报》统计各高校实力,分五大类别,其中最重要的考察因素就是校友声誉——把几千份调查问卷发到全世界各个领域,最后得出结论。

解放周末: 他山之石,能否"拿来"?

秦绍德: 比方说,今天我们检验复旦大学的人才培养质量,就可以看看一二十年之前毕业的校友如今在全国、全世界干得怎么样。这方面的统计是很多的,复旦校友在北美和美国基础医学任终身教授的数量,比北大多一个,在全国大学中排名第一。复旦学生在北美和美国大学取得博士学位的人数,比北大少一个,排名第二。目前,美国有十几所高校的数学系或统计学系的系主任是复旦数学系的毕业生,哈佛大学统计学系主任孟晓犁就是1978级数学系校友。

解放周末: 不久前刚出任国际货币基金组织副总裁的朱民、曾担任联合国副秘书长的陈健、曾担任世界银行副行长的章晟曼,也都是复旦校友。

秦绍德: 在国际组织中任职的复旦校友确实比较多,这也正是复旦培养人才的一大特色——国际化程度比较高,比较"外向"。另外,有些大学培养的学生上手快,有些大学培养的学生则后劲足,两三年后才显山露水,复旦培养的学生大多属于后一类。

解放周末: 您曾形容复旦的气质是"深深的水,静静地流"。

秦绍德：“深深的水，静静地流”的内涵，就是安静、淡然、不喧哗、不张扬，既志存高远，又脚踏实地，既有争先精神，又有务实态度。

大学应该把精力放在抓质量上，而不是用来应付"评估"

解放周末：您认为，社会是检验大学教育质量的唯一标准，这虽然比较客观，但在操作上至少有一二十年的延后性，教育行政机构对正在进行中的教育质量恐怕难以及时检验、反馈。

秦绍德：问题也就伴随而来：为了弥补这一"先天性缺憾"，"教学评估"应运而生——政府对高等教育很重视，投入增加了，收效如何？质量有没有提高？教育行政机构便依靠第三方——教育评估院，对各级各类学校进行教学评估。

解放周末：教育界如何看待这种评估？

秦绍德：这个问题至今不乏争论，有的人觉得很好，也有不少人反对这种全国统一的教学评估。从实际操作情况来看，为应对教学评估，每个学校通常需要准备一年：指标有几十个大类，表格一张接着一张，十分繁复，到最后还是不免沦为"走形式"。

解放周末：一搞"评估"，就难免指标化、格式化。

秦绍德：我们并不是一味地否定或反对评估。但教学评估是教育学领域里最复杂、最难完善的一部分。所以我主张，要评估就要好好研究评估方法，在科学评估方法还没有找到之前，理当谨慎从事。不要运动群众，不要兴师动众，让大学倒过来为"评估"服务。大学应该把精力放在抓质量上，而不是用来应付"评估"。另外，评估还要少作点简单的排名。前面我说到，学校各有各的特色，怎么能简单化地排名？

解放周末：更不能被各种大学排行榜牵着鼻子走。

秦绍德： 所以树立科学的质量观很重要，否则搞评估就不知道从何入手，反而容易搞形式主义，搞不科学的政绩观。

解放周末： 这方面您有何建议？

秦绍德： 搞评估，我认为应该以抽查的方式为主，不预告、不需要学校做准备。随机听课、翻作业、查教材、组织座谈等，都可以。另外，评估也不要简单化地打分，这种"过度量化"看似科学、精准，其实并没有多少可信度。

提高大学教育质量，最关键的是教师

解放周末： 在您看来，要提高大学教育质量，"抓手"在哪里？最关键的是什么？

秦绍德： 最关键的是教师。因为教师是大学的主体，他们担负着教书育人的任务。

解放周末： 如何判断一个教师的教育质量之高低？

秦绍德： 从很多优秀教师的例子来看，好教师主要有三个特点：第一，具有使命感，这种使命感在爱学生、对学生负责上体现出来。不管成就多高，头衔是院士或特聘教授，对学生的爱始终不变——这是教师的天职，是一辈子不会改变的。

这方面的例子很多。比如我们复旦英语系的陆谷孙教授，虽德高望重，仍坚持为学生一份一份地改卷子，哪怕是英语程度不是很高的外国留学生的卷子，也仔仔细细地改，直到累得不行。物理系的苏汝铿教授，在近三十年时间里只带了11位博士，算得上是全国最"低产"的博导。他为什么这么严苛？就是因为对学生负责，让学生能真正成才。

解放周末： 爱学生、有使命感，这是好教师的一个共性。

秦绍德： 好教师的第二个特点就是了解学生。一个教师在教书生涯中会碰到很多批学生，一批批学生与时代并进，都不一样。年轻教师和学生年龄接近，易于了解和沟通，但随着年龄增长，教师必须加强对学生的了解,才能教育好学生。好教师从来不责怪学生,而是能从学生的特点出发因材施教。

另外,好教师的第三个特点是不脱离社会,无论是从专业领域,还是从更广阔的社会实践领域来说,都与时俱进,顺应社会需求,把本专业的最新成果及时注入教学中。比如,前不久去世的中文系章培恒教授,他和骆玉明教授合著的《中国文学史》已经是公认的经典教材了,仍然修改了一稿又一稿。经济系的蒋学模教授,86岁高龄时仍在修改《政治经济学教材》,这本教材面世20年来不断修正,至今再版13次,直到蒋教授去世后仍在影响着众多学子。

解放周末: 蒋先生曾自称"不断改悔的马克思主义者"。

秦绍德: 是啊,理论必须跟随实际变化时时予以更新,才能确保与时俱进。很多人不理解他们,事实上,只有这种与时俱进、精益求精的精神,才能提高教学质量,培养出高质量的学生。

过多的选择分散了教师的精力,导致投入教学的时间越来越少

解放周末: 要出好学生,必须要有好老师。在您看来,当前教师队伍的整体素质如何?

秦绍德: 我觉得,我们教师队伍的基本风气还在,也就是说,教师的良心还在,近年来也不断涌现出一些好教师。

解放周末: 但是,近年来社会对教师队伍中出现的不良现象也有所议论,比如不专注于教学,导师成了"老板"。

秦绍德: 还有功利、浮躁等。原因是多方面的,不能简单地责怪教师本人。

解放周末: 比方说?

秦绍德: 以教师投入教学的精力不足为例来说吧。现行考核机制中要素比较多,教师不仅有教学任务,还有科研任务,职称评定和岗

位津贴都和它直接挂钩。因此，科研成了"硬任务"，教学成了"软任务"，与学生交流、对话更成了"软任务"。对此，复旦正在做一些调整，我们要求每位教师每学年至少完成8个课时，这是教师的底线，完不成就要扣岗位津贴。另一方面，我们还要求教授为本科生上课，使它成为全校的共识。

另外，除了评价机制导致教师精力分散外，一些学术上有成就的教师，社会负担很重。目前，各类评估、学术会议等很多，社会活动不少，导致知名教授"满天飞"。过多的选择分散了教师的精力，也导致投入教学的时间越来越少。

解放周末：这需要教师从责任感出发，衡量本职工作与社会活动孰轻孰重的问题。

秦绍德：不可否认，有极少数教师功利心较强，忙于在校外讲课挣钱。同样是上课，学校的课时津贴有限，校外、校内报酬的差距可以达到100倍，诱惑很大。加上学校没有硬性反对教师在外上课，因此，在这种情况下，只能靠教师自觉、自律了。

解放周末：教师的个人行为影响到了学校的整体教学。一所大学能不能为学生提供数量多、质量高的课程，也因此受到了关注。

秦绍德：确实如此。复旦大学搞通识教育，当然希望这个"教育超市"里的"菜"越多越好。目前，复旦开出的本科课程有2800多门，人均门次在国内高校中名列第一，但距离哈佛大学的5000多门差远了。开一门新课不容易，一个教师至少需要三年投入——准备一年，试上一年，第三年才成熟。教师精力不集中，自然开不出课，要打造精品课程就更不可能了。

课堂是神圣的，岂能用不正确的观点和发牢骚的话误导学生

解放周末：教师精力分散，影响教学质量，但这不会是导致教学

质量不如意的唯一因素吧?

秦绍德:还有一个很重要的因素,那就是教师总体上待遇不高。不久前,上海市作过测算,教师的平均收入在各行各业中属于中等,稳定,但不高。不少副教授以下的青年教师,年收入只有数万元,在物价、房价普遍上涨的情况下,这些青年教师经济上确实相当困难。而青年又是教育的生力军,如果青年教师稳不住,教育质量就很难保证。

所以我们在许多场合也大声呼吁:提高教师待遇,解决青年教师住房问题,为他们创造"安安心心从事教育、安安静静从事教育"的良好氛围。

解放周末:但是,在客观条件不尽如人意的情况下,教师还是要尽量坚守"阵地"。

秦绍德:我们对教师也有一个引导和教育的问题。任何改革,其实质都是利益调整,我们还是要引导教师在利益调整时,重视自己的天职,减少功利思想,投身教育改革。

解放周末:前不久,某地有一位教师公然对学生说,赚不到4 000万不要来见我。一时舆论哗然。

秦绍德:这是非常荒唐的言论。所谓教师,"德高为师、身正为范"。教师要用正确的价值观来引导学生。由于社会的影响,学生中已有不少受到功利主义的影响,因此,教师要更多地用对文化和精神的追求来教育学生,克服负面影响。课堂是神圣的,岂能用不正确的观点和发牢骚的话误导学生?!用一句流行的话来讲,教师应该对讲台有敬畏感。一踏上讲台,就感到自己有责任,要自律,而不是随性而为、不计后果。

解放周末:除了不能犯"导向性错误"外,正如您前面所提到的,教师还要处理好教学与科研的关系。

秦绍德:教学与科研如何在教师身上得到统一,事关教学质量的提高。很多人对此讨论得很具体,甚至要求对教学与科研按比例进行划分。我认为这种划分是不科学的。教学与科研的关系是有机结合、不可分割的。

从时间分配上看,教学与科研似乎是矛盾的,但从内在本质上看是不矛盾的。因为,大学教学不同于中学教学,中学教学相对规范,重在打基础。而大学的课程、专业目标和教材都必须与时俱进,教学内容都是科研的最新成果。从这个意义上说,没有科研就没有新课。优秀教师在搞科研的同时,就能把科研上的最新成果和思路转化为教学。

解放周末: 以科研为动力,促进教学。

秦绍德: 对。教育质量的提高,包括大量专业设置的改进、课程内容的更新、教学方法的提高,都是以科研为基础的。二十多年前,我曾经给本科生、研究生开过两门课"中国新闻史专题"和"宣传心理学",都是以新闻事业的最新发展、多年新闻岗位实践的经验,结合社会心理学研究的最新成果,可以说都是科研的结果。没有科研就没有高质量的教学,这是我的切身体会。

另一方面,教学过程中的师生互动、启发思考,也会促进科研,教学的深度也会反过来影响科研。"大学教育质量"这一概念,特别是研究型大学的教育质量,除了以教育水平为主,一定程度上也包含了科研水平。

抓质量,是大学自己的事

解放周末: 对于提高大学教育质量,您对政府部门抱有什么期望?

秦绍德: 我有一个看法——抓质量是大学自己的事。在这件事上,政府部门最好少搞工程。我不是排斥政府部门对教育质量的调控,但是质量能不能上去,这是大学的责任,不是政府的责任。政府部门不需要一级一级地抓大学的质量,道理很简单——质量在本质上是大学的内涵建设,内涵建设关键靠内因,也就是大学自己。

解放周末: 可否这样理解,大学抓质量是大学领导的事,不是教育部门的事?

秦绍德：教育部门可以监督促进大学提高质量，可以引导大学把主要精力放到提高质量上，但不能越俎代庖，代替大学做很多事情，尤其不要搞所谓的"质量工程"。一搞质量工程，就要集中抓资源，要制订"一刀切"的政策。我刚才说过，每所学校都有自己的特色，制订一个适合所有学校的政策是不符合教育规律的。另外，"一刀切"把资源集中到教育行政部门手里，大学为了得到资源，就只有"跑部前进"，导致分散学校内部抓质量的精力。搞了"工程"后，又要动用专家们来评估、检查，"一年一检查""三年大检查"，官员出了"政绩"，实实在在地提高质量的事情却没法做下去。

提高大学教育质量，是"慢工程"

解放周末：在提高教育质量方面追求"政绩"，这难免会做表面文章，虽轰轰烈烈，但名不副实。

秦绍德："十年树木，百年树人。"办教育，就要遵循教育规律。搞那种轰轰烈烈的表面文章，怎么能够达到名副其实的效果？

解放周末：图虚名，得实祸。

秦绍德：所以这又是需要强调的一点——提高大学教育质量，是"慢工程"，不是"快工程"。

为什么？提高质量要形成一个良好的生态系统。这个生态系统由下列要素决定：第一，队伍。"人"是这个生态系统的第一要素，因此教师是关键。建设一支高质量的教师队伍，怎么可能是短期工程呢？第二，投入。抓质量不是嘴上讲讲、不要投入，要改进课程、要更新教材、要改善教学条件等，都需要大量人力、物力的投入，这不是一蹴而就的。第三，学校教育的体制机制要改革。复旦大学搞通识教育，从2006年到现在，5年了，还在继续，在艰难中前进。要打破原有的体制机制，把全校教职员工的积极性调动起来，谈何容易?!

第四，学风、校风的问题。在一个学风、校风"稀里哗啦"的学校，很难把质量搞上去。只有积极、上进、严谨的学风校风，才能稳步提高教学质量。

解放周末： 这是一个庞大的系统工程。

秦绍德： 这个生态系统是逐步建设的，急不得。换句话说，提高质量不能靠"大跃进"。如果有谁提出一个口号，五年如何，十年如何，这完全是扯淡！培养一届学生至少需要四年时间，进入社会后显露出真正的质量需要十年、二十年，这些能用什么指标来衡量？

有的新办大学企图在短期内靠资源集中投入，办成世界一流的大学，在我看来，这是"天方夜谭"，是违背教育规律的。当然，一所新大学在短期内涌现出一定科技成果来是可能的。原因是，只要高投入，把世界顶尖学者吸引来，建设一个一流的科研基地，就可以出一批成果。但这个周期往往也需要5—10年。培养学生，即使把最天才的学生吸引过来，短期内师资队伍能形成吗？学风、校风能形成吗？一整套教材能形成吗？

解放周末： 罗马不是一天建成的，世界一流大学也不是几年建成的。

秦绍德： 办一所高水平大学，至少需要50年。所以，我们不能急，千万不能急功近利，而是从现在开始，一步一个脚印，经过几代人持续不断地努力，到2049年，我国一定会有一批世界一流水平的大学，一批让中国老百姓满意的大学。

（原载《解放日报》2011年9月9日第25版，访谈记者：高慎盈、曹静、吕林荫）

清华带了个好头

今年 2 月 20 日,只有 48 岁的陈吉宁接替已 67 岁的前任校长顾秉林正式出任清华大学校长,成为清华大学 30 年来最年轻的一位校长。

此前,为了给清华大学找接班人,中组部来清华做过几次调研,据了解,陈吉宁得到一致拥护。作为常务副校长,陈吉宁主管学校的方方面面。工程院院士、清华大学环境模拟与污染控制国家重点联合实验室主任钱易透露,他是最忙的一个校领导,也是最好打交道的领导。

然而,这些年北大、清华、人大这些著名高校似乎都有一条不成文的规定:校长都要由院士担任。清华这次一反常规,使陈吉宁接掌清华的争议持续不断。

反对者认为,优秀的大学校长首先应该是学术大师,尤其是在一线名校之中,不是院士的校长可能难以服众。但支持者认为,要管理好一所大学不是有很高的学术水平就可以,有一个懂管理且专心于管理的校长,能够让清华出更多的院士。

全国人大代表、原复旦大学党委书记秦绍德认为:清华带了个好头。

"作为校长,是把大家的积极性调动起来重要,还是把自己的研究做好重要?这个问题一定要想明白,鱼与熊掌恐难以兼得!"全国人大代表、原复旦大学党委书记秦绍德在今天的分组审议会上说。

大学也有虚荣心

"有没有规定校长必须院士才能当?没有!但大家都趋向于这个,好像院士当校长才能管好学校。"秦绍德在接受记者采访时说,"领先的学术专家不等于优秀的大学管理者。"

现在,社会上确实有这样一种认识,认为大学校长不是院士就会有失"身份"和"体面"。秦绍德坦言:"大学也有虚荣心。如果一所高水平大学的校长不是院士,它就会很失落,觉得其他大学校长是院士,凭什么我们这里不是?"

院士改当校长,校长要评院士,本职工作还忙得过来吗?据了解,在去年年底新增的54名工程院院士中,有13人为现任高校校长、副校长,相比上次增选人数明显增加,其中现任高校校长就有6人。秦绍德表示,他反对纯学术大家做校长——放弃专业太可惜,但管理学校显然不是一份兼职,"校长有繁重的行政工作要做,哪来时间再做科研项目?院士放不下手中的业务,哪有精力管理学校?已有不少例子可以说明,很多院士到高校当校长并不成功——我们应该反思。这回清华大学的校长不是院士,我倒觉得是开了个好头。"

校长要有"牺牲"精神

"教授们需要的不是学术水平高于自己的领导,而是能够更好地为教研和科研提供良好管理和保障、能够创造环境和机会的校长。"秦绍德不认为校长必须要由院士来当,但也不赞成普通政府官员或企事业单位的管理者来执掌高校,"从来没搞过教育,就去学校当校长或党委书记,这种情况我也很反对,也已经有过许多失败的例子。"

秦绍德眼里最合适的校长什么样?"最好是在学校里待的时间比

较久，懂得管理，也做过教师。他不一定是大专家，可以是小专家，这样的人懂得教学规律，做学校的管理者比较好。"

  他还认为，优秀的大学校长最重要的品质是包容心："大学是海洋，要包容不同学派、不同观点、不同风格的教师，让教师能够自由发展。校长还要有牺牲精神，能够放弃一些自己的利益——有些大学校长，要'位子'，又不肯放业务，就很难处理好关系。"

（原载《文汇报》2012年3月7日"两会"专刊，记者：李上涛）

追求教育公平，不等于搞"平均主义"

关于异地高考的议论，近年来十分热烈。甚至有人呼吁，为方便异地高考推进并防止高考移民，最好回到全国统考时代，实行"全国一张卷"；也有人提出，针对"北上广"一些地区高考录取率偏高的现象，应该调整大学计划招生名额的分配方式，采取"按各地人口比例分配"，这样才能彰显招录公平；更有人建言，在一些"高考洼地"，国家重点投入的部属重点院校，本地化倾向已经十分严重，"本地考生占尽便宜"，正酿成新的教育不公……

固然，解决随迁子女异地升学问题，需要人性化的政策和改革良方；但盘点这些在推进异地高考过程中出现的声音，不难发现，一些言之凿凿的意见背后，夹杂着不少对于教育和招考制度的误解和理解上的偏颇。

【案例回放】

去年 12 月中旬，央视 CCTV2《经济信息联播》的一则报道，曾在网络上引发热议。报道列举了近三年上海和浙江两地的文科一本分数线，指出上海高考分数线比浙江低 100 多分，节目未提及两地高考总分相差 180 分的事实。在这期名为《聚焦上海异地高考之辩》的节目中，主持人说："即使考题相同，不能在上海高考的人也会感觉到非常不公平。"

文汇报：不少学者和专家都曾议论过高考"高地"和"洼地"及其背后折射的教育不公平现象。比如，山东、河南等省份因为人口众多、考分高而被列为高考"高地"，而北京、上海等地因高考人数少且分数线低被称为高考"洼地"。这个现象,您是怎么看的?

秦绍德: 央视的报道之所以会出现这样的误会,原因在于它把两个不可比较的对象,放在一起比较。一是考试科目不可比,上海卷和浙江卷考试科目不同,上海实行"3+x",浙江是"3+1+x",考试科目不同决定总分也不同,上海卷满分 630 分(2012 年改为满分 600 分),浙江卷满分为 810 分。二是试卷难易程度不可比。在考试科目和难易程度不可比的情况下,就不能简单以为,分数线高一定难录取(如浙江),分数线低一定易录取(如上海)。

但这个例子却可以用来说明全国高考的格局:各省市分别命题,高考的科目和难易程度各不相同。由于缺乏统一的标准,所以不能笼统地说哪个地方容易录取,哪个地方难录取。考生被录取的机会大小,主要决定于各地不同的招生录取率。

【案例回放】

去年暑假,一条微博公布的一组数据迅速引来了众人的围观——同样是考上北京大学,安徽的比率是 7 826:1,而北京只要 190:1,北京人上北大的概率是广东考生的 37.5 倍,是贵州考生的 35.4 倍,而上海人更狠,上海考生进复旦大学的概率是全国平均的 53 倍,是山东考生的 374 倍。

文汇报: 有人说,这背后牵涉的是利益,而这种利益,本身代表了一种教育不公平现象。比如,我国不同省市的一本录取率差异悬殊。有资料显示,北京一本率超过 27%,上海超过 20%,而四川低达 3.99%。有人甚至说,这里面体现着高校的"招生歧视"。

秦绍德: 要理解不同省市录取率之间的差异,首先要弄清楚,高考录取率的计算方式。简单地说,高考录取率就是用招生计划录取总人数(分子)去除以高考报名总人数(分母)而得出的(具体计算,还更复杂)。

决定一个省市高考录取率的是两个因素:第一,所在省市高考招生总人数,其中包括所在省市地方院校招生数以及部属、外地院校在所在省市的招生数。第二,中等教育在当地的发展水平,包括义务教育和此后的高中教育水平。

简单来说，一个省市所在的大学（包括办在当地的部属院校）越多，中等教育越发达，高考的录取率就越高。这是经济社会长期发展的结果，是历史形成的，并不是哪些利益集团可以主观造成的"招生歧视"。就部属院校，特别是"985"高校来说，他们首先姓"国"（现在不大用"国立大学"这个词），面向全国招生。全国省份多，因此在每个省市的招生数不会很多，但加起来一定比所在地多得多。但同时要看到，这些部属院校都落户在特定的城市，伴随着所在城市成长，享受这个城市的资源，与当地的经济、文化和社会发展密切联系在一起，所以一所大学在落户地招生数多于其他地方，是可以理解的。以复旦大学为例，在7—10年前，复旦在沪上的招生比例，最高时曾一度接近50%，其中伴随的是一个部市共建的过程，复旦在建设和发展中相当比例的经费、拓展的土地，以及其他资源来自上海的投入。但是近年来，根据教育部的要求，复旦在上海的招生比例已经连年走低，前两年的本地招生比例为30%，2013年，将进一步降到25%，也就是说，外地生将达到75%。因此说"复旦是地方性大学"未免太不公正了。

另外一个事实是，像北大、清华、复旦、上海交大这样的大学，近10年留学生人数激增，越来越像一所国际化大学了。

【案例回放】

北京大学教授张千帆曾与30名专家、学者一起，向国务院、教育部以及北、上、广的教育行政部门提交"异地高考"建议方案。在他看来，随迁子女高考问题完全是高考户籍限制和分省命题制度造成的，随迁子女在当地接受教育，却不能在当地高考，是对他们平等受教育权的严重限制，允许他们在学籍地高考是走向教育平等的第一步。

文汇报：张千帆教授的观点代表了相当一部分人对异地高考的看法，即将解决"异地高考"的问题和教育公平联系在一起。您长期在高校工作，能否谈谈对这些意见的看法？

秦绍德：异地高考反映的是进城务工人员随迁子女在流入地升学上遇到的困难。我们必须要直面这个问题，尽快解决这个问题。但对于异地高考，认识不能过于简单。

客观地讲，随迁子女升学难题，是大规模城镇化进程中逐渐涌现出来的问题。过去很长一段时间，高考制度是稳定的，没有这么大数量的进城务工人员，没有这么多随迁子女，升学难题也没有如此集中。因此，我们不能简单地说，这个问题今天变得尖锐了，就说明我们的教育制度不公平。应该看到，社会在变迁，城镇化进程在加快，给我国的教育和招生制度带来了新的问题。

那么，什么是真正的教育公平？或者换一个角度思考：在推进教育事业发展的过程中，我们的最终目标是什么，是要满足广大群众对优质教育资源的需求，还是仅仅盯着"公平"，把所谓的"教育公平"当作终极目标来追求？厘清"教育公平"这个概念，在当前显得十分必要。

教育公平的最终实现，取决于两个前提：公共教育资源的极大丰富和合理的资源配置制度。实现教育公平，必然是一个长期的过程。就和经济建设一样，我们现在是先忙着做大蛋糕呢，还是忙着分蛋糕？如果蛋糕还没有做到足够大，就先忙着均分，那事业的发展必然会停滞不前。

不妨从这个角度再回过头来审视大学招生上的"公平"。大学招生必须体现公平的原则，具体表现为机会公平和过程公平。

据我所知，有的高校的负责人曾经也表达过一种意见：为了实现机会公平，就让大学按照各省市的人口基数来平均分配招生名额。

这样的分配看上去公平，其实很不公平！为什么？因为大学和义务教育有区别，大学实施的是择优录取。到目前为止我国大学的毛入学率为27%左右，尚属于精英教育而非普及教育阶段。

大学的使命是为国家培养高质量、高层次的人才，大学的招生过程是一个选拔、择优的过程。每个大学都有不同的定位和目标，在招生环节必然有各自的选拔要求。所以，大学在招生时必然会向优质生源集中的地区倾斜。而优质生源之所以在一些地区集中，和这些地区的经济发展、对教育的投入有很大关系。当然，对于一些经济欠发达地区，对于老少边穷地区，大学在招生上要作适当的倾斜。事实上，目前包括清华、北大以及复旦等重点大学，都在招生时考虑到了这一点。

但招生公平并不是搞平均主义分配招生名额。否则，达到水准的人进不了大学，而没有达到一定水平的人靠着分配的名额进入大学却跟不上学业。按照人口基数来分配名额看上去很"公平"，其实从根本上说是违背教育规律的，不仅很不公平，大学也不可能这么做。

过程公平，主要是体现在大学招生考试和选拔过程，对每一个考生都是公平的。没有针对某一部分人的特殊录取政策，坚决杜绝"关系户""条子生"，招考过程公开。对大学来说，要办出自己的特色和水平，需要的是招生自主权。大学必须拥有一套自己选拔可培养人才的标准和方法，但选拔的过程必须是公平公正的。

伴随着异地高考的呼声，也有人开始呼吁"全国一张卷"，认为这样才能考试面前人人平等。但不能忘记，多年来我们高等教育领域推进的多项改革，其实根本的出发点就在于打破用一把尺子衡量人才的做法，打破"一卷定乾坤"而造成的实质上的不公平。

综上所说，保障人民群众平等享受教育资源的权利，让更多的人享受优质教育资源，其前提应该是推进教育的均衡化发展，缩小城市和农村、不同省市之间的差距。

（原载《文汇报》2013年1月17日"文汇教育"版，访谈记者：樊丽萍）

后记:"杂碎"的利用

吃食的享受,富人没有垄断的专利。富人有富人的吃法,穷人有穷人的吃法。选到唾手可得的食材,创造出吃的方式,穷人照样吃得津津有味。普及开来,竟成为某些地方的"名吃"。

譬如重庆火锅,原本是码头上挑夫们的创造。据说清咸丰年间,长江嘉陵江的运输繁忙,千舟竞流,万物往来。朝天门码头附近的挑夫们工余极度疲劳,四处寻找吃食。恰好码头边有一屠宰场,经常有牛羊猪的下水丢弃。挑夫们拣来洗净,支起一锅开水,丢进去煮食,竟味道鲜美!此法传开,穷人们的吃法被饭店采用,并略加改进,富人们也争相来尝鲜。朝天门的涮火锅由此名扬天下。

无独有偶,北京的爆肚也是穷人的发明。前门外牛街一带是老北京牛羊屠宰之地。不知从什么时候起,牛肚、羊肚一类杂碎就被穷人们收拾起来食用,发现另有滋味。有好厨者便在那里开小吃店,专以爆肚为擅长。晚清北京是个逍遥之地,好吃这一口的老北京每每光顾前门外牛街,几代下来,这里成就了几家爆肚名店。"爆肚冯"就是其中一家。慢慢地,爆肚竟上了官僚公侯的筵席,成了京城一道名菜,选材、加工、烹调之讲究,可写成教材。

上海老城隍庙的鸡鸭血汤,则是老上海人念念不忘的午后小吃。诸如此类,各地都可举出一些。选择别人遗弃的食材,略作加工以果腹,久而久之,加上作料,形成特殊的做法,引来专注的食客。这是许多地方"名吃"形成的共同道路。"杂碎"发挥出意想不到的作用。用今天的眼光看,利用"杂碎",也是环保的。

收在这本集子里的,也是一些"杂碎"。你若希望从这里读到系统的理论，像现在有些著作那样，言必称宏大叙事，句必引中外经典，那就一定失望了。本集的内容杂而碎。说杂，从教育到文化，从历史到现实，从大学到社会都有。作者在校言校，谈教育的多一些，但也还是杂——从教育内涵到质量评价，从大学内部管理到加强党的领导，从通识教育到学生思想政治工作，从纪检监察到大学文化，无不涉及。说碎，文一般都不长（长篇访谈除外），多的是一事一议，没有艰涩辗转的论证，通俗易懂。

任何文章都是历史的记录。本集子的用处之一就是记录了作者近三十多年间的一些思想，读者从中可以看到我们这一代人当时遇到了什么，做了什么，在想什么。作为历史的记录，当然是有一点用处的"食材"。

任何思想都不能脱离历史局限性。如果说集子还能给读者提供一点可看的东西的话，那可能就是其中还有一点含真理性的因素，或者是方法论上的借鉴。本人更希望得到读者的商榷和批评，如若如此，我会很高兴，因为"食材"被利用了。

世界上有些事总是想得太简单。我原以为把手头存的文稿拿出来编一下并不复杂，谁知一搜索还有不少遗漏的文章，还有自己也遗忘的。拉拉杂杂，滴滴答答，不断增添，整个过程拖了一年多。我十分感谢编辑史立丽，她很有耐心地不断接受我的稿子，并和我商量怎样把这一堆"杂碎"作恰当的分类，增加文稿的可读性；有一次甚至把她发现的一篇也欣喜地告诉我，使我很感动。若没有她用心参与"烹调"，这本集子就不会有今天的面貌。

秦绍德

2024 年 5 月于新闻学院图书楼

图书在版编目(CIP)数据

大学似海/秦绍德著. —上海：复旦大学出版社,2024.6
ISBN 978-7-309-17471-7

Ⅰ.①大… Ⅱ.①秦… Ⅲ.①社会科学-文集 Ⅳ.①C53

中国国家版本馆 CIP 数据核字(2024)第 099992 号

大学似海
秦绍德　著
责任编辑/史立丽

复旦大学出版社有限公司出版发行
上海市国权路 579 号　邮编：200433
网址：fupnet@fudanpress.com　http://www.fudanpress.com
门市零售：86-21-65102580　团体订购：86-21-65104505
出版部电话：86-21-65642845
上海盛通时代印刷有限公司

开本 890 毫米×1240 毫米　1/32　印张 19.375　字数 539 千字
2024 年 6 月第 1 版
2024 年 6 月第 1 版第 1 次印刷

ISBN 978-7-309-17471-7/I・1405
定价：98.00 元

如有印装质量问题，请向复旦大学出版社有限公司出版部调换。
版权所有　侵权必究